Paullina Simons

ŁOWCA TYGRYSÓW

Z angielskiego przełożyła
Katarzyna Malita

Świat Książki
wydawnictwo

Tytuł oryginału
THE TIGER CATCHER

Wydawca
Urszula Ruzik-Kulińska

Redaktor prowadzący
Beata Kołodziejska

Redakcja
Joanna Popiołek

Korekta
Mirosława Kostrzyńska

The Tiger Catcher
© Paullina Simons 2019
Copyright © for the Polish translation by Katarzyna Malita, 2019

Wydawnictwo Świat Książki
02-103 Warszawa, ul. Hankiewicza 2

Warszawa 2019

Księgarnia internetowa: swiatksiazki.pl

Skład i łamanie
Akces, Warszawa

Druk i oprawa
Opolgraf S.A.

Dystrybucja
Firma Księgarska Olesiejuk sp. z o.o.
05-850 Ożarów Mazowiecki, ul. Poznańska 91
e-mail: hurt@olesiejuk.pl, tel. 22 733 50 10
www.olesiejuk.pl

ISBN 978-83-813-9306-5
Nr 90090737

ŁOWCA TYGRYSÓW

Dla Tani, mojego najmłodszego dziecka,
radości mojego życia

Bezpieczna bajka nie oddaje prawdy o żadnym ze światów.
J.R.R. Tolkien

PROLOG

Transit Circle

Powinienem był cię pocałować. Julian leżał nagi na łóżku i wpatrywał się w sufit, ściskając czerwony beret. Powinienem był cię pocałować, kiedy ostatni raz cię widziałem.

Gdy połowa nocy minęła mu bezsennie, zerwał się i zaczął przygotowania. Miał mnóstwo do zrobienia, zanim w południe zjawi się w Greenwich. Nie ociągaj się, powiedział mu kucharz. Masz bardzo mało czasu. Jedną pikosekundę. I nie utknij. Tam, dokąd się udajesz, szczelina jest szeroka tylko dla jednego człowieka.

Jak brzmiała błyskotliwa odpowiedź Juliana?

– A ile to pikosekunda?

– Jedna bilionowa sekundy – odparł zirytowany kucharz.

Julian ubrał się na czarno. Ogolił. Zaczesał do tyłu niesforne brązowe włosy i związał je w kucyk, żeby nie wyglądały na to, czym w istocie były – gęstą grzywą na głowie mężczyzny, któremu dawno przestało zależeć. Julian miał kwadratową twarz, kwadratową szczękę, proste brwi, mocno zarysowany podbródek, kiedyś. Jego orzechowe oczy dziś zdawały się szare, wielkie, zapadnięte nad wychudzonymi policzkami, a ciemne worki pod nimi wyglądały jak pamiątka po bójce; pełne usta były blade. Stracił na wadze tyle, że musiał zrobić nową dziurkę w pasku; w kurtce mogłoby się zmieścić dwóch Julianów.

Wyjście z domu zabrało mu dobrą chwilę, stale czegoś zapominał. W ostatniej chwili przypomniał sobie, żeby wysłać esemes do matki i Ashtona. Nic zbytnio alarmującego – jak „przepraszam" – ale mimo wszystko chciał im coś zostawić. Żarty, by pomyśleli, że dawny Julian nie odszedł zbyt daleko. Do mamy: „Kiedyś czułem się jak facet uwięziony w ciele kobiety. Potem się urodziłem". Do Ashtona: „Po czym poznać, że mężczyzna robi plany na przyszłość? Bo kupuje dwie skrzynki piwa".

Zgodnie z instrukcjami zostawił w mieszkaniu telefon komórkowy, portfel, długopisy, notatniki. Zostawił swoje życie razem z wierszem, który napisał zaledwie wczoraj, zatytułowanym *Pazury tygrysa*.

Czego chcesz od życia
Nocą świat, którego nie możesz zmienić
Pożądanie pijaństwo wściekłość
Przemija
Kiedy leżysz wyciągnięty na wznak
Pod pazurami i jaszczurami
Na purpurowych polach

Miał przy sobie cztery rzeczy: banknot pięćdziesięciofuntowy, kartę Oyster na metro, kryształ na rzemyku zawieszonym na szyi i schowany w kieszeni czerwony beret.

W drogerii Boots przy Liverpool Street kupił latarkę. Kucharz powiedział, że będzie mu potrzebna. Potem pociągi wlokły się tak jak on. Czekał bez końca na przesiadkę na stacji Bank. Na Island Gardens spojrzał na swoje dłonie. Były zaciśnięte od stacji Shadwell. Ostatnimi czasy chwiał się na nogach, załamywał się, tonął. Jego pozbawione czasu życie wędrowca wypełniały jedynie rozmyte wrażenia, dni nie miały zarysu, ram ani treści, były zamętem, szaleństwem, snem.

Ale to się już skończyło. Teraz miał przed sobą cel. Szalony, głupi, ale, hola, był wdzięczny, że coś mu zaoferowano.

W Greenwich płaski wypielęgnowany park poniżej Królewskiego Obserwatorium przecinają ścieżki zwane Dróżkami Kochanków. W głębi parku, na szczycie stromego wzgórza z dzikim ogrodem, brytyjscy astronomowie przez wieki badali niebo. Dziś, w wietrzny marcowy dzień, ogród to były jedynie targane wiatrem nagie gałęzie, zasłaniające cel wspinaczki Juliana.

Czuł się jak idiota. Czy ma kupić bilet? Czy ma się szwendać do wyznaczonej godziny? Kucharz powiedział mu, żeby znalazł teleskop nazywany Transit Circle, ale w obserwatorium było ich tak wiele. Gdzie znajduje się to zaczarowane miejsce, w którym wszystkie niemożliwe rzeczy stają się możliwe? Julian przyłapał się na tym, że drwi, i zawstydził się. Matka wpajała mu co innego; mówiła, by nigdy nie drwił z rzeczy, przed którą ma paść na kolana.

– Którędy do teleskopu Transit Circle? – zapytał ładną kasjerkę za stolikiem.

Dziewczyna przygładziła włosy.

– Chodzi panu o teleskop George'a Airy'ego? Tamtędy. Mogę pana zaprowadzić, jeśli pan chce. Jeden bilet? – Uśmiechnęła się.

– Jeden – odparł. – I nie, dziękuję, sam go znajdę. Sprzedajecie zegarki kieszonkowe?

– Tak, w sklepie z pamiątkami. Potrzebuje pan też kompas? Może przewodnik? – Przechyliła głowę.

– Nie, dziękuję. – Nie odwzajemnił jej spojrzenia.

Dziewczyna kręciła się w pobliżu, gdy Julian kupował zegarek w zamkniętym fabrycznie pudełku. Chciała je otworzyć, by sprawdzić, czy zegarek działa, ale Julian zaprotestował. Wolał, żeby go nie dotykała, żeby nie napełniła jego nowiutkiego czasomierza swoją energią.

– Nie będzie pan mógł go zwrócić, jeśli okaże się, że coś jest nie tak – wyjaśniła.

– Nie ma sprawy – odparł. – Nie będę tędy wracał. – Cokolwiek się wydarzy, nie będzie wracał.

– Szkoda. – Uśmiechnęła się. – Dokąd się pan wybiera? Kiedy nie odpowiedział, wzruszyła ramionami. Rozmawiając z nim przyjaźnie, chciała tylko zabić czas. – Proszę się rozejrzeć – powiedziała. – I nie spieszyć się.

Julianowi nie zostało prawie nic z pięćdziesięciu funtów. Wrzucił drobniaki i kartę Oyster do pamiątkowego wazonu. Czy postąpił źle? Nie. Nawet ludzie oczekujący cudów mieli prawo być ostrożni. A on był ostrożnym mężczyzną oczekującym cudu. Miał jeszcze trochę czasu, więc postanowił się powłóczyć. Była dopiero jedenasta. Próbował sobie przypomnieć wszystko, co mówił mu kucharz, ale było tego tak dużo. „W południe słońce przesunie się przez otwór na skrzyżowaniu nitek w celowniku – powiedział kucharz. – Promień światła uderzy w kryształ w twoich dłoniach. Otworzy się błękitna otchłań. Musisz się spieszyć. Czeka na ciebie reszta życia".

Julian odparł, że to wszystko jest bardzo skomplikowane. Kucharz odsunął się od grilla i trzymając w dłoni tasak, obrzucił go krytycznym spojrzeniem od stóp do głów. „Uważasz, że ta część jest skomplikowana? Masz w ogóle pojęcie, co zamierzasz zrobić?".

Nie. Nie miał pojęcia. Wiedział za to, co robił. Ostatnio niewiele. Ale dawniej robił różne rzeczy, na przykład spędzał czas ze swoją ukochaną na drogach jak z hollywoodzkich snów. Skąpane w blasku słońca palmy, zakochani, volvo zaparkowane w cichych zakątkach. Otwarte okna. Radość wpadająca do środka jak wiatr. Julian nie był wtedy sceptykiem. Zawsze powtarzał, że jest czas na wszystko.

– Gdzie jest południk zerowy? – zapytał opryskliwego starszego strażnika w jednej z sal pawilonu.

– Stoisz na nim, kolego – odparł strażnik. Na plakietce widniało imię Sweeney. Wskazał na ogromny czarny teleskop. – Znalazłeś się w sali ze słynnym teleskopem. To jest Transit Circle na linii południka. – Mierzący blisko trzy metry teleskop Airy'ego wyglądał jak działo wymierzone w niebo. Po obu jego stronach biegły lśniące czarne schody osadzone w kwadratowym wgłębieniu poniżej poziomu podłogi.

Przez otwarte drzwi wpadało blade światło. Mosiężna listwa wyznaczająca długość geograficzną zero tkwiła wśród kostki brukowej na dziedzińcu. Julian obserwował turystów, którzy robili zdjęcia, stojąc w rozkroku, z jedną stopą na wschodzie, z drugą na zachodzie, brali się na barana, pozowali, śmiali się. Spojrzał na nowy zegarek.

11.45

Trzęsły mu się ręce. Aby się uspokoić, chwycił niską żelazną barierkę oddzielającą go od teleskopu. Ruchomy dach był otwarty, widział nad głową zasnute chmurami niebo.

Był tak straszliwie sam.

Obce, ogromne, deszczowe miasto. Londyn jak państwo w państwie. Julian obejrzał się na strażnika. Krępy mężczyzna siedział na stołku, z łokciem opartym na drewnianym stoliku, nie zwracając – podobnie jak cały wszechświat – uwagi na Juliana. W oknie za jego plecami ostry wiatr szarpał brązowymi, pozbawionymi liści gałęziami. Przez ostatnie dni w Londynie strasznie wiało, jakby przez miasto przechodził huragan.

11.56

Julian sięgnął pod koszulę i wyjął kryształ, który miał zawieszony na rzemyku na szyi. Położył go na drżącej dłoni. W szarym świetle kryształ nie błyszczał. Cichy i chłodny leżał na otwartej dłoni. Kiedyś trzymała go w ręce. Wtedy świeciło słońce, otaczała ich migocząca mgiełka radości rodem ze snu, to był początek, nie koniec – a przynajmniej tak myślał.

Czy to był koniec?

A może początek?

– Kryształ wibruje milion razy na sekundę – powiedział mu kucharz; kucharz, magik, czarnoksiężnik, czarodziej. – I ty wibrujesz z nim. Ty wprawiasz go w drganie. Ty jesteś reakcją łańcuchową, chemicznym zapłonem, napięciem przebiegającym przez twoje życie. Ruszaj, Julianie. Nadeszła pora, byś zaczął działać.

Nie ma innego czasu.

Aż po kres czasu.

Czas się kończy.

11.59

Julian zacisnął palce na krysztale. Wzrok mu się zamglił. To wspomnienie bólu wywołuje strach przed śmiercią. Serce martwieje. Dusisz się. Gdy paraliż sięga płuc, serce nie jest w stanie pracować.

To samo spotyka wspomnienie miłości.

O, moja duszo i wszystko, co jest we mnie, krzyknął żebrak, unosząc dłoń do nieba.

Panie i panowie, przedstawienie czas zacząć!

W pikosekundzie, zanim zegar wybił południe, w mgnieniu, które nadal miał pomiędzy tym, co było, a tym, co dopiero miało nadejść, Julian zapytał samego siebie, czego się najbardziej boi.

Że niewysłowiona rzecz, którą mu zaoferowano, jest możliwa?

Czy że nie jest?

Nadejdzie inny czas dla ciebie i dla mnie.

Nigdy nie nadejdzie inny czas dla ciebie i dla mnie.

Kiedy w południe słońce przesunęło się przez celownik, już wiedział. Zrobi wszystko, wszystko poświęci, by znów ją zobaczyć.

Pomóż mi.

Proszę.

Powinienem był cię pocałować.

CZĘŚĆ PIERWSZA

DUCH BOGA I MARZEŃ

W mroku, jak duch, migocze, gdy się zbliża do mnie.
I całe twoje serce otwiera się dla mnie[*].

Alfred Tennyson

Lubię scenę. Jest o tyle prawdziwsza od życia[**].

Oscar Wilde

---

[*] Alfred Tennyson, *Królewna*, przeł. Zygmunt Kubiak, w: *Twarde dno snu*, Noir sur Blanc, Warszawa 2002 (wszystkie przypisy pochodzą od tłumaczki).
[**] Oscar Wilde, *Portret Doriana Graya*, przeł. Maria Feldmanowa, PIW, Warszawa 1957.

ZAPISKI TEGO-KTÓRY- -WIE-WSZYSTKO

OSTATNIE WYDANIE. CZĘŚĆ 11, NUMER 250

JAK SIĘ PRZYGOTOWAĆ NA KATASTROFĘ

Codziennie udajemy.

Udajemy we wszystkim.
W przyjaźni, dorosłości, miłości.

Chodzi o to, żeby pokazać,
że myślimy serio. I mieć nadzieję,
że ostatecznie forma nadąży
za funkcją.

Nie można być zbytnio
przygotowanym. Można być
niedostatecznie przygotowanym.
I w ogóle nie być. Taki masz
wybór.

Pogódź się z tym i rób,
co możesz.

CO MOŻESZ ZROBIĆ:

• Nosić przy sobie narzędzie uniwersalne.

• Chronić głowę. Bez niej sobie nie poradzisz, a jeśli już, to na pewno kiepsko.

• Zegarki są bezużyteczne. Latarki wręcz przeciwnie. Podobnie ocet.

• Naucz się żyć bez rzeczy, bez których nie możesz żyć, zwłaszcza magicznych fasolek. Przykłady: Elektryczność. iPhone. Klonopin. Marzenia.

• Jeśli możesz, rzuć żart na pożegnanie. „Jaka jest różnica między koniem a koniakiem? Taka sama jak między rumem a rumakiem".

Tak właśnie można się przygotować na katastrofę.

Cytat na koniec:
Nienawidziłem każdej minuty treningu, ale powtarzałem sobie: „Nie odpuszczaj. Pocierp teraz i przeżyj resztę życia jako mistrz".
Muhammad Ali

CRUZ/BENNETT PRODUCTIONS
dziękuje za jedenaście lat lojalnego wsparcia

1

Wynalazek miłości

– Wygląda na to, że nie żyję. To dobrze*. – Tak brzmiały pierwsze słowa, jakie do niego wypowiedziała.

Julian i Ashton przylecieli z Los Angeles do Nowego Jorku ze swoimi dziewczynami Gwen i Riley, by obejrzeć adaptację sztuki Toma Stopparda *Wynalazek miłości* w teatrze off Broadway. Sztuka – z Nicole Kidman w roli głównej! – o życiu i śmierci brytyjskiego poety A.E. Housmana, napisana dla mężczyzn, została wystawiona ponownie w wyłącznie kobiecej obsadzie, z wyjątkiem roli Mosesa Jacksona, *objet d'amour* Housmana, którego grał jakiś debiutant. „New York Times" opisał go z szacunkiem jako „złowieszczego jak beczka prochu".

Gdy Gwen zaproponowała wyprawę, Julian nie palił się do tego pomysłu. Wiedział co nieco o *Wynalazku miłości*. Powoływał się na sztukę Stopparda w swojej niedokończonej pracy magisterskiej.

– Jules, wydaje ci się, że wiesz coś na każdy temat – powiedziała Gwen. Stale ciągała go na wydarzenia kulturalne. – Ale o tym nie wiesz nic. Zaufaj mi. Będzie fantastycznie.

– Gwen, jeśli już mamy jechać aż do Nowego Jorku, może obejrzymy *Traviatę* w Lincoln Center? – odparł Julian. Nie przepadał za operą, ale partię Armanda śpiewał Plácido Domingo. A to było warte wyprawy do Nowego Jorku.

---

* Tom Stoppard, *Wynalazek miłości*, w: Tom Stoppard, *Arkadia. Wynalazek miłości*, przeł. Jerzy Limon, słowo/obraz terytoria, Gdańsk 1998.

– Nie słyszałeś, gdy mówiłam, że Nicole Kidman gra rolę A.E. Housmana? A Kyra Sedgwick jej towarzysza.

– Słyszałem, słyszałem – odparł. – Ashton się na to godzi?

– Zgodzi się, jeśli ty się zgodzisz. Myślisz, że wolałby oglądać Plácida? Ha. Musimy poszerzać jego horyzonty. I najwyraźniej nie tylko jego. No już, rozchmurz się, będzie świetnie. Obiecuję. – Gwen uśmiechnęła się od ucha do ucha, jakby jej obietnice miały moc wiążącą.

Postanowili przedłużyć wyprawę na cały weekend. Ashton wywiesił na drzwiach sklepu ulubioną tabliczkę: POJECHAŁEM NA RYBY (choć ryb nie łowił). Często wyjeżdżali we czwórkę, jak muszkieterowie, spędzali weekendy na południu w Cabo lub na północy w Napa. Wylądowali na JFK w piątek, udali się do Le Bernardin, gdzie Ashton znał właściciela (oczywiście) i mogli zjeść kolację za darmo. Potem spotkali się z kilkoma przyjaciółmi z UCLA, poszli się napić w Soho i potańczyć w Harlemie.

Skacowani i ociężali spędzili sobotnie popołudnie w MOMA i pooglądali wystawy sklepowe na pobliskiej Piątej Alei. Kiedy nadszedł sobotni wieczór, Julian był zbyt zmęczony, by znów gdzieś wychodzić. W sklepie z pamiątkami w muzeum kupił fascynującą książeczkę *Księga wyroczni: Odpowiedzi na życiowe pytania* i wolałby zamówić coś do pokoju, zdrzemnąć się i ją przekartkować – w poszukiwaniu obiecanych w tytule odpowiedzi. Otworzył ją na chybił trafił na dwóch prowokacyjnych odpowiedziach na pytania, których nie zadał.

Pierwsza: „Wyciągnąłeś siedem kielichów. Czy tego naprawdę chcesz?".

Do czego odnosi się „tego" w tym zdaniu?

I druga: „Zaćmienie Słońca sugeruje nieoczekiwane zakończenie".

Jakiego zakończenia oczekiwał?

Wyszykowani na sobotni wieczór w Nowym Jorku – mężczyźni w ciemnych dżinsach, dopasowanych koszulach i marynarkach; dziewczęta umalowane i z ułożonymi włosami, w szpilkach, z dużymi dekoltami, zjedli przed spektaklem sushi w Nobu w TriBeCa – wszyscy z wyjątkiem Riley, ponieważ jadała tylko co drugi dzień – i pojechali taksówką do teatru Cherry Lane w Greenwich Village.

A tam okazało się, że Nicole Kidman zastępuje dublerka!

Na tablicy wywieszono ogłoszenie: „Dziś wieczorem rolę A.E. Housmana zagra dublerka pani Kidman, Josephine Collins".

Wśród posiadaczy biletów przebiegł głośny szmer niezadowolenia. Był sobotni wieczór! Czemu gwiazda spektaklu zniknęła bez słowa? „Spadła ze schodów? Złapała zakaźną chorobę?", dopytywała się Gwen. Nikt nie wiedział. Kasjerka nabrała wody w usta. Media społecznościowe milczały. Ponieważ na wielkim afiszu nad wejściem widniało jedynie nazwisko Toma Stopparda, zwrot pieniędzy za bilety nie wchodził w grę.

Julian pomyślał, że jego dziewczyna roztopi się na chodniku jak lody Arktyki. Wściekała się na biedną kasjerkę, jakby to ona ponosiła winę za nieobecność Nicole.

– Ale czemu jej nie ma? – powtarzała. – Nie może mi pani powiedzieć? Czemu?

Julian próbował jakoś załagodzić sytuację. Kiedy zajmowali miejsca, poklepał Gwen współczująco po plecach i powiedział:

– Josephine Collins to niezły pseudonim sceniczny, nie uważasz?

Spojrzała na niego ze złością.

– Nigdy nie potrafisz powiedzieć niczego, żebym poczuła się lepiej, gdy jestem wściekła – rzuciła. – Jakby w ogóle ci nie zależało.

Julian spojrzał na siedzącego po prawej stronie Ashtona. Przyjaciel gawędził z Riley, śmiejąc się z jakiegoś żartu, ich jasne głowy się stykały.

Spróbował jeszcze raz.

– Świetnie to zorganizowałaś, Gwen. Te miejsca są niesamowite. – Bo były. Na samym środku trzeciego rzędu.

– Rzeczywiście są niesamowite – odparła. – Świetnie będzie stąd widać dublerkę.

Ashton szturchnął go łokciem.

– Stale ci to powtarzam, Jules. W niektórych sytuacjach lepiej trzymać gębę na kłódkę. A to zdecydowanie jest jedna z nich.

Julian gapił się przed siebie. Po ciągnącej się w nieskończoność minucie czerwona kurtyna się uniosła.

Dublerka stała w światłach rampy na środku sceny.

– Wygląda na to, że nie żyję. To dobrze – powiedziała do niego i zakręciła biodrami.

Julian, który siedział zgarbiony, a powieki opadały mu ze zmęczenia, wyprostował się.

Sztuka mogła być niezła. Mogła być okropna. Gwen w czasie braw i przerwy bez końca ciskała gromy na dublerkę, więc Julianowi trudno było wyrobić sobie spójną opinię na temat przedstawienia.

Ale wyrobił sobie opinię na temat dublerki.

Przypadkowa dziewczyna stała przed Julianem przez dwie bite godziny.

Okazała się niezwykła. Choć była młoda i grała starszego mężczyznę spoglądającego wstecz na nieudane życie, wniosła na scenę melancholię i elegancję, dowcip, ból i wściekłość. Wniosła wszystko. W kulisach nie pozostało nic. Julian miał przed sobą całe jej wnętrze.

Może nie była tak wysoka jak Nicole Kidman, ale była równie szczupła, miała długie kończyny, jasną skórę i delikatne rysy. W przeciwieństwie do Nicole miała brązowe oczy i lekko chropawy głos. Jej głos brzmiał jak głos nastolatki, lecz z dosadnym dorosłym wydechem na końcu każdego zdania. Zderzenie jej kobiecości z rolą szorstkiego profesora wywarło na Julianie potężne wrażenie. Mocne wersy Housmana wypowiadane jej ledwo słyszalnym chrapliwym głosem uwiodły go. Uwiodły go jej rozkołysane biodra. „Miłość jest jak kawałek lodu trzymany w dłoni przez dziecko", wyszeptała z nieskazitelnym brytyjskim akcentem, stojąc na brzegu rzeki Styks, wyciągając do niego szczupłe ramiona. Walczył z impulsem, by zerwać się z miejsca. „Kto wie, iloma jeszcze dniami bogowie zechcą nas obdarzyć?", pytała raz po raz.

A potem, porzucając Housmana na rzecz Czechowa, wypowiedziała kwestię z *Trzech sióstr*:

„O, gdzie to wszystko, gdzie się podziały te lata, gdy byłem młody, wesoły, mądry, gdy marzyłem i myślałem tak subtelnie, gdy teraźniejszość i przyszłość moja opromienione były nadzieją? Dlaczego my, ledwo zacząwszy żyć, od razu stajemy się nudni, bezużyteczni, nieszczęśliwi? Nie ma ani jednego człowieka, który byłby niepodobny do innych, ani jednej ofiarnej duszy – czy to w przeszłości, czy teraz – ani uczonego, ani malarza, ani jakiejkolwiek wybitnej jednostki, która budziłaby zazdrość albo namiętne pragnienie naśladowania"*. Czego ty chcesz, Julianie? CZEGO TY CHCESZ?

Rozdziawił usta ze zdumienia. Czyżby się przesłyszał? *Księga wyroczni* przemawiała do niego na głos. Oszołomiony pochylił się do przodu. Ashton szturchnął go, żeby się oparł o fotel. Czy ta dziewczyna przed chwilą zwróciła się do niego po imieniu?

*

– To było koszmarne, prawda? – powiedziała Gwen, gdy spektakl dobiegł końca. – Ależ ona była pretensjonalna. Myślała chyba, że jest rewelacyjna. Jakim cudem w ogóle dostała tak wymagającą rolę? Na pewno bzyknęła się z producentem, nie sądzicie?

– Skąd mam wiedzieć? – odparł Julian. – Dlaczego pytasz mnie? Nic o niej nie wiem. – Czy naprawdę jest Brytyjką? Przecież nie można do tego stopnia udawać akcentu.

– Czemu tak się wycofujesz? – Gwen westchnęła, ujmując jego bezwładną rękę. – Przepraszam, okej? Miałeś rację. Powinniśmy byli pójść na *Traviatę*. Ale tak szczerze, co o tym myślisz? Koszmar, prawda?

Julian nie do końca tak myślał.

Gwen chciała poczekać przy wyjściu dla artystów, by zdobyć autograf Kyry Sedgwick.

– Żeby ten wieczór nie okazał się totalną stratą czasu. – Stłoczyli się przy barierce. – Potem pójdziemy prosto do Art Baru – oświadczyła Gwen. – Stawiam pierwszą kolejkę. Napijemy się, żeby zapomnieć.

– W całym Nowym Jorku nie ma tyle alkoholu – wtrąciła Riley. – Mnie ona też się nie podobała, Gwennie. Coś mi w niej zgrzytało, ale nie wiem dokładnie, co.

– A ty jak uważasz, Jules? – zapytał Ashton. – Czy w Nowym Jorku jest dość alkoholu, żeby o niej zapomnieć?

– Nie sądzę.

Ashton żartował, ale bez uśmiechu. Przez jego beztroską twarz przebiegł mroczny cień. Julian odwrócił wzrok na różową tablicę przy wyjściu dla artystów.

---

* Antoni Czechow, *Trzy siostry*, przeł. Natalia Gałczyńska, Iskry, Warszawa 1983.

– Drażniła mnie – mówiła dalej Gwen do Riley. – Dobrze jest wnieść coś nowego do roli. Ale nie można od niej całkowicie odejść.

– To kobieta grająca rolę mężczyzny. Czy można odejść jeszcze dalej? – zapytał Julian.

– Nie była dość męska. Słyszałeś jej głos?

– Słyszałem.

– A ja z trudem. No i jeszcze nie była wystarczająco wysoka. To tak bardzo rozpraszało uwagę.

– Jej wzrost ciebie też rozproszył, brachu? – zapytał Ashton, szturchając Juliana.

– Nie.

– Przepraszam, że wyraziłam swoją opinię – rzuciła Gwen.

Julian zauważył, że on też wyrażał swoją opinię.

– Zgoda, ale ja prowadzę intelektualną dyskusję na temat jej słabej gry – odparła Gwen. – A co ty robisz?

Julian odpuścił. Nie wiedział, co robi.

Był czerwcowy wieczór w Nowym Jorku, ciepły, pochmurny, wietrzny, w powietrzu unosiła się energia trzech milionów mieszkańców spacerujących po ulicach. Ludzie rozpychali się, tak jak czasami robią to w Nowym Jorku, gdy wydadzą dużo pieniędzy na bilet i uważają, że należy im się, by w obsadzie znalazła się gwiazda. Stoją z wyciągniętymi rękami, domagając się autografów, jakby to oni wyświadczali aktorom przysługę, a nie odwrotnie.

Juliana zirytowały kąśliwe uwagi Gwen pod adresem dublerki. Odsunął się, pozwalając, by inni mężczyźni i ich towarzyszki weszli pomiędzy nich. Echo słów dziewczyny nadal dźwięczało mu w uszach i waliło w piersi. „Wygląda na to, że nie żyję. To dobrze". „Miłość jest jak kawałek lodu trzymany w dłoni przez dziecko"…

Kyra Sedgwick wyszła wsparta na ramieniu Kevina Bacona, swojego szczupłego, młodzieńczego męża aktora. Jakiś facet w tłumie głośno rzucił dowcip na temat gry „Six Degrees of Kevin Bacon". Kevin Bacon uśmiechnął się, jakby miał ochotę mu przyłożyć. Kilka minut później wyszedł jedyny mężczyzna z obsady – atrakcyjna „beczka prochu", który grał Mosesa Jacksona. Julian nie zapamiętał, jak się nazywa, i niewiele go to obchodziło. Kilka kroków za Misterem Universe szła dublerka. Julianowi zaparło dech.

Barierki jęknęły pod naporem tłumu; rozległy się okrzyki, Kyra, Kyra. Kevin, Kevin. Julianowi spodobało się, że choć Kevin Bacon nie należał do obsady sztuki, rozdawał autografy. Tak się zachowuje rasowy celebryta, pomyślał rozbawiony. To gwiazdorstwo w czystej postaci.

Nawet Mister Universe podpisał kilka programów. Ale nie dublerka Juliana. Stała z boku jak ostatnia panna do kupienia na aukcji na starym Dzikim Zachodzie. Nikt jej nie rozpoznał bez blond peruki, z wilgotnymi włosami zebranymi w ciasny kok.

Zaczęło mżyć.

Julian wyciągnął rękę z programem i pomachał nim, by zwrócić jej uwagę. Czy można się zachować jak dżentelmen, a nie dupek, kiedy macha się programem, by zdobyć autograf? Ale gdy dostrzegła, jak robi z siebie głupka, wyszła do przodu, uśmiechając się z wdzięcznością. Podał jej program lekko drżącą ręką, patrząc na czubek jej mokrej ciemnej głowy, gdy zamaszyście, prawie nieczytelnie pisała swoje imię i nazwisko: Josephine Collins.

Zanim Julian zdążył jej powiedzieć, że była świetna, zdumiewająca, zawołał ją naszpikowany sterydami macho. Brakowało tylko pstryknięcia palcami. Pobiegła.

I to by było na tyle.

*

Po powrocie do Los Angeles Julian prawie o niej zapomniał.

W sklepie Ashtona jak zwykle panował ruch, trzech braci Juliana miało urodziny, zbliżał się Dzień Ojca, chrzciny, matka organizowała przyjęcie z okazji zakończenia szkoły i potrzebowała jego pomocy w znalezieniu florystki i cateringu, a Gwen rzucała aluzje na temat romantycznego wypadu do Meksyku na Święto Niepodległości, mając chyba nadzieję, że w Cabo dostanie pierścionek zaręczynowy.

Od czasu do czasu Julian przypominał sobie pierwszą kwestię dziewczyny.

Nie, nawet sobie nie przypominał. Pojawiała się w marzeniach.

W wizjach pełnych ognia i lodu jej blada twarz rozjaśniała się na czarnym tle i ze środka sceny w jego piersi rozlegał się jej głos, który pytał, na co czeka, i powtarzał, że dusza nie zna granic.

2

Book Soup

Kilka tygodni później Julian wpadł na nią w księgarni Book Soup przy Sunset. Choć określenie „wpadł" wydaje się trochę przesadne. Stał przy półkach z poezją, zabijając czas przed spotkaniem z Ashtonem, a ona weszła do środka.

Zbiegła po kilku stopniach i skierowała się w stronę czarnych półek przy oknach, gdzie mieścił się dział filmowo-teatralny. Julian stał w ukryciu i z przechyloną głową obserwował, jak dziewczyna ogląda grzbiety książek. To zdecydowanie ta sama dziewczyna, prawda? Co za zbieg okoliczności, że spotkał ją tutaj.

Na scenie w Nowym Jorku nosiła blond perukę; teraz miała włosy w kolorze kakao, zebrane w luźny kok z wymykającymi się pasmami. Była ubrana w dżinsowe szorty, czarne wojskowe buty i prześwitującą koszulę w kratę narzuconą na jasnoczerwony top. Miała długie, szczupłe, nieopalone nogi. Bez wątpienia to była ona.

Julian zwykle nie podchodził do nieznajomych kobiet w księgarniach. Poza tym miał mało czasu. Spojrzał na zegarek, jakby rzeczywiście rozważał, czy do niej podejść, a być może szukał powodu, by tego nie zrobić. Ashton za pół godziny.

Jego szalony kumpel chciał się udać na wyprawę do kanionów w Utah. Zadaniem Juliana jako przyjaciela było go od tego odwieść. Przyszedł więc do Book Soup, by kupić wspomnienia wspinacza, który też wędrował po kanionach w Utah. Nieszczęśnik utknął pod głazem w kanionie Blue John na pięć dni i musiał sam sobie odciąć rękę tępym nożem, by przeżyć. Przy lunchu złożonym z przyprawionych na ostro tacos z krabami, sałatki z kolendry i zimnego piwa Julian zamierzał przeczytać Ashtonowi wstrząsające rozdziały o tym, jak uratować sobie życie.

Zanim jednak dotarł do ratującego życie działu podróżniczego w Book Soup, najpierw jego uwagę odwróciły wiersze Leonarda Cohena, w których opiewał on Los Angeles, później hipnotyczny refren *Drown* w wykonaniu lokalnego wokalisty Cuco, który dobiegał z głośników pod sufitem.

A potem do środka wpadła ona.

Było prawie południe. Julian miał dokładnie tyle czasu, by zdążyć do Melrose na spotkanie z Ashtonem w Gracias Madre. W porze lunchu ulice zachodniego Hollywood aż pulsowały od wściekle głodnych kierowców. Dziewczyna nawet go nie zauważyła. Nie musiał się czaić. W zasadzie nic nie musiał. Odłóż Leonarda Cohena, wyjdź na Sunset. Wrzuć dolara do słoika Jenny. Zabiedzona, niewidoma Jenny w porze lunchu przesiadywała przed sklepem przy stojaku z gazetami. Bezdomni też muszą jeść. Podejdź do samochodu, wsiądź, ruszaj.

Przy pustych ulicach jazda zajęłaby mu siedem minut. Julian szczycił się swoją punktualnością, jego zegarek Tag Heuer był nastawiony na czas atomowy, a legendarne hollywoodzkie spóźnianie się było dla niego obraźliwe.

Nie wyszedł.

Zamiast tego swobodnym krokiem przeszedł przez sklep do zalanego słońcem rogu i stanął za nią, ściskając w dłoniach miłosne wiersze Leonarda Cohena adresowane do Los Angeles.

Wziął oddech.

– Josephine?

Doszedł do wniosku, że jeśli to nie ona, nie odwróci się.

Odwróciła, choć nie od razu. Z lekkim opóźnieniem. Była nieumalowana, z przejrzystą cerą, brązowymi oczami, neutralnie uprzejma. Wszystko na jej gładkiej, zdrowej twarzy było otwarte. Szeroko rozstawione oczy, nieskrępowane grubymi brwiami i firankami sztucznych rzęs, duże czoło, szerokie kości policzkowe, różowe usta.

Początkowo nic się nie wydarzyło. Potem zamrugała i uśmiechnęła się miło. Nie było to zaproszenie na ślub, jedynie ulotny znak, że patrzy na mężczyznę, którego w pierwszej chwili nie uznała za odrażającego i któremu poświęci łaskawie minutę swojego życia. Masz sześćdziesiąt sekund, kowboju, powiedział jej lekki uśmiech. Dajesz.

Ale Julian milczał. Zapomniał słów. W teatrze nazywają to zatkaniem. Kiedy wszystko, co miałeś powiedzieć, wyleciało ci z głowy.

Odezwała się pierwsza.

– Czy my się znamy? – zapytała, mrużąc oczy. W jej głosie nie było ani śladu brytyjskiego akcentu. – Bo wyglądasz znajomo. Chwileczkę. Nie byłeś przypadkiem na moim przedstawieniu w Nowym Jorku? Na *Wynalazku miłości*?

– Tak. – Odchrząknął. – Pamiętasz?

Wzruszyła ramionami.

– Tylko ty poprosiłeś mnie o autograf. – Jej głos, nie sceniczny, ale ten normalny, śpiewny, był łagodny i lekko chrapliwy, głos dziewczyny, ale z zaśpiewem nagiej kobiety. To sztuka coś takiego osiągnąć. – Co robisz w Los Angeles?

– Mieszkam za rogiem – odparł, gotowy podać jej numer domu i mieszkania. – A ty?

– Wpadłam na chwilę. Na przesłuchanie.

– Z Londynu?

Zachichotała.

– Nie, to było udawane. Urodziłam się i wychowałam na Brooklynie, jak Neil Diamond.

– Nie musisz grać w przedstawieniu?

Potrząsnęła głową.

– Nicole wróciła.

– Dlaczego nie grała tamtego wieczoru? – Gwen nadal się na to wściekała.

— Też miałeś z tym problem? Do teatru wpłynęło mnóstwo skarg.

Julian zająknął się.

– Ja nie miałem.

— Wydaje się niewiarygodne, ale kierowca Nicole źle skręcił do tunelu Lincolna. – Zaśmiała się. – Zaćmiło go. Pojechał do Jersey! Zawsze głupio jest zjechać do Jersey, ale utknęli w drodze powrotnej, bo był jakiś wypadek i… resztę znasz.

– Wow.

– Mój kontrakt skończył się kilka dni później – powiedziała. – Nie odnowili go.

– Wcale mnie to nie dziwi – odparł. – Nicole musiała się obawiać o pracę. Byłaś fantastyczna.

– Naprawdę? – Rozpromieniła się.

– Tak. Skradłaś cały show. A tego w teatrze nie wybaczają.

Dziewczyna rozpłynęła się. Rzuciła parę słów, dziękuję i naprawdę tak myślisz? Julian prawie jej nie słyszał. Wzrok mu się zamglił.

Tamtego wieczoru wyszła na scenę jedyny raz.

Stanęła przed nim.

Zamrugał, by wyrwać się z oszołomienia.

– Co więcej – zaczął – nie mogłaś wymyślić lepszego pseudonimu scenicznego niż Josephine Collins.

– Skąd wiesz, że nie wymyśliłam? – W jej oczach mignął błysk. – A ty jak masz na imię?

– Julian.

Osłoniła oczy dłonią – jak przed słońcem, choć stali wewnątrz – i przyjrzała mu się badawczo.

– Hmm. Nie wyglądasz jak Julian.

– Nie? A jak wygląda Julian? – Oparł się impulsowi, by sprawdzić swoje ubranie, jakby zapomniał, co włożył rano. – Nie jestem Ralphem Dibnym – mruknął, choć wcale nie chciał tego powiedzieć. Wypsnęło mu się. W komiksowym uniwersum Ralph Dibny był zwykłym człowiekiem w zwykłym ubraniu, który wypija supereliksir zamieniający go w niezwykłego człowieka gumę.

Josephine skinęła głową.

– Zgoda, nie jesteś Dibnym, chyba że jesteś z gumy. Julian... jak dalej?

– Julian Cruz. Powiedziałaś „z gumy"? Wiesz, kim jest Ralph Dibny?

– Elongated Man? Przecież wszyscy to wiedzą – odparła słodkim sopranem.

Juliana zatkało.

– Na pewno nie jesteś Dibnym? – Josephine przyciskała książkę do piersi, jakby byli w szkole średniej. – To czemu wyglądasz jak gamoniowaty nauczyciel z gimnazjum?

– Nie wyglądam jak nauczyciel z gimnazjum – odparł Julian, a ona roześmiała się, słysząc, że pominął słowo „gamoniowaty", na co liczył. Jej śmiech też był dziewczęcy i chrapliwy.

– Nie? – rzuciła, przyglądając mu się uważnie.

Dlaczego Julian nagle się zawstydził? Przyglądała się jego gładkiej twarzy o kwadratowej szczęce. Oceniała jego włosy – starannie przystrzyżone, bo inaczej zaczynały żyć własnym życiem – odprasowane spodnie khaki, porządne buty, zapinaną na guziki niebieską koszulę w kratę, dopasowaną marynarkę, idealnie czyste paznokcie wbite w okładkę wierszy Leonarda Cohena. Miał nadzieję, że nie zauważyła jego wielkich spiętych dłoni z sękatymi knykciami, złamanego nosa ani jasnobrązowych oczu, które mrużył, by ukryć, jak bardzo jest nią zainteresowany.

– Okej, okej. – Uśmiech rozjaśnił jej twarz. – Chcę tylko powiedzieć, że podobnie jak Dibny wyglądasz, jakbyś miał jakieś ukryte talenty. – Żartowała z niego sugestywnie, zapraszając, by odpowiedział żartem.

Potem niewiele się wydarzyło.

Tylko niebo się otworzyło i spadł deszcz gwiazd.

– Nie musisz być Dibnym – dodała Josephine. – Możesz żyć stosownie do swojego nazwiska gwiazdy rocka, Julianie Cruz.

Julian Cruz, gwiazda rocka, zapomniał, jak się rozmawia z dziewczyną. Stał skrępowany, bez słowa. Czemu własna pedanteria tak bardzo go dziś drażniła? Normalnie był z niej taki dumny. Ukrył twarz w powodzi spadających gwiazd.

– Posłuchaj – zaczęła Josephine. – Bardzo bym chciała stać tu z tobą i gadać przez cały dzień o naszych ulubionych superbohaterach, ale o pierwszej mam przesłuchanie.

– Do tego potrzebna ci ta książka? – Wskazał na jej dłonie. – *Monologi z „Boskiej komedii" dla aktorów.*

– Nie, ta jest na przesłuchanie o wpół do piątej – Skupiła się na nim, mrugając powiekami.

Nie wiedząc, co powiedzieć, Julian cofnął się o krok i uniósł wiersze Leonarda Cohena, jakby chciał powiedzieć: „So long, Josephine".

– Jest taka sprawa – zaczęła, robiąc krok w jego stronę. – Miałam wziąć taksówkę, ale trudno ją złapać w porze lunchu, więc zastanawiam się... Mógłbyś pomóc dziewczynie w opresji i zawieźć ją na przesłuchanie? Do Paramount, to niedaleko.

Julian stał. W radiu członkowie zespołu Big Star zakochiwali się w dziewczynie, najpiękniejszej dziewczynie na świecie

– Żaden problem – powiedział, odkładając Leonarda Cohena.

– Nie chcę się narzucać – odparła. – W Nowym Jorku jest o wiele łatwiej, wskakuję do metra i tyle, ale tutaj bez samochodu...

– Nie ma sprawy. – Jaki Ashton? Przyjaciel od ilu lat? – Mieszkasz w Nowym Jorku? – zapytał przy ladzie, gdy czekali, by zapłacić.

– Tak. To dobrze czy źle? – Jej ciemne oczy zamigotały wesoło. Miała taką świeżą twarz, była pełna entuzjazmu, szczera. Widział kilka piegów i dołek w drobnym podbródku. Było coś cudownie ożywczego i kuszącego w jej przyjaznej twarzy, różowych ustach.

Jego samochód stał zaparkowany przy Viper Room, przecznicę w górę Sunset.

– Przesłuchanie jest do reklamy Mountain Dew – powiedziała Josephine, gdy w pośpiechu mijali niewidomą bezdomną Jenny, która uśmiechała się, jakby mogła ich zobaczyć. – Ale to o wpół do piątej jest do spektaklu, który nosi tytuł *Raj w parku* w Greek Theatre. Słyszałeś o tym? Wygląda na to, że potrzebują narratora i Beatrycze.

– Słyszałem o czym? Mountain Dew? Beatrycze? Greek Theatre? – Julian otworzył dla niej drzwi samochodu. Od kilku lat leasingował volvo sedana. W środku panował idealny porządek.

Nie zwróciła uwagi ani na samochód, ani na porządek, a jeśli nawet, to niewiele ją to obeszło. Powiedziała, że umiera z głodu, nie jadła nic od poprzedniego wieczoru. Zaoferował jej minibatonik Milky Way ukryty w schowku za przecinakiem do pasów bezpieczeństwa, latarką i narzędziem uniwersalnym – to wszystko też zignorowała, szukając czekoladki.

– Naprawdę muszę zacząć zarabiać jakieś pieniądze – powiedziała, żując z przesadą twardy karmel. – Ta czekoladka smakuje, jakby leżała tutaj od Bożego Narodzenia. Zważ, że się nie skarżę. Moim jest królestwo żebraków. – Opuściła osłonę z lusterkiem, wyjęła małą torebkę z torby hobo i zaczęła robić makijaż. – Nie wiedziałam, że Ralph Dibny jeździ volvo. – Jednak zauważyła. – Nałożyła niebieski cień na powieki i spojrzała na niego chmurnie. – Ile ty masz lat, pięćdziesiąt?

– Co? Nie…

– Volvo jeżdżą tylko pięćdziesięcioletni żonaci mężczyźni z dziećmi.

– Nieprawda – odparł Julian. – Nie można o mnie powiedzieć żadnej z tych rzeczy, a jednak jeżdżę.

– Hmm – zamruczała, patrząc na niego z ukosa. – Nie jesteś mężczyzną?

Julian wyłączył telefon. Na dobre. Ostatnią rzeczą, jakiej potrzebował, był pełen wyrzutów głos Ashtona rozlegający się w głośnikach samochodu, przerywający jego sen w technikolorze. Miał tylko nadzieję, że Ashton nie pomyśli, iż przydarzył mu się jakiś wypadek. Bo na pewno nie spojrzy łaskawym okiem na nieobecność Juliana na lunchu i na planie w wytwórni Warner.

Ale czy nie przydarzył mu się wypadek? W zwyczajny dzień, we wtorek, nagle robił niezwykłe rzeczy, nietypowe. Wystawił przyjaciela. Podszedł do obcej kobiety. Podwoził ją. Otwarta natura życia sprawiała, że każdego dnia, w każdej chwili coś takiego było możliwe. Ale choć świat otwierał takie możliwości dla innych, nie oznaczało to, że otwierał je dla Juliana. Żył swoim wygodnym życiem, przeważnie wolny od impulsów i w rezultacie bez cudów. W cuda zresztą prawie nie wierzył, co Ashton stale mu wyrzucał.

W korku na Santa Monica Josephine zaczęła się denerwować, a Julian modlił się w duchu: „Niech czerwone światło się nie zmienia, niech się nie zmienia, proszę".

– Kursujesz tak między Nowym Jorkiem a Los Angeles? – zapytał. – Czemu się tu nie przeprowadzisz? – Och, co on wygaduje. Chwycił mocniej kierownicę.

– Próbowałam – odparła. – Ale się nie udało. Nie chodzi o to, że nie mogłam znaleźć pracy. Nie mogłam tu mieszkać. Możesz mnie ostrzec, zanim zmieni się światło i ruszysz? Robię kreskę na powiece. – Powiedziała, że dla niej Los Angeles zawsze miało w sobie jakąś złowieszczą aurę. Początkowo Julian pomyślał, że żartuje. Los Angeles złowieszcze? Może w niektórych dzielnicach. Dzielnicach, których nie odwiedzał.

– Tutaj nie czuję się prawdziwa – stwierdziła. – Czuję, jakbym żyła we śnie, który się skończy. Pamiętasz, że miałeś mnie ostrzec? Mogłam sobie wybić oko.

– Przepraszam. – Zwolnił, jakby teraz to mogło pomóc. – We śnie, który się ziścił? – Spokojnie, Julian. Bardzo spokojnie.

– Nie. Jakbym weszła do czyjejś narkotycznej wizji.

Chciał zażartować, ale nie mógł, był zbyt zajęty modlitwą.

Kilka minut przed pierwszą zatrzymał się przy bocznej bramie Paramount niedaleko Gower. Tamtejszy strażnik go znał.

– Cześć, C.J. – zawołał.

Josephine była pod wrażeniem.

– Jesteś po imieniu ze strażnikiem w Paramount?

– Jak leci, Jules? – odparł C.J., zaglądając do środka. – A gdzie się podział Ashton?

– Jaki Ashton? – zdziwił się Julian, puszczając do niego oko.

C.J. uśmiechnął się i już miał podnieść szlaban, lecz Josephine nachyliła się, by pomachać przepustką w otwartym oknie. Julian poczuł świeży, piżmowy aromat jej perfum, mydła o zapachu werbeny i mięty, i Milky Way w jej oddechu. Przyciśnięty do oparcia fotela wdychał ją i starał się, by nie zakręciło mu się w głowie – albo gorzej.

– W porządku, młoda damo – powiedział strażnik, machając ręką. – Jesteś z nim, możecie jechać. Wiecie dokąd?

– Czy ktokolwiek z nas, wie dokąd zmierzamy, C.J.? – zapytała radośnie Josephine. Przejechali przez bramę. – Kim jest Ashton?

– Moją przepustką do Paramount – odparł Julian, szukając jej studia. – Także do Warnera, ABC, CBS, Universalu, Foxa. A tak naprawdę moją przepustką do życia. Biegnij, to tam. Bo się spóźnisz.

Przy szarych drzwiach do studia 8 z napisem „Przesłuchania" Josephine powiedziała z zakłopotaniem:

– Mógłbyś zaczekać? To potrwa minutę. Najwyżej pięć. Potem postawię ci lunch. Jako podziękowanie.

– Nie musisz tego robić.

– Ale chcę. Poza tym… – Zakaszlała i uśmiechnęła się błagalnie. – Może kiedy postawię ci lunch, podrzucisz mnie do Griffith Park. Ten durny Greek Theatre jest tak daleko. I to już będzie koniec, obiecuję.

Kiedy zniknęła w studiu, Julian wystukał krótkie przeprosiny do Ashtona i znów wyłączył telefon, zanim dotarła do niego pełna wściekłości odpowiedź.

3

Samotne serca

Josephine wyszła ponad godzinę później, klapnęła na fotel w volvo i powiedziała:

– Boże, to trwało całą wieczność.

– Dostałaś rolę?

– Kto wie? – W jej głosie nie było entuzjazmu. – Jedna z dziewcząt powiedziała, że zna Matthew McConaugheya, Pana Mountain Dew we własnej osobie. Nienawidzę jej – powiedziała to bez złośliwości. – Ma kontakty. Która godzina? Umieram z głodu, ale Greek Theatre jest po drugiej stronie miasta. Gdzie możemy coś szybko zjeść?

Zabrał ją przez Melrose do Coffee Plus Food. Prawie zamykali, więc niewiele zostało do jedzenia. Na szczęście knajpka była też pusta. Byli tylko oni i kasjerka, znudzona młoda Australijka bez uśmiechu. Usiedli przy okrągłym stalowym stoliku koło wysokich okien. Josephine chciała zapłacić, lecz Julian nie pozwolił. Zamówiła trzy kiełbaski w cieście („Mówiłam ci, że umieram z głodu”), sałatkę z awokado, kawę i ostatnią poranną bułeczkę z tacy, kiedy zapewnił ją, że nie można zrezygnować z porannych bułeczek, podobnie jak nie można zrezygnować z atrakcji w Disneylandzie.

– Kiedyś chciałabym pojechać do Disneylandu – powiedziała, pochłaniając bułeczkę. Nawet Riley, dziewczyna Ashtona, która jadała głównie jarmuż, pozwalała sobie na poranną bułeczkę. Chrupiąca i karmelowa, stanowiła posypane cukrem połączenie ciastka cynamonowego z croissantem.

– To jak miłość zamknięta w bułce – oznajmiła zachwycona Josephine lepkimi ustami. Dodała, że musi tu przyjechać i zjeść jeszcze jedną, zanim wróci do domu, a Julian powstrzymał się, by nie zapytać, kiedy to odrażające zdarzenie będzie miało miejsce.

– Czym się zajmujesz, Julianie? – zapytała, zabierając się do kiełbasek. – Czego uczysz?

– Niczego. Czemu stale to powtarzasz?

Zamrugała wesoło.

– Wyszedłeś dziś rano z domu ubrany jak do szkoły.

Julian zamierzał jej powiedzieć, że w istocie uczy pisania opowiadań na kursie wieczorowym w dwuletnim college'u, ale teraz nie chciał jej dać satysfakcji. I tak mieli właśnie przerwę wakacyjną, więc, formalnie rzecz biorąc, w tej chwili nie był nauczycielem.

– Nauczanie to szlachetna profesja – ciągnęła z uśmiechem błąkającym się na ustach.

– Wiem. Pochodzę z rodziny nauczycieli. Ale nie jestem jednym z nich.

– Czym się więc zajmujesz?

– Paroma rzeczami. Prowadzę blog, piszę codzienny newsletter…

– Och, blog? O czym? O nauczaniu?

Teraz naprawdę nie chciał jej powiedzieć.

– Daj spokój, jak się nazywa twój blog? – Palcami poplamionymi masłem wyjęła telefon. – Sprawdzę.

Szkoda, że nie nazwał swojego bloga *Głębokie przemyślenia księcia Wikingów*. Zamiast tego musiał trzymać się prawdy.

– *Zapiski Tego-Który-Wie-Wszystko*.

– Wiedziałam! Mówisz innym, jak żyć! – Wybuchnęła śmiechem. – Wyglądasz na takiego.

– Jakiego?

– Takiego, który udaje, że jest cichy i spokojny, ale tak naprawdę wie wszystko. – Nie kryła zachwytu. – To jak kolumna z poradami? – Uśmiechnęła się od ucha do ucha i nachyliła. – Czy ludzie zatapiają cię w swoim cierpieniu?

– Raczej nie. – Choć czasami tak. – Głównie piszą, żeby zapytać, jak się pozbyć ptaków, które wpadły do domu.

– Nie jesteś panem Samotne Serce? Na pewno?

Starał się utrzymać pokerową twarz.

– To nie jest blog tego rodzaju. Nie pocieszam samotnych serc.

– Nie?

Jak można zachować pokerową twarz pod takim naporem?

Kilka lat temu postanowił rozszerzyć aktywność w internecie i zaczął pisać codzienny newsletter. Wybrał parę pytań, powiązał je tematem przewodnim i zaproponował kilka życiowych podpowiedzi i aforyzmów. „Dusza jest ptakiem w twoim domu", napisał Nathaniel West. „Lepszy jeden ptak w dżungli niż dwa wypchane w bibliotece".

Młoda kobieta klasnęła w dłonie.

– Nie mogę się doczekać, żeby cię dodać do zakładek – powiedziała. Nawet słowo „zakładka" wypowiedziane jej głosem brzmiało erotycznie. – Masz jakąś radę dla sfrustrowanych aktorek?

Chciał jej zaimponować brakiem poprawności i powiedzieć, żeby nigdy nie pokazywała się topless, chyba że jest to niezbędne dla fabuły.

– Nie rozbieraj się przed kamerą – rzucił.

Podniosła kołnierzyk prześwitującej bluzki, skrzyżowała i rozkrzyżowała gołe nogi.

– Gotowe. Przynieś mi moje nasutniki i fedorę. Co jeszcze?

Powiedziała nasutniki? *Mon Dieu.*

– Pewnego dnia – ciągnęła – reżyserka na castingu powiedziała mi, żebym nie starała się tak bardzo być kimś innym. Bądź po prostu sobą. Pomyślałam, że jest idiotką. Przyszłam na przesłuchanie do roli młodej Nabby Adams w *Johnie Adamsie*, czyż nie chodzi właśnie o to, żeby być kimś innym?

Julian roześmiał się.

– Dostaję całe tony rad – ciągnęła – zwłaszcza po tym, jak mnie spławiają. Nie bądź taka zdesperowana, Josephine. Odpręż się, Josephine. Baw się! Opuść ramię! A ja się wtedy zastanawiam, gdzie byli przed moim przesłuchaniem? Jeśli to się sprowadza tylko do tego, miałabym już nagrodę Tony.

– Jak długo się tym zajmujesz?

– Ile mam lat? O tak, bardzo długo. Wolę scenę od filmu – oświadczyła, jakby był to powód do dumy. – Jest prawdziwsza. A mnie chodzi o to, by sprawić, żeby była prawdziwa.

– To po co przyjechałaś do Los Angeles? – Nie żeby się skarżył. Ale Los Angeles to miasto iluzja.

– Po co? Z tego samego powodu, dla którego Bonnie i Clyde rabowali banki.

Parsknął śmiechem.

– Bo tam są pieniądze?

– Tak! Nie kocham aktorstwa dla niego samego. Po prostu uwielbiam scenę. Lubię natychmiastową reakcję. Lubię, kiedy się śmieją. Lubię, kiedy płaczą. – Okręciła na palcu pasmo włosów. – Lubisz sztuki? – Zatrzepotała rzęsami. – Poza *Wynalazkiem miłości*.

– Tak. To jedna z moich ulubionych. Oscar Wilde też jest niezły. W szkole średniej grałem Ernesta.

– A ja Cecily i Gwendolen! – wykrzyknęła przejęta, jakby grali razem. Sięgnęła przez stół, chwyciła jego dłonie i przybrała idealny brytyjski akcent. – „Erneście, może my się nigdy nie pobierzemy. Sądząc z wyrazu twarzy mamy, to się nigdy nie stanie. Ale choć ja mogę wyjść za kogo innego, i to nie raz, i tak będę cię kochała wiecznie"*. Na dźwięk imienia Gwendolen Julian przestał się uśmiechać. Odsunął od siebie zauroczenie, delikatnie uwolnił dłonie z jej uścisku i objął nimi kubek z kawą.

Josephine, zaskoczona tym nagłym zwrotem, odwróciła się i zmieniła temat.

– Przepraszam, opowiadałeś mi, czym się zajmujesz, a ja zaczęłam gadać o sobie. Typowa aktorka, prawda? Ja, ja, ja. Mówiłeś, że prowadzisz blog? To brzmi jak hobby, jest chyba jeszcze mniej dochodowe niż aktorstwo. A uwierz mi, nie ma nic mniej dochodowego od aktorstwa.

– Myślałem, że aktorom nie zależy na pieniądzach, że chcą tylko, by im wierzono? – W teatrze Cherry Lane zrobiła z niego prawdziwego wyznawcę.

---

* Oscar Wilde, *Bądźmy poważni na serio*, przeł. Cecylia Wojewoda, w: Oscar Wilde, *Cztery komedie*, PIW, Warszawa 1961.

– To najważniejsze. – Uśmiechnęła się wspaniałomyślnie. – Ale nie miałabym nic przeciwko temu, żeby mnie zaangażowano i zapłacono mi.

– Na blogu też można zarobić – powiedział Julian. – Dostaję pieniądze od Google'a za reklamy i dwa razy w roku organizuję zrzutkę. Kto prześle mi kilka dolców, otrzymuje mój codzienny newsletter.

– Ile osób wpłaca?

– Jakieś trzydzieści tysięcy. I mam dwa miliony odwiedzin na stronie. To pomaga nam podnieść stawkę za reklamy.

Spoważniała.

– Dwa miliony odwiedzin? Chyba zajęłam się niewłaściwym biznesem. Kim są „my" w ostatnim zdaniu? Ty i słynny Ashton?

– Tak, słynny Ashton. – Który pewnie w tej chwili wysyła za Julianem list gończy.

– Czy on jest drugim panem Samotne Serce?

Czemu każde zdanie padające z jej ust brzmiało, jakby się z nim bawiła? Bawiła, czyli uwodziła, a nie igrała, choć równie dobrze mogła igrać.

– Nie może być drugim, bo ja nie jestem pierwszym – odparł. – Ale jesteśmy partnerami we wszystkim. No, dość już o mnie. – Żaden rasowy mężczyzna nie mówi tyle o sobie, gdy naprzeciwko niego siedzi Helena Trojańska. – W czym grałaś? W czymś, co mogę obejrzeć dziś wieczorem?

– Rok temu zagrałam w ogólnonarodowej reklamie pasty Colgate. Mogłeś ją oglądać. – Wyszczerzyła zęby w uśmiechu. – Poznajesz mnie teraz?

Rzeczywiście wyglądała dziwnie znajomo. Utrzymanie spokoju na zewnątrz wymagało nadludzkiego wysiłku.

Powiedziała, że zagrała też Mary w *Testamencie Mary*.

– Nie oglądałeś tego? Jasne, nikt nie oglądał. Sztuka dostała dobre recenzje i była nawet nominowana do nagrody Tony, ale wystawiano ją zaledwie przez trzy tygodnie. No właśnie. Tylko na Broadwayu przedstawienie może jednocześnie odnieść wielki sukces i ponieść spektakularną porażkę. – Zachichotała. – Producent chciał zwiększyć sprzedaż biletów i zaproponował reżyserowi, żeby nakręcił reklamę z rozbawioną publicznością, na co reżyser odpowiedział: „Musisz działać ostrożnie,

Harry. Chyba nie chcesz, żeby w środku spektaklu publiczność zerwała się z miejsc z krzykiem: Z czego oni, cholera, tak się śmiali?" – Josephine roześmiała się z zarumienioną beztroską twarzą.

Jej zarumieniona beztroska twarz szybko stawała się ulubioną rzeczą Juliana we wszechświecie.

Siedzieli w knajpce ponad godzinę. Julian wciąż tulił w dłoniach kubek z zimną kawą. Nagle Josephine zerwała się z miejsca.

– O nie, już prawie czwarta! Jak można się tak zapomnieć? Idziemy, szybko!

Ja się zapomniałem? – Powoli wstał od stolika.

Gower oczywiście była zakorkowana.

– Zdążymy?

– Nie.

– Och, daj spokój. Mówiłam ci, że mam przesłuchanie o wpół do piątej.

– Nie ma mowy. Mamy do przejechania sześć kilometrów, a korki są koszmarne.

– Nie bądź takim pesymistą. Co Bette Davis odpowiedziała Johnny'emu Carsonowi, gdy zapytał, jak się dostać do Hollywood?

– Powiedziała: „Jedź Fountain".

– Bardzo dobrze! Rzeczywiście wiesz co nieco. Idź za radą Bette, Julianie. Jedź Fountain. – Otworzyła książkę, którą kupiła. – Patrz, co narobiłeś, pozwoliłeś mi tyle gadać i zapomniałam przygotować monolog. Nie znam ani jednej kwestii Beatrycze.

– Zacznij od: „Z prostego toru w naszych dni połowie / Wszedłem w las ciemny"*...

– A dalej?

– Tylko tyle pamiętam – powiedział Ten-Który-Wie-Wszystko.

– I co mam z tym zrobić?

– Może odejdziesz od tekstu i wykorzystasz parę kwestii ze sztuk, w których grałaś?

– Z roli Beatrycze? Z *Boskiej komedii*?

– To staraj się o rolę narratora – odparł. – Byłabyś świetnym Dantem. Byłaś przecież bardzo dobrym Housmanem.

---

* Dante, *Boska komedia*, przeł. Julian Korsak, www.wolnelektury.pl.

– Nie patrz na mnie, jedź. Ten gruchot to samochód czy dwukółka?

– Volvo jest jednym z najlepszych, najbezpieczniejszych pojazdów na drogach – powiedział Julian, urażony złośliwością pod adresem auta.

– Jestem zachwycona, że jedziesz bezpiecznie. Ale możesz jechać bezpiecznie i dodać trochę gazu?

– Stoimy na czerwonym świetle.

– Nigdy w życiu nie widziałam tylu czerwonych świateł – oświadczyła. – Chyba zmuszasz je, żeby zmieniały się na czerwone. Jakbyś chciał, żebym się spóźniła.

– Czemu miałbym tego chcieć? – Nieprzenikniona twarz. Spokojny głos.

– To właśnie próbuję ustalić. Wiesz, jeśli dostanę tę rolę, będę musiała zostać w Los Angeles na całe lato – dodała niemal na stronie.

Gruchot Juliana nagle dostał skrzydeł, poleciał do Griffith Park i z piskiem opon zatrzymał się na parkingu siedemnaście minut później.

– Ashton ma rację, cuda się zdarzają – powiedział Julian. – Jeszcze nigdy nie udało mi się tu dojechać w mniej niż pół godziny.

– Naprawdę? Hmm. Speedy Gonzalez, jak często zawozisz obce kobiety w opresji do Greek Theatre? – Otworzyła drzwi i skinęła na niego. – Chodź ze mną. Będziesz moim talizmanem.

Teatr był prawie pusty z wyjątkiem kilkunastu osób siedzących w pierwszych rzędach. Wbudowany w skaliste zbocza dzikich gór Santa Monica, otoczony krzewami eukaliptusów amfiteatr robił niepokojące wrażenie niesamowitą ciszą i pustymi czerwonymi krzesełkami.

Przy bocznej bramie z głową pochyloną nad telefonem jak koń przy źródle stała dziewczyna z podkładką i wystukiwała wiadomość. Josephine podała jej swoje nazwisko, a potem nazwisko Juliana! Pociągnął ją za rękaw. Dziewczyna nie znalazła jego nazwiska na liście.

– To jakieś przeoczenie – oświadczyła Josephine. Zaczęły się kłócić. – Najwyraźniej ktoś popełnił błąd. Proszę natychmiast przyprowadzić swojego przełożonego.

Trzydzieści sekund później zajęli miejsca w bocznym kanale dla orkiestry. Julian miał numer i naklejkę.

– To wspaniała sztuczka, której nauczyłam się w teatrze, Julianie – powiedziała Josephine. – Dziś przekażę ci ją za darmo. Nigdy nie

domagaj się niczego od szaraczków. Zawsze od grubych ryb. Nie ma
za co.

– Czemu to zrobiłaś? – szepnął.

– Ciii. Inaczej by cię nie wpuściła. Widziałeś, jaka była dumna
z władzy. Chcesz wystąpić, prawda?

– Zdecydowanie nie chcę.

Uszczypnęła go w ramię.

– Powiedziałeś, że w szkole średniej grałeś Ernesta. Musisz znać
coś z Wilde'a na pamięć. Ja znam.

– Jestem tobą?

– Jesteś numerem pięćdziesiątym. Masz dziesięć minut. Sugeruję,
żebyś zaczął się przygotowywać.

– Nie wezmę w tym udziału.

Przestała słuchać. Siedzieli obok siebie, stykając się ramionami,
gołe nogi przyciskała do jego spodni khaki. Ona coś bezgłośnie mówiła, w jego umyśle panowała uporczywa pustka. Patrzył na scenę z niepokojem. Denerwował się za nią, nie za siebie. Wiedział, że pomimo
jej knowań nie wyjdzie na scenę, ale bardzo chciał, by ona dostała
rolę. Potężny spocony mężczyzna z rozczochranymi włosami recytował Dantego z pierwszej pieśni. Przerwano mu po czterech wersach.
Za nim pojawiła się drobna jak ptaszek kobieta. Para sióstr bliźnia-
czek powiedziała siedem wersów z trzeciej pieśni.

– Jeśli uda ci się przebrnąć przez monolog – powiedział cicho Julian po wysłuchaniu innych kandydatów – będzie dobrze. Mam dla
ciebie radę. Jesteś na próbie, nie na przesłuchaniu. Graj tak, jakbyś już
miała tę rolę.

– Ale nie mam. Jak, u diabła, mam to zrobić?

– Zagraj to – odparł.

Wywołano ją.

– Numer czterdziesty dziewiąty. Josephine Collins.

– Życz mi szczęścia – szepnęła. Rzuciła Julianowi torbę i zerwała
się z miejsca.

– Nie potrzebujesz go. Masz już rolę. – Obserwował, jak rozpusz-
cza długie włosy, zakłada okulary zerówki i staje się na scenie kimś innym. Kimś, kto mówi bez mikrofonu w liczącym sześć tysięcy miejsc
amfiteatrze i to nie chrapliwym głosem femme fatale z brytyjskim

akcentem. Stała w dramatycznej pozie, z oczami wbitymi w niebo i uniesioną brodą, i krzyczała w stronę pustych miejsc.

Kto miłość moją podniósł tak wysoko,
Wskazał, czym napaść nie może się oko?
Choć los przepaścią bratnie dusze dzieli,
W jedno ognisko miłość je zestrzeli*...

Zrzędliwy reżyser castingu w pierwszym rzędzie przerwał jej.
– Panno Collins, co pani dla nas recytuje?
– To Shakespeare, proszę pana, *Wszystko dobre, co się kończy*...
– To przesłuchanie do *Raju w parku*. Ma pani przedstawić fragment do roli Beatrycze albo Dantego.
– Oczywiście. Chciałam tylko zaprezentować moje możliwości. Może coś takiego... – Zniżyła głos do głębokiego basu, podniosła wzrok i uderzyła się w pierś. – „Przeze mnie droga w gród łez niezliczonych. Przeze mnie droga w boleść wiekuistą”**...
– Dziękujemy. Następny. Numer pięćdziesiąty. Julian Cruz. Panie Cruz, czy pan przygotował dla nas coś z Dantego?

---

* Cytaty z *Wszystko dobre, co się kończy dobrze* w przekładzie Leona Ulricha.
** Dante, *Boska komedia*, dz. cyt.

4

Dar Trzech Króli

Kiedy wrócili do samochodu, zatrzymali się na chwilę. Nazwała go tchórzem, bo powiedział reżyserowi, że niczego nie przygotował, a on przyznał jej rację, nie chcąc odwozić jej do domu. Spięła włosy i zdjęła okulary. Znów wyglądała jak ona, prosta i idealna. Poły jej prześwitującej bluzki powiewały na wietrze.

– Szkoda, że jest tak późno – powiedziała, rozglądając się po wzgórzach wokół teatru. – Moglibyśmy wejść tam na górę. Mogłabym ci coś pokazać.

– Pokaż mi i tak – odparł. – Chwileczkę... na górę? Dokąd?

– Co, za szybko się zgodziłeś? Nie, wycofajko nie wchodzi w grę. Będę ci musiała pokazać kiedy indziej.

– Dobra. Kiedy?

Roześmiała się. Oparli się o szare volvo i pili wodę z jednej butelki. Myśli Juliana gnały jak oszalałe.

– Jaki jest twój ulubiony film?

– Nie wiem. Czemu pytasz?

– No, powiedz. Jaki? *Titanic*?

– Jejku, nie, nie obchodzi mnie to umieranie w lodowatej wodzie. Nic a nic – odparła, patrząc na niego zmrużonymi oczami. – *Czas apokalipsy*.

Julian zawahał się.

– Twoim ulubionym filmem jest *Czas apokalipsy*?

Jej twarz nie straciła pokerowego wyrazu.

– Jasne. Czemu cię to dziwi?

– Bez powodu. – Udał, że kaszle. – Nigdy go nie widziałem.

Teraz to ona się zawahała.

– Nigdy nie widziałeś *Czasu apokalipsy*?

– Nie. Czemu cię to dziwi?

– Bo to film dla facetów. Powinniśmy go kiedyś obejrzeć.

– Dobra. Kiedy?

Roześmiała się. Postali jeszcze chwilę.

– Posłuchaj, muszę wracać – powiedziała.

– Myślałem, że jesteś głodna – wypalił Julian. – Na co masz ochotę? Możemy jechać gdziekolwiek. Może nie wiem nic o filmach o Wietnamie, ale wiem, gdzie można coś zjeść w Los Angeles. Masz ochotę na taco? Factor's przy Pico? Pizzę? Kokosowy placek u Marie Callender?

Wykrzywiła usta, jakby się z czymś zmagała.

– Nie myśl, że mi odbiło – powiedziała w końcu. – Ale choć jest pora na późny obiad, mam ochotę na śniadanie. Placki ziemniaczane?

– Znam takie miejsce. Najlepsze placki ziemniaczane w L.A.

– Jestem odpowiednio ubrana?

– Do IHOP? Oczywiście. – Julian otworzył drzwi pasażera.

– Wiesz, co powiadają – oznajmiła, wsiadając. – Kiedy facet otwiera dziewczynie drzwi, to albo dziewczyna jest nowa, albo samochód.

– Ha – rzucił Julian. Nowa była dziewczyna.

*

– Gdzie się zatrzymujesz, gdy przyjeżdżasz do L.A? – zapytał. Siedzieli naprzeciwko siebie, między nimi na niebieskim stoliku stał na wpół opróżniony drugi talerz z plackami.

– U Z.

Czy Julian odważy się zapytać czy Z oznacza Zoe czy Zachary'ego? Odważył się.

– Kim jest Z?

– Moją najlepszą przyjaciółką Zakiyyah.

– Ach. – Wypuścił powietrze. – Ona też jest aktorką?

– Kiedyś była. – Josephine postukała widelcem o talerz. IHOP przy

Sunset była pusta, bo któż przychodziłby wieczorem do knajpki, która serwuje śniadania.

– Jak się naprawdę nazywa?

– Zakiyyah Job. Job jak Hiob z Biblii, nie praca. A Zakiyyah oznacza pariasa.

– Obie macie niesamowite pseudonimy sceniczne. Szczęściary.

– I kto to mówi, Julianie Cruz. W każdym razie, Z ma szczęście. Nade mną ława przysięgłych jeszcze obraduje. Siedem lat temu przeniosłyśmy się na zachód, bo tutaj jest raj, wszystko. Zamieszkałyśmy razem, zaczęłyśmy chodzić na przesłuchania. Myślałam, że będzie dobrze – ja jestem biała, ona czarna – ale z całą tą poprawnością polityczną agenci wychodzili z siebie, żeby zatrudnić ją, nie mnie. Czasami była lepsza. Czasami ja. Trudno powiedzieć, bo to ona zawsze dostawała rolę i to stanęło między nami. – Westchnęła. – Jeśli miałyśmy pozostać przyjaciółkami, jedna z nas musiała wybrać inny zawód. Rzuciłyśmy więc monetą.

– Chyba najpierw powinnyście rzucić monetą, czy chcecie pozostać przyjaciółkami.

– Nie, to było niepodważalne. Pochodzimy z tej samej okolicy. Z jest dla mnie jak siostra.

Julian wiedział coś o rzucaniu monetą. Kiedy poznali Gwen i Riley, rzucili z Ashtonem monetą o Gwen. Bo Riley, wysoka, piękna, w typie kalifornijskiej dziewczyny z sąsiedztwa, z lśniącymi blond włosami i promienną cerą, wydawała się nieosiągalna dla zwykłego śmiertelnika, nawet dla Ashtona, który z pewnością nie musiał się wstydzić swojego wyglądu. Ashton oświadczył, że mężczyźnie nie będzie łatwo z dziewczyną, która tak się odstawiła na środową happy hour w knajpce przy Santa Monica. Wyglądała i poruszała się jak gwiazda filmowa, a Gwen jak przyjaciółka gwiazdy. Rzucili więc monetą o Gwen. Ashton przegrał. To był wstrząs. Bo Ashton nigdy nie przegrywał.

– Byłam bardzo pewna siebie – ciągnęła Josephine – bo nigdy nie przegrywałam w rzutach monetą ani nawet w kamień, papier, nożyce. Ale Z wygrała. Powiedziałam: Zagrajmy do pięciu. Znów wygrała. Do siedmiu też.

– Czy ta ważna życiowa decyzja nie została przypadkiem podlana tequilą?

– Całą butelką.

– Tak myślałem.

– Wygrywała za każdym razem. W końcu powiedziałam, okej, ostatni raz, zwycięzca bierze wszystko, nagła śmierć. Wzmocniłyśmy się resztą tequili. I wiesz, co się stało?

– Wygrałaś?

– Czemu tak sądzisz? – odparła z kapryśnym półuśmiechem. – Bo wierzysz w filozofię Willy'ego Wonki dotyczącą loterii i życia w ogólności?

Roześmiał się.

– Rzeczywiście wierzę. Bo jeśli chcesz więcej, masz większe szanse.

Josephine skinęła głową, w pełni się z nim zgadzając.

– A nikt nie chciał tego bardziej ode mnie. Mimo to przegrałam. Czasami obojętne, jak bardzo tego chcesz, przegrywasz. – Nie wyglądała na zmartwioną. – Kiedy zwymiotowałam i się uspokoiłam, Z powiedziała, że oddaje mi zwycięstwo. Ona zostanie kimś innym.

Julian był pod wrażeniem. Kiedy wygrał, nie oddał Gwen Ashtonowi.

– Czemu to zrobiła?

– Powiedziała, że odkąd byłam na tyle duża, by recytować wiersz o trzech myszkach, wchodziłam na każdy stół – powiedziała Josephine. – Wszędzie wynajdywałam sobie scenę. – Zamilkła i zaczęła przesuwać po talerzu zimne placki. – Oczywiście, Z radzi sobie fantastycznie, a ja nadal czekam na wielki przełom. – Zakiyyah zajmowała się terapią sztuką w szkołach publicznych w Kalifornii. Jeździła po całym stanie i prowadziła warsztaty dla nauczycieli szkół podstawowych, ucząc ich, jak pomagać uczniom, do których nie można trafić za pomocą konwencjonalnej terapii. Julian pomyślał, że nową pracę Zakiyyah oddziela od sceny cały ocean. Jedna: ja, ja, ja. Druga: ty, ty, ty. Jak można dokonać tak ogromnego przeskoku?

– Zapytasz, czemu to ciągnę?

– Nie pytałem. Wiem czemu – odparł. – Bo teatr jest wszystkim. – Poczuł ucisk w gardle.

– Tak! – wykrzyknęła Josephine z błyskiem w oczach. – To nie tyle zawód, co choroba. Musisz to kochać, bo inaczej po co mieć obsesję na punkcie czegoś, co oferuje nagrodę tak nielicznym.

Julian zgodził się z nią.

– To dobre podejście w wielu sprawach, nie tylko w teatrze. Ale jeszcze się przebijesz. – Chciał jej powiedzieć, że nigdy w życiu nie czuł tego, co poczuł, gdy stanęła przed nim na ciemnej scenie Cherry Lane. „O, gdzie to wszystko, gdzie się podziały te lata, gdy byłem młody". – Poza tym, jeśli tym się zajmujesz i możesz to robić, to robisz to dalej. – Julian zacisnął szczęki. – Bo czasami nie można. A nie ma nic gorszego.

Josephine spojrzała na niego badawczo.

– Coś o tym wiesz?

– Trochę. To zakrawa na ironię – ciągnął – że po tym całym piciu i rzucaniu monetą nie zostałaś w L.A., a twoja przyjaciółka tak.

– To prawda. Przyjechałyśmy tu razem, a ona, która twierdziła, że nie może znieść słońca i udawanego życia, postanowiła zostać, a ja, która uwielbiałam jedno i drugie, wróciłam do domu.

– Czemu nie zostałaś?

– Mówiłam ci, nie mogłam tu mieszkać – powiedziała Josephine. – Choć oczywiście nie wiedziałam o tym, gdy rzucałyśmy monetą.

– To paradoks związany z czasem. – Julian próbował powiedzieć coś, co podniosłoby ją na duchu. – Paradoks związany z oglądaniem się za siebie. Nie można działać na podstawie czegoś, czego się nie wie.

– Nie, plotę bzdury, wiedziałam – odparła młoda piękność, a jej smutny głos odbił się echem w pustej restauracji. – Czułam to w duszy. Myślałam, że ciężar, który mnie przygniata, powstał z powodu napięcia między mną a Z. Dopiero kiedy wróciła do szkoły, ja dalej chodziłam na przesłuchania, a to przejmujące poczucie przygnębienia nie ustępowało, uświadomiłam sobie, że nie chodzi o Z i o mnie. Chodziło o mnie i L.A. – Machnęła energicznie ręką. – Tak więc sześć lat temu wróciłam do absurdalnych rozkoszy nowojorskiego teatru. – Uśmiechnęła się. – Przylatuję tu co kilka miesięcy i biorę udział w kilku przesłuchaniach, żeby pozostać członkiem Związku Aktorów Filmowych. Odwiedzam przyjaciółkę i odrywam się od teatru, żeby sprawdzić, czy mogę bez niego żyć. I nie mogę. Przylatuję do Los Angeles, żebym wiedziała, kim jestem.

5

Normandie Avenue

Normandie Avenue, przy której mieszkała Zakiyyah, była słabo oświetlona. Biegnąca przez dzielnicę mieszkaniową ulica, wzdłuż której rosły wysokie postrzępione palmy i stały domy klasy pracującej, była szeroka, lecz podejrzana.

– Tylko na tyle ją stać – wyjaśniła Josephine.

– Nic nie mówiłem. Czy tu jest bezpiecznie? – zapytał po chwili Julian.

– Nie tak bezpiecznie jak w twoim volvo, ale cóż może się z nim równać.

Za minutę miała wysiąść z jego volvo.

– Nie miałyśmy z Z większych problemów – ciągnęła. – Jeśli nie liczyć strzałów z przejeżdżającego samochodu, kiedy byłam tu ostatnio.

– A kto chciałby zawracać sobie tym głowę?

– To się wydarzyło przed domem Z. Gliniarze zablokowali ulicę na parę godzin. Z była w pracy, ale do mnie zadzwonili z propozycją roli i nie mogłam wyjść z domu, dopóki policja nie oczyściła terenu. Ot, historia mojego życia.

– Czemu się nie przeprowadzi?

– Bo wróciłam do Nowego Jorku. Było łatwiej, kiedy obie składałyśmy się na czynsz.

– Czemu nie znajdzie innej współlokatorki?

– Kto chciałby tu mieszkać? Widziałeś okolicę? – Josephine uśmiechnęła się znacząco. – Ale ma to swoje plusy, bo jest tanio. I blisko do autostrady. Rosie, gospodyni, jest miła. Robi nam enchilady, bo Z pracuje do późna i często jest zbyt zmęczona, żeby coś ugotować. Choć jest naprawdę dobrą kucharką.

– A ty? Gotujesz?

– Jasne – odparła. – Robię odlotowe tosty.

– Już je lubię – odparł.

– Poczekaj, aż spróbujesz. Będziesz zachwycony.

– Okej. Kiedy?

Zaśmiała się, jakby był gwiazdą kabaretu.

Zakiyyah mieszkała w żółtym domu pod rzucającą żółte światło latarnią. Zaparkował przy krawężniku. Zastanawiał się, czy wyłączyć silnik. Chciał wejść do środka. Nie wiedział, czego chce.

– Polubiłbyś Zakiyyah – powiedziała Josephine. – Zajmuje się edukacją jak ty.

– Nie zajmuję się edukacją. Pracuję w rozrywce.

– Uczysz ludzi, jak wykorzystywać ocet. Nazywasz to rozrywką? To ja pracuję w rozrywce.

– Każdy może sprawić, że Oscar Wilde będzie zabawny – odparł Julian. – Odwalił za ciebie całą robotę. Ale sprawić, żeby ocet był zabawny, to wymaga prawdziwego talentu.

– Okej, więc jesteś rozrywkowym nauczycielem.

– Wiesz, tam skąd pochodzę, uznano by to za komplement.

– Tam skąd ja pochodzę, też. – Przeciągnęła się, dotykając dłońmi dachu samochodu. – Mieszkamy z Z na piętrze. Mamy balkon. – Wskazała bok piętrowego domu. – Z kwiatami. Widzisz je? Czerwone azalie. Żółte petunie.

– Macie szczęście, że nikt się tam nie wdrapał i ich nie ukradł. – Rozejrzał się po ulicy.

Nie poczuła się urażona.

– Wspomniałam o balkonie na wypadek, gdybyś chciał pod nim stanąć i wyrecytować wiersz albo przekazać mi jakąś życiową mądrość.

Odsuwając się od niej, nie miał nic do powiedzenia, a przynajmniej nic sensownego.

Powoli podniosła torbę z podłogi.

– Tak się z tobą tylko droczę. Dzięki za dzisiaj. Świetnie się bawiłam.

– Ja też.

Otworzyła drzwi i odwróciła się w jego stronę. Julian już miał wykrzyknąć coś głupiego w zakłopotane powietrze, dosłownie otworzyć usta i opowiedzieć jej, jakie miał plany, zanim się pogubił, jak bardzo chciał kiedyś wieść inne życie, jak go bolało, gdy musiał z niego zrezygnować i jak trudno było się z tym pogodzić, ale pragnął jej tak bardzo, jakby zanurzał się w ogrodzie róż i kolców, nie mógł przez to oddychać, a w efekcie nic powiedzieć.

Trzymała nadal rękę na otwartych drzwiach, jedną stopę wystawiła już na zewnątrz.

Nachyliła się i delikatnie pocałowała go w policzek, blisko ust. Pachniała wiśniami w czekoladzie, palmami, ogniem. Ogarnęło go poczucie bezradności.

Patrzył, jak macha mu na pożegnanie i znika, a potem siedział przed jej domem, wpatrując się w zniszczony żółty balkon z więdnącymi azaliami i przyciskając pięści do piersi. Otworzył okno i do środka wdarły się odgłosy autostrady, migały światła pędzących samochodów, które szumiały jak wzburzony ocean. Niecałe dwa kilometry na północ, na końcu długiej prostej Normandie Avenue, wznosiły się majestatyczne atramentowe góry Santa Monica i ustawiony na nich biały napis HOLLYWOOD, odbijający się w ciemności. Normandie była ulicą przelotową i samochody często pędziły nią, by zacząć wspinaczkę na wzgórze i zniknąć. Dokładnie naprzeciwko domu Z za zamkniętą bramą wznosił się niski, tani piętrowy budynek. Paliły się w nim wszystkie światła. Ze środka dobiegał hałas. Druty kolczaste zwisały z zakratowanych okien i ozdobionych sztukaterią balkonów, kołysząc się jak sznury światełek podczas Bożego Narodzenia.

Julian przyjrzał się dokładniej. To nie były druty kolczaste. Dziwne, że od razu pojawiły się w jego umyśle skojarzenia z drugą wojną światową. A to był drut ostrzowy. Nowoczesny. Typowy dla L.A. Kiedy drut kolczasty nie był w stanie odstraszyć śmiałków, proste ostrza tego drugiego jak żyletki rozcinały gardło Romea, który wspinał się, by wyśpiewać sonet ukochanej. Josephine, Josephine.

Czemu w zwykłym domu potrzebny jest drut ostrzowy na oknach i balkonach?

Julian nie chciał myśleć o swoim życiu. Chciał tylko odczuwać. Kiedy miał trzynaście lat, zakochał się na zabój w dziewczynce ze szkoły. Uczucie było tak silne, że odbierało mu mowę. W odległości piętnastu metrów od swojej ukochanej zaczynał się pocić i dyszeć. W środku roku szkolnego dziewczynka miała operację na otwartym sercu i umarła na stole operacyjnym. Wtedy Julian czuł się tak po raz ostatni. Od tamtej pory zachowywał pełną kontrolę. Żadna z jego późniejszych kobiet, a niektóre były bardzo piękne, nie sprawiała, że czuł się jak oniemiały dzieciak na przerwie. Próbował za wszelką cenę unikać poczucia utraty kontroli. To osłabiało. Chciał mieć rozsądne życie miłosne. Chciał wieść rozsądne życie w ogóle.

I aż do dziś dokładnie tak było.

6

Gwen

Kiedy o dziesiątej wieczorem Gwen otworzyła drzwi, patrzyła na niego, jakby miał jej oznajmić, że ktoś umarł.

Miała rację, że się przejęła. Ich związkiem rządził tygodniowy plan, od którego rzadko odstępowali. Wychodzili w czwartkowe wieczory, a ona potem zostawała u niego. Sobotnie wieczory zazwyczaj spędzali z Ashtonem i Riley. Jadali we czwórkę niedzielny brunch. We środy starali się zjeść razem lunch, jeśli Julian nie miał żadnych spotkań, a ona nie była zawalona robotą. Pracowała jako sekretarka w kancelarii związanej z branżą rozrywkową.

Mieszkała na parterze z dwiema koleżankami. Wszystkie trzy oglądały teraz *Gotowe na wszystko*. Pozostałe dwie dziewczyny zbyły Juliana machnięciem ręki, zirytowane, że im przerywa.

– Co się stało? – zapytała Gwen. – Mieliśmy dziś wyjść?

– Nie, nie.

– Tak myślałam. Wtorek to nie jest nasz dzień. – Uśmiechnęła się.

– Możemy pogadać?

Gwen spojrzała na kanapę, na której czekały dwie współlokatorki.

– To nie może poczekać do jutra, Jules? Bo zostało nam jeszcze piętnaście minut serialu, a potem chcę się położyć. Muszę być w pracy o ósmej. Kryzys z kontraktami. Nie możemy zaczekać?

– Nie.

Skrzywiła się.

Nie chciał rozmawiać w kuchni, a Gwen była już w piżamie. Za nic nie zabierze jej do samochodu, by tam przeprowadzić przygnębiającą, szczerą rozmowę.

– Chodźmy do twojego pokoju.

Uśmiechając się i źle rozumiejąc jego intencje, ujęła go za nadgarstek.

– Dziewczyny, skończcie beze mnie.

Opadła na łóżko, a on usiadł naprzeciwko niej na krześle, zaplatając nerwowo dłonie.

– Czemu przyjechałcś aż tutaj?

– Gwen...

Usiadła i przerwała mu.

– Nie. Nie zaczynaj żadnej rozmowy od Gwen. Jules, mam tyle stresów w kancelarii, nigdy nie pracuję dość szybko ani dość długo. Dziś siedziałam do wpół do dziewiątej wieczorem. Jeśli byłam wyłączona, to z powodu przepracowania.

– Nie byłaś wyłączona.

– Cały czas jestem straszliwie zmęczona. Nie mam teraz siły na żadne bzdury – powiedziała. – To nie może zaczekać do czasu, aż będę miała więcej energii?

– Nie może. Przepraszam, Gwen. Nie wiem, jak to powiedzieć. Na coś takiego pora nigdy nie jest odpowiednia. – Wyprostował się, wziął oddech.

Zacisnęła powieki i dłonie.

– Julianie... ty... zc mną zrywasz?

– Tak. Przykro mi. Proszę, nie denerwuj się. Nie płacz. – Usiadł obok niej na łóżku i próbował jej dotknąć. – Jcstcś wspaniałą dziewczyną. Nie będziesz sama ani przez minutę. I mam nadzieję, że pozostaniemy przyjaciółmi...

– Nie mówisz poważnie! – krzyknęła, odtrącając jego rękę. – Nie możemy zerwać! Mamy na sobotę zarezerwowany brunch w N/Naka! Czekaliśmy na to trzy miesiące!

– Co do tego...

– A w przyszłym miesiącu jedziemy do Cabo. Zabukowałeś już hotel.

– Co do tego...

– Czemu to robisz?

Co mógł powiedzieć? Co najmniej zaboli?

– Zrobiłam coś nie tak – powiedziała Gwen. – Przepraszam. Stale mam te huśtawki nastroju. Tu nie chodzi o ciebie, Julianie, lecz o mnie. Muszę coś zażywać. Mój terapeuta mówi, że muszę brać jakieś leki.

Ujął ją za rękę i przytrzymał mimo jej protestu.

– Nie masz huśtawek nastroju. I nie musisz niczego brać. Tu nie chodzi o ciebie. Szczerze. Chodzi o mnie. – Wziął głęboki wdech. – Spotkałem kogoś – powiedział. – I nie chcę oszukiwać ani jej, ani ciebie. Nie chcę, żeby coś się kończyło ani zaczynało w ten sposób. Przepraszam. Nie spodziewałem się tego, nie szukałem. To nie jest coś, czego chciałem.

Nie? Naprawdę nie szukał? Kiedy wędrował ulicami Los Angeles, Miasta Aniołów, zaglądał do nowych barów, kafejek, nowych restauracji, nowych kin, sklepów, kiedy spacerował po plażach i deptakach, jadł i pił na świeżym powietrzu, snuł się po galeriach handlowych, cmentarzach, hotelowych lobby, czego szukał? Tak, gromadził pomysły do swojego newslettera, robił zdjęcia, zbierał kwiaty, widma życia. Ale czy naprawdę tylko o to chodziło? Przez dziesięć lat przeczesywał Los Angeles, szukając nie tyle ciała, ile duszy. Czy szukał kogoś? Gdy zaglądał w twarze wszystkich spotkanych kobiet, w jego oczach czaiło się pytanie: „Czy to jest ta jedyna?”.

Jednej rzeczy Julian był pewien – i wiedział to od początku. Gwen nie była tą jedyną.

– Byliśmy razem tak długo! – wykrzyknęła. – Czy nie zasługuję na coś lepszego?

– Zasługujesz – odparł. – Na coś lepszego ode mnie.

– Ale czemu mam marnować trzy lata życia?

– Czasami – zaczął – kiedy idziesz złą drogą, trzeba z niej zejść, zawrócić i zacząć od nowa.

– Nazywasz mnie złą drogą? Pieprzyć cię!

– Nie. To ja jestem złą drogą.

– Myślałam, że matka lepiej cię wychowała – oświadczyła Gwen.

– Co ja takiego wyprawiam? Próbuję zachować się przyzwoicie, uczciwie.

– Przyzwoicie byłoby ze mną nie zrywać.
– Ale to nie byłoby uczciwe.
– Przyzwoicie byłoby nie wiązać się z kimś innym!
– Z nikim się nie związałem. To coś zupełnie nowego.
– Ale chcesz!
– Tak – odparł. – Chcę.

ZAPISKI TEGO-KTÓRY-
-WIE-WSZYSTKO

CZĘŚĆ 11, NUMER 201

MIESZANINA

- Synonimy MIESZANINY: składanka, plątanina, miszmasz, galimatias.

- Możesz powiedzieć wiele, jeśli nie większość rzeczy o osobie na podstawie rodzaju butów, jakie nosi.

- Muhammad Ali mówi, że kiedy ćwiczysz, nie wykonuj serii powtórzeń. Ćwicz, aż zacznie boleć, a potem wykonaj ćwiczenie jeszcze kilka razy, aż zaboli naprawdę. Jeśli nie umierasz z bólu, nie ćwiczysz jak należy.

- Chcesz obejrzeć film z dziewczyną? Zapytaj, jaki jest jej ulubiony. Kiedy ci powie, odpowiedz, że go nie widziałeś, nawet jeśli to nieprawda. Jeśli jej się podobasz, zaproponuje, żebyście obejrzeli go razem.

- Kiedy wychodzisz z domu, zawsze ubieraj się tak, jakbyś miał spotkać miłość swojego życia.

*Jedyny sposób to poddać się
niszczącemu żywiołowi*[*].
Joseph Conrad

CRUZ/BENNETT PRODUCTIONS
Od ponad dekady pomagamy ci zacząć dzień

---

[*] Joseph Conrad, *Lord Jim*, przeł. Aniela Zagórska, Wydawnictwo KAMA, Warszawa, brw.

7

Ashton i Riley

Wypadłszy za burtę, Julian pływał przez resztę nocy w morzu Josephine. Odzwierciedleniem tego był jego poranny newsletter – mieszanina okraszona dziwnym cytatem z Josepha Conrada (czy były jakieś inne?).

Tego dnia na niego przypadała kolej otwarcia sklepu i dotarł na Magnolia Avenue przed dziewiątą. Ku jego zaskoczeniu Ashton był już w środku. Zwykle to Julian otwierał rano sklep, a Ashton długo spał. I rzeczywiście przyjaciel nie wyglądał na w pełni rozbudzonego i nie był kompletnie ubrany. Strzygł włosy na jeża, żeby nie mieć z nimi kłopotu, ale jeszcze się nie ogolił i na twarzy widać było zarost w kolorze ciemnego blondu.

Obok niego stała Riley. To było jeszcze większym zaskoczeniem. Riley tolerowała sklep jak wszystko związane z Ashtonem z czułą rezygnacją. Nigdy się tu jednak nie pokazywała w powszednie dni, gdy musiała być w pracy. Jako regionalny kontroler produktów organicznych w Whole Foods we wczesne poranki była najbardziej zajęta.

Ashton i Riley stali przy szklanej ladzie obok kasy i z założonymi na piersiach rękami spoglądali ze złością na Juliana. Oczywiście Ashton, który niczego nie brał poważnie, patrzył na Juliana z udawaną złością; udawał też, że ze złością zakłada ręce. Naśladował Riley, by zaprezentować zjednoczony front, i ukrywał przed nią nieustanne ziewanie.

– Co jest? – Julian potrząsnął kluczami.

– Może ty nam powiesz – odparła Riley. Na jej kostiumie nie widać było ani jednej zmarszczki, włosy w kolorze miodowym były wyprostowane i idealnie ułożone, makijaż nieskazitelny, postawą przypominała balerinę. Przedstawiała sobą idealny kontrast ze zgarbionym, zaspanym, ubranym w podarty podkoszulek i dżinsy chłopakiem. – Czy wczoraj wieczorem zerwałeś z Gwen?

– Ach. – Powinien był wiedzieć, że Gwen natychmiast zadzwoni do Riley.

– Czemu to zrobiłeś?

– Czy muszę wam wszystko wyjaśniać? – rzucił. Gwen i Riley były najlepszymi przyjaciółkami. Wiedział, że będzie musiał się wytłumaczyć. Ale nie chciał.

– Gwen jest bardzo przybita – powiedziała Riley. – Mówi, że zmarnowałeś jej czas, pozwalając wierzyć w rzeczy, które nie były prawdą. Nie rozumie, co się stało. Powiedziała mi, że w przyszłym miesiącu w Cabo planowałeś się jej oświadczyć!

Julian pokręcił głową. To było pobożne życzenie Gwen.

– Zerwanie jest wystarczającym złem – ciągnęła Riley. – Ale dlaczego ją okłamałeś?

– Nie kłamałem…

– Kłamałeś. Powiedziałeś jej, że kogoś spotkałeś.

Ashton też kręcił głową.

– Czemu ty kręcisz głową? – zapytał Julian.

– Kogo mogłeś spotkać? Widziałem się z tobą w poniedziałek wieczorem i nic – odparł Ashton. – Aż tu nagle wczoraj kogoś spotkałeś?

– Tak to właśnie działa – odparł Julian. – Dlatego to się nazywa spotkać kogoś.

– Okej – rzucił Ashton. – Jeśli chcesz kłamać, w porządku, ale czemu robić to tak fatalnie?

Riley odwróciła się do niego, zakołysały się obcięte na boba włosy do ramion.

– Chcesz powiedzieć, że mógłby kłamać, gdyby robił to lepiej?

– Nie to miałem na myśli.

– To co?

– Hej! Tu nie chodzi o mnie. To on kłamie, zrywa i tak dalej.

Czemu naskakujesz na mnie? – Ashton rzucił Julianowi spojrzenie pod tytułem: „Zaczekaj, aż cię dopadnę".

W odpowiedzi Julian potarł brodę środkowym palcem.

– Posłuchaj, Jules – powiedziała Riley. – Naprawdę nie mam na to czasu. Gadałam z Gwen przez telefon do drugiej nad ranem, a o siódmej miałam być w pracy. Przyszła dostawa pomidorków koktajlowych z Arkansas, a ja jestem tu z tobą, a nie z pomidorami, bo narobiłeś niezłego bajzlu. Podsumowując, przegadałyśmy wszystko z Gwen i ona jest gotowa na pewne zmiany, jeśli tego potrzebujesz.

Julian pokręcił głową.

– Nie tego potrzebuję.

– Wiesz, Julianie – zaczęła powoli Riley – jeśli uważałeś, że nad waszym związkiem trzeba popracować, czemu z nią po prostu nie porozmawiałeś? Tak długo było wam razem świetnie. Nie sądzisz, że Gwen zasługuje na rozmowę?

– Rozmawialiśmy – odparł.

– Ale nie musiałeś wymyślać różnych bzdur, jeśli chciałeś tylko nią wstrząsnąć.

– Nie chcę nią wstrząsnąć i niczego nie wymyślałem.

– Naprawdę? – Riley oparła rękę na biodrze, stając w pozycji czajnika. – Nie kłamałeś, kiedy powiedziałeś Gwen, że rzucaliście o nią z Ashtonem monetą i ty wygrałeś? Czemu miałbyś powiedzieć coś takiego?

– Tak, Julianie – wtrącił Ashton, teraz marszcząc brwi na serio. – Czemu, u diabła, miałbyś powiedzieć coś takiego?

– Czy to nie jest jasne? – odparł Julian. – Żeby Gwen poczuła się lepiej.

Riley odwróciła się gwałtownie do Ashtona.

– To prawda, Ashtonie Bennett? Jesteśmy razem tylko dlatego, że przegrałeś w rzucie monetą? Że byłam twoją nagrodą pocieszenia? Bo, wiesz, czasami rzeczywiście mnie tak traktujesz.

– Nie, skarbie, jasne, że to nieprawda. – Ashton objął Riley ramieniem i przyciągnął ją do siebie. Riley była wysoka, lecz Ashton był od niej wyższy. – Słyszałaś, powiedział to tylko dlatego, żeby Gwen poczuła się lepiej. – Rzucił Julianowi lodowate spojrzenie lodowatych niebieskich oczu. – Prawda, Jules?

Julian zaklął pod nosem.

– Ash ma rację. Powiedziałem to tylko dlatego, żeby Gwen poczuła się lepiej. – Zacisnął pięść na ostrych kluczach.

– Julianie, zawsze miałeś problem z przegadywaniem różnych rzeczy. – Riley przemawiała spokojnym głosem psychoanalityka. – Jesteś trochę melancholijny, dusisz w sobie emocje. To niedobrze. Przez cały czas zachowujesz się tak, jakby nic cię nie niepokoiło…

– Bo nic mnie nie niepokoi.

– A potem, zamiast wszystko poukładać, mówisz Gwen, że kogoś spotkałeś.

– Bo rzeczywiście kogoś spotkałem.

– Zamknij się – rzucił Ashton. – Przestań wszystko pogarszać tym swoim gadaniem.

– Jak już wspominałam, Gwen jest gotowa na zmiany – ciągnęła Riley. – Choć nie akceptuje twojego pasywno-agresywnego zachowania, gotowa jest zrobić co trzeba, żebyście znów byli razem.

– Ustalmy jedno – zaczął Julian. – Kiedy zerwałem z Gwen, patrząc jej w oczy, to było zachowanie pasywno-agresywne, ale gdy ona przysyła pośrednika, by dyskutować o naszym związku, to staje z problemem twarzą w twarz?

Niewzruszona Riley mówiła dalej; przygotowała listę spraw, które chciała poruszyć w drodze do koktajlowych pomidorków.

– Gwen mówi, że jest gotowa pojechać z tobą na walkę bokserską do Vegas, jeśli tego właśnie chcesz.

– Nie tego chcę.

– Przestanie też suszyć ci głowę, żebyś znalazł prawdziwą pracę.

– Chyba nie tylko Gwen powinna to sobie wziąć do serca – powiedział Ashton.

Riley podniosła wypielęgnowaną dłoń, by go uciszyć.

– Przepraszam – powiedziała. – Nie mogę się teraz tobą zajmować. Próbuję uratować ich związek. – Westchnęła poirytowana. – Gwen powiedziała też – ciągnęła profesjonalnym, poważnym tonem – że będzie gotowa zrobić z tobą tę inną rzecz, którą chciałeś z nią robić, a ona się nie godziła.

– Chyba nie tylko Gwen powinna to sobie wziąć do serca – powtórzył Ashton.

– Ashtonie Bennett, to nie pora na twoje żarty! Jules, chcesz poznać moją opinię? – Riley wygładziła ubranie. – Kąpiel w błocie bardzo by cię odnowiła duchowo. Na mokradłach przy oceanie podczas odpływu, a potem apiterapia. Obie dokonają cudów przy twoich napadach lęku.

Julian starał się nie wymienić z Ashtonem choćby mrugnięcia okiem.

– Apiterapia? To atakujące mnie pszczoły czy igły wbijane w ciało?

– Pszczoły nie atakują – odparła obronnym tonem. – Żądlą cię pod kontrolą, żebyś mógł się oczyścić, duchowo i fizycznie.

– Nie potrzebuję, żeby żądliły mnie pszczoły – odparł Julian. – Przez całe dnie szukam porad, jak ocalić innych ludzi przed użądleniem. A poza tym nie mam napadów lęku.

Zadzwoniła jego komórka. Była 9.07.

– Halo? – rozległ się w telefonie lekko zachrypnięty głos Josephine. Tym wstawionym głosem mogłaby uwieść wszystkich mnichów we wszystkich centrach misyjnych Kalifornii.

– Tak? – Julian zachował spokój. Uniósł palec, pokazując „jedna minuta" Riley i Ashtonowi, którzy stali w pełnych wyrzutu pozach przy ladzie, i odwrócił się do nich tyłem.

– Kto mówi? – zapytała Josephine.

– Kto mówi? – odparł Julian. – To ty do mnie dzwonisz.

– Wiem, że dzwonię do ciebie, ale ktoś zadzwonił na twój numer z mojej komórki wczoraj po południu o czwartej czterdzieści dziewięć, a wiem, że to nie mogłam być ja, bo stałam na scenie. A jednak on jest. Twój numer w mojej komórce.

Co miał powiedzieć?

– Dzień dobry, Josephine szepnął.

– Cześć, Julianie. – zachichotała. – Mogłeś po prostu poprosić o mój numer. Dałabym ci. Posłuchaj, co teraz robisz?

– Dzisiaj? – zapytał. – Czy w tej chwili?

– Wcześniej. Mam pewien kłopot. Mógłbyś wpaść? Hej, czemu mówisz tak cicho? – Też zniżyła głos. – Ktoś słucha?

Przy jego ramieniu stanął Ashton.

– Co jest, u diabła? Nie skończyliśmy.

– Zaraz będę. – Julian przerwał połączenie i odwrócił się do przyjaciela. Zostali w sklepie sami. – Gdzie jest Riley?

– Wyszła. Nie mogła czekać, aż skończysz. Ale powiedziała, że jeszcze nie skończyliśmy rozmowy.

– Oczywiście. – Julian zabrzęczał kluczami. – Możesz na jakiś czas zostać na posterunku? Muszę biec. Wrócę migiem.

– Ile trwa dla ciebie „mig", dwa dni? Dziś ty otwierasz sklep, pamiętasz? Ja powinienem leżeć w łóżku. Spać. I czemu powiedziałeś Gwen o rzucie monetą? Jaja sobie robisz, stary? I kto dzwonił?

– Później ci powiem. Odsuń się. – Julian próbował minąć Ashtona.

– Dokąd się wybierasz?

– Sprawdzić, gdzie mnie nie ma.

Ashton nie dawał za wygraną.

– Kto dzwonił?

– Nikt. Rusz się.

– To mnie przesuń. – Ashton szturchnął Juliana.

Julian odepchnął go lekko.

– Chcesz, żebym cię przesunął? – Przepychali się przez chwilę.

Jasnoniebieskie oczy Ashtona migotały wesoło. Próbował odebrać Julianowi telefon.

– Wystawiłeś mnie wczoraj podczas lunchu – powiedział. – To wtedy spotkałeś tego kogoś, kto dzwoni do ciebie o takiej barbarzyńskiej porze? Wrócisz tu w ogóle, czy mam zadzwonić do Bryce'a?

Bryce był jednym z ich kolegów z college'u, który uważał, że jest drugim najlepszym przyjacielem Ashtona.

– Nie groź mi pieprzonym Bryce'em – odparł Julian. – Wrócę.

– Sądząc po napalonym wyrazie twojej twarzy, chyba nie wrócisz.

– Nie dramatyzuj. Mamy spotkanie w sprawie kostiumów u Warnera.

– Tak. O jedenastej.

– Chyba nie wrócę na czas. Możesz to przesunąć na popołudnie? Ashtonie, możesz... – Nadal się przepychali i poszturchiwali w dobrze wyćwiczonej parodii walki.

– Jules, proszę, tylko mi nie mów, że poznałeś wczoraj jakąś lalę i po jednym spędzonym z nią popołudniu zerwałeś z dziewczyną, z którą byłeś od lat, a teraz pędzisz, jakby cię wezwano na szybki numerek przed śniadaniem.

– Skoro jesteś takim geniuszem, to mnie przepuść.

– Zaczekaj! Mam jedno bardzo ważne pytanie...

Julian czekał zniecierpliwiony.

– Jak ona wygląda? – Uśmiechając się od ucha do ucha, Ashton w końcu pozwolił mu przejść. – Wiesz, że wykorzystuje cię tylko dla twojego ciała.

– No to mam szczęście. – Julian nie spojrzał w stronę Ashtona. Nie chciał, by przyjaciel dostrzegł choć cień wilgotnego śladu, jaki przezroczysta dziewczyna zostawiła na wyschniętej gąbce jego serca.

8

Czerwony beret, ujęcie pierwsze

Na Normandie Avenue Julian wbiegł po schodach po dwa stopnie naraz, lecz mimo to udało mu się spojrzeć na budynek po drugiej stronie ulicy przypominający więzienie o zaostrzonym rygorze. Nie wyglądał dobrze, nawet za dnia.

– Dzień dobry, Julianie – powiedziała Josephine, otwierając drzwi. Przed chwilą wyszła spod prysznica i była ubrana tylko w skąpy top i szorty od piżamy. – Mamy piękny poranek, prawda?

– Tak. – Ukryli uśmiechy.

Mieszkanie Zakiyyah było małe i czyste – duży pokój połączony z kuchnią i troje wewnętrznych drzwi: jedne do łazienki, pozostałe do dwóch sypialni. Mały okrągły stolik z plastiku, stara jasnobeżowa kanapa, kilka półek na książki. Telewizor. Bieżnia. Gitara w rogu. Magnesy na lodówce, stos rachunków i czasopism na blacie. Mieszkanie pracującej dziewczyny, której nigdy nie ma w domu. Było słoneczne i ciche, z wyjątkiem szumu autostrady za oknem.

– Kto gra na gitarze?

– Zakiyyah. Mam do ciebie prośbę. – Josephine przechyliła głowę. Julian spełniłby ją nawet bez przechylania.

– Są dobre wieści – ciągnęła. – Oddzwonili do mnie w sprawie Dantego. Wiem, to szokujące, zważywszy na wczorajszą klapę z Shakespeare'em. – Niestety chodzi o rolę narratora, starszego mężczyzny w historycznej peruce i okularach.

– Jesteś specjalistką od ról starszych mężczyzn – powiedział Julian. – Odwołaj się do Housmana, którego nosisz w sobie.

– Problem stanowi peruka. Przesłuchanie jest o jedenastej. Jak w ciągu godziny mam się zamienić w siwowłosego starszego gościa?

Patrząc na jej świeżo umytą, różową twarz, Julian zgodził się, że nie będzie to łatwe.

Podała mu puszkę aerozolu.

– Możesz mi popsikać włosy farbą?

Pokręcił głową i cofnął się o krok. Nie lubił robić rzeczy, których nigdy nie robił.

– No już, potrzebuję twojej pomocy. Chyba potrafisz coś więcej niż tylko siedzieć przed komputerem?

– Robię mnóstwo rzeczy. – Żałował, że nie zabrzmiało to bardziej przekonująco.

– Czy jedną z nich jest malowanie dziewczynom włosów? – Zakołysała ciemną wilgotną grzywą. Pachniała kokosową pianą. – No, zrób to, proszę – powiedziała. – Potem w nagrodę zabiorę cię na szczyt wzgórza, by zaparło ci dech w piersi. – Jej całe ciało pachniało kokosową pianą, ręce i szyja lśniły od balsamu. Julian czuł, że mięśnie w nogach odmawiają mu posłuszeństwa.

Wpadł na inny pomysł.

– Może zdobędziemy perukę? To o wiele prostsze.

– Przesłuchanie jest za godzinę.

– Znam miejsce, gdzie ją znajdziemy.

– Jestem spłukana.

– Będzie za darmo. Ubierzesz się w pięć minut?

– O co ci chodzi? Jestem ubrana.

Zero makijażu, króciutkie szorty, podarty szary top, brak stanika (o tym zdecydowanie nie myśl), bose stopy, rozczochrane włosy. Była ubrana na jedzenie gofrów po seksie, a nie na przesłuchanie. Nie odezwał się.

– Okej. Dobra. – Dwie minuty później wyszła przez drzwi numer dwa w dżinsowych szortach, wojskowych butach i prześwitującej białej koszuli narzuconej na top. Widać było goły brzuch. – Lepiej?

Nie odezwał się.

Malując się w samochodzie, powiedziała Julianowi, że za sztukę o Dantem dostanie prawdziwe pieniądze! Próby zaczynają się za kilka dni. Spektakl będzie szedł przez miesiąc.

– Ale w dwa tygodnie muszę nauczyć się dziewięćdziesięciu dziewięciu pieśni. To chyba niemożliwe.

– Poradzisz sobie – odparł. – To bardzo romantyczne pieśni. Jęknęła.

– Królestwo zmarłych jest romantyczne?

– Jasne – odparł Julian. – Przygnieciony smutkiem Dante szuka Beatrycze w niebie i piekle, bo nie może jej znaleźć tu na ziemi. To nie jest romantyczne? – Uśmiechnął się.

– Nie wiem. Znajduje ją? Widzisz, nawet Ten-Który-Wie-Wszystko nie jest pewny. A dręczeni bez końca siewcy niezgody zdecydowanie nie mają nic wspólnego z marzeniami. Chodzi mi o to, że zanim Dante dotrze do Beatrycze, musi się zmierzyć z mnóstwem cierpienia. Piekło, czyściec. Dlaczego to w ogóle nazywa się komedia? Dla mnie nie jest zabawne. Jak daleko mamy do peruki?

– Już prawie jesteśmy. – Magnolia Boulevard znajdował się po drugiej stronie Hollywood Hills.

– Magnolia… czy tam są te sklepy vintage?

Julian zatrzymał się przy krawężniku.

– Tak. Jesteśmy na miejscu.

Zaparkowali przed dużą wystawą. Na markizie w kolorze cynamonu widniał napis: SKRZYNIA SKARBÓW.

– Skrzynia Skarbów? – zdziwiła się Josephine. – Co to za sklep?

– Taki, w którym możesz znaleźć to, czego szukasz. To sklep Ashtona. No, mój i Ashtona. Ale to on wykonuje większość pracy. Ja tylko liczę pieniądze.

– Ma perukę?

– Ma mnóstwo rzeczy. – Julian zgasił silnik.

– Naprawdę? Jakich?

– Co tylko zechcesz. Wszystko. – Patrzył, jak maluje usta czerwonym błyszczykiem. – Co do Ashtona…

– Musisz mnie przygotować przed spotkaniem z nim? Czemu? Jest porażająco uroczy? – Uśmiechnęła się szeroko.

– Nie o to chodzi. – Jak wytłumaczyć Ashtona temu niewiniątku? – Lubi się droczyć. Trochę jak ty. Pamiętaj o tym i ignoruj go.

– Jak ty ignorujesz mnie?

– No właśnie.

Ashton rozmawiał przez telefon, stojąc za kasą. Wziął prysznic, ogolił się i miał na sobie czarne dżinsy i białą koszulę z rozpiętym kołnierzykiem. Skórzane buty lśniły. Kiedy weszli do środka, zadźwięczał dzwonek i Ashton podniósł głowę. Nie mógł przerwać rozmowy na widok Juliana z Josephine, ale sądząc z wyrazu jego twarzy, bardzo chciał to zrobić.

Josephine rozdziawiła usta ze zdumienia. Nawet zatwardziały cynik nie oparłby się bogactwu błyskotek i skarbów zgromadzonych pod wielkim dachem sklepu Ashtona.

Prawdziwe i sztuczne futra, stare lampy, figurynki, torebki od projektantów, suknie rodem z czerwonego dywanu, smokingi, różnorakie pamiątki filmowe – wszystko było na sprzedaż. Od *Casablanki* (kieliszki z baru) po *Powrót do przyszłości* (deskorolka Marty'ego) – znajdowały się tu niesamowite prawdziwe artefakty z wyobrażonych miejsc. Popielniczka z *Chinatown*, replika (pomniejszona) statku Enterprise, naturalnych rozmiarów Han Solo uwięziony w karbonicie, kostiumy na Halloween, buty, kapelusze i wszystkie błyskotki, w tym oprawione w ramki zdjęcia z autografami gwiazd i prawdziwy skarb Ashtona, niewielki plakat z wizerunkiem radosnego Boba Marleya z 1981 roku podpisany przez niego na kilka miesięcy przed śmiercią. Były tam albumy, programy, szaliki, cała seria automatów do gry, od PacMana po Donkey Konga, ściana zawieszona obrazami lokalnych artystów, a obok niej stół z pędzlami, farbami i czystymi płótnami na sprzedaż. Były też zioła i witaminy – ukłon dla mającej obsesję na punkcie zdrowia Riley. Czerwone drzwi zalane czarnym światłem i wiszący nad nimi neon NAWIEDZONY DOM – ☞ TĘDY. Tak, był tam nawet nawiedzony dom, działający przez okrągły rok, a wszystkie zombi i upiory w środku były na sprzedaż. Ashton zastępował je nowymi okazami według potrzeb. Skrzynia Skarbów była sklepem, który mógł wymyślić i założyć tylko poszukujący skarbów i przygód Ashton. Wszystko, czym był, i wszystko, co kochał, znajdowało się w tym sklepie.

– To najbardziej niesamowite miejsce, jakie widziałam w życiu! – powiedziała Josephine pełnym emocji szeptem. – Możemy tu wrócić?

– Możemy. Chodź za mną. – Julian zajrzał do jednego z bocznych pokoi i poczuł ulgę, gdy szybko znalazł to, czego szukał: osiemnastowieczną perukę z prawdziwych długich siwych włosów.

– Idealna! – powiedziała Josephine. – Jest fantastyczna, ale droga.

Julian przyłożył palec do ust i westchnął w nadziei, że uda im się wymknąć, zanim Ashton skończy rozmawiać. Niestety.

Ashton zastawił wejście do pokoju.

– Cześć, Jules. Co knujesz?

– Nic takiego. Spieszy nam się.

– Spieszy? Dopiero co przyszedłeś? I co to za „my"?

– Och, przepraszam. Ashton, Josephine. Josephine, Ashton.

– Miło cię poznać, Ashtonie – powiedziała Josephine, uśmiechając się nad ramieniem Juliana.

– Ciebie też.

– To miejsce jest niesamowite.

– Dzięki. – Wpatrywał się w nią, a potem nie mrugając powiekami, spojrzał na Juliana, który przewrócił oczami i wyszeptał bezgłośnie „przestań". Wyszli do głównego pomieszczenia, gdzie było słońce, okna i przestrzeń, by stanąć dalej od siebie.

– Gdzie znajdujesz te wszystkie rzeczy? – zapytała Josephine, chodząc dookoła, dotykając sukien i jedwabnych szalików.

– Tu i tam – odparł Ashton. – Głównie na planach filmowych. Przed końcem produkcji chodzimy z Julianem po studiu, zaznaczamy, co chcemy wziąć, a kiedy kończą, wracamy z moją ciężarówką.

– Bierzecie też meble?

– A co, potrzebujesz mebli? Kanapy? Łóżka?

– Nie, jestem tylko ciekawa. – Nawet nie mrugnęła okiem.

Ashton, przestań.

– Większe rzeczy dostajemy za darmo – wyjaśnił Ashton – bo wywożą je na śmieci w pierwszej kolejności. Głównie więc sprzedajemy śmieci innych ludzi.

Julian miał ochotę walnąć przyjaciela w głowę.

– Josephine, musimy iść.

– Nauczyciel, pisarz i właściciel małej firmy? – powiedziała Josephine do Juliana. – Masz wiele obowiązków, Jules.

– Och, nie masz pojęcia ile – odparł Ashton, szepcząc bezgłośnie Jules? do Juliana.

– Nie jestem nauczycielem – mruknął Julian. – Nie prawdziwym.

– Ludzie płacą wam nawet za duże rzeczy? – zapytała Josephine.

– Tak. W naszym biznesie śmieci to gratka dla kolekcjonerów – odparł Ashton. – Obok Nawiedzonego Domu mamy całą salę z kanapami i stołami z *I Dream of Jeannie*, *Ożeniłem się z czarownicą*, *Mork i Mindy* i tym podobnych.

– Fantastycznie! Mogę zobaczyć? Oczywiście po Nawiedzonym Domu. On jest pierwszy w kolejce.

– Innym razem – powiedział Julian, próbując ją wyprowadzić. – Bo się spóźnisz. – Równie dobrze mógł próbować wyprowadzić wodę. Josephine oglądała rekwizyty, jakby w ogóle nie zależało jej na przesłuchaniu.

– Przepraszam – zaczął Ashton – ale czy my się już nie spotkaliśmy?

– Nie sądzę.

– Mógłbym przysiąc, że gdzieś cię widziałem. Nigdy nie zapominam twarzy... – Postukał w ladę. – Nowy Jork! Kilka tygodni temu. *Wynalazek miłości*. Nie byłaś przypadkiem dublerką? – Spojrzał na nią uważnie.

– Tak. Jejku! Ty też tam byłeś?

– Tak – odparł Ashton. – Ja też tam byłem. – Z jego twarzy zniknął nawet blady uśmiech.

– Podobało ci się?

– Tak. Oczywiście nie tak bardzo jak Julianowi, ale oglądałem z przyjemnością. Przedstawienie było niezwykłe.

– Ale nie nadzwyczajne? – Josephine uśmiechnęła się przyjaźnie, jakby nie mogło jej mniej obchodzić, czy Ashtonowi podobała się sztuka, czy nie.

Ashton w milczeniu patrzył na Juliana, który wykreślał perukę z listy towarów i nie odpowiadał na znaczące spojrzenie przyjaciela.

– Gotowa, Josephine? – zapytał Julian.

Nie odpowiedziała, przyglądając się czemuś, co wisiało na ścianie za Julianem.

– Co to jest? – wykrzyknęła. – Był to ciemnoczerwony beret

z jagnięcej skóry. Zdjęła go z haczyka, obróciła w dłoniach raz czy dwa i włożyła na głowę. Stanęła na środku sklepu, uśmiechając się do obu mężczyzn. – Co myślicie, chłopaki?

Jeden stłumił uśmiech, na poważnej twarzy drugiego nie pojawił się nawet cień uśmiechu. Julian nie mógł zrozumieć, dlaczego Ashton jest tak nieprzyjazny. Szturchnął go łokciem, lecz przyjaciel nie odpowiedział szturchnięciem.

– Jest rewelacyjny – powiedziała Josephine, spoglądając z aprobatą na swoje odbicie w lustrze. – Drogi?

– Nie – odparł Ashton. – Bezcenny. To Gucci vintage. Z lat czterdziestych. I nie jest na sprzedaż. Należy do Juliana. Przynosi mu szczęście.

– Naprawdę? – Josephine wpatrywała się w fazowane lustro. – Jules, gdzie znalazłeś to cudo?

– Tak, Jules – powiedział Ashton. – Gdzie go znalazłeś? Powiedz jej.

– Nie pamiętam.

– No proszę – odparł Ashton. – Nie pamięta. I co ty na to? Czy ona może wziąć beret, który gdzieś znalazłeś i nie rozstawałeś się z nim od dekady?

Jakby to w ogóle było pytanie.

Josephine prawie podskoczyła w miejscu. Z pełnym wdzięczności uśmiechem, z przekrzywioną głową i rozstawionymi palcami, zrobiła kilka tanecznych kroków, okręciła się, zakołysała biodrami i zaśpiewała kilka linijek refrenu *Who's Got the Pain* z *Przeklętych jankesów*.

Ashton, którego jasnoniebieskie oczy nabrały koloru indygo, rzucił Julianowi nerwowe spojrzenie przepełnione pytaniem, niepokojem i z jakiegoś powodu zawierające ślad rozpaczy.

– Idziemy – powiedział Julian, biorąc kluczyki.

Gdy szykowali się do wyjścia, Josephine spojrzała na jego wykrochmaloną koszulę w kratę, szare spodnie, niebieskie zamszowe buty Mephisto, dopasowaną szarobeżową marynarkę.

– Julianie, po przesłuchaniu idziemy w góry.

– Tak. I co z tego?

– Znów włożyłeś swój mundurek nauczyciela, a nie ubranie do wspinaczki.

– Och, jesteś urocza, myśląc, że to mundurek – powiedział Ashton, stając między Josephine a Julianem. Pokręcił głową, by podkreślić swoje słowa. – To nie mundurek, moja droga. To kostium.

9

Fantasmagoria na dwoje

– Te buty są przynajmniej wygodne? – zapytała po przesłuchaniu Josephine na parkingu przy teatrze. Powiedziała, że dzięki szczęśliwemu beretowi jej pełne rozpaczy krzyki powaliły ich na kolana. Julian nie miał pojęcia, co odpowiedzieć. Wszystkie jego buty były wygodne. Wygoda była jego *modus operandi*.

– Czemu pytasz? Daleko idziemy?

– Na szczyt góry. – Szturchnęła go. – Chcesz się wycofać?

– Ależ skąd. Może powinnaś zaprosić Ashtona. On uwielbia takie rzeczy.

Josephine zamilkła, podczas gdy słońce dotykało zalotnie wilczomlecza.

– Chyba by się nie zgodził. Nie był zbyt miły. Raczej mnie nie lubi.

– Ależ lubi – odparował Julian, gdyż nie wiedział, co opętało Ashtona. – Był nie w sosie. Nie jest fanem poranków.

Zaczęli się wspinać po ilastym piasku, na którym rosły jałowce i świerki, i bardzo dużo eukaliptusów. Josephine szła przed nim. Pokryte czerwonymi liśćmi brachychitony klonolistne rozpalały wszystko dookoła. Jakarandy i różowe mimozy wyglądały i pachniały jak wata cukrowa i sprawiły, że Julian poczuł się jak w słodkim kwitnącym ogrodzie pełnym judaszowców, pustynnych wierzb i pachnących cytrynowo ambrowców. Chciał zwrócić jej uwagę na jasną i kolorową okolicę, ale gdyby tak odpowiedziała: Tak, jasne, ogród, ale jaki to ogród, Julianie, Eden czy Getsemani?

Co się z nim dzieje? Getsemani!

Kiedy myślał o jakiejś mniej idiotycznej uwadze (szczerze, każda była mniej idiotyczna), potknął się o kamień. Josephine była dla niego za szybka. Z trudem dotrzymywał jej kroku, gdy ona praktycznie biegła po piasku. Trudno było flirtować, idąc gęsiego pod górę po nierównym terenie. Starał się (niezbyt usilnie) nie patrzeć na gładki biały tył jej szczupłych ud. Jego spojrzenie wędrowało do dolnej części jej pleców, nagiej nad paskiem szortów. Chciał ją oszołomić swoją wiedzą o drapaczu lekarskim, nawłoci sercowatej, trojeści, o pachnących bylinach i roślinach wieloletnich, ale nie mógł jednocześnie oddychać i oszałamiać.

Wróciła po niego, wachlując się czerwonym beretem.

– Julianie Cruz – powiedziała, opierając dłoń na biodrze – no już, pognamy jeszcze chwilę. Mamy niecałe piętnaście minut.

Pognamy?

– Nie wiedziałem, że mamy określony termin.

– Zawsze jest jakiś określony termin. Powinieneś o tym wiedzieć, profesorze Codzienny Newsletter. Wiem, że jesteś nowicjuszem, jeśli chodzi o spacery…

– Nie jestem.

– Mamy czas do południa – powiedziała. – Potem wszystko zniknie.

– Co zniknie? Słońce? Góry?

– Myślisz, że jesteś taki mądry, ale zobaczysz. Jeśli nie zdążymy, to koniec. Jutro będziesz miał milion spraw do załatwienia, a ja mam zdjęcia do reklamy Mountain Dew. Tak, zadzwonili, gdy byłam w Greek. Jeśli dostanę rolę Dantego, to dwa z dwóch przesłuchań zakończą się sukcesem. Nie wiem, co się dzieje – powiedziała. – Nigdy mi się nie zdarzyło dostać dwóch angaży jeden po drugim. – Beret wrócił na jej głowę.

– Może jestem twoim talizmanem – odparł. – Szczęście przynosi nie tylko beret, ale i Julian.

– Nie mamy czasu na pogaduszki, talizmanie. Ruszamy. – W wojskowych butach szybko zniknęła na górze za topolą.

– Jeśli nie zdążymy, na pewno możemy wrócić kiedy indziej – zawołał za nią. – Nie twierdzę, że nie zdążymy…

70

– Będziemy tu przychodzić dzień po dniu, bo nie możesz się dziś pospieszyć? – odkrzyknęła. – Czemu uważasz, że innego dnia będziesz w stanie iść szybciej?

– Idę szybko. Biegnę pod górę.

– To, co robisz, nazywa się bieganiem we własnym tempie – odparła. – To inne określenie chodzenia. – Stojąc wyżej, dalej prychała i mamrotała. – Widać, że pracujesz z domu. Ludziom, którzy pracują z domu, nigdy się nie spieszy. Nigdy nie muszą nigdzie być. Zawsze się ociągają.

– Wcale się nie ociągam – wysapał Julian. Chciał jej powiedzieć, że pracuje nie tylko z domu, ale i poza domem. I jeździ po całym Los Angeles, załadowując i rozładowując ciężarówki pełne ciężkich przedmiotów, prowadzi zajęcia. Nagle chciał jej powiedzieć wszystko.

Kiedy dotarli do grani, Josephine była tylko lekko zarumieniona.

– Jak tam, kowboju? Trzymasz się? – Uśmiechnęła się. Teraz się zarumieniła jak należy.

Julian mógł tylko dyszeć.

– Dokąd mnie zabierasz?

– Pokażę ci magię.

Przeciskając się przez krzaki, szli poza szlakiem, aż dotarli na sam szczyt i stanęli przy srebrnych ambrowcach i samotnym figowcu. Josephine była szczęśliwa, otworzyła usta, sapała, odgarniała falujące włosy z wilgotnego czoła.

– Dziś będzie niesamowicie, czuję to – powiedziała. – Spójrz, jak jest słonecznie.

Widział. Słońce go oślepiało. Okręcili się dookoła, chłonąc widok. Pod nimi smażyły się w słońcu całe kilometry Los Angeles. Stali wysoko na wzgórzu, owiani chłodniejszym powietrzem, unosząc się nad ogromnymi przestrzeniami zamieszkanymi przez ludzi. Ocean na zachodzie zasnuła mgiełka, centrum Los Angeles było zbiorem wieżowców przypominających pudełka zapałek. Wszystkie drogi z milionem białych domów i milionem palm prowadziły do morza. Tutaj, na górze, w rozrzedzonym powietrzu było mniej tlenu. To czas na krew kapiącą z nosa, rajskie ptaki i szepczące dzwony. Letnia flora była w pełnym rozkwicie, kalifornijska mięta i porzeczka złota odcinały się od podłoża w południowym słońcu.

Ona się uśmiechała, jemu waliło serce. Wiedział, że w tych wzgórzach kryje się magia. Chciał tylko pocałować Josephine.

Wciągnęła powietrze, sama jak rajski ptak, szepczący dzwon.

– Stoimy nad uskokiem w ziemi nazwanym Kanionem Benedykta – powiedziała, szperając w wielkiej torbie, aż wyciągnęła z niej przejrzysty kamień na cienkim rzemyku. Srebrny drucik oplatał go jak koszyk. Josephine położyła kamień na dłoni. Przypominał nieregularną łzę z ostrymi krawędziami, częściowo przezroczysty, częściowo matowy.

– Co to jest?

Początkowo przyglądał mu się bez większej ciekawości. Ale kamień coś w nim poruszył, wzbudził jego zainteresowanie. Pojawiło się bliżej nieopisane uczucie. Kiedy na niego patrzył, poczuł, jak przez jego ciało przebiega prąd. Nie było to do końca przyjemne.

– Kryształ górski. – Josephine uniosła dłoń z kamieniem do nieba. Zamigotał w słońcu.

– Nie diament? – Julian uśmiechnął się.

– Cha, cha. Nie. Kazałam go oszacować, uwierz mi. – Odgarnęła włosy z twarzy. – Dała mi go babcia. Należał do jej kuzynki w starym kraju.

– Gdzie w starym kraju?

– Nie jestem pewna. Może gdzieś niedaleko Blackpool. Albo w Szkocji. – Powiedziała to tak, jakby obie nazwy oznaczały to samo. Przeszli jeszcze kawałek, aż dotarli do polany, leżącego w słońcu płaskowyżu, otoczonego przez wysokie do piersi nagie skały. – Jules, stoisz w kwarcowej jaskini!

– Czy chcę w niej stać?

– Aha. Ten-Który-Wie-Wszystko jednak nie wie wszystkiego. O pewnych porach kwarc lśni jak diamentowy pył. Jeśli ma się szczęście, można stanąć w środku tęczy.

Jakiż mężczyzna nie uznałby się za szczęściarza, stojąc obok pięknej dziewczyny, snującej opowieści o magicznym diamentowym pyle w środku tęczy. Łapał oddech, zaintrygowany, olśniony, otwarty na nią, otwarty na wszystko.

Patrzyli na kryształ na jej dłoni i na siebie nawzajem, pod nimi opadały piaszczyste pustynne wzgórza. W dolinie lśniły zarysy Beverly

Hills i Century City, dalej na zachód rozciągał się Pacyfik. Jej zarumieniona twarz była tak blisko, Julian chciał tylko przesunąć głowę o kilkanaście centymetrów i pocałować jej rozchylone usta. Powoli przechylił głowę na bok.

– Ile jeszcze do południa? – zapytała.

Spojrzał na zegarek Tag Heuer.

– Minuta.

– Świetnie. – Uniosła otwartą dłoń. – Jeśli potrafisz szybko myśleć, możesz wypowiedzieć życzenie. W południe, na krótką chwilę, gwiazdy i ziemia, całe stworzenie ułoży się tak idealnie, że każde wypowiedziane z wiarą życzenie zostanie spełnione.

Najwyraźniej Julian nie był dość szybki, bo inaczej już by ją całował.

– Czemu trzymasz kryształ w ten sposób?

– Próbuję złapać nim słońce.

– Jesteś łowcą słońca. – Nie spuszczał z niej wzroku.

– Jestem łowcą życzeń – szepnęła. – Wokół nas znajdują się najstarsze skały w górach Santa Monica. Mają jakieś czterdzieści milionów lat. Stoisz wewnątrz kamienia starego jak czas. Możesz dotknąć ręką czasu. – Zaczerpnęła powietrza. – Chcesz go dotknąć, Julianie?

Chcę dotknąć ciebie, pomyślał. Pragnienie musiało się wyraźnie rysować w jego oczach. Zarumieniła się.

– Co się stanie z kryształem, gdy padnie na niego słońce? – zapytał. – Rozgrzeje się?

– Julianie, przyprowadziłam cię na górę – odparła. – Nie pora na cynizm. Stoimy w środku wulkanu. Rzeki pod nami wyschły, ziemia widziana stąd wydaje się jałowa i jest czasem okrutna, nawet bezwzględna dla słabości.

– To wiem zbyt dobrze – odparł.

– Człowiek, mimo swojego ognia i chaosu, zostawił na tych wzgórzach zaledwie maleńki ślad.

Julian, lekko zawstydzony, pomyślał, że można wiele powiedzieć o jego leniwym życiu w krainie palm i lata, o tym, jak przemknął przez całą spokojną dekadę, w której pozostawił zaledwie niewielki ślad i która pozostawiła niewielki ślad w nim.

– Czy to właśnie zamierzasz, Julianie Cruz? – zapytała Josephine. – Spocząć w grobie niespełniony?

Już nie.

– Wszystkie kolory twojego świata zaraz znikną – szepnęła efemeryczna dziewczyna.

Jasny błysk powstrzymał Juliana przed odpowiedzią. Słońce sięgnęło zenitu. Jego promienie padły na przezroczysty kamień na dłoni Josephine. Światło rozbłysło i rozszczepiło się przez pryzmat, iskry ognia odbiły się od migoczącego kwarcu jaskini. Chwilę wcześniej Julian i Josephine stali wśród zieleni i sepii. Teraz obracali się w kalejdoskopie purpury i żółci, w fantasmagorii koloru, elektrycznej niepowstrzymanej zorzy. Wzgórza zniknęły, podobnie jak drzewa, dolina i niebo. Wszystko zatonęło. Julian z trudem dostrzegał nawet ją, a stała tuż obok niego. Wyglądało to tak, jakby ona też się rozproszyła, rozpadła na miliony poruszających się odłamków w kolorze najgłębszego szkarłatu. Na pół wdechu oślepiająca czerwień uderzyła go w źrenice i Josephine zniknęła.

Zamrugał, a ona zniknęła.

W odbiciu świata, który zniknął, w płomieniach wybuchających mu w oczach, Julian nie wiedział, co zobaczył, ale odczuwał to tak intensywnie, że aż zaparło mu dech w piersi. Czuł miłość i ból, który zgiął go wpół, czuł porażający strach i rozpaczliwą tęsknotę, najgłębszy żal. Czuł przerażenie. Głębokie cierpienie. Bolało go tak bardzo, że jęknął.

Żachnął się, znów zamrugał i zobaczył ją. Stała z kryształem w dłoni otoczona przez tańczące promienie słońca. Kiedy znów mógł oddychać, ciężar, który czuł w środku, przemieścił się. Nie zniknął. Przemieścił.

Słońce przesunęło się na niebie o ćwierć stopnia. Kolory wyblakły. Świat znów był taki sam.

Prawie.

Ucisk w piersi nie ustępował, czuł ciepło, jakby ktoś wymierzył mu cios w serce.

Nie mógł mówić. Obiektyw, przez który oglądał świat, odkształcił się, stracił ostrość w samym środku.

Josephine ujęła go za rękę.

– Mówiłam ci. – Ścisnęła jego dłoń i puściła.

– Co to było? – Zupełnie jakby obudził się z koszmaru. Przez minutę nie wiesz, gdzie się znajdujesz. Julian nadal nie wiedział.

– Czego sobie życzyłeś? – zapytała.

– Nie chodzi o to, czego sobie życzyłem. Chodzi o to, co widziałem.

– A co widziałeś?

Nie wiedział. Nie był pewny. Coś, czego nie chciał zobaczyć. Patrzył na nią oczarowany, a jednak niespokojny.

Josephine wrzuciła kamień do torby.

– Czasami – zaczęła lekko melancholijnym tonem – kiedy tu przychodzę, nie wiem, o co prosić, bo nic wiem, czego chcę. Tak bardzo chcę wierzyć, że wszystko jest przede mną, i pragnę się wybić, dostać rolę życia, pragnę uznania, braw. Ale czasami czuję, jakby wszystko było już za mną.

– Ale nie jest – odparł Julian, z jakiegoś powodu bardzo o tym przekonany. – Wszystko jest jeszcze przed tobą.

– Mam nadzieję, że się nie mylisz. Moje największe życzenie jeszcze się nie spełniło. Chciałabym grać w Londynie, na West Endzie.

– Czemu w Londynie? Tam cały czas pada. W Nowym Jorku też są wspaniałe teatry.

Uśmiechnęła się z rozrzewnieniem, wyobrażając sobie idealną przyszłość.

– Życzymy sobie tego, czego nie mamy, a nie tego, co mamy – powiedziała. – Chcę, żeby sprzedano wszystkie bilety na spektakl z moim udziałem w legendarnym Savoyu. – Przesunęła ręką przez powietrze. – I chcę zobaczyć moje nazwisko na ogromnym afiszu: Josephine Collins dziś wieczorem w Savoyu!

Nigdy nie byłem w Londynic. A ty?

– Tylko w marzeniach. – Przyłożyła dłoń do piersi.

Serce nadal go bolało.

– Wiesz, że człowiek, który zbudował Savoy, zbudował też najpiękniejszy teatr na świecie? – powiedziała. – Palace przy Cambridge Circus.

– Nie wiedziałem o tym.

Skinęła głową.

– Tak bardzo kochał swoją żonę, że zbudował dla niej teatr, żeby mogła oglądać operę, kiedy tylko zechce. Wyobraź sobie tylko. Palace to urzeczywistnienie miłości tego człowieka do żony. – Uśmiechnęła się.

– Skąd ty to wszystko wiesz?

– Bo uwielbiam historię o tym, jak bardzo ten mężczyzna kochał tę kobietę. Wiemy różne rzeczy o historiach, które uwielbiamy.

Julian niewiele wiedział o swojej własnej historii. Ociągając się, zaczęli schodzić ze wzgórza.

– Czego sobie życzyłaś?

– Dziś poprosiłam, żebym znalazła się w obsadzie *Raju w parku* i mogła zostać w L.A. A ty?

– Ja też – odparł Julian.

10

Griddle Café

– Co chcesz teraz robić?

– Co ty chcesz teraz robić?

– Umieram z głodu.

– Znam dobre miejsce.

Kilka godzin później nadal siedzieli naprzeciwko siebie przy kwadratowym stoliku w Griddle Café przy Sunset, na chodniku, w upale, w szumie samochodów. Julian ożywił się, gdy tylko coś zjadł. Było coś mglistego i surrealistycznego w minucie spędzonej z nią na szczycie góry, ulotność tej chwili mieszała się i burzyła z jakimś nieodgadnionym uczuciem.

Zadzwonili ludzie od Dantego. Jeśli tylko zechce, dostanie rolę narratora. Czy mogą przesłać kontrakt jej agentowi? Czy może zacząć próby pojutrze? Wszystko układało się coraz lepiej. Josephine nie zdejmowała czerwonego beretu.

– Wiesz, co jeszcze powiedział mi producent, gdy dawał mi tę rolę? – powiedziała. – Czemu czekała pani aż tak długo, by tu przyjechać? – Zamieszała kawę.

– Słyszałem, jak mu mówiłaś, że masz dwadzieścia osiem lat.

– Odparł: „No właśnie" i się rozłączył.

Julian roześmiał się.

– W zeszłym miesiącu Ashton umawiał się przez telefon na wizytę w CBS i producent zapytał, ile ma lat. Ashton odparł, że trzydzieści dwa, a producent na to: „Wygląda pan na tyle?". Ashton zapytał, czy musi wyglądać młodziej, by przejść po planie sitcomu, który skończyli kręcić.

Josephine pokręciła głową.

– Wszyscy szukają czegoś, co trwa wiecznie. Zwłaszcza w tym mieście.

– Może czegoś wiecznego.

– Twój przyjaciel jest porządnym facetem? – zapytała. – Powiedz prawdę. Nawet jeśli jest wredny i ma trzydzieści dwa lata. Może przedstawimy go Zakiyyah i zobaczymy, co się stanie?

– Okej, Dolly, wyluzuj – odparł Julian. – Nie jest wredny. Jest zajęty.

– E tam, zajęty. Czy jego dziewczyna jest atrakcyjna?

Julian wyjął telefon i pokazał jej Riley.

Josephine udała, że zdjęcie nie zrobiło na niej wrażenia. Wyjęła telefon i pokazała mu Zakiyyah.

Julian udał, że zdjęcie nie zrobiło na nim wrażenia.

– Była Miss Brooklynu! – wykrzyknęła Josephine.

– Riley uznano za najpiękniejszą dziewczynę w szkole średniej.

– Nie słyszałeś, jak mówiłam, że Zakiyyah była Miss Brooklynu?

– Ashton nie umawia się z królowymi piękności.

– Najwyraźniej – odparła i oboje parsknęli śmiechem. – Czy Riley pracuje w showbiznesie?

Julian pokręcił głową.

– Ashton nie umawia się też z aktorkami. Sparzył się kilka razy i teraz twierdzi, że nie można im ufać.

– Naprawdę? – Spojrzała na niego z błyskiem w oku. – A ty co o tym sądzisz?

– Nie wiem. – Julian spojrzał na nią z błyskiem w oku. – Nigdy nie umawiałem się z aktorką.

W milczeniu wpatrywała się w zdjęcie Riley.

– Lubisz ją? – zapytała.

– Bardzo. Czemu pytasz? Jesteśmy dobrymi przyjaciółmi. Jest przezabawna. I nie znosi, gdy ktoś się z nią drażni.

– Więc dlatego drażnisz się z nią jeszcze bardziej?

– Oczywiście – odparł. – Każde wyjście z nią przypomina spotkanie na szczycie dotyczące dbania o zdrowie i kondycję. Czasami każe mi jeść papier, żebym uwolnił ducha i zapanował nad czakrami. – Nie potrafił ukryć szczerej sympatii dla Riley. – Aby się oczyścić, jada tylko co drugi dzień. Kiedy nie je, pije wyłącznie wodę z cytryną i syropem klonowym. Stale mi powtarza, żebym napisał w newsletterze, że syrop klonowy jest idealny dla organizmu, a ja odpowiadam, że oczywiście, zwłaszcza gdy polewamy nim gofry.

Josephine parsknęła i z nosa poleciał jej truskawkowy shake.

Dokończyli czerwone naleśniki posmarowane kremowym serkiem. Opierając łokcie na stole, wysiorbali przez słomki resztę shake'ów. Stoliki wokół nich były puste; zostali sami.

Rozmawiali o sztukach, w których grała (*Danny Shapiro and his Quest for a Mystery Princess* była ulubioną Juliana). Rozmawiali o swoich ulubionych książkach (*The Fight* Juliana, *Przeminęło z wiatrem* Josephine), o przedmiotach, które lubili w szkole, jedzeniu na pocieszenie, basenach, a potem wdali się w ostrą dyskusję na temat Dodgersów i Yankees. („Mieszkasz tutaj, więc pewnie musisz ich bronić, ale w głębi serca wiesz, że Dodgersi są do bani, prawda?", powiedziała). Po półgodzinie kłótnia ucichła i pozostała nierozstrzygnięta. („Co, obraziłeś się?", zapytała. „Wcale mnie to nie dziwi, ja też bym się wściekła, gdybym kibicowała Dodgersom").

Opowiedzieli sobie oficjalne historie swojego życia. Ona urodziła się i wychowała na Brooklynie, niedaleko mostu Verrazano, nie całkiem na Coney Island, nie całkiem w Bay Ridge, w małej, gęsto zaludnionej, zamieszkanej przez klasę pracującą okolicy tak oddalonej od reszty świata, że dopiero w wieku dziesięciu lat postawiła stopę w Nowym Jorku. Myślała, że wszystkie plaże wyglądają jak w lunaparku na Coney Island, a pojęcie o New Jersey wyrobiła sobie na podstawie map; uważała je za mityczne miejsce za Staten Island.

– New Jersey jest mityczne? – zapytał Julian.

Jej ojciec prowadził teatrzyk wodewilowy Sideshows przy restauracji Seashore, a ona pracowała z nim do jego śmierci, gdy teatrzyk zmienił właściciela. Jej młodsza siostra zmarła na białaczkę kilka lat później. Aby podnieść siostrę na duchu, Josephine śpiewała i grała na pianinie, a siostra tańczyła do jej piosenek. Powiedziała, że od tamtej pory tak postrzega wszystkie dzieci – jako kruche tańczące dziewczynki. Umierają, ale do końca tańczą.

Z matką łączyła ją bliska, lecz napięta relacja, ostatnimi laty mniej bliska, a bardziej napięta. Matka pracowała w prywatnej akademii w pobliżu ich domu i utrzymywała pracę przez dwadzieścia lat, by jej córka mogła za darmo uczęszczać do elitarnej szkoły podstawowej. Chciała, żeby Josephine poszła na uniwersytet Columbia, by została wykładowcą, profesorem literatury. Josephine miała inny pomysł na życie. Wstąpiła do Szkoły Sztuki Scenicznej i czuła, że podjęła słuszną decyzję – przez dwie sekundy. Potem uświadomiła sobie, że znalazła się w szkole razem z pięcioma setkami uczniów równie utalentowanych jak ona. Ktoś zawsze tańczył lepiej, śpiewał lepiej, recytował głośniej. Aktorstwo było zero-jedynkowe, zwłaszcza na scenie. W szkole średniej była niezatapialną Molly Brown, gwiazdą każdego przedstawienia, lecz w Szkole Sztuki Scenicznej okazała się ledwie statystką. Po dyplomie było jeszcze gorzej. Nie dostała się do Juilliarda, lecz teraz walczyła o role z jego absolwentami.

Znalazła stałą pracę przy budowie dekoracji w Public Theatre i ciągle chodziła na przesłuchania. Fakt, że nie zdobyła dyplomu college'u, był największym rozczarowaniem dla matki, a Julian, który wiedział co nieco o rozczarowanych matkach (i ojcach), chciał zapytać, czy większym niż śmierć drugiej córki, ale nie zrobił tego.

Julian opowiedział jej swoją własną oficjalną historię. Wychował się w zamieszkanej przez klasę średnią podmiejskiej Simi Valley jako czwarty z sześciu synów w rodzinie nauczycieli: Brandona Cruza, Meksykanina w trzecim pokoleniu, i Joanne Osment, Norweżki w trzecim pokoleniu.

Dzieci: Brandon Junior, Rowan, po nich Harlan, Julian i Tristan – irlandzkie trojaczki, które urodziły się w odstępie dziesięciu miesięcy – a potem Dalton, dziesięć lat później. Jego rodzice nadal mieszkali w pierwszym domu, który kupili po ukończeniu college'u. Matka wychowała sześcioro dzieci, pracując jednocześnie w poradni zawodowej w szkole średniej, niepowstrzymana „jak Wiking". Ojciec był dyrektorem okręgu szkolnego, a obecnie rektorem lokalnego college'u. Jako dziecko Julian czytał i oglądał transmisje sportowe. Skończył

UCLA. Na pierwszym roku zamieszkał w akademiku z Ashtonem. Od tamtej pory byli przyjaciółmi.

– To wszystko? – zapytała.

– Mniej więcej – odparł.

– UCLA i docieramy aż do dzisiaj? Wiem, że nie masz dwudziestu lat. Z czego zrobiłeś dyplom?

Kiedy nie odpowiedział od razu, Josephine parsknęła śmiechem.

– Założę się, że z angielskiego.

– Rodzice opłacali mój pokój i utrzymanie, co miałem zrobić?

– Uzyskać dyplom z angielskiego i zostać nauczycielem, to jasne.

– Jestem nauczycielem?

– Tak. Założę się, że w głębi serca jesteś.

– Uwierz mi, ostatnia rzecz, jaką jestem w głębi serca, to nauczyciel. – Mrużąc oczy, spojrzał na nią, wielkookiego elfa, zjawisko z długimi rozwianymi włosami, przekorną dziewczynę z uśmiechem nieznikającym z ust. Było gorąco i gdy tak gawędzili, a ona kręciła słomką po dnie szklanki, zastanawiał się, czy nie postąpi zbyt pochopnie, prosząc, by pojechała z nim na plażę Zuma. Do Malibu był kawałek, ale pływając, będą mogli podziwiać zachód słońca. Plaża leżała na uboczu, a w czasie przypływu fale hipnotycznie rozbijały się z hukiem o brzeg. Zbyt pochopnie?

Czy nie jest za wcześnie, by zaprosić ją do siebie, kilka przecznic stąd, i oglądać, jak Marlon Brando wywołuje apokalipsę w Wietnamie? Czy nie jest za wcześnie na malowniczą przejażdżkę Mullholland? Na kabaret w Cellar? Kolację w Scarpetcie? Herbatę u niego na kanapie? Spacer do sklepu jubilerskiego? Czy nie jest za wcześnie, by dotknąć ustami jej alabastrowej szyi, Boże, na co nie było za wcześnie?

– Nawet superbohaterowie potrzebują solidnych i lojalnych kumpli – powiedziała. Słowo „superbohaterowie" ściągnęło go z powrotem na Sunset Boulevard do małego kwadratowego stolika.

– Kim jestem w twoim twierdzeniu? – zapytał. – Superbohaterem czy kumplem?

– Może jesteś superbohaterem, a ja twoim kumplem?

– Albo ty jesteś superbohaterem, a ja twoim kumplem.

Uśmiechnęła się szeroko.

– Założę się, że Ashton nie myli się co do ciebie. Jesteś superbohaterem, który udaje, że jest kumplem, żeby nikt nie dostrzegł jego mocy.

– Kiedy Ashton to powiedział i jakie to mogą być moce?

– Ty mi powiedz, Julianie Osmencie Cruz.

Zmrużył oczy i spojrzał na jej ożywioną twarz, próbując ukryć przed nią nie swoje moce, lecz słabość. Była taka świeża i zabawna, czerwonousta i zachwycająca. Uwielbiał jej słuchać, słuchać każdego dźwięku, który wydobywał się z jej ust, prawie musiał się nachylić nad stołem. Uwielbiał, że każdy jej oddech przybliża go do niej. Uwielbiał czyste niepomalowane paznokcie, smukłe palce bez pierścionków. Chciał ich dotknąć. Chciał je pocałować.

Była cudownym słuchaczem. Czy to takie straszne z jego strony, że chciał jej robić inne rzeczy, bo wiedział, że ją zachwycą, że chciał jej zaimponować innymi umiejętnościami, nie tylko wynajdywaniem pysznego jedzenia w L.A.? Ależ z niego brutal. Rozśmiesza dziewczynę, fantazjując jednocześnie o innych rodzajach miłości. Pragnie dać jej przyjemność na wszystkie sposoby, fizyczne i metafizyczne. Pożądanie było silne i nie dało się z nim negocjować. Żądza i czułość wirowały w tyglu jego ciała, a ich połączenie odbierało mu głos. W Griddle Café!

Wpatrywał się zbyt długo w jej smukłe palce i w cieniach rzucanych przez Sunset wydało mu się, że zauważył biały ślad na jej serdecznym palcu. Zamrugał. Nie, to tylko gra świateł.

– Kim jesteś, Josephine? – wyszeptał. Chcę cię poznać. Muszę wiedzieć, kim jesteś. Jestem tutaj. Chcesz wiedzieć, kim ja jestem? O mało co nie wyciągnął ręki i nie ujął jej dłoni.

Wciągnęła powietrze – chciał powiedzieć, że wciąga je bardzo seksownie, ale tylko tak potrafiła to robić – i źle go zrozumiała. On chciał prawdy, ona dała mu fantazję.

– Może Mystique? – powiedziała.

Zgodził się z radością.

– Tak. Jesteś Mystique.

– No dobrze – odparła z mniejszą radością. – Jestem niebieską dziewczyną, a moje ciało jest zielonym ekranem. Znikam, kiedy muszę, i pojawiam się jako ktoś inny w innym mieście, nie w tym i nie w moim.

Julian już miał iść za tą analogią, ale wkurzony hipsterski kelner poinformował ich, że zamykają, „czterdzieści minut temu", i czy mogą uregulować rachunek, bo kończy zmianę, „czterdzieści minut temu". Julian spojrzał na zegarek. Było po czwartej!

– Co ty wyprawiasz z czasem – mruknął, wyjmując portfel.

– Co ja wyprawiam z czasem? Ale nie jest za wcześnie, by zacząć myśleć o kolacji.

– Racja. Też jestem głodny.

Siedzieli obok apteki Rite-Aid. W godzinie szczytu na Sunset był spory ruch. Naprzeciwko nich na wzgórzu wznosił się legendarny Chateau Marmont. Oboje spojrzeli na niego z tęsknotą.

– Dokąd pójdziemy? – zapytała. – Chodzi mi o kolację.

Obrzucił spojrzeniem jej szorty i wojskowe buty.

– Nie jestem odpowiednio ubrana na kolację w Marmont? – Odrzuciła włosy do tyłu. – Żartowałam, nie chcę tam jeść. John Belushi tam jadł i zobacz, co mu się przydarzyło.

– Uhm.

– Nie ma czegoś takiego jak zbieg okoliczności – powiedziała. – Zastanówmy się, dokąd jeszcze możemy pójść, gdzie nie muszę być wystrojona?

– Na plażę? – zaproponował. – W restauracjach przy plaży można być swobodnie ubranym. – Czy było za późno na pływanie i zachód słońca w Malibu?

– Plaża jest okej. – Przymknęła oczy. – Co jeszcze?

Zastanowił się.

– Moglibyśmy pojechać do Santa Monica. Kupić coś z food trucka, zjeść na molo.

– Moglibyśmy. Albo moglibyśmy pójść na mecz Dodgersów. Co ty na to? – Puściła do niego oko.

Potraktował to poważnie.

– W tym tygodniu Dodgersi grają na wyjeździe.

– Pewnie skopią im tyłki w Nowym Jorku – odparła. – Gdzie jeszcze?

– Chcesz iść do kina?

– Jasne. – Westchnęła z lekką irytacją. – Albo… moglibyśmy pójść do ciebie. Wspominałeś, że mieszkasz niedaleko.

– Do mnie? – powtórzył głupio. Czy nie mówiła, że ma ochotę na kolację? – Ale nie mam nic do jedzenia.

Parsknęła śmiechem.

– Wiesz co? Pójdziemy do Gelsona i kupimy steki. Masz balkon? Może z grillem?

Nie wiedział, co powiedzieć.

Powiedział okej. Miał balkon. Z grillem.

– Nie muszę przychodzić, jeśli nie chcesz – powiedziała.

– Nie, nie. – Oboje wiemy, że chcę.

– Nie mogę uwierzyć, że musiałam się wprosić – oświadczyła, potrząsając głową, gdy czekali na zmianę świateł na skrzyżowaniu Sunset i La Cienega. Chwycił ją za łokieć, by nie przeszła na czerwonym. – Nie mogę cię rozgryźć, Jules. Zawsze jesteś taki uprzejmy?

Ich spojrzenia spotkały się.

– Nie – odparł.

Wpatrywali się w swoje otwarte twarze. Objął ją ramieniem w dole pleców, dotykając przezroczystego materiału białej bluzki, jej naga skóra była gorąca pod jego palcami. Przyciągnął ją bliżej. Jej piersi otarły się o jego pierś.

Zanim światło zmieniło się na zielone, pocałował ją. Nie potrzebował plaży Zuma ani zachodzącego słońca. Wystarczyło czerwone światło na skrzyżowaniu, dłoń na jej plecach, jego przechylona głowa, jej rozłożone ramiona.

– Pędzimy za szybko? – wyszeptała. – Obawiam się, że tak.

– Zdecydowanie. Jak meteory.

Objęła go za szyję.

– Może powinniśmy iść na kolację, do baru, wypić drinka, zaczekać, aż zapadnie noc…

– Josephine – powiedział, przesuwając dłońmi po jej plecach, przyciskając natarczywie wargi do jej ciepłej, pachnącej brzoskwiniami pulsującej szyi – jeśli szukasz magii, przyjechałaś do właściwego miasta. Tutaj wszystko jest jak w Hollywood, nawet biały dzień.

A sprawimy, że będzie jeszcze bardziej hollywoodzko. Chodź ze mną, to ci pokażę. W L.A. to się nazywa noc za dnia.

Wpadli na słup i zapomnieli przejść przez ulicę. Światła zmieniły się i zmieniły raz jeszcze.

DUENDE

Słowo, które nie ma angielskiego odpowiednika.

To romantyczne słowo, które oznacza „magiczny" lub „zaczarowany".

To pewne niedefiniowalne, radykalne coś, co ma nadnaturalną zdolność do wywoływania namiętności, drżenie ducha.

Coś irracjonalnego, cudownego i niemal bolesnego, co wysyła dreszcz wzdłuż kręgosłupa; moc miotacza ognia, która głęboko wpływa na drugiego człowieka.

Prawie jak religia.

WSZYSTKIE WSPANIAŁE PIOSENKI O MIŁOŚCI MUSZĄ MIEĆ DUENDE

Something
We Found Love
When a Man Loves a Woman
All of Me
Everything I Do, I Do it for You
Lovin' You
Crazy Love
Dang
God Only Knows
For Crying Out Loud
I Will Always Love You
Lovesong

Wszystkie wspaniałe opowieści o miłości muszą mieć Duende

Cytat na koniec:
Zawsze będę cię kochał.
Robert Smith, The Cure

CRUZ/BENNETT PRODUCTIONS
Od ponad dekady pomagamy ci zacząć dzień

11

Duende

Los Angeles, miasto aniołów, miasto snów.

Łatwo się w kimś zakochać w południowej Kalifornii.

Jeśli to takie łatwe, szepcze cudowna dziewczyna, leżąca cudownie naga na twoim łóżku, to czy zakochałeś się tysiąc razy przede mną?

Ujęcie drugie: W południowej Kalifornii łatwo zakochać się w niej. Podoba jej się twoje mieszkanie. Utrzymujesz je w czystości. Posprzątałeś je, pyta, bo myślałeś, że być może przyjdę? I chcesz jej powiedzieć prawdę, że utrzymujesz je w czystości, bo taką masz naturę, ale zamiast tego wyznajesz jej romantyczną prawdę. Tak, mówisz. Miałem nadzieję, że przyjdziesz. Posprzątałem je dla ciebie.

Masz tyle książek, mówi z aprobatą, stając przy ścianie z półkami i czarnym worku bokserskim zwisającym z haka na suficie. Czemu masz ten worek, Julianie? Do ćwiczeń?

Tak.

Dobra robota. Chodzi mi o książki. John Waters byłby z ciebie dumny. A raczej dumny ze mnie.

Kto?

John Waters. Stoi naga. Ty też jesteś nagi.

Co mówi John Waters? Jakby cię to obchodziło. Jest taka piękna. Przesuwasz dłonią po jej ciele.

Mówi, jeśli idziesz z kimś do domu, a ten ktoś nie ma książek, nie pieprz się z nim.

Ach. Teraz cię obchodzi.

Serce owija ci się wokół Afrodyty na twoim łóżku, córki boga Słońca, nagiej i pulsującej, z rozłożonymi ramionami. Jest cała otwarta, jęczy i prosi cię, żebyś do niej przyszedł, bliżej, bliżej.

Wpadasz do gardzieli wulkanu, do jedynej przestrzeni, która nie ma wnętrza ani zewnętrza. Toniesz w różowym, wilgotnym świecie, gdzie nie istnieje nic poza nią i tobą.

Całujesz jej obojczyki, spragnione usta, przytulasz się do surowej miękkości jej ciała. Jej usta smakują wanilią. Jest miodowa i gładka jak różowa wata cukrowa. A jednak to ty czujesz się jak ciągnący się cukier i kiedy ona kładzie cię na języku, topisz się.

Zaciągasz rolety i nalewasz jej brzoskwiniowego szampana. Teraz pije prawdziwego drinka i nie ma już dnia, tylko niekończąca się noc.

Jej ciało jest pięknem potrzebującym miłości, troski, pieszczoty. Jest akrobatką, wykręca się i wije jak koziołkujący nieśmiertelny. Ty też zostałeś wywrócony do góry nogami, twoja dusza splotła się z jej duszą. Ona widzi twoje serce, jest widoczne dla jej uśmiechu. A ty widzisz jej serce, bije dla ciebie pomiędzy jej piersiami.

Po miłości ona zasypia, a później mówi, że nie spała, tylko śniła.

Jesteśmy oboje w środku tego samego snu, szepczesz. Skradłaś cały show, Josephine. A tego w teatrze nie wybaczają.

Następnego ranka i jeszcze następnego piszesz wiersze o mgiełce unoszącej się z satynowej pościeli, recytujesz dla niej sonety na chodnikach Sunset, przyciskając jej ciepłą dłoń do swojej zakochanej twarzy. W Griddle Café pochłaniasz czerwone naleśniki, pijesz czekoladowe koktajle i mówisz jej, że wiersze same się piszą. Chodniki przy Sunset okupowane przez bezdomnych przy aptece Rite-Aid stały się waszymi Polami Elizejskimi.

Jeśli sonety same się piszą, szepcze ona, to czy zakochałeś się wcześniej tysiąc razy na tym czerwonym chodniku?

Nie, moja piękna. Nie zakochałeś się wcześniej tysiąc razy.

Przez czternaście lat od ostatniego roku w szkole średniej szukałeś. Byłeś z wieloma kobietami. Pytasz, czy to ją oburza. Czy sprawia, że czuje się mniej atrakcyjna?

Nie, mruczy. Bardziej.

Masz nowe mieszkanie z dwiema sypialniami i balkonem. I ścianę książek. Rozpromieniacie się oboje. John Waters byłby dumny.

To nie jest balkon, mówi ona. Jest za mały.

To nadal balkon. Nazywa się balkon Julii.

Czemu, pyta ona.

Dosłownie z powodu Julii, odpowiadasz.

Dostajesz za to trochę miłości, za poezję zamkniętą w balkonie.

Julianie, szepcze ona, wyciągając ramiona nad głowę i przytrzymując się zagłówka, czy eksplodowałam w twoim sercu?

Tak, Josephine, eksplodowałaś w moim sercu.

Po miłości, kiedy ona z trudem się porusza, mówisz jej, że masz też taras na dachu z jacuzzi i pięknym widokiem. Sam ledwo możesz się ruszać. Twoje obolałe usta z trudem wypowiadają słowa. Zabawne, że miłość i walka potrafią w jednakowym stopniu wyniszczyć ciało.

W chłodną pustynną noc wymykacie się nadzy na górę i wskakujecie do gorącej wody. Ona szepcze, jak bardzo podoba jej się to spa, kolorowe światła, towarzyszący szampan i towarzyszący mężczyzna, w jacuzzi i w niej. Ale nie ma żadnego widoku, mówi ona, patrząc na ciebie nad spienioną bąbelkami wodą.

Jest. Jeśli spojrzysz w lewo, zobaczysz szkolne boisko za San Vincente.

Założę się, że tu wszystko słychać, mówi ona, podpełzając do ciebie w zmąconej wodzie. Wrzeszczące dzieciaki podczas przerwy. A jeśli można zobaczyć je, to czy one widzą nas? Siada na tobie okrakiem, unosząc mokre piersi do twoich ust.

Tak bardzo chcesz, by ktoś was zobaczył. Rozpaczliwie potrzebujesz świadka swojej rozkoszy.

Dajesz jej zapasową szczoteczkę do zębów, swoje bokserki, dzielisz się z nią swoim szamponem, mydłem, koszulami. Ona dzieli się z tobą opowieściami o Brighton Beach i macankach z chłopakami pod mostem, o Zakiyyah, która przez całe życie szukała Tego Jedynego, a znalazła wstrętnego Trevora. Opowiada ci o jasnym mieście i dotkliwej samotności.

Pyta cię, jakiego koloru były światła, gdy pierwszy raz ją zobaczyłeś.

Czerwone, odpowiadasz.

Oglądacie *Czas apokalipsy*, prawdziwą komedię romantyczną. Oglądacie przez wiele dni, bo robicie przerwy na miłość, chińskie jedzenie, na pełne dramatyzmu czytanie fragmentów *Jądra ciemności*, a ona szydzi, że masz tego nieszczęsnego Conrada pod ręką na półce Johna Watersa. Wyciągasz egzemplarz sztuki *Bądźmy poważni na serio* i odgrywacie ją w salonie, roześmiani, nadzy, głośni. Ona zna ją lepiej od ciebie, co cię zawstydza. Kiedyś znałeś ją na pamięć, ale zapomniałeś. Wypijacie dwie butelki wina, gdy turlacie się po podłodze, odgrywając Cecily i Algernona, niedbali w komedii, ckliwi w miłości.

Straciłeś poczucie czasu, umykają ci godziny. Siedzisz i czekasz na nią w swoim volvo, ściskając kierownicę zakochanymi dłońmi. Dzwonisz do paru osób. Wszyscy są tobą rozczarowani. Wszyscy z wyjątkiem niej. Ona jest tobą zachwycona.

Dlaczego nie zamieszkałeś w Hollywood Hills?, pyta ona. Mogłeś znaleźć mieszkanie wszędzie. Czemu tutaj z widokiem na tył jakiegoś hotelu?

Nie zamieszkałeś w Hollywood Hills, tłumaczysz jej w wilgotnym zmierzchu, gdy cicho szumią dysze jacuzzi, bo tam wysoko klitka kosztuje pięć razy więcej niż mieszkanie tutaj, a zjazd z góry zajmuje całe wieki.

Nie zamieszkałeś na wzgórzach z powodu pieniędzy?

I dużej odległości, mówisz na swoją obronę, pieszcząc ją.

A dokąd ci się spieszy?, pyta ona. Pracujesz w domu. Mógłbyś siedzieć przez cały dzień przy Mulholland w jacuzzi na tarasie wychodzącym na ocean i wymądrzać się na temat octu.

I kto się teraz wymądrza? Uwierz mi, postąpiłem rozsądnie.

Uśmiecha się. Ale nie pięknie.

Chcesz pojechać w góry, Josephine? Proponujesz jej wzgórza, kaniony, plażę Zuma i całą muzykę skomponowaną przez innych, jeśli będzie cię kochać.

Ona chce tylko twojego ciała.

Czasami zachowujesz się, jakbyś przyszła tylko po to, mówisz żartem.

Skąd wiesz, czy nie przyszłam tylko po to, odpowiada ona.

Żartem?

Szepcze, że umiera z braku czułości. Nie ma czasu do stracenia.

Przypominasz jej lament Bena Johnsona nad krótkotrwałym życiem. „O, niechby cofnąć wszystkie zegary". Nie zgadza się z tobą. W tobie nie ma nic krótkotrwałego, mówi i staje za tobą naga, jej rozkołysane piersi mają cię uwieść, usta przynieść ulgę, biodra przyjąć cię i może pewnego dnia nosić twoje dzieci (to jej żart, nie twój, i jesteś nim mniej przerażony, niż powinieneś). Pragnie od ciebie czułości? Jesteś tak czuły, na ile pozwala ci twoja natura brutala. Chce zobaczyć w tobie bestię? Jej życzenie jest twoim rozkazem.

Julianie, prawie cię nie znam, a mimo to czuję, jakbym cię znała od zawsze. Jak to możliwe?

Nie masz na to odpowiedzi. Byłeś oślepiony od samego początku. Kometa zderzyła się z ziemią.

Zapominasz pójść do Whole Foods, zapominasz o przyjaciołach, newsletterach, rachunkach, sklepie, studiach do przeszukania, ciężarówkach do wynajęcia. Zapominasz o wszystkim. Zupełnie jakbyś w momencie, w którym ją poznałeś, zapomniał o swojej przeszłości.

Jest głodna? Karmisz ją. Chce jej się pić? Podajesz jej wino. Pragnie usłyszeć muzykę? Śpiewasz jej o Alfred Coffee i ravioli z kukurydzą w restauracji Giorgia Baldiego. Całujesz ją w szyję. Chciałeś ją pocałować od tak dawna, mówisz. Śmieje się. Tak, Jules, to musiały być najdłuższe dwadzieścia cztery godziny w twoim życiu.

Chcesz ją zabrać na koncert Raven's Cry w klubie Whiskey a-Go-Go, lecz wcześniej kupić najlepsze steak burrito na Vine Street, a ona pyta, skąd wiesz tyle o jedzeniu, miłości i o tym, jak uszczęśliwić dziewczynę, a ty odpowiadasz, nie dziewczynę – ciebie. Zostajecie w domu, by się kochać, wychodzicie, by jeść. Co powiesz na to Whiskey a-Go-Go, Josephine. Grają Ninth Plague i Kings of Jade. Tino and the Tarantulas dadzą czadu. Ale ona chce od ciebie miłości. I chce się kochać w rytm szalonej muzyki. Czy sprawisz, że to poczuję, krzyczy.

Tak. Sprawisz, że to poczuje.

Och, Jules, mówi ona, oplatając cię ramionami, przyciskając do serca. Strzeż się magika, mówimy na festynach, jest tutaj tylko po to, by odwrócić uwagę. Nie wpuszczajcie go do swego kręgu. A ty zrobiłeś ze mną jakąś magiczną sztuczkę. Zaintrygowałeś mnie swoją nieprzepartą obojętnością, a teraz przypominasz lep na muchy.

Kto jest obojętny? Pyta on. Chyba chodzi jej o innego Julesa. Kiedy pierwszy raz chciałeś mnie pocałować? Pyta. Mówisz jej, że kiedy objawiła ci się w karmazynowych światłach rampy w *Wynalazku miłości*. Nie pozwoliłeś, by pierwszy dzień, pierwsza godzina, pierwsza chwila spotkania z nią przeminęła. Wiedziałeś. Wiedziałeś od samego początku. Otworzyłeś dla niej duszę, tak jak ona otwiera się teraz dla ciebie.

Wymyślasz szalone sposoby uprawiania miłości, by się tobą nie znudziła.

Nie ma szans, grucha boskie stworzenie.

Ciesz się, Josephine, szepczesz z pochyloną głową, klęcząc między jej nogami, że twoje imię zapisane jest w niebie*.

Z jakiegoś powodu te słowa doprowadzają ją do łez.

Nie, nie, nie przejmuj się, nie przestawaj, mówi, ocierając twarz. Nic się nie stało. Ale włączmy Toma Waitsa, kiedy będziesz mnie kochał. Bardzo go lubię. Posłuchajmy, jak śpiewa „time time time", ale nie kończ, dopóki on nie skończy, okej, Jules?

W porządku, jeśli tylko nie będzie to piętnastominutowa koncertowa wersja *Christmas Card from a Hooker in Minneapolis*, odpowiadasz, jak zawsze żartując.

Później śpiewa ci o niekończących się policzonych dniach zastępujących noc. Czasami brzmi to tak, jakby mówiła: „Nasz niekończący się dzień zastępujący noc jest policzony".

W klubie Whiskey a-Go-Go jakiś pijany głupiec wdrapuje się na opuszczony przez ciebie stołek barowy, a kiedy wracasz z toalety, celowo opuszczasz ramię, zrzucasz go na ziemię i udajesz, że to był wypadek. Przepraszam, stary, taki tu tłok, nie zauważyłem cię, przesuń się, to mój stołek. Julian!, grucha twoja dziewczyna, czy zrzuciłeś tego faceta ze stołka? Nie wiem, o co ci chodzi, odpowiadasz. Spadł sam.

Później, kiedy pognaliście do domu, bo tak gwałtownie cię pragnęła, tym swoim oszałamiającym głosem mruczy, że przerosłeś jej oczekiwania. Protestujesz, udajesz skromnisia. Jesteś zadowolony, że ona jest zadowolona, mówisz, wzruszając ramionami. Masz talent

---

* Odwołanie do Ewangelii św. Łukasza, 10,20. (Wszystkie cytaty biblijne z: *Biblia Tysiąclecia*, Poznań – Warszawa 1980).

do sprzedawania bez sprzedawania. Nie musisz niczego udowadniać. Najpierw sprzedajesz, potem dostarczasz.

Mówi, że sądziła, iż możesz być nocnym włóczęgą, który ma wygląd demona i serce kaznodziei. Ale to nie ty. Ty masz wygląd kaznodziei i serce demona.

I nie tylko serce demona, Julianie.

Czasami ona zostaje z Z. A czasami ty zbierasz się do kupy i jak oszust wypisujesz listę podpowiedzi, choć nie ma już w tobie mądrości, wszystkie twoje powiedzenia zniknęły w ikonce „kosz" na twoim laptopie. Zrób listę rzeczy, których wydawało ci się, że chcesz, i spal ją – oto twoja rada. Bo tam, gdzie jesteś, nie ma nic oprócz chwały.

Dzięki niej marzysz o innym samochodzie: kabriolecie, oszałamiającym dwumiejscowym pojeździe z chromowaną kratownicą i drzwiami samobójcy. Oboje uwielbiacie plażę Zuma. Wyjeżdżacie stamtąd przed zachodem słońca, bo w Greek Theatre czekają na nią kręgi piekieł. Ale czasami, jeśli dopisze ci szczęście, kocha się z tobą na plaży, odrzucając na bok bikini. Siada na tobie okrakiem na tylnym siedzeniu twojego volvo dla starszych panów, jakbyście mieli po szesnaście lat i dopiero nauczyli się prowadzić.

Jakbyś dopiero nauczył się wszystkiego.

W ustach zawsze czujesz jej smak.

Próby do *Raju w parku* odbywają się wieczorem. W teatrze czekasz na nią w gąszczu upiornych foteli, które wyglądają jak zalane krwią, i patrzysz na nią, jak sunie po scenie w zachodzącym słońcu i zapadającym zmroku. Julianie, szepcze, może mówię słowami Dantego, ale marzę o tobie.

Wszędzie, dokąd idziecie, trzymacie się za ręce. Wydeptaliście ścieżki na plażach w Venice i Hermosie. Wszystko kwitnie. Noce są ciepłe. Pustynne dni są długie.

To najprawdziwszy sen, jaki kiedykolwiek przeżywałeś.

Zespoły Scurvy Kids i Slurry Kids grają przy basenie pobliskiego hotelu, a obsługa myje leżaki, by goście mogli się opalać. W tle rozlega się dudniąca ścieżka dźwiękowa hip hopu i jazzu, indie rocka i big bandów, grunge'a i elektrycznego bluesa, Buffalo Springfield i Wasted Youth w Los Feliz i Hollywood. L.A. nigdy tak nie błyszczało jak podczas tych letnich wieczorów, kiedy Voodoo Kung Fu i Destroyer

Deceivers wyciskają ostatni beat radości w Luna Park, miasto nigdy wcześniej tak bardzo nie przypominało migoczącego, oślepiającego dzieła sztuki.

W niedzielne wieczory w restauracji Scarpetta siedzicie w kipiącym zielenią ogródku wychodzącym na Canon Gardens oświetlone jak w Boże Narodzenie. Pijesz koktajle Fortuna – gruszkowy Absolut, St. Germain i brzoskwiniowe purée – i wypowiadasz życzenia do gwiazd, życzysz sobie tego, tamtego. Zamawiasz tatara, ravioli i foie gras. Czy powiedzieliście sobie już wszystko? Chyba niewiele już zostało, a jednak rozmawiacie, żartujecie i spieracie się, bez przerwy. Siedzicie do trzeciej nad ranem w Laugh Factory przy Sunset i z tłumu wyławia was utalentowany stand-uper. „Spójrzcie tylko na siebie, trafiła się wam miłość białych ludzi", szydzi z was piskliwym falsetem. „Och, kochanie, ściskam cię za mocno za ramię?". „O czym ty mówisz, słoneczko, jesteś moim ramieniem".

Śpicie, jecie, żyjecie, kochacie się i leżycie spleceni. Wasze dusze nie mają granic, bo granic nie mają wasze ciała.

A może na odwrót?

Och, Jules, szepcze ona. Nie ma nic lepszego od ciebie.

W księdze mojego życia, mówisz, w rozdziale, w którym ujrzałem cię pierwszy raz, zapisano słowa: „I tak moje życie zaczęło się na nowo".

Chcę mieć własną księgę, nie tylko jakiś rozdział.

Od Zumy do Agoury łatwo się w kimś zakochać w południowej Kalifornii.

Wiesz, co nie jest łatwe?

Znaleźć idealne miejsce, by poprosić ją, żeby za ciebie wyszła.

Jasne, ona uwielbia, gdy ją adorujesz – na razie – ale czy rozumie, że to, co was łączy, nie jest czymś, co ma początek i koniec?

Oto ogłaszam wam tajemnicę: nie wszyscy pomrzemy, lecz wszyscy będziemy odmienieni*.

---

* Pierwszy list do Koryntian, 15,51.

12

We czwórkę

Julian raz po raz proponował, żeby wyszli gdzieś we czwórkę. Nadal nie poznał Zakiyyah. A Josephine spotkała Ashtona tylko raz, jeśli nie liczyć tego drugiego (a kto chciałby go liczyć), gdy o drugiej nad ranem, kiedy Ashton walił do drzwi Juliana jak KGB, a kiedy Julian otworzył – Josephine stała za nim półnaga – rzucił: „Och, więc jednak żyjesz" i popędził w dół po schodach.

Josephine powiedziała, czemu mielibyśmy wychodzić razem.

Żeby nasi kumple mogli się poznać.

Czemu?

Żeby mogli zaakceptować nasz związek.

Czemu ci na tym zależy? A jeśli tego nie zrobią?

Czemu nie mieliby tego zrobić?

Ludzie są dziwni, powiedziała. Ashton mnie nie akceptuje.

Teraz jest na mnie wkurzony. Pokocha cię.

To nie Ashton mnie martwi.

Martwi cię Z? Przecież jestem sympatycznym facetem, powiedział. Golę się, nie przesadzam z pochwałami, jestem uprzejmy, odpowiadam na zaproszenia. Potrafię żartować, być obiektem żartów. Czemu Zakiyyah nie miałaby mnie polubić?

Mówiłam ci, Jules, ludzie są dziwni.

*

Jednym z problemów był ich rozkład zajęć. Zakiyyah miała wolne weekendy, ale w te dni w Skrzyni Skarbów roiło się od klientów, a Josephine czekała premiera *Raju w parku*, gdzie miała opowiadać o przygodach Dantego i Beatrycze przez sześć wieczorów w tygodniu i w środowy poranek.

Pod koniec czerwca Julianowi udało się w końcu umówić ich we czwórkę na niedzielny brunch. Nie zdołał zarezerwować stolika w Montage w Beverly Hills, ale spotkali się w pobliżu na patio w zacisznych Canon Gardens, w taniej knajpce z kanapkami naprzeciwko luksusowego pięciogwiazdkowego hotelu.

Zakiyyah i Josephine przyszły razem. Josephine miała na sobie luźną plażową tunikę w kolorze limonki i bikini. Później wybierali się z Julianem do Point Dume. Długie włosy pod czerwonym beretem były rozpuszczone. Miała delikatny makijaż i w paru miejscach ślady po zbyt długim przebywaniu na słońcu. Wyglądała jak hipsterska bogini. Julianowi zaparło dech w piersi. Kiedy go pocałowała, przedstawiła mu Zakiyyah.

Josephine miała rację. Zakiyyah była bardzo piękna. Ale czy nie próbowała trochę tego ukrywać? Zakryła swoją zgrabną sylwetkę sztywną bluzką i za długą, mało gustowną spódnicą. Masę mocno skręconych czarnych loków byle jak przytrzymywała opaska, uwydatniając jej lśniącą ciemną twarz, bez jednej skazy, która nie wymagała upiększania. Twarz ta była tak symetryczna, że wydawała się sztuczna. Cała Zakiyyah wyglądała jak wyidealizowana kobieca postać wyrzeźbiona przez wielbiciela kobiet: duże oczy, idealne łuki brwi, wysokie czoło, szerokie kości policzkowe, pełne wargi, apetyczne ciało, kręcone włosy. Przy prezentacji rzuciła sztuczny szeroki uśmiech zwyciężczyni konkursu piękności.

Uśmiech jednak zniknął dość szybko. Julian nie wiedział, czy to tylko gra wyobraźni, czy też wyczuł cień... napięcia? Dezaprobaty? Zupełnie jakby uśmiech został siłą włączony, a potem zgaszony zbyt szybko. Kiedy zniknął, raz jeszcze potwierdziła się uznana prawda: twarz bez uśmiechu nie jest już taka piękna, nawet twarz Zakiyyah. Będzie mógł to napisać w jutrzejszym newsletterze.

Zamówili napoje i czekali na Ashtona, poruszając w rozmowie doniosły temat pogody. Robili to z takim entuzjazmem, że można było pomyśleć, iż upał i słońce występują tylko w południowej Kalifornii.

Josephine opowiedziała głupi dowcip („Czy można zasłonić fortepian? Tak, ale nie można zafortepianować słonia"), Julian patrzył na nią oczarowany – i przechwycił spojrzenie Zakiyyah. Ty biedny, żałosny głupcze, mówiło.

– Nie zwracaj na nią uwagi, Jules – powiedziała Josephine. – Podchodzi do miłości z rezerwą.

– Tak mnie oceniasz? – zapytała Zakiyyah.

– Kto by tak nie podchodził, mając tak okropnego chłopaka jak Trevor. – Josephine uszczypnęła ją w ramię.

– Szkoda, że Julian nie może się sklonować.

– Jeśli uważasz, że mój Jules jest miły, poczekaj aż poznasz jego kumpla Ashtona.

– Josephine! – wykrzyknął Julian.

– Tak, Josephine – dodała Zakiyyah spokojnie i bez uśmiechu.

– Tylko żartuję. Jezu, co z wami?

Im dłużej Julian obserwował Zakiyyah, tym bardziej był przekonany, że nigdy nie chciała niczego mniej niż robić karierę w filmie lub teatrze. Wydawała się zupełnym przeciwieństwem Josephine. Pomimo wyraźnych fizycznych zalet, nie ekscytowała się łatwo, nie była kapryśna ani uwodzicielska, nie żartowała; jej mowa, ubiór i zachowanie nie wskazywały na kogoś, kto chciał zwracać na siebie uwagę, nie mówiąc już o kimś, kto żył dla blasku reflektorów i aplauzu jak jego dziewczyna. To było dziwne. Czy Josephine nie wspominała, że obie marzyły o teatrze?

Ashton zjawił się w końcu paskudnie spóźniony i niewybaczalnie ubrany. Miał na sobie podarte dżinsy i brudny granatowy podkoszulek. Nie ogolił się. A co najgorsze: był w paskudnym nastroju.

Zwykle ubierał się bardzo elegancko i był czarujący, zwłaszcza gdy miał poznać nowych ludzi, zwłaszcza gdy miał się spotkać z kobietami. I nawet nie przeprosił! Był chłodny w stosunku do Josephine, co nie było zaskoczeniem, lecz jeszcze chłodniejszy w stosunku do Zakiyyah. Ona podniosła wzrok, on spuścił oczy, ona lekko machnęła ręką, on lekko skinął głową. Jedyne wolne krzesło stało obok niej, więc nie miał wyjścia i musiał tam usiąść, lecz z mowy jego ciała można było wyczytać, że chce się tylko stamtąd wynieść. Zasłaniał się przed Z kartą dań. Kiedy zamówili, odwrócił się do Juliana, a gdy dostrzegł, że ten milcząco ocenia jego strój, zauważył, że umówili się na kanapki z szynką. „Czy można włożyć coś bardziej luźnego na kanapki z szynką?", zapytał. „Kanapkę z szynką je się w łóżku z dziewczyną, oglądając powtórki *Ekipy*". To była najmniej obraźliwa rzecz, jaką powiedział przez cały brunch.

Siedzieli przy stoliku niecałe pięć minut i Ashton, zamiast czarować dziewczyny, przyjął inną taktykę. Stał się nieznośny. Wbijając wzrok w szklankę z wodą lub w bok szyi Zakiyyah, zapytał ją szorstko, czym się zajmuje, i przerwał jej w połowie odpowiedzi. Kilka minut później zwrócił się do niej słowami: „Przepraszam, co mówiłaś?". „Nieważne", odparła. Kiedy Josephine namawiała go, żeby opowiedział o swoich niezwykłych przygodach na Zachodzie, zbył ją, mówiąc, że nienawidzi otwartych przestrzeni – co nie tylko było nieprawdą, ale też skutecznie zmroziło atmosferę.

– Naprawdę? – dopytywała się Josephine. – Jules powiedział mi, że uwielbiasz wędrówki.

– Jules ci powiedział? To chyba pobożne życzenie z jego strony. To on uwielbia otwarte przestrzenie.

Josephine roześmiała się czule.

– Co ty wygadujesz, Julian nie lubi otwartych przestrzeni – odparła. – On ich nie znosi. Z wyjątkiem plaży. Poza tym niezbyt dobrze dogaduje się z naturą.

Ashton wypił duży łyk coli, żałując chyba, że nie jest to coś mocniejszego.

– Tak ci powiedział? – Po pełnej napięcia chwili ciągnął: – Parafrazując Miltona, darzę otwarte przestrzenie niezłomną nienawiścią.

– Milton raczej nie miał na myśli otwartych przestrzeni – powiedziała Zakiyyah.

– Ależ tak. W każdym razie – mówił dalej Ashton – chodzi mi głównie o to, że nie sprawiają mi przyjemności żadne rzeczy związane z otwartą przestrzenią. Gdybyś tylko zobaczyła moją reakcję na tarantulę lub węża, mogę cię zapewnić, nie byłaby fajna ani męska. Nie lubię otwartych przestrzeni od czasu niefortunnego wypadku Juliana. Wolę siedzieć w Tequila's Cantina i pić przez cały dzień. Picie i kac to jedyne moje ćwiczenia.

– Jaki niefortunny wypadek? – zapytała osłupiała Josephine, zanim Julian zdążył zmienić temat.

– Pijesz? – zdumiała się Zakiyyah. – A to niespodzianka.

– Jasne – odparł Ashton. – Ale nie tak jak wcześniej, w college'u. Boże, kto by to wytrzymał, prawda, Jules?

Zakiyyah spojrzała na Ashtona z wrogością, a na Josephine z wyrzutem. Czemu mnie tu przyprowadziłaś, zdawała się mówić i zerwała się, by pójść do toalety. Josephine przeprosiła i poszła za nią.

– Stary, co się z tobą dzieje? – wysyczał Julian, gdy tylko nie mogły ich usłyszeć.

– Nie wiem, o co ci chodzi.

– Miałeś je oczarować, a nie sprawić, żeby cię znienawidziły i przy okazji znienawidziły mnie!

– Jestem sobą – odparł Ashton.

– Czyżby? Tak zwykle reagują na ciebie kobiety? Zrywają się z miejsca i uciekają? A jeśli nie wrócą?

Ashton spojrzał w niebo, jakby szukał tam zmiłowania.

– Muszą sobie przypudrować noski. To moja wina?

– Co się z tobą dzieje?

– Nie wszyscy muszą mnie lubić, brachu – odparł filozoficznie Ashton. – To nie moja wina, że mają ze mną problem. To nie ja się zmieniłem. – Przez chwilę siedzieli w milczeniu. Kiedy Julian miał się odezwać, Ashton skinął głową w stronę powracających kobiet.

– Jaki niefortunny wypadek miał Julian? – zapytała Josephine, gdy tylko usiadły.

– Nieważne – powiedział Julian, pragnąc kopnąć Ashtona za to, że się wygadał.

– Tak, Josephine, nieważne, Jules ma rację, to nie było nic takiego – odparł Ashton. – Wybraliśmy się na wędrówkę i on się zgubił, to wszystko. Szukaliśmy go bardzo długo. Byliśmy pewni, że nie żyje. Aż tu nagle – wykrzyknął – znaleźliśmy go! Wszystko dobre, co się dobrze kończy, zgodzisz się ze mną, prawda? Nie ma sensu rozwodzić się nad tym teraz, kiedy siedzi obok ciebie. Nawiasem mówiąc, to wspaniale, że tak dobrze się wam ułożyło. Czasami te rzeczy potrafią się nieźle poplątać.

Kęs przeżutego jedzenia wysunął mu się z ust i spadł na koszulkę. Strzepnął go i jadł dalej.

Zakiyyah zaczęła coś mówić, lecz Ashton jej przerwał.

– W college'u umówiłem się kiedyś z dziewczyną, która nie mówiła po angielsku – powiedział z ustami pełnymi szynki i chleba.

– To było przed czy po piciu? – zapytała Zakiyyah.

– W trakcie. Pamiętasz ją, Jules? Maniki? Poprawka, Maniki nie mówiła po angielsku dobrze, a to coś o wiele gorszego od niemówienia wcale. Najgorszą rzeczą, jaką można zrobić, gdy jest się w czymś do bani, to uważać, że jest się w tym dobrym.

– To rzeczywiście najgorsza rzecz? – zapytała Zakiyyah.

– Oczywiście. – Ashton przeżuł kanapkę. – To była jedna z najdłuższych randek w moim życiu.

– Ciekawe, jak musiałeś się czuć – zainteresowała się Zakiyyah, a Ashton zarechotał i odwrócił się do Josephine.

– Jak tam *Raj w parku*? – zapytał. Josephine uśmiechnęła się, gotowa mu coś opowiedzieć, lecz nie dał jej dojść do słowa. – Chodzi mi o to, jak długo będą grać tę sztukę?

– Premiera jest w przyszłym tygodniu i będą ją grać przez miesiąc. Mogę ci załatwić bilety, jeśli chcesz.

– Może. Ale nie wiem na kiedy. Za kilka dni mieliśmy lecieć z Julianem do Cabo na Święto Niepodległości. I szczerze mówiąc, Dante nie jest dla mnie. Wolę głupsze poczucie humoru.

– Coś takiego – rzuciła Zakiyyah.

– Nie martw się. Dante nie jest aż tak zabawny – powiedziała Josephine. – *Komedia* to nie najlepsze określenie.

– Daj mi kota przywiązanego do wentylatora albo durny dowcip o pierdzeniu i będę śmiał się do łez. Nie jestem z tego dumny. Po prostu tak jest.

Josephine ścisnęła dłoń Juliana pod stołem.

– Cabo? – zapytała cicho.

Julian pokręcił głową, jakby chciał powiedzieć: „Nie przejmuj się". Zupełnie zapomniał.

– Więc prawdziwe życie nie przebiło się jeszcze do twojego pierdzącego kręgu? – zapytała Zakiyyah Ashtona, nieznacznie tylko zwracając się w jego stronę.

100

– Dzięki Bogu, nie – odparł, prawie nie odwracając głowy.
– Wiesz, co mówi Gandhi? – zapytała.
Ashton nadal przeżuwał.
– Mnie pytasz?
– Tak – odparła i zacisnęła lśniące usta. – Gandhi mówi: nasze myśli stają się naszymi słowami, nasze słowa stają się naszymi czynami, nasze czyny stają się naszym charakterem, a nasz charakter staje się naszym przeznaczeniem.
– Hmm. – Ashton przełknął i wysiorbał łyk coli. – Czy twój intelektualny snobizm ma mnie umniejszyć? Bo myśli z pewnością nie są moim przeznaczeniem. Jestem o tym przekonany. Za to, co myślę, wylądowałbym w więzieniu. Ale pozwól, że ci wyjawię, co mówi Ashton. Bo nie tylko ty i Julian potraficie wynajdywać zwięzłe sentencje. Ja też mam życiową radę. Chcesz usłyszeć?
– A mam jakiś wybór?
– Nazywam to zasadą dwóch minut Ashtona.
– Ashtonie, nie! – wykrzyknął Julian.
Ashton nie zwracał na niego uwagi.
– Jeśli widzisz coś, co trzeba zrobić, i można to zrobić w mniej niż dwie minuty, zrób to natychmiast. – Zawiesił głos, by słowa wybrzmiały. – Nazywam to także Zasadą Seksu Ashtona.
Zakłopotany Julian pocierał oczy w kamiennej ciszy, która zapadła. Co tu się dzieje?
Kiedy dziewczęta nie zareagowały, Ashton drażnił się z nimi dalej.
– Problem z moją przyjaźnią z Julianem polega na tym, że pod wieloma względami jesteśmy bardzo różni. Czy tak samo jest z wami? Założę się, że tak. Na przykład Julian uważa, że jest zabawny, a ja jestem zdecydowanie bardziej cool. Ale szczerze mówiąc, bardzo chciałbym być i zabawny, i cool.
– Uczę dzieci – zaczęła Zakiyyah – że zawsze lepiej jest podchodzić realistycznie do swoich ograniczeń.
– Biedactwa – odparł Ashton.
– Mnie, z drugiej strony, wcale nie zależy, żeby być cool – powiedział Julian. Zerwał się od stolika i gestykulował jak szaleniec, by dostać rachunek.
– To dlatego, że Jules może to robić przez cały dzień – powiedziała

101

Josephine głębokim głosem. Pociągnęła go za nadgarstek, podnosząc na niego wzrok. – Wcale nie musi być cool.

– I dlatego – odparł Ashton – Jules jest zabawny.

*

– Więc to był słynny Ashton – powiedziała Zakiyyah, gdy Ashton, nalegając wcześniej, że zapłaci, zasalutował do włożonej daszkiem do tyłu czapeczki baseballowej, przewrócił krzesło i poszedł.

– On jest w porządku. Nikt nie lubi, gdy się go stawia w niezręcznej sytuacji – odparł Julian. – Powinniśmy spróbować jeszcze raz. Zrobić coś mniej stresującego.

– Mniej stresującego od kanapek z szynką?

– Powinniśmy pojechać do Disneylandu. We czwórkę.

Josephine klasnęła w dłonie.

– Tak, proszę! Będzie fantastycznie.

– Nigdy – rzuciła Zakiyyah. – To znaczy, dziękuję.

– Nie był wcale tak zły – powiedział Julian. – Tylko za bardzo się starał.

– Starał się?

Julian przeszedł do obrony.

– On wcale nie jest taki.

– Jesteśmy tacy, jakimi udajemy, że jesteśmy – odparła ponura młoda kobieta. – Musimy więc uważać, co udajemy. – Spojrzała ze złością na Josephine, która ujęła pod stołem dłoń Juliana i nie odpowiedziała na pełne wyrzutu spojrzenie przyjaciółki.

13

Puszka Pandory

Tuż po Święcie Niepodległości, kiedy Josephine zmagała się w *Raju* z hipokrytami i złodziejami, Julian umówił się z Ashtonem na drinka w Tequila's Cantina, ich ulubionej knajpce przy Magnolia Avenue. Po piwie przyszła kolej na talerz taquitos i luźną pogawędkę. Luźną, ale znaczącą, między innymi o Cabo, dokąd Ashton i Riley polecieli sami.

Julian uśmiechnął się niespokojnie.

– Ash, chcę ci coś pokazać. – Wyjął z kieszeni czarne aksamitne pudełeczko.

Ashton zerwał się z barowego stołka i uniósł ręce w górę.

– Stary, nie.

– Spojrzysz?

– Powiedziałem: nie.

Julian stał z wyciągniętą ręką. Z ciężkim westchnieniem Ashton wziął pudełko, otworzył, zajrzał do środka, zamknął i wsunął Julianowi do kieszeni.

– I co myślisz?

– Naprawdę chcesz wiedzieć, co myślę? – zapytał Ashton.

– Jeśli powiesz: „To niesamowite, Jules, gratuluję", to tak.

Ashton milczał.

Julian czekał.

– No, dajesz. Niedługo muszę iść. – Nie chciał, żeby czekała na niego sama na parkingu przed Greek Theatre. Nie było tam bezpiecznie.

– Chcesz ją poprosić, żeby za ciebie wyszła?

– Próbuję znaleźć idealny moment, ale tak.

– Co powiesz na „za trzy lata"?

– Nie pomagasz mi.

– Jakiego rodzaju pomocy szukasz? Chcesz na mnie poćwiczyć oświadczyny? Czy chcesz mojej rady?

Julian przyglądał się twarzy Ashtona. Spędzili ze sobą tyle lat, razem mieszkali i pracowali, pili, podróżowali, umawiali się z kobietami, że nie potrzebował zbyt dużo czasu, by wiedzieć, co przyjaciel sądzi na dany temat. Przez większość czasu Ashton był wyluzowanym, radosnym facetem, mimo że miał za sobą okropne dzieciństwo z rodzaju tych, które sprawiają, że zaczyna się kwestionować sens życia. Kiedy więc Julian dojrzał niepokój na twarzy przyjaciela, napięcie mięśni wokół zazwyczaj zrelaksowanych ust, ciemne fioletowe kręgi pod jasnymi oczami, kiedy dostrzegł długi cień obawy w jego spojrzeniu, nie mógł na niego dalej naciskać. I tak czeka go trudna przeprawa z rodziną, zważywszy że nie poznali Josephine i nadal myśleli, że jest z Gwen.

– Chcę tylko, żebyś się cieszył ze względu na mnie, Ash.

– Wiem, że tego chcesz.

Wzdychając ciężko, Julian podniósł szklankę z piwem.

– Nie lubisz jej.

– Nie znam jej. Na tym polega mój problem.

– Masz rację. To twój problem.

– Nie tylko mój.

– Ja ją znam – odparł Julian. – A ty ją poznasz. A kiedy poznasz, pokochasz.

– Tak.

– Myślisz, że działam za szybko?

– I tysiąc innych rzeczy. Poza tym, nie myślę. To fakt.

– Co jeszcze?

– Jesteś pewny, że to miłość?

– Słucham?

– Wziąłeś pod uwagę możliwość, że to może być coś innego? – zapytał Ashton. – Coś równie przyjemnego, lecz bardziej zwodniczego.

– Przestań. – Julian wypił łyk piwa.

– Dostrzegasz w ogóle różnicę między miłością a seksem?

– A ty?

– To nie ja się żenię.

– Wiesz, na czym polega ta różnica? – zapytał Julian. – Nikt nie umiera z powodu seksu.

– O Jezu. To już do tego doszło. A to nie jest prawda. Samiec modliszki umiera z powodu seksu. Do tego się sprowadza całe jego życie. Umrzeć z powodu seksu. – Ashton zacmokał. – Co o tym pomyśle sądzą twoi rodzice? Nie wyobrażam sobie, że mama to aprobuje. – Zawiesił głos, by usłyszeć odpowiedź Juliana, lecz zrobił to tak, jakby już wiedział, że się jej nie doczeka. – Czy w ogóle ją poznali? – Pauza. – Boże święty, Jules, czy oni w ogóle o niej wiedzą?

Julian nie chciał spojrzeć w pełne niedowierzania oczy przyjaciela.

– Kiedy planowałeś zawiadomić o tym matkę? Kiedy znalazłaby w skrzynce zaproszenie na ślub?

– Jeśli ty tak do tego podchodzisz, co, twoim zdaniem, zrobi ona?

– Jaki stąd wniosek?

– Że nikt nie rozumie ani jednej pieprzonej rzeczy. I guzik ich to obchodzi.

– Zgoda. To cały ja – odparł Ashton.

Julian opanował się i zniżył głos.

– Okej, ale czemu jesteś taki?

– Nie mam pojęcia. Powiedziałeś Riley?

– Dopiero co wróciliście z Cabo! I raczej nie powiem jej przed tobą. Na dodatek wiem, jak zareaguje. Każe mi jeść więcej żółtego jedzenia, na przykład bananów i ananasów, żeby zrównoważyć ogień w moim życiu.

– Może choć raz powinieneś jej posłuchać – odparł Ashton. – Po co się tak spieszyć, Jules? Nie kumam tego. Jest w ciąży?

– Nie bądź śmieszny.

– To czemu nie poczekać? Jeśli to prawdziwe uczucie, wytrzyma próbę kilku...

– Chcesz, żebym pokonywał jakieś twoje przeszkody? Na co mam czekać? Powiedziałeś, że wytrzyma próbę kilku... Czego?

– Parseków. – Mimo żartu napięcie w ramionach Ashtona nie ustąpiło. – Co się stało ze strachem przed zaangażowaniem się?

– Tu nie chodzi o zaangażowanie się – odparł Julian. – Chodzi o dziewczynę.

– Czy nikt jej nie powiedział, że jeśli chce odnieść sukces w show-biznesie, nie powinna nigdy wychodzić za mąż?

– Mam szczerą nadzieje, że nikt.

– Gdzie się podział twój zdrowy rozsądek? – zapytał Ashton. – Nie zawsze go miałeś, ale jeśli już, to był taki staroświecki. Kupiłeś go razem ze swoim życiem. – Odetchnął. – Jesteś ostrożny, skrupulatny w kwestii czasu, solidny, godny zaufania. Nie jesteś impulsywny. Nie robisz takich rzeczy. To nie ty. To nawet nie dawny ty.

– Ashton, ale ona jest tą jedyną!

– Jaką jedyną? – rzucił tylko jego przyjaciel.

Julian opadł na barowy stołek.

– Czy dlatego byłeś takim dupkiem tamtego dnia?

– Nie wiem, o co ci chodzi.

– Nie kapuję, czemu byłeś taki niegrzeczny dla jej przyjaciółki. Co ona ci zrobiła?

– Nie byłem niegrzeczny, prowadziłem luźną pogawędkę. O czym innym mieliśmy rozmawiać, o tobie?

Dopili piwo.

– Czy zakochane gołąbeczki rozmawiały już o tym, gdzie będą mieszkać? – zapytał Ashton. – Ona przeniesie się do L.A.? Co z jej karierą? Teatr to moje życie i tak dalej? A może ty snujesz jakieś plany, na przykład przeprowadzki do Nowego Jorku?

– Nigdzie się nie wybieram, Ash – odparł Julian. – Obiecuję. – W jego głosie zabrzmiała czułość. – To cię martwi?

– A kogo to martwi? Tylko po co ten pośpiech? Żeby nie wróciła na wschód? Wiza jej wygasa? Wiesz, Nowy Jork nadal leży w Stanach Zjednoczonych – powiedział Ashton. – Możesz swobodnie podróżować z wybrzeża na wybrzeże.

Julian spojrzał w twarz przyjaciela.

– Stary, co się z tobą dzieje?

Ashton wbił wzrok w pustą szklankę po piwie.

– Nie wiem. Mam złe przeczucia, to wszystko – odparł. – Nawet w Cherry Lane, gdy patrzyłem, jak gra, coś mi w niej nie pasowało. I nie jestem w tym odosobniony. Pamiętasz, jak zareagowały Gwen i Riley. Szczerze mówiąc, wszyscy z wyjątkiem ciebie. Nie potrafię tego wytłumaczyć. Coś jest nie tak. Może nie jest taką dziewczyną, za jaką ją uważasz. Może znalazłeś hollywoodzką wersję osoby, której wydaje ci się, że pragniesz. Myślisz, że znalazłeś dzień, a tak naprawdę znalazłeś noc.

– Mylisz się – powiedział Julian. – To najbardziej szczera dziewczyna, jaką spotkałem. Jest jak otwarta książka.

– Okej.

– To kobieca wersja ciebie. Chcesz mi powiedzieć, że nie jesteś facetem, za jakiego cię uważam?

Ashton nie odpowiedział.

– Ona oznacza kłopoty – rzucił po chwili. – Nic nie poradzę, że tak czuję.

– Mylisz się.

– Ze względu na ciebie mam nadzieję.

Zamilkli, skupiając się na rozmowach innych gości, na piosence *Burn it Blue* dobiegającej z szafy grającej.

– Wiem, jaki jesteś – powiedział Ashton. – Cichy, ale nieustępliwy. Wiem, że nie dasz się do niczego przekonać, jeśli nie zechcesz zostać przekonany. Kiedy planujesz się oświadczyć?

– Bardzo szybko. Czekam na odpowiednią chwilę.

– O, to rozsądne.

– Ale nie mam zbyt wiele.

– Rozsądku?

– Czasu. – Julian nachylił się. – W Brentwood Country Club mają wolny termin za cztery tygodnie od piątku!

Początkowo Ashton nie zareagował.

– Od którego piątku?

– Nie bądź taki. – Julian zakołysał się na stołku.

– Chcesz się ożenić z dziewczyną, którą poznałeś pięć minut temu, za cztery tygodnie od tego piątku? – Wyraz zdumienia na twarzy Ashtona był bezcenny.

– Nie oszalałem.

– Jasne. Czemu miałbym myśleć, że małżeństwo po siedmiu tygodniach znajomości jest szaleństwem?

– Ty uważasz, że małżeństwo po siedmiu latach znajomości jest szaleństwem – odparł Julian.

– A nie mam racji?

– Gotujemy razem! Czy pamiętasz, żebym kiedykolwiek gotował z dziewczyną?

– No, skoro razem gotujecie! – Ashton uderzył dłonią w bar. – Czemu wcześniej nie mówiłeś? Cholera jasna. Mario! Dwa najlepsze piwa, *por favor*. Nasz Jules gotuje z dziewczyną. Zapomniał zupełnie o najlepszej radzie, jakiej udzielił nam Oscar Wilde. Mario, słuchasz? Bo Jules na pewno nie. Mężczyzna może być szczęśliwy z każdą kobietą – powiedział Ashton – tak długo, jak długo jej nie kocha.

*

Najpierw zjedli galaretkowe shoty z czerwonych pomarańczy. Kiedy już trochę kręciło im się w głowach, Josephine zapytała Juliana, czy ma patelnię. Chciała spróbować zrobić mu kolację.

W Pavilions przy Santa Monica (dokąd poszli, zataczając się, nie pojechali) dziwiła się wysokim cenom i lśniącym jabłkom. Kupili steki, torbę frytek i mieszankę sałat.

Zapomnieli o sosie do sałaty, maśle i oleju.

I o soli.

– Nie masz soli? – Josephine zaglądała do szafek.

– A jest nam potrzebna?

– Bez soli nie ma życia – odparła. – Jak Ten-Który-Wie-Wszystko może o tym nie wiedzieć? Jak jesz popcorn wieczorami?

– Idę do kina Arclight przy Sunset i kupuję popcorn. I korzystam z ich soli.

– Co wieczór?

– Nie jadam popcornu co wieczór.

Kiedy wrócili z wyprawy po sól, bez której nie mogli żyć, w mieszkaniu śmierdziało zgniłymi jajkami. Josephine odkręciła palnik i zapomniała zapalić gaz. Julian otworzył okna i drzwi.

– Nie czułaś?

– Czego?

– Celowo nasycają gaz tym smrodem – odparł Julian. – Żeby cię ostrzec, że niedługo umrzesz.

– Czy to jedna z twoich życiowych podpowiedzi? – Tak lekko podeszła do faktu, że zostawiła odkręcony gaz.

– To życiowa podpowiedź wszystkich. Matka cię nie nauczyła?

– Jak na ironię nie, choć jest nauczycielką – odparła. – Można by pomyśleć, że nauczy mnie, jak pozostać przy życiu.

– Tak, to jedna z pierwszych zasad. – Julian właśnie znalazł temat przewodni do jutrzejszego newslettera. „Pierwsze zasady". Najwyraźniej nic nie było tak dobrze znane, by stać się wiedzą powszechną. – Twoja matka nie gotuje?

– Jest fantastyczną kucharką – powiedziała Josephine. – Hoduje warzywa w ogródku za domem, piecze chleb, ma świeże zioła, mogłaby napisać książkę.

– Nigdy ci nie mówiła o zapachu śmierci?

– Nie, bo nie dopuszczała mnie do kuchenki. Moja matka – ciągnęła – zajmowała się wszystkim. Ja tańczyłam mambo aż do bólu i jadłam to, co ugotowała. Chcesz jeszcze szklaneczkę? – Podała mu, zanim zdążył odpowiedzieć.

Julian stał jak głupek przy zimnej kuchence. Josephine miała na sobie stringi i jego podkoszulek bez rękawów, włosy w nieładzie. Gdzie się podziało to czarne pudełeczko? Sięgnął do kieszeni.

– Powinni nasycać zapachem śmierci samą śmierć – oznajmiła. Stuknęli się szklaneczkami. – Żeby można ją było łatwo wyczuć. – Zamiast wycierać usta, pozwoliła mu scałować pomarańczową wódkę z warg. – Jako ostrzeżenie przed śmiercią. – Zachichotała. – Dzięki temu wszyscy by wiedzieli, co nadciąga.

– Chciałabyś?

– Wiedzieć, kiedy umrę? Oczywiście. Kto by nie chciał?

– Pomijając to – powiedział Julian, przyklękając na jedno kolano – nasycają zapachem gaz, zanim wpłynie do rur. Zgniłe jaja to twój zapach śmierci.

– To nie jest temat do żartów. Co ty wyprawiasz?

Ujął ją za rękę.

– Josephine, chcę ci coś powiedzieć. Chcę ci opowiedzieć o naszym pierwszym spotkaniu. Stałaś przy ścianie oświetlona od tyłu przez różowe światła. Zaczęło padać, a mężczyzna, z którym byłaś, nawet nie zatroszczył się o parasol. Stałaś więc sama w deszczu. Byłaś dla mnie obca, ale w tamtej chwili chciałem tylko mieć prawo zawołać cię po imieniu i zaoferować swój parasol. Jestem normalnym facetem i myślałem, że normalni faceci nie zakochują się ot tak. Nigdy nie czułem pustki, ale też nigdy nie byłem spełniony. – Zawiesił głos. Bo zabrano mi jedyną rzecz, która mnie wypełniała, i później nic innego nie wystarczało, nawet miłość. – Ale w tamtej chwili, gdy stałaś sama przy ścianie, poprosiłem Boga, bym choć raz w życiu dowiedział się, co znaczy kochać kogoś naprawdę.

– Ja też o to prosiłam – odparła. Zacisnęła dłoń w jego dłoni.

– Josephine, kocham cię. – Otworzył czarne pudełeczko. – Wyjdziesz za mnie?

Zapadła kamienna cisza.

– Chcesz się ze mną ożenić? – zapytała w końcu. – Czemu? Nawet nie poznałam twojej mamy. Znienawidzi mnie. Ty też nie poznałeś mojej mamy. A ona na pewno cię znienawidzi.

– To nie jest dla nich. To jest dla nas. Dla ciebie i dla mnie.

Wybuchnęła płaczem. Powiedziała „tak". Jej dłoń pozostała zaciśnięta.

Julian zobaczył słońce za dnia zastępującego noc, zapłonęły wszystkie komety, oczy planet przypominały płomienie, płonął cały świat, nie łagodnie ani nostalgicznie, lecz gwałtownie, gdy jedno ludzkie serce zderzyło się z drugim.

PIERWSZE ZASADY

NAJPIERW PYTANIE DOTYCZĄCE GRAWITACJI:

Jeśli istnienie grawitacji dowodzi, że świat powstał według naukowych zasad, to kto stworzył grawitację? Zanim powstała materia, musiało istnieć prawo rządzące materią.
Czemu?

Smród zgniłych jajek w twoim domu to ostrzeżenie. Sprawdźcie palniki. Sprawdźcie piekarnik.

Jajko spada na podłogę i się rozbija: Nie możesz tego cofnąć, nie możesz go skleić. Tak działa cały świat. Kiedyś jajko, teraz bajzel na podłodze. Bez jajek nie byłoby pieczenia, ale czyż jajka nie są nienarodzonymi kurczakami? Tak więc w ciastkach masz kurczaki.

- Podpowiedź finansowa: Jeśli nie stać cię na dwie takie same rzeczy, nie stać cię na jedną.

- Podpowiedź alkoholowa: Wódka służy nie tylko do picia. Odstrasza owady. Nawilża skórę głowy. Uśmierza ból. Ale zdecydowanie najlepiej jest ją pić.

- Podpowiedź gramatyczna: Czas teraźniejszy wyraża ponadczasowe fakty, ponadczasowe działania.

- Podpowiedź życiowa: Kiedy słyszysz tętent kopyt, wypatruj koni, a nie zebr.

- Podpowiedź podstawowa: Prawo odwrotnych kwadratów w grawitacji oznacza, że zasięg wzajemnego przyciągania jest nieskończony.

Cytat na koniec:
Najpiękniejszą rzeczą, jakiej możemy doświadczyć, jest tajemnica. Z niej wypływa cała prawdziwa sztuka i cała nauka.
Albert Einstein

CRUZ/BENNETT PRODUCTIONS
Od ponad dekady pomagamy ci zacząć dzień

14

Odlotowe tosty

Siedzieli w mieszkaniu Zakiyyah. Była pora lunchu.

– Czasami, kiedy umieram z głodu – powiedziała Josephine – robię niesamowitą rzecz. Opowiadałam ci o niej. Nazywam ją odlotowym tostem Josephine.

– Bo odlatuje wszystkim innym tostom? – Uśmiechnął się szeroko.

– Odlatuje wszystkiemu na świecie. To potężna mieszanka węglowodanów i tłuszczu. Nie martw się. Nie wymaga użycia gazu. – Uśmiechnęła się. – Ale nie mów o tym Z. Uważa, że są paskudne.

– Wygadałbym się natychmiast, gdym tylko mógł ją znowu zobaczyć – odparł. – Przyjdzie na nasz ślub, prawda?

– Jesteś zabawny. – Puściła do niego oko. Wyjęła chleb z lodówki i masło z szafki.

– Chyba coś ci się pomieszało – powiedział Julian. Rozparty przy stole patrzył, jak Josephine krząta się przy blacie.

– Nie. Masło musi być miękkie, a chleb nie może być zielony. Dlatego tak. Widzisz, jakie te kromki są cienkie? Muszą być cienkie.

– Oczywiście. W Hollywood zawsze dbamy o linię.

– No właśnie. Przypiekasz chleb, dwa razy, jeśli trzeba, aż będzie naprawdę chrupiący. – Czekali. Chleb wyskoczył z tostera. – Smarujesz go grubo masłem, aż po brzegi. – Wyjęła z lodówki plastikowy pojemnik z sałatką ziemniaczaną.

– Jak długo tam stała?

Uśmiechnęła się.

– To ziemniaki. Co może się zepsuć w ziemniakach?

– Jest tam też majonez.

– Za bardzo się przejmujesz. Jest w porządku. Rozsmarowujesz sałatkę ziemniaczaną...

– Z drobinkami. – Stanął za nią i zaglądał jej przez ramię.

– To chyba pieprz. Mam nadzieję, że pieprz. W każdym razie, rozsmarowujesz sałatkę na tościе, potem bierzesz ser cheddar, najlepiej ostry i ścierasz go nad tostem, o tak. Przykrywasz wszystko drugą kromką i przyciskasz dłonią, o tak, a potem, chyba kroisz na pół, jeśli jesteście we dwoje, ale gdybyś był sam, po prostu bierzesz i wsuwasz do ust...

Patrzył, jak z zamkniętymi oczami w ciągu paru sekund pochłonęła połówkę odlotowego tosta.

– Chcesz, żebym zjadł moją połówkę?

– Jeśli chcesz. To jedyna rzecz, jaką potrafi zrobić twoja przyszła żona, więc lepiej spróbuj mleka, zanim kupisz krowę.

Zjadł, stojąc przy zlewie, a ona patrzyła na niego z zazdrością.

– Niezłe. – Otarł usta.

– Ale dalej jesteśmy głodni – odparła. – I nie ma już sałatki na następny tost. Ani sera. Ani chleba.

Popchnął ją w stronę sypialni.

– Pospiesz się. Weź prysznic, a potem zabiorę cię do Factor's Deli, gdzie zrobią nam takie same tosty na zamówienie. Kto wie, może staną się tak popularne, że dodadzą je do codziennej oferty. Odlotowy Tost Josephine. Obok kanapki Steve'a Martina. Ale się pospiesz. Przed spektaklem musimy jeszcze pojechać do Country Clubu na degustację tortu. I twój pierścionek jest wreszcie gotowy.

Pierścionek, który jej kupił, był o cztery rozmiary za duży i trzeba go było zmniejszyć. Bała się, że go zgubi, więc nigdy go nie nosiła. Tego popołudnia przed *Rajem* mieli mnóstwo do załatwienia. Musieli wybrać obrączki. I zespół, który zagra na weselu. Umówili się na degustację tortu, musieli wypożyczyć smoking dla Juliana, a Josephine nie miała sukienki. W zeszłym tygodniu planowała wybrać się na zakupy z Zakiyyah, ale nic z tego nie wyszło. Dziś mieli odhaczyć kilka punktów na długiej liście, ale kiedy po nią przyjechał, jeszcze spała.

113

Irytował się trochę, że nie jest gotowa, dopóki nie zaciągnęła go do łóżka. Teraz, dwie godziny później, nie mieli zbyt dużo czasu na odlotowy tost i degustację tortu.

Kiedy Josephine brała prysznic, siedział w fotelu przy oknie wychodzącym na ulicę i sprawdzał listę spraw do załatwienia, która z każdym dniem wydłużała się, a czas się kurczył. Wybrać kwiaty. Wpaść do urzędu miasta i złożyć wniosek o zezwolenie na zawarcie małżeństwa. Wybrać urząd stanu cywilnego. Postanowić, dokąd pojadą w podróż poślubną. (On: Hawaje? Ona: Londyn?). Kupić buty, w których będzie mogła tańczyć.

Normandie Avenue wznosi się przez krótki odcinek, biegnąc do śródmieścia obok Clinton Street, lecz poza tym jest prosta i płaska jak stół. Na północy dochodzi do Hollywood Hills. Wysokie brązowiejące palmy przy krawężnikach wyglądają jak słupy telefoniczne.

Jest słoneczna.

Normandie jest też ulicą przelotową. W dzień i w nocy przejeżdża nią milion samochodów. W weekendy panuje wyjątkowy ruch. Dni powszednie są spokojniejsze. Dziś jest dzień powszedni.

Latynosi myją swoje poobijane samochody, podlewają żółte petunie i czerwone azalie, zamiatają chodniki.

Za domem Zakiyyah z balkonem z żółtymi petuniami i czerwonymi azaliami nigdy nie cichnie szum autostrady. Po drugiej stronie ulicy stoi dom owinięty drutem ostrzowym. Nawet kiedy Julian ucieka myślami do swojej dziewczyny, widzi ten dom kątem oka. Nawet teraz, gdy liczy minuty podróży, ile godzin im zostało i ile spraw mają do załatwienia, wygląd domu napełnia go niepokojem, budząc skurcze żołądka.

Julian kładzie notes na kolanach i wpatruje się w ozdobiony stiukami budynek. Otacza go ogrodzenie z siatki z bramą do wpuszczania gości. Są też kraty w oknach, na bramach i drzwiach. Kraty na kratach. I drut ostrzowy.

Za dnia piętrowy budynek wygląda jak forteca. Jakby trzymano w nim złoto, które nie zmieściło się w skarbcu w Fort Knox, albo połowę dostaw kokainy z Medellin do południowej Kalifornii.

Cokolwiek tam się znajduje, nie chcą, by ktoś zakradł się przez ogrodzenie i balkony i to zabrał.

Co tam jest?

Kto tam mieszka?

Kiedy Julian się nad tym zastanawiał, z domu wyszedł facet mieszanej rasy w sportowych butach za kostkę, dżinsach biodrówkach i za dużej bluzie Lakersów. Zamknął za sobą bramę, wsunął za pasek na plecach półautomatyczny pistolet, przeszedł przez ulicę i wszedł na schody domu Zakiyyah.

Julian zamknął notes ze ślubną listą.

Rozległo się pukanie do drzwi.

Wstał. Z prysznica nadal lała się woda.

Znów pukanie, tym razem bardziej natarczywe.

Julian otworzył drzwi i stanął twarzą w twarz ze średniej budowy śniadoskórym chłopakiem po dwudziestce, o wielkich oczach, z włosami zaplecionymi w warkoczyki, z tatuażami, biżuterią i kolczykami. Levisy i pistolet podtrzymywał pasek od Gucciego, sznurówki w butach biły w oczy czerwienią.

– Cześć – mruknął. – Siema.

– Cześć. – Julian zacisnął prawą dłoń i odwrócił się na lewo. Lewą dłoń oparł na gałce od drzwi. Nie umknęło to uwadze pana Warkoczyka.

– Jest cool?

– Jasne – odparł Julian.

– Jest Jojo?

– Chodzi ci o Josephine?

– Tak. Zgadza się. Josephine.

Woda z prysznica nadal się lała. Julian nie chciał powiedzieć temu młodemu gangsterowi o bezczelnym spojrzeniu, przepraszam, Josephine nie może teraz podejść do drzwi, bo jest naga.

– Jest teraz zajęta. Powiem jej, że wpadłeś.

Chłopak obrzucił Juliana spojrzeniem od stóp do głów, oszacował jego bojową postawę, zimne jak lód spojrzenie.

– Jestem Poppa W – powiedział. – A ty to kto?

– Julian.

– Dobra, Julianie. Później. Ale na pewno powiedz jej, że wpadłem. Nie zapomnij.

– Będzie wiedziała, o co chodzi?

– Będzie wiedziała.

Julian patrzył, jak Poppa W zbiega po schodach i przechodzi przez ulicę. Wskoczył do swojego złotego sedana z dwiema wielkimi rurami wydechowymi, podkręcił dźwięk na maksa w sprzęcie grającym i w rytm *Nothing but a G Thang* Dr. Dre ruszył z piskiem opon Normandie i zniknął.

Zdarzają się różne rzeczy; rzeczy, których się nie spodziewasz. Pewnego weekendu wybierasz się na biwak z przyjacielem, jak tysiąc razy wcześniej, tylko że tym razem z nieba spada kamień i zmienia kurs twojego życia. Czy wiedziałeś, że biwakowanie jest takie niebezpieczne? W jednej minucie robisz plany, w następnej z trudem oddychasz.

Wyszła z łazienki owinięta ręcznikiem, uśmiechnięta, nucąc coś pod nosem, ani trochę nie gotowa.

– Josephine, od dawna miałem cię zapytać, kto tam mieszka? – Julian wskazał na drugą stronę ulicy. Powstrzymał się, by nie nazwać jej Jojo, ksywką Poppy W dla kobiety, z którą miał się ożenić.

– Skąd mam wiedzieć? – Wycierała włosy. Chwilę później rzuciła – A co?

– Bo facet o imieniu Poppa W zapukał do drzwi i pytał o ciebie.

Josephine zareagowała osobliwie.

– Do których drzwi?

Grała na zwłokę?

– Nie wiem, jak na to odpowiedzieć. Do drzwi wejściowych twojego mieszkania.

– To nie jest moje mieszkanie.

– No to mieszkania Zakiyyah. Myślałaś, że o które drzwi mi chodzi? – Julian zmarszczył brwi. Zmarszczyło się nawet jego serce. – Myślisz, że chodziło mi o drzwi do kabiny prysznicowej?

– Nie. – Przestała wycierać włosy. – Czego chciał?

– Nie powiedział. Pytał tylko o Jojo.

Zamrugała powiekami.

– To moja ksywka. Co powiedziałeś?

– Że jesteś zajęta.

– Czemu?

– Bo byłaś. A nie? I nie chciałem mu mówić, że bierzesz prysznic.

116

Chyba nie muszę tłumaczyć, dlaczego nie chciałem mu tego powiedzieć?

– Och, Julianie.

Och, Julianie?

– Co miałem powiedzieć?

– Nie wiem. To ty wiesz wszystko. – Nie patrzyła na niego. – To przyjaciel Z, okej?

– Okej. – Julian skinął głową. – Tylko mówiłaś, że nie znasz nikogo, kto mieszka po drugiej stronie ulicy.

– Kiedy tak mówiłam?

– Przed chwilą.

– To prawda, nie znam nikogo. Z zna parę osób. Trevor trzyma się z Poppą. Znam go przez Z. Jestem mu winna parę dolców.

– Jesteś winna pieniądze temu facetowi?

Wzruszyła ramionami.

– W porządku. To przyjaciel.

– Powiedziałaś przed chwilą, że go nie znasz.

– Jules, daj spokój. Myślałam, że wychodzimy. Że mamy mnóstwo spraw do załatwienia.

– Masz rację – odparł powoli. – Bo mamy. Ale ty nadal nie jesteś ubrana.

– Nie mogę się ubierać, kiedy mnie przesłuchujesz.

– Wcale nie. To nie jest przesłuchanie, tylko troska. Zwykła ciekawość. Ale też – Julian silił się na spokojny ton – musisz być ze mną szczera. Jeśli go znasz, w porządku. Jeśli jesteś mu winna kasę, w porządku. Ale kiedy mówisz mi, że nie znasz nikogo po drugiej stronie ulicy, i okazuje się, że facet, którego nie znasz, nazywa cię Jojo, zaczynam wątpić w inne rzeczy, które mi o nim mówiłaś.

– To tylko głupia ksywka – odparła. – Nie okłamałam cię. Nie wiedziałam, o który dom ci chodzi. Po drugiej stronie ulicy jest mnóstwo domów. Nie określiłeś dokładnie.

– Tak, ważne jest, żeby wszystko dokładnie określać. – Julian wziął oddech. – Czy wspominałem ci, że nie lubię broni? Nigdy nie lubiłem. To jak trzymać w dłoniach śmierć.

– Może nie lubisz śmierci – powiedziała bez uśmiechu.

– Wiesz, dlaczego zapytałem cię, kto mieszka po drugiej stronie ulicy? Nie da się przewidzieć, że podczas biwaku z nieba spadnie kamień. Ale ryzyko postrzelenia już tak. – Zawiesił głos. – Zwłaszcza jeśli mieszka się w okolicy, w której haracze, przemoc, wymuszenia i rozlew krwi są walutą w rozgrywkach gangów.

– Nie mieszkam tutaj – odparła. – A ty robisz wielkie halo z niczego.

– Przyszedł się z tobą zobaczyć z półautomatycznym pistoletem wsuniętym za pasek spodni i znał twoje imię.

– I co z tego? To przyjaciel Z. Czasami się spotykamy, coś zapalimy. Mówiłam mu, że zapłacę za zioło, i zapomniałam. A on nosi broń wszędzie. Mówiłeś przed chwilą, że nie jest bezpieczny.

– Nie mówiłem, że on nie jest bezpieczny. On gówno mnie obchodzi.

– To nic takiego. Uwierz mi, nawet mniej niż nic. Mogę się ubrać?

– Tak, Jojo. Ubierz się.

To był pierwszy taki dzień, kiedy było nie do końca idealnie, nie tak, jak miało być. Julian wciąż starał się odtworzyć magiczny moment, najcieplejszą noc rozświetloną przez najjaśniejsze gwiazdy, idealne popołudnie w najbardziej romantycznej restauracji, gdy siedzieli pod najpiękniej kwitnącą jakarandą. Nie wrócili na wzgórza w Santa Monica, nie wspinali się na strome zbocza, kryształowa łza nigdy więcej nie opuściła jej torebki, nigdy nie spoczęła na jej dłoni. Wyjął kryształ raz, kiedy spała. Gdy go dotykał, czuł w środku ciężar, niepokój. Elektryczny prąd znów przebiegł przez jego ciało, wstrząs o niskim napięciu.

Pogodzili się, ale było już za późno na degustację tortu. Albo na wybór sukni ślubnej. Nie mogli przymierzyć pierścionka z diamentem, którego jeszcze nie nosiła, pierścionka, który on trzymał w kieszeni od pierwszego tygodnia, kiedy ją poznał. Nic nie mogło być idealne w dniu, w którym Poppa W czekał, by przeczołgała się pod drutem ostrzowym i zapukała do jego drzwi.

W chwilach największej namiętności czuł się tak pokonany, jakby jej cnota mogła go skrzywdzić, lecz teraz zastanawiał się, czy nie używa niewłaściwego określenia na rzecz, która mogła wyrządzić mu krzywdę.

W jej białych ramionach i nogach odnajdywał wszystkie rodzaje obietnic, równe obietnicom bogów, choć teraz między nie wdarły się inne rzeczy. Kiedy trzymał dłoń pod jej głową, była czymś więcej niż Kalifornią, więcej niż Ameryką, więcej niż morzem. Wszystko, czym była, było czymś więcej niż kiedykolwiek pragnął. Nie odejdzie od niej. Bez względu na wszystko, bez względu na to, ile razy Poppa W zastuka do jej drzwi. Będą się całować bez urazy i pobiorą się bez skandalu. Ona nie potrzebuje, by jej ukochany grał na lirze, żeby wydostać ją z piekła. Jej słodki, lekko ochrypły głos oczarowałby samego Hadesa, który uwolniłby ją bez pomocy Juliana. Josephine. Wszystkie zegary, które kiedykolwiek wybiły godzinę, miały wypisane na tarczy jej imię. Była dzwonem, który bił na każdej wieży. Była siódmym dniem odpoczynku każdego tygodnia.

Juliana dopadło przygnębienie, lecz nie przyznawał się do tego przed sobą, przed nią, przed Ashtonem. Ukrywał je z uśmiechem, czekając, by mu to wynagrodziła, by sprawiła, że poczuje się lepiej. Nigdy tego nie zrobiła. O dziwo, na koniec to sprawiło, że poczuł się lepiej. By się pocieszyć, przyznał w duchu, że ona nie musi mu niczego wynagradzać, i ciągnął wszystko dalej, czekając, by pochłonęły ją buty i biżuteria, welony i kwiaty, kolor serwetek i lista piosenek. To jednak nie nadchodziło, choć ślub zbliżał się w zastraszającym tempie. Josephine przestała nucić z radości, gdy ją kochał, a on przestał z radości bębnić palcami na kierownicy, gdy odjeżdżał od niej, by załatwić wszystkie sprawy, na które ona była zbyt zajęta.

Julian zaczął zauważać te braki i za każdym razem, gdy pytał, czy coś jest nie tak, ona odpowiadała, że nie, a on nie miał ochoty na kłótnię, nie chciał niszczyć najbardziej intensywnego i rozpalonego czasu w swoim życiu. Jakaranda kwitła na zewnątrz, on odliczał minuty do chwili, gdy w końcu Josephine zostanie jego żoną, ale zator, w którym utknęli, nie zmniejszał się ani nie kończył. Pewnego dnia zaproponował, że pojadą do Palm Springs, a ona naskoczyła na niego. Oszalałeś, powiedziała, mam tyle rzeczy do zrobienia, w wannie jest pleśń, mam dwa przesłuchania, mszę, w której muszę uczestniczyć, żeby się pomodlić za przełom w karierze, a Z chce sobie zrobić tatuaż. Kto jej w tym pomoże, ty? Nie chcąc usłyszeć: „A nie mówiłem?" i przez to nie mając nikogo, do kogo mógłby się zwrócić, Julian potraktował to jako przejaw przedślubnego stresu i zajął się szczegółami, krok po kroku, minuta po minucie, po jednej sprawie naraz, wierząc całym sercem, że ona i on są czymś więcej niż tylko zabawką bogów, wierząc, że ona trzyma w dłoniach obrączki, a nie zawleczki granatów.

PRZYJEMNY DZIEŃ NA ŚLUB

**DOBRA ORGANIZACJA TO KLUCZ
DO SUKCESU**

O nic nie warto się kłócić.
Niech będzie, jak ona chce.
Chce mieć wiedeński stół
z deserami? Dobrze. Powiedz jej,
że w zamian wybierzesz imiona
dla wszystkich waszych dzieci.

Nie zapomnijcie się spakować
na miesiąc miodowy przed nocą
poślubną. Albo będziecie się
pakować w noc poślubną.
To nie jest metafora.

Ta podpowiedź jest tak banalna,
że nie mogę uwierzyć, że się nią
z wami dzielę:

Na wieczorze kawalerskim
nie rób niczego, co mogłoby się
stać powodem rozwodu. Wiesz,
co mam na myśli. Nic rób tego.

Nie wykorzystujcie ostróżki do
ślubnych bukietów i dekoracji.
Wszystkie części tej rośliny
są trujące dla ludzi, zwłaszcza
nasiona.

- Przetrzyj papierem ściernym
podeszwy butów, żebyś się
nie pośliznął i nie upadł.

- Stosunek zabawy do zdjęć: 90:10.
Nie możesz jednocześnie czegoś
przeżywać i fotografować.

- Naucz się podstawowych kroków
walca. A jeszcze lepiej, nauczcie
się ich razem. Będziecie wyglądać
rewelacyjnie na filmie.

- Wsuń paczkę chusteczek
higienicznych do kieszeni smokingu.
Ktoś na pewno się rozpłacze,
a ty wyjdziesz na rycerza.

- Suknię ślubną należy kupić,
a nie wypożyczyć.

- Schowajcie w zamrażarce kawałek
weselnego tortu, żebyście mogli go
zjeść w rocznicę.

- Wodoodporna mascara,
wodoodporna mascara,
wodoodporna mascara.

*Księga życia zaczyna się od kobiety
i mężczyzny w ogrodzie*[*].
Oscar Wilde

CRUZ/BENNETT PRODUCTIONS
Od ponad dekady pomagamy ci zacząć dzień

---

[*] Oscar Wilde, *Kobieta bez znaczenia,* przeł. Janina Pudełek, w: Oscar Wilde, *Cztery komedie*, PIW, Warszawa 1961.

15

Charlie nie żyje

Wczesnym rankiem Ashton już pracował, pomagając podekscytowanej kobiecie i jej upartemu mężowi załadować dużą jadalnię z planu *Bonanzy* do cadillaca escalade, gdy przed sklepem zatrzymał się zakurzony zielony hyundai i wysiadła z niego Zakiyyah Job ubrana jak dyrektorka szkoły. Nawet włosy upięła w ciasny kok. Ashton nie zwracał na nią uwagi, nadal zabezpieczając stół, ale kiedy skończył, ona wciąż stała sztywno przy samochodzie.

Czy miał do niej podejść? Chciał wrócić do sklepu i pozwolić jej przejąć pałeczkę. Przecież to ona zatrzymała się swoim gruchotem przy jego krawężniku. Nawet nie próbując stłumić westchnienia, podszedł do niej, a gdy zobaczył z bliska pełen dezaprobaty wyraz jej twarzy, natychmiast tego pożałował. Zaraz po nim na pewno pojawi się pełne obrzydzenia kręcenie głową. Obrzuciła pogardliwym spojrzeniem jego strój. Miał na sobie ulubiony szary podkoszulek z napisem FREE LICKS na piersi.

– Dzień dobry – zaczęła oficjalnie.

– Dzień dobry… – Zakręcił dłonią w powietrzu, udając, że zapomniał, jak ma na imię. – Kaziyyah? – Była ubrana w granatowy kostium i miała buty na niskim obcasie. Biała bluzka z falbankami była zapięta pod szyję. Makijaż ograniczał się do czerwonej szminki i czarnej mascary.

– Nie Kaziyyah – rzuciła przez zaciśnięte już zęby. – Zakiyyah.

– To właśnie powiedziałem. Co jest?

– Muszę z tobą porozmawiać. Nasi przyjaciele mają kłopoty i musimy im pomóc. Nie wiem, na ile obchodzi cię twój przyjaciel, ale ja bardzo się troszczę o moją przyjaciółkę.

Ashtonowi nie spodobał się jej dobór słów. Osłonił twarz dłonią przed palącym słońcem, żałując, że nie ma okularów. Że też żadne z jego żałosnych rodziców nie nauczyło go, jak ukrywać zniecierpliwienie.

– Co się dzieje?

Zakiyyah lśniła od potu i wachlowała się mapką Disneylandu. Nic odpowiedziała.

– Chcesz wejść... na sekundę? – Szykował się kolejny upalny dzień.

– Dobrze. Ale tylko na sekundę. Jestem w drodze do pracy.

To się lepiej pospiesz.

– A ja akurat jestem w pracy – odparł Ashton.

Zamrugała powoli, jakby chciała lekceważąco prychnąć. Nazywasz to pracą? Te zabawki? Przemaszerowała obok niego. Wewnątrz sklepu z cudami nie odezwała się ani słowem. Równie dobrze mogła stać w The Gap.

Kiedy oparła się o szklaną ladę (szukając podparcia?) i odwróciła do niego, wiedział, że jest już za późno na owocną rozmowę. Oceniał wszystkich ludzi po ich reakcji na sklep, ponieważ kiedy wchodzili do środka, wchodzili jednocześnie do jego wnętrza, do jego poszukującej skarbów duszy. Kiedy więc nie potrafili docenić jego kolekcji – plakatu z uśmiechniętym Bobem Marleyem z wypisanymi własnoręcznie jego ostatnimi słowami („Za pieniądze nie można kupić życia") – nie potrafili docenić Ashtona. A nikt nie reagował dobrze na coś takiego, a już na pewno nie on, najbardziej życzliwy z ludzi, lecz z dumą lwa.

– Powiesz mi, czy muszę się domyślić? – zapytał.

– Nie bądź taki.

– Nie mów mi, co mam robić.

Uniosła dłoń, by go powstrzymać, co zirytowało go jeszcze bardziej. Też uniósł dłoń. Ona opuściła swoją.

– Będziesz słuchał czy się najeżał?

– Po co wybierać? – Pragnąc ustanowić dystans między nimi, Ashton przeszedł za ladę, wyjął telefon i zaczął sprawdzać mejle.

– Wiesz, że chcą się pobrać? – wykrzyknęła Zakiyyah zduszonym głosem.

Jej ton trochę go zmiękczył. Brzmiał tak, jak on sam się czuł, gdy się o tym dowiedział. Szczerze mówiąc, jak nadal się czuł. Ale nie zamierzał się do tego przyznawać. Nie podniósł oczu znad telefonu.

– Jasne, że wiem. Jestem jego drużbą. Czemu się zachowujesz, jakbyś dowiedziała się o tym wczoraj?

– Bo dowiedziałam się wczoraj.

– Auu – prychnął Ashton. – Ślub jest za trzy dni. A ty dopiero się dowiedziałaś?

– Niczego nie rozumiesz! – wykrzyknęła Zakiyyah. – Nic mi nie powiedziała! Jestem jej najbliższą przyjaciółką, a ona nic mi nie powiedziała. Nie uważasz, że to dziwne?

Ashton odłożył telefon z cichym współczuciem.

– Posłuchaj, przyznaję, ja początkowo też się zdenerwowałem – powiedział. – Ale Julian nie jest dzieckiem i na pewno nie jest moim dzieckiem. To ich sprawa, co robią. Moim zadaniem jest przy nim trwać. To moje jedyne zadanie. I to właśnie zrobię. A ty co zrobisz?

– Nic z tego. Muszę ich powstrzymać.

– No to życzę powodzenia. Ale nie będę cię trzymał za rękę.

– A proszę, żebyś trzymał?

– Nie wiem, o co prosisz. Ale muszę iść na spotkanie, więc…

– Jeśli naprawdę chcesz przy nim trwać – zaczęła Zakiyyah – to powiedz mu, że nie może się z nią ożenić. To byłby prawdziwie przyjacielski gest.

Ashton popatrzył na nią uważnie. Jej wielkie brązowe oczy wypełniły się łzami. Czerwone usta drżały. Ashton nie mógł znieść płaczu kobiet, nawet nieznajomych. Jego matka dwa lata przed śmiercią tylko płakała. Oparł dłonie na ladzie.

– Mogę ci opowiedzieć dowcip?

– Raczej nie.

– Charlie nie żyje – powiedział.

– Co?

– Nigdy go nie słyszałaś?

– I nie chcę usłyszeć.

– To idealny moment. Przekonasz się. Mężczyzna wchodzi do baru...

Jęknęła.

– Mężczyzna wchodzi do baru – ciągnął Ashton, ignorując jej sprzeciw – i mówi do drugiego: „Charlie nie żyje". Ten drugi zaczyna jęczeć. „O, mój Boże, tylko nie Charlie! Chodziliśmy razem do szkoły, graliśmy razem w piłkę, był moim drużbą, najlepszym przyjacielem, co ja pocznę?". Na drugi dzień do baru wchodzi przepiękna kobieta z dużymi cyckami i mówi do tego samego mężczyzny: „Charlie nie żyje". Mężczyzna na to: „A kto to był?".

Po długiej chwili milczenia Zakiyyah rozłożyła ręce.

– To jest dowcip?

– Tak. My jesteśmy jego bohaterami. My jesteśmy Charliem. Ty i ja. – Skrzywił się. – Im szybciej to zrozumiesz, tym szybciej przez to przejdziesz.

– Szczerze? Nie to próbuję ci powiedzieć – odparła.

– Wiem, co próbujesz mi powiedzieć. Uważasz, że on na nią nie zasługuje.

– Nie. To ona nie zasługuje na niego.

To zaskoczyło Ashtona. Mimo to ciągnął dalej.

– Ona się zakochała, a ty nie jesteś tego częścią. Jej zbliżający się ślub jest dla niej najważniejszy. Rzeczy się zmieniają. Zawsze tak jest. Musisz to sama przepracować. Nikt ci w tym nie pomoże.

Zakiyyah założyła ręce na piersi.

– Na pewno masz na myśli mnie, geniuszu?

– Jak najbardziej. – Ashton też założył ręce. – Ja nie przychodzę do twojego przedszkola i nie zawracam ci głowy moimi uczuciami.

– To nie są moje uczucia, lecz fakty!

– Czemu na mnie wrzeszczysz?

– Bo nie chcesz niczego zrozumieć.

– Rozumiem, że na mnie krzyczysz.

– Nie słuchasz mnie. Słuchaj, co próbuję ci powiedzieć...

– Przestań się na mnie wyżywać. To nie na mnie powinnaś wrzeszczeć.

– Tu nie chodzi o mnie ani o ciebie, jeśli tylko potrafisz uwierzyć, że ten świat nie kręci się wokół ciebie – powiedziała. – Tu chodzi o nich. O nią.

– No to idź z nią pogadać. Czego ode mnie chcesz, pozwolenia?

– Rozmawiałam z nią!

– Przestań krzyczeć.

Zakiyyah zniżyła głos.

– Myślisz, że nie od tego zaczęłam? Pojechałam wczoraj z nią pogadać. Nie chciała słuchać. Dlatego musisz porozmawiać z Julianem.

– Nie.

– Powiedz mu, że…

– Nie – powtórzył Ashton najbardziej zdecydowanie jak potrafił. Pokręcił głową, uniósł dłoń, by ją uciszyć. – Nie masz prawa niczego mi kazać. Jej sekrety to nie moja sprawa. Ty nie powinnaś mi niczego mówić, a ja nie powinienem niczego słuchać. Próbujesz postawić mnie w krępującej sytuacji, a ja ci na to nie pozwolę.

– Ale..

– Chcesz mi powiedzieć coś, czego nie powinienem i nie chcę wiedzieć. A potem będę musiał albo trzymać gębę na kłódkę, czego jako przyjaciel Juliana nie mogę zrobić, albo zrelacjonować mu naszą rozmowę. Powiedzieć mu coś o Josephine, co przekazujesz mnie, żebym ja przekazał jemu. Nie widzisz, jakie to wszystko jest popieprzone?

– Ale…

– Jeśli ona musi z nim o czymś porozmawiać, to ona musi to zrobić. Więc przestań marnować mój czas.

– Ona nie posłucha głosu rozsądku!

– To nie mój problem – odparł Ashton. – To sprawa między nimi. Trzymaj mnie od tego z daleka. Gdybyś wiedziała, co jest dla ciebie dobre, też byś to zrobiła.

– Nie mogę. – Zakiyyah zakryła twarz dłońmi. – Oni nie mogą się pobrać. Błagam cię, porozmawiaj z nim. Ona jest…

– Nie! – wrzasnął Ashton, który nie wrzeszczał od czasu, gdy skończył dwanaście lat, i ani razu nie podniósł głosu w ciągu trzyletniego związku z Riley. Teraz krzyczał na obcą kobietę. – Powiedziałem ci nie – dodał ciszej. – I mówię serio.

– Świetnie – odparła Zakiyyah. – Po prostu super.

– Tak, świetnie. Nie musisz przypadkiem być w pracy?

– Jesteś okropnym człowiekiem.

– Przyganiał kocioł garnkowi, paniusiu. – Ashton wyszedł zza lady. Był o wiele wyższy od niej i nie chciał zbliżać się za bardzo, by nie pomyślała, że jej grozi. Ale trochę groził. – Nie obrażaj mnie. Po prostu sobie idź.

– Czy można obrazić człowieka, który ma na koszulce napis FREE LICKS? – odparła Zakiyyah, patrząc na niego ze złością. Nie cofnęła się. – Czy można powiedzieć takiemu człowiekowi coś, co pogrąży go jeszcze bardziej?

– Och, czyżbyś zamierzała, jak mawiają w biznesie, wyjść trzaskając drzwiami? – zapytał. – Nie mogę się doczekać. Bo na pewno jesteś odpowiednio ubrana.

Wypadając ze sklepu, Zakiyyah trzasnęła drzwiami tak mocno, że butelka Jeannie z *I Dream of Jeannie* i kondensator strumienia Marty-'ego McFlya z *Powrotu do przyszłości* przewróciły się na wystawie.

– Koniec sceny! – krzyknął za nią Ashton.

16

Pola złotogłowów

– Nigdy nie zgadniesz, kto odwiedził mnie dziś rano – powiedział
Ashton do Juliana później tego samego dnia, kiedy spotkali się przed
Brentwood Country Clubem, by wybrać kwiaty. Julian wiedział co
nieco o lokalnej florze i nie powierzyłby tego zadania nikomu innemu,
a już na pewno nie podejrzanemu Floryście-Który-Wie-Wszystko,
który wciskał mu żółte lilie, jakby kupował je na sezonowej wyprze-
daży albo nigdy nie pracował przy weselu i nie wiedział, że żółte lilie
są symbolem fałszu. – Przyjaciółka Josephine.
– Zakiyyah? – Kiedy Julian wykreślił żółte lilie, od organizatora
ślubu dowiedział się sporo o żółtych chryzantemach. Nie, żadnych
żółtych kwiatów, rzucił zniecierpliwiony. Żadnych żonkili, margare-
tek, róż, tulipanów. A co pan powie na czerwone maki?, zapytał mężczyzna. Mam je w specjalnej…
Boże, miej litość.
Julian i Ashton przechadzali się po ogrodzie przylegającym do
Country Clubu. Szli wśród grządek z ostróżkami, a Julian zastanawiał
się, gdzie na ostatnią chwilę może zamówić kwiaty, które wybrał na
weselu: złotogłowy, lilie kwitnące na Polach Elizejskich. Złotogłów
był wiecznym kwiatem. A ten irytujący facet go nie miał. Pewnie nikt
go nie miał. Złotogłów był rzadki i drogi. Ale warto było spróbować.
Julian słuchał Ashtona jednym uchem i jednym okiem przyglądał się słonecznikom na krótkich łodygach (do uwielbiania, pomyślał

z czułością). Postanowił poszukać w Google kwiaciarni w Brentwood i pobliskiej Santa Monica.

– O, jest – powiedział. – Kwiaty z Miłością. Chwileczkę, co powiedziałeś? – Spojrzał na Ashtona. – Zakiyyah przyszła się z tobą zobaczyć? Gdzie, do sklepu? Czego chciała?

– Nawrzeszczeć na mnie.

Julian uśmiechnął się.

– I co zrobiłeś? A raczej, co zrobisz teraz? – Otworzył w telefonie aplikację z mapami i wpisał nazwę kwiaciarni. Niecałe dwa kilometry. Idealnie.

– Jestem aniołem – odparł Ashton. – To jej problem, jeśli tego nie widzi.

– Poczekaj sekundę, aniele – odparł Julian. – Muszę zadzwonić.

Ashton zaczekał. W Kwiatach z Miłością nie mieli złotogłowów. Julian poszukał w telefonie innych kwiaciarni, nie unosząc głowy, by spojrzeć na przyjaciela.

– Ashtonie – zaczął z roztargnieniem – musisz się zachowywać. Będziesz tańczył z Zakiyyah na weselu. Stukniecie się kieliszkami, wygłosicie razem toast. Drużbowie nie mogą na ciebie wrzeszczeć przez cały dzień. Zdenerwujesz moją narzeczoną.

– Mam nadzieję, że wywrzeszczała się już w sklepie, ale…

– Zaczekaj, Ash. Jedna sekunda.

W kwiaciarni Rococo też nie mieli złotogłowu. Ani w Fleur w Santa Monica. Bardzo trudno go znaleźć, powiedziała mu pracująca tam kobieta. Coś o tym wiem, odparł Julian. Znała miejsce w Long Beach niedaleko hotelu RitzCarlton przy marinie, w którym czasami pojawiał się złotogłów. Julian nie chciał jeździć tak daleko. Ale co innego mógł zrobić? Wziąć nudne tulipany? Albo stefanotisy, które często pojawiały się na ślubach? Róże, na miłość boską? Róże!

– Ash, masz ochotę na wyprawę do Long Beach?

– Nie, jeśli mogę tego uniknąć. Czemu pytasz?

– Mogą tam mieć kwiaty, które chcę zamówić. Poczekaj, zadzwonię do nich. Co Zakiyyah… chwileczkę…

W Long Beach też nie mieli złotogłowu. Julian zaklął i przerwał połączenie.

Ashton wyciągnął kolorowy kwiat z wiaderka na wystawie.

– A ten? Jest ładny.

Julian wyjął mu kwiat z ręki i wrzucił z powrotem do wiaderka.

– Nagietki? Proszę cię. Nagietki są na pogrzeby. Chodźmy tam, obejrzymy orchidee. Czego chciała Zakiyyah?

– Przyszła mi powiedzieć, że nie powinniście się pobierać.

– Mam nadzieję, że kazałeś jej ustawić się w kolejce. – Julian pokręcił głową, przyglądając się gałązce azalii. – Za tobą, moimi rodzicami, braćmi, szwagierką, matką Josephine, jej przyjaciółmi z Brooklynu...

– Kazałem. I dlatego zaczęła wrzeszczeć.

Zachichotali. Julian odłożył azalie i wziął do ręki czerwone róże. Czuł się pokonany przez tak mały wybór kwiatów.

– Jedna sprawa była jednak dziwna – powiedział Ashton.

– Tak?

– Powiedziała, że dowiedziała się o ślubie dopiero wczoraj wieczorem.

– Naprawdę?

– Naprawdę.

– To niemożliwe – odparł Julian. – Źle ją zrozumiałeś. – Trzymał bukiet róż jak panna młoda. – Bo to byłoby dziwne.

– Tak.

– I niemożliwe.

– Tak.

– Ponieważ Zakiyyah jest pierwszą druhną i tak dalej.

– Tak.

– Musi koniecznie szybko wskoczyć na pokład – powiedział Julian, sprawdzając, czy na płatkach róż nie ma pleśni. – Druhny mają wszystko ułatwiać, a nie komplikować. Nic dziwnego, że moja narzeczona jest taka zestresowana. Jak sobie z tym poradziłeś?

Ashton zawahał się na ułamek sekundy.

– Powiedziałem jej, że Charlie nie żyje.

– A kto to jest? – odparł Julian i parsknął śmiechem. – A, tak. Ten Charlie. Świetnie, Ash. Uważam, że zawsze trzeba rzucić dowcip na pożegnanie. Jak to przyjęła?

– Wyszła, trzaskając drzwiami.

– Wstrząsające. Więc znienawidziła cię jeszcze bardziej.

– To byłoby bardzo trudne – odparł Ashton, mrużąc oczy w słońcu. Wyjął okulary przeciwsłoneczne.

– Za dwa dni pójdziesz z nią pod rękę. Co planujesz? Jak zamierzasz załagodzić sytuację?

Ashton poprawił okulary.

– Coś wymyślę.

– Postaraj się. – Złotogłów, wieczny kwiat. No, dobra. – Wezmę róże – powiedział zrezygnowany Julian do organizatora wesela, który szedł za nimi, bez przekonania wskazując jedne kwiaty po drugich.

– Ale powinieneś porozmawiać ze swoją dziewczyną, Jules – powiedział Ashton. – Upewnij się, że wszystko jest w porządku.

– O czym mam z nią rozmawiać? O tym, że Z nie chce, żebyśmy się pobrali?

– Chodzi o to – zaczął Ashton po chwili – że Zakiyyah wyglądała, jakby coś knuła.

Julian uśmiechnął się.

– Stale powtarzasz, że dziewczyny zawsze coś knują.

– Zgoda, ale nie o to mi dziś chodzi. – Ashton nie uśmiechał się za okularami. – Wyglądała, jakby przewidywała jakieś kłopoty.

Julian uśmiechnął się.

– Zawsze powtarzasz, że dziewczyny oznaczają kłopoty.

– Tak, ale dzisiaj nie o to mi chodzi – powtórzył Ashton bez uśmiechu za okularami.

ZAPISKI TEGO-KTÓRY-
-WIE-WSZYSTKO

CZĘŚĆ 11, NUMER 248

RÓŻA POD INNĄ NAZWĄ

Czerwone maki są na pocieszenie.
A tego nie potrzebujesz.

Nie rób ślubnego bukietu
z azalii.
Oznaczają niebezpieczeństwo.

- Skąd wiesz, czy to miłość, czy coś
równie przyjemnego, lecz bardziej
zwodniczego?

- Jeśli jesteś kobietą, zadaj sobie
pytanie:

- Gdybyś przekazała mu najbardziej
nieoczekiwaną wiadomość,
jak by zareagował? Znalazłaś pracę
w innym mieście. Twoja matka jest
chora i musi z wami zamieszkać.
Jesteś w ciąży. Odwróci się, ucieknie,
zasłabnie?

- Do mężczyzn: ona mówi wam coś,
czego nie chcecie usłyszeć. Czy na
drugi dzień nadal przy niej jesteście?

- Zadajcie sobie pytanie: „Waszym
przeznaczeniem jest trwać
przy sobie, czy się rozstać?".

*Księga życia rozpoczyna się
od mężczyzny i kobiety w ogrodzie.
A kończy się Objawieniem*.*
Oscar Wilde

CRUZ/BENNETT PRODUCTIONS
Od ponad dekady pomagamy ci zacząć dzień

---

* Oscar Wilde, *Kobieta bez znaczenia*, dz. cyt.

17

Róża pod inną nazwą

Osławiona czerwcowa mgła rozwiała się w czerwcu, lecz na początku sierpnia znów zasnuła L.A. Następnego ranka po wizycie u florysty Julian zmagał się z codziennym newsletterem o różach. Napisanie stu słów zajęło mu wiele godzin. Wstaje nowy dzień, budzimy się ociężali, za oknem wisi mgła. Zgoda, ale wiemy, że kiedy miną trzy godziny, to aż do zachodu słońca będziemy podziwiać błękitne niebo. Czemu nie mógł się zebrać w sobie? Bo to nadal była sprawa przyszłości. W teraźniejszości w mrocznym powietrzu czaił się niepokój, cisza jak przed piekielnymi porywami wiatru Santa Ana, preludium do szalejącego ognia, które sprawia, że chcesz się rzucić do morza, by przed nim uciec. Mgła przytłoczyła Juliana, z trudem zmuszał się do pracy.

Był spóźniony. Zapomniał kluczyków do samochodu, musiał po nie wrócić, a potem jeszcze raz po sweter, który Josephine u niego zostawiła. Tego popołudnia ostatni raz występowała w *Raju w parku*. Miał ją odebrać od Z i zawieźć na dwunastą do Greek. Bardzo chciałby obejrzeć jej ostatnie przedstawienie, ale miał za dużo spraw do załatwienia. Była środa, a ślub miał się odbyć w piątek. Musiał odebrać platynowe obrączki od Tiffany'ego, zapłacić za pierścionek z rubinem, który zamówił dla niej w prezencie ślubnym (w odpowiednim rozmiarze). Potem umówił się z Ashtonem i Riley w Country Clubie, by ostatecznie zatwierdzić menu. Julian nie sądził, by Riley okazała się pomocna, gdyż praktycznie nic nie jadła – a jeśli ślub wypadnie w dzień B i będzie mogła polecić jedynie sok z trawy pszenicznej? – ale okazała się zaskakująco kompetentnym doradcą. Rozumiała, przynajmniej teoretycznie, że inni lubią jeść. Gdzie jest lista potraw, które wybrała Josephine? Gdzieś ją schował. Nie ma teraz czasu, żeby jej szukać. Jest spóźniony.

Złamał wszystkie ograniczenia prędkości, zignorował cztery znaki stopu na Fountain i dwa żółte światła na Melrose, które nad jego głową zmieniły się na czerwone. Zatrzymał się przed domem przy Normandie o jedenastej pięćdziesiąt i wbiegł po dwa schody naraz.

Zapukał. A raczej zadudnił w drzwi.

– Josephine?

Cisza.

Odgłos kroków na linoleum.

Otwierające się drzwi.

Stanęła przed nim niska kobieta, krępa i masywna, z kwadratową sylwetką i okrągłą głową okrytą krótkimi czarnymi włosami. Stojąc w drzwiach, nie zdejmowała dłoni z gałki. Przez sekundę Julian pomyślał, że zapukał do niewłaściwych drzwi.

– Czy jest Josephine?

– Nie wiem, kto to taki – odparła kobieta z ostrym brooklyńsko-irlandzkim akcentem. A może szkockim? Julian nigdy ich nie odróżniał.

– Josephine, dziewczyna, która mieszka z… Czy Zakkiyah jest w domu?

– Gdyby znał pan Zakiyyah, wiedziałby, że o tej porze jest w pracy. – Kobieta kończyła każde zdanie pytająco, chociaż nie było pytaniem. To było denerwujące. Julianowi trudno było ją zrozumieć. Tak, właśnie dlatego trudno mu było ją zrozumieć.

Kobieta nie zapytała, kim jest. Stała tylko w drzwiach.

– Wchodzi na scenę o dwunastej – powiedział Julian, próbując złapać oddech.

– To trochę się pan spóźnił, prawda? – odparła kobieta. – Wyszła dość dawno temu. Żeby zdążyć na czas.

Julian zmarszczył brwi.

– Przepraszam, kim pani jest?

– Przepraszam – odparła kobieta. – Kim pan jest?

To zrozumiał. Powiedziała to głośno i wyraźnie. Takim samym tonem, jakim rozmawiał z Poppą W. Kim ty, kurwa, jesteś i czemu walisz w drzwi mojej dziewczyny?

– Jestem Julian Cruz.

Przyjrzała mu się badawczo.

– A więc to pan jest Julian Cruz.

Słyszała o nim. To już coś.

– Jest pani jej matką?

– Czyją matką, Julianie? Czyją matką jestem?

– Umm... Josephine? – To było bolesne.

– Nie – odparła kobieta. – Na pewno nie jestem matką Josephine. Nazywam się Ava McKenzie. Jestem matką Mii McKenzie.

Przez ułamek sekundy Julian poczuł ulgę. Była matką Mii McKenzie! Dzięki Bogu!

– Nie wiem, kto to jest.

– Tego jestem pewna.

– Szukam Josephine Collins. – Zajrzał do środka nad przypominającą hełm głową kobiety.

– Nie mieszka tu nikt o takim nazwisku – powiedziała Ava. – Szuka pan bladej wysokiej dziewczyny, szczupłej, o brązowych włosach? Lubiącej udawać mnóstwo rzeczy? Że jest na przykład pracującą aktorką? Dobrą córką? Dobrą przyjaciółką? Kimś, kto ma na imię Josephine? Mam tylko jedną córkę, panie Cruz. Nazywa się Mia McKenzie.

No i po chwilowej uldze.

– Avo... to znaczy pani McKenzie – poprawił się pod jej gniewnym spojrzeniem. – Nie wiem, co się dzieje, ale... – Josephine to nie jest jej prawdziwe imię?

– Nie wie pan, co się dzieje – przyznała Ava.

– Mogę z nią porozmawiać? Jest tutaj?

– Sam pan powiedział, że o dwunastej ma spektakl – powiedziała matka. – Która jest godzina? Czyżby dwunasta? Nie, już dawno po. Sam więc pan odpowiedział na swoje pytanie.

Julian stał na podeście przy donicy z wyschniętymi azaliami. Ava z dłonią na gałce blokowała wejście.

– Musiała je zmienić i nic pani nie powiedziała – rzucił w końcu.

Mówił cicho i spokojnie. – To znaczy imię. Przepraszam. Mam nadzieję, że pani nie zdenerwowałem.

Ava roześmiała się nieprzyjemnie. Miała masywne nogi i krótką szyję. Nie sprawiała wrażenia matki jego narzeczonej. Jego przyszła żona była miękka i zwinna, wyglądała jak uśmiechnięta balerina, a nie jak klocek.

– Pana zdaniem, to mnie niczego nie powiedziała? – rzuciła Ava. – Biedny chłopiec.

Julian ściskał w dłoniach kluczyki i czerwony sweter.

Ava sięgnęła po sweter.

– Należy do niej. Oddam go jej, kiedy wróci. – Czy to było pytanie? Czyżby istniała możliwość, że nie wróci?

Julian wyrwał jej sweter.

– Sam to zrobię.

– Okej, proszę to zrobić. – Chciała zamknąć drzwi, ale wyciągnął rękę, by ją powstrzymać. Rękę ze swetrem.

– Proszę zaczekać. Czy mogę wejść?

– Nie wiem, młody człowieku. Może pan? – Westchnęła mało gościnnie. – Skoro pan musi, ale tylko na minutę. Właśnie przyleciałam i jestem bardzo zmęczona. Odbyłam malowniczą pięciogodzinną przejażdżkę taksówką z lotniska. Jak daleko jest stąd do LAX, piętnaście kilometrów? Szybciej przeleciałam prawie pięć tysięcy kilometrów. – Na nogach miała praktyczne adidasy na grubych podeszwach, jak pielęgniarka, nie nauczycielka. Obok kuchennej szafki stała brązowa podręczna walizka, pod wieloma względami bagażowy odpowiednik stojącej przed nim kobiety.

– Wiedziała pani, kim jestem – powiedział Julian. – Opowiadała o mnie?

– Ani słowa – odparła Ava. – Ani jednej sylaby. Wie pan, kto mi o panu opowiedział? Zakiyyah.

Julian rozumiał coraz mniej. Czy Josephine nie zapewniała go, że powiedziała matce o ślubie i że matka nie ma nic przeciwko temu.

Nic przeciwko temu.

Czy o tym Zakiyyah chciała porozmawiać z Ashtonem? Że przylatuje matka Josephine? Ale czemu Josephine nie przysłała mu esemesa, nie ostrzegła go, nie przygotowała, nie wyjaśniła, nie wspomniała ani słowem? Mogli razem pojechać na lotnisko i odebrać jego przyszłą teściową.

Josephine powiedziała mu, że matka jest za granicą, odwiedza rodzinę w Morecambe Bay i nie zdąży wrócić na ich ślub. Powiedziała, że nie przeszkadza jej, że matki nie będzie na ślubie. Po podróży poślubnej, w jakiś dzień nowojorskiego babiego lata planowali wydać przyjęcie na Brooklynie dla wszystkich przyjaciół Josephine, którzy również nie mogli się zjawić w Kalifornii. Zaproszą też matkę.

Czemu Josephine nie zawiadomiła go, że matka wróciła z Morecambe, gdziekolwiek leżało, i pojawi się na ślubie? Można by pomyśleć, że taką wiadomość należałoby przekazać. I jeszcze jedną – nie pędź na łeb na szyję, żeby mnie zawieźć na czas do Greek. Poradzę sobie.

Coś go drapało w gardło i utrudniało przełykanie. Coś, co nosiło imię Josephine.

Jej imię, jej imię, jej imię, jej imię, jej imię, jej imię, jej imię.

Usiadł ciężko na krześle przy kuchennym stole. Nogi odmówiły mu posłuszeństwa.

Ava nie usiadła. Z zagniewaną twarzą, skrzyżowanymi na piersi rękami stała przy zlewie, przy którym nie tak dawno Josephine raczyła Juliana odlotowym tostem.

– A więc, Julianie Cruz, czy to prawda, co mówi Zakiyyah? – zapytała Ava. Że planuje pan ożenić się z moją córką? – W jej głosie słychać było lodowaty chłód, niedowierzanie, odrobinę smutku. Ale także niedefiniowalny, a jednak bezsprzeczny cień drwiny. Jak wtedy, gdy twój ulubiony czteroletni bratanek informuje cię, że planuje samodzielną wyprawę autostopem z Simi Valley do Disneylandu. A ty udajesz, że traktujesz to poważnie do czasu, gdy szwagierka woła go na nuggetsy z kurczaka. Z tym wyjątkiem, że wtedy to Julian był czterolatkiem z głową pełną niemożliwych do spełnienia marzeń.

Od tygodni prosił Josephine, żeby pojechała do urzędu w Beverly Hills i złożyła podanie o zezwolenie na ślub, by dotarło do nich na czas. Była to jedna z tych rzeczy, które musieli załatwić, ale nic z tego nie wychodziło. Jednego dnia źle się czuła, następnego miała przesłuchanie, jeszcze następnego chciała pojechać do Disneylandu (znów ten Disneyland!), a potem padało tak strasznie, że klify zalała woda.

W końcu udali się tam przed trzema dniami. Okazali swoje dokumenty tożsamości, podpisali oświadczenie w obecności notariusza. Josephine podpisała się po nim. Julian nie patrzył, jakie nazwisko pojawiło się na wyznaczonym miejscu ich zezwolenia na ślub. Nie uważał, że ma ku temu powody.

To było trzy dni temu.

A przedwczoraj Zakiyyah powiedziała Ashtonowi, że dopiero co się dowiedziała o zbliżającym się ślubie. Julian parsknął śmiechem. To zakrawało na farsę. Ash coś źle zrozumiał. Z coś źle zrozumiała. To niemożliwe.

Ale…

Czy Josephine rzeczywiście mogła nie powiedzieć matce ani Zakiyyah, że wychodzi za mąż, a Zakiyyah dowiedziała się o tym tylko dlatego, że zauważyła pozwolenie na ślub pozostawione na toaletce w sypialni?

Czy dlatego Josephine nie nosiła pierścionka zaręczynowego? Powiedziała, że jest za duży. Czy to też było kłamstwem? Trudno ukryć wielki diament na placu, gdy je się lunch w Factor's z najlepszą przyjaciółką.

Oniemiały Julian nie wiedział, co powiedzieć stojącej przy zlewie kobiecie, która za dwa dni zostanie jego teściową.

– Wie pan, o co powinien mnie zapytać? – powiedziała Ava.

Nie.

– Powinien mnie pan zapytać, dlaczego moja córka sama do mnie nie zadzwoniła, by powiedzieć mi o panu. Czemu musiała to zrobić Zakiyyah? To nie należy do jej obowiązków, prawda? Nie chciała do mnie dzwonić, ale Mia ją zmusiła. Chciała, żeby Mia się tym zajęła, ale to jedna z cech mojej córki, której pewnie jeszcze pan nie odkrył. Przez cały życie Mia i tylko Mia była najważniejsza. Robi, co chce, i nic innego się nie liczy. Biedna Zakiyyah. To taka urocza dziewczyna. Czuła się jak szpieg i zdrajca. Ta dziewczyna jest aniołem. Zawsze stara się robić to, co należy. W przeciwieństwie do mojej córki – ciągnęła – która stale robi rzeczy, jakich przyzwoici ludzie po prostu nie robią. Jest moim dzieckiem i proszę mi wierzyć, szukałam dla niej najróżniejszych wymówek, ale nie tym razem. Postawiła Z w okropnej sytuacji. Z powiedziała, że poradzono jej, żeby siedziała cicho, ale stanowczo jej to odradziłam. Przyjaciele muszą nad sobą czuwać. Inaczej jak śmieliby się nazywać przyjaciółmi? Jeśli trzeba wyznać prawdę, to przyjaciele muszą ci pomóc, a przede wszystkim musi ci pomóc matka. Chyba zgodzi się pan ze mną?

– Nie wiem – odparł Julian. – Nic o tym nie wiem.

– Nie wie pan bardzo wielu rzeczy. A z pańskiej twarzy czytam, że pan nie chce wiedzieć. – Pokręciła głową. – Wielka szkoda. Ale jak zawsze powtarzam, pasja do odkrywania prawdy jest najsłabszą ze wszystkich pasji człowieka.

Wielki Boże. Julian zerwał się na nogi. Potrzebował Ashtona. Ashton będzie wiedział, co robić.

– Kim pan jest, że wydaje się panu, że może poślubić moją córkę? – zapytała Ava.

– Jesteśmy sobie przeznaczeni – zdołał wydusić Julian.

Roześmiała się.

– Pańskim przeznaczeniem jest nieszczęście, mój chłopcze, nieszczęście, jakiego nigdy sobie pan nie wyobrażał. Proszę mnie posłuchać i uciekać, póki jeszcze pan może. Ja wiem to i owo. Nie mówili panu, że ziemią rządzą matki? Przy odrobinie szczęścia moja Mia zostanie matką – ale nie za sprawą pana. Bo jest zaręczona z mężczyzną ze wschodu. Są razem od czterech lat. Ślub odbędzie się w maju przyszłego roku. Data została ogłoszona przed wieloma miesiącami. Co, nie dostał pan mejla? Jej narzeczony przylatuje dziś do L.A., żeby zabrać ją do Nowego Jorku. Dość już tych bzdur. Ależ ona narobiła bałaganu, jak zwykle zresztą.

Julian już nie słuchał. Zbiegał po schodach.

18

Lilikoi

Julian nie wiedział, jak udało mu się dotrzeć do Greek Theatre. Kiedy siedział na parkingu, czekając na zakończenie *Raju*, wpatrywał się pustym wzrokiem w menu, które Josephine wypisała ręcznie na jego firmowym papierze i wsunęła mu do portfela. Przez cały ostatni miesiąc planowali ślub, który miał się odbyć pojutrze.

Niestety, pojutrze miało nastąpić już jutro.

Faszerowane serem włoskie oliwki.

Hiszpańska ośmiornica.

Jajka w koszulkach z dzikimi grzybami.

Chińska sałatka z kurczakiem.

Krewetki królewskie z Hawajów.

Kremowa burrata.

Sałatka ahi z sashimi z tuńczyka.

Carpaccio z wołowiny z Maui.

Homar na parze z trawą cytrynową i imbirem.

Kruche ciasto z mango i truskawkami.

Placek z orzechami macadamia.

I weselny tort bez pieczenia z czekolady, kokosu i maracui. Na Hawajach nazywają go *lilikoi*.

Na drugiej stronie menu napisała zdanie, które chciała wykorzystać w przysiędze małżeńskiej.

„Ani demony w piekle, ani aniołowie na niebie nie oddzielą mojej duszy od twojej".

Zatrzymał samochód na parkingu pod górami, na które się niegdyś wspinali, odwrócił się tyłem do sceny, na której właśnie stała, i z furią raz po raz wybierał numer Ashtona. Dzwonił do niego chyba ze sto razy.

– Gdzie jesteś? – zapytał Ashton, gdy w końcu oddzwonił. Nie: Ominęła cię kolejna wizyta w studiu. Nie: Nie otworzyłeś sklepu, choć była twoja kolej. Nie: Nigdy mnie nie słuchasz. Ale: Gdzie jesteś?

Mogło minąć dziesięć minut lub godzina, kiedy Ashton z piskiem opon zatrzymał swoje niebieskie bmw obok volvo Juliana.

– Nie, Julianie, tak nie może być – powiedział, gdy tylko wskoczył do samochodu. – Twoja klimatyzacja nie działa. Upieczemy się tutaj żywcem.

– Samochód się przegrzał – odparł Julian. – Cholerne volvo. Do niczego się nie nadaje.

– Dlaczego nie wezwałeś pomocy drogowej?

Gdyby tylko pomoc mogła przyjechać i wszystko naprawić.

– Wsiądźmy do mnie – zaproponował Ashton.

– U ciebie jest lepiej? Dach jest opuszczony.

– Tak. I jest to przeszkoda nie do pokonania. Chodź, Jules.

Juliany był zlany potem. Miał wilgotną twarz i ubranie. Komórka przegrzała się podobnie jak volvo i padła. Potrzebowała chłodnego powietrza, by znów zacząć działać. W tej chwili była jedynie przyciskiem do papieru.

Kiedy Ashton podniósł dach i klimatyzacja zaczęła szumieć, Julian opowiedział mu o Mii. Słuchając, Ashton powoli opuszczał ramiona.

– Mówiłem ci, żebyś z nią porozmawiał.

– O czym? I kiedy? Pracowała, my szukaliśmy smokingu dla ciebie, a wczoraj spała u Z. Nie widzieliśmy się. Rozmawiałem z nią. Przez telefon. Jej głos brzmiał, jakby wszystko było w porządku. Co miałem zrobić?

Ashton pokręcił głową.

O Boże.

– Uszy do góry, Jules – powiedział Ashton. – Matki nie wiedzą wszystkiego. Nawet ja wszystkiego nie wiem. Najwyraźniej.

– To przytyk pod moim adresem?

– Nie.

– Powiedziałem ci wszystko, co wiem. Niczego przed tobą nie ukrywałem. – Zwiesił głowę. Zachowałem to dla siebie. Żeby bańka miłości, w której żyłem, nie pękła.

– Nie wściekaj się – rzucił Ashton. – Najpierw się uspokój, potem porozmawiaj ze swoją dziewczyną. Nawiasem mówiąc, kim jest ten facet?

– A jakie to ma znaczenie?

– To ten goryl, który grał z nią w Nowym Jorku? Pamiętasz go, facet, który grał Mosesa Jacksona?

– Nie wiem.

– Nie pytałeś? Masz rację, kogo to obchodzi. Była zaręczona z jakimś dupkiem i co z tego? Oczywiście zerwali.

– Czy to takie oczywiste?

– Tak, bo nie może wyjść za niego i za ciebie. To byłoby oszustwo... – Na twarzy Ashtona pojawił się wyraz wstydu i błysk świadomości. – Nic o nim nie wiem, ale wiem, że ty i ona zarezerwowaliście na piątkowy wieczór Brentwood Country Club, gdzie szef kuchni z Waikiki zrobi dla was tort *lilikoi*, cokolwiek to do cholery jest. Brachu, spójrz na mnie. – Spojrzenie niebieskich oczu Ashtona było intensywne, błagalne, pocieszające. – Będzie dobrze. Matki nie wiedzą wszystkiego. Przyjaciele to idioci.

– Jesteś pewny?

– Na sto procent – odparł Ashton, rzucając mu swój zabójczy uśmiech. – Bo jestem idiotą.

– Czemu mi nie powiedziała, że jej matka przylatuje?

– Zapomniała. Jest zajęta. Wypadło jej z głowy. Tak jak tobie wypada z głowy, że masz otworzyć sklep albo spotkać się ze mną u Foxa. No wiesz, coś w tym rodzaju.

– To przytyk pod moim adresem?

– Tak, Jules. To był przytyk pod twoim adresem.

– Czemu nie powiedziała matce, że się pobieramy?

– Nie wiesz, że nie powiedziała. Może się pokłóciły właśnie dlatego, że powiedziała. Nie jestem ekspertem w tym temacie, ale słyszałem, że matki potrafią doprowadzić do szału, sprawić, że wszystko wylatuje ci z głowy.

– Nie matki – odparł Julian. – Miłość. To miłość robi coś takiego.

– No właśnie. A nie zadzwoniła do ciebie, bo może nie ma zasięgu.

– Daj spokój. Jest tam. – Julian wskazał na amfiteatr za sobą.

– Może jej telefon się przegrzał jak twój – odparł Ashton. – Słońce naparza równo na wszystkie telefony, te właściwe i niewłaściwe.

Julian tracił zdolność mowy.

– Dla reszty świata telefon to nie megafon – powiedział Ashton. – Zaledwie gwizdek. Czasami ludzie nie odbierają.

– Racja. Albo zostawiła matkę, żeby ze mną pogadała, bo sama nie mogła spojrzeć mi w twarz.

– Wiem, jak to wygląda…

– Czemu mi nie powiedziała, jak się naprawdę nazywa?

– Bo chce być tą osobą, a nie tamtą. Nie chce być irlandzką babą nazywającą się Mia McKenzie ze starej okolicy, lecz księżną Josephine Collins.

– Nie powiedziałbyś tego mężczyźnie, za którego masz wyjść?

– Nie wiem, Julianie – odparł Ashton. – Powiedziałeś wszystko kobiecie, którą masz poślubić?

– Mniej więcej.

– No właśnie.

– Co z tym wszystkim ma wspólnego Topanga? – wybuchnął Julian. – Czy przez to, że zaginąłem, nie nadaję się, by ją poślubić?

– Nie chodzi o to, że zaginąłeś, ale że o mało co nie umarłeś.

– Ale nie umarłem. Sam mówiłeś. Ale co z tego, tutaj i tak jestem w piekle.

– Powiedziałeś jej, kim byłeś przed Topangą? – zapytał Ashton. – Kim chciałeś być? Z twojej wkurzonej twarzy wnioskuję, że nie. Więc jednak nie powiedziałeś jej wszystkiego. Czemu? Nie zbywaj mnie. Powiem ci czemu. Bo teraz jesteś tą osobą. Jak ona. Wszyscy chcemy wymyślić siebie na nowo, być nową osobą, a nie starą. – Ashton wbił wzrok w swoje dłonie. – Czy opowiedziałem Riley o mojej matce? Nie. Nie wie też, że mam ojca, który nadal żyje. To jestem w stanie zrozumieć, brachu. Chce, żebyś poślubił ją jako Josephine, a nie jako Mię.

– Czy zamierza poślubić Mosesa Jacksona jako Mia?

– Myślałem, że nie wiesz, kto to jest.

– Zgaduję – rzucił Julian z odrazą.

– Posłuchaj, o ile wiesz, twoja dziewczyna nie odrzuciła oświadczyn – powiedział Ashton też zdegustowany. – Ale nie może wyjść za dwóch facetów naraz.

– Bo wtedy jedno z małżeństw byłoby udawane, prawda? – Julian zadrżał. Ociekał potem. A jednak było mu zimno.

– Nie udawane. W świetle prawa byłoby nieważne. – Ashton powiedział to tak ostrożnie, jakby sądził, że istnieje przynajmniej równa szansa, że za nieważne zostanie uznane małżeństwo Josephine i Juliana, a nie Josephine i jakiegoś przypakowanego dupka.

– Dlaczego mówisz takim tonem? – zapytał Julian. – Przed chwilą powiedziałeś, że wszystko będzie w porządku.

– Bo będzie.

– A pięć minut wcześniej powiedziałeś, że ona będzie moim przekleństwem. Zdecyduj się.

– Nie powiedziałem, że będzie twoim przekleństwem. – Ashton odetchnął głęboko. – Powiedziałem, że będzie moim.

Julian odwrócił głowę i spojrzał na przyjaciela.

– Żartowałem – rzucił Ashton bez uśmiechu. – Świetnie. Przez nią straciłeś też poczucie humoru, razem ze wszystkim innym. Nie do wiary.

Raj się skończył. Ludzie zaczęli wychodzić z teatru.

– Jeśli będziesz mnie potrzebował – powiedział Ashton – będę siedział niedaleko w HomeState nad pełnym talerzem burrito.

Julian czekał na nią z pochyloną głową, oparty o bagażnik samochodu.

*

Nie zwróciła się do niego po imieniu, gdy przeszła przez parking i stanęła przed nim z twarzą pomalowaną w czarne i czerwone pasy jak u groteskowego klauna, z byle jak zmytą charakteryzacją, w berecie na głowie i ze splecionymi rękami.

Julian też nie wypowiedział jej imienia.

– Dostałeś moją wiadomość? – zapytała cicho.

– Chodzi ci o tę, w której pisałaś, żebym po ciebie nie przyjeżdżał, bo masz transport do Greek – odparł Julian – czy tę z ostrzeżeniem, że osaczy mnie twoja matka?

– Przepraszam. Jest okropna, prawda?

– Ona?

– Dziś rano przcżyłam prawdziwy szok, przyjechała bez zapowiedzi. Okropnie się pokłóciłyśmy. Zawsze się do wszystkiego wtrąca. Wybiegłam z domu i zapomniałam wysłać ci wiadomość. Napisałam później. Chyba nie dostałeś. Mówiłam ci, że ona doprowadza mnie do szału.

– Jak się dostałaś do teatru?

Zawahała się chwilę.

– Poppa W mnie podrzucił. Nie miałam wyjścia, Julianie. Spóźniłabym się.

– Poppa W cię podrzucił – powtórzył bezbarwnym tonem.

– To nic takiego. Pisałam do ciebie. Wysłałam ci mejla tuż przed podniesieniem kurtyny. To bardzo ważne. Czytałeś?

– Mój telefon się przegrzał. – Na zewnątrz było trzydzieści osiem stopni. Wilgotna koszula przyklejała mu się do pleców.

– Bardzo mi przykro z powodu tego wszystkiego. Mogę ci wytłumaczyć.

Przesłyszał się? Mogę czy nie mogę?

– Wiesz, co powiedziała mi twoja matka? – zapytał.

– Julianie, zaczekaj, ja zacznę pierwsza.

Nie zaczekał. Zaczął pierwszy.

– Powiedziała mi kilka rzeczy. Na przykład, żc twój narzeczony przylatuje dziś, żeby cię zabrać ze sobą do Nowego Jorku.

Upuściła torbę na ziemię. Zakryła usta dłońmi.

– O, nie. To niemożliwe. Dziś rano nic o tym nie wspominała. Nic!

– Która część jest nieprawdą? – zapytał Julian. – Że masz jeszcze jednego narzeczonego? Czy że przylatuje, żeby cię zabrać do domu?

– Boże! Czemu ona w ogóle coś mu powiedziała? Wie, jak się potrafi zdenerwować. Co ona sobie wyobrażała?

– Ach – odparł Julian. – Ta część.

Pochyliła się nad torbą. Beret zsunął się jej z głowy i upadł na ziemię. Podniosła go. Trzęsły się jej ręce.

145

– To cała mama. Zawsze potrafi wszystko pogorszyć. Jakby nie było wystarczająco źle. Jules, możesz mnie odwieźć do domu? Wyjaśnię ci wszystko później, ale teraz naprawdę muszę wracać.

– Wyjaśnij teraz.

– Muszę wracać.

– Powiedz mi.

– Nie!

Wciągnął powietrze.

– Krzyczysz na mnie?

– Julianie… – zaczęła, wykręcając palce. – Nie rozumiesz. Muszę to załatwić po mojemu. Nie po twojemu. Po mojemu. – Jej twarz poplamiona czarną mascarą nie wydawała się już taka otwarta. Wyglądała na pełną tajemnic.

– Nie wiedziałem, że istnieje jakieś po twojemu – powiedział, opierając dłonie na rozgrzanym samochodzie, który nagrzewał się jeszcze bardziej. – Myślałem, że można to po prostu załatwić.

– Okej, wiem, to nie… Posłuchaj, co chcesz, żebym powiedziała? Milczał.

– Powiedziałam ci, że działamy za szybko – zaczęła. – Dopiero co rozstałeś się z tą Gwen. Myślałam, że jestem dziewczyną na pocieszenie.

– Na pocieszenie? – powtórzył. – O czym ty mówisz? Nie jesteś dziewczyną na pocieszenie. Jesteś tą jedyną.

Nie patrzyła na niego.

– A przynajmniej tak myślałem.

– Julianie, proszę.

– Jak się nazywasz?

Nie odpowiedziała.

– Jak się nazywasz? – powtórzył głośniej. – Bo poszłaś ze mną do urzędu i podpisałaś dokument, który związywał twoje nazwisko z moim. Jakie nazwisko napisałaś na tym prawnie obowiązującym dokumencie?

– Mia McKenzie – szepnęła ledwo słyszalnie.

Julianowi odebrało mowę.

– Nie krzycz na mnie! – zawołała.

– Powiedziałem choć słowo?

– Wrzeszczysz jak opętany!

– Powiedziałem choć słowo?

– Właśnie zmieniam je prawnie na Josephine Collins. To trwa. Miałam ci powiedzieć, ale to trwało tak długo, że nie wiedziałam jak.

– Co trwało długo? – zapytał Julian.

– Udawanie.

– Ach.

Zadrżały jej usta.

– Wiem, że muszę mnóstwo naprawić. Myślisz, że nie wiem? Nie utrudniaj wszystkiego. I tak jest źle.

– A co z naszym ślubem?

– O co ci chodzi? – Nie patrzyła na niego.

– Co z... tobą i mną?

– O co ci chodzi?

Mógł tylko nieznacznie złagodzić swoje obrzydzenie.

Nie potrafił się od niego uwolnić.

– Czy... – Nie wiedział, jak to wypowiedzieć – ...zamierzasz poślubić kogoś innego?

Przygarbiła ramiona.

– Chciałam z nim zerwać przed wyjazdem do L.A. – zaczęła – ale zachorował na grypę i stracił pracę, której bardzo pragnął. Jest artystą. I jest bardzo wrażliwy. Fatalnie przyjmuje złe wiadomości. Nie chciałam kopać leżącego. To byłoby nieprzyzwoite. Pomyślałam, że przyjadę tutaj, popracuję, dam nam trochę przestrzeni, zastanowię się, a po powrocie do Nowego Jorku będę wiedziała, co robić. Ale potem poznałam ciebie! Poznałam ciebie i wszystko się zmieniło.

– O mój Boże.

– Czemu mówisz „o mój Boże" w ten sposób? Nie rozumiesz? Wszystko się zmieniło, ponieważ poznałam ciebie.

– A więc nie tylko nie powiedziałaś mu o mnie, ale nie powiedziałaś, że nie zamierzasz za niego wyjść? – Julianowi zakręciło się w głowie. Tracił zdolność rozumienia języka. – On nadal myśli, że się pobierzecie. Mężczyzna, z którym jesteś od czterech lat, przylatuje do L.A., bo sądzi, że wciąż jesteście razem?

– Nie chciałam go zranić – powiedziała cicho Josephine. – Nie wiedziałam, jak mu to wyznać.

Tak kończy się świat. W środku dnia, w środku twojego życia, na środku parkingu pełnego ludzi i furgonetek z lodami.

– Myślałam, że mnie kochasz – powiedziała drżącym głosem. – Jak możesz tak się na mnie wściekać? Miałam mu powiedzieć...

– Dlatego trzymałaś mnie z dala od Zakiyyah – rzucił. – Bo ona wiedziała o tobie wszystko. Uważaj, kim udajesz, że jesteś.

– Nie – odparła bez przekonania.

– Dlatego nie nosiłaś mojego pierścionka? Żebyś nie musiała niczego tłumaczyć Zakiyyah?

– Nie nosiłam, bo był za duży.

– Już nie jest, a mimo to nie masz go na palcu. Nie powiedziałaś o mnie matce. Nie powiedziałaś mi, kim jesteś. Nie powiedziałaś swojemu chłopakowi, że zgodziłaś się wyjść za innego. Kim ty jesteś? – Głos Juliana łamał się jak on sam. – A może wszystko poplątałem? Może to ja wyszedłem na głupka? Może to mnie nie powiedziałaś, że zamierzasz wyjść za innego?

– To nie tak, Julianie.

– Nie odpowiedziałaś na moje pytanie.

– To nie tak.

– Odpowiedz na moje pytanie!

– Byłeś taki natarczywy! – wykrzyknęła. – Wyjdź za mnie, wyjdź za mnie. Nie wiedziałam, co robić.

– Nie byłem natarczywy! – wrzasnął Julian. – Poprosiłem cię, żebyś za mnie wyszła, a ty się zgodziłaś. Mogłaś powiedzieć, zastanowię się, wszystko poukładać i wrócić do mnie. Mogłaś mi o nim powiedzieć. Mogłaś powiedzieć jemu o mnie. Mogłaś porozmawiać z Zakiyyah, zapytać ją, co masz zrobić. Mogłaś nawet powiedzieć, że nie możesz za mnie wyjść, bo to niemożliwe. Mogłaś zrobić wiele innych rzeczy poza tym, co zrobiłaś: powiedziałaś tak. Nie byłem natarczywy!

Po jej twarzy spływały łzy i mascara, wyglądała jak szop pracz.

– Zamierzasz wyjść za kogoś innego! – Te słowa cięły serce Juliana jak miecz. Głos odmawiał mu posłuszeństwa, nie mógł powiedzieć tego, co chciał, wykrzyczeć tego, co chciał. Przycisnął rozgrzane dłonie do płonących skroni, pragnąc, by się zapadły.

– Przepraszam – powiedziała. – Chciałam ci powiedzieć, ale nie wiedziałam jak. Byłeś dla mnie taki słodki, taki dobry. Nikt nigdy nie był dla mnie taki dobry jak ty. Nie chciałam złamać ci serca.

Nie chciała złamać mu serca.

– To w końcu jaki miałaś plan? – zapytał, siłą powstrzymując jęk. – Zerwać?

– Próbowałam znaleźć odpowiedni moment…

Julian podniósł ręce.

– Zamilcz. Przestań mówić. Po prostu przestań.

Stali na kiczowatym parkingu przed Greek Theatre, za nimi wznosiły się odwieczne góry, z food trucka w rogu sprzedawano tacos i lody dla matek z dziećmi.

Chciał nią potrząsnąć, zrobić jej krzywdę, objąć ją i zdusić tym uściskiem, udusić siebie. Bał się do niej zbliżyć.

– Wszystko między nami było pieprzonym oszustwem – powiedział z zaciśniętymi pięściami i łzami w oczach. – Parodia Wenus i Marsa.

– Nie! – Zrobiła krok w jego stronę. – Nie…

Uniósł ręce, by ją powstrzymać.

– Tak było. To tylko sztuczka, iluzja. Jak światło w twojej górze. Nic nie jest prawdziwe. Ani ty, ani ja, ani ty i ja. – Krew pulsowała mu pod skórą twarzy. – Ashton ma rację. Wszystko, co robisz, jest oszustwem. Dlatego możesz mnie tak traktować. Dla ciebie jestem tylko pustym planem zdjęciowym po zakończonym serialu. Zaraz wyrzucą mnie na wysypisko. Ty nie tylko grasz w pustce. Żyjesz w pustce. Bo dla ciebie nie jestem prawdziwy.

– Jesteś, Julianie. Proszę! – szepnęła.

Odwrócił się bokiem. Kiedy podeszła do niego, odepchnął ją.

– Nie zbliżaj się do mnie – powiedział. – Odejdź. Nie znam cię. Nie wiem, kim jesteś. Mój Boże, nawet nie wiem, jak się do ciebie zwracać. Nie zbliżaj się do mnie.

– Julianie, zaczekaj, proszę. Muszę… Jak się dostanę do domu?

– Poproś Poppę W. – Julian otworzył drzwi samochodu. – Na pewno z radością cię podrzuci, Jojo.

Szlochała na parkingu, otulając się ramionami.

– A co z twoim pierścionkiem?

– Zatrzymaj te pieprzoną błyskotkę. Nienawidzę cię. Nigdy więcej nie chcę cię oglądać.

Odjechał, a ostatnie słowa do niej odbijały się od blizny na jego głowie.

ZAPISKI TEGO-KTÓRY-
-WIE-WSZYSTKO

CZĘŚĆ 11, NUMER 249

OSTATNIE ZASADY

William Shakespeare jest wielkim fanem historii, w których drobne oszustwa wywołują straszliwe konsekwencje. Pomyślcie o Jagonie i chusteczce w *Otellu*.

Dobrych spotkał szczęśliwy koniec, a złych zły. To właśnie nazywa się fikcja.

Słowo dnia:
Torschlusspanik: dosłownie oznacza strach przed zamykającymi się drzwiami lub lęk, że coś się kończy.

• Nigdy nie przyjmuj rady od ludzi, którzy nie będą musieli żyć z konsekwencjami twoich wyborów.

• Kiedy posypiesz skaleczenie pieprzem kajeńskim, będzie bolało, ale przynajmniej powstrzymasz krwawienie. Pod warunkiem, że skaleczenie nie jest zbyt głębokie.

• Aby skleić brzegi otwartej rany, posmaruj je superglue. Pod warunkiem, że rana nie jest zbyt głęboka.

• Zawsze ucz się na swoich błędach. A jeszcze lepiej, ucz się na błędach innych. To łatwiejsze.

• Nigdy tak naprawdę nie poznasz kobiety, dopóki nie napisze do ciebie listu.

Cytat na koniec:
Słowa wypowiedziane z głęboką miłością lub głęboką nienawiścią poruszają w ludzkim sercu rzeczy, których nie można cofnąć.
Frederick Buechner

19

Mystique

Kiedy Julian dotarł do domu, schłodził telefon i przeczytał jej mejl. Czytał go tyle razy, że w końcu wyrył mu się głęboko w sercu. Wiele godzin później zasnął na kanapie, ale dopiero kiedy włączył kanał sportowy i oglądał stare mecze tenisowe z turnieju w Wimbledonie z dźwiękiem podkręconym na maksa, tak że słyszał tylko rytmiczne uderzenia piłek o trawę jak strzały oddawane z tłumikiem.

*

Julianie, mój ukochany!

Tak mi przykro. Kiedy będziesz to czytał, pewnie będziesz już wiedział, jakiego bałaganu narobiłam. Czuję się okropnie. Nie znalazłam tego, czego szukałam, więc moje biedne życie było zaśmiecone resztkami moich bezowocnych poszukiwań. To nie moja wina, że zjawiłeś się, gdy już traciłam nadzieję. Czemu to trwało tak długo, panie Cruz. Przepraszam, że nie zdołałam się dość szybko uporać z chaosem mojego życia. Wiem, że wszystko wymknęło się spod kontroli, ale nie sądziłam, że w końcu trafię na kogoś takiego jak Ty. Kto mógłby pomyśleć, że znajdzie swoją połówkę nie podczas zawodów Gotham Girls Roller Derby, lecz w najlepszym z mężczyzn, jakich spotkałam w życiu. Śniłam o Tobie, gdy byłam mała, ale od tamtej pory upłynęło mnóstwo czasu. Staliśmy razem w oceanie w ubraniach, nawet kurtkach.

Kiedy się z Tobą zobaczę, opowiem Ci o tym śnie. Jednak gdy Cię wreszcie znalazłam, nie byłam gotowa. Zawiodłam. Popełniłam błędy. Pomimo tego, co o mnie myślisz, nie jestem idealna. Staram się ze wszystkich sił, by to naprawić, i mam nadzieję, że kiedy mi się uda, będziesz na mnie czekał. Nie rezygnuj ze mnie.

Całym sercem wiem, że nie ma dla mnie przyszłości, jeśli nie będzie Ciebie i mnie.

Całuję Cię,
Mia

*

Następnego dnia wcześnie rano nagrała mu na sekretarkę nową wiadomość.

– Jules, nie odbierasz telefonów ode mnie? No już, odbierz. Powiedziałam ci, że to naprawię. Fario przyleciał i wszystko mu wyznałam. Było ciężko, ale teraz to już skończone. Możemy się spotkać, żebym ci wszystko wytłumaczyła? Wiem, że jesteś zły i masz do tego pełne prawo, ale naprawię to. Obiecuję, koniec z sekretami. Daj mi jeszcze jedną szansę. Spotkajmy się w południe w naszej Coffee Plus Food. Chcę tylko powiedzieć... jeśli nadal chcesz się ze mną ożenić, jestem gotowa. Wolna. Wczoraj byłeś taki wściekły, a ja się przestraszyłam, zaczęłam się bronić i nie powiedziałam tego, co powinnam była powiedzieć. Wyprostujmy to dzisiaj. Nie wściekaj się na mnie tak bardzo, choć na to zasługuję. Do zobaczenia w południe, mam nadzieję. Będę na ciebie czekać.

Julian nie wiedział, co robić. Zadzwonił do Ashtona.

– Oszalałeś? – rzucił przyjaciel.

– Chcę jej tylko wysłuchać.

– Postradałeś rozum?

– A co z tymi rzeczami, które mówiłeś wczoraj? – warknął Julian.

– Chciałem, żebyś poczuł się lepiej. Poza tym wczoraj nie powiedziałeś mi tych dodatkowych bzdur, które usłyszałem dzisiaj.

– Nie powiedziałem, bo nie wiedziałem.

– No właśnie! Kiedy zmieniają się fakty, my zmieniamy zdanie. Tak postępują rozsądni ludzie – powiedział Ashton. – Wczoraj nie miałem pojęcia, że może się sprawdzić najgorszy scenariusz. Podejrzewałem, że tak się może stać, ale liczyłem, że do tego nie dojdzie. Myślałem, że będzie lepiej kłamać. Nie powie: Tak, Jules, jest tak źle, jak myślałeś. Nie jestem osobą, za którą mnie uważałeś, oszukiwałam cię przez cztery miesiące, byłam związana z innym facetem, kiedy związałam się z tobą, i planowałam za niego wyjść, planując jednocześnie wyjść za ciebie.

– To wcale nie jest najgorszy scenariusz – odparł Julian. Bał się, że będzie chciała wyjść za tamtego faceta. To byłby najgorszy scenariusz.

– Nie możesz wrócić do tego, co było między wami.

– I nie chcę. Chcę ruszyć dalej i zająć się tym, co będzie.

– Teraz, kiedy znasz prawdę, przyszłość z nią jest wykluczona – powiedział Ashton. – A przynajmniej dobra przyszłość.

Julian się nie odezwał.

– Wiem, że nie chcesz mojej rady – ciągnął Ashton. – Ale musisz mnie wysłuchać. Nie jestem twoją życiową podpowiedzią. Czytałem dziś rano twój newsletter. Różnica polega na tym, że jestem osobą, która musi żyć z konsekwencjami twoich wyborów. Jak w Topandze. Kazałem ci zaczekać na mnie, nie iść samemu i posłuchałeś? Nawet wtedy uważałeś, że wiesz, kurwa, wszystko. Kiedy się wreszcie nauczysz? Nie rozumiesz? To, co robisz, wpływa także na mnie.

– Okej.

– Przestań z tym „okej". Nie lekceważ mnie.

– Zamierzam jej wysłuchać, Ash. Jestem jej to winien. Chcę posłuchać tego, co ma do powiedzenia.

– Wiem. Chcesz tylko uwierzyć w jej desperackie kłamstwa – powiedział Ashton. – Że cię kocha, ple, ple, ple, że nie ma nikogo innego i nigdy nie będzie. Dzwoniłeś do Brentwood i odwołałeś rezerwację?

– Jeszcze nie.

– Julian!

– Najpierw muszę jej wysłuchać.

– Po co? Wiesz, co powie. Przepraszam, Jules. To się więcej nie powtórzy, Jules. To wszystko bzdury. Zaczekaj na mnie – rzucił. – Będę za dwadzieścia minut. O jedenastej jesteśmy umówieni w magazynie starych sitcomów w CBS. Wiesz, że nie potrafię negocjować bez

154

twojego pesymizmu. Tylko ty możesz mnie powstrzymać od kupienia śmieci z *Kocham Lucy*, których nie potrzebuję i na które mnie nie stać. Pojedziemy do Shutters na lunch. W marinie Del Rey o trzeciej oferują dwie lekcje żeglowania w cenie jednej. Nauczmy się żeglować.

– Nie.

– Niezły z niej numer – powiedział Ashton. – Nic można jej ufać. Jeśli kobieta potrafi kłamać w takich sprawach, będzie kłamać zawsze. Zawsze. Nie rozumiesz? Nie możesz być z kimś takim. A już na pewno nie możesz się z nią ożenić.

– Akurat ty wypowiadasz się o zaufaniu.

– Widziałeś, żebym się hajtał?

– Zawsze musisz myśleć tylko o sobie? – warknął Julian.

– Co się z wami wszystkimi dzieje? Nie myślę o sobie. Myślę tylko o tobie.

Julian nie wiedział, co powiedzieć. Bał się, że przyjaciel ma rację. Nie chciał tego słuchać. Rozłączył się.

O wpół do dwunastej pojechał na róg Melrose i Gower do Coffee Plus Food, gdzie zaparkował i znalazł mały metalowy stolik na ulicy. Zamówił dwie kawy, dwie poranne bułeczki i kiełbaskę w cieście. Wyjął telefon, przez chwilę posurfował w sieci, siedział, czekał.

Żałował gorąco, że zadzwonił do Ashtona. Przyjaciel miał rację w zarysach, ale mylił się co do sedna sprawy. Rozpatrywał ją z intelektualnego, a nie emocjonalnego punktu widzenia. Na tym polegała różnica. Nikt nie wiedział, co naprawdę kryje się w intymnym związku dwojga ludzi. To, co robią niektórzy, nie musi być wskazówką dla innych. Doświadczenia z przeszłości nie są zapowiedzią przyszłych wydarzeń. Julian głęboko w to wierzył. Fakt, że dziewczyna raz zrobiła coś niegodnego zaufania, nie oznaczał, że nie można jej zaufać w przyszłości. Tamto rozumowanie było błędne i umysł Juliana bez trudu je odrzucił, jakby odganiał natrętną muchę. Przyszłość z definicji jest nieprzenikniona.

Emocjonalny punkt widzenia? Argumenty Ashtona nawet nie przeniknęły przez pierwszą warstwę skóry. Julian nie mógł bez niej żyć i tyle. Podejmie wszelkie działania, jakie będą potrzebne. Zawrze ze sobą wszelkie umowy, jakie będzie musiał zawrzeć.

Koniec sporu.

Koniec historii.

Nie może bez niej żyć.

Kawa stygła. Nie wypił jej, bo czekał na Josephine.

Minęło południe.

Spóźniała się.

Obok kawiarni przemknęły trzy samochody policyjne na sygnałach. Melrose była ruchliwą przelotową ulicą.

Po kilku minutach siedzenia bez ruchu, poczuł nie tyle niepokój, co nieokreślony lęk ściskający mu serce jak lodem.

Wystawiła go? Zmieniła zdanie? Postanowiła nie przychodzić? Wstrząsnęły nim dreszcze, choć tego dnia w L.A. było trzydzieści dwa stopnie. Co się z nim dzieje? Próbował wrócić do surfowania po sieci. Ale wzrok mu się zamglił.

Wstał, żeby rozprostować nogi, skupić się na czymś w oddali – życiowa podpowiedź dla tych, którzy zbyt długo wpatrują się w coś z bliska, na przykład w ekrany komputerów i obrączki – żeby uwolnić się od zimnego niepokoju, który wypełniał jego ciało.

Wtedy właśnie dostrzegł Josephine; szła Melrose w jego stronę. Postanowiła przyjść piechotą z Normandie, by spotkać się z nim w kawiarni. Szła, nie spiesząc się, z uśmiechem na ustach. Julian poczuł tak wielką ulgę, że ugięły się pod nim nogi. Zrobił krok w jej stronę.

– Boże, gdzie się podziewałaś? – zapytał.

– Jestem tutaj – odparł głos.

– Zaczynałem się martwić – powiedział Julian.

– Wszystko w porządku, ziomal? – dobiegł go męski głos z sąsiedniego stolika.

Julian odwrócił się powoli.

– Czemu do mnie mówisz?

– Bo upadłeś, bracie.

Julian odwrócił się w stronę miejsca, gdzie przed chwilą stała. Zobaczył tylko pusty chodnik. Wstając z trudem, przewrócił krzesło i wrzasnął na pełnego najlepszych intencji mężczyznę.

– Co narobiłeś? Co narobiłeś?

– Hej, stary, próbowałem ci pomóc. Nie wyglądasz najlepiej. Chcesz, żebym do kogoś zadzwonił?

Julian puścił się pędem. Nie był w stanie prowadzić. Przebiegnięcie półtora kilometra z Melrose na Normandie zajęło mu w mokasynach Mephisto niecałe sześć minut. Obok niego przemknęła karetka, potem jeszcze jedna, trzy wozy strażackie, radiowóz. Nie musiał skręcać za róg, by zobaczyć, co się dzieje przed domem Zakiyyah. Poczuł to w duszy.

A jednak tłum, migające światła, duszący dym sprawiły, że zgiął się wpół.

Ulicę zabarykadowały radiowozy, by powstrzymać ruch. Jakiś funkcjonariusz próbował go złapać. Chciał pomóc czy go zatrzymać? Mieszkam tutaj, rzucił Julian i wyrwał się. Mieszkam w tamtym domu. Na ulicę wychodzili sąsiedzi. Przepchnął się między nimi, żeby dotrzeć do miejsca, gdzie tłum był najgęstszy.

Zza pleców ludzi nic nie widział. Biegł za szybko. Zabrakło mu tchu.

– *Como esta, mio Dio, como esta?* – pytała starsza kobieta młodą.

– Nie wiem, mami, strzelanina? Wypadek? Nikt nie wie. Możc kierowca miał atak serca i wjechał w drzewo? Ale na pewno słyszałam wystrzały. To straszne, co się porobiło z tą okolicą.

– Zastrzelili kogoś? To czemu pali się samochód? – powiedziała inna kobieta kątem ust. Nikt nie chciał odwrócić głowy od zatłoczonej ulicy.

– *Chica pobre! Qué pena!*

– *Chica pobre?* – wykrzyknęła inna kobieta. – Postrzelili naszego Poppę W!

– *Mio Dio!*

Nikt niczego nie widział.

Przepraszam, szepnął Julian. Przepraszam.

– Ten ktoś w samochodzie nie przeżyje. Nie mogą ugasić ognia.

– Wybuchł bak. Spójrzcie tylko na te płomienie.

– To był wypadek?

– Morderstwo, mami, mówię ci, morderstwo z zimną krwią! Przepraszam!, sapał Julian. Przepraszam.

– Biedna mamacita. *Qué pena.* Słyszałaś ją?

Na ulicy słychać było lament. Nad płonącym samochodem unosiły się kłęby czarnego dymu. Szum wody z hydrantu zagłuszył plotki, niedowierzanie. Zamiast szukać schronienia w domach, ludzie wyszli na ulicę i patrzyli. Bo to wydarzyło się w biały dzień, kiedy myli samochody, przygotowywali lunch i szli po mleko do sklepiku na rogu. Szok obezwładnia ludzi. Nie mogą działać, reagować, nie mogą mówić, czuć. Czasami słyszą odgłosy męczarni tak straszliwych, że umysły je blokują. Wiesz, że wydarzyło się coś strasznego. Ktoś odniósł śmiertelną ranę. Rozlega się krzyk jak szalejący pożar, który niszczy wszystko. Coś, na co musisz zamknąć uszy i oczy, na co musisz zamknąć serce, by samemu przeżyć.

To właśnie musiał zrobić Julian, gdy usłyszał przeszywający krzyk Avy McKenzie. Czterech policjantów próbowało powstrzymać ją przed wybiegnięciem na ulicę i rzuceniem się na chodnik, gdzie bez ruchu leżała Josephine, z oczami wbitymi w niebo. Czerwony beret stoczył się na bok i leżał w kałuży jej krwi.

CZĘŚĆ DRUGA

ŁOWCA TYGRYSÓW

Jak dni twoje, moc twoja trwała.
Księga Powtórzonego Prawa, 33,25

20

Klonopin

Pomóż mi, proszę, szeptał Julian, pełzając po podłodze w rozpaczliwym poszukiwaniu zabłąkanej tabletki, która mogła wpaść do ciemnego kąta.

Skąpo umeblowany pokój przy Hermit Street, który wynajmował od pani Pallaver, był mały – umywalka, podwójne łóżko, komoda (łazienka w głębi korytarza). Chrystus na krzyżu na ścianie. Krzyż spadł, a raczej stale spadał, pomimo wysiłków pogodnej gospodyni, która przychodziła co tydzień z młotkiem i próbowała przybić go do belki.

Komedia czy tragedia. Ważne, by wiedzieć, czym jest twoje życie. Kiedy bogowie wreszcie odsłonią czającą się bestię, będziesz się śmiał czy płakał pod złowieszczym niebem? Jesteś zadowolony z siebie, czy popadasz w melancholię bezmyślnic użalając się nad sobą, jesteś tchórzliwy czy nieustraszony, barwny czy szary?

Tego wieczoru, gdy pełzał po podłodze, Julian doszedł do wniosku, że jego życie jest farsą. Nie potrafił nawet się wznieść do komicznej głębi tłustego i próżnego Falstaffa. Był zgorzkniałym i głupim Lavache'em, najmniej śmiesznym z błaznów Barda. Był namaszczonym głupcem, którego pisarz wykreślił ze swojego ostatniego arcydzieła. Dowód: pełzał po pokoju, szukając po omacku zagubionego okrucha farmaceutycznej alchemii. Ostatnimi czasy jego magia znajdowała się między deskami podłogi. Zamiast spać, stał się bufonem na czworakach, w środku nocy w czyśćcu powtarzał bez końca jak refren: Proszę, proszę.

Aż tu nagle!

Znalazł jedną okrągłą beżową tabletkę z wyrytą literką K, schowaną za żelazną nogą łóżka. Krzyknął z ulgą. Pogryzł tabletkę na sucho, zrzucił ubranie, padł nagi na łóżko i ze wzrokiem wbitym w sufit czekał, by zaczęła działać. Nie mógł uwolnić się od myśli, że znalazł ją tylko dlatego, że pełzał po podłodze.

Klonopin.

Amen.

Wreszcie zasnął.

A śpiąc, śnił o Josephine.

Cały spięty siedzi na krześle przy stoliku w bistro przy szerokiej zalanej słońcem ulicy. To nowoczesne miasto, jednak jest w nim coś starego. To nie L.A. Wydaje się, że minęło jakieś pół godziny od ruchliwej pory lunchu. Siedzi i czeka.

Na stoliku stoi pełna filiżanka kawy. Jest zimna. Nie dotknął jej nawet. Nigdy nie dotyka.

Pojawia się ona. Idzie w jego stronę tanecznym krokiem.

Jej sukienka migocze. W rozkołysanych rękach trzyma różową parasolkę. Na głowie ma przekrzywiony czerwony beret. Nosi go, nawet jeśli nie pasuje do reszty stroju. Kiedyś mawiałaś, że czerwony beret pasuje do wszystkiego.

Nawet na pogrzeb, Josephine?, chce ją zapytać.

We śnie ona macha do niego dłonią z rozstawionymi palcami. Płynie do przodu, radosna i uśmiechnięta, jakby miała jakąś wiadomość i nie mogła się doczekać, by mu ją przekazać.

Pomimo tego, co wie, nie może się powstrzymać, uśmiecha się do niej i przez moment jest szczęśliwy, choć boi się tak bardzo, że czuje, jakby spadał z nieba głową w dół.

Ona jest dawną Josephine, jaką znał. Słyszy stukot jej obcasów na chodniku, wybijają rytm w jego sercu. Sen jest prawdziwy jak wspomnienie. Wszystko w nim jest takie, jakie powinno być, ona żyje i rozpromieniona idzie ulicą w innym kraju.

Julian rzuca się w czymś, co wydaje się prawdziwym życiem, rzuca się we śnie.

Budzi się, zanim ona dociera do jego stolika.

Zawsze się budzi, zanim ona dociera do jego stolika.

Nie wie, jak to się kończy.

Został mu tylko sen.

*

Rankiem zadzwonił telefon. Ashton. Julian był już spóźniony do pracy, bo przez kilka godzin próbował telefonicznie szukać nowego lekarza.

– Wszystkiego najlepszego z okazji urodzin, stary – powiedział Ashton. – Zapomniałeś nas odebrać z Heathrow.

Julian poruszył się.

– Naprawdę?

– To nawet nie jest zabawne. Podnieś wzrok. Na suficie wypisano słowo „frajer". Wyluzuj. Na pewno nie liczyłem, że po nas wyjedziesz w twoim obecnym stanie.

– A co to za stan, Ash?

– Obłęd. Posłuchaj – ciągnął Ashton – wolałbym cię zaskoczyć moimi wyjątkowymi planami imprezy urodzinowej, ale obawiam się, że jeśli będę zbyt tajemniczy, nie pokażesz się. Chcesz się z nami spotkać w Trafalgar przy King's Road? To rewelacyjny pub.

– Z nami? Chodzi ci tylko o ciebie i Riley, prawda?

– Jeśli nie spodoba ci się moja odpowiedź, nie przyjdziesz? Pieprzyć cię.

– Nie w Trafalgar – odparł Julian. – W czwartkowe wieczory jest tam straszny tłok. A nie można zarezerwować stolika.

– Skąd wiesz? Próbowałem zarezerwować nasze stałe miejsce w Counting House, ale jakiś dupek mnie uprzedził. Jakieś pomysły?

– The Blind Beggar przy Cheapside. Albo White Crow w Covent Garden.

– White Crow. Punktualnie o siódmej. I proszę, tym razem przyjdź na swoją pieprzoną imprezę.

Ashton rozłączył się, zanim Julian zdążył wymyślić jakieś kłamstwo.

To prawda, w zeszłym roku, gdy przyjechali na jego urodziny, włóczył się po mieście i stracił rachubę czasu. „Na cały weekend?" – wrzeszczał Ashton.

Znacznie dłużej, przyjacielu. Znacznie dłużej.

Londyn, budowany bez planu przez dwa tysiące lat, rozciąga się na powierzchni osiemnastu tysięcy hektarów podmokłych równin rozpostartych na dwóch brzegach wielkiej wijącej się rzeki. W zniszczonych mokasynach Mephisto, które przywiózł ze sobą z zachodniego Hollywood, gdzie nosił je znacznie rzadziej, Julian przemierzył miasto z północy na południe i z zachodu na wschód – przez Smithfields i Strand, od Pimlico po Poultry, od Mansion House po Marble Arch, do każdej bramy: od Aldgate do Newgate, od Ludgate po Cripplegate, odwiedzając wszystkie leżące pomiędzy nimi uliczki i zaułki. Szukał bistra z małym okrągłym stolikiem i metalowym krzesłem, na którym mógłby usiąść, zamówić kawę i czekać na południe.

Wędrował po mieście tyle razy, że mapa ulic wryła mu się głęboko w pamięć ciała. Znał każdy sklep z rybą i frytkami i każdą księgarnię od Wapping po Westbourne Green. Kawiarnie w Marylebone i Fitzrovii wyglądają tak, że w ich wysokich oknach mógłby się odbić cały dwupiętrowy czerwony autobus. Spędził tyle czasu na Baker Street, że kierownik tamtejszego Prèt à Manger zwracał się do niego po imieniu. Będąc na tej ulicy, za każdym razem chciał zapukać pod numer 221B i zapytać, czy za niewielką opłatą (czyli za to, co zostało mu z oszczędności) pewien palący opium dżentelmen mógłby pomóc mu odnaleźć to, co zgubił.

W rocznicę swoich odległych narodzin Julian zgolił brodę – trzymiesięczną splątaną gęstwinę – pierwszy raz od ostatniej wizyty Ashtona. Włożył ubranie, które wyglądało, jakby starannie je wybrał. Ale stał przed dylematem. U nowego lekarza musiał zjawić się ubrany jak menel potrzebujący pomocy. Za to na imprezie urodzinowej zorganizowanej na jego cześć powinien wyglądać, jakby się nie rozpadał na kawałki. Jedno i drugie było maskaradą, która nie zdołała ukryć, że bez względu na przebranie Julian snuł się jak zombi z *Nocy żywych trupów*.

Wcześniej, kiedy szprycował się klonopinem, nic go nie ruszało. Dzięki lekowi wstawał, chodził do pracy i udawał, że dobrze funkcjonuje. Jednak w ciągu ostatnich kilku miesięcy – gdy jego zapasy kurczyły się, a potem skończyły – spóźniał się do pracy, wyglądał gorzej, brał więcej wolnych dni, pisał mniej nagłówków, zapominał o dużych literach i prezentacjach, zauważał mniej pominiętych przecinków. Jego utrzymywany (z trudem) dzięki klonopinowi rytm zaczął zamieniać się w szaleństwo.

Dziś też wziąłby wolny dzień, ale żaden już mu nie przysługiwał. A jeśli nie pokaże się w pracy, mogą go wyrzucić. Trudno utrzymać fikcję, że wszystko jest w porządku, gdy sprawy wymknęły się spod kontroli tak bardzo, że w urodziny wyrzucają cię z pracy.

Zdobędzie nową receptę i wszystko wróci do normy.

Metro prawie się nie poruszało. Julian mieszkał niedaleko stacji Angel, a pracował w pobliżu Austin Friars. Dojazd do pracy zajmował mu ponad godzinę. Szybciej byłoby iść pieszo. Ledwo powiesił kurtkę na wieszaku, gdy przy jego biurku stanął kierownik.

– O, wasza wysokość! Jak miło, że się pojawiłeś. – Graham Parry nienawidził Juliana. – U mnie w biurze. Za minutę.

– Ogoliłeś się, świetnie – szepnęła Sheridan, punktualna młoda Brytyjka z wilgotnymi łóżkowymi oczami, amatorka miękkich zapinanych na guziki blezerów. – Ale nadal masz kłopoty.

– Nie w moje urodziny – odparł Julian.

– Powiedz mu, że miałeś wizytę u lekarza – rzuciła kąśliwie Sheridan. – Dla ciebie wizyty u lekarza są jak karta American Express. Bez limitu.

– Bardzo śmieszne.

– Kto tu jest śmieszny?

Skorzystałby z lekarskiej wymówki, by wytłumaczyć spóźnienie, ale potrzebował jej na popołudnie, bo chciał wcześniej wyjść.

Graham wystawił głowę przez drzwi.

– Julianie, już.

W blasku jarzeniówek Graham patrzył na Juliana zza laminowanego biurka tak długo, że graniczyło to z fizyczną agresją. Miał krótką szyję i potężne ramiona. Cofniętą dolną szczękę równoważyło nienaturalnie wystające masywne czoło i czaszka. Dziś pulsowały mu grube żyły na skroniach. Julian chciał usiąść, lecz zmienił zdanie. Walka wymaga pozycji stojącej.

– Jesteś czy nie moim starszym redaktorem? – zapytał Graham.

– Jestem. Przepraszam, szefie.

– Byłeś zbyt zajęty, by przyjść dziś rano do pracy?

Julian pracował w Nextel, lokalnej agencji telegraficznej, której właścicielem był Michael Bennett, ojciec Ashtona.

– Źle się czułem. To się więcej nie powtórzy. Co się dzieje?

Graham z odrazą uderzył dłonią w kartkę na biurku.

– Ty napisałeś ten nagłówek?

Julian spojrzał na kartkę.

– Co jest z nim nie tak?

– Spójrz tylko! Czy muszę ci przypominać, że nie piszesz dla Onion? – Graham przesunął kartkę w jego stronę.

– GEORGE LUCAS POKAZUJE FANOM HIPEREALISTYCZNE GENITALIA KOSMITÓW.

– Dla mnie jest w porządku – powiedział Julian. – Błyskotliwe. Pouczające.

– Co, do cholery, mają wspólnego genitalia ze stworzonym uniwersum? – wrzasnął Graham.

Julian patrzył tępo w jego pulsującą twarz.

– Żartujesz, prawda?

Graham uderzył dłonią w inny artykuł na biurku.

– A to? Uważasz, że to jest do przyjęcia? ZA RADĄ MATKI KOBIETA UŻYWA ZIEMNIAKA JAKO ŚRODKA ANTYKONCEPCYJNEGO – WIDAĆ JUŻ PĘDY.

– Chcesz mieć lepsze nagłówki, to daj mi lepsze historie – odparł Julian. – Reaguję na to, co mam. Piszę nagłówki do artykułów, które dostaję. ŚWIAT I WSZYSTKO, CO NA NIM JEST, ZNAJDUJE SIĘ W PIEKLE. WIADOMOŚCI O JEDENASTEJ.

– POJAZD ARMII AUSTRALIJSKIEJ ZNIKA!

– Zaginął, gdy pomalowali go w barwy maskujące – wyjaśnił Julian. – Uważasz, że akurat tu przesadziłem?

– ROBAKI ZE SKRZYDŁAMI TO LATAJĄCE ROBAKI!

– Czytałeś tę historię? – zapytał Julian. To jego wina, że wiadomości są do bani? Wziął oddech i cofnął się. – Masz rację. Poprawię się. Ale możemy wrócić do tego później? Muszę wyjść na parę minut. Mam wizytę u lekarza.

Graham zerwał się na równe nogi.

– Nie! Dopiero co przyszedłeś. Trzeba przydzielić redaktora do nowego działu mody i potrzebujemy czterech podpisów pod zdjęciami. Mam dwadzieścia nowych wiadomości bez nagłówków. Kobieta zginęła, gdy chłopak oświadczył się jej na krawędzi klifu!

– No to masz już nagłówek – powiedział Julian. – Nie jestem ci potrzebny.

– Bzdura. Umawiaj się po pracy.

– Dziś wieczorem nie mogę. Mam urodziny.

– Gówno mnie to obchodzi.

– Umówiliśmy się na drinka. Ty też jesteś zaproszony.

– Zmień termin wizyty.

– Nie mogę. – Julian potrzebował więcej magicznych fasolek. Był pewien, że ta, którą znalazł wczoraj, była ostatnim przejawem miłosierdzia.

– Nie mogę prowadzić działu wiadomości, bo nigdy cię tu nie ma.

– Sheridan ci pomoże.

– To twoja pieprzona praca! – wrzasnął Graham. – Sheridan poprawia błędy, które ci umknęły. A jeśli Sheridan może odwalać twoją robotę, to na cholerę ty mi jesteś potrzebny?

– Dobre pytanie. Porozmawiamy o tym po południu.

– Ostrzegam cię, jeśli wyjdziesz, to koniec. Wylatujesz. Nie obchodzi mnie, jakie masz znajomości.

Krzyczał jednak do pleców Juliana, który chwycił kurtkę i zdążał już w stronę schodów, gdy usłyszał biegnącego za nim zapowietrzonego Grahama.

– Nie waż się wychodzić z biura! Słyszysz? Nic waż się!

Julian słyszał. Słyszał go nawet na ulicy.

Pulsowało mu w głowie. Zatrzymał się na placyku kilka przecznic dalej i usiadł na ławce. Nie mógł dalej iść, nic nie widział. Czuł ucisk w piersi. Którędy do metra? Jaki pociąg jedzie do Peckham? Biedny Ashton, który przełknął dumę, zadzwonił do ojca i załatwił Julianowi pracę w obcym kraju. Co się stanie, jeśli po kłótni z Grahamem będzie zmuszony wyznać przyjacielowi powód desperackiej wizyty u prywatnego lekarza na drugim brzegu rzeki w czasie lunchu? Przyznać się, że nie może żyć bez psychotropu, po którego odstawieniu ludzie wieszają się na podwórkach w ciepłe niedzielne popołudnia?

21

Aptekarz

W środku marca w Londynie było zimno i wilgotno, zwłaszcza na południe od rzeki. Wszystko było gorsze na południe od rzeki.

Julian walił we frontowe drzwi, dopóki lekarz, James Weaver, nie otworzył.

– W czym mogę pomóc?

– Julian Cruz. Byliśmy umówieni.

– Panie Cruz, byliśmy umówieni na dwunastą trzydzieści. Jest prawie czwarta. Gdzie się pan podziewał?

– Zgubiłem się. – Nie miał pojęcia, co się stało z czasem, co się działo z nim.

– Niedługo zamykam gabinet, przyjmuję właśnie ostatniego pacjenta.

– Zaczekam.

– Przepraszam, czy nie wyraziłem się jasno? Ostatniego pacjenta. Proszę zadzwonić i umówić się na inny dzień.

– Nie – rzucił Julian. – To znaczy, proszę, nie.

– Przyjmuję…

– Potrzebuję pańskiej pomocy. Wyrzuci mnie pan? Zaczekam. Ile będzie trzeba. Ile tylko będzie trzeba. – Stał jak słup, aż lekarz gestem dłoni zaprosił go do środka.

Weaver pracował w Health and Wellness Center mieszczącym się w magazynach za Peckham. W dawnych czasach Peckham było miejscem, do którego nie zapuszczał się żaden ceniący swoje życie londyńczyk. Peckham weszło do brytyjskiego słownictwa tuż przed wojną, kiedy wszystkie dzieci w szkołach uczono „modlić się za Peckham". A teraz, w dawnym Peckham, w elegancko wyremontowanych magazynach przyjmowali modni prywatni specjaliści.

Nie było żadnego szczególnego powodu, dla którego Julian wybrał właśnie tego lekarza, chyba tylko to, że mógł go dziś przyjąć. Co ważniejsze, kiedy Julian oświadczył, że potrzebna jest mu nowa recepta na lek psychotropowy, recepcjonistka nie przerwała połączenia.

Wszystko pachniało świeżą farbą. Julian czekał niecierpliwie w pomalowanym na brzoskwiniowo pomieszczeniu z lśniącymi metalowymi meblami. Wypił trochę wody o smaku pomarańczowym. Przerzucił leżącą na stoliku książkę o brytyjskim handlu. Kilka razy spojrzał na zegarek, by sprawdzić, ile czasu minęło. Choć rozmawiając z Ashtonem, żarliwie zaprzeczał, był to jeden z powodów, dla których wiedział, że coś z nim jest nie tak. Nie potrafił określić, ile czasu upływa między sekundami.

Julian powinien mądrzej wykorzystać czas spędzony w poczekalni. Na przykład mógł się zastanowić, jak odpowiedzieć na nieuchronne pytania lekarza. Lekarz mógł przecież zapytać, po co mu klonopin, nawet jeśli chciałby tylko chronić własny tyłek.

Kiedy zaczynał się niecierpliwić, choć minęło tylko czternaście minut, a on był spóźniony ponad trzy godziny, drzwi gabinetu otworzyły się i lekarz zaprosił go do środka.

Weaver, trzymający w ręce blok do notatek, był drobnym podenerwowanym mężczyzną. Miał zbyt blisko osadzone oczy. Gdy patrzyło się pod pewnym kątem, wyglądał, jakby miał zeza i haczykowaty nos. Julian przysiadł na brzegu kanapy, starając się nie wpatrywać zbyt intensywnie w wydatny narząd powonienia lekarza.

Oczywiście Weaver zadał mu kilka pytań.

Julian Cruz. Trzydzieści trzy lata. Urodzony, wychowany, wykształcony, mieszkający w Kalifornii. Poprawka: tymczasowo mieszkający w Londynie. Matka nadal żyje. Ojciec też. Pięciu braci. Nie, nie pali. Pije okazjonalnie.

Lekarz spojrzał na blok do notatek.

Julian poprawił się.

– Dziś kończę trzydzieści cztery lata.

– Wszystkiego najlepszego. Co pan porabia w Londynie?

– Pracuję.

– Czym się pan zajmuje?

– Jestem redaktorem nagłówków. – Miał nadzieję, że nadal nim jest. Że nie został bezrobotnym redaktorem nagłówków.

Na lekarzu nie zrobiło to wrażenia.

– Nie wiedziałem, że to zawód. Proszę mi podać jakiś przykład.

Julian stłumił westchnienie.

– UKĄSZONA PRZEZ KOBRĘ GWIAZDA POP ŚPIEWAŁA JESZCZE CZTERDZIEŚCI DZIEWIĘĆ MINUT, ZANIM PADŁA NA SCENĘ I UMARŁA. – Zadrżał.

– Zimno panu? Ogrzewanie jest włączone.

– Nie. – Czas uciekał. Julian chciał tylko dostać receptę i zmykać. Musiał iść na imprezę.

Lekarz przyglądał mu się, ale nie dostrzegł nic podejrzanego, gdyż Julian stał się ekspertem w udawaniu, że potrafi wytrzymać każde badawcze spojrzenie. Był okazem spokoju z wyjątkiem drżenia policzka, nad którym z trudem panował po drastycznym zmniejszeniu dawki klonopinu. Strategicznie zasłonił twarz i pragnąc rozluźnić atmosferę, rzucił lekarzowi następny nagłówek.

– I jeszcze… NAUKOWCY O MOŻLIWYM MIKROSKOPIJNYM PENISIE HITLERA.

– Lepszy. Krótszy. – Weaver nagrodził go półuśmiechem. – Od jak dawna jest pan w Londynie?

– Od kilku miesięcy. – Gdy lekarz milczał, Julian poprawił się trzeci raz. – Od sześciu.

Weaver przyglądał mu się, lekko zezując.

– Dziś rano dostałem pańską dokumentację od doktora Fentona, pańskiego lekarza z Narodowej Służby Zdrowia – powiedział. – Przebywa pan w Londynie od półtora roku.

Julian nie odpowiedział. Myślał, to niemożliwe! Ale się nie odezwał.

Czas przeleciał mu między palcami. Pewnej niedzieli, wypiwszy kawę na dworcu Victoria, postanowił pojechać nad morze. Nie mógł wiedzieć, że pociąg skończy bieg w Bromley, bo Brytyjczycy lubią naprawiać tory w dni wolne od pracy. Reszta podróży do Dover miała się odbywać autobusem. Julianowi nie uśmiechała się jazda autobusem, więc zmienił peron i czekał na powrotny pociąg. Czekał ponad dwie godziny. Tyle wyczytał z tarczy zegara. Kiedy wrócił do domu, była dziesiąta wieczorem.

Tak wyglądała doniosła wyprawa nad morze. Podałby ją lekarzowi jako przykład rzeczy, które porabiał podczas pięciuset dni spędzonych w Londynie, ale jeśli Weaver zapytałby o morze? Czy mógłby powiedzieć coś istotnego o Dover? Gdyby tylko sprawdził w sieci tamtejsze muzeum wojny. Mogliby porozmawiać o wojnie. Brytyjczycy to lubią.

A pozostałe czterysta dziewięćdziesiąt dziewięć dni? Czy racjonalnie myślący mężczyzna mógłby się przyznać, że obsesyjnie szuka ulicy ze snu, i nadal być uważany za racjonalnie myślącego?

Julian nigdy nie widział ulic i placów, alei i dziedzińców takich jak w Londynie. Droga mogła się zaczynać na północy jako wąska ścieżka bez sklepów, potem przechodzić w sześciopasmowy bulwar z pomnikami w parkach i muzeami na placach, dalej wić się jak rzeka na południe i zachód, zawracać w tę i w tamtą stronę, mijać sklepy i ulicznych handlarzy, by w końcu znaleźć kres dziesięć kilometrów na wschód w otoczeniu wiejskiej zieleni.

Prawdziwym klejnotem wśród nich była Cheapside, najstarsza i najbardziej szlachetna z londyńskich ulic. Powstała tysiąc lat temu w otoczonym murami City niedaleko Bank of England, gdzie niegdyś swoje rzemiosło uprawiali wspaniali złotnicy, i biegła przez centralny Londyn, przechodząc w Holborn, potem w High Holborn i Oxford Street. Przemykała jako Hyde Park Place, Bayswater Road, Holland Park Avenue, Stamford Brook Road i Bath Road, i kończyła się nagle na Chiswick Common. Osiemnaście kilometrów od złotników z Cheapside w pobliżu największej instytucji finansowej na świecie po kioski Puff and Stuff było Londynem w pigułce.

A Julian przeszedł ją całą na piechotę.

Co mógł powiedzieć lekarzowi? Niedaleko Tower of London znajdowała się knajpka, w której sprzedawano mocne drinki i frytki z octem. Julian czuł unoszący się w powietrzu wilgotny zapach Tamizy, gdy siedział na zewnątrz w mżącym deszczu i obserwował hałaśliwe kruki. Nie mógłby nic powiedzieć o wnętrzu Barbican czy opactwa Westminster, ale bardzo dobrze wiedział, gdzie można się napić paskudnej kawy. W znoszonych butach przeszedł chyba ponad tysiąc kilometrów, szukając rzeczy, która nie istniała. W olbrzymim Londynie, gdzie w ciągu dwóch tysięcy lat tysiąc dusz rozrosło się najpierw do miliona, a potem do dziesięciu milionów. Przez ostatnie półtora roku tego ułamka wieczności Julian nie zdołał odkryć, czy jedną z nich jest dusza Josephine.

Nie zmizerniał z rozpaczy. Wyniszczyło go przemierzanie chodników wiecznie młodego miasta.

– Panie Cruz? Co się dzieje?

Julian zamrugał.

– Nic. Wszystko w porządku.

– Przez pięć minut nie odzywał się pan ani słowem i kołysał, więc raczej nie jest w porządku.

– Nic mi nie jest. – Wyprostował plecy. Przecież się nie kołysał?

– Zapytałem, co pan porabia, a pan skulił się i odpłynął. – Weaver zajrzał do notatek. – Ma pan już lekarza z Narodowej Służby Zdrowia. A doktor Fenton jest wolny, jeśli tak to można ująć.

– Chciałem wypróbować kogoś nowego. Zapłacić za prywatną wizytę. I wypróbowuję pana.

– Mam nadzieję, że zdołam panu pomóc. Czemu pan tu przyszedł?

Julian nie chciał niczego bagatelizować, bo przyszedł tu po klonopin, a nie advil, ale jednocześnie nie chciał wyjść na desperata.

– Potrzebna mi jest recepta na klonopin, klonazepam – wyrzucił z siebie. Tak po prostu. Nie było sensu owijać niczego w bawełnę. Miał mało czasu, od lekarza do White Crow był kawał drogi.

– To mocny środek. Można się od niego uzależnić, a odstawienie wywołuje poważne symptomy fizyczne i psychiczne. Brał go pan wcześniej?

– Nie napisano tego w kartotece?

Lekarz podniósł wzrok. Julian odpuścił.

– To znaczy, tak. Brałem go wcześniej.

– Jak długo?

– Tylko kilka…

– Nie zalecam zażywać go dłużej niż siedem dni – powiedział Weaver. – Dziesięć maksimum.

Julian przyszedł do niewłaściwego lekarza. Teraz zdał sobie z tego sprawę, ale było za późno. To dotyczyło wielu innych rzeczy w jego życiu. Zdawał sobie z nich sprawę, nawet bardzo, ale za późno.

– Świetnie – odparł. – Dziesięć dni wystarczy.

– Dziesięć dni w sumie.

Julian zażywał klonopin o wiele dłużej niż dziesięć dni w sumie. W kartotece Narodowej Służby Zdrowia nie zanotowano recepty od jego lekarza w zachodnim Hollywood i od innego w Beverly Hills. I jeszcze jednego w Simi Valley.

– Bez niego nie mogę rano wstać z łóżka – powiedział, powstrzymując się siłą, by się nie skulić. – Nie mogę funkcjonować przez cały dzień. Klonopin pomaga.

– A co z terapią?

– Pomaga mi klonopin.

– Dlaczego w ogóle zaczął go pan zażywać? Co się stało?

– Nic. – Nadludzkim wysiłkiem Julian uspokoił dłonie. – Nie mogę spać. Nie mogę się uspokoić. – Wiedział, że sprawia wrażenie, jakby nie mówił całej prawdy. Prezentował światu rozluźnione, stoickie oblicze spod znaku „jest spoko". Jego niewzruszona postawa robiła swoje. Pomagała mu podczas bójek, rozmów o pracę, pierwszych randek i wygłaszania mów na pogrzebach.

Ale nie pomagała mu teraz.

Wiedział, że wygląda jak człowiek, który potrzebuje zastrzyku adrenaliny w samo serce, a nie środka uspokajającego.

– Dziewczyna, z którą miałem się ożenić, zginęła dzień przed ślubem – powiedział, nie patrząc na lekarza.

– Bardzo mi przykro. Kiedy to się stało? Jeszcze w L.A.?

Lekarz zachował pełne szacunku milczenie. Na chwilę.

– Panie Cruz… – Zniżył głos. – Proszę mi powiedzieć, ale szczerze, jak długo zażywa pan klonopin? Chyba nie od dnia… jej śmierci? – Wyrzucił to z siebie, jakby nie tylko nie mógł w to uwierzyć, ale jakby czuł, że grozi mu proces o błąd w sztuce lekarskiej za samo zadanie tego pytania.

– Nie, nie – odparł szybko Julian. – Jasne, że nie. Zażywałem go z przerwami.

– Klonopin niszczył ludzi. Rujnował im życie.

– Ale nie mnie. – Nie można zniszczyć Kartaginy, Drezna, Troi. Nie dwa razy.

– Niekontrolowane impulsy elektryczne, bezsenność, nadmierna senność. Problemy z koncentracją, panika, paraliż.

– Nie u mnie.

– Skurcze mięśni, ślinotok, suchość w ustach. Utrata wagi, tycie. Utrata równowagi, koordynacji ruchów.

– Nie u mnie.

– Śmierć – powiedział Weaver.

Zamilkli.

– Nie u mnie – szepnął ledwo słyszalnie.

– Wizje? Halucynacje?

Może to.

– Nie mam z tym problemu. Naprawdę.

– To czemu nie poprosił pan o receptę doktora Fentona?

Julian milczał.

– Próbuje pan wyłudzać recepty od wielu lekarzy?

– Ależ skąd.

– Bo to poważne przestępstwo.

– Zgoda, doktorze, to poważne przestępstwo, ale ja niczego nie wyłudzam.

– To co pan robi?

Zdecydowanie wyłudza. Po co pytać?

– Rozumiem, przez co pan wtedy przeszedł – powiedział Weaver niemal współczującym tonem. Niemal. Z wyjątkiem słowa „wtedy". Jakby chciał powiedzieć, to było wtedy. W przeszłości. I trzeba z tym skończyć. Po co symulować? – Ale co się dzieje teraz?

– Nie radzę sobie zbyt dobrze, doktorze. Nie widzi pan?

Kiedy umarła, Julianowi zaschło w ustach. Suchość dokuczała mu tak straszliwie, że kiedy był w domu, ulgę przynosiło tylko ssanie szmatki zamoczonej w wodzie z cytryną. I nigdzie się nie ruszał. Przez wiele miesięcy było mu przeraźliwie zimno. Aż do wyjazdu do

Londynu. Kiedy Ashton powiedział mu później, że w Los Angeles zapanowała największa od siedemdziesięciu lat susza, nie uwierzył.

– Codziennie było trzydzieści osiem stopni – powiedział Ashton. – Wyschły wszystkie zbiorniki wodne.

Ssanie szmatki, dygotanie pod kocami, środki uspokajające zmieszanc z napadami depresji i spaniem jak chory lew, a potem nagła, niemal z dnia na dzień, przeprowadzka do Londynu złożyły się na mocny koktajl, który sprawił, że dla Juliana czas jednocześnie stanął w miejscu i pędził jak oszalały.

Tcraz odwrócił wzrok od lekarza, próbując zapanować nad chaosem w swojej głowie, znaleźć słowa, które dadzą mu receptę w ciągu następnych siedemnastu minut, zanim skończy się jego czas. Jak skończył się jej czas. Czy miała siedemnaście minut, zanim skończył się jej czas?

– Nie zażywałem klonopinu od kilku miesięcy. – Wydzielał go sobie, pół tabletki, ćwierć. Jak na wojnie.

– Co pan brał zamiast niego?

– Ambien. Xanax. Nie pomagają. Pomaga tylko klonopin. Mam te… – Urwał.

Lekarz czekał.

– Co? – zapytał. – Ataki? Wizje?

– Nie.

– Klonopin doprowadza do szaleństwa, panie Cruz. Nie przepisuję go pacjentom, jeśli najpierw nie wypróbuję wszystkich innych leków.

– Doktorze, ale… – Zawiesił głos, by zabrzmiał łagodniej. – Próbowałem wszystkiego innego. – Nie wiedział, co jeszcze może zrobić, więc powiedział prawdę, by zobaczyć, co z tego wyniknie. – Kiedy zażywam klonopin, ona powraca do mnie we śnie.

– Jak w koszmarze?

– Nie. – Koszmarem było prawdziwe życie. – Jak… – Nie wiedział, jak to nazwać.

– Czy tego pan chce?

– Tak. – Bardziej niż czegokolwiek innego.

Lekarz naciskał dalej.

– Jeśli nie ma pan nic przeciwko temu, zapytam: jak umarła?

Julianowi głos uwiązł w gardle. Nie podnosił wzroku.

– Nie chce mi pan powiedzieć – odparł Weaver. – W porządku. Czy dlatego wyjechał pan z L.A.? Chciał pan zmienić otoczenie? Pomyślał pan, że w nowym miejscu sny przestaną się pojawiać?

– Nie. Wręcz przeciwnie.

Weaver zdecydował się na banał.

– Wiele osób pogrążonych w żałobie śni o swoich najbliższych, którzy odeszli. To powszechne zjawisko. Tym akurat bym się nie przejmował.

– Wcale się nie przejmuję – odparł Julian. – Ale próbuję powiedzieć coś ważnego, a pan nie…

– Koszmary miną. Kiedy tylko odstawi pan klonopin, znikną na zawsze.

Odstawić klonopin? Czy ten Weaver oszalał?

– Zastanawiam się nad jednym. – Julian potarł dłonią o dłoń, potarł kolana. – Jeśli to, co widzę, nie jest snem, tylko przeczuciem?

– Co pan ma na myśli?

– Nie wszystkie sny są tylko snami, prawda? Miewałem wcześniej niepokojące sny. – Brutalnie niepokojące. Ale wtedy był w śpiączce, więc to się nie liczyło. – Ale nie takie. Czy to możliwe, że przeżywam… – Julian szukał odpowiedniego słowa. Nie podobał mu się sposób, w jaki Weaver na niego patrzył. – …mistyczne doświadczenie?

Zapadła długa cisza.

– Uważa pan, że przeżywa pan mistyczne doświadczenie po klonopinie? – Weaver nie potrafił ukryć drwiny.

– Tak. Jak wtedy, gdy ktoś opuszcza swoje ciało. To możliwe, prawda? – Julian ożywił się, od miesięcy nie był tak pobudzony, a już na pewno nie podczas ostatniej godziny. – A jeśli doświadczam jakiejś transcendentalnej projekcji? W następnej rzeczywistości ona do mnie przychodzi i jestem ocalony. Ona nie jest duchem, doktorze. Jej ciało żyje! Zupełnie jakbym ją widział naprawdę. To nie wygląda na sen. – Julianowi zaschło w ustach. – Jakby podnosiła się kurtyna, odsłaniając przede mną inny świat.

Minęła chwila pełnej niedowierzania ciszy.

Julian przełknął ślinę.

– Może miłość jest uświęcającym mostem – powiedział. – Może pomaga unieść zasłonę i zamknąć przepaść ziejącą między życiem a śmiercią.

Weaver zakołysał się na krześle.

– Nie wiem, co powiedzieć, panie Cruz. Szczerze. Zatkało mnie.

– Przez całe życie mieszkałem w okolicy Los Angeles – ciągnął Julian. – Nigdy nie wyjeżdżałem ze Stanów. Nie widziałem na własne oczy budynków i ulic z mojej wizji. Ona idzie ulicą, na której nigdy nie byłem i której nie rozpoznaję. – Ulicą, której nie mogę znaleźć. Choć Bóg jeden wie, jak się starałem.

– No cóż, to jest marzenie senne – powiedział Weaver, kładąc nacisk na dwóch ostatnich słowach. Julian pomyślał, że zaraz zacznie wyjaśniać, co ten termin oznacza. Widzisz, młody człowieku, marzenie senne to seria obrazów i emocji, które pojawiają się podczas czegoś, co ludzie lubią nazywać snem. Czasami te obrazy są bardzo dziwne. Jak u ciebie.

– Sądzi pan, że to efekt leków?

– Nie sądzę. Wiem.

– Ale zanim się dowiedziałem, co się stało – ciągnął Julian – widziałem ją. – Opowiedział Weaverowi o zjawie na Melrose przed Coffee Plus Food. – Jak pan to wytłumaczy? Wtedy nie zażywałem klonopinu, a mimo to ją widziałem. Szła w moją stronę. Uśmiechnięta. Żywa. – Wpatrywał się w czarne i czerwone kwadraty na dywanie.

Weaver splótł dłonie.

– Więc po co, u licha, miałby pan chcieć przeżywać na nowo najgorszy dzień w swoim życiu? Chce pan poczuć się lepiej, prawda? Zacząć na nowo?

– Nie – odparł Julian.

– Może na tym właśnie polega pański problem.

– Wie pan, na czym polega mój problem? Ona umarła. – Julian nie mógł tego tak zostawić, bo zaginiona dziewczyna stale go wzywała. – A jednak żyje w moim śnie. Żyje w Londynie. Jakby wezwała mnie tutaj, żebym ją odnalazł.

– Po co miałaby to robić?

– Gdybym wiedział, nie rozmawiałbym tu z panem. Chodziłbym po mieście i jej szukał.

Weaver mówił powoli i cicho, jakby zwracał się do chorego psychicznie pacjenta, który stanowi zagrożenie.

– Marzenia senne to skomplikowana sprawa, panie Cruz. W psychoterapii nadal próbujemy odkryć mechanizm, który je wywołuje, i dowiedzieć się, co te wizje oznaczają.

– Mimo to mówi mi pan, że to ja nie znam odpowiedzi?

– Najwyraźniej pan nie zna.

– Pan też nie. Zgodzi się pan przynajmniej, że to, co mówię, jest możliwe?

– Nie – odparł Weaver.

– Nie? Ten sam film pojawia się raz po raz, ujęcie po ujęciu, noc po nocy, bez żadnych zmian. Nie sądzi pan, że to dziwne?

– Jest w tym tyle dziwnych rzeczy, że nie wiem, od której zacząć. Co pan robi w tym śnie?

– Siedzę. Czekam na nią.

Nie ulegało kwestii, że na nią czeka. Ale czemu?

Aby odtworzyć to, co już się wydarzyło?

Albo…

Albo stworzyć coś nowego?

Julian nie potrafił przyjąć do wiadomości, że nie istnieje odpowiedź na to pytanie. Czemu ten konował niczego nie rozumie? Jakby robił to celowo. Próbuję naprawić zło, chciał powiedzieć Julian, lecz zmroził go wyraz twarzy lekarza. Wydarzyło się coś strasznego, za co mogę winić tylko siebie. Nie mogę odpuścić. I to nie chce odpuścić.

– Dlaczego pan uważa, że chodzi o Londyn?

Julian nie chciał wyznać tego opornemu dilerowi, ale kiedy kilka tygodni po śmierci Josephine zaczęła się pojawiać w jego śnie, też źle na to zareagował. Próbował rozmawiać o tym z rodziną, z Ashtonem, a potem przestał. To nie miało sensu. Nikt tego nie rozumiał, nawet on sam.

Julian przestał też pracować. Koniec z podpowiedziami, koniec z newsletterami, koniec z wstawaniem o świcie, spacerowaniem po L.A., szukaniem zabawnych porad na spokojnych ulicach życia, koniec ze stroną internetową, z Samotnymi Sercami. Sprzedał volvo. Stracił na wadze – jakby to było świadomym działaniem. Został wegetarianinem, weganinem, potem w ogóle przestał jeść. Przestał też wychodzić z domu, zapuścił dziką grzywę włosów. W końcu wziął maszynkę i ogolił się na łyso; z zapadniętymi oczami i blizną na czaszce à la Frankenstein przypominał więźnia neonazistę. Wszyscy wpadli w panikę. Ashton wprowadził się do niego. Matka codziennie spędzała trzy godziny w samochodzie, by przywieźć mu z Simi Valley domowe jedzenie, którego nie tykał. Pochłaniał je Ashton, który przytył dziewięć kilogramów. Julian zaś pozostawał pod dwudziestoczterogodzinnym nadzorem, bliski ubezwłasnowolnienia i zamknięcia w szpitalu psychiatrycznym.

Kiedy minęły tygodnie i nie umarł, zaczął szukać we śnie wskazówek. Chodnik był wilgotny, jakby padało. To nie pasowało do L.A. Czekał na nią w kurtce. Pewnie nie było zbyt ciepło. A jednak ona miała na sobie letnią sukienkę. Nie tę, w której umarła. Umarła w żółtej. Kto wiedział, że żółty jest kolorem śmierci?

Julian. On wiedział.

Na głowie miała czerwony beret. To kolejny powód, że to było coś więcej niż wspomnienie. Bo tamtego dnia beret spadł tam, gdzie ona upadła, a potem kopnęli go ratownicy. Julian schylił się nad krawężnikiem i go podniósł. Był przesiąknięty jej krwią. Teraz sypiał z beretem pod poduszką.

– Miała parasolkę – odpowiedział w końcu na pytanie lekarza. – A w L.A. nikt nie nosi parasolek.

– I stąd wywnioskował pan, że to Londyn? To mogło być Seattle. Mógł pan przyjechać do niewłaściwego deszczowego miasta.

Julian skinął głową. Lekarz wyśmiewał się z niego. No to może odpowiedzieć tym samym. Zanim życie wyssało z niego wszelką radość, był w tym ekspertem. Razem z Ashtonem tworzyli niezły duet, jak Abbott i Costello, Laurel i Hardy, dwaj bracia Marx, najgłośniejsi i najdowcipniejsi we wszystkich barach, przez wszystkie wieczory w tygodniu i dwa razy w niedzielę.

– No cóż, doktorze – zaczął – cieszę się, że obaj jesteśmy zgodni, że gdzieś powinienem był pojechać. Teraz więc spieramy się, czy jestem we właściwym mieście?

– Nie, nie – odparł pospiesznie Weaver. – Nie to miałem na myśli.

Julian stłumił irytację.

– Skoro jednak jestem w tym mieście, możemy przyjąć, że rozwiązałem już tę geograficzną zagadkę. Zielona torba od Harrodsa.

Czerwony autobus. Czarna taksówka. Z tego, co panu mówię, najważniejsze jest to, że nigdy nie byłem w Londynie. Ona też nie. Więc oto jestem.

– Tym się pan zajmował przez półtora roku? – zapytał Weaver z troską w głosie. – Włóczył się pan po Londynie, szukając tej... kawiarni? – Wypowiedział to tonem osoby, która uważa, że Julian poszukuje błogosławieństwa jednorożców.

– Nie – warknął Julian. Dobrze, że się nie wiercił. Przez wiele lat prezentował światu siebie jako wyluzowanego człowieka, lekko znudzonego życiem, zdystansowanego, z bladym uśmiechem na ustach, głową przechyloną na prawo, gotowego rzucić jakiś dowcip na boku. Ashton docinał mu z tego powodu; mówił, że treść przyjdzie za formą. Ashton miał rację. Treść przyszła. Juliana już nic nie obchodziło. Z wyjątkiem klonopinu.

– Chciałbym, żeby wyjaśnił mi pan jedno – powiedział Weaver. – Załóżmy, że ma pan rację i pański sen dzieje się w Londynie. Co z tego wynika?

– Może ona próbuje mi coś powiedzieć.

– Tak. Żeby żył pan dalej.

Co za banał.

– Czy kiedykolwiek dochodzi do pańskiego stolika? – zapytał Weaver.

Julian pokręcił głową.

– Ale czuję, jakby się spieszyła, bo nie może się doczekać, żeby do mnie podejść.

– To straszne. – Weaver nachylił się. – Mówię szczerze. To straszne, przez co pan przechodzi. Ale leki nie są odpowiedzią. Proszę pozwolić, że panu pomogę...

– Tak, przepisując mi klonopin.

– To nie jest kwestia klonopinu.

– Kiedy ten strumień mrocznej miłości raz jeszcze rozbłyśnie światłem? – odparł Julian. Nie wiedział, kogo ani co cytował.

Lekarz wpatrywał się w niego – zdumiony? Zaniepokojony? A Julian patrzył na niego ze złością, jakby to lekarz oszalał.

– Kiedy? – powtórzył Weaver, marszcząc brwi. – Nigdy, panie Cruz. Nigdy. Pańska narzeczona odeszła. Nie do innego kraju, na przykład do Anglii, ani nie do innego miasta, na przykład do Londynu. Odeszła, bo umarła.

– Więc proszę wytłumaczyć mi ten sen.

– To jest sen! – wrzasnął Weaver. Jak miło. Julianowi udało się sprowokować licencjonowanego profesjonalistę do irracjonalnego zachowania. Pięknie. – Ludzie śnią o wielu szalonych rzeczach – ciągnął lekarz (nieco) ciszej.

– Ma mnie pan za szaleńca, doktorze?

– Źle się wyraziłem. Wie pan, co nie jest snem? Rzeczywistość pańskicj obccncj cgzystencji.

– Śnię o niej w Londynie – powiedział Julian – a pan mówi mi o rzeczywistości? Słucha pan siebie?

– A pan słucha siebie? Co z tego, jeśli to jest w Londynie? – Weaver był mocno poruszony. Teraz on się wiercił! – Widział pan ulice w filmach. Mieszkał pan i pracował w stolicy branży rozrywkowej. Na pewno oglądał pan jakieś filmy, których akcja działa się w Londynie.

Julian odpowiedział gniewem.

– Czym jeszcze się pan zajmuje poza interpretowaniem snów i wypisywaniem recept? Bo kiepsko to panu idzie. Po co było wieszać te fikuśne dyplomy?

– Julianie, proszę mnie posłuchać. Klonazepam uszkodził panu neuroreceptory w mózgu. Ma pan przez niego głębokie, niepokojące halucynacje. Proszę przestać go zażywać, a poczuje się pan lepiej. To proste.

– Rzeczywiście proste.

– Jak dziecięca wyliczanka. Przyczyna i skutek. Dostrzega pan w ogóle różnicę między snem a rzeczywistością w swoim obecnym stanie? Podejrzewam, że nie.

– A pan?

– Tu nie chodzi o mnie!

– Nie rozumie pan jednego – powiedział Julian, przyciskając pięści do piersi. – Przyjechałem do Londynu z powodu tego snu. Siedzę tu przed panem, co, jak zakładam, uważa pan za rzeczywistość, z powodu tego snu. Miałem swoje życie, poznałem ją, ona umarła, a ja przyjechałem tutaj. To nie jest współzależność ani zbieg okoliczności. To przyczyna i skutek. Opowiadał pan o tym przed chwilą, jakby pan

181

wiedział, co to jest. Konsekwencja. Akcja i reakcja. Przyjechałem do Londynu, żeby ją odnaleźć. – Julian wstrząsnął się.

– Odnaleźć? – Weaver z niedowierzaniem wypuścił powietrze. – Ale ona nie żyje, Julianie.

– To proszę mi wytłumaczyć, dlaczego pokazuje mi się jak najbardziej żywa.

Lekarz zamilkł. Punkt dla Juliana.

Po kilku chwilach Weaver wyjął bloczek recept. Drżały mu palce.

– Zalecę pobyt w ośrodku – powiedział bezbarwnym głosem. – W północnym Londynie. W Hampstead Heath. To cudowne miejsce. Wysyłam tam wielu moich pacjentów. Takich jak pan.

– O, teraz ma pan wielu pacjentów takich jak ja – odparł Julian. – Minutę temu powiedział pan, że nigdy nie spotkał się z takimi objawami.

Weaver kręcił głową.

– Miałem wielu pacjentów, którzy sobie nie radzą. Lek wykrzywił pańską rzeczywistość. Jednym z najbardziej poważnych działań ubocznych klonopinu jest powstrzymywanie pacjentów od przejścia przez pięć etapów żałoby. A to uniemożliwia wyzdrowienie. Nic pan nie czuje, zgoda, ale kiedy odstawia pan lek, czuje się pan tak, jakby czas się zatrzymał. Emocjonalnie wraca pan do punktu wyjścia, jakby ona umarła wczoraj. Cały proces zdrowienia musi się rozpocząć na nowo. Jeśli to nie jest piekło – powiedział Weaver, wzdrygając się – to piekło nic nie znaczy.

Julian też się wzdrygnął.

– Dlaczego więc miałbym go przestać zażywać?

– Bo nie można go zażywać bez końca.

– Czemu nie?

– Bo pan umrze.

Julian zaśmiał się piskliwie.

Weaver z trudem dobierał słowa.

– Wiem, że teraz myśli pan inaczej, ale ma pan jeszcze po co żyć. W Hampstead Heath...

– W czym mi pomoże pana wariatkowo? – zapytał Julian. – Dziewczyna, z którą miałem się ożenić, została zamordowana dzień przed naszym ślubem. Nie zginęła. Nie umarła. Została zamordowana. –

182

Julian jęknął z bólu. W środku swojego życia. W środku mojego. – Czym tam mi z tym pomogą?

Trzeba oddać sprawiedliwość Weaverowi, że lekko się zacinał.

– Tak... hmm... Tak, nauczą pana, jak żyć dalej.

– Jakby coś mogło mnie nauczyć.

– Cierpi pan na zaburzenia psychoaktywne, które poważnie utrudniają panu normalne funkcjonowanie.

– Zaburzenia psychoaktywne, czyli rozpacz?

– Czyli uzależnienie od niebezpiecznej substancji. Ma pan objawy odstawienia. Jeszcze się pan nie zbliżył do rozpaczy.

– Uważa pan, że jeszcze się nie zbliżyłem do rozpaczy? – zapytał cicho Julian posępnym głosem.

– Czemu przestał pan chodzić do doktora Fentona? To bardzo dobry lekarz.

– Skąd pan wie? – Zamilkli obaj. – Zna go pan? – Weaver nie odpowiedział. – Kiedy umówiłem się dziś rano na wizytę, zadzwonił pan do niego? Rozmawiał pan z nim o mnie?

– Tak, ale... proszę zaczekać!

Julian zerwał się z kanapy, Weaver z krzesła.

– Julianie, proszę. Jest pan chory. Ma pan patologiczne omamy głęboko niepokojącej natury. To nie jest coś, co z czasem minie.

– Niezły z pana numer – odparł Julian, kierując się w stronę drzwi.

– Chce pan, żebym traktował pana protekcjonalnie, udając, że pańskie omamy są prawdziwe?

– Uważa pan, że nie traktował mnie pan protekcjonalnie?

Nie mogę przepisać panu silnie uzależniającego, wpływającego na działanie mózgu leku, żeby pana zadowolić.

– Zanim wszedłem do tego podrzędnego gabinetu, zdążył już pan wyrobić sobie opinię o mnie – odparł Julian. – Jest pan szarlatanem. Zna pan jedynie nazwy leków, których nie chce pan przepisać. Nie potrafi pan zrobić ani jednej pieprzonej rzeczy, żeby pomóc jednemu pieprzonemu człowiekowi.

– Obojętne jakich słów pan użyje, nie przepiszę panu klonopinu – odparł Weaver. – Jest pan słaby i niezrównoważony. Siedzi pan przede mną, próbując rozpaczliwie ukryć wywoływane przez leki niekontrolowane ruchy. Panu tylko się wydaje, że siedzi pan nieruchomo. Nie przestawał pan uderzać w kolana, tupać stopami i kołysać się na boki. Drżą panu dłonie, zwłaszcza prawa. Ma pan też pewne objawy zespołu sztywności mięśniowej, co dla mnie jest sygnałem możliwego uszkodzenia mózgu. Bardzo się o pana martwię. Nie może pan odstawiać leku samodzielnie. Musi pan być pod ścisłą kontrolą. Moim zadaniem jest zadbać o pańskie bezpieczeństwo.

Był taki moment – zaraz po tym, gdy ujrzał ją martwą, lecz przed resztą jego życia – kiedy wokół niego panowała tylko ogłuszająca cisza. W teatrze nazywają to pantomimą. Zupełnie, jakby wpadł do czarnej dziury i nadal spadał. Niczego nie słyszał. Nie wiedział, co się z nim dzieje, ledwo wiedział, co się stało z nią, lecz kiedy dźwięk powrócił, odciągnięto go na bok, nogi ugięły się pod nim, buty szorowały po asfalcie, koszula wysunęła się ze spodni, w palcach ściskał jej zakrwawiony beret. Ale kiedy to się działo, Juliana nie było w ciele. Znajdował się na zewnątrz, bezradnie zaglądając do środka.

I tam pozostał, na zewnątrz wszystkiego, zaglądając do środka.

– Zadbać o moje bezpieczeństwo? – powiedział. – A kto zadbał o jej? Środek dnia. Pora lunchu. Czy była bezpieczna? Na pewno nie zażywała klonopinu.

– Bardzo mi przykro. Proszę mi pozwolić sobie pomóc.

– Nie może mi pan nawet pomóc znaleźć pieprzonej taksówki.

– Pan szuka lekarstwa, a ja próbuję ocalić panu życie. Nasz czas się kończy, ale proszę tu jeszcze wrócić, dobrze? Za ile dni może pan przyjść?

– Za jeden. – Julian wypadł z gabinetu, podnosząc w odpowiedzi i na pożegnanie jeden palec. Środkowy.

22

Waterloo

Co Julian zamierzał teraz zrobić?

Maszerował groźnie i bojowo jak żołnierz na wojnie. Znajdzie innego lekarza! Był taki jeden w Charing Cross. Wróci do Narodowej Służby Zdrowia, choć będzie to żenujące. Ale już się nie wstydził. Wróci do Fentona, tego zadowolonego z siebie konowała przy Fenchurch. Będzie błagał o pomoc Ashtona, który ma swoje sposoby i załatwi mu receptę. Albo poleci do Indii, kupi lek, przeszmugluje go w...

Zatrzymał się. To była jego chwila rodem z *Midnight Express*. Bo zamknięcie w wirtualnym więzieniu nie wystarczało. Musi zgnić w prawdziwym.

Kiedy przebiegł nędzną listę możliwości, zwolnił, aż niemal się zatrzymał. Z Peckham do pubu, w którym czekał na niego przyjaciel, był kawał drogi.

Nienawidził Weavera, ale czy ten palant mógł mieć rację?

Jeśli zdobędzie klonopin?

Co wtedy?

Co teraz.

Co teraz, moja ukochana, kiedy mnie opuściłaś.

Czy był uzależniony nie od rozpaczy, lecz od leków na receptę?

Odrzucił tę myśl.

Nie był uzależniony.

Zdecydowanie nie był uzależniony.

Czy to powtarzali wszyscy ludzie w kręgu?

Tylko że nie było nic na zewnątrz. Krąg był wszystkim i wszystko było kręgiem.

A w środku kręgu była jedyna rzecz, jaką kochał, jedyna rzecz, jaka się liczyła.

Uzależnienie: brak pracy, przyjaciół, miłości, seksu, układów, nic, tylko rzecz, której pragniesz i dla której żyjesz.

W ponurej marcowej mżawce Julian podjął swój powolny marsz przez most Waterloo.

Zatrzymał się, rozejrzał. Nie był pewien, gdzie powinien być. Dlaczego jest tak późno, tak ciemno? Gdzie się podział czas? Spojrzał na nadgarstek. Nie mógł odczytać godziny z gołej ręki. Wyjął telefon. Padł. Zapomniał go naładować. Często mu się to przytrafiało. Zapominał telefonu, zegarka – parafernaliów swojej egzystencji. Na moście nie było nikogo, nie mógł zapytać. Czy miał parasol? Jasne, że nie. Czarne taksówki i czerwone autobusy mijały go, przejeżdżając przez kałuże, ich reflektory odbijały się w mokrym powietrzu ponurego i zmarnowanego wieczoru.

Powiedział Ashtonowi Trafalgar, piękny i niebieski, Blind Beggar przy Cheapside czy może White Crow niedaleko Soho? Trafalgar w pobliżu Sloane Square czy White Crow przy Long Acre w pobliżu Strandu?

Opierając zziębnięte dłonie na wilgotnej betonowej balustradzie, patrzył na Tamizę, na Big Bena majaczącego we mgle, na promenadę nad rzeką przed hotelem Savoy. Chciało mu się krzyczeć.

Czy utknął w przeszłości i nie może ruszyć dalej?

Czy traci rozum i ten konował ma rację i jedyna rzecz, której pragnie, jest ostatnią, której potrzebuje? A może już oszalał i nic o tym nie wie?

Obok przemknął jakiś biegacz w czerni i nie zwalniając kroku, rzucił: „Nie rób tego, stary. Ona nie jest tego warta".

Nie martw się, chciał odkrzyknąć Julian. Na moście Waterloo założyli wysokie siatki, by powstrzymać ludzi przed skakaniem do rzeki.

Gdzieś w tym mieście kryła się odpowiedź na dręczącą go zagadkę. Ale gdzie, jaką zagadkę?

Jak mógł ją rozwiązać, skoro nawet nie znał pytania?

23

White Crow

Julian stał na Long Acre przed pubem White Crow i przepuszczał innych; drzwi zamykały się i otwierały, ludzie znikali w środku. Przez bursztynowe witraże widział poszatkowaną postać Ashtona, wysokiego blondyna w eleganckich spodniach, białej koszuli, z wąskim czarnym krawatem; unosił kufel z piwem, opowiadał dowcip, śmiał się sam z siebie, a grecki chór zgromadzony przy trzech stolikach wpatrywał się w niego z uwielbieniem. Ściągnął tu niezłą ekipę. Riley, dwaj bracia Juliana, Gwen, Zakiyyah, kontyngent z Nextel. Za każdym razem, gdy otwierały się drzwi, dobiegał go zapach ciepłego piwa, szum rozmów szczęśliwych ludzi, łoskot automatu do gry, liczącego czereśnie i siódemki.

Covent Garden, głośne, zalane deszczem. Na West Endzie zaczęły się już przedstawienia i na ulicach panował spory ruch. Tłumy z barów i kawiarni wysypywały się na ulicę, nieopodal snuli się jacyś pijacy, głośno przeklinając. Dziewczyna powtarzała bełkotliwie: „Zrobiłeś to! Zrobiłeś! Zrobiłeś!" pod adresem równie zalanego chłopaka, który odpowiadał: „Nigdy! Nigdy! Nigdy! No dobra, raz, ale nigdy więcej!".

Bez względu na wszystko Julian dziś wieczorem musiał zdać egzamin. Bo czasami żyjesz i niewiele ci się przydarza. A czasami cały twój świat zaczyna stawać na głowie. Wiesz to. Pytanie brzmi: Czy inni też to wiedzą?

Julian nie potrafił opisać, jak rozpaczliwie nie chce wchodzić do środka, udawać, że słucha, prowadzić luźnej rozmowy, odpowiadać na pytania, na które nie ma odpowiedzi. Próbował się ogarnąć, pozbierać odłamki, które odpadły z jego ciała. Robił to dla Ashtona. Zmusił się, by żyć dla przyjaciela. Wziął głęboki oddech i otworzył drzwi pubu. Nie porwała go lawina. To on był lawiną.

*

– Julian! – zagrzmiał Ashton, przechodząc przez pub, by się z nim przywitać. Zamknął go w mocnym uścisku i prawie uniósł nad podłogę. – Nareszcie! Spóźniłeś się tylko godzinę. Jak na ciebie, to w zasadzie przyszedłeś punktualnie.

– Puść mnie.

Ashton skomentował brak opalenizny Juliana („Opalenizna, stary? Jestem w Londynie"), wilgotne długie włosy, nachmurzoną minę.

– Co jest, do cholery? Nie przelecieliśmy siedmiu tysięcy kilometrów, żeby oglądać, jak się zamartwiasz. Rozchmurz się.

– Jestem rozchmurzony. – Spojrzał nad ramieniem przyjaciela. – Gwen i Zakiyyah? Naprawdę?

Ashton wzruszył ramionami.

– Riley nalegała. Dzięki tobie teraz wszystkie się przyjaźnią.

– Nie mam z tym nic wspólnego.

– Im więcej, tym weselej, powiedziała Riley, a ja się z nią zgadzam. Trzeba cię rozweselić.

– Z Zakiyyah?

– Masz szczęście, że twoja matka nie przyleciała. – Ashton nadal obejmował Juliana ramieniem. – Czemu wkurzasz Grahama? W Boże Narodzenie wszystko było w porządku. A nagle mamy czerwony alert.

– Straszny z niego histeryk – odparł Julian.

– Podobno przyszedłeś w południe, wyszedłeś po dwudziestu minutach i nie wróciłeś.

– I co z tego? Mam urodziny.

– O, teraz zależy ci na urodzinach. On był wściekły, brachu. Osaczył mnie na czwartym piętrze w obecności mojego starego i krzyczał, że albo on, albo ty. Powiedział, że nie może prowadzić działu wiadomości, gdy ty nie przykładasz się do pracy.

– Mazgaj.

– Widzę, że nie odmawiasz mu racji. Tato zapytał: „Myślisz, że potrafisz ogarnąć to lepiej niż Graham, mądralo? Bardzo proszę". Powiedział Grahamowi, że być może zostanę jego szefem.

Julian przetrawiał słowa przyjaciela.

– Żartował?

– Tato jest po siedemdziesiątce, Jules. – Ashton uśmiechnął się szeroko. – Powinienem nauczyć się biznesu, jeśli mam go odziedziczyć, nie sądzisz?

Julian zapatrzył się w radosną twarz przyjaciela. Przez całe życie Ashton miał z ojcem na pieńku. Po latach niemal całkowitego milczenia skontaktował się ze starszym Bennettem tylko po to, by pomóc Julianowi.

– No co ty? Powiedziałeś mu, że masz już pracę w L.A.?

– Ty też miałeś kiedyś pracę w L.A. – odparł Ashton. – I co z tego wyszło? – Popchnął go lekko. – Później pogadamy o bzdurach. Dziś wieczorem się bawimy. Nie mów nic Sheridan, Rogerowi ani Nigelowi.

– Już się rozpędzam. – Julian rzucił okiem na siedzącą w rogu grupkę. – Widzę, że Graham się nie zjawił. Czemu zaprosiłeś Nigela? Wiesz, że go nie znoszę.

– Wyluzuj. Teraz masz udawać, że jesteś normalnym człowiekiem. Gęba na kłódkę, uśmiech na twarz. Miły i szeroki.

Julian uśmiechnął się, naśladując Ashtona. Rozciągnął wargi na zaciśniętych zębach, uniósł kąciki ust i z wykrzywioną twarzą podszedł do przyjaciół. Efekty odstawienia klonopinu nie pomagały. Jak strasznie jest żyć, czując.

Riley często przyjeżdżała z Ashtonem i spędzali w Londynie długie weekendy, próbując zaradzić apatii Juliana. Gwen wyglądała dobrze. Zerwanie z Julianem wyraźnie jej posłużyło. A Zakiyyah... cóż mógł powiedzieć. Gwen, okej, znali się od dawna i znów byli przyjaciółmi, ale tylko Riley mogła pomyśleć, że sprowadzenie do Londynu Zakiyyah to dobry pomysł.

Jego dwaj najmłodsi bracia, delegacja rodziny Cruz, ucieszyli się ze spotkania; zapraszając ludzi z Nextela, Ashton chciał udowodnić przybyszom z L.A., że Julian radzi sobie świetnie, nawiązał nawet nowe przyjaźnie! Tak jakby bez względu na okoliczności mógł się zaprzyjaźnić z głupim pijaczyną Nigelem z korekty, który poprawiał mężczyzn i obrażał kobiety, nazywając to żartami. Nigel był chudy i niezdarny, miał zmierzwione włosy, pomięty garnitur i pożółkłe od nikotyny zęby. Jego marynarka śmierdziała stęchłym alkoholem. Kiedy Julian spotkał go pierwszy raz, gdy jeszcze zauważał istnienie innych ludzi, coś mu w nim zazgrzytało. Nigel pił w tandemie ze swoim przełożonym Rogerem, szefem działu korekty, który był już zbyt pijany, by wstać i uścisnąć Julianowi dłoń. Ale podczas gdy pijany Nigel stawał się jeszcze bardziej złośliwy, Roger przynajmniej upijał się na wesoło. Sheridan, która przyjaźniła się Nigelem, nie przeszkadzało, że jego flirt ociera się o mizoginię. Kiedy Julian zbliżał się do nich, usłyszał, jak Nigel pyta ją: „Wiesz, co dziewice jadają na śniadanie?". Odparła: „Nie, co?", a on na to: „Hmm, tak też myślałem". Lecz zamiast wymierzyć mu policzek, Sheridan zaniosła się śmiechem.

Julian uściskał braci, pomachał do ludzi z Nextela, pragnąc uniknąć uścisku dłoni Nigela, i stanął obok Riley i Gwen, które koniecznie chciały jakoś skomplementować jego wygląd.

– Mój Boże, ale schudłeś – powiedziała Gwen,

– Ona ma rację – potwierdziła Riley. – Jeszcze nigdy nie byłeś taki chudy. Kiedyś uwielbiałeś jeść.

Zakiyyah stała nieopodal, ale nie podeszła do nich. Julian skinął jej głową, odpowiedziała skinieniem; oboje odwracali wzrok. Nie chciał oglądać, co maluje się na jej twarzy, równie mocno, jak nie chciał jej pokazać, co maluje się na jego.

– Masz takie długie włosy – powiedziała Gwen, dotykając jego głowy. – To niepodobne do ciebie.

– Jules – zaczęła Riley – kiedy będziesz się golił następny raz, stań trochę bliżej maszynki. – Uśmiechnęła się. – Widzisz, choć Ashton uważa inaczej, ja też potrafię być zabawna.

Julian uśmiechnął się do elegancko ubranej i uczesanej Riley.

– Pięknie wyglądasz – powiedział. – Czy londyński deszcz w ogóle na ciebie pada?

– Ależ z ciebie czaruś. No chodź, czas na terapeutyczne przytulanko. – Objęła go czule, pocałowała w oba policzki, przyjrzała mu się. – Gwen, on tak wygląda, bo nie stosuje się do żadnej z moich rad.

– Ależ skąd – odparł. – Jem żółte jedzenie. I fioletowe. Czerwone też.

' – Nie powinieneś jeść żółtego jedzenia – zaprotestowała Riley. – Nie masz w sobie ognia, by je zrównoważyć. – Pogładziła go po nierówno ogolonej twarzy. – Jesteś blady jak duch.

– Nadal szukam słońca.

– Wiesz, gdzie jest? – odparła Riley. – W Los Angeles.

– Czas wlać w niego trochę piwa i wszystko będzie dobrze – powiedział Ashton, odciągając go na bok i ratując przed koniecznością udzielenia odpowiedzi. – Ja stawiam.

– Gwen ma rację, Jules – oświadczyła z powagą Riley. – Musisz zacząć jeść.

– Czemu? Ty nie jesz.

Przy barze w kształcie półwyspu na środku oświetlonego na złoto pubu Ashton odwrócił się do Juliana.

– Riley ma rację – powiedział. – Wyglądasz parszywie.

– No już, Ash, ulżyj sobie. – Julian odwrócił się od zaniepokojonego przyjaciela. Obaj patrzyli na pobliski stolik, przy którym siedziały cztery młode kobiety.

Gdy czekali na drinki, Ashton upił jedną trzecią kufla piwa.

– Widzisz je? – zapytał. – Jedna z nich może być twoja. Albo wszystkie. Może nawet naraz. Miałbyś ochotę? – Szturchnął Juliana. – Uśmiechnij się, do cholery. One cię sondują.

– Nie mnie. – Wysoki, szczupły, elegancki, przystojny Ashton zawsze działał na dziewczyny jak magnes. Z wyjątkiem brunchu w Canon Gardens.

– To dlatego, że jestem przyjazny i się uśmiecham – odparł Ashton. – Ta twoja zbolała facjata donikąd cię nie zaprowadzi. Nawet w Londynie, gdzie brakuje wolnych mężczyzn.

– Takich jak ja.

– Czemu u diabła nie miałbyś być wolny? Wskakuj z powrotem na konia, bracie. Na co czekasz? Nie ma jakiejś grupy dla ludzi takich jak ty?

– Czyli jakich? – Julian starał się, by jego głos zabrzmiał mocniej.

– Nie możesz liczyć na zagrywki, które wykorzystywałeś, gdy miałeś dwadzieścia lat – powiedział Ashton, odpowiadając na kuszące uśmiechy kobiet. – Nie jesteś już u szczytu swoich seksualnych możliwości.

– I dlatego muszę dołączyć do grupy?

– Dołącz do czegokolwiek. Co ty ze sobą wyprawiasz? Wiem, że nie pracujesz. I jak zauważyła Riley, zdecydowanie nic nie jadasz. No to co robisz?

– Nic.

– Nigel mówi, że stale zaprasza cię na drinka, a ty odmawiasz.

– Czemu miałbym iść na drinka z tym kutasem? – zapytał Julian.

– Daj spokój. Przydałby ci się przyjaciel.

– Nie pieprzony Nigel.

– Nie jest taki zły.

– Nie, dopóki go nie poznasz.

– Nigdy się z nim nie umówiłeś. Nie znasz go.

– Znam go powierzchownie – odparł Julian – I uwierz mi, to aż nadto.

– Jest sympatyczniejszy, niż wygląda.

– Nie ma innego wyjścia, prawda?

– Przestań nazywać go pieprzonym Nigelem – powiedział Ashton. – Nie będę przerywał kolejnej bójki. Możesz mu skoczyć, ostatnio ledwo osiągasz wagę muszą.

– Zgodzisz się ze mną, że ten pieprzony Nigel nadrabia braki w inteligencji głupotą?

– Jesteś śmieszny. – Postawili kufle na tacy.

– Nie odpowiadasz na moje pytanie.

– Nie odpowiedziałeś na żadne z moich przez blisko dwa lata – odparował Ashton. – Witaj w pieprzonym klubie.

Kiedy wrócili do stolików, Ashton wcisnął Julianowi do ręki menu i kazał mu zanieść je Zakiyyah, którą zagarnął Nigel. Kiedy się zbliżał, podsłuchał, jak Nigel próbuje namówić Zakiyyah, żeby z nim wyszła, i mówi jej, żeby się więcej uśmiechała.

– O, spójrz – powiedziała z uśmiechem na widok Juliana. – Solenizant we własnej osobie.

– Jak tam, Jules, dobrze się bawisz? – zapytał Nigel niezadowolony, że mu przerwano.

– Dopiero co przyszedłem. Ale dobrze.

Siedzieli z Zakiiyah bez słowa, nie otwierając menu, dopóki Nigel żartem nie wykręcił się z nieistniejącej rozmowy i nie poszedł do toalety.

– Co za facet – powiedziała Zakiyyah, kręcąc głową. – Jego problem polega na tym, że wydaje mu się, że jest świetny.

Julian prawie się uśmiechnął.

– Ashton chce, żebyśmy coś zamówili. – Podał jej menu. Udawała, że je czyta.

– Jak się miewasz, Julianie? Tak szczerze.

– Dobrze, dzięki.

– Dlaczego nigdy nie odpowiadasz na telefony, esemesy czy mejle, skoro dobrze się czujesz?

– Nie bierz tego do siebie. Nie oddzwaniam nawet do matki.

– Niedobrze – powiedziała Zakiyyah. – To żadna wymówka.

– Co do menu…

Zakiyyah była lepiej ubrana i umalowana mocniej niż w L.A., jakby chciała się bardziej postarać ze względu na urodziny Juliana. Nadal spinała niesforne włosy, ale loki wymykały się z koka za każdym razem, gdy poruszała głową. Wyglądała jak z portretu – może dla innych mężczyzn. Julian z trudem podnosił na nią wzrok.

– Kiedy wracasz do domu? – zapytała. – Wszyscy są ciekawi. Tylko mi nie mów, że lubisz tu mieszkać.

– Bardzo – odparł Julian. – Bardzo lubię. Zdecydowanie.

Przez twarz Zakiyyah przebiegł cień.

– Niemożliwe. Od rana pada.

– Pada od tysiąc dziewięćset czterdziestego roku – powiedział Julian, który nagle stał się ekspertem od wilgotnego klimatu. To zakrawało na ironię, bo z czasów, kiedy mieszkał w Simi Valley, nie mógł sobie przypomnieć dnia, kiedy padało od rana do wieczora. Ani jednego. Nie twierdził, że go nie było. Twierdził, że nie pamięta, więc równie dobrze mogło się to nie wydarzyć. Westchnął. O czym by ludzie rozmawiali, gdyby nie było pogody?

Zakiyyah musiała już wypić parę piw dla rozluźnienia języka, bo zapytała:

– Czy Londyn to twoja kara?

Te słowa starły uśmiech z twarzy Juliana.

– Nie wiem, o czym mówisz.

– W porządku, ale czemu karzesz też Ashtona? To, co się stało, nie było jego winą. Czemu też musi ponosić karę? Jest pogodnym facetem, a ty go pogrążasz, każąc się zastanawiać nad różnymi szalonymi rzeczami.

– Jakimi?

Rysy Zakiyyah lekko się wyostrzyły. Jej twarz nie była już taka zamazana. Julian obejrzał się na Ashtona, który siedział nad otwartym menu, obejmując ramieniem Riley i żartując z Tristanem i Gwen.

Zakiyyah nie odpowiedziała, pochyliła się nad daniami wieczoru.

– Ava się martwi – powiedziała. – Mówi, że nie dzwoniłeś do niej od miesięcy.

– Kim jest Ava?

– Przestań. Wiesz doskonale, kim jest Ava. To matka Mii.

Kolejny cios w żołądek. Kiedy Zakiyyah nazwała Josephine Mią, było tak, jakby Josephine nigdy nie istniała. Coś się wydarzyło, ale innej dziewczynie, innemu chłopakowi, w życiu kogoś innego. To było brutalne.

– Miała na imię Josephine – wyszeptał.

– Nie miała, Julianie – odparła Zakiyyah. – Naprawdę nie miała.

Julian zwiesił głowę.

– A co do Avy…

Prawdą jest, że unikał matki Josephine. Kobieta wbiła sobie do głowy, że Julian – który miał zostać jej zięciem – naprawdę jest jej zięciem. Traktowała go jak towarzysza w cierpieniu, jakby razem podążali drogą rozpaczy. Dzwoniła do niego co dwa tygodnie, nawet do Londynu, a kiedy nie mogła się z nim połączyć, czyli zawsze, dzwoniła do jego matki i prosiła, by pomogła jej namierzyć Juliana.

– Pytała o ciebie w Boże Narodzenie – powiedziała Zakiyyah. – Chciała się dowiedzieć, czy dostałeś jej kruchy placek.

– Dostałem. Podziękowałem jej. Nie? Ale miałem taki zamiar. – Dał placek pani Pallaver i jej niezamężnej córce. Kiedy wreszcie ta męka się skończy. – Nadal mieszkasz przy Normandie? – zapytał, by zmienić temat, powiedzieć cokolwiek.

– Tak, bo to nie była wina Normandie – odparła Zakiyyah. – Ani twoja, ani Avy, ani Poppy W.

– Naprawdę? Nawet jego nie? Bo… Nie, w porządku. To nie była niczyja wina. – A może twoja pieprzona wina. – Wiesz już, co zjesz?

– Ani moja.

– Wiesz już, co zjesz?

– Julianie, spójrz na mnie.

Nie spojrzał.

– Poppa W chciał, żebym ci powiedziała, jak bardzo mu przykro – powiedziała łagodnie.

– Stale to powtarza.

– Ale ty nie słuchasz.

Po wyjściu ze szpitala Poppa W przyszedł do mieszkania Juliana z Zakiyyah, by wyjaśnić, przeprosić. Próbował uratować Jojo, powiedział, naprawdę próbował. Było mu tak bardzo przykro. Ple, ple. Kochał ją. Ple, ple. Kiedyś coś ich łączyło, ale to już było skończone. Ple, ple. Julian zniósł to bez słowa, łzawe bzdury wypowiadane przez weterana miejskich ulic, który mieszkał i pracował w narkotykowej fortecy. Pomyśleć tylko, że Julian miał dwóch konkurentów, a nie jednego. Trudno się z tym pogodzić. Trudno się pogodzić z mnóstwem rzeczy.

Czy Zakiyyah nie widziała, jak bardzo nie chce o tym rozmawiać? Jak bardzo nie chce rozmawiać w ogóle. A jednak…

– Kiedy zadzwoniłaś do jej matki, by wypaplać o naszym ślubie – powiedział – zrobiłaś to też po to, by ją ocalić, jak Poppa W? Ocalić ją przede mną?

– Zadzwoniłam do jej matki, bo cholernie się o nią martwiłam! – wykrzyknęła Zakiyyah. – Och, nie mogę przechodzić przez to jeszcze raz. Po prostu nie mogę.

Zaskakująco opanowany Julian odsunął krzesło od stolika, wstał i nachylił się nad jej przygnębioną twarzą. Chciał cisnąć stolikiem przez witrażowe okno.

– To czemu wracasz do tematu co pięć sekund? – rzucił przez zaciśnięte żeby. Co pięć pieprzonych sekund. Jego gniew czaił się tuż pod powierzchnią skóry.

Poczuł na plecach uspokajający dotyk dłoni. Między nimi stanął Ashton. Przez niemą sekundę patrzył na Zakiyyah, a potem odwrócił się i uśmiechnął do Juliana.

– Próbowałam, Ashtonie! – wykrzyknęła Zakiyyah – Ale widziałeś, jest niemożliwy.

– Dziś jest solenizantem, więc trochę mu odpuścimy. – Nie zdejmował dłoni z pleców Juliana. W przeciwieństwie do Zakiyyah Ashton był ekspertem w męskim pocieszaniu i jak nikt potrafił klepać dłonią po plecach. – Nadal nie spojrzeliście na menu? Czas minął, zamówię dla was to, na co będę miał ochotę. Zjecie i będzie wam smakowało. Chodź mi pomóc, Jules.

Jak zawsze Ashton zajął się wszystkim. Odciągnął Juliana, zamówił przekąski – paszteciki z mięsem, krokiety z wołowiną i nerkami i sałatki – i zapłacił. Kiedy czekali, pił piwo jakby to była woda. Ashton zawsze świetnie tolerował alkohol. Mówił, że ma to w genach. Odziedziczył po matce. Kiedy była z nim ciąży, w jej żyłach płynął dżin, a teraz płynął w jego.

– Muszę nawrzucać tej twojej Riley za to, że napuściła na mnie tę babę – powiedział Julian.

– Daj jej spokój. Próbuje ci pomóc.

– Która?

– Obie.

– Nie pomagają. Uwierz mi.

Ashton westchnął przeciągle między dwoma łykami piwa.

– Czemu nadal ją dręczysz? Nie widzisz, że ona też jest w żałobie?

– Przyjechała aż do Londynu, żeby poczuć się lepiej?

– Czemu nie? Ty przyjechałeś. Nie tylko ty kogoś straciłeś – powiedział Ashton. – Mia była najbliższą przyjaciółką Z. Więc przestań z tym obwinianiem. Przypomnij sobie, co powiedział Mike Nichols i zamknij się. Nichols jest twoją życiową podpowiedzią, Jules. Zapomniałeś o swoim pierwszym newsletterze? Był o nim.

Mike Nichols:

Urodzony w Berlinie.

Uciekł z nazistowskich Niemiec.

Spokrewniony z Einsteinem.

Został komikiem.

Zdobył więcej nagród Tony za reżyserię.

Niż ktokolwiek inny.

Jest właścicielem czterystu koni arabskich.

Był żonaty cztery razy, trzy razy się rozwiódł.

Cytat na koniec: „Rozchmurz się, życie to nie wszystko".

Zagadka Mike'a Nicholsa dotycząca perspektywy i winy:

Założenie: Samotna kobieta, której męża stale nie ma w domu, nawiązuje romans z mężczyzną mieszkającym po drugiej stronie zatoki. W środku pewnej nocy strasznie się kłócą i mężczyzna wyrzuca ją z domu. Kobieta wsiada na prom, by wrócić do domu, lecz zostaje obrabowana i zabita przez przewoźnika, który wyrzuca jej ciało za burtę. Pytanie: Kto jest winien śmierci kobiety? Mąż, przewoźnik, ona sama czy jej kochanek?

Julian znalazł wreszcie odpowiedź na to pytanie.

– Pieprzyć Mike'a Nicholsa – powiedział.

*

Kiedy czekali na jedzenie, a Julian nadrabiał zaległości z braćmi, Zakiyyah usiadła naprzeciwko nich. Tristan i Dalton źle zinterpretowali wściekłe spojrzenie brata i przesiedli się do innego stolika.

– Przepraszam – powiedziała. – Nie chciałam cię zdenerwować.

– A jednak…

Zakiyyah wyciągnęła rękę i poklepała go po dłoni, jakby dopiero nauczyła się to robić. Dwa klepnięcia, jak niedźwiedź, za drugim razem w ogóle nie trafiła.

– Naprawdę powinieneś zadzwonić do Avy.

– Mam to na liście.   Ukrył zaciśnięte pięści pod blatem.

– Prosiła mnie, żebym cię o coś poprosiła.

– Poprosiła ciebie, żebyś poprosiła mnie?

– Tak. Bo nigdy do niej nie oddzwaniasz. Chciałabym odzyskać wisiorek.

– Jaki wisiorek?

– Wiesz jaki – odparła Zakiyyah. – Kryształ Mii.

– Nie wiem. Nic mi się nie kojarzy.

– Ava musi go odzyskać – powtórzyła Zakiyyah. – Jest przekonana, że to klucz do wszystkiego.

Julian podniósł wzrok.

– Mogłem zatrzymać cztery rzeczy po Mii – powiedział lodowatym tonem. – Kryształ, beret, który początkowo należał do mnie, i dwie książki. Więc w sumie trzy rzeczy. Ava ma całą resztę. Możesz jej więc przekazać, że ci powiedziałem, że nie oddam wisiorka. Nigdy.

– Obiecała, że da ci coś w zamian. Zdjęcia Mii z dzieciństwa. Jej pamiętniki ze szkoły średniej. Taśmy wideo z jej występami na Coney Island.

– Dziękuję, nie. Targuje się ze mną za twoim pośrednictwem? Po co w ogóle chce go odzyskać?

– Mówi, że bez kryształu nie może jej odnaleźć.

– Co? – Julian zaintrygowany spojrzał na twarz Zakiyyah. – Co powiedziałaś? Kogo nie może odnaleźć? – Nie czuł nóg, jakby spadał.

– Ludzie mówią, że Ava snuje się po Brooklynie – wyjaśniła – a kiedy pytają ją, co robi, odpowiada, że szuka swojego dziecka. Mówi, że Mia na pewno gdzieś tam jest. – Spojrzała za niego. – Przynieśli jedzenie. Wiem, to szaleństwo.

Czy mógł się rozpłynąć? Przelecieć przez podłogę i zniknąć? Nie podniósł wzroku, nie mógł się zdobyć nawet na gładką odpowiedź.

*

Zsunęli stoliki. Riley posadziła Juliana między sobą i Ashtonem. Kiedy pozostali jedli, pili i rozmawiali wesoło, Julian, który nie był ani głodny, ani w nastroju do rozmów, tylko pił, gdy gdzieś z bardzo daleka dobiegł go głos Nigela: „Jeśli kobiety są o tyle mądrzejsze od mężczyzn, czemu noszą koszule zapinane z tyłu?". Wszyscy z wyjątkiem Juliana wybuchnęli śmiechem. Nigel, zachęcony ich reakcją, powiedział limeryk: „W Sale barmanka słynna choć siwa, wypisała na cyckach swych ceny piwa, by uchronić pijusy przed wpadką, powierzyła je też swym pośladkom i była bardzo z tego powodu szczęśliwa". Znów śmiech. Czy to z nim jest coś nie tak? Julian nigdy nie potrafił ignorować dupków.

Nie chcąc okazać się gorsza od Nigela, Riley rzuciła w przestrzeń:

– Wiecie, jaką notkę znalazłam pod kasą w Skrzyni Skarbów? Na skrawku różowego perfumowanego papieru ktoś napisał: „Chcę, żebyś mnie pieprzył aż do śmierci". Riley wybuchnęła śmiechem, odrzucając do tyłu bujne włosy. – Czyż to nie komiczne?

Upojony piwem tłumek ucichł. Nikt nie wiedział, czy Riley żartuje. Julian spojrzał na Ashtona, po czym szybko spuścił wzrok na niedojedzone kiełbaski z ziemniakami. Nigel zaniósł się gromkim śmiechem.

– Dobra robota, stary – powiedział do Ashtona. – Ale czy mogę ci zadać głupie pytanie?

– Bardziej niż ktokolwiek, kogo znam – rzucił Julian.

Nigel przewrócił oczami.

– Co odpowiedziałeś?

– Uprzejmie odmówiłem – odparł Ashton. – Szczerze, to wyglądało na zbyt męczące.

– Ashton jest bardzo uprzejmy i leniwy – powiedziała Riley.

– Wyluzuj, Riley – zwrócił się do niej Nigel. – Przecież Julian też tam pracuje. Skąd wiesz, że liścik pozostawiono dla Ashtona? Może zostawiła go jedna ze statystek Juliana…

Julian zerwał się od stolika. Nigel nie wstał, tylko rzucił powolne pijackie hola, na co Ashton zareagował szybkim pijackim hola i nakrył dłonią pięść Juliana.

– Uspokój się – warknął Nigel.

– Nie mów mi, co mam robić – odparował Julian.

– Spróbuj się uśmiechnąć od czasu do czasu.

– Nie mów mi, kurwa, co mam robić.

– Nieważne – rzucił Nigel. – Tylko żartowałem. Oczywiście nikt nie chce, żebyś się z nimi pieprzył, Jules. – Ryknął śmiechem.

– Ostatnimi czasy wszyscy są komikami – powiedział Ashton. Jego twarz była pozbawiona wyrazu. – Nigel, zamknij się, do cholery. Jules, daj spokój, usiądź. – Gestem dłoni zmusił przyjaciela, by z powrotem opadł na krzesło. – To rzeczywiście bezlitosna kraina – dodał, dopijając piwo i rzucając Riley pełne wyrzutu spojrzenie, jakby chciał powiedzieć: „Po co prowokujesz jeszcze większe problemy".

– Twój ulubiony dramaturg Tennessee Williams napisał, że miłość to tylko czteroliterowe* słowo – powiedziała Riley do Ashtona nad głową Juliana. – To dlatego.

---

* Miłość, ang. *love*, ma cztery litery, podobnie jak większość przekleństw.

– Bardzo zabawne – odparł Ashton.

Zmienili temat i zaczęli rozmawiać o pracy i nowych samochodach, najlepszych butach do biegania i wyschniętych zbiornikach wodnych w L.A., o głupocie awatarów i ostatnim trzęsieniu ziemi, po którym wszyscy zaczęli przymocowywać meble do podłogi, o przypadkowych spotkaniach z supergwiazdami.

Julian też próbował się włączyć do rozmowy.

– Hej – zaczął – słyszeliście o byłej Miss Wenezueli, która została supermodelką, a ostatnie piętnaście lat życia spędziła na ulicy? Jej ciało znaleziono w parku w Caracas.

Zebrani przy stoliku zareagowali słabo, nie wiedział dlaczego. Przecież rozmawiali o sławnych ludziach! Julian próbował przechwycić spojrzenie Ashtona, lecz przyjaciel wbił kryształowo niebieskie oczy w kuflu z piwem. Zamówmy jeszcze jedną kolejkę, powiedział. Julian spojrzał ukradkiem na goły nadgarstek, a kiedy podniósł wzrok, wszyscy przyglądali mu się z pijacką mieszaniną troski i litości, wszyscy z wyjątkiem Nigela, którego nie mogło to mniej obchodzić.

– Jak się czujesz, Jules? – zapytała Gwen.

– Nie zadawaj mu ogólnych pytań – poradził jej Ashton. – Zapytaj go, jak się czuje dzisiaj. Im bardziej szczegółowo, tym lepiej.

– Dzisiaj czuję się świetnie. Dzięki, że pytasz.

– Julian, kochanie, byłeś u terapeuty? – To Riley.

– Ma zarezerwowaną kozetkę w gabinecie psychoanalityka otwartym całą dobę – odparł za niego Ashton. Zawsze zachowywał się tak, jakby wiedział wszystko. Pan Fantastyczny. Pan Zachwycający. Dziś zachwycał przyjaciół swoją udawaną wiedzą na temat postępów Juliana w sztuce żałoby. – Był u terapeuty. Był nawet u księdza.

Zakiyyah ożywiła się.

– I co powiedział?

– Ksiądz zapytał, gdzie się podziała jego wiara – odparł Ashton, puszczając oko do Juliana i unosząc kufel. W odpowiedzi Julian uniósł swój. Ashton był zawsze radosny, szczęśliwy, zawsze uśmiechnięty. Jak można nie kochać otwartej twarzy kogoś, kto zawsze się uśmiecha.

Julian odwrócił wzrok, wizja innej otwartej uśmiechniętej twarz cięła go jak drut ostrzowy.

– Ksiądz miał rację – zgodziła się Zakiyyah. – Julian wygląda i zachowuje się jak człowiek, którzy porzucił swoją religię.

Co akurat ty możesz wiedzieć na ten temat, chciał powiedzieć Julian, ale wyglądała tak smutno, że zmienił zdanie.

– Julian był u uzdrowiciela – ciągnął Ashton – i u wróżki. Próbował też, mogę, Jules?, elektrowstrząsów, by uwolnić się od bolesnych wspomnień.

– Pomogło? – zapytała zaintrygowana Riley, jakby sama chciała tego spróbować.

– Nie – powiedział Julian.

Zakiyyah chciała się dowiedzieć, co usłyszał u wróżki.

Kiedy Ashton zamilkł, Julian zaczął naciskać.

– Ash? Połknąłeś język? Powiedziałeś im wszystko. No już, zdradź Zakiyyah, co powiedziała wróżka.

– Była Cyganką i nie wiedziała, co mówi – rzucił Ashton.

– Po co w ogóle zawracasz sobie głowę chodzeniem do wróżek? – zapytała Riley. – Żeby się wzmocnić i zoptymalizować, powinieneś zastosować kurację oczyszczającą, którą ci zaleciłam.

– Ale ja do nich nie chodzę – zaprotestował Julian. – To by sugerowało jakąś ciągłość. Po prostu szliśmy kiedyś z Ashtonem King Street i ona nas zatrzymała.

– Co ci powiedziała?

Juliana rozbawił wyraz bólu na złotej twarzy Ashtona. Rozmowa przybrała zupełnie niepożądany obrót. Chciał przekonać przyjaciół, że Julian wypełnia wszystkie zalecenia, a Cyganka nie pasowała do jego zgrabnej narracji o postępach przyjaciela.

– Powiedziała: „Nie nadszedł jeszcze czas, by Bóg zaczął działać".

Zapadła pełna zdumienia cisza.

– Co to znaczy? – zapytała Riley. – Działać? Jak?

– Skąd mam wiedzieć? – odparł Ashton.

– Nie zapytałeś jej? A fe! Julianie, co ona mogła mieć na myśli?

– Zapytaj Ashtona. On zdaje się wiedzieć wszystko.

– Chodzenie do wróżek to grzech – powiedziała Zakiyyah. – One praktykują czarną magię.

– Z ma rację – zwróciła się Riley do Juliana, pocierając jego ramię, jakby był lampą Aladyna. – Musisz robić inne rzeczy, które pomagają. Próbowałeś wszystkiego, jak sugerowałam?

– Chcesz, żebym chodził boso po Londynie?

– A płukanie okrężnicy?

– Jezu, Riley, proszę cię – rzucił Ashton.

– Uspokój się. Wiem, że w to nie wierzysz, ale to naprawdę pomaga.

Riley odwróciła twarz Juliana w swoją stronę.

– Nie zwracaj na niego uwagi, Jules, i posłuchaj mnie. Twoje ciało musi być czyste i silne, a obiecuję ci, że duch pójdzie w jego ślady. Jak bardzo schudłeś? Pijesz za dużo? Tutaj o to nietrudno, spójrz na Ashtona, to nie wyjdzie ci na dobre. W twoim ciele krąży tyle drożdży. To nie jest zdrowe. Powinieneś pić codziennie trzy i pół litra filtrowanej wody. Możesz dodać trochę cytryny, żeby była bardziej alkaliczna. Ważne, żeby całe twoje ciało było alkaliczne, bo wtedy będzie mogło się uleczyć. I codziennie powinieneś chodzić na spacer. Przebywasz na świeżym powietrzu?

– O, tak – odparł Julian, poklepał ją po dłoni i wstał. – To jedyna rzecz, którą mam w nadmiarze. Świeże powietrze. Wybaczcie, proszę.

*

W męskiej toalecie na górze było trochę ciszej, a nad lustrem wisiała tabliczka z napisem: „Trudno się dziwić, że wracasz do domu sam". Julian bez ruchu wpatrywał się w swoje odbicie.

Kiedy szedł z powrotem przez galerię na piętrze, podsłuchał, jak o nim rozmawiają.

– Wygląda okropnie – powiedziała Riley. – Nigdy go nie widziałam w takim stanie, nawet zaraz po tym wszystkim.

– Wtedy był w szoku – odparł Ashton. – A teraz szok minął.

– Schudł chyba z dwanaście kilo – powiedziała Gwen.

Dwadzieścia jeden, chciał ją poprawić Ashton. Waga superpiórkowa.

– Oczy prawie wychodzą mu z orbit – ciągnęła Riley. – Poci się, a kiedy już coś mówi, brzmi jak pomylony. Jest jeszcze gorzej, Ashtonie. Co się z nim dzieje?

– Wiesz, co się z nim dzieje.

– Ale czemu nie jest lepiej?

– Nie sądzę, żeby był u terapeuty – powiedziała Zakiyyah.

– No cóż, to terapeuta z Narodowej Służby Zdrowia – wyjaśnił oschle Ashton.

– Jeśli chcecie znać moje zdanie, potrzebuje więcej elektrowstrząsów – wtrącił Nigel.

– Nikt cię nie pyta – odparował Ashton.

– Jules w ogóle nie powinien był tu przyjeżdżać – oświadczył Tristan.

– Trist ma rację – poparł go Dalton. – Nasza mama jest na ciebie zła, Ashton. Po co załatwiałeś mu pracę w Londynie? Gdyby nie ty, nadal byłby w L.A.

– Gdzie radził sobie rewelacyjnie – rzucił zniecierpliwiony Ashton. – Terapeuta, picie, leki, pijawki, bańki. Londyn, L.A. Wszędzie jest tak samo. On potrzebuje czasu.

– Ale miał go tyle! – wykrzyknęła Gwen.

– Mama Mii też nie za dobrze sobie radzi. – Zakiyyah pospieszyła Julianowi z odsieczą.

– Ale to jej mama! – odparła Gwen. – Nikt nie oczekuje, że matka będzie sobie świetnie radzić.

– On się zmienił, Ashtonie – powiedziała Riley. – Kiedyś był takim świetnym kompanem. Pod pewnymi względami lepszym od ciebie. A teraz coś jest z nim nie tak. Skoro wszyscy to widzimy, czemu ty tego nie dostrzegasz?

– Myślicie, że nie dostrzegam?

Zapadła ołowiana cisza.

– Sam się z tym nie upora – oświadczyła Zakiyyah. – Potrzebuje kogoś nowego.

– Pracuję nad tym – powiedział Ashton.

Znów ponura cisza.

– On nie potrzebuje ciebie, Ashtonie – powiedziała Zakiyyah. – Potrzebuje kobiety.

– Zakiyyah i Tristan mają rację – odparła Riley. – Powinien wrócić do domu.

– Powinien, nie powinien. Kto to mówi? – obruszył się Ashton. – Jest dorosłym mężczyzną. Sam podejmuje decyzje.

– Jak ty, wielkoludzie? – zapytała Riley.

– Jak ja – odparł Ashton.

– Wszyscy chcemy mu pomóc – powiedziała Zakiyyah. – Dlatego przyjechaliśmy i tu jesteśmy.

– Ja nie – rzucił Nigel. – Ja przyszedłem się napić.

– Ty też możesz mu pomóc – zaczął Ashton – nie przemawiając do niego głośno i powoli, jakby był opóźniony w rozwoju. Pomóż mu, zachowując się normalnie. Jakby wszystko było w porządku.

– Jak to się robi? – zapytała Riley.

– Jak? Po prostu się zachowujesz. Hej, Julian, jesteś nareszcie! Zastanawialiśmy się już, czy nie zacząłeś remontować tej toalety. – Ashton rzucił Riley miażdżące spojrzenie i podał Julianowi świeżo nalane piwo.

– Jules, Ashton ma ci coś do powiedzenia – wypaliła Riley, zanim Julian zdążył usiąść. – O tak, ma wspaniałe wiadomości. Nie patrz tak na mnie, Ashtonie. Nie ma sensu zwlekać. Impreza prawie się kończy. Powiedz mu od razu.

– Co ma mi powiedzieć? – Julian usiadł, spojrzał przez stolik na braci. – Powiedzcie mamie, że czuję się dobrze. Nie martwcie jej dodatkowo. I tak ma dość na głowie. Jestem dorosły. Dam sobie radę. – Odwrócił się do Ashtona. – Co masz mi powiedzieć?

Ashton wypił połowę piwa.

– Przeprowadzam się.

– Dokąd?

– Do Londynu.

– Do Londynu? – To zabrzmiało dwie oktawy wyżej niż normalny baryton Juliana.

– Najchętniej do Notting Hill. Z tobą.

– Ale ja nie mieszkam w Notting Hill – odparł tępo Julian.

– Jeszcze nie. – Ashton przywołał na twarz swój najlepszy uśmiech. – Wiesz, że nie pasuje mi, że jesteś tu całkiem sam. Nigdy nie pasowało. Co więcej, jak już ci wspominałem, mój staruszek potrzebuje pomocy. Potraktuj to jako zjednoczenie ojca z synem.

– Przeprowadzasz się, żeby pilnować Juliana? – zapytał bełkotliwie Nigel. Wąskie ramiona zadrżały. – No to życzę powodzenia. Sam go zwolnisz przed upływem tygodnia.

– Kogoś na pewno zwolnię – powiedział do niego Ashton – ale jesteś pewny, że Juliana? – Odwrócił się do przyjaciela. – Stary, czemu wpadasz w panikę jak zakonnica na strzelnicy dla pingwinów? Nie przeprowadzam się jutro. Muszę najpierw załatwić kilka spraw. I potrzebujemy mieszkania. Dziewczęta powiedziały, że pomogą nam go poszukać w weekend, prawda?

Mruknęły coś w odpowiedzi.

– A Skrzynia Skarbów?

– Już się nią zająłem. Przecież nie będziemy tu siedzieć całe życie. Tylko na tyle długo, żeby... – Urwał. Jakby sam nie wiedział, jak dokończyć zdanie. Nie wiedział tego nawet Julian. Na tyle długo, żeby co?

– Sklep poprowadzi Bryce, pamiętasz go. – Ashton uśmiechnął się od ucha do ucha. – Z pomocą Tristana i Daltona. – Bracia Juliana skinęli głowami. – Twoja mama zajmie się towarem, tato księgowością. Riley będzie pracować w soboty, Gwen i Zakiyyah w niedziele. Wszyscy się dołożą. Będzie dobrze.

Ale nie było dobrze. Na dłuższą metę sklepu nie mógł prowadzić nikt z wyjątkiem Ashtona, nawet Julian, i wszyscy o tym wiedzieli.

– Czemu miałbyś wyjeżdżać z L.A., Ash? – zapytał Julian. – To twoje życie.

– Było też twoje – odparł Ashton i blask w jego oczach nieco przygasł. – Nasze. I spójrz, co się stało. Co więcej – dodał – naprawdę chcę się przenieść do Londynu. Mam już dość słońca i upału. Potrzebuję trochę deszczu. Prawda, Riley? Prawda, Gwennie? Prawda, Z?

Zacmokały zgodnie.

– Jeśli potrzebujesz trochę deszczu, to wybrałeś niewłaściwe miasto – powiedziała Zakiyyah.

Julian chciał się wycofać, ale nie miał dokąd. Jego krzesło stało przy ścianie.

– A co z Riley?

– No właśnie, Julianie! – wykrzyknęła Riley, przyznając się tym samym do braku konsekwencji. – Stale to powtarzam. Co ze mną?

– Będziesz mnie odwiedzać w weekendy – odparł Ashton.

– Wydam całą tygodniową pensję na bilet – powiedziała. – Będę spłukana i bezdomna.

– Nie w każdy weekend – poprawił się Ashton. – Może raz w miesiącu. Rozmawialiśmy o tym. A ja będę przylatywał raz w miesiącu.

– Ashton – zaczął Julian słabym głosem – Riley powinna się tu przenieść.

– Świetny pomysł! – wykrzyknęła Riley z udaną radością. – Co ty na to, Ash?

– Przestań. – Odwrócił się do Juliana. – Nie przenoszę się tu dla zabawy, Jules. Przenoszę się dla ciebie.

Julian znów ich niezręcznie przeprosił i wrócił do toalety, zastanawiając się, czy z pubu jest inne wyjście. Czy udałoby mu się przecisnąć przez niewielkie okno? Uciec, opuścić mieszkanie, rzucić pracę, zniknąć. Chciał tylko tego. Zniknąć z powierzchni ziemi.

Spryskał wodą poszarzałą twarz, wyszedł z toalety i stanął przy drugim końcu półkolistego baru. Przytrzymując się blatu, zastanawiał się nad następnym ruchem. Wpatrywał się w złote światła, okrągłe stoliki, pijących roześmianych ludzi. W środku miał burczącą pustkę.

Obok niego rozległ się nagle szorstki głos.

– Szukasz cudu – powiedział. – Tutaj go nie znajdziesz.

24

Pytanie

Julian odwrócił głowę i spojrzał na ptasi profil ubranej na czarno kobiety. Jej twarz o barwie pustynnego pyłu była sucha i poorana milionem zmarszczek. Dłońmi o jaszczurczej skórze obejmowała szklaneczkę z whisky. Może nie zwracała się do Juliana. Nie patrzyła w jego stronę, więc nie mógł jej powiedzieć, żeby pilnowała swojego nosa. Czekał. Nie powiedziała nic więcej. Pomyślał, że mu się upiekło.

– Czego szukasz? – zapytała ciężkim akcentem z południowo-
-wschodniej Azji. – Wiary?

Ach.

Teraz musiał się do niej odwrócić. Żałował, że nie ma w dłoni szklaneczki z whisky. Wykręcał tylko pustą dłoń na blacie.

– Mówisz do mnie?

– A widzisz tu kogoś innego?

– W takim razie – odparł – nie wiem, o co ci chodzi.

– To twoi przyjaciele? – Wskazała gestem stoliki. – Przyjechali z daleka, by z tobą świętować? Na twoje urodziny? Urodziłeś się w idy marcowe, pradawny dzień rytualnych ofiar i regulowania wszystkich długów. No, no. Tamten człowiek, mistrz ceremonii, przez cały wieczór cię rozbawiał. A ty wyglądasz, jakbyś był na własnym pogrzebie.

– Mogę ci w czymś pomóc?

– Nie potrzebuję pomocy – odparła kobieta. – Ale ty tak.

– Może zamówię ci taksówkę?

– To ty musisz się spieszyć. – Jej głos przypominał grabie szorujące po żwirze. – Bo czas prawie ci się kończy.

Co?, szepnął bezgłośnie.

Osadziła go spojrzeniem spod wpółprzymkniętych powiek. W pomarszczonej twarzy oczy płonęły czarnym ogniem, czujne, świetliste, potępiające, osądzające i niewzruszone. Jakby kobieta wiedziała wszystko. Julianowi zaczęły się trząść ręce. Zacisnął je. Pięści nadal drżały.

– Słyszałam, jak mówił, że byłeś u księdza i uzdrowicieli, zadawałeś pytania.

– Nie mam żadnych pytań – odparł Julian. – Czas mi się kończy?

– To było pytanie.

– Retoryczne.

Uśmiechnęła się znacząco.

– Chyba dopiero zaczynasz mówić po angielsku. Nie było. Znasz odpowiedzi na retoryczne pytania.

Zdumiony Julian milczał.

– Wszyscy mają pytania, głupi i mądrzy.

– Ja nie. – Kim ona jest?

– Zapytaj mnie – powiedziała. – Żyję dłużej od ciebie. A sądząc po tym, jak sobie poczynasz, mogę cię przeżyć. Widziałam to i owo. To i owo wiem. Co chcesz wiedzieć?

– Nic.

– Wiesz wszystko, prawda? – Starsza kobieta kiwnęła głową. – Ten-Który-Wie-Wszystko. Zna wszystkie odpowiedzi.

Julian chwycił się blatu. Ten-Który-Wie-Wszystko? To musi być zbieg okoliczności! Przecież nie zastrzegł tej nazwy. To był idiom. Powszechnie używany. Przez wiele osób.

– Skąd wiesz, jak się nazywam? – wyszeptał.

– Czy to twoje pytanie?

Skonsternowany przyglądał się jej twarzy. Spotkali się już gdzieś i zapomniał o tym? Patrzyła na niego uporczywie. Była drobniutka, napięte szare ciało otulała luźna czarna materia.

– Czy ja cię znam? – wyszeptał.

– To twoje pytanie?

– Nie. Boże, mówiłem ci, nie. Posłuchaj, nie chcę być niegrzeczny, ale muszę iść. Muszę wrócić do przyjaciół.

– Minutę temu stałeś obok mnie, zastanawiając się, jak się od nich uwolnić, a teraz wracasz? – Uśmiechnęła się z wyższością. – Ależ ten czas pędzi.

– Podsłuchiwałaś nas? Słyszałaś, co powiedziała mi Cyganka?

– Nie. Choć niektóre Cyganki mają dar jasnowidzenia. Co ci powiedziała?

– Że nie nadszedł jeszcze czas, by Bóg zaczął działać.

– Szkoda – odparła kobieta. – Ta akurat nie miała daru. Bo zdecydowanie nadszedł czas, by Bóg zaczął działać. I nie tylko Bóg, ale ty też.

Julian zachwiał się. Wypił za dużo i tyle. W rogu zadźwięczał automat do gry. Był zdecydowanie zbyt głośny. Julian zauważył, że tego wieczoru wszystko w White Crow było zbyt głośne. Automaty do gry, śmiech, brzęk szklanek, wszystko przypominało metalowe patelnie, przeszywający dźwięk talerzy perkusyjnych bębniących mu tuż przy uchu. Pub naładowany elektrycznymi impulsami pędzącymi po falach dźwięku denerwował go przez cały wieczór, ale teraz poziom decybeli stał się nie do zniesienia. Przycisnął palce do skroni.

– Naprawdę chcesz usłyszeć pytanie? – zwrócił się do kobiety. Brzdęk! Bang!

– Dla mnie to nic takiego – odparła. – Ale ty wyraźnie potrzebujesz odpowiedzi.

Julian rozejrzał się po pubie, odnalazł wzrokiem Ashtona, który stał niczym na scenie i opowiadał jakąś historię. Głośno. Barman w drugim końcu sali obsługiwał rodzinę obcokrajowców, która wykrzykiwała zamówienie po grecku. W ich części pubu nie było nikogo. Od śmierci Josephine zwracał się z błaganiem do niemego wszechświata, lecz nie usłyszał odpowiedzi na swój gniew, czarną rozpacz.

– Oto moje pytanie – powiedział. – Po czym można rozpoznać Boga?

Kiedy miał dwanaście lat i spacerował z rodzicami, na Hollywood Boulevard przed Grauman's Theatre minął ślepego żebraka, który siedział po turecku na chodniku obok dłoni sław odbitych w cemencie i dzieciaków w przebraniu Spider-Mana. Obok niego leżał paskudny kundel. Napis na tabliczce na szyi żebraka głosił: „O Panie, daj mi znak, po którym cię poznam". Julian rzucił mu ostatnią ćwierćdolarówkę, jaką znalazł w kieszeni, i długo myślał o prośbie żebraka. W końcu zebrał się na odwagę i zapytał księdza w parafii.

Zajęło mu to sześć lat. Bał się, że ksiądz go wyśmieje. Ale naprawdę musiał poznać odpowiedź. Było lato po jego pierwszym roku na UCLA. Razem z Ashtonem planowali wybrać się na wędrówkę Pacific Crest Trail, przez Park Narodowy Yosemite i Dolinę Śmierci po Black Hills w Dakocie Południowej, by na koniec dotrzeć do Missouli w Montanie, i nie chciał wyruszyć w trasę, nie wiedząc, czego szuka.

– Jeśli jeszcze tego nie wiesz, młody człowieku – odparł ksiądz – to obawiam się, że nigdy się nie dowiesz.

Odwrócił się, a skarcony i zawstydzony Julian doszedł do wniosku, że musiał mieć odpowiedź tuż przed nosem i jej nie zauważył. Od tamtej pory przebiegało mu przez myśl, że ksiądz sam tego nie wiedział. A jeśli nie wiedział tego duchowny, to skąd on miał wiedzieć? Trudno go było uznać za Boże dziecko. Czasami przez całe miesiące nie przywoływał imienia Bożego, chyba że używając go nadaremno.

Nie napotkał żadnych trudności w Yosemite ani w Badlands rok później, ani w Yellowstone w następnym roku. Ale potem szczęście opuściło go w Topandze. Choć odzyskał dar życia, stale towarzyszyło mu poczucie, że coś go omija, że zapomniał o czymś ważnym, co jednak wyblakło jak stara akwarela. Skończyli z Ashtonem studia, otworzyli Skrzynię Skarbów, Julian porzucił dyplom z angielskiego, nauczanie, porzucił wiele rzeczy. Harował w sklepie, stworzył stronę internetową, został Tym-Który-Wie-Wszystko. Razem z Ashtonem imprezowali, podróżowali, ciężko pracowali, żyli pełnią życia. Po całej paradzie kobiet Julian znalazł Gwen. Kupił mieszkanie. Wziął w leasing volvo. Był złotym chłopcem. Wszystko układało się jak w kalifornijskim śnie.

Potem – *Wynalazek miłości*.

Teraz – to.

Kobieta nie odwróciła się, nie odezwała, siedziała tylko nieruchomo, popijając whisky. Pogrążyła się w rozmyślaniach albo zmagała się z pieczeniem w przełyku. Julian cofnął się o krok gotowy, by odejść, gdy usłyszał jej suchy, chrapliwy głos.

– Dziecko owinięte w pieluszki.

To wszystko. Powiedziała tylko tyle. Julian pomyślał, że się przesłyszał. Nachylił się.

– Dziecko owinięte w pieluszki? Co to znaczy?

Kobieta odwróciła głowę i spojrzała prosto na niego. Julian odsunął się. Jej oczy przerażały go swoją czarną bezdenną wiedzą. Jakby była prawdziwą Tą-Która-Wie-Wszystko, o Julianie, o wszystkim.

– Dwa tysiące lat temu była to jedyna wskazówka, jaką otrzymali mędrcy, którzy zadali takie samo pytanie – powiedziała, zanosząc się kaszlem. – Najmądrzejsi ludzie, którzy żyli w tamtych czasach. Niemowlę owinięte w pieluszki. Skoro oni nie dostali innego znaku, czemu ty miałbyś go dostać? Nawet nie dorównujesz im mądrością.

Z gardła Juliana wyrwał się zduszony jęk. Tak bardzo potrzebował pomocy, a ta stara kobieta proponuje mu coś niezrozumiałego i przez to bezużytecznego. W odpowiedzi na jego widoczną rozpacz odwróciła się i skuliła pod swoją szatą, znikając zupełnie.

Julian chwiejnym krokiem wrócił do stolika, dopił resztkę ciepłego piwa, lecz mógł się skupić tylko na słowach starej kobiety. Nikogo nic słyszał. Zerwał się, przewrócił krzesło – znów ten hałas – odwrócił się gwałtownie.

Kobieta zniknęła.

– Co jest, Jules? Za dużo piwa? Usiądź. – Ashton, sam nieźle wstawiony, bezskutecznie próbował postawić krzesło.

Julian odszukał barmana.

– Jaka kobieta? – rzucił mężczyzna i dalej nalewał piwo, nie podnosząc wzroku.

Nie tylko zniknęła, ale też uprzątnięto szklaneczkę z whisky. Nie została nawet serwetka.

– Uprzątnąłeś jej drinka, ale jej nie pamiętasz?

– Nie wiem, o czym mówisz, stary. Zamawiaj albo spadaj. Mam huk roboty.

– Drobna stara kobieta w obszernej czarnej szacie.

– Myślisz, że pamiętam wszystkich, którzy przychodzą do mojego pubu? Rozejrzyj się.

– Miała chyba ze sto lat! Piła whisky, sama. Jak często spotykasz kogoś takiego?

Barman miał już dosyć i machnął ręką w stronę sali, gdzie kłębił się tłum ludzi, młodych i starych.

Julian przyjrzał się stołkowi, na którym siedziała kobieta. Był przysunięty do baru. W pubie panował ogłuszający hałas. Ktoś pociągnął dźwignię automatu do gry, trafił główną wygraną i maszyna oszalała, dzwoniła i wyrzucała z siebie monety do metalowej rynny. Siedem! Siedem! Siedem! Siedem! Siedem! Siedem! Siedem! Julian przycisnął dłonie do pulsującej głowy. Nie był przyzwyczajony do takiego picia. Pewnie wszystko wymyślił. Czasami mu się to zdarzało. Śnił na jawie, jak twierdził Weaver. Klonopin. Niebezpieczne omamy. Wyobraził sobie podejrzaną staruszkę, wymyślił jej niezrozumiałe słowa. Niemowlę! Pieluszki! Mędrcy!

W miejscu, gdzie siedziała, znalazł wsuniętą za brzeg baru białą wizytówkę. Wyciągnął ją. Pochodziła z miejsca o nazwie „Czas Ponad Materią. Great Eastern Road 153. Akupunktura i inne dalekowschodnie rytuały". To wszystko. Czas Ponad Materią? Dalekowschodnie rytuały na Great Eastern Road? To jakiś żart? Upuścił wizytówkę na podłogę i odszedł. Chwilę później wrócił po nią, lecz zniknęła. Ktoś musiał ją podnieść, choć nie widział, by ktokolwiek tamtędy przechodził. Julian przytrzymał się baru, kręciło mu się w głowie, w piersi czuł ucisk.

Co tu się dzieje?

25

Córka wdowy

Tamtej nocy, gdy Julian wracał taksówką na Hermit Street, nie modlił się: „Pomóż mi" ani „Wybacz mi". Powtarzał w myślach: „Proszę, nie pozwól Ashtonowi się tu przeprowadzać". Jutro, kiedy wytrzeźwieje, postara się mu to wyperswadować. Nie mógł pozwolić, by przyjaciel też zrujnował sobie życie. Gdy próbował nie myśleć o starej kobiecie, drętwiały mu końce palców.

Kiedy wszedł chwiejnym krokiem do holu, czekała tam na niego pani Pallaver. Nie sama. Jej córka też. Drzwi do ich saloniku były kusząco otwarte.

– Zastanawiałyśmy się, kiedy wrócisz do domu – powiedziała pani Pallaver. – Wejdź, proszę. Frieda czeka.

– Cześć – rzucił, przytrzymując się ściany.

– Jak się masz? – odparła Frieda, nie ruszając się z miejsca. W jego obecności zawsze siedziała. Wiedział dlaczego. Była potężną dziewczyną o szerokich ramionach, która przewyższała go wzrostem. Była silna i pełna energii jak koń i nasuwało się bolesne pytanie, czego mogła chcieć od takiego chudego, ledwie trzymającego się życia dżokeja jak on. Jego opalenizna dawno wyblakła, zniknęła w rynsztokach L.A., gdy nad Normandie Avenue szalały burze.

– Mamy dla ciebie tort. Jak w zeszłym roku. – Pani Pallaver uśmiechnęła się. – Frieda, szybko, daj świeczki.

– Są tutaj, mamo.

– To twój ulubiony, skarbie – powiedziała z uśmiechem pani Pallaver. – Czekoladowy z wiśniami. Frieda, pomóż mi zapalić świeczki. To już tradycja. Frieda, coś jest nie tak z tą przeklętą zapalniczką, myślisz, że zabrakło gazu? Masz zwykłe zapałki?

Kiedy Julian patrzył, jak mocują się z zapalniczką przy słabo oświetlonym stole – siwowłosa wdowa próbująca wyswatać swoją córkę amazonkę z niedoszłym wdowcem, który miał podobną do niej niedoszłą teściową i narzeczoną zupełnie niepodobną do jej córki – pomyślał o przykręconym grzejniku i o tym, że czekały na niego do późna. Chciał rozerwać pierś, by wydrzeć z niej litość, jaką do nich czuł, a raczej miłosierdzie, odwrotną stronę niespełnionej miłości, która nadal miała w sobie coś niezaprzeczalnie ludzkiego. Zwykle siadywał z nimi i wypijał herbatę. W zeszłym roku zjadł nawet kawałek tortu. Ale dziś w nocy nie mógł. Na widok tej kobiety nic nawet nie drgnęło w jego lędźwiach. Nie oznaczało to, że było za wcześnie. Oznaczało, że nigdy nic z tego nie będzie.

– Bardzo przepraszam – powiedział – Jesteście takie miłe, ale nie czuję się zbyt dobrze. Obawiam się, że przesadziłem ze świętowaniem, tort wygląda wspaniale, może dostanę kawałek na później? Ale przy okazji chciałem was powiadomić, z jak największym wyprzedzeniem, żeby wam ułatwić. Jest mi też bardzo przykro z tego powodu, dziś wieczorem nic tylko przepraszam, ale wyprowadzam się. Wiem, dla mnie to też jest szok. Bardzo mi się tu podoba i nie zamierzałem się wyprowadzać, ale Ashton, opowiadałem wam o nim… – Zamknij się w końcu, idioto! – …przenosi się do Londynu, żeby pomóc mi poukładać pewne sprawy, i będziemy razem wynajmować mieszkanie, potrzebujemy trochę więcej przestrzeni niż tutaj, sypialnię, to znaczy dwie sypialnie – Boże, czy to się nigdy nie skończy – Ashton chce zamieszkać przy Sloane Square, w Mayfair albo może w Belgravii, słyszał, że tam jest ładnie, może w Notting Hill, wybaczcie, że nie zostanę, ale muszę się położyć, jeszcze raz dziękuję… Proszę mi wybaczyć…

Zostawił je w saloniku przy nieużej lampce, letnim grzejniku i torcie z supermarketu z niezapalonymi świeczkami. Miał całkowitą pewność, że nawet jeśli uda mu się przekonać Ashtona, żeby nie przenosił się do Londynu, będzie sobie musiał znaleźć inne mieszkanie. Obie kobiety potępiały go w tym żółtym świetle, jakby już zaręczył się z Friedą, jakby nie był tylko zwykłym lokatorem albo samotnym wdowcem, lecz niewiernym kochankiem, który złamał serce niezgrabnej dziewczynie.

26

Great Eastern Road

Następnego ranka Julian zadzwonił do pracy, że jest chory, ode-spał kaca jak mógł najlepiej, zapominając o wszystkich znanych mu niegdyś poradach dla skacowanych, i w południe wyruszył kolejką do Hoxton. Pociąg tylko potęgował ból głowy, cały czas zgrzytał i zatrzy-mywał się na stacjach, których nazwy obwieszczano przez megafon. W końcu Julian wysiadł i ruszył powoli Great Eastern Road w po-szukiwaniu numeru 153, który widniał na wizytówce pozostawionej przez starą kobietę.

W porze lunchu panował duży ruch i ulice w pobliżu Great Eastern były zatłoczone. W dziesięć minut udało mu się przejść zaledwie kilka przecznic. Pod numerem 153 znalazł nie holistyczne centrum duchowego wzrostu i odnowy ciała, lecz małą knajpkę z jedzeniem na wynos. W przeciwieństwie do innych restauracji przy tej ulicy nie określono, czy serwują tam wietnamskie, czy tajskie potrawy. Na szyldzie widniała jedynie wypisana czerwonymi literami nazwa QUATRANG, a w dolnym rogu czarne hieroglify. Określenie „mała" było w tym przypadku słynnym brytyjskim niedopowiedzeniem. Knajpka miała szerokość drzwi i podwójnego okna. Kiedy Julian wszedł do środka, zadźwięczał dzwonek. Na frontowej ścianie wisia-ła duża biała tablica z ręcznie wypisanym menu. Przy blacie mieściły się dwa stołki. Otwierając drzwi, Julian przewrócił jeden z nich. Być może ustawiono je tak celowo, by hałas mógł usłyszeć mężczyzna za kotarą. Tu się nie przesiadywało, tylko szybko wchodziło i wychodziło.

Kotara z koralików zagrzechotała jak ryż spadający na stopnie kościoła i wyszedł zza niej niski, lecz mocno zbudowany uśmiechnięty mężczyzna z południowo-wschodniej Azji.

Musiał być nieduży, żeby zmieścić się w takim miejscu. Był czujny i porażająco spokojny. Miał schludnie przystrzyżone czarne włosy i czarne oczy. Ubrany był w matową czarną koszulę i luźne spodnie, które zakrywał czarnym fartuchem, świeżo wypranym, wykrochmalonym i wyprasowanym.

– Przepraszam, uhm, ja... chyba... pomyliłem adres – jąkał się Julian. – Szukam Great Eastern Road sto pięćdziesiąt trzy. Akupunktura i rytuały z Dalekiego Wschodu.

Mężczyzna skinął głową.

– Trafił pan pod właściwy adres. – Mówił płynnie po angielsku. – Numer sto pięćdziesiąt trzy. Wytrwanie świętych. Cytowałem Świętego Jana. Czuje pan, że wytrwał? Nieważne, dojdziemy do tego. Zacznijmy jednak od lunchu. – Wyjął podkładkę na stół. – Wszystkie rzeczy, które warto robić, zaczynają się od posiłku. Tak jest o wiele przyjemniej, zgodzi się pan?

Julian nie wiedział, czy się zgadza. Absurdalnie znakomity angielski mężczyzny wprawiał go w zakłopotanie.

– No cóż zaczął Azjata, jakby Julian się z nim spierał – proszę spróbować robić coś ważnego z pustym żołądkiem i zobaczymy, co z tego wyjdzie.

Julian stał oniemiały. Powiedział coś? Może ten człowiek czytał mu w myślach?

– Proszę usiąść.

Julian usiadł jak skończony pacan.

– Nazywam się Devi Prak – przedstawił się uprzejmie mężczyzna. – Devi wymawia się tak, jak się pisze.

– Julian Cruz.

Devi wyciągnął szeroką dłoń. Jej uścisk był ciepły i miażdżący.

– Wiele lat temu, kiedy przyjechałem do tego kraju, nazwałem się Devin, myśląc, że Brytyjczykom będzie to łatwiej wymówić. Ale jak często w życiu bywa, okazało się, że jest wręcz przeciwnie. Ludzie nie potrafili połączyć imienia „Devin" z twarzą, którą mieli przed sobą. Stale prosili mnie, żebym je przeliterował, a kiedy to robiłem, nadal nie potrafili go wymówić poprawnie. Akcentowali złą sylabę. Więc zmieniłem je z powrotem na Devi. I wszyscy byli zadowoleni.

Julian obrzucił mężczyznę badawczym spojrzeniem. Miał gładką, lecz ogorzałą ciemną skórę, trudny do rozszyfrowania wyraz twarzy, wysokie kości policzkowe, ostre czarne oczy. Zbyt ostre. Był bardzo schludny, każdy włosek na swoim miejscu. Julian zastanawiał się, czy jest spokrewniony ze starą kobietą z pubu. Trudno było określić, ile ma lat. Mógł mieć sześćdziesiąt. A może siedemdziesiąt. Jego oczy przypominały Julianowi oczy kobiety, jeziora bez dna. Były bardzo niepokojące.

– Co znaczy Quatrang? – zapytał Julian. – To nazwisko czy coś w tym stylu?

– Nie. Po wietnamsku „Quatrang" znaczy biały kruk.

Julian skupił się na twarzy Deviego. Wczoraj wieczorem spotkał się ze starą kobietą w pubie White Crow, czyli Biały Kruk. O mało co nie wybrał The Blind Beggar przy Cheapside. Czy to oznaczało, że tam by się mu nie objawiła ze swoimi rewelacjami? Rzut monetą – i w życiu Juliana nagle nic nie miało sensu.

– Czy biały kruk ma jakieś znaczenie, o którym nie wiem?

– Nie wiem, czego pan nie wie – odparł Devi, stawiając przed nim biały porcelanowy talerz ze złotą obwódką. – Biały kruk symbolizuje między innymi czas. Przeszłość, teraźniejszość i przyszłość. – Podał Julianowi materiałową serwetkę, srebrne sztućce i kryształową szklankę z lekko mętną wodą.

Julian zauważył, że mężczyźnie brakuje u lewej dłoni trzech palców – kończyły się gładkimi kikutami na wysokości drugiego knykcia. Tylko kciuk i palec wskazujący pozostały nietknięte. Julian zaciskał i rozluźniał swoje dłonie z wszystkimi pięcioma palcami. Nie chciał się gapić, ale to robił.

– Co zjesz, Julianie? – zapytał uprzejmie Devi.

Julian spojrzał na białą tablicę nad czystym grillem teppan-yaki.

– To wietnamskie jedzenie?

– Jeśli tylko masz ochotę. Przyrządzam wszystko, co chcą zjeść odwiedzający mnie ludzie.

– Na przykład lasagne?

– O, żartowniś z ciebie. – Devi skinął głową. – Bardzo dobrze.

– Poważnie, co to za jedzenie?

– Mieszanina wietnamskiego, laotańskiego i chińskiego. Pochodzę z plemienia Hmong. Ze Złotego Trójkąta, z gór na północnej granicy Wietnamu, Laosu i Birmy. Ten obszar przechodził z rąk do rąk tyle razy, że sam już nie wiem, skąd jestem.

– Twój angielski jest znakomity.

– Mieszkam tu od dawna. – Devi na chwilę zawiesił głos. – Mogę ci coś polecić? Może kalmary z solą i pieprzem, świeżo dostarczone wczoraj przez godnego zaufania handlarza? Uwierz mi, są bardzo dobre. Zjadłem dziś trochę na śniadanie. A potem miseczka wołowej zupy pho. Jest pikantna, ale rosół jest pyszny i dodaję do niego dwukrotnie gotowaną i marynowaną polędwicę i odrobinę mostku. Będzie ci smakować.

Julian skinął głową. Brzmiało dobrze, nawet dla jego pustego, wypalonego przez alkohol żołądka.

– Coś do picia oprócz mojej wody? – zapytał Devi. – Mam musującą sake.

– Spróbuję. – Klin klinem i tak dalej.

– Świetnie. Ale najpierw wypij wodę.

Julian posłusznie wypił, mimo pływających w niej drobinek.

– Co to za woda? Nie jest zwyczajna.

– Och, nic. Nie podałbym ci zwyczajnej wody. Potrzebujesz czegoś mocniejszego. Ta woda ma w sobie minerały. Wapno. Wyglądasz, jakby było ci potrzebne. Na wzmocnienie.

Na blacie stanęła sake w małym kryształowym kieliszku, a mężczyzna zniknął za kotarą. Julian zauważył, że lekko kulał.

Czekając, rozglądał się po ścianach pomalowanych na czarno i zielono. Ich jedyną ozdobą były zegary, małe i duże. Zegar z Simpsonami, chronometr morski, zegar elektroniczny z krwistoczerwonymi cyframi krzyczącymi, że jest 13.02, tykający zegar z wahadłem.

Nie było kalendarza ani żadnych innych ozdób, azjatyckich wachlarzy, fotografii starożytnych świątyń czy wnuków. W ciągu dziesięciu minut, które Julian tam spędził, nikt nie wszedł do środka. Szklane drzwi za nim pozostawały zamknięte, odcinając ich od hałasu ruchliwej ulicy.

Kalmary z solą i pieprzem były wyśmienite. Świetnie przyprawione i delikatne. Julian pochłonął całą porcję pod uważnym spojrzeniem mężczyzny.

– Dobre, prawda?

– Bardzo dobre.

– Cieszę się. Może tu wrócisz. Jeszcze sake, gdy będę przygotowywał pho?

Pho też była znakomita. Julian szybko opróżnił miskę, miał ochotę na więcej. Ale kiedy skończył, czuł się pełny i lekko senny. Zaczął się zastanawiać, czy na tyłach jest jakieś łóżko. Co za dziwne życzenie, łóżko w knajpce serwującej lunch.

Mężczyzna przyniósł mu lody z czerwonej fasoli, „by oczyścić podniebienie", i nadal przyglądał mu się czujnie zza lady. A Julian z pewnością nie był czujny. Siedział lekko zamroczony, kiwając głową nad pustą miską do rytmu tykających zegarów, szumu Great Eastern Road, zahipnotyzowany nieznanym połączeniem zapachów octu, limonki, czosnku i kokosa.

Dobiegł go zdecydowany głos mężczyzny.

– Co cię tu sprowadza? Wiem, że nie chodzi o moje potrawy. Nie zachowujesz się jak amator wietnamskiej kuchni.

Julian uniósł ciężkie powieki i powoli opowiedział mu o starej kobiecie i wizytówce. Mężczyzna skinął głową z aprobatą. Julian zatoczył dłonią krąg wokół knajpki.

– Na wizytówce było napisane akupunktura. – Nie kalmary.

– Rozumiem – odparł Devi, jakby nie widział żadnej sprzeczności pomiędzy tekstem na wizytówce a rzeczywistością. – Chciałbyś spróbować akupunktury?

– Podajesz lunch i naszpikujesz mnie igłami? Nie, nie potrzebuję igieł.

– A jednak wizytówka, o której mówisz, a której nie możesz mi pokazać, obiecywała akupunkturę i mimo to przyszedłeś. Dlaczego?

Julian próbował się skupić. Wczorajszy dzień zasnuła alkoholowa mgła.

– Kobieta myślała, że będziesz w stanie mi pomóc.

– A co ci dolega?

– Jest twoją matką?

– Czy odpowiedź na to pytanie ci pomoże? Szczerze, w twoim stanie – ciągnął Devi – powinieneś zadawać wyłącznie najistotniejsze pytania. Co cię zaintrygowało na tej wizytówce?

– Nie chodziło o wizytówkę, lecz o kobietę. Powiedziała mi zagadkę, której nie potrafię rozszyfrować.

– Jaką zagadkę?

– Nie jesteś barmanem – mruknął Julian. – Nie powinienem ci się zwierzać z moich problemów.

– Czyż nie podałem ci sake? Dwa razy?

– No dobra. Ale jest pora lunchu.

– Twoje problemy znikają w porze lunchu? Masz szczęście. Większość osób, które do mnie przychodzą, problemy dręczą do kolacji.

Julian sięgnął po portfel.

– Skończyliśmy?

– Jeszcze nawet nie zaczęliśmy – odparł kucharz.

Julian zostawił portfel w kieszeni.

– Wydajesz się niezwykle spięty – powiedział Devi. – Jakbyś ukrywał rozpacz, panikę, wzburzenie. Czujesz nieustający niepokój. Obawy cię osłabiają. Odczuwasz fizyczny ból wywoływany przez strach, w samym środku brzucha. To puste miejsce, które jest zbyt gorące, by je dotykać. Dokucza ci palący ból w przełyku, który jest nie do zniesienia. Jednocześnie melancholia osłabiła twoje kości, wyssała z ciebie krew. Jesteś w rozsypce, jeśli nie przeszkadza ci, że tak to ująłem.

Julian oniemiał. Kim był ten człowiek, który potrafił przejrzeć go na wylot?

– Jak bardzo stresujące jest twoje życie? – zapytał Devi. – Bez wątpienia twoje chi nie przemieszcza się przez właściwe meridiany. Zupełnie jakby istniała przepaść pomiędzy tym, co powinieneś czuć i robić, a tym, co naprawdę czujesz i robisz. Straciłeś równowagę.

Julian pokiwał głową.

– Możesz temu zaradzić? Lekarz w Peckham nie potrafił.

– Pomodliłeś się za niego? Żartuję. Zawsze żartujemy z Peckham.

– Więc też jesteś żartownisiem.

– Może pomyliłeś się w wyborze lekarza – powiedział Devi, skinieniem ręki zapraszając go do środka. – Chodź ze mną.

– Mówię tylko, że lekarz mi nie pomógł – mruknął Julian, zsuwając się ze stołka.

– Nie musisz tego powtarzać trzy razy. Słyszałem za pierwszym.

Julian nie sądził, by powiedział to choć raz.

W jednej chwili leżał na brzuchu w samych bokserkach na wąskim stole na zapleczu. Miał zamknięte oczy. Zastanawiał się, czy prawdziwym powodem, dla którego zgodził się wejść do tego klaustrofobicznego pomieszczenia, rozebrać przed obcym mężczyzną i dać się naszpikować igłami, było bezgraniczne zmęczenie. Co zawierała ta woda?

Kiedy sto igieł przeszyło punkty chi na ciele Juliana, Devi nakłonił go, by opowiedział mu swoją historię, wyszeptał opowieści o żywych i umarłych. Julian czuł, jakby próbował mówić pod lodem. Miał zamarznięte usta, zdrętwiałe ciało, płuca pełne płynu. Wszystkie ostro zakończone smutki nagle się stępiły.

Czuł ból pełznący w kierunku szyi i w dół do kości czworobocznej. Ból w przedramionach, w mięśniach łydek, w palcach, brwiach, kościach policzkowych. Zanim zdążył zareagować, ból zniknął, a wraz z nim wszystko inne, kłopoty, zgaga, niemal wszystkie uczucia. To było lepsze niż klonopin. Nie zostało nic oprócz łaskotania w żyłach.

Josephine, kryształy, Ashton, wynalazki, Poppa W, Mia, Z, Moses Jackson, śluby, pociski, San Vincente, szaleństwo, volvo, Ten-Który--Wie-Wszystko, matki na balkonach, Fario Rima, krew na ulicy, góry, kochankowie, rytm rozpaczy.

*

Obwiniał siebie za wszystko. Josephine zerwała z narzeczonym – przez niego. Zakiyyah zadzwoniła do Avy – przez niego. Rankiem, kiedy umarła, pokłóciła się z matką – o niego. Z powodu tej kłótni była podminowana i zmartwiona. Kiedy wybiegła z domu na spotkanie z Julianem w Coffee Plus Food, zatrzymała się, by porozmawiać z Poppą W. Płakała, Poppa ją pocieszał. Uściskał ją na pożegnanie. Kilka domów dalej na ulicy stał samochód, ruszył i zaczął jechać w ich stronę. Ona nie zwróciła na niego uwagi, ale Poppa W był wyczulony na zwalniające samochody. Instynkt podpowiadał mu, że coś jest nie tak. Dzięki temu zyskał pół sekundy na reakcję i to ocaliło mu życie. Myśląc, że krótka lufa glocka 9 wysunięta przez otwarte okno wymierzona jest w niego, Poppa W popchnął Josephine na chodnik i odwrócił się bokiem. Padły trzy strzały: dwa do niej, jeden do niego. Przeżył.

Poppa był uzbrojony, bo nigdy nie wychodził z domu bez broni, i pomimo krwawiącej prawej ręki wyszarpnął rugera i wystrzelił cztery razy w stronę odjeżdżającego z piskiem opon samochodu. Ranna ręka drżała, wycelował fatalnie, ale i tak udało mu się przestrzelić tylną szybę, przebić oponę, uszkodzić bak i ranić kierowcę w szyję. Samochód wpadł w poślizg, zderzył się z palmą i stanął w płomieniach. Kiedy Josephine umierała, dwaj uwięzieni w nim mężczyźni płonęli – pechowy kierowca i Fario Rima, jej wystawiony do wiatru narzeczony – osiłek, którego Julian nazwał Mosesem Jacksonem. Poprzedniego wieczoru Fario przyjął zerwanie z kamienną twarzą, lecz nie mógł się z nim pogodzić. Myślał, że przylatuje do Kalifornii, by zawieźć swoją przyszłą żonę do Nowego Jorku, a nie zabierać ze sobą pierścionek, który jej podarował, kolejny, którego Josephine nigdy nie nosiła. Myląc uścisk na pożegnanie z czułymi objęciami i biorąc Poppę W za jej nowego ukochanego, Fario chciał zabić oboje. Ava powiedziała później Julianowi, że przez wszystkie te lata Fario powtarzał, że nie może żyć bez Mii, ale nikt mu nie wierzył.

Teraz uwierzyli.

*

Kiedy Julian otworzył oczy, nie leżał już na brzuchu. Miał na sobie tylko spodnie i kulił się na drewnianym krześle w rogu, a mężczyzna siedział na podłodze w pozycji lotosu, przyglądając mu się z sympatią i ciekawością.

– Co się tak na mnie tak gapisz? – zapytał Julian, oszołomiony i odrętwiały.

– Czemu nie możesz znaleźć żadnej pociechy? – odparł Devi. – Czemu traktujesz podarowane przez Boga życie jak największe zło?

– A co ci opowiedziałem?

– Nie wiem. Wszystko? Połowę niczego? Odpowiedz mi. Chcesz, żeby cię wyrwano z korzeniami i zniszczono? No to żyj tak dalej.

Julian nie znalazł odpowiedzi.

– Cierpisz.

– To żadna tajemnica.

– Wierzysz, że twoje cierpienie jest karą.

Julian skrzyżował pięści na piersi.

– Uważasz, że ją zabiłeś. Uważasz, że wszyscy ją zabiliście – ciągnął Devi. – Według ciebie do jej śmierci przyczyniło się kilka par rąk. Obwiniasz je wszystkie, a przede wszystkim siebie. Matkę, jej najlepszą przyjaciółkę, mężczyznę z drugiej strony ulicy, który próbował ją ocalić, wynajętego kierowcę. Twoja wrogość w najmniejszym stopniu jest skierowana przeciwko mężczyźnie, który pociągnął za spust.

Julian nie miał na to dobrej odpowiedzi. Czy dlatego, że rozumiał ból zdrady? A może dlatego, że Fario Rima też nie żył?

– Czujesz, że popchnąłeś ją do małżeństwa, którego nie mogła zawrzeć, a jej śmierć jest karą za twoją obsesję. Julianie, spójrz na mnie. – Devi potrząsnął głową. – Nic z tego nie jest prawdą. To przemawia tylko twoja ignorancja.

– Czy ignorancja to synonim sumienia?

– To nieznajomość Boskiego Prawa. Myślisz, że zostałeś ukarany, bo Bóg, w którego nie wierzysz, jest z ciebie niezadowolony? – Devi zacmokał, siedząc w swoim rogu.

– Kto mówi, że nie wierzę w Boga?

– Ty. Przez swoją rozpacz. Życie bez nadziei jest odrzuceniem możliwości bożego miłosierdzia.

Julian długo się nad tym zastanawiał. Słowa wirowały, dźwięczały, aż w końcu ucichły.

– Nie widzę tu zbyt wiele miłosierdzia albo nadziei, Devi Prak, kimkolwiek jesteś.

– No proszę, znów przyznajesz mi słuszność. Kiedy użalasz się nad sobą, oddalasz się od Boga. Jak może ci pomóc, kiedy jesteś tak daleko?

– Nie potrzebuję pomocy.

– Błagałeś o pomoc obcych ludzi.

Julian nie odezwał się.

– Wiesz, na czym polega jeden z twoich problemów? – zapytał kucharz. – Dajesz się zwieść. Nie tylko ty, oczywiście. Wielu ludzi.

– Ty też? – Julian pomyślał, że jest bardzo mądry.

Devi pokiwał energicznie głową.

– Jak najbardziej. Wiem, co to znaczy obwiniać siebie. Boleśnie tego doświadczyłem. Dużo boleśniej niż ty.

Julian prychnął.

– Tak, możesz sobie szydzić, to ratunek dla sceptyków. Chcesz wiedzieć, na czym polega twoje największe urojenie?

– Boję się, że mi powiesz, nawet jeśli zaprzeczę.

– Masz dwa – ciągnął Devi. – Pierwszym jest twoje przekonanie, że panujesz nad rzeczami, nad którymi nie możesz zapanować. Tu przemawia przez ciebie nieposkromiona pycha i duma. Myślisz, że masz kontrolę nad tym, czy inny człowiek będzie żył, czy umrze. To dla nas najtrudniejsza lekcja. – Devi wbił wzrok w swoje dłonie.

Julian nie chciał tego słuchać.

– I drugie: masz tylko ograniczony dostęp do Josephine, bo postrzegasz ją jedynie jako istotę śmiertelną.

Julian zamrugał.

– Zgoda, jej ciało jest śmiertelne – powiedział Devi. – Ale dusza nie.

Julian nie odezwał się.

– Wierzysz, że ona ma duszę, prawda? A może myślisz, że istnieje tylko ten świat?

– Nie wiem – odparł Julian. – Jakie to ma znaczenie?

– Twój cynizm jest niepokojący, ale na szczęście twoje urojenia są tylko tymczasowe. Nadal masz szansę odkryć swoją nieśmiertelność. Nic nie wiem o niej. Masz przy sobie coś, co do niej należało? Jakąś pamiątkę? Będę mógł ci powiedzieć coś więcej.

– Zwykle nie noszę przy sobie jej rzeczy. – Julian przyłożył rękę do serca, gdzie nadal żyła. – Po co? Ona odeszła, a ja jestem potępiony na wieki.

– Jak dusza stworzona na podobieństwo Boga może zostać potępiona na wieki? – wykrzyknął Devi. Wyciągnął ręce, strzelił kręgosłupem, wykręcił szyję. – To właśnie przedstawia liczba sto pięćdziesiąt trzy. Zadaje kłam twoim założeniom. Wyrzuć je ze swoich myśli. Ewangelia Świętego Jana, rozdział dwudziesty pierwszy. Nie jesteś rybą, która się wymknęła. Ona też nie. – Devi przemawiał zdecydowanym głosem. – Każdy może dostąpić zbawienia.

– Co ci powiedziałem?

– Powiedziałeś, że wprowadziła cię w górach w swoją aurę – odparł Devi. – Trzymała w dłoniach kryształ i oboje zniknęliście. Pokazała ci ponadczasowe królestwo.

– To nie było królestwo, tylko odbicie.

– Nazywaj to jak chcesz. Czułeś coś w tym odbiciu? Masz przy sobie kryształ?

– Po co ci kryształ? – Julian był wyczerpany i wrogo nastawiony. On też chce mu zabrać kamień?

Devi przechylił głowę i obserwował drżące ciało Juliana.

– Kiedy nie zażywasz klonopinu, przestajesz o niej śnić?

– Tak. – Nie podobały mu się pytania tego człowieka. Zaczynały mu przypominać pytania lekarza. – Posłuchaj, muszę wracać do pracy. – Julian tylko sobie wyobraził, że wstaje. – Mój szef i tak już mnie wystarczająco nienawidzi. – Wstał z trudem, było mu słabo.

– Bo stale znikasz? Kto by cię za to nie znienawidził? Ale nie potrzebujesz lekarza. – Urwał, jakby zastanawiał się, czy mówić dalej. – Potrzebujesz szamana. Siadaj.

Julian usiadł.

Devi wstał i podszedł do niego.

– Najpierw musisz się uwolnić od rozpaczy – powiedział. – Nie jesteś mordercą. Nie ty ją zabiłeś.

Ale zabił. Zabił.

– Zabójca płonie we śnie przerażeniem – powiedział Devi. – To nie ty.

Szaman się mylił. To był on. Julian nigdy sobie nie wybaczy, że opuścił ją w ostatnich godzinach. Naciskał na nią, zanim zdążyła rozbroić tykającą bombę, jaką było jej życie. Jego ostatnie słowa do niej brzmiały, że nie chce jej więcej oglądać. Powiedział, że jej nienawidzi. Ostatnim gestem odepchnął ją. To nie podlegało wybaczeniu. Ani odkupieniu. Nie mógł spojrzeć na Deviego w obawie, że rozpłacze się przed obcym człowiekiem.

Wyglądał na tak załamanego, że Devi prawie wyciągnął rękę, by go pocieszyć.

– Jej czas jeszcze nie nadszedł – szepnął ledwo słyszalnie Julian. – Miała zaledwie dwadzieścia osiem lat.

– Jej czas nadszedł – odparł Devi. – Ludzie mają dar śmierci, tak jak dar narodzin. Nie została ukarana. Karą, o której mówisz, jest brak wybaczenia. To natura ludzka jest bezlitosna, nie boska.

Julian pokręcił przecząco głową.

– Kochałeś ją? – zapytał Devi. – Odpowiedz mi. Co czułeś w środku? Jakby światło, prawda? Nie ciemność. Skąd wypływa twoja miłość do niej, jeśli nie z boskiego źródła?

– I co z tego?

– Pomyśl tylko – ciągnął Devi. – Czemu Ten, który stworzył ciebie i ją, który dał twojemu sercu zdolność kochania, a twojej duszy zdolność do zmiany, miałby cię wtrącić w ogień piekielny?

Julian zapadł się w siebie.

– Nie zostałeś stworzony tylko po to, by cierpieć – powiedział Devi łagodnie, lecz zdecydowanie. – Stworzono cię do innych rzeczy.

– Na przykład? – Sponiewierany Julian czekał. – Czy możesz mi powiedzieć choć jedną rzecz, która mi pomoże?

– To zależy. Możesz odstawić klonopin?

– Nie.

Mężczyzna milczał.

Julian wyjrzał na zewnątrz. Ku swemu zdumieniu dostrzegł, że jest ciemno. Zerwał się.

– Jakim cudem zrobiło się tak późno? Ashton zawiadomi policję, że zaginąłem. – Wbił w niskiego mężczyznę podejrzliwy wzrok.

Devi odpowiedział spojrzeniem, surowym i niemym. Poprawił czarne rękawy, zapiął mankiety, strzepnął niewidoczny pyłek.

– Być może będę w stanie ci pomóc – powiedział. – Nie wiem. Przynieś mi jej rzeczy, cokolwiek tam masz, i wtedy ci powiem. Ale, to jest wielkie ale, jest jeden warunek, który nie podlega negocjacjom.

Julian nieufnie szykował się na to, co miało nadejść.

– Już nigdy nie możesz wziąć klonopinu.

Julian zbladł.

– Mówiłem ci, to niemożliwe.

Mężczyzna rozsunął grzechoczącą kotarę.

– Jak chcesz. No to nie będę mógł ci pomóc.

– Nic nie rozumiesz. Potrzebuję go, by funkcjonować. – Julian mówił błagalnie, jak dziecko.

– Nieprawda. Wręcz przeciwnie. Ten lekarz z Peckham miał rację.

Możesz funkcjonować. Tylko nie chcesz. Lek nie tylko nie jest rozwiązaniem, ale sam w sobie jest problemem. Bierzesz tabletkę, żeby o niej śnić? W czym ci to pomaga? W czym pomaga jej?

Julianowi kręciło się w głowie. Jak coś mogło jej teraz pomóc?

– Mówię ci, jak jest – ciągnął Devi. – Rozumiem, że nie chcesz tego słuchać. Ale jeśli będziesz się trzymał mnie, usłyszysz mnóstwo trudnych rzeczy. Ta należy do najłatwiejszych.

Julian na próżno szukał w pomieszczeniu porzuconej koszuli.

– Klonopin jest śmiertelnie niebezpieczny. Stopniowo będziesz tracił rozum, a raczej to, co ci z niego zostanie. Klonopin jak ativan, fentanyl, jak propofol, jak opium… – Devi urwał, by wziąć oddech – oddziela cię od życia.

Julian pomyślał, że od życia oddzieliła go jej śmierć.

– Przynosi pożądane efekty? – ciągnął Devi. – Na jakiś czas. Potem przestajesz jeść. A jeszcze później oddychać. Potem tracisz ochotę na jedzenie, na oddychanie. I umierasz. Nie bez powodu podczas wojny morfinę podawano tylko w beznadziejnych przypadkach.

– Klonopin to nie morfina.

– Ale w końcu cię zabije.

– Uśmierza ból.

– Jasne – odparł Devi niemal radośnie. – Tak samo jak śmierć. Bo zabiera też życie.

Julian nie zgadzał się z nim. Ale słuchał dalej.

– Nadal nie wiesz jednego – powiedział Devi. – Twoje cierpienie nie ma cię zniszczyć. Ma ci wskazać wyjście. A klonopin to zapadnia nad twoim świadomym życiem. Stamtąd nie ma wyjścia.

Julian musiał przyznać mu rację.

– Cała sztuczka polega na tym, by nie brać klonopinu, żebyś mógł ją zobaczyć. Zobaczyć ją bez niego.

– Nie potrafię jej zobaczyć bez klonopinu.

– Trzymaj się mnie, niewierny Tomaszu. Pokażę ci, jak to zrobić.

Julian pokręcił głową.

– Próbowałem. Nie potrafię.

Cichy głos i przygnębienie Juliana nie zrobiły na Wietnamczyku wrażenia

– Nie próbowałeś – powiedział zimno. – Nie zrobiłeś nic. Wiesz, że masz pod ręką lek, jak kule w schowku.

– Nie – powtórzył z uporem Julian.

Sekundę później mężczyzna trzymał w rękach koszulę i marynarkę Juliana. Jeszcze jedna sekunda i wyprowadzał go.

– Idź do domu – powicdział. – Jeśli nie wrócisz, będę wiedział, że znalazłeś kogoś innego, kto da ci to, czego twoim zdaniem potrzebujesz.

– Myślisz, że ty możesz mi to dać?

Z twarzy mężczyzny nic zniknął wyraz dyrektora szkoły.

– Czy ty w ogóle wiesz, co to jest? – Pokręcił głową. – Jeśli chcesz się porozumiewać ze zmarłymi, nie możesz tego robić nieprzytomny. Czy przyszło ci do głowy, że może ona we śnie nigdy nie dochodzi do twojego stolika, bo zatrzymuje ją mur z twoich opiatów?

Nie przyszło.

Devi bezceremonialnie wypchnął go na ulicę.

– Julianie Cruz, a jeśli powiedziałbym ci, że jest sposób, byś mógł ją znów zobaczyć? – zapytał. – Na tym świecie, nie na tamtym, i nie w twoich snach, lecz w rzeczywistości. Przestałbyś brać klonopin?

Zanim Julian zdążył wziąć oddech, Devi zamknął i zaryglował drzwi.

27

Czerwony beret, ujęcie drugie

Czy Devi Prak był oszustem, czy czarodziejem? Wymyślał sztuczki, by nabrać zdesperowanego człowieka? Szczerze mówiąc, czy to było takie trudne? Zanim zadźwięczy gong, już leżysz na deskach i sędzia zaczyna odliczać, a drugi bokser wybiega z ringu, ściskając w dłoni zwycięski pas.

Było po jedenastej, gdy Julian zastukał do drzwi apartamentu Ashtona w hotelu Covent Garden przy Monmouth Street niedaleko Seven Dials.

– Gdzie się, do cholery, podziewałeś? – krzyknął Ashton, otwierając zamaszyście drzwi, jakby przez wiele godzin był w stanie najwyższej gotowości. – Już miałem dzwonić na policję.

Riley spała w sypialni, więc poszli do położonego niedaleko baru Freud w betonowej piwnicy.

Nawet jeśli Devi był wielkim oszustem, czy Julian miał inne opcje? Zgłosić się do zakładu Weavera? Kąpać się w błocie, jak sugerowała Riley, pozwolić, by pszczoły zakłuły ból żądłami? Dołączyć do grupy wsparcia? Zacząć szukać w internecie dziewczyny, co proponował Ashton?

– Słyszałem, że dziś też nie zjawiłeś się w pracy – powiedział Ashton. – Jules, strasznie mi wszystko utrudniasz.

– Miałem kaca – odparł Julian. – To twoja wina. Za dużo świętowania. Wziąłem sobie wolny dzień, to już zabronione?

– Ile miałeś tych wolnych dni od stycznia? Trzydzieści? I czemu tak się trzęsiesz? To delirium?

– Skądże.

– To co jest, do cholery, nie tak z twoimi dłońmi? Wyglądasz, jakbyś miał parkinsona, stary. Albo był naćpany.

Siłą woli Julian zmusił się, by stać nicruchomo jak słup. Nie chciał martwić Ashtona objawami swojego uzależnienia. Przyjaciel miał już wystarczająco dużo problemów.

– Wiesz coś o szamanach Hmongów?

– O kim?

– Hmongowie. Górskie plemię z Wictnamu.

– Nic.

Julian znał sposób pracy umysłu przyjaciela, więc czekał ze splecionymi dłońmi. Kiedy pili drugie piwo, Ashton odchrząknął.

– Czarni Hmongowie?

– A są jacyś inni?

– Zamknij się. Wielu z nich misjonarze nawrócili na chrześcijaństwo. Niektórzy połączyli Nowy Testament ze swoimi starodawnymi szamańskimi rytuałami.

– Jakimi?

– Kult przodków. Rytuały uzdrawiające. Palą mnóstwo kadzidła – powiedział Ashton.

Po co?

– Aby odpędzić chorobę. Przywołać zmarłych.

– Często to robią? – zapytał Julian ostrożnie. – Przywołują zmarłych?

– Czemu pytasz? Wybierasz się do szamana? Czasami przywołują zmarłych za pomocą noworodków. Ale możesz to zrobić, tylko jeśli jesteś najsilniejszym z Hmongów.

– Co sprawia, że ktoś jest szamanem? To znaczy, jak można odróżnić, czy jest prawdziwym szamanem, czy tylko udaje?

– Podejrzewam, że prawdziwy albo uzdrowi chorego, albo przywoła zmarłych – odparł Ashton. – To będzie pierwsza pieprzona wskazówka. Efekty jego działań.

Julian był zbyt przejęty, by dać się podpuścić, więc dopił piwo i oparł dłonie na szklance, żeby je uspokoić.

– Riley pali kadzidła. Ale nie jest przez to szamanką.

– Tak, ponieważ nie pochodzi z mistycznych gór ani nie odgrywa roli pośrednika między światem duchowym a materialnym podczas rytuałów przyzywających dusze. Idź do biblioteki, stary. Albo sprawdź wszystko w komputerze. To się nazywa, zaczekaj, zaraz sobie przypomnę... Mam, internet!

Znużony i przytłoczony Julian tkwił mocno na ziemi i jednocześnie unosił się kilometr nad Londynem. Czy Devi był krętaczem, oszustem, kłamcą?

A może był prawdziwym szamanem?

– To przywoływanie dusz nie jest oddawaniem czci diabłu? – rzucił luźno Julian. – Nie musisz zaprzedać duszy ani nic takiego, żeby przepędzić chorobę albo porozumiewać się ze zmarłymi?

– Chyba nie. Ale na pewno duszę może uprowadzić jakaś zła siła. Pamiętasz Johnny'ego Blaze'a? Czemu tak nagle zainteresowałeś się Hmongami? – zapytał Ashton. – Myślisz, że ludzie z gór Wietnamu mogą ci pomóc? Może i mają władzę nad liczbami i kartami. Ale to ci nie pomoże, brachu. Widziałem to wiele razy w Vegas. Ty oglądałeś walki, a ja grałem. Nigdy nie siadaj przy stole z Hmongami. Obrobią cię do czysta. Nie piją i zawsze mają asa w rękawie. To chciałeś wiedzieć?

Julian sam już nie wiedział, czego chce.

Pili dalej, siedząc przy barze, słuchali *Daylight Fading* grupy Counting Crows i oglądali bez głosu najlepsze fragmenty meczu rugby.

Zwykle kiedy Ashton i Riley odwiedzali go w Londynie, Julian spał u nich. Ale tego wieczoru się wymówił. Powiedział, że nie czuje się najlepiej. Co nie było kłamstwem, wystarczyło spojrzeć, jak trzęsą mu się ręce.

Tej długiej, deszczowej piątkowej nocy prawie nie zmrużył oka. Wcześnie rano, nie przebrawszy się, wsiadł do pociągu do Hoxton z jej rzeczami. Czerwony beret. Wisiorek z kryształem, pożądany na dwóch kontynentach. Program *Wynalazku miłości*, który mu podpisała po spektaklu. Dwie książki, które trzymała przy łóżku: *Kronika zapowiedzianej śmierci* (jakże żałował, że ją przeczytał; nie mógł się uwolnić od obrazu matki próbującej wyłamać drzwi do pokoju, w którym mordowano jej syna) i *Monologi dla aktorów*, kupione, gdy spotkali się pierwszy raz. Całą resztę zabrała Ava McKenzie.

Na drzwiach do Quatrang wisiała tabliczka „Zamknięte". Devi zajmował się kimś innym. Choć przez lustrzane okna trudno było zajrzeć do środka, Julianowi udało się wypatrzeć jakiegoś mężczyznę, zarośniętego osiłka, który siedział skulony przy ladzic.

Czy Devi obsługiwał klientów pojedynczo? Jak mógł się utrzymać na rynku? Julian walił do drzwi, aż w końcu lekko się uchyliły.

– Jesteś paskudnie głośny i pora nie jest odpowiednia – rzucił Devi przez szparę.

– Myślałem o tym, co powiedziałeś.

– Pora nadal nie jest odpowiednia, choć próbujesz mnie wciągnąć do rozmowy.

– Zgadzam się na twoje warunki – oświadczył Julian. – Zrobię, co tylko zechcesz. Nie wezmę już więcej klonopinu. Nigdy. Tylko... pomóż mi.

– Muszę iść. Jestem zajęty.

– Proszę, pomóż mi. – Julian próbował wsunąć stopę w drzwi, lecz Devi mu nie pozwolił. Mimo drobnej postury był silny. Jednym palcem mógłby powalić dwudziestu Julianów.

– To nie jest odpowiednia pora – powtórzył. – Choć to prawda... nie zostało ci zbyt wiele czasu. – Westchnął. – Przywiozłeś jej rzeczy?

– Tak. – Czemu poczuł taką ulgę? Wyjął je z kieszeni, jedną po drugiej.

– Nooo – rzucił Devi, gdy dotknął berctu. – Płonie w nim duch twojego życia.

– Chciałeś powiedzieć jej życia.

Devi nie spuszczał wzroku z twarzy Juliana.

– Umarła w nim. Jest na nim jej krew.

– Czuję to. Bardzo mocno. – Devi skinął głową. – Wróć w poniedziałek. Wtedy porozmawiamy. – Zrobił ruch, by zamknąć drzwi.

Julian powstrzymał go. Nie chciał odchodzić. Chciał pozostać w surowej, kojącej obecności Deviego.

– Zaczekaj... jej rzeczy... tylko je pożyczasz, prawda?

– A co? Miałbym je sprzedać na eBayu?

233

– Nie wiem, czemu robisz to, co robisz. Może są ci potrzebne do jakiegoś dziwnego rytuału wudu.

– Panie Cruz – zaczął Devi. – Jestem Hmongiem. Pochodzę z północnego Wietnamu, południowej Birmy, ze starożytnej cywilizacji szamanów. Wyjaśniłem ci wszystko. Można o mnie powiedzieć wiele rzeczy, ale na pewno nie to, że jestem śniadym Kreolem z Haiti. Mieszają ci się mistyczne rytuały i ciemnoskórzy obcokrajowcy, co jest zrozumiałe, wziąwszy pod uwagę twoją ignorancję w wielu tematach, a w tym w szczególności.

– Zbiły mnie z tropu twoje igły wudu – powiedział Julian.

– Wróć w poniedziałek.

– Zaczekaj, co miałeś na myśli, mówiąc, że znów mogę z nią być? Jak podczas seansu spirytystycznego?

– W poniedziałek, Julianie.

– Zaczekaj! Czemu nie w niedzielę?

– Bo to jest niedziela – powiedział powoli Devi i zatrzasnął drzwi.

28

When We Were Kings

Julian spędził deszczową sobotę z braćmi i Ashtonem, podczas gdy Zakiyyah, Riley i Gwen robiły zakupy w Harrodsie. Wieczorem spotkali się w siedmioro na kolacji w Savoy Grill i obejrzeli sztukę Noela Cowarda *Seans* w teatrze Savoy. „Czas jest rafą, o którą rozbijają się wszystkie nasze delikatne mistyczne statki". W niedzielę umówili się na brunch w barze Brasserie w lobby hotelu Covent Garden.

Ashton przeglądał ogłoszenia w niedzielnych wydaniach gazet w poszukiwaniu mieszkania do wynajęcia i bez końca kłócił się z Julianem o Notting Hill, co stawało się już rutyną. Dziewczęta były rozbawione i być może o to chodziło.

– Czemu twierdzisz, że z Notting Hill masz za daleko do pracy?

– To czysta geografia. Na dodatek tam jest za drogo.

– A na co jeszcze masz wydawać pieniądze? Notting Hill jest młode, eklektyczne, pełne dziewcząt różnych kształtów i rozmiarów, którym na pewno spodoba się jankeski wdo... – Urwał. – Kawaler.

– Skąd to wiesz?

– Racja, Ashtonie – rzuciła Riley. – Skąd możesz to wiedzieć?

– Tak jest, Ashtonie – zgodziła się z nimi Zakiyyah i Julian pierwszy raz zobaczył jej szczery uśmiech. Rozjaśnił całą twarz. – Skąd to wiesz? – Okej, pomyślał Julian. Trochę przypomina królową piękności.

– Ze względu na niego prowadziłem badania terenowe, kochanie. Notting Hill to bary, nocne życie, rewelacyjne jedzenie, muzyka, zakupy, sobotni targ, za który można dać się pokroić. To miejsce ma same plusy. Jules, na pewno uda nam się znaleźć dla ciebie jakąś Hermit Street w Notting Hill. Na pewno nie mieszkasz przy jedynej Hermit Street w Londynie.

– Po co mamy szukać innej? Już tam mieszkam.

– Bo nie będę mieszkał w Whoreditch* czy gdzie się tam ukrywasz.

– Highbury.

– Żadna różnica.

Julian wiedział, że nie zasługuje na Notting Hill z jego okazałymi tarasami. Aby tam zamieszkać, musiałby być mężczyzną, który może się oprzeć o elegancką czarną bramę i zaśpiewać „Na ulicy, gdzie okno swe masz".

– Nikt nie ma wątpliwości, że nie zasługujesz – powiedział Ashton z olśniewającym uśmiechem. – Ale ja tak.

Po brunchu wszyscy z wyjątkiem Ashtona odlecieli. W poniedziałek musieli wrócić do pracy.

Julian i Ashton spędzili resztę rześkiego i wietrznego dnia jak za dawnych dobrych czasów w L.A. Spacerowali po Hyde Parku w towarzystwie miliona innych osób zadowolonych, że nie pada.

Na kolację poszli do Dishroom, najlepszej indyjskiej restauracji w Covent Garden. Czekali godzinę na stolik, pili w barze na dole, zjedli późno i o północy byli już podchmieleni.

Wyczerpany Julian w drodze na górę cicho przeszedł obok uchylonych drzwi saloniku pani Pallaver. Nie zawołała go. „Gdzie się podziewałeś, skarbie. Frieda, spójrz, kto wrócił do domu". I dobrze, choć trochę go to zdeprymowało. Przebywanie na słońcu i wietrze i długie rozmowy wykończyły go – nie gadał tyle od śmierci Josephine. Wziął prysznic i położył się nagi do łóżka, bez klonopinu; czuł się źle, zaschło mu w ustach i pierwszy raz nie miał przy sobie jej rzeczy. Nie mógł spać. Jutro Quatrang. Co przyniesie?

W pokoju na poddaszu z oknem wychodzącym na podwórko było cicho. Całe życie Juliana w tym domu przypominało pantomimę.

W L.A. od czasu do czasu zostawał z Josephine w mieszkaniu przy

---

* Dwa słowa o podobnej wymowie: *whore* (dziwka) i *shore* (brzeg). To drugie jest częścią nazwy Shoreditch (dosł. rów przy brzegu) – rejonu w południowym Londynie.

Normandie. Nie było tam klimatyzacji, więc otwierali okna i całą noc przez żaluzje wpadała rycząca muzyka, szczekanie psów, szum samochodów pędzących po autostradzie. Po paru godzinach takiego hałasu nie pomagało nawet wino i biały szum stawał się czarnym szumem, *Wrecking Ball* i *Dang* zlewały się w jedno z *Hard Out Here for a Pimp*, klaksonami na Clinton, syrenami na Melrose, alarmami w bodegach, Kendrickiem Lamarem rapującym o swoim życiu, nieustannym szczekaniem psów, Julianem nucącym *When We Were Kings* i marzącym o zatyczkach do uszu, narkotykach lub żonie.

Gdyby nie ona i jej delikatna twarz w ich krótkiej historii, twarz, która nie pasowała do domu z drutem ostrzowym po drugiej ulicy, Julian nie postawiłby nogi w tamtej okolicy.

A jednak teraz, gdy dzień i noc mijały bez żadnego dźwięku w jego klasztornym pokoju ze spadającym Chrystusem, pokoju wynajmowanym od uroczej angielskiej damy z gatunku tych, które grają drugoplanowe role w serialach, pragnął tylko tego, czego nigdy nie będzie już miał. Nerwy napięły mu się jak postronki i zapłonęło serce.

Wtedy: dokuczliwy niepokój związany z życiem.

Teraz: w każdej mijającej minucie marzył, by życie poraziło go prądem.

29

Południk zerowy

Ashton chciał z nim zjeść lunch w poniedziałek przed odlotem. Czy mógł odmówić? Nie mogę, Ash, mam spotkanie z szamanem? Zgodził się.

Znów nie poszedł do pracy – zupełnie bez skrupułów – i zaraz w poniedziałek rano, dziewiętnastego marca, wrócił na Great Eastern Road. Był wietrzny, paskudny dzień.

W Quatrang uderzyła go ostra woń kadzidła i inne nieznajome zapachy – mleka, sfermentowanych owoców, popiołu.

– Siadaj – powiedział Devi.

– Będę jadł?

– Za wcześnie. – Devi postawił przed nim szklankę mętnej wody. – Pij.

Julian usiadł, wypił. Mętna woda nie wyglądała apetycznie, ale była mocna i słodka.

Na ladzie pomiędzy nimi Devi rozłożył rzeczy Josephine. Julian przyglądał im się nieufnie. Kryształ, książki, program. Na widok beretu przewróciło mu się w żołądku. Nie mógł go oglądać, nie widząc go jednocześnie na ulicy, kopniętego do rynsztoka, gdzie nigdy nie będzie jej już potrzebny.

– Opowiedz mi więcej o świetle we wnętrzu góry – powiedział Devi. – Która była wtedy godzina?

– Z nią? Południe. Czemu pytasz?

Devi mruczał coś cicho, dotykał beretu, kryształu.

– Co się stało z kamieniem? Wygląda na ukruszony.

– To moja wina – odparł Julian. – Zaniosłem go do jubilera. Chciałem go przeciąć na pół i wywiercić w nim dziurkę, żebym mógł nosić mały kawałek na szyi. Ale jubiler złamał na nim dwa diamentowe wiertła. – Julian trzymał okruchy kryształu w szklanym słoiku przy łóżku.

Devi skinął głową.

– Tak to jest z kryształami. Niektóre można obrabiać. Innych nie. Wszystko zależy od tego, czy kryształ chce, żeby w nim wiercić. Ten najwyraźniej nie chce. – Gładził kamień. – Ma bardzo potężną czakrę. Skoncentrowaną energię.

– Tak.

– Jej matka pozwoliła ci go zatrzymać?

– Początkowo dała mi go bardzo chętnie. Powiedziała, że jest przeklęty.

– Czemu?

– Czy to nie jest jasne?

– To dlaczego go zatrzymałeś, skoro myślałeś, że jest przeklęty?

– Całe moje życie jest przeklęte. – Julian sięgnął po beret.

Devi Prak, niewielki jak pistolet Derringer, zaprotestował.

– Uważasz, że jesteś przeklęty? – Położył dłoń na berecie. – Wiesz w ogóle, co to znaczy? Że ktoś rzucił na ciebie zły urok. Kto na przykład?

– Nie wiem, ale… Czemu wciąż dotykasz jej beretu? Co jest z nim nie tak?

– Nic – odparł Devi. – Jej obecność go przytłacza. To pradawny rytuał w wielu kulturach. Rzeczy należące do zmarłych są święte, bo pozostał w nich ich duch. W ten sposób stają się relikwiami.

Julian wyjął mu beret z rąk.

– Myliłem się – powiedział Devi. – A mylę się tak rzadko, że od razu się do tego przyznaję. Z tego, co mi o niej opowiadałeś, wywnioskowałem, że jej dusza jest nowa. Ale jest stara. Dla niej to niefortunne, ale pod pewnymi względami dla ciebie może się okazać błogosławieństwem.

– Czemu niefortunne, czemu błogosławieństwem, co ty próbujesz robić, przywołać zmarłą?

– Widzę, że poczytałeś o szamanach Hmongów – odparł Devi. – Wystarczająco, żeby pozostać ignorantem. Nie, ona jest dużo dalej. Potrzebujesz większej magii niż seans spirytystyczny.

– Na przykład?

– Najpierw powiedz mi, czego chcesz, Julianie.

Julian ścisnął w dłoniach beret, jakby chciał z niego wycisnąć jej życie. Chciał przede wszystkim przywołać z mgły jeszcze jeden sonet dla niej. Nie potrafił ująć w słowa tego, czego pragnął.

Devi bacznie mu się przyglądał. Po kilku minutach podciągnął rękaw koszuli Juliana i krawędzią srebrnej monety zeskrobał kawałek skóry z wewnętrznej części jego lewego przedramienia.

– Hmm.. au!

– Cii – skarcił go surowo Devi. Kiedy na skórze pojawiło się kilka kropli krwi, Devi posmarował to miejsce balsamem.

– Wiesz – zaczął Julian – jeśli nie będziesz mnie kaleczył, nie będziesz musiał stosować maści. – Nie przeszkadzało mu to. Devi mógł mu zrobić mnóstwo rzeczy. Czuł niezwykle kojące niewypowiedziane współczucie płynące od opryskliwego kucharza.

– Jeśli cię nie skaleczę, jak inaczej pozbędziesz się toksyn?

Devi i Riley najwyraźniej byli ulepieni z jednej gliny.

– Co to za tłuszcz, którym mnie smarujesz?

– Balsam tygrysi – odparł kucharz. – Przestań się wiercić. Naprawdę potrzebujesz jeszcze tygodnia lub dwóch, może nawet miesiąca, żeby pozbyć się z ciała trucizny, którą się faszerowałeś. Wystarczy na ciebie spojrzeć. – To była prawda. Julian był niezwykle pobudzony, bębnił palcami w ladę, kołysał się w przód i w tył, tupał w podpórkę dla stóp, drapał się w łokieć i kark. Był tykającym kłopotem.

– To nie przez klonopin, tylko przez ciebie – odparł. – Powiedz mi, co chcesz usłyszeć, i skończmy z tym.

– Skoncentruj się na drżeniu prawej ręki – powiedział Devi. – Skup się. Zaciśnij pięść najmocniej jak potrafisz, weź oddech, napij się, potem rozluźnij dłoń. I powtórz. Kiedy będziesz to robił, przygotuję ci jedzenie. Ale aż do jutra masz jeść tylko ciepły biały ryż, gotowanego kurczaka, trochę trawy cytrynowej i soli. Nic więcej.

– A co będzie jutro?

– Wszystko w swoim czasie. Zero piwa z przyjaciółmi, zero kawy, zero pączków. Zero hinduskiego jedzenia.

– Okej. – Skąd Devi wiedział, co wczoraj jadł?

– Nie trzeba być Sherlockiem ani szamanem, żeby poczuć zapach kurczaka tikka masala. Kumin jest bardzo charakterystyczny.

Julian zacisnął pięść. Kiedy tylko ją rozluźnił, palce zaczęły drżeć. Devi stał przy grillu odwrócony do niego tyłem.

– Nie skupiasz się – skarcił go, jakby miał oczy z tyłu głowy. – Zaciśnij, weź oddech, rozluźnij, powtórz. I rozejrzyj się dookoła. Bo wiele ci umyka. Myślisz, że na ścianach wiszą tylko zegary, a zauważyłeś w ogóle wytapetowany ołtarz? Masz go przed nosem. Znajdź chwilę, żeby skłonić głowę.

Julian podniósł wzrok na ścianę nad Devim. Znajdował się tam mglisty wzór. Myślał, że to rozmazana farba.

Devi ułożył na talerzu kurczaka i ryż i nalał mu kolejną szklankę mętnej wody.

– Czuję moc jej czerwonej i potężnej aury – powiedział, odwracając się do grilla. – Ale muszę być z tobą szczery, czuję też wyraźnie, że jej dusza słabnie. Zastanawiałem się nad twoim snem i próbowałem dociec, jakie jest jej duchowe położenie. Masz rację, sen jest bardzo tajemniczy. Ponieważ nie powinieneś jej widzieć i ona nie powinna widzieć ciebie. Jedz. Niestety jej dusza aż do samego końca pozostała w konflikcie z samą sobą. Taki konflikt wywołuje cierpienie. A cierpienie nas oślepia.

– Nie jestem ślepy – mruknął Julian, obronnym gestem pocierając lewe oko. – Widzę ją.

– Stąd tajemnica. Cierpienie oddziela nas od miłości. Za naszego życia oddziela dusze od ciał, gdyż te dwie rzeczy są blisko ze sobą powiązane. Kiedy umieramy, oddziela nasze dusze od boskiej miłości. Ta dziewczyna mocno skrzywdziła siebie i tych, którzy ją kochali. Napełniła rozpaczą każde życie, którego dotknęła.

Julian z bólem spuścił głowę.

– Jedz – ponaglił go Devi. – Świątynia nie może być zdrowa, gdy choruje podtrzymująca ją siła.

Julian był chory zarówno na duszy, jak i na ciele.

– Jesteś pewny, że jej dusza jest stara? Nowa byłaby znacznie lepsza.

– Dla kogo? – Devi odwrócił się. – Niektóre dusze są całkiem nowe – powiedział cicho. – Bo świat stale się odradza, nawet jeśli my postrzegamy go jako stary.

– Skąd tyle o niej wiesz?

Kiedy Devi odwrócił się gwałtownie, w jego ciemnych oczach zaślniło zniecierpliwienie.

– Zachowaj swoje pytania na istotne rzeczy – powiedział. – Wiem, bo intensywność i rozpacz jej cierpienia obecna jest w jej krwi, i wiem, ponieważ kiedy szukam jej w królestwie ducha, nie mogę jej znaleźć.

Słysząc takie rzeczy, Julian nie mógł jeść.

– Wiem tyle – ciągnął Devi. – Każdy z nas otrzymał duszę i dostajemy na ziemi kilka prób, by zbliżyć ją do boskiego przeznaczenia, które zapisano nam przy narodzinach. To tajemnica i majestat łaski, którą nas obdarzono. Pomimo bólu, jaki zadajemy innym, dostajemy drugą szansę, potem trzecią i czwartą. Walka o doskonałość duszy jest głównym celem naszego życia, a przynajmniej powinna być. Mamy żyć dobrze, zbliżyć duszę jak najbardziej do jej niewysłowionej chwały, byśmy na koniec mogli mieć i dawać życie, i może, jeśli dopisze nam szczęście, zamieszkać w raju. Kiedy nasze dusze są nowe, wielu z nas nie wie, jak tego dokonać. Tak jak niemowlęta nie wiedzą, jak się uśmiechać. Ale większość z nas się uczy. – Devi odwrócił głowę, jakby nie chciał, żeby Julian zajrzał w głąb niego, zanim zada następne oczywiste pytanie. Czy Josephine się nauczyła?

– Ile mamy szans? – zapytał Julian.

– Niektórym potrzebna jest tylko jedna. – Devi spojrzał na Juliana uważnie. – Niektórym niestety potrzeba więcej niż siedem. – Znów spuścił wzrok. – Nigdy nie mamy mniej niż jedną. I nigdy więcej niż siedem.

Julian nie mógł się zdobyć na pytanie o Josephine. Wstrzymał oddech.

Devi i tak mu powiedział.

– Kiedy ją poznałeś, odbywała swoją ostatnią podróż. Dotarła do końca.

Przez kilka minut Julian chwiał się żałośnie na stołku.

– Devi… – szepnął – powiedz, proszę, że masz moc, by ją sprowadzić z powrotem.

– Mówiłem ci, nikt nie ma takiej mocy – odparł ponuro Devi. – Nikt.

– Ale powiedziałeś, że być może jest sposób, żebym mógł ją znowu zobaczyć. – Julian nie dawał za wygraną. – Kłamałeś?

– Nigdy nie kłamię.

– No to co miałeś na myśli?

Devi nie odpowiedział.

Julianowi zabrakło tchu.

Devi podsunął mu talerz i szklankę.

– Proszę. Musisz być silny.

Julian jadł i pił, choć każde ziarnko ryżu stawało mu w gardle.

– Julianie, chcesz zmienić swoje życie?

– Rozpaczliwie.

– Nie zmienisz go nigdy, jeśli nie zmienisz swoich codziennych przyzwyczajeń.

– Mam sobie znaleźć jakieś hobby? Jeść więcej zieleniny?

– Zmień to, co robisz teraz, a zmienisz swoją przyszłość. Konsekwencje każdego działania są zawarte w nim samym.

Julian nie miał przyszłości. Nie chciał tego wyznać niskiemu szamanowi.

Devi przyglądał mu się przez kilka chwil, kręcąc głową.

– Co?

– I na odwrót, rób wszystko dokładnie tak samo i zgadnij, co się stanie? Pozwól, że ci opowiem o tobie. Wiedziałeś, że w języku angielskim nie ma czegoś takiego jak czas przyszły?

– Jasne, że jest.

– Uwielbiasz się spierać, prawda? Nie ma. Nasze czasowniki opisują rzeczy, które robimy i te, które zrobiliśmy. Opisują nasze działania. Jest czas teraźniejszy i przeszły. I tyle.

– Przyszedłem tutaj w piątek, jestem tu dzisiaj i przyjdę tu jutro – powiedział Julian.

– Nie masz pojęcia, czy przyjdziesz tu jutro – poprawił go Devi. – Możliwe. Albo i nie. Cały czas przyszły to albo konieczność, albo możliwość. Musimy to zrobić albo możemy to zrobić. Całe działanie w przyszłości to albo założenie, albo życzenie. Jakie jest inne słowo na działanie? Ruch. Bez ruchu nie istnieje żadna zmiana. Czy Julian mógł się z nim spierać? Żył jak katatonik.

– Przyszłość to część naszej egzystencji, która stoi poza czasem – powiedział Devi. – Bo bez tego, czym możemy zmierzyć czas, na przykład bez działania albo ruchu, czas nie ma znaczenia. Akurat coś o tym wiesz. Wieczny Londyn cię pochłonął. Połknął cię twój bez-władny gniew. Straciłeś lata życia w bezkształtnej pustce. Minęły dwa lata, ale gdyby ktoś ci powiedział, że dziesięć, nie zdziwiłbyś się. I niedługo rzeczywiście minie dziesięć lat. Potem dwadzieścia. Minie reszta twojego życia, jeśli nie zaczniesz działać. Jeśli nie zaczniesz działać teraz.

– Działać, czyli co robić?

Devi czekał, a jego czarne oczy obserwowały przygnębionego, a jednak zaniepokojonego Juliana.

– Wiesz, czym jest południk?

– Co południk ma wspólnego z tym, o czym mówimy?

– Zawsze odpowiadasz pytaniem na pytanie?

– To linia wyznaczająca długość geograficzną – odparł Julian. – Krzyżuje się z linią szerokości. Dzięki południkom mierzymy odle-głość.

– Krzyżuje się z wieloma rzeczami – powiedział Devi. – I, zgo-da, jedną z rzeczy, które odmierza, jest odległość. Pokazuje jak daleko coś, albo ktoś, znajduje się od ciebie.

– Ktoś?

– Tak. Co jeszcze odmierza południk?

– Chyba czas.

– Więcej pewności, Julianie, bądź dokładny w swoich wypowie-dziach. Odmierza czas czy nie?

– Tak.

– Tak. Bo czas i odległość są nierozłączne.

– Okej? – Zabrzmiało jak pytanie.

– W naszym wszechświecie znajduje się galaktyka – ciągnął Devi – a w niej wiele gwiazd. Jedną z nich jest nasze Słońce, wo-kół którego krążą planety. Jedną z nich jest nasza Ziemia, a na niej znajdują się oceany, kontynenty i wyspy, jedną z tych wysp jest Anglia, a w Anglii płynie rzeka zwana Tamizą. Na południowym brzegu Tamizy znajduje się miasto zwane Greenwich, a w nim wzgórze, na którym być może leży odpowiedź na twoje pytanie.

– Jakie pytanie? – Miał ich tak wiele. A może tylko jedno?

– Wiele lat temu najlepsi ludzie króla zbudowali w Greenwich obserwatorium astronomiczne, by pomóc brytyjskim marynarzom w żeglowaniu po morzach i odkryć najbardziej dokładną i niezawodną metodę określania kierunku podróży.

– Okej. A co to ma wspólnego ze mną?

– Wiesz, dokąd zmierzasz?

Julian zamilkł. Devi mówił dalej.

– George Airy, królewski astronom, zbudował swój słynny teleskop i za jego pomocą przez wiele lat badał ścieżki gwiazd i planet. Nazwał niewidoczną linię, którą wskazywał jego teleskop, meridianą, czyli słowem oznaczającym środek dnia. A jak inaczej nazywamy środek dnia?

Julian przechylił głowę.

– Hmm... południe?

– Skąd to wahanie? Tak. Południe. – Devi zaakcentował południe, jakby uczył Juliana nowego słowa. – Airy obserwował słońce, które w południe przechodziło przez meridianę. W końcu linia stała się znana na całym świecie jako pierwszy albo zerowy południk.

– Rozumiem, oblicza się według niego Greenwich Mean Time, czas uniwersalny, ale...

– Innym określeniem południka jest linia tranzytu. Dlatego teleskop Airy'ego nazywa się Transit Circle.

– Okej.

– A co oznacza tranzyt? Nie, daj spokój – powiedział Devi. – Przejście. Podróż.

– Okej.

– Południk zerowy to linia, która określa, jak daleko jedna rzecz znajduje się od drugiej. Wszystkie nasze kilometry i minuty znajdują się albo na prawo, albo na lewo od niego. Odmierza, jak daleko ode mnie znajduje się Karmadon – dodał tajemniczo Devi. – I jak daleko od ciebie znajduje się Josephine.

– Kto to jest Karmadon?

– Zadajesz niewłaściwe pytania. Nie chodzi o to, kim jest Karmadon, lecz o to, co dzieje się w południe na zerowym południku. Nie na lewo ani na prawo, ale bezpośrednio na nim.

– Co?

– Rzeczy, które wykraczają poza linearną naturę czasu. Nie patrz tak na mnie. Wiesz, że czas jest nierzeczywisty, jego natura jest iluzoryczna. To jest najbardziej oczywiste na południku, gdy słońce przesuwa się nam nad głową. Czas jest sprzecznością. Zawiera w sobie podstawowy konflikt: każde zdarzenie było kiedyś przyszłością, teraz jest teraźniejszością i w końcu przeminie. Każda chwila jest jednocześnie tymi trzema rzeczami i żadną, wszystkim naraz.

Julian otworzył usta, by zaprotestować. Zdecydowanie.

Devi nie pozwolił mu przerwać.

– Pomyśl, zanim zaczniesz się ze mną spierać. Nawet kiedy otwierasz usta, pierwsza część twojego zdania już przeminęła, pa, pa. Zanim skończysz wyznaczać położenie słońca, ono będzie już w innym miejscu. Huragan nie stoi w miejscu, Julianie, nie stoi też Ziemia ani choćby jeden atom znajdujący się na niej.

– No właśnie. Ale przeszłość to przeszłość. Nic nie może jej zmienić.

– Jesteś pewny?

Dlaczego Julian zamrugał, zanim odparł, że na sto procent?

– Nie sądzisz, że przeszłość może przypominać na przykład Anglię? Obcy kraj, gdzie ludzie robią różne rzeczy inaczej. Miejscem, do którego możesz się udać, jak przyjechałeś tutaj?

– Tak – odparł Julian. – Na sto procent… Jasne.

– Siedzisz taki skulony i już wiem, dlaczego tak myślisz – powiedział Devi. – Jesteś bardzo krótkowzroczny.

– Nic nie może zmienić tego, co już się wydarzyło – stwierdził Julian. – To pierwsza zasada.

– Posłuchaj mnie uważnie – odrzekł Devi. – Zbierz wszystkie założenia o tym, co wiesz, i wyrzuć je przez okno. Wszystkie. Musisz się nauczyć nowej mowy. Mowy południka, uniwersalnego czasu, nadziei i wiary. To twoja brakująca pierwsza zasada. – Devi nakreślił palcem linię prostą na ladzie. – W swoim myśleniu popełniasz błąd, bo rysujesz czas wzdłuż linijki na płaskiej powierzchni. Czas tak nie wygląda. Ani południk. – Devi złożył dłonie w kulę. – W czasoprzestrzeni poza Ziemią południk nie jest linią, lecz ciałem niebieskim. Jakie jest inne określenie na niebieski? Niebiański. Duchowy. Z innego świata. Boski.

– Albo planetarny. – Julian starał się podejść do tego naukowo.

– Tak. Dotyczący planet. Z definicji znajdujący się poza naszym poznanym światem. Aby zrozumieć fizyczną sprzeczność, jaką jest czas, a już na pewno, by go zmienić, potrzebny jest obserwator i coś, co go poruszy, jak oś w kole. Potrzebna jest dusza. Czyli ty.

Julian siedział skulony i lekko się trząsł.

– Pomyśl o sobie jako o piaście tej kuli, południki przechodzą przez ciebie jak szprychy we wszystkich kierunkach, na północ, południe, wschód i zachód. Kręcisz się, a linie perspektywy kręcą się razem z tobą. Każdy punkt, na którym stajesz, ma nieskończoną liczbę zenitów i nadirów, horyzontów i południków – ciągnął Devi. – Wszystko zależy od tego, gdzie spojrzysz. Wszystko zależy od tego, gdzie staniesz. Zawierasz w sobie nieskończoną liczbę możliwości. – Urwał, by załamany Julian mógł to przyswoić. – Jesteś niezbędną falą i cząstką w ogromie całego stworzenia.

Zegary tykały. Poza tym było cicho.

– W Królewskim Obserwatorium w Greenwich – ciągnął kucharz, jakby po chwili zastanowienia i tak cicho, że Julian musiał się pochylić nad blatem, by go słyszeć – jest takie miejsce na południku zerowym, które raz do roku tworzy małe rozdarcie w materii czasu i przestrzeni. Kiedy najjaśniejsza gwiazda na naszym niebie przekracza najwyższy punkt nad twoją głową, musisz działać.

– Co tworzy? – Czy ten człowiek powiedział przed chwilą „rozdarcie"?

– Raz do roku – mówił dalej Devi – w równonoc wiosenną, gdy dzień i noc trwają tyle samo, przy Transit Circle otwiera się portal i jeśli masz dość odwagi i siły, możesz przenieść się przez tę bramę i poszukać Josephine w przeszłości, kiedy jej dusza zamieszkiwała inne ciało.

Julian milczał przez kilka uderzeń zegara.

– Jej kryształ złapie promień słońca i otworzy się przepaść, jak wtedy na górze – ciągnął Devi. – Otworzy się najszerzej pikosekundę po dwunastej i zamknie pikosekundę przed minutą po dwunastej. Z każdą mijającą sekundą i przesuwającym się słońcem portal coraz bardziej się zwęża, aż w końcu się zamyka. Masz pięćdziesiąt dziewięć sekund ruchu, działania, przyszłości, by zmienić swoje życie. Potrafisz to zrobić?

Julian wypuścił powietrze. Nie uświadamiał sobie, jak długo wstrzymywał oddech. Jego płuca napełniły się tlenem.

– Devi, co ty wygadujesz? Jaki portal? – Jąkał się, niczego nie rozumiejąc. – Myślałem, że zapalisz kadzidło, wezwiesz jej ducha, zadziałasz jako pośrednik. A ty mówisz, że znalazłeś wehikuł czasu? – Julian parsknął śmiechem. Węzeł w jego ciele rozluźnił się. Devi co prawda się nie uśmiechał, ale najwyraźniej potrafił długo opowiadać śmieszną historię.

– Byłeś kiedyś w Greenwich? – zapytał Devi, zawiązując czysty czarny fartuch. – Warto się tam wybrać. Cudowny park, a zainteresowani historią morza mogą obejrzeć kliper „Cutty Sark". Mój dobry przyjaciel Mark, właściciel sklepu ze starociami, sprzedaje na podwórku mnóstwo najróżniejszych rzeczy. – Wyjął białe talerze i postawił je na ladzie.

– Nie zmieniaj tematu.

– Czemu nie? Nie masz wiary. O czym jeszcze możemy rozmawiać?

– To, co mówisz, jest niemożliwe.

– Jak niemożliwy jest twój sen o niej?

Julian wciągnął powietrze.

– Bardziej.

– Tak jak wtedy, gdy opowiedziałeś lekarzowi w Peckham o swoim trudnym położeniu, a on stwierdził, że to niemożliwe?

– Tak. Jak wtedy – powiedział Julian z nieco mniejszym przekonaniem.

Devi stracił zainteresowanie dalszym przekonywaniem Juliana i zajął się wyjmowaniem przyborów kuchennych potrzebnych do przygotowania lunchu.

– To tyle? Skończyłeś?

– Chcesz, żebym ci powiedział więcej rzeczy, w które nie chcesz wierzyć?

– Tak – odparł natychmiast Julian. – Chcę.

Devi zbliżył się i zaczął mówić naglącym tonem.

– Pod obserwatorium znajduje się pusta przestrzeń, gdzie skały rozpuściła lekko kwaśna woda. Skała i ziemia zostały wypłukane. Struktura ziemi została naruszona. Powstał lej krasowy. I ten lej prowadzi do kwarcowej jaskini. To jak pion w kanalizacji.

– Powiedziałeś kwarc? – Kółka w mózgu Juliana powoli zaczynały się obracać. – Dokąd prowadzi ta jaskinia?

– Do rzeki.

– Żartujesz. Pod Londynem nie ma jaskiń i rzek.

– Siedzisz tu tyle czasu, a nie zadałeś sobie trudu, żeby poznać historię naszych podziemnych rzek? – Devi zacmokał.

– Wiem, że miasto zbudowano na mokradłach.

– To tylko część historii. Londinium sprzed dwóch tysięcy lat było trzęsawiskiem pełnym rzek i jaskiń lawowych. Rozwój miasta, system irygacyjny i budowa kanałów sprawiły, że wiele rzek zniknęło, lecz niektóre nadal płyną pod ziemią dla nas niewidoczne. Jak czas. Też go nie widać gołym okiem – dodał Devi znacząco. – A jednak nadal jesteś przekonany, że czas istnieje, prawda?

Julian nie dał się podpuścić. Tracił pewność siebie.

– Dokąd płynie ta rzeka?

– Do Josephine.

Julian zaczął szczękać zębami. Wzdłuż kręgosłupa przebiegł mu dreszcz.

– Pomyśl o czasie jako o rzece – powiedział Devi – która płynie przez wszystkie zdarzenia i dusze. Na tej rzece jest miejsce, w którym ona żyła. Może uda ci się podpłynąć tam pontonem.

– Skąd jakaś rzeka będzie wiedziała, gdzie ona jest? – mruknął Julian.

– Zaprowadzą cię do niej beret i kryształ.

Wszystko mu się w środku przewracało. To było niedorzeczne! Jakim cudem dał się wciągnąć w tę szaloną rozmowę, w tej szalonej knajpie, z tym szalonym człowiekiem?

– Czym się przejmujesz? – zapytał Devi. – Albo ja mam rację, albo ty. To bardzo kantowskie.

– Kantowskie? Nie, nie wyjaśniaj. Powiedz, kiedy ma miejsce to magiczne wydarzenie?

– Mówiłem ci. Jutro.

– Nigdy tego nie mówiłeś.

– Mówiłem. Powiedziałem: równonoc wiosenna. Nie wiesz, kiedy przypada? Taki jesteś wszystkowiedzący?

– Jutro? – Julian zaśmiał się ironicznie. – To znaczy za dwadzieścia cztery godziny?

– Zgadza się. Wiesz, to znaczy… w przyszłości.

– Nie dajesz mi dość czasu, żebym się nad tym zastanowił. – Postanowił zrobić przyjemność kucharzowi.

– Myślisz, że tutaj brakuje ci czasu? – zapytał Devi. – Że masz dwadzieścia cztery godziny nie by działać, ale się zastanawiać? Spróbuj zejść zwężającą się spiralą w pięćdziesiąt dziewięć sekund. Albo znaleźć księżycową bramę. Albo płynąć czarną rzeką w ciemności, wiedząc, że ludzkie ciało przetrwa bez jedzenia tylko czterdzieści dni. Może pomyślisz o takich rzeczach.

– Nie będę jadł przez czterdzieści dni?

– Tego nie powiedziałem. Pomagam ci tylko ustalić priorytety.

Julian zerwał się ze stołka.

– To szaleństwo. Muszę już iść. Ashton czeka. Zrobimy tak. Kupię sobie książki o południku, o historii obserwatorium i teleskopie Transit Circle. Pójdę do księgarni Foyles przy Charing Cross Road. Mają tam cały dział poświęcony astronomii i nawigacji. Dałeś mi mnóstwo do przemyślenia. Wrócę, kiedy zdobędę więcej informacji. – Sięgnął po kurtkę.

– Wykorzystaj cały czas, jakiego potrzebujesz – odparł Devi. – Do tej pory się nie spieszyłeś. Po co to zmieniać?

– Ustalmy jedno – powiedział Julian. – Kiedy ta domniemana rzecz otworzy się następny raz?

– Dwudziestego marca.

– Nie chodzi mi o jutro. Następny raz.

– Ile razy mam się powtarzać? Za rok. Dwudziestego marca.

– Otwiera się tylko raz w roku na pięćdziesiąt dziewięć sekund?

– Nareszcie mnie zrozumiałeś.

Julian opadł z sił.

– Widzisz więc, że masz mnóstwo czasu, żeby to wszystko prze-myśleć – powiedział wesoło Devi. – Zamiast szukać utraconej uko-chanej, przez rok będziesz czytał o południku.

Devi był niewzruszony. Nic nie było w stanie nim zachwiać. A Ju-lianem? Jeden z mężczyzn był masztem, drugim targało jak sadzonką na wietrze. Julian przysiadł na brzegu stołka, słuchał tykania zegarów, wody kapiącej z kranu, oddechu niskiego mężczyzny, swojego posa-pywania. Dzwoniło mu w uszach.

Devi spróbował raz jeszcze. Rozpostarł dłoń Juliana i położył na niej kryształ Josephine.

– Przez cały ten czas trzymałeś w dłoni magię i nic o tym nie wie-działeś. Z czego jest ten kryształ?

– Z kwarcu – odparł tępo Julian.

– Zgadza się. Potrafi odbijać i pochłaniać światło. Ogrzewany ku-muluje ciepło. Bo to jest kwarc, Julianie. Drugi najczęściej występu-jący minerał na Ziemi. Główny składnik granitu, który jest niczym innym jak jądrem Ziemi, które wystygło i stwardniało. Co robi kwarc? Zamienia ciepło, to inne określenie na światło, na energię elektro-magnetyczną. Skupia i wzmacnia tę energię. Kwarc jest piezoelek-trykiem, co znaczy, że magazynuje energię i uwalnia ją, gdy się nim potrząsa albo go ściska. Do czego używamy kwarcu? – Devi wskazał dłońmi zegary tykające na ścianach. – Do mierzenia czasu. I do uzdra-wiania chorych.

Julian oddychał płytko.

– Jestem twoim uzdrowicielem – powiedział Devi. – Jedź do Greenwich, mój chłopcze. – Uniósł dłoń Juliana do sufitu. – Unieś jej kwarc do słońca. Sprawdź, czy uda ci się zmienić czas.

Julian nie potrafił wytłumaczyć Deviemu, że do czasu, gdy Jo-sephine zjawiła się w jego życiu i pokazała mu magię, był racjonal-nie myślącym człowiekiem, zblazowanym latami pracy za kurtyną w Szmaragdowym Mieście. Optyczne iluzje i efekty specjalne w fil-mach nie robiły już na nim wrażenia. Mieszkając w krainie czarów na sprzedaż, Julian odwrócił się od ułudy Hollywood, szukając prak-tycznych rozwiązań codziennych problemów. Jak uprościć pracę.

Złagodzić stres. Ułatwić życie. Wywabić plamy z ubrań. Zamarynować stek. Jak znaleźć w dziczy nietrującą roślinę, która uleczy pulsującą ranę na głowie. Człowiek, który szukał najlepszych sposobów wykorzystania w domu miodu i wódki, nie zwracając uwagi na wymarzone życie odbite na kolorowej taśmie filmowej, nie dostrzeże łatwo mistycznej mocy w arbitralnie wytyczonych liniach mających ułatwić nawigację.

Ashton, który dobrodusznie i powierzchownie wierzył we wszystko, stale dokuczał mu z tego powodu. Jak człowiek taki jak ty, mawiał, który zaginął i został odnaleziony, może nie wierzyć w cuda? Nie oznaczało to wcale, że Julian nie wierzył w cuda. Uważał jednak, że wyczerpał ich zapas w kanionie w Topandze.

Dziś ten człowiek wpatrywał się w obojętną twarz Deviego pełnym niedowierzania wzrokiem.

– Załóżmy na sekundę, czysto hipotetycznie, że mogę… że coś takiego może się wydarzyć – powiedział. – Czy będę mógł wrócić?

– Nie – odparł Devi. – Nie będziesz mógł wrócić. Wreszcie zadałeś sensowne pytanie.

Julian usłyszał rzecz niemożliwą i czuł, jak uderza ona w struny strachu w jego wnętrzu. Chciał się roześmiać, ale śmiechem rodem z filmów grozy. To nieprawda!, krzyczały jego zmysły. To jakaś sztuczka. To tylko kolejny plan filmowy.

A jeśli to prawda?, szepnął cichy głos w jego sercu.

I co było bardziej przerażające?

Że to nieprawda?

Czy że może się wydarzyć?

30

Notting Hill

Oszołomiony Julian, zataczając się, wsiadł do pociągu. Kiedy dotarł do stacji Moorgate, a potem przebiegł w deszczu do Gallery w Austin Friars, gdzie czekał na niego naburmuszony Ashton, był już mocno spóźniony.

– Przepraszam, stary, nie mam zegarka – powiedział Julian – i stale zapominam naładować telefon.

– Czyja to wina? Czemu muszę cierpieć, bo ty nie potrafisz pozbierać się do kupy? O czwartej muszę być na Heathrow.

Zamówili rybę z frytkami, ale Julian nie mógł jeść. Devi mu zabronił. Jakie to śmieszne! Był tak pobudzony, że nie miał pojęcia, jak Ashton tego nie zauważył.

– Co się z tobą dzieje? – Ashton położył dłoń na ramieniu przyjaciela. – Przestań się wiercić. Co jest, u diabła? – Może jednak zauważył. – Jesteś naćpany czy co?

– Już nie. Nie martw się – dodał Julian, kiedy dostrzegł wyraz twarzy przyjaciela. – Za dzień czy dwa wrócę do formy.

– Znajdziesz dla nas mieszkanie do pierwszego maja?

Pierwszy maja był przyszłością.

– Jasne.

– Raczej nie można ci ufać. Możesz się przynajmniej postarać, żeby cię nie wylali z pracy?

– Oczywiście.

– To pociąga za sobą chodzenie do pracy.

– Będę tam jutro z samego rana. – To też była przyszłość. Julian chwycił podłokietnik krzesła.

– I nie pisz więcej nagłówków w stylu CZĘSTY SEKS ZWIĘKSZA RYZYKO CIĄŻY.

– A co? To nieprawda?

– Graham jest wkurzony. Naprawdę wkurzony. Mówi, że nigdy ci nie wybaczy, że go tak wystawiłeś.

– A co takiego zrobiłem? – Julian parsknął śmiechem. – Przecież nic złego! Zapytałem go tylko, jak się pisze „stażysta". Powiedział że przez „z" z kropką. No to napisałem. To moja wina?

– Twoja, bo to ty wymyśliłeś taki nagłówek – odparł Ashton. – STAŻYŚCI W TARTAKU UCZĄ SIĘ RŻNIĘCIA.

Roześmieli się obaj.

– Wyśmiewasz się z dziennikarskich praktyk – rzucił wesoło Ashton. – Kiedy przejmę stery, będę musiał cię przenieść. Nie mogę pozwolić, żebyś ze mnie też robił głupka

– Nie mogę się doczekać – odparł Julian. – Dokąd?

– Skoro nie potrafisz wykonywać swojej pracy, będę cię musiał oczywiście awansować – powiedział Ashton. – Grahama przeniesiono do piwnicy, do archiwum, biedaczyna. Dam ci jego stanowisko, będziesz kierował działem wydawniczym. – Otworzył piątkowe wydanie „Evening Standard". – Sprawdź to. – Pokazał Julianowi zakreślone ogłoszenie. – Jasne i przestronne mieszkanie z dwiema sypialniami niedaleko Notting Hill przy Cambridge Gardens. Spójrz na cenę. Niezła. Idź je wynająć. Żadnych pytań.

– Nie chcesz tam mieszkać – oznajmił Julian.

– Chcę.

– Nie. Wyższe numery przy Cambridge Gardens znajdują się pod autostradą A-40. Po tygodniu trafisz do wariatkowa. – Grzebał widelcem w puree z groszku.

Ashton pokazał mu inną ofertę przy Elgin Crescent.

Julian pokręcił głową.

– Tam też nie. Przy Elgin Crescent znajduje się pub, jeden z najgłośniejszych w Londynie – wyjaśnił. – W każdy piątkowy wieczór kogoś aresztują. Ostatnio zabili jakiegoś gościa.

– Skąd to, u licha, wiesz?

– Było w gazetach – odparł spokojnie Julian. – Czemu krzyczysz?

– Odezwał się ten spokojny.

– Zawsze jestem spokojny. Mówiłem ci też, że z Notting Hill jest kawał drogi do Nextel. Jak chcesz co rano jechać do pracy?

– Central Line, skarbie. – Ashton uśmiechnął się od ucha do ucha. – Wysiądę na Bank.

– Okej – odparł Julian. – Przepuścisz trzy zatłoczone pociągi, zanim wciśniesz dupę do Central Line. Równie dobrze możesz jechać Circle Line. W każdym razie dojazd do pracy zajmie nam godzinę. Tego chcesz?

– Nie – powiedział Ashton. – Chcę, żebyś wrócił do naszego pięknego L.A., żył swoim życiem i umawiał się z laskami. Ale ponieważ nie mogę tego mieć, chcę wynająć odlotowe mieszkanie w Notting Hill z palmą na chodniku, która będzie mi przypominała dom. Hej, żyje się tylko raz.

Rzeczywiście?

– Hindus nigdy czegoś takiego nie powie – rzucił lekko Julian. – Ale poważnie, co z Riley? Nie wydawała się zachwycona pomysłem, że będziesz mieszkał sam siedem tysięcy kilometrów od niej.

Nie będę mieszkał sam, ale z tobą. – Ashton złożył gazetę. – Nie mówiłem ci, że poszliśmy na terapię dla par?

– Ty i Riley?

– Wariactwo, prawda? Wiesz, że wszyscy w L.A. chodzą na terapie. Nawet york Riley. Na szczęście dla mnie, piesek ma swojego terapeutę. Riley chce mieć pewność, że przepracujemy nasze problemy, zanim się pobierzemy

– Jakie problemy?

– No wiesz. Nie podchodzę poważnie do życia, miłości, pracy i tak dalej. Nazywa to moim syndromem Piotrusia Pana. Mówi, że czas dorosnąć.

– Ashton. – Julian potrząsnął głową. – Stary, uwierz mi, jeśli chodzicie na terapię przed ślubem, następnym krokiem będzie zerwanie, a nie ślub.

– Powiem to Riley. Wścieknie się.

Przyszła pora, by Ashton zamówił taksówkę na lotnisko. Niechętnie się rozstawali.

– Czy wyglądam na zupełnie zdrowego? – zapytał Julian.

– Nie.

– Ale lepiej?

– Nie.

– Jakbym był przy zdrowych zmysłach, ale w depresji?

– Nie.

– Wyglądam, jakby mi miały odpaść wszystkie kółka?

– Nie. – Ashton wstał. – Kółka odpadły już dawno. Tamtej pieprzonej nocy w teatrze Cherry Lane w Nowym Jorku. Nigdy nie wybaczę kierowcy Nicole Kidman. Od tamtej pory nie widziałem prawdziwego Juliana.

Julian też się podniósł.

– Skąd wiesz, że teraz nie jestem prawdziwy?

– To najgorsza rzecz, jaką mi powiedziałeś w życiu – odparł Ashton. – Widzisz, nadal mam nadzieję na odrodzenie. – Stuknęli się pięściami, barkami. Julian miał ochotę uścisnąć przyjaciela, ale się powstrzymał.

– Wyluzuj, stary – powiedział Ashton, klepiąc go przyjaźnie. – Zobaczymy się za miesiąc.

Przyszłość.

– Mam nadzieję – odparł Julian, gdy wychodzili z Gallery. – Bez ciebie nic mi się nie udaje.

31

Czas ponad materią

Trzydzieści minut po pożegnaniu z Ashtonem Julian stał już przy ladzie Deviego. Wyciągnął rękę po szklankę z mętną wodą, zanim Devi mu ją zaproponował.

– Wróciłeś.

– Bo mam mnóstwo bardziej atrakcyjnych możliwości – rzucił z przekąsem Julian. Kucharz milczał. – Czy zabrzmi to źle, jeśli powiem, że ci nie wierzę?

– Myślisz, że kłamię?

– Nie powiedziałem, że kłamiesz. Powiedziałem, że ci nie wierzę. A to różnica.

– Brak wiary daleko cię nie zaprowadzi.

Devi przygotował talerz z kurczakiem na zimno i białym ryżem. Julian posłusznie zjadł wszystko. Kiedy skończył, westchnął.

– Nie mam siły się kłócić – powiedział. – Ale nie jestem też gotowy, by uwierzyć ci na słowo. A już na pewno nie jestem gotowy, żeby to wszystko przeprowadzić. Nie jestem facetem, który ruszy dla ciebie do boju.

– Nie dla mnie – odparł Devi. – Dla siebie. Zdecyduj, czy chcesz działać, czy czekać na następne uderzenie dzwonu. Pamiętaj, jak my wszyscy, budzisz się w nowym dniu. Zdecyduj, czy to naprawdę będzie nowy dzień, czy taki sam, jak poprzednie. Wszystko jest w twoich rękach, Julianie. A dzieło rąk to zaczątek cnoty – dodał. – Wydaje ci się, że masz zły dzień? No to może powiesz sobie, że dzisiejszy będzie jednym z najlepszych w twoim dotychczasowym życiu.

Julian odetchnął głęboko. Miał milion pytań, ale mógł zapamiętać jedynie z tuzin odpowiedzi.

– Rzeka płynie tylko w jednym kierunku? – zapytał. – Do przodu. Więc będę się przemieszczał w przyszłość. Ale powiedziałeś, że trafię do przeszłości? Jak to możliwe?

– Powiedziałem tak, bo czas obejmuje wszystko naraz – odparł Devi. – Poza tym, nie jesteś rzeką. Nie jesteś nawet łódką. Jesteś człowiekiem w łódce. Nie potrafisz wiosłować, poza tym w łodzi nawet nie ma wioseł. Jesteś tylko ty.

– Zapytam jeszcze raz. Przeniosę się do przyszłości? Technicznie rzecz ujmując, czy to miejsce znajduje się w mojej hipotetycznej przyszłości i tam właśnie dotrę?

Devi skinął głową.

– Możesz się przenieść tylko do jej przeszłości, bo nie ma takiej przyszłości, w której ona istnieje. Ale skoro jeszcze nic nie zrobiłeś, rozważasz swoje przyszłe ja i swoje przyszłe działania. Kiedy tu siedzisz, wszystko sprowadza się tylko do możliwości.

Wewnętrzny głos ostrzegł Juliana przed ostrą cyniczną reakcją; ten sam głos, który przypominał mu, że Josephine przychodziła do niego, gdy spał, szła do niego w nowej sukience, w nowym miejscu, pełna życia. Słuchał kucharza z plemienia Hmong tylko dlatego, że w jego śnie była tak cudownie żywa. Przynajmniej z pozoru nie chciał być podobny do Weavera, który bardzo sceptycznie podchodził do cudów.

– Wszechświat nie oferuje wielu drugich szans – powiedział Devi. – Ale daje ci tę jedną.

– Czemu?

– Może prosiłeś tak głośno, że mogła cię usłyszeć nawet moja głucha matka.

– Wiedziałem! Wiedziałem, że to twoja matka!

– No cóż, jesteś Tym-Który-Wie-Wszystko.

Kiedy Julian nie odpowiedział, szaman mówił dalej.

– Czuję możliwość. Czuję ją w rzeczach Josephine i czuję ją w tobie. W nowym księżycu, w deszczu, który spadł, i w zimnym wietrze. Ziemia się kręci, zapowiadając nowy porządek.

Julian oparł łokcie na blacie i słuchał cichego głosu Deviego, jak włączonego gdzieś w oddali radia.

– Nie mogę tego zrobić. Szczerze. Nie mogę wejść do jaskini. Panicznie boję się zamkniętych przestrzeni.

– To nie będzie trwało wiecznie – odparł Devi.

– Nieważne, czy wiecznie, czy pięć minut. – Julian przygryzł palce. – Co jeszcze się tam wydarzy?

Aby Julian poczuł się jeszcze gorzej, Devi opowiedział mu o kilku rzeczach, których mógł się spodziewać.

– Kiedy już spadniesz, będziesz się błąkał. Poczujesz się zagubiony. Ale postaraj się nie panikować. Ta wędrówka ma kres. Kiedy znajdziesz księżycową bramę, będziesz wiedział, że rzeka jest blisko. Z twojej ponurej miny wnioskuję, że byłeś już wcześniej w jaskiniach?

– Mniej więcej. To raczej było zawalisko – odparł Julian. – Przerażające jak cholera.

– Rozumiem, że można się było przerazić – powiedział Devi – ale zawalisko to nie prawdziwa jaskinia, lecz kupa kamieni.

– Jakby trzęsienie ziemi usunęło ci grunt spod nóg – wyjaśnił Julian. – Możliwe, że sam poruszyłem te głazy. Ale spadły na mnie i długo nie mogłem się wydostać. Zgubiłem się.

Devi milczał, przyglądając się badawczo Julianowi, jakby chciał zmierzyć jakąś niezgłębioną rzecz.

– To będzie coś innego – oświadczył w końcu.

– Co to jest księżycowa brama?

– Och, Julianie.

– No co? To brama, która wygląda jak księżyc?

– Tak. To brama, która wygląda jak księżyc. Talizman. Pozwala ci żyć w środku tajemnicy.

– Zrobił ją człowiek?

– Jak mógł ją zrobić? Jesteś w jaskini!

– Nie wściekaj się na mnie, szamanie, tylko mi wyjaśnij.

Na twarzy Deviego malował się surowy wyraz.

– Dotarcie do księżycowej bramy nie będzie łatwe – powiedział. – Możliwe, że będziesz musiał skoczyć. Może nawet dać dużego susa.

– Nie potrafię dać susa.

– Będziesz musiał odnaleźć w sobie wiele nowych umiejętności – powiedział Devi, napełniając szklankę Juliana. – Kiedy już znajdziesz się w środku, nie będzie odwrotu. Nie będziesz mógł zmienić zdania. Portal to nie drzwi obrotowe. Otwiera się tylko w jedną stronę. Można przez niego tylko wyjść. Jedyna droga prowadzi naprzód.

Julian zamyślił się.

– Powiedziałeś, że w L.A. żyła siódmy i ostatni raz?

– Tak.

– To do którego z jej siedmiu wcieleń zaprowadzi mnie rzeka? Tak na chybił trafił? Czy będę musiał wybrać? Mam nadzieję, że wrócę do L.A. Będę mógł zabić Faria Rimę.

Devi spojrzał na Juliana, jakby się za niego wstydził. Z szafki na dole wyjął tasak i dwie główki kapusty

– Czy choć raz możesz pomyśleć, zanim coś powiesz? – zapytał.

– Czemu? Jeśli mam się gdzieś przenosić, to czemu nie do L.A.?

– Boże święty, Julianie – Devi odetchnął kilka razy. – Jeśli chcesz się wybrać do L.A., American Airlines latają tam z Heathrow dwa razy dziennie.

Julian zacmokał.

– Wydaje ci się, że jesteś taki mądry.

– Tylko w porównaniu. – Devi lekko odpuścił. – Nie jestem pewny, ale być może trafisz na sam początek, gdy jej dusza dopiero się formowała.

– Skąd będę wiedział, że jestem we właściwym miejscu?

– Bo ona tam będzie.

– Młoda czy stara?

– Jej beret i wisiorek zawiodą cię we właściwe miejsce – odparł tylko Devi.

– Ale na jaki czas w jej życiu trafię? Kiedy będzie miała dwa lata? A może pięćdziesiąt dwa?

– Pamiątki po niej cię poprowadzą – powtórzył Devi.

Czy uzdrowiciel mógł machać przed tonącym taką poszarpaną liną? Przerażona twarz Juliana musiała zdradzić jego stan ducha. Devi odłożył tasak i spojrzał na niego niemal ciepło.

– Jesteś mirażem? – zapytał słabo Julian. – Czy to tylko mój smutek płata mi figle?

– Gdybym tylko mógł być mirażem – odparł Devi, podnosząc dłoń z brakującymi palcami. – Ból sprawił, że jestem prawdziwy.

– Chyba nie radzę sobie zbyt dobrze z żałobą – stwierdził Julian. Przed Josephine opłakiwał tylko jedną rzecz.

– Nikt sobie z nią dobrze nie radzi. – Devi nie patrzył na niego.

– Pierwsza żałoba przypomina pierwszą miłość – powiedział Julian. – Jest obezwładniająca. Może dlatego tak trudno odpuścić. – To była bzdura. Nie mógł odpuścić, bo zaczynał większość dni zanurzony po szyję w wilgotnym klonopinie, który twardniał jak cement wraz z upływem dnia.

– Słyszałeś kiedyś powiedzenie, że niczego nie można osiągnąć bez fanatyzmu? – zapytał Devi. – Odwrotna strona tego powiedzenia głosi, że niczym nie można się cieszyć bez spokoju. Niestety nie masz w sobie dość ani jednego, ani drugiego. Potrzebujesz wzmocnienia. Wytrwania. Ciszy i cierpliwości. Potrafisz fechtować? Ścierać się konno w turnieju? Zaczynam się martwić.

– Teraz zaczynasz się martwić?

– Może jednak powinieneś zaczekać jeszcze rok.

Julian pozwolił, by te słowa zawisły w powietrzu, jakby myślał o innych niemożliwych rzeczach. Jeśli nigdy nie wróci, co się stanie z jego rodziną, matką?

– Mój Boże, a co z Ashtonem? – zawołał łamiącym się głosem, jakby dopiero teraz uświadomił sobie, co oznacza wybranie się w podróż bez powrotu.

– Jeśli nie chcesz, by przerażały cię odpowiedzi – odparł Devi – przestań zadawać przerażające pytania.

– Ale w przyszłym miesiącu Ashton przeprowadza się do Londynu, dla mnie!

– To zostań.

– Bądź poważny.

– Uważasz, że nie jestem poważny? – rzucił Devi. – Czego ty chcesz, Julianie? Odpowiedz mi, odpowiedz sobie.

Przez ciało Juliana przebiegł dreszcz. Czego chcesz? Takie pytanie zadała mu Josephine na ciemnej scenie teatru Cherry Lane.

– No proszę – powiedział Devi ze znaczącym uśmieszkiem. – Udało ci się znaleźć odpowiedź na najbardziej naglące pytanie. Wiedza jednak jest wyzwoleniem, prawda? Kiedy miałeś przed sobą alternatywę, zareagowałeś strachem. Obserwowałem cię. Zacząłeś się trząść. Zbladłeś. Stąd wiesz, czego chcesz. Nie chcesz czekać ani minuty dłużej. Rozpaczliwie pragniesz, by to, co ci proponuję, okazało się prawdą.

Nareszcie coś sensownego.

Przez długi czas Julian przyglądał się Deviemu z powątpiewaniem, z obawą. Potem zapisał numer telefonu Ashtona.

– Jeśli przypadkiem mówisz prawdę i zniknę, zadzwonisz do niego i powiesz, co się ze mną stało?

– Uwierzy?

– Pewnie nie. Skoro ja mam z tym problem, on też może nie uwierzyć. – Czas uciekał. – Będę w tej jaskini sam?

– Co jest bardziej przerażające? – zapytał Devi. – Samotność? Czy świadomość, że są tam z tobą inni zdesperowani ludzie owładnięci rozpaczliwą tęsknotą? – Podniósł tasak. W Quatrang rozlegało się teraz tylko tykanie zegarów i odgłosy ostrza wbijającego się w główkę kapusty. Jedną. Potem drugą. Zanim któryś z nich znów się odezwał, na drewnianej desce leżał stożek poszatkowanej kapusty. W knajpce Deviego było ciepło, piec na tyłach był włączony, żółte kojące światło, uderzenia tasaka, miękkie tykanie kilkunastu zegarów, kolorowe koraliki kotary, załamane światło, zapach czosnku i octu, migoczące cienie zlewały się w jedno. To była hipnoza. Julian stopniowo przestał się trząść, powieki zaczęły mu ciążyć. Przygarbił się. Niepokój osłabł. Pozbawiony energii z trudem utrzymywał otwarte oczy.

– Co jest w tej wodzie, którą mi dajesz? – mruknął. – Działa jak narkotyk.

– Wzmacniam cię.

– Co w niej jest?

– Tygrys – odparł Devi. – Chciałbyś się położyć na parę minut?

– No, proszę cię – odparł Julian niewyraźnie. – Jaki tygrys?

– Chyba nie mogę się wyrazić bardziej zrozumiale – powiedział Devi, pomagając mu zejść ze stołka.

Julian pozwolił zaprowadzić się na zaplecze. Za małym pokojem ze stołem do akupunktury, lodówką z nierdzewnej stali, żelaznym piecem i lśniącymi metalowymi blatami znajdowały się wąskie drzwi, a za nimi pokoik, w którym mieściło się tylko twarde łóżko polowe. Czy Devi tu spał? Ale czemu? Zupełnie jak u pani Pallaver, jak w celi ascety. Julian wiedział, dlaczego sam tak mieszkał, ale czemu robił to Devi? Ledwo zdążył zdjąć kurtkę, gdy głowa opadła mu na pierś, całe ciało rozluźniło się i odpłynął.

A kiedy spał, śnił o Josephine.

32

Chłopiec zwany Wart

Julian obudził się i wrócił do knajpki. Czuł, że jest późno, jakby spał przez wiele godzin.

– Dzień dobry – powiedział Devi. – Jesteś głodny?

Tykające zegary powiedziały mu, że jest dziewiąta. Na zewnątrz było ciemno.

– Kiedy zjesz, powinieneś wrócić do domu. – Devi postawił przed nim zimnego kurczaka i gotowany ryż. – Może będziesz chciał się przebrać. Nie jesteś odpowiednio ubrany na wyprawę do jaskini. – Na blacie pojawiła się szklanka mętnej wody.

Julian wbił w nią wzrok.

– Co jest w tej wodzie?

– Minerały. Wapno.

– Zanim zasnąłem, powiedziałeś, że tygrys. Zdawało mi się?

Devi pokręcił głową.

– Jest pyszna? Tak. Dobra dla ciebie? Tak. Ma właściwości medyczne, uzdrawiające, mistyczne? Tak, tak, tak.

– Daj spokój, co to naprawdę jest? Woda kokosowa?

– Tygrysia. To pradawny zwyczaj Hmongów. Miele się kości tygrysa i wsypuje do wody. Kiedy ją pijesz, przejmujesz wytrzymałość tygrysa, jego cierpliwość, której rozpaczliwie potrzebujesz, i jego wytrwałość. Przejmujesz jego ostrożność i siłę.

Julian odsunął szklankę.

– Niech to będzie żart. Jesteś jak Ashton. Nie jestem pewien, kiedy żartujesz.

– Wyglądam, jakbym żartował?

– Twoja twarz zawsze tak wygląda. Poza tym nie znam cię. Równie dobrze możesz żartować.

Devi nalał sobie sake do czarki i przysiadł na stołku po drugiej stronie blatu.

– Zaproponowałbym ci sake – powiedział – ale jesteś słaby. Klonopin nieźle cię wykończył.

Julian jadł powoli, jeszcze wolniej pił wodę.

– W mojej rodzinie jesteśmy nie tylko szamanami – powiedział Devi. – Od dwudziestu pokoleń jesteśmy łowcami tygrysów. Uwierz mi, musisz bardzo wierzyć w siebie, by powiodło ci się w takiej pracy.

– Łowisz tygrysy?

– Kiedyś łowiłem.

– Czy w Hoxton jest na to duże zapotrzebowanie?

– Jakiś jest – odparł Devi. – Pewnie takie samo jak na wędrówki po jaskiniach.

Kiedy Julian jadł, Devi opowiadał mu o sztuce łowienia tygrysów.

– Musisz siedzieć cicho i bez ruchu. Tygrys jest przerażającą, budzącą podziw, zabójczą siłą natury. Aby go złowić, musisz dać z siebie wszystko. Sam musisz stać się przerażający i budzić podziw.

– Czy wydaję ci się przerażający?

– Musisz stać się odbiciem tygrysa w działaniu i charakterze. Nigdy nie zapominaj o jednym: tygrys jest mądrzejszy od ciebie. Jest szybszy, silniejszy, o wiele bardziej niebezpieczny. Możesz zabrać ze sobą strzelbę, by wyrównać siły i go zabić, ale jeśli go zabijesz, nie ma mowy o łowieniu. Poza tym mówimy o sobie „łowcy", a nie „zabójcy" tygrysów.

– Skoro piję zmielone kości tygrysa – odparł Julian – to chyba jesteście zabójcami.

– Kości jednego tygrysa wystarczają jednemu plemieniu Hmong na tysiąc lat – odparł Devi. – Od tygrysa nauczyłem się siedzieć cicho i obserwować świat. Obserwuję tygrysa bardzo długo i stąd wiem, kiedy go złapać. Wiem, kiedy opuszcza gardę, bo ja nigdy jej nie opuszczam. Łowię go, gdy zjadł obfity posiłek i idzie do wodopoju. Łowię go, kiedy jest powolny i senny, łowię go od tyłu, kiedy nie wie, że się zbliżam.

Julian wskazał trzy brakujące palce u dłoni Deviego.

– Czasami wie.

Devi wypił sake.

– Te padły łupem innego tygrysa. Odmroziłem je, gdy szukałem syna. I wszystkie palce u lewej stopy. Dlatego kuleję.

– Masz syna?

– Miałem s-s-syna.

Julian czekał. Twarz Deviego wykrzywiła się. Nie podnosił wzroku. Zniknął na zapleczu, a kiedy wrócił, jego twarz znów była gładka jak kamień, a głos spokojny. Julian skierował rozmowę na inne niewiadome.

– Jak moje ciało, krew, kości i mięśnie mogą podróżować w czasie? – zapytał.

– Jesteś materią, a cała materia to energia – wyjaśnił Devi. – Podobnie jak dusza, została stworzona, ale nie można jej zniszczyć. Przybierzesz inną formę.

– Mojego ciała nie można zniszczyć? – Julian podniecił się lekko.

Devi pokręcił głową.

– Krwawisz jak Pan, jesteś spragniony jak Pan? Odczuwasz ból jak Pan? Uważaj na spadające kamienie, Julianie, na miecze, zarazę, ogień, lód, zatrutą wodę, złych ludzi. Strzeż się kata i czarnego deszczu. Nie rozgniewaj ludzi potężniejszych od siebie. Bo jeśli to zrobisz, nadal będziesz materią, ale staniesz się prochem. Tak, twojemu ciału można wyrządzić krzywdę. Jak ciału Josephine. Twoje ciało jest śmiertelne. Obchodź się z nim ostrożnie. Wraz z twoim ostatnim tchnieniem znikną wszystkie twoje plany.

– Chyba jednak się zdecyduję? – powiedział Julian.

– Z tobą wszystko jest pytaniem.

– Chyba tak. Prawda?

Devi o mało co nie parsknął śmiechem.

– Powiedz mi jedno. Jesteś głową czy rękami?

– Ostatnimi czasy jestem głównie głową. – Julian wpatrywał się w swoje dłonie, zaciskając i rozluźniając pięści. – Wiem co nieco o roślinach. Moja *abuela*, matka mojego ojca, nalegała, by dzielić się ze mną wszystkim, czego nauczyła się od swojej babki, która dorastała w Salina Cruz w Meksyku.

– Potrafisz więc uprawiać ogród?

– Nie. Potrafię odróżniać rośliny.

– I do czego ci się to przydaje? – W głosie Deviego słychać było przygnębienie.

– O co ci chodzi? Chodzisz sobie, widzisz coś zielonego i wiesz, co to jest.

– To umiejętność, którą wszyscy chcieliby mieć?

– Nie chciałbyś wiedzieć, jak nazywa się brachychiton klonolistny albo różne trawy, kiedy jest sezon na truskawki albo czy możesz zjeść trujące jagody z cisu?

– Nie. Ty też nie. Posadzić coś w ziemi, to jest warte zachodu.

– No to trafił ci się niewłaściwy facet.

– Nie mnie się trafił – mruknął Devi, wyjmując stos czasopism i całe strony notatek zapisanych drobnym starannym pismem. – Znasz się na koniach?

– Trochę.

– Ujmę to inaczej – powiedział Devi. – Nie chodzi mi o to, czy potrafisz odróżnić rasę andaluzyjską od arabskiej. Chcę wiedzieć, czy potrafisz osiodłać konia i na nim jeździć.

– Hmm, nie, Devi… po co, u diabła… Wiem, że mamy rozmawiać o moich mocnych stronach, ale przyznaję, że trochę boję się koni. To znaczy, boję się jak cholera.

Devi obrzucił go jednocześnie krytycznym i sfrustrowanym spojrzeniem.

– Żadnych koni i żadnych jaskiń. Kapuję. Potrafisz zbudować platformę, prostą skrzynkę?

– Zbudować? Przy użyciu młotka i gwoździ?

– Potrafisz malować?

– Obrazy?

– Domy.

– Nie i nie.

– Wiem, że nie potrafisz gotować. Umiesz liczyć pieniądze?

– Prowadziłem Ashtonowi księgowość w Skrzyni Skarbów. Więc tak.

– Na komputerze?

– Tak.

Devi westchnął.

– Potrafiłbyś liczyć pieniądze na papierze albo na liczydłach?

Podawał w wątpliwość wszystkie umiejętności Juliana!

– Odpowiedź brzmi więc: nie – stwierdził Devi. – I nie potrafisz fechtować. Nie możesz więc być rycerzem. Potrafisz oprawić wieloryba albo fokę?

Julian poczuł mdłości.

– Byłeś kiedyś w kościele?

– Devi! Oczywiście. Moja rodzina pochodzi ze starego kraju, są zagorzałymi katolikami.

– Ale ty masz dość powierzchowną wiedzę teologiczną – stwierdził Devi. – Nie możesz więc pracować dla klasztoru.

– Czemu mam udawać, że jestem kimś innym? Czemu nie mogę być sobą?

– A to co znowu? – Devi zamknął czasopisma i splótł dłonie. – Jeśli dla twojej wygody wszystkie wcielenia Josephine nie wbiły się w dwudziesty wiek, najprawdopodobniej trafisz do czasu i miejsca, gdzie nie ma samochodów, komputerów, nawet iPhone'a.

– Powiedziałem ci, że nie jestem gotowy – odparł Julian, przepełniony lękiem i wątpliwościami. – Tylko ciebie to dziwi.

– Czy przynajmniej twoim głównym przedmiotem w college'u była historia?

– Ashtona.

– Ashton wybiera się z tobą?

– Angielski – odparł Julian. – Miałem dwa główne przedmioty: angielski i wychowanie fizyczne.

– Mógłbyś być nauczycielem gimnastyki?

Uderzenie.

– Między innymi.

Devi jęknął.

– No co? Otrzymałem staranne wykształcenie w sztukach wyzwolonych.

– Do niczego ci się nie przyda. Wcześniej na wpół żartowałem, ale czy potrafisz wiosłować?

Julian nie odpowiedział. Czy to takie trudne?

Devi wyrzucił ręce w górę.

– Dlaczego – zaczął – powiedz mi, dlaczego nie nauczyłeś się choć jednej z tych rzeczy, zamiast pisać te niedorzeczne nagłówki? Byłeś Tym-Który-Wie-Wszystko. A jednak nie wiesz, jak robić cokolwiek. Potrafisz śpiewać?

– Powinni mi płacić, żebym nie śpiewał.

– Wiem, że nie jesteś zabawny, więc nie możesz być nadwornym błaznem.

– Potrafię być zabawny!

– Ale nie na zawołanie.

– Lepiej coś wymyśl, mądralo – powiedział Julian – bo w twoim wielkim planie mam dwanaście godzin, żeby nauczyć się, jak być zabawnym.

– To nie ja muszę coś wymyślić – odparł Devi. – Ja się nigdzie nie wybieram – dodał niemal ze smutkiem.

A ja się wybieram?, chciał zapytać Julian. Naprawdę? Przygryzł wargę.

– Kiedy byłem mały, grałem na małym kotle.

– No to teraz nic cię nie powstrzyma.

Julian wzruszył ramionami. Wyjawić inne rzeczy czy nie? Pogrzebał je tak głęboko. Nie mówił o nich nikomu, nawet Josephine. Nabrał głęboko powietrza. Bez względu na wszystko pewnie i tak już nigdy nie zobaczy Deviego.

– W innym życiu byłem bokserem – powiedział. Wyjawił całą prawdę.

Krępego kucharza niewiele dziwiło, ale tym wyznaniem był wyraźnie zaskoczony.

– Bokserem? – Odłożył tasak.

– Tak. – Julian nie patrzył mu w oczy. – Waga superśrednia. Byłem niepokonany wśród amatorów. Trzydzieści cztery nokauty. Miałem wziąć udział w kwalifikacjach do Igrzysk Olimpijskich w Sydney, ale zmieniłem zdanie i postanowiłem przejść na zawodowstwo. I też byłem niepokonany. Dwa razy złamali mi nos, raz werdykt nie był jednogłośny, ale nigdy nie przegrałem walki. Byłem niezły. – Julian uśmiechnął się z lekką dumą na wspomnienie dawnego siebie. – Aż do... – Urwał. Nie znosił o tym opowiadać. Od czasu, gdy jako ośmiolatek oglądał na wideo walkę, w której Muhammad Ali pokonał George'a Foremana w Zairze, chciał być tylko bokserem. Boks był jego hajem, pasją, sceną. Poczuł, jakby wymierzono mu miażdżący cios, gdy był zmuszony przestać go uprawiać. Wrócił do szkoły na końcowe egzaminy, ale nie miał do tego serca. Nie miał serca do niczego. Nauczanie było substytutem – walczył, by znaleźć zastępcze życie. W końcu coś tam znalazł. Ale była to tylko słaba pociecha. Boks był wszystkim.

Devi szturchnął go.

– Aż do czego?

– Aż życie postanowiło się wtrącić – odparł Julian. – Żeby spieprzyć mi wszystkie marzenia. Doznałem paskudnego urazu głowy. Musiałem przejść trepanację czaszki, a potem wprowadzili mnie w śpiączkę farmakologiczną. Po tym już nigdy nie byłem taki sam. Straciłem częściowo wzrok w lewym oku. To miało wpływ na moją równowagę, nie widziałem dobrze prawych sierpowych. Próbowałem dalej trenować, by walczyć jak mańkut, ale nic z tego nie wyszło. Stale obrywałem. Przegrałem kilka walk... wszystkie. Musiałem przejść na emeryturę przed czasem.

– Czy do uszkodzenia mózgu doszło podczas walki?

– Nie. Pół góry spadło mi na głowę. – Julian naprawdę nie chciał o tym mówić. Do dziś nie rozumiał dużej części tego, co się wydarzyło.

Devi wpatrywał się w niego, w jego zazwyczaj obojętnych oczach szalała burza.

– A, to zawalisko – powiedział tylko i przez długą chwilę milczał. – To wspaniale, że kiedyś walczyłeś. Ale co z tego? Dziś nie możesz. – Przemawiał znacznie łagodniejszym tonem.

– Nie powiedziałem, że nie mogę walczyć – odparł Julian. – Tylko nie mogę tego robić zawodowo. Powiedziałeś, że przeniosę się w przeszłość. Czemu nie mogę się przenieść do takiej przeszłości, w której nadal będę mógł walczyć?

– Udajesz choć, że mnie słuchasz? – zapytał Devi. – Nie przeniesiesz się do swojej, lecz do jej przeszłości. I zabierzesz ze sobą swoje słabe ciało, ze wszystkimi ranami głowy, ślepymi plamkami i uzależnieniami od leków.

270

Julian podniósł rękę, by potrzeć długą nierówną bliznę na czaszce.
– Skąd będę wiedział, że to ona? – zapytał. Jego głos brzmiał przeraźliwie smutno. – Jak ją rozpoznam, jak będzie miała na imię? Czy będzie tak samo wyglądać, będzie taka sama?

– Odpręż się, Julianie, ćwicz panowanie nad sobą, jak cię uczyłem. Wdech, zaciśnij pięści, wydech, rozluźnij. Nawet jeśli nie znasz nazwy tygrysa, nadal wiesz, że to tygrys, prawda?

– Nie, jeśli nie będzie pręgowany.

– Nic nie zmieni pierwotnej natury tygrysa – powiedział Devi. – I nic nie zmieni natury Josephine.

– Co zrobię, kiedy ją odnajdę?

– Naprawdę potrzebujesz mojej rady, co masz zrobić, gdy znajdziesz się w obecności bogini? – zapytał Devi. – Rób, co chcesz. Daję ci tylko szansę. I niczego ci nie obiecuję. Możesz się natknąć na kolejnego Faria Rimę. Ona może leżeć na cierniowym łożu. Może być zalana krwią.

– Już jest zalana krwią – odparł Julian i zamilkł, bojąc się zadać właściwe pytanie.

– Mówię tylko, że powrót twojej dziewczyny może nie uleczyć prawdziwej utraty twojej dziewczyny – powiedział Devi. – Powinieneś być na to przygotowany. Powinieneś się przygotować na wiele.

– Ale czy będzie mnie kochać? – szepnął Julian.

Devi westchnął i zlitował się nad nim.

– Czy kocha cię w twoim śnie?

Julian przyznał, że czuje, jakby go kochała.

– No proszę. Często potrafisz odpowiedzieć sam na swoje pytania. Powinieneś częściej próbować.

Nadeszła pora, by się zbierać.

– Dziewczyna znajduje się w grawitacyjnej nieregularności, którą stworzyła twoja własna czasoprzestrzeń – powiedział Devi. – Jest masą planetarną, przez którą musisz się przedrzeć, jeśli masz znów żyć.

Obaj mówili cicho. Z Quatrang wyparował cały zewnętrzny smutek. Jutro jest nowy dzień.

– Boże. Żałuję, że nie mam jeszcze jednego tygodnia – powiedział Julian.

– Masz. Masz jeszcze rok.

Julian przewrócił oczami.

Devi poklepał go po ramieniu.

– Tydzień to nie jest miara naukowa – powiedział. – Tydzień to jedyna jednostka czasu, która nie wywodzi się z astronomii, lecz prosto z Biblii.

– Dzięki temu na pewno czuję się lepiej, że nie mam jeszcze tygodnia – odparł Julian.

– Mówię tylko, że nie potrzebujesz tygodnia. Nie skupiaj się na czasie. Skoncentruj się na działaniu. Rozmawialiśmy o tym. Czas to drugorzędna cecha naszej egzystencji, nie pierwszorzędna. Czas to tajemnica, jak wiele innych rzeczy w naszym świecie. Mierzymy go, ale nie rozumiemy. To rzecz ulotna, a jednak konkretna. Nie widzisz go, nie czujesz, nie możesz go wyjaśnić zmysłami. Biegnie wbrew rozsądkowi. A jednak wiesz, że istnieje. Dziesięć do piętnastu miliardów lat, wiek wszechświata. Pięć tysięcy lat pisanej historii ludzkości. Dwa tysiące lat od chwili, gdy w życie człowieka wprowadzono nowy wymiar. Czterdzieści pięć minut walki bokserskiej. Trzy minuty na rundę – powiedział Devi. – I jedna sekunda, tyle średnio mija pomiędzy uderzeniami serca człowieka.

Nie jej serca.

– Wiesz, jak szybko leci pocisk? – zapytał Julian. – Dziewięćset kilometrów na sekundę. A kiedy Fario Rima strzelił, był w odległości dziesięciu metrów od niej.

Devi nie zdjął ręki z ramienia Juliana.

– Nie wiem, jak pokonać śmierć – przyznał. – Gdybym wiedział, uwierz mi, nie stałbym tutaj i nie gadał z tobą. Ale wiem, jak zwrócić ci tę brakującą sekundę.

Zegary wybiły północ. Niedługo przestanie kursować metro.

Julian ścisnął czerwony beret w kieszeni.

– Nie bój się – powiedział Devi. – Pamiętaj o chłopcu imieniem Wart.

Julian zmrużył oczy. Skąd ten zadziwiający człowiek tyle wiedział? Wart, przeciętny chłopiec o przeciętnych umiejętnościach, wyciągnął miecz z kamienia i został królem Arturem.

– Nie jestem królem – stwierdził Julian. – Jestem żebrakiem. –

Dlatego znalazł się w Quatrang, dlatego wybierał się do Greenwich. Bo nie miał nic do stracenia, a przynajmniej tak mu się wydawało.

– Portal nie otworzy się, jeśli twoja dusza nie stanie w płomieniach – rzekł Devi. – Masz w sobie moc, by wyciągnąć miecz? Nie wiem. Nie wie tego twój przyjaciel Ashton. Nie wie twoja zmarła ukochana. Nawet ty nie wiesz. To twoja przyszłość. Z definicji jest niepoznawalna. Ale jeśli dotrzesz do Transit Circle na czas i zaczekasz, aż słońce przekroczy południk i otworzy nieskończoną głębię twego cynicznego serca, to może się przekonasz, z czego cię zrobiono. Wszyscy powinniśmy mieć takie szczęście, by odkryć, kim jesteśmy.

Julian stał przy drzwiach. Czy naprawdę nie zobaczy już tego mężczyzny, tego życia? Było to niemożliwe do przyjęcia, jak materia zastanawiająca się nad własną zagładą.

– Dzień jaskini wisi nad tobą – powiedział Devi. – To twoja jedyna szansa. Spraw, żeby była coś warta.

Uścisnęli sobie dłonie.

– Uważaj na jej rzeczy. Bez nich do niej nie dotrzesz. I trzymaj je przy sobie, nawet jeśli pomyślisz, że nie są ci potrzebne. I na miłość Boską, nie bądź Orfeuszem. Nie sprzeciwiaj się prawom wszechświata.

– Nie wiem, co to za prawa.

– Dowiesz się. Devi otworzył drzwi. – Kiedy byłeś dzieckiem, kim chciałeś zostać w dorosłym życiu? Poza bokserem. Bohaterem własnej historii, prawda?

– Nie. – Julian zapiął kurtkę. Na zewnątrz było przeraźliwie zimno. I wietrznie. – Wtedy uwielbiałem filmy. Chciałem pracować na planie filmowym.

– Tam jest prawdziwa magia, nie filmowa – odparł Devi. – Z Bogiem, Julianie. Idź złowić tego tygrysa.

33

Pantomima

Następnego ranka nieufny, niespokojny i niewyspany Julian wysiadł z pociągu w Greenwich. Przed wyjściem z pokoju zostawił na komodzie liścik do Ashtona. „Wybacz mi, proszę – napisał. – Wiem, że dasz sobie radę. Żałuję, że cię zostawiam".

Zeskoczył na peron, a potem z trudem zrobił krok. Powlókł się po schodach, przez krótki zaułek i wyszedł na główną ulicę, na której panował poranny ruch. Nie orientując się, w którą stronę iść, obrał kierunek i ruszył przed siebie. Nie wiedział, czego się spodziewać. Na pewno nie tego, że Greenwich okaże się takim dużym ruchliwym miastem, ale nie chciał się zatrzymywać i pytać o drogę. Chciał stać się niewidzialny.

Wyglądał śmiesznie w swoim czarnym ubraniu, jakby miał napaść na bank. Nagle ktoś zapytał o drogę jego! Na ulicy zatrzymał go mężczyzna z córką.

– Przepraszam… – zaczął z ciężkim, obcym akcentem.

Julian próbował iść dalej.

– Przepraszam – powtórzył krzepki cudzoziemiec, blokując mu przejście. – Próbujemy znaleźć obserwatorium i południk zerowy…

Julian rozłożył ręce.

– Nic nie wiem.

– Ach – odparł mężczyzna, kiwając energicznie głową, gdy usłyszał akcent Juliana. – Oczywiście. Amerykanin.

Zanim Julian zdążył poczuć się urażony, ojciec i córka zniknęli. A może on zniknął?

Minął księgarnię i hotel, minął wszystkie przybytki z zielonymi markizami (nie złotymi ze swojego snu), przed nim na Nevada Street znajdował się pub Rose and Crown, od dziewiętnastego wieku oferujący najlepszą rybę z frytkami. Za nim Julian dojrzał parkową zieleń i zabrakło mu odwagi. Postanowił zajrzeć do pubu, zapominając o ostrzeżeniach Deviego dotyczących jedzenia.

Choć na High Street panował duży ruch, w środku było cicho i pusto. Nie było ludzi z wyjątkiem barmana i jedynego klienta, który wkrótce wyszedł. Barman powitał go dość osobliwie.

– Jak się pan dziś miewa?

Zabrzmiało to dziwnie. Jak się dziś miewa? Zupełnie, jakby barman konsultował się z Ashtonem, jak powinno się zwracać do ludzi pogrążonych w żałobie.

– Co pan zamówi? – zapytał, stając przy stoliku.

– Macie zwykłego kurczaka i ryż?

– Oczywiście. Jak zawsze.

Julian zamówił też kawę i piwo. Dostał oba napoje o temperaturze zwanej pokojową. Nie wypił żadnego.

Siedział w najdalszym rogu, niedaleko kominka, plecami do ściany. Okna okalały zasłony z ciężkiego czerwonego materiału. Czerwone skórzane ławy, stoliki z ciemnego drewna, mahoniowy bar. Piosenka *I Want to Marry You* grupy Train pulsowała w głośnikach nad głową. Ktoś chciał się z kimś ożenić.

Kurczak był mdły i niedosolony. Julian żuł go bez entuzjazmu. Spędził przy jedzeniu długą chwilę, jakby nie chciał się z nim rozstawać, jakby nie chciał zrobić następnego niepojętego kroku w swoim życiu.

Powiedział Deviemu prawdę. Nie lubił jaskiń. Zawsze towarzyszyło mu w nich uczucie duszenia się pod kamieniami.

Naglący głos w jego głowie powtarzał mu jednak, że wszystkie jego marzenia znajdują się tuż, tuż.

Czy to prawda? Wydawało się tak nieprawdopodobne.

Wszystkie marzenia znajdują się o południk stąd.

Sto i dwa metry na wschód.

Wszystkie marzenia o księżyc stąd.

Julian siedział przez ponad godzinę, może dłużej, wyglądając przez okno. Nikt inny nie wszedł do środka. W końcu zapłacił gotówką i wyszedł.

Idź odnaleźć swoją błękitną szansę, powiedział do siebie, gdy wychodził w zimny i wietrzny dzień. Stań pod nią. Wpadnij w nią. Wykorzystaj swoją jedyną błękitną szansę.

Spróbujmy jeszcze raz.

Wszystkie marzenia o Great Eastern Road stąd.

O kontynent stąd.

O morze stąd.

O pocisk na Normandie stąd.

O rzekę Styks stąd.

Wszystkie marzenia o śmierć stąd.

Wszystkie twoje marzenia daleko, daleko stąd.

Powinienem był cię pocałować.

*

W Królewskim Obserwatorium, w sali teleskopu Transit Circle, w południe, zasnute chmurami słońce przeszło przez siatkę nitek na celowniku i powiększony promień światła padł na kryształ leżący na drżącej dłoni Juliana.

Nic się nie wydarzyło.

Czekał na tę samą fantasmagorię barw, która zalała go w górach Santa Monica, gdy ona stała obok niego.

To się nie wydarzyło.

Stopnie po obu stronach teleskopu nadal były czarne, teleskop pozostał nietknięty. Tłum obcokrajowców na zewnątrz nadal hasał na mosiężnej linii wtopionej w kocie łby. Sweeney, niewzruszony krępy strażnik, siedział w tej samej pozycji przy stoliku za Julianem.

Ale coś się zmieniło. Wszystko ucichło. Julian znalazł się w środku pantomimy. Nie słyszał nawet, jak ze świstem bierze oddech.

Kilka metrów od niego, przy podstawie teleskopu, za niską żelazną bramką, u stóp czarnych schodów pojawiła się wirująca błękitna dziura, wyraźna jak zorza na niebie.

Przypływ adrenaliny i uciekający czas sparaliżowały Juliana. Nie wiedział, czy minęła sekunda, czy trzydzieści. Szybko przeskoczył przez barierkę, wszedł do zagłębienia i postawił jedną stopę na błękitnym świetle. Pod stopą nie wyczuł podłogi. Nie czekał ani chwili dłużej. Przyciskając ręce do boków, wyprostował się jak człowiek pocisk wsuwający się do kanału, zrobił jeden malutki krok, drugi ogromny i wskoczył w błękitny wir.

Część trzecia

MEDEA

I chwal ją, schlebiaj, ile język zdoła (...)
Nie jest mężczyzną ten, kto nie gotowy
Zdobywać kobiet siłą swej wymowy[*].
William Shakespeare, *Dwaj panowie z Werony*

---

[*] Wszystkie cytaty z *Dwóch panów z Werony* Williama Shakespeare'a w przekładzie Stanisława Barańczaka.

34

Księżycowa brama

W ciemności Julian nie wiedział, czy spada.

Jego oczy nie mogły przywyknąć do mroku. Nie, zdecydowanie nie spadał. Utknął, otoczony ze wszystkich stron przez chropawe ściany. A może spadał tak szybko, że nie czuł, iż się porusza. Ale to nie sprawiało wrażenia spadania. Był już wcześniej uwięziony. I wiedział, co się wtedy czuje. Najpierw szok, potem panikę. Julian próbował wymacać coś nad głową, ale nie mógł poruszyć rękami. Szyb był zbyt wąski.

Ściśnięty, oddychał z trudem i poczuł lęk. Lęk przed utratą powietrza. Czemu zeskoczył z rękami przyciśniętymi do boków jak idiota? Jaki teraz miał plan? Czy za cztery minuty zabraknie mu powietrza? Może powinien oddychać płytko, żeby je oszczędzać. Może za dwa lub trzy dni schudnie i opadnie martwy na dno jaskini – to jeden ze sposobów, by się stąd wydostać.

Julian otwierał i zamykał oczy, starając się coś zobaczyć, usłyszeć jakiś hałas, może Sweeneya nad głową? To nie była klaustrofobia. To nie irracjonalny lęk przed zamkniętą przestrzenią. Był wciśnięty jak w puszkę i nie mógł się wydostać. Lęk wydawał się uzasadniony. Policzył do sześćdziesięciu, by poczuć, że czas upływa. Nic się nie zmieniło.

Ale nagle coś się wydarzyło. Pojawił się ruch.

Pojawiła się zmiana.

Pojawiła się radość.

Pojawiła się. Pojawiła.

Devi nie kłamał! Kanał, którego za minutę dwunasta jeszcze nie było, otworzył się o dwunastej i wpuścił Juliana. Miał życie. Miał nadzieję.

Ponieważ był w przyszłości.

Wtedy uświadomił sobie, że nie zabraknie mu tlenu. Bo nie utknął w pozbawionej powietrza puszce.

Znalazł się na latającym dywanie.

Musi się tylko nauczyć, jak na nim latać.

Kiedy postanowił podejść do swojego położenia z logiką godną Sherlocka Holmesa, uspokoił mu się puls. Nie mógł tu utknąć na dobre. Dlatego musi być jakieś wyjście. Zakręcił ramionami. Poruszył biodrami. Dlaczego włożył taką gruba kurtkę! Gdyby nie kurtka, swetry i podkoszulki, byłby szczuplejszy. Dobrze, że tak bardzo schudł. Trzynaście dodatkowych kilogramów nie zmieściłoby się w tej rurze, szerokiej dla jednego człowieka, lecz nie dla wszystkich.

Czy grawitacja nie mogłaby mu trochę pomóc? Przecież w magicznej jaskini grawitacja nadal działa. Pojawiła się w znanym wszechświecie przed materią. Zanim pojawiła się materia, istniało prawo nią rządzące.

Dlaczego musiało istnieć prawo rządzące materią, zanim pojawiła się materia?

Dlaczego musiało się pojawić prawo rządzące czymś, co jeszcze nie istniało?

I czemu ta pierwsza zasada grawitacji nie mogła mu teraz pomóc? Czy przestał być częścią znanego wszechświata? Żałował, że nie może się wyswobodzić z kurtki. Devi podał mu sprzeczne instrukcje. W jaskini jest zimno, powiedział, włóż coś ciepłego. No to włożył. I teraz jest wystarczająco odważny, ciepło ubrany i zaklinowany.

Ramiona miał szersze niż biodra, a górna część jego ciała nie poruszała się. Co mógł zrobić, nie wybijając sobie przy tym barków? Bo na pewno świetnie sobie poradzi sam w czarnej jaskini z kończynami wyrwanymi ze stawów.

Powolutku udało mu się skulić górną część ciała. Wyprostował mocno stopy. Weaver, konował z Peckham, zauważył, że Julian ma nienormalną postawę. Nienormalną jak diabli. Po starym urazie mózgu jego kończyny pod wpływem stresu wyginały się i wykręcały w niezwykły sposób. Brawa dla starych urazów mózgu. Poruszał przed sobą dłońmi i rękami. Dzięki temu ramiona stały się węższe. Jego ciało osunęło się o kilka centymetrów. Postęp! Najdłuższa podróż w czasie zaczynała się od powolnych ruchów robaczkowych.

Julian wiercił się i kręcił straszliwie wolno. Za późno pomyślał, że może w końcu jest Ralphem Dibnym. Człowiek guma, co za rozczarowanie. Josephine by się spodobało.

Poruszał się niemal niezauważalnie, stale zahaczając o ostre ściany. Nie wiedział już, ile czasu zajęło mu przebycie zaledwie kilkudziesięciu centymetrów. W ciemnościach zupełnie tracił orientację. Pomimo to nie ustawał w wysiłkach. Pomagało mu kilka rzeczy, które wiedział o jaskiniach. Jaskinie to kopalnie węgla pod powierzchnią ziemi. Długie szyby prowadzą w dół. Teraz znalazł się wewnątrz takiego szybu. W końcu musiał dotrzeć do dna jaskini.

I dotarł. Jego stopy i nogi zadyndały w powietrzu. Jeszcze jeden czy dwa ruchy giętkiego torsu i spadł z wysokości może trzech metrów, lądując niezgrabnie na twardym podłożu. Przez kilka chwil siedział, zbierając się w sobie; czuł ulgę, lecz jednocześnie rosnące napięcie. Wokół niego panowała ciemność jak na dnie oceanu. Nic było nic widać. Ale rozlegał się dźwięk. Gdzieś kapała woda.

Julian już miał zapalić latarkę, lecz powstrzymał go inny dźwięk – odległy trzepot skrzydeł. Pamiętał, że w jaskiniach żyją nietoperze. Czy mieszkają także w tej? Czy go zaatakują? Nie miał ochoty zapalać latarki, by ujrzeć ich drobne szczurze ciała, groteskowo wielkie oczy, sprężyste wachlarzowate skrzydła. Kap, kap. Klap, klap.

Zapalił nowiutką latarkę Maglite, kupioną rankiem w Bootsie. Bez niej nie będzie w stanie znaleźć drogi. W przeciwieństwie do latających ssaków Julian nie posługiwał się sonarem, natura nie obdarzyła go echolokacją. Latarka była tania, ale sprawna. Można było ustawiać moc światła, zasilał ją akumulator litowo-jonowy, dzięki któremu mogła świecić sto tysięcy godzin.

Przecież nie spędzi w tej jaskini stu tysięcy godzin? Zanim zdążył się zniechęcić dzieleniem tej liczby przez dwadzieścia cztery, wstał i ruszył przed siebie.

Nie wiedział, co było bardziej niesamowite: siedzieć w hebanowej ciemności bez żadnych cieni czy widzieć wąski promień światła odbijający się od nisko wiszących stalaktytów. Wcześniejsze podniecenie rozwiało się, ustępując miejsca gryzącemu niepokojowi. Znalazł długi tunel, podziemny korytarz i miał nadzieję, że zaprowadzi go do księżycowej bramy. Czy nie tak mówił Devi? Będziesz się błąkał. Poczujesz się zagubiony. Kiedy ujrzysz księżycową bramę, będziesz wiedział, że jesteś blisko. Rzeka płynie tuż za nią.

Odgłos jego niepewnych kroków odbijał się od ścian. Szedł powoli pełnym kapania i trzepotu tunelem, wypełnionym układającym się w kaskady wapieniem, przez ciemny labirynt, nawiedzony dom pozbawiony wszelkich oznaczeń, a każdy zakręt i wybór pomiędzy lewą i prawą stroną przyspieszał bicie jego niespokojnego serca. Co jeszcze żyło w jaskiniach poza nietoperzami? Czy czekały na niego za następnym zakrętem osobliwe odmieńce jaskiniowe, specjaliści od rozkładu na końcu łańcucha pokarmowego?

Czy był dla nich ostatnim ogniwem łańcucha pokarmowego?

A jeśli podejmie złą decyzję i skręci w lewo zamiast w prawo?

Dobry przykład: nie uszedł daleko, bo dotarł do ślepego zaułka. Nie zabrał ze sobą niczego, by robić znaki na ścianach, nie miał też okruszków, by je rozrzucać jak Małgosia z bajki. Wrócił do poprzedniego rozgałęzienia korytarzy i spróbował raz jeszcze. Kiedy nie patrzył pod nogi, potykał się o stalagmity. Kiedy nie uważał na głowę, uderzał się o stalaktyty. Postanowił uważać na głowę, bo przekonał się boleśnie, że bez niej sobie nie poradzi, choć złamanie nogi też nie było idealnym rozwiązaniem.

Sfrustrowany szedł dalej, często zawracając i idąc po własnych śladach, posuwał się przez podziemny labirynt, wdzięczny za każdy zakręt, który nie okazywał się ślepym zaułkiem i nie straszył go nietoperzami zwisającymi z sufitu.

Jak długo szedł? Wyjął zegarek kupiony u kokietki w obserwatorium i sprawdził godzinę.

Było południe.

Przeklęty śmieć. Cisnął nim o ścianę. Zegarek rozbił się z trzaskiem.

Ale przynajmniej działo się coś nowego.

Tunel pogłębił się i rozszerzył. Woda kapała głośniej. Stalaktyty były dłuższe. Wzgórza stalagmitów, przypominające kopce termitów, stały się wyższe. Tunel dotarł do ogromnej podziemnej komnaty usianej wiszącymi skałami.

Latarka z drogerii oświetlała tylko ułamek olbrzymiej przestrzeni. Julian badał ją centymetr po centymetrze.

Ogromne pomieszczenie przecinał na pół kręgosłup postrzępionych stalaktytów łączący się z wapiennymi kolumnami i naciekami. W tej spektakularnej scenerii Julian znalazł idealnie uformowaną okrągłą dziurę w podłożu. Czy to księżycowa brama? W niebieskim świetle latarki pobłyskiwała srebrem i bielą. Julian z uśmiechem zrobił krok do przodu, kierując promień latarki w ubity pył pod stopami i starając się nie potknąć.

Kilkadziesiąt centymetrów przed nim zimny promień zamiast pyłu odnalazł tylko ciemność.

Julian przestał się uśmiechać.

Przestał iść.

Nie mógł zrobić ani kroku dalej.

Ziemia pod jego stopami skończyła się.

*

Wzrok musiał płatać mu figle. Julian owinął sznurek latarki wokół nadgarstka, nachylił się i przesunął promień światła w czarną pustkę. Ciemność pochłonęła światło. Stał zbyt blisko krawędzi i czuł pulsowanie w nogach. Cofnął się i obszedł komnatę, oświetlając ściany kawałek po kawałku w nadziei, że znajdzie jakieś przejście. Ale nadaremnie. Jaskinię w połowie rozcinała przepaść i oddzielała go od miejsca, w którym powinien się znaleźć.

Echo w pustej przestrzeni wzmacniało odgłos kapiącej wody. Brzmiało to tak, jakby woda tryskała, a nie kapała.

Czy tylko wyobraził sobie tę przepaść? Na pewno. Zbliżył się do krawędzi, ukląkł, by poczuć się pewniej i nie stracić równowagi jak niegdyś nad basenem na podwórku. Opuścił dłoń do czarnej pustki i poruszał palcami. Nic, tylko powietrze.

Podniósł się i stał z otwartymi ustami, oddychając płytko. Latarka zwisała mu z nadgarstka.

Stojąc tak, myślał, że najbardziej nie znosi zamkniętych przestrzeni i żyjących w nich stworzeń. Pająków, krabów, jedwabników, ryb bez oczu. Stworzeń, które przystosowały się do świata pozbawionego światła, które ewoluowały, by żyć w ciemności. Jak można się było ich nie bać? A jednak miał przed sobą coś jeszcze bardziej przerażającego niż mieszkańcy jaskiń.

Po drugiej stronie otchłani wielka przestrzeń była pełna cieni i atramentowych form, jak miasto posągów wyrzeźbionych przez samą jaskinię, abstrakcyjnych i ogromnych. Gdzie tylko kierował promień światła, tam znajdował złowieszcze piękno zagadkowego pochodzenia. Jeśli otchłań była prawdziwa, nie mógł jej przekroczyć. Wiedział o tym. Była szeroka na dziewięć metrów, może więcej. Co mógł zrobić, przejść po bocznej ścianie jak jaszczurka? Poruszanie się w pionowych jaskiniach, podobnie jak wspinanie się na ściany, wymaga specjalnego sprzętu. I specjalnych umiejętności. Julian nie miał ani jednego, ani drugiego.

Postanowił sprawdzić, co jest dalej, i odłamał kawałek stalaktytu, mając nadzieję, że nie opiera się na nim żaden głaz. Czy jaskinia raz jeszcze zawali mu się na głowę, bo dotknął czegoś, czego nie powinien?

Kiedy nic się nie stało, sprawdził, czy czasoprzestrzeń jest prawdziwa, wrzucając kawałek wapienia do otchłani. Spadał i spadał. Nie usłyszał uderzenia o dno.

Modlił się, żeby słuch go zawiódł. Odłamał jeszcze dwa kawałki z dwóch różnych form. Jeden jako okaz kontrolny, drugi jako testowy. Rzucił okazem kontrolnym o ścianę, jak bezużytecznym zegarkiem. Usłyszał głuchy odgłos. Niestety, nie stracił słuchu. Wrzucił okaz testowy do dziury w ziemi.

Spadał i spadał.

Julian usiadł na ziemi z nogami zdrętwiałymi ze strachu w kącie ogromnej komnaty.

Tak jak kiedyś, na otwartej przestrzeni, był przekonany, że umrze.

Devi nie przygotował go na coś takiego! Powiedział, że będzie musiał dać z siebie dużo, ale nie powiedział, co. Mówił, że jaskinia to nie drzwi obrotowe. Że można się poruszać tylko do przodu.

Ale do przodu nie prowadziło żadne wyjście. Przeklęty Devi.

Jak się nazywała ta jaskinia? Devi powiedział, że Q'an Doh. Co to znaczy? Czemu nie zapytał? Może to było ważne. Może Q'an Doh znaczyło Jaskinia Iluzji. Julian tak się zamartwiał południkiem, portalem i niemożliwością całego przedsięwzięcia, że zapomniał zapytać Hmonga o otchłanie nie do przebycia.

W końcu się uspokoił i próbował pomyśleć – nie było to wcale takie łatwe, jak mogłoby się wydawać. Nic w jego myśleniu nie mogło ogarnąć problemu źle wyszkolonego, przerażonego człowieka, który miał wykonać skok na odległość dziewięciu metrów.

Okej. Zakładając, że Devi nie wysłał go tu na śmierć, co jeszcze powiedział kucharz z plemienia Hmongów?

Mówił tyle absurdalnych rzeczy. To przypominało słuchanie obcego języka. Znajome słowa pozostawały w pamięci. Cała reszta przelatywała przez sito niezrozumienia. Devi miał nadzieję, że Julian nie ma lęku wysokości. Julian go zignorował. Jakim cudem można być pod ziemią i martwić się wysokością? Ale może właśnie o to chodziło Deviemu. O oszałamiającą wysokość, z jakiej pochylał się nad podziemnym kraterem.

Co jeszcze mówił Devi?

Powiedział, że Julian będzie się musiał nauczyć robić wiele rzeczy, których do tej pory nie robił.

„Możliwe, że będziesz musiał skoczyć", powiedział.

„Może nawet dać dużego susa".

Julian wstał i ostrożnie podszedł do krawędzi przepaści.

Devi bezsprzecznie powiedział, że aby dotrzeć do rzeki, Julian musi przejść przez księżycową bramę. I dodał na pewno, że będzie musiał nauczyć się skakać.

To było szaleństwo! Julian nie był skoczkiem olimpijskim. Cholera, nie był nawet olimpijskim bokserem. Nie oznaczało to wcale, że umiejętności bokserskie mogły mu teraz pomóc. Poświecił latarką poprzez ciemność do mlecznego wejścia. Było tak zwodniczo blisko, a jednak tak straszliwie daleko.

To była prawda czy iluzja?

„Tam jest prawdziwa magia".

„Może nawet dać dużego susa".

O mój Boże.

To niemożliwe.

Jak w rzucie monetą, gdy wygrywa wieczna niemożliwość.

Nie.

Po prostu nie.

Spanikowany Julian krzyknął. Krzyknął do ociekających wodą ścian, do skał pełnych zimnej wilgoci.

– Jest tam kto?! Czy ktoś tam jest?!

Jego głos powrócił trudnym do rozpoznania piskliwym echem.

Ktoktoktoktoktokto...

– Na pomoc – wrzasnął.

Pomocpomocpomocpomoc....

– Proszę. Niech ktoś mi pomoże.

Pomożepomożepomożepomoże...

Może Devi nie powiedział mu prawdy. Może portal otwiera się ponownie. Julian mógł się wspiąć w górę szybu, wrócić do swojego życia. Starsza kobieta, Quatrang, Devi, wszystko było halucynacją wywołaną przez rozpacz. Weaver go ostrzegał. Odstawienie klonopinu jest niebezpieczne.

Ale... jeśli to był sen, we śnie nie odczuwa się bólu. Uszczypnął się w dłoń. Zabolało. Poszukał wytłumaczenia. Może jednak we śnie odczuwa się ból. Tylko nie można umrzeć. Był gotów dopasować całą wiedzę do swojego obecnego położenia – zrobić wszystko, byle tylko nie musiał skakać.

Ile czasu musi minąć, zanim stanie się na tyle zdesperowany, by to zrobić?

Jak długo tamten człowiek był uwięziony w kanionie, zanim odciął sobie dłoń? Powinien był kupić jego wspomnienia tego pamiętnego dnia w Book Soup, przeczytać je, nauczyć się na pamięć. Teraz mógłby wiedzieć, jak uratować sobie życie.

Jedno było pewne: będzie musiało minąć dużo więcej czasu, zanim skoczy. Może sto tysięcy godzin – aż wyczerpie się latarka.

Ile z tych godzin spędził już na dole? Nie wiedział. Nie był spragniony jak po trzech dniach ani głodny jak po czterdziestu. Za to na pewno się bał.

Położył się na boku, zwinął w kłębek i zapadł w sen.

Kiedy się obudził, zapalił latarkę. Wyobraził sobie tylko, czy światło rzeczywiście przygasło? Wyłączył latarkę, zamknął oczy i próbował jak najwięcej zapamiętać.

Grawitacja zakrzywia zarówno światło, jak i czas.

Pole grawitacyjne w czarnej dziurze jest tak silne, że nawet światło nie może się z niej wydostać ani do niej wniknąć.

A jeśli nie ma światła, nie ma też prędkości światła. A jeśli nie ma prędkości, nie ma ruchu, a jeśli nie ma ruchu, nie ma też czasu.

„Wewnątrz czarnej dziury czas stoi nieruchomo".

Co ci to mówi, Julianie?

Nie ma prędkości. Nie ma czasu. Nie ma odległości.

Jest tylko przestrzeń.

A w przestrzeni jesteś pozbawiony ciężaru.

O mój Boże.

„Jedyna droga prowadzi naprzód".

Otworzył oczy i zapalił latarkę.

„Może się przekonasz, z czego cię zrobiono".

Formacje jak z koszmaru, kapiąca woda.

„Zapytaj samego siebie – jakie jest twoje najgłębsze pragnienie?".

„Jeśli poznasz odpowiedź, daj susa".

Julian wstał.

Odmierzył, ile biegowych kroków dzieli ścianę jaskini od krawędzi przepaści.

Piętnaście.

Postanowił ćwiczyć liczenie i bieganie z zapaloną latarką.

Zdjął dwa swetry i podkoszulek bez rękawów, zrzucił je jak skórę, by stać się stworzeniem na tyle lekkim, by dać długiego susa. Został w kurtce, bo miał w kieszeni jej beret.

Ćwiczył liczenie i bieganie z zapaloną latarką. Żałował, że nie ma na nogach adidasów zamiast ciężkich wodoodpornych skórzanych butów.

Trzymana w dłoni latarka utrudniała wyrzucanie ramion do przodu. Przymocował sznurek do szlufki paska i przećwiczył bieganie jeszcze sto razy z latarką obijającą się o biodro. To też było niewygodne. Łatwo się rozproszyć i źle postawić nogę. Ale nie mógł przecież biegać w ciemności.

A może mógł?

Jeśli źle policzy? Miał skoczyć na „piętnaście" czy przebiec piętnaście kroków i dopiero skoczyć?

Wsunął latarkę do kieszeni, zamknął oczy i zrobił trzy niepewne kroki w ciemności. Lepiej widzieć czy nie widzieć, jak spada w przepaść? Czemu Devi nie kazał mu zabrać katapulty? Długiej tyczki, z której mógł się odbić i przedostać na drugą stronę? Czego mógł teraz użyć? Pragnienia serca?

Woda kapała, kapała, kapała. Jego serce biło, biło, biło. Dwieście razy na minutę grzmiało w jaskini jego piersi i odbijało się echem w jaskini wokół niego. Kiedy nie mógł już tego dłużej znieść, przeczekał przerażenie, kołysząc się w przód i w tył. Potem wstał i znów zaczął ćwiczyć piętnaście kroków.

I jeszcze raz.

Sto razy.

Chciał, by bieganie i liczenie wryły mu się w pamięć, jeden, dwa, trzy, cztery, pięć, sześć, siedem, osiem, dziewięć, dziesięć, jedenaście, dwanaście, trzynaście, czternaście, piętnaście – skok.

Bieganie go zmęczyło. Dosłownie i w przenośni. Zwinął się w rogu, zamknął oczy i spał, a może tylko myślał, że zamknął oczy, tylko myślał, że śpi. Totalna ciemność. Nawet nie czuł, że mruga.

„Ile godzin musi minąć, zanim wstaniesz i chwycisz koło swojego życia?".

Nadszedł czas, by zacząć działać.

Julian wstał, wyprostował się.

Ostatni raz oświetlił latarką podłoże jaskini, wpatrywał się w zimny promień przesuwający się po ziemi, który kończył bieg w ciemności i podejmował go za przepaścią aż do migoczącej srebrno księżycowej bramy. Odłożył latarkę, dotknął wisiorka na walącym sercu, beretu w kieszeni, przeżegnał się. Robił to dla niej. Dla niej. „Czemu bojaźliwi jesteście, małej wiary?"[*]. Pomóż mi, ocal mnie, przenieś mnie. Puścił się biegiem.

1, 2, 3, 4, 5, 6, 7, 8, 9, 10, 11, 12, 13, 14, 15…

Julian skoczył prosto w czarne powietrze.

---

[*] Ewangelia św. Mateusza, 8,26.

35

Biała lawa

Czy wiedziałby, że mknie przez przestrzeń?

Ale skąd miałby to wiedzieć bez punktu odniesienia, bez dźwięku, światła, czasu czy grawitacji?

Otworzył oczy. Ciemność. Pod sobą wyczuł jednak twarde podłoże. Nie leciał, lecz leżał na boku. Bolała go łydka. Musiał wylądować na ostrym kamieniu. Poszukał latarki. Ręce osłabły mu ze strachu i zaświecił ją dopiero po kilku próbach. Leżał przed księżycową bramą, a krawędź czarnej przepaści znajdowała się tuż za nim. Gdyby się przetoczył, na pewno by spadł.

Julian odczołgał się i usiadł, poświcił na otchłań. Czy naprawdę wykonał skok nie z tego świata? Zadziwił się przez chwilę, a jego ciało było zbyt słabe od nadmiaru adrenaliny, by poczuć prawdziwą ulgę.

Najważniejsze było to, że znalazł się po drugiej stronie. Miał za sobą najtrudniejszy etap. Teraz musi znaleźć rzekę. Przyciskając poplamionymi krwią palcami ranę na łydce, doszedł do wniosku, że czuje się na tyle dobrze, by iść dalej. Otrzepał się, zachwiał na miękkich nogach jak jelonek i przeszedł przez księżycową bramę.

Nie wiedział, czego się spodziewać. Nagietków i słoneczników, trubadurów i minstreli? Nic takiego się nie pojawiło.

Jednak za przejściem z kwarcu i wapienia było inaczej. Zniknęły wiszące nacieki jaskiniowe, podłoże stało się twarde i gładkie, ściany w kolorze złamanej bieli były zaokrąglone. Zrobiło się też zimniej.

Z jednej strony to dobrze, bo krew na łydce zakrzepła. Z drugiej – było cholernie zimno.

Zapiął kurtkę i kuśtykał dalej. Tunel skręcił ostro w prawo, a potem zwęził się tak mocno, że Julian nie mógł iść wyprostowany. Opadł na kolana i zaczął się czołgać. O mało co się nie uśmiechnął. Pełzał, jakby szukał klonopinu. Wtedy i teraz przyświecał mu ten sam cel.

Tunel stal się wilgotny, potem mokry, na koniec pojawiła się stojąca woda. Potrzebował lampki czołówki. Przeklęty Devi. Julian był zmuszony trzymać latarkę w zębach, by widzieć, dokąd pełznie przez zimną wodę.

Kiedy cylindryczne ściany wokół niego rozszerzyły się, poczuł chwilową ulgę, że być może niebawem będzie mógł wstać, rozprostować nogi. Ale powinien już wiedzieć, że rozszerzające się jaskinie oznaczają kłopoty. Tunel skończył się gwałtownie, wysoko nad kolejną komnatą strachów.

Dwa piętra pod nim znajdowała się grota pełna kipiącej wody.

Z niedowierzaniem opuścił głowę na kolana.

Woda w dole była głęboka czy płytka? Jakie to zresztą miało znaczenie. Jeśli okaże się płytka, umrze, gdy do niej wskoczy. Jeśli okaże się głęboka, pochłonie go podwodny prąd. Nie było widać żadnego brzegu, tylko ściany jaskini i wodę. Ściany były żłobkowane, lecz pozbawione jakichkolwiek skalnych narośli, nie mógł się więc niczego przytrzymać, by spróbować bezpiecznie zejść. Na drugim końcu groty woda wpływała w czarny tunel, jakby grota stanowiła źródło podziemnej rzeki.

Czy to była ta rzeka? Rzeka śmierci, rzeka życia, mistycznych kręgów, czarnej magii, smutku, ognia, bohaterów i złodziei, czy to była rzeka Styks? Czy stanie się niezwyciężony jak Achilles? A może utonie jak grzesznik? Czy przepłynie na promie na drugi brzeg, gdzie ona będzie czekać na niego, jego własna Persefona?

Julian zadrżał. Skulił się, pociągnął za rzemyk na szyi, by się upewnić, że kryształ jest bezpieczny i zapiął na zamek kieszeń z beretem. Czy było za późno, by zauważyć, jak bardzo nienawidzi, nie znosi, nie ma ochoty moczyć się w ubraniu? Kolejny upadek, kolejne odpuszczenie. Mógł stać bez ruchu i umrzeć. Albo mógł zanurkować do miejsca, gdzie ją znajdzie.

Julian był pozbawiony korzeni i życia. Gdyby był wierszem, byłby pustym miejscem pomiędzy wersami. Gdyby nie żył w jej śmierci, nie byłoby go wcale.

I jej by też nie było.

Jeszcze chwilę siedział oparty plecami o ścianę.

Nie pamiętał, czy powiedział jej, jak bardzo ją kocha. Nie powiedział jej tylu rzeczy. Zabrakło im czasu.

Jeszcze jedna sekunda, jeszcze jeden kurant zegara. Wziął głęboki oddech i skoczył.

36

Czarna rzeka

Pomiędzy nim a nią znajdował się świat targany zimnym wiatrem. Targany zimnym wiatrem świat z wirującego lodu.

Julian wirował i wirował, przez skały, pierścienie i księżycowe kratery, odłamki tego i tamtego świata przepływały obok, gdy wpadał na twarde przedmioty, których nie widział.

Lodołamy, izbice, szczątki rozbitych łodzi, dla przewoźnika wszystko to oznaczało niebezpieczeństwo. A jeśli on był szczątkiem? Wyrzuconym za burtę śmieciem koziołkującym bez żadnej nadziei na zatrzymanie, dryfującym, aż rzeka zaniesie go do mola, gdzie osiądzie z resztą rupieci.

Powietrze było ciężkie, jakby był pod wodą. Och, to dlatego, że był pod wodą. Utknął w zimnej mgle i trząsł się, a potem trafił w ogień i płonął. Wolał być częścią gorącego nieba, to lepsze niż kryształy mrozu przeszywające ciało. Niektóre były jasnoczerwone, lecz większość czarna jak smoła, w powietrzu tak gęstym, że wydawało się ciałem stałym, jak szkło albo drewno. Ciężki oddech Juliana unosił się nad szumem rwącej rzeki.

Kiedy wpadł do wody, doznał szoku. Była lodowata jak cięcie nożem. Wiedział, jakie to uczucie: wkurzył kiedyś źle zważonego boksera wagi koguciej, powalając go na deski w piątej rundzie i facet czekał na niego w zaułku z podpuchniętymi oczami. Zamiast rękawicami wymachiwał nożem. Zobaczymy, kto teraz wygra, mistrzu, rzucił. Zanim

Julian zdążył mu poradzić, by nie walczył w wyższej kategorii, chłopak dźgnął go nożem w lewe ramię. Z nożem nadal tkwiącym w ranie, Julian musiał go powalić jeszcze raz.

Tak czuł się w tej chwili, jak po dźgnięciu nożem, tyle że obejmowało to całe ciało.

W całym tym szaleństwie sznurek od latarki poluzował się i promień światła zniknął pod wodą. Julian pogrążył się w totalnej ciemności. Latarka pewnie i tak długo by nie wytrzymała. Podobnie jak on sam była wodoszczelna, a nie wodoodporna. Jak długo łapał oddech? Wpadając na izbicę, chwycił się zmurszałej kłody, która tam utknęła. Wspiął się na nią. Zakołysała się, lecz nie zatonęła. Trzymając ręce i nogi jak najdalej od lodowatej wody, Julian położył się na brzuchu na prowizorycznej tratwie i dał się nieść rzece.

Było niespokojnie. Szum zimnego wiatru, szczęk zderzających się w ciemnościach metalowych przedmiotów, kotłujących się w ciężkim powietrzu, obiekty w pustce wpadające jeden na drugi i ciągnące się nawzajem w dół rzeki. Słyszał przeszywające krzyki w oddali, ale nie dość daleko, obok niego na wietrze wirowały inne ożywione, zdesperowane rzeczy, pogrążone w żałobie jak on, które próbowały dostać się gdzie indziej. Wszystko było pozbawione dna, rozległe i szybkie, jak skoki na spadochronie nocą bez światła, nie było nic widać; towarzyszył mu strach, że jego śmiertelne ciało może się zderzyć z potężniejszymi niż on atomami. Ogromne przerażające rzeczy, których nie widział, sprawiały, że czuł się jak pyłek w oku wszechświata. Jak mógł dryfować jak drewno i nie wiedzieć, dokąd zmierza? Tam, dokąd się wybierał, mogło nie być wyboru. Wiatr wył jak odrzucony kochanek będący świadkiem śmierci niekochającej go królowej. Czy tak brzmiał on w dniu, w którym umarła? Te bezlitosne krzyki, czy to był on? Przed zamkniętymi oczami stanęło wykrwawione wspomnienie, jasne jak dzień, ostre jak gilotyna. Musieli go odciągnąć, przykryć kocem, odwrócić go od niej, położyć, udzielić pomocy.

Nie tylko ona umarła.

To ona umarła, ale to on niczego nie pamiętał. A bez pamięci był tylko plamą, ledwo trzymał się życia. Nie wiedział, jak wrócił z tamtej ulicy, jak dotarł do domu. Polecieli z Ashtonem na wschód, gdzie mieszkała jej matka, gdzie ona została pochowana. Julian znał to tylko z opowieści. Nie pamiętał lotu, ani wtedy, ani nawet teraz, gdy nie miał nic przed sobą i nic za sobą, z wyjątkiem rzeczy, które przeżył, niezachwianego żalu, że ją utracił, utracił życie z nią, życie, które mieli dopiero przeżyć, żalu wciśniętego jak głaz pomiędzy jego łopatki.

Marzenia o fioletowych minivanach, dzieciach grających w łap-ki, nagiej Andromedzie w jego atłasowej pościeli: wszystko zniknęło i zapanował chaos. Julian był nikim na rzece nicości w drodze doni-kąd, a wszystko dlatego, że szaman z plemienia Hmongów zapytał: „Chcesz ją jeszcze raz zobaczyć?". Jeśli tak, oto co musisz zrobić. Masz ułamek sekundy, by skoczyć. By biec, skakać, pełzać, trząść się w rzekach, masz o wiele mniej czasu, niż myślisz. Wieczność w lodo-watym cierpieniu, pikosekundę w radości.

Londyn, miasto sztuki, miasto biedy. Miasto deszczu, bogactwa, poezji. Londyn, miasto dusz. Przed kilkuset laty malarz ze Szwajcarii, kraju, z którego rzadko pochodzili bezlitośni mordercy, zamordował kobietę, u której wynajmował pokój. Człowieczek ów poćwiarto-wał jej ciało, wrzucił wnętrzności do bagna, a resztę szczątków nosił w paczkach po ulicach Londynu. Za dryfującą tratwą Juliana uno-siły się krew i przerażenie. Kiedy malarz umarł, ukrył się w piekle przed swoją gospodynią, a krzyki, które słyszał Julian, rozległy się, gdy kobieta znalazła malarza i wyciągała go z piekła. Tak to brzmiało. Artysta-morderca wolał pozostać w piekle, niż stanąć twarzą w twarz z zemstą martwej kobiety.

37

Zmarła królowa, ujęcie pierwsze

Słyszy dźwięk dzwonów, blisko i daleko.

Julian podnosi głowę z piaszczystego zbocza. Musiał stracić przytomność, gdy kłoda osiadła na mieliźnie. Jest ciepło, wilgotno i pachnie jak na mokradłach. Skądś sączy się światło. Julian siada na żwirowatym piasku i przygląda się sobie. Ubranie ma wilgotne, ale nie mokre. Jak długo był nieprzytomny? Dotyka łydki. O dziwo, nie boli. Minęło dość czasu, by rana się zabliźniła, czy uzdrowiła go rzeka Styks? Jego ciało nie jest obolałe, zupełnie jakby nie wynurzył się z koszmaru pełnego nietoperzy, czarnych dziur i wyjących dusz.

Rozgląda się za wyjściem z małego zagłębienia, podążając wzrokiem za promieniem rozproszonego światła, które wpada przez skały. Nienawidzi tego znajomego poczucia – ograniczonej przestrzeni, szukania światła w podszytym paniką oszołomieniu. Wspina się na zbocze i w końcu wypełza z dziury na świeże powietrze w niewielkim lasku. Przez kilka minut tylko siedzi, łapiąc oddech i odzyskując równowagę.

Za drzewami i strumykiem widzi zieloną otwartą przestrzeń. Zatrzymuje się na skrzyżowaniu dwóch wiejskich bitych dróg. We wszystkie strony rozciągają się pola i łagodne wzgórza, Julian widzi niskie kamienne murki oddzielające posiadłości i żywopłoty pomiędzy pagórkami. Nie rozpoznaje tej okolicy, ale też nie jest mu ona całkowicie obca. Nie jest znajoma, ale też i nie jest nieznajoma. Pola i wzgórza pokrywa najzieleńsza trawa. Wilgotna pogoda jest z pewnością znajoma, podobnie jak zachmurzone niebo.

Niezwykły jest za to nieustający dźwięk dzwonów. Biją bez przerwy, a ich głos niesie się z całego morza dzwonnic.

Julian nie wie, dokąd iść. A jeśli ruszy w niewłaściwym kierunku? Osłabiony niezdecydowaniem, lecz zadowolony, że wydostał się z ciemności, składa i rozkłada beret w dłoniach, ugniata czerwoną skórę, wdycha rześkie powietrze, próbuje obmyślać następny krok. Gdzie się znajduje? Rzeka i jaskinia najwyraźniej dokądś go zaprowadziły. Na pewno nie jest już w obserwatorium w Greenwich. Coś zadziałało, ale co? Julian żałuje, że nie ma przy nim Deviego, który odpowiedziałby na wszystkie pytania. Przyciska beret do piersi.

Za sobą słyszy nagle rytmiczny stukot kopyt. Odwraca się w samą porę, by uskoczyć przed wozem ciągniętym przez konia. Woźnica o mało co go nie przejechał.

– Hej!

– Hej, ty, rusz zadek – krzyczy woźnica. – Nie stój na środku tej cholernej drogi.

Zdecydowanie Anglia. Ale gdzie? I kiedy…?

Przyglądają się sobie nieufnie. Julian nie wie, co powiedzieć. Koń go przeraża. Konie kopią ludzi w głowę. Zrzucają ich z grzbietu. Nie przychodzą, gdy się je woła. Koń i wóz są dziwne. Ale brodaty woźnica patrzy na Juliana, jakby to on był dziwny.

– Gdzie jestem? – pyta Julian.

– Każdy musi sam odpowiedzieć sobie na to pytanie – stwierdza woźnica. – Czego szukasz?

Jak można odpowiedzieć na takie pytanie?

– Chcesz iść na służbę? – pyta zniecierpliwiony mężczyzna.

Na służbę?

– Chodzi ci o pracę? – pyta w końcu Julian.

Woźnica trzaska z bata.

– Żegnaj, głupcze.

– Zaczekaj! – Julian ostrożnie robi krok do przodu. – Tak – mówi. – Chcę iść na… służbę. – Urywa i przygryza wargę. – Słyszałem, że w okolicy szukają ludzi.

– No, łatwo się tu zgubić – potwierdza woźnica. – Wskakuj. Wiem, gdzie szukają. Masz ćwierćpensówkę, żeby mi zapłacić?

Ćwierćpensówkę? Kto tak mówi?

– Nie, przepraszam. Ale jeśli mnie przyjmą, zapłacę. Mieszkasz tu niedaleko?

– No, wskakujże! Nie mam całego dnia.

Julian wdrapuje się na wóz z brudną słomą i ruszają. Rzuca nim z jednej strony na drugą. Słoma jest wilgotna i śmierdzi pleśnią. Kopyta stukają rytmicznie, dzwonią dzwony, szczekają psy.

– Czemu te dzwony tak biją? – pyta Julian.

– Gdzieś ty się podziewał? Królowa umarła.

– Och, nie. Królowa Elżbieta nie żyje?

– Zgadza się. – Mężczyzna trzasnął batem i koń ruszył ostro do przodu.

– Co się stało?

– Umarła i tyle. Była stara.

Wyglądając nad burtą kołyszącego się wozu, Julian dostrzega ulicę, wzdłuż której wznoszą się wysokie, wąskie, kryte strzechą domy wyglądające – dziwne, że wie coś takiego – jak burdele. Wszystkie mają białe ściany, a czytał gdzieś, że w dawnym Londynie wszystkie domy uciechy musiały być pomalowane na biało, by wyróżniać się spośród innych. O wiele łatwiej było je znaleźć. Teraz są nieczynne, wszak jest dzień – a może zamknięto je z powodu śmierci królowej? W każdym razie wszystkie karczmy, oberże i przybytki, w których grano w kości przy ulicy o nazwie Turnbull, są pomalowane na biało. Czy we współczesnym Londynie działają burdele? Julian ich nie widział, co nie oznacza, że ich szukał.

Mijają obowiązkowy kościół przylegający do dzielnicy rozpusty, skręcają w prawo i ruszają inną krętą ulicą.

Rozkład ulic wydaje się dziwnie znajomy, jak senna wizja czegoś, co Julian już zna.

Kiedy opuszczają dzielnicę rozpusty, lepiej utrzymane domy stoją w większej odległości od siebie. Na każdym polu wznosi się kamienny dwór lub dostojny budynek w stylu Tudorów. Na skrzyżowaniu gruntowych dróg stoi pub. Julian mruży oczy, wytężając pamięć. Jest taki znajomy. Teraz nazywa się Spotted Pig, ale kształtem przypomina wąski pub na rogu, który mijał setki razy na końcu Islington Green, gdzie Essex Road odchodzi od Upper Street.

Jeśli się nie myli, niebawem dojrzy wielki klasztor po lewej stronie. Jak na zawołanie pojawia się imponującą czworokątna bryła. To Clerkenwell! Julian jest tym wyraźnie rozczarowany. Podróż nie okazała się zbyt daleka. Kamienica pani Pallaver przy Hermit Street znajduje się o krok na południe od tego miejsca.

Ale jeśli to Clerkenwell, to Julian nigdy go w takiej wersji nie widział. Wokół klasztoru nie ma latarni, kafejek ani pięknie utrzymanych domów z czarnymi drzwiami, nie ma eleganckich skwerów z zielenią ani uniwersytetów. Nie minęli Hermit Street, bo ona nie istnieje. Żadna z ulic nie jest brukowana, a przechodzące obok kołyszącego się wozu kobiety mają na sobie spódnice na obręczach, którymi szorują po ziemi, i niosą wiadra z wodą zawieszone na drewnianych nosidłach. Jedna z nich ciągnie opierającą się świnię. Inna opierające się dziecko. Zupełnie jakby wylądował w skansenie, zaprojektowanym jak Clerkenwell z dawnych czasów. Czy to naprawdę przeszłość? Trudno w to uwierzyć.

– Przepraszam – woła Julian do woźnicy – ten kościół, który mijaliśmy chwilę temu.. Czy jest pod wezwaniem Najświętszej Marii Panny?

– Najświętszej Marii Panny? Głupiś? Nie nazywa się tak od czasu likwidacji klasztorów. To kościół St. James.

Julian milknie. Nie pamięta, kiedy miała miejsce likwidacja klasztorów. Próbuje jeszcze raz.

– Ta ulica, którą przed chwilą jechaliśmy, to St. John Street? – To byłoby nie do zniesienia. Mieszka niedaleko tej ulicy.

– Kiedyś była. – Woźnica zatrzymuje konia. – Zeskakuj. Tutaj szukają ludzi.

Julian niechętnie zeskakuje na ziemię. Stoi na początku długiej wiejskiej alei prowadzącej do dostojnego szarego dworu.

– Kto tam mieszka?

– To dwór Collinsów.

Collinsów? Jak… Josephine? Czuje nagły przypływ adrenaliny.

– Jaki dziś mamy dzień?

– Poniedziałek.

– Nie... chodzi mi o rok.

– Och, na miły Bóg! Żałuję, że w ogóle pozwoliłem ci wsiąść na mój wóz. Lady Collins każe mnie powiesić. – Trzaska z bata. – Anno Domini tysiąc sześćset trzeci – rzuca i odjeżdża.

1603!

Ale czy nie powiedział przed chwilą, że królowa Elżbieta umarła? Boże święty, chodziło mu o Elżbietę I.

Zdumiony Julian stoi z rozdziawionymi ustami na środku drogi. Przykłada dłoń do piersi, by uspokoić walące serce, poczuć beret w kieszeni kurtki.

Trafił do 1603 roku!

Kościół przy drodze to do dziś kościół St. James. Mija go, kiedy idzie na stację Farringdon, by wsiąść do pociągu Thameslink. Czemu myślał, że jest pod wezwaniem Najświętszej Marii Panny? I co wie o Clerkenwell z 1603 roku?

Prawie nic. „Clerk's Well" znana była kiedyś z wytwarzania zegarów. Z Clerkenwell pochodziły najlepsze czasomierze.

Kiedy Julian już wie, że znajduje się w Clerkenwell, zastanawia się, czy przywiodła go tutaj rzeka Fleet. Zanim stała się ściekiem, nazywała się Rzeką Źródeł, które podobno miały właściwości uzdrawiające. Przeczytał to na plakietce na ulicy, więc to na pewno prawda. Może dlatego rana na łydce zabliźniła się tak szybko. To nie był Styks, lecz Rzeka Źródeł.

Julian rusza niepewnie długą alcją, wzdłuż której rosną rozłożyste dęby. Okolica jest prawie niezamieszkana, jest chłodnawo, słońce zasnuwa mgła. Na końcu drogi na szerokim, lecz zaniedbanym terenie wznosi się dwukondygnacyjny dwór z szarego kamienia zwieńczony spadzistym dachem. Zbliżając się do budynku, Julian słyszy dwa kobiece głosy spierające się za żywopłotem z głogu i brzozami. Zwalnia, by posłuchać. Jeden głos jest zasapany, rozgniewany, szorstki. Drugi macierzyński i przymilny.

– No już, rybeńko...

– Nie dbam o to, nie dbam, nie dbam!

– Kochanie, to niegrzecznie wykrzykiwać takie rzeczy. Gdzie twoje maniery?

– Przez całe życie byłam grzeczna i dokąd mnie to zaprowadziło?

– Kotku, narażasz na szwank wszystko, na co pracowałyśmy. Po twoim napadzie histerii w zeszłym tygodniu lady Falk wyraziła poważne wątpliwości, czy jesteś odpowiednią partią dla jej syna.

– Jestem okropną partią dla jej syna, pani matko! Nie znoszę go!

– Jak zwykle dramatyzujesz. Nie stoisz na scenie. Przestań grać. Z lordem Falkiem przyjaźnicie się od lat. Znacie się od dziecka.

– I od dziecka go nienawidzę. Jest okrutny i głupi. Nie pragnę zostać niczyją żoną, a już na pewno nie lorda Falka. Dołączę do trupy Lorda Szambelana i nie obchodzi mnie, co macie do powiedzenia w tej sprawie. Dostanę kolejną rolę w jednej ze sztuk Willa Shakespeare'a.

– Nigdy, kwiatuszku! Aktorami zostają tylko żebracy i złodzieje.

– Matko, jesteście straszliwie zacofani. Nie żyjemy w piętnastym wieku. A niebawem będziemy mieć nowego króla! Który, jak słyszałam, uwielbia teatr. Globe przeżywa prawdziwe odrodzenie.

– O, tak – odpowiada szyderczo starsza kobieta. – Odrodzenie tuż obok wybiegów dla niedźwiedzi i burdeli.

– Burdele są wszędzie, pani matko – oznajmia młodszy glos. – Wiele stoi niedaleko nas przy Turnbull Street. Mijam je, gdy idę na przechadzkę z Beatrice.

– Nie wolno ci tam chodzić, promyczku. To ulica nie dla ciebie. Ani teatr.

– Jedyne, czego pragnę w życiu, to występować na scenie – wykrzykuje młodszy głos.

– Damy nie występują na scenie ani nie mają pragnień. Poza tym, ten twój Shakespeare to zwykły gryzipiórek.

– Pisał dla królowej! Siedziała na scenie i oglądała przedstawienie *Romea i Julii*.

– Może i tak było, ale ty nie będziesz stała na scenie jak ladacznica.

– Czemu nie? Królowa siedziała na scenie!

– Jesteś królową, kochanie?

Dziewczyna wydaje z siebie jęk wściekłości.

– Nigdy nie możesz stanąć na scenie, jeśli masz poślubić lorda Falka. Jest rycerzem.

– Och, co za bzdury, z pewnością nie jest rycerzem. Może koszmarem.

– Co w ciebie wstąpiło? Nie bądź wulgarna. Wiesz, że jego ojciec był...

– Matko, lord Falk nigdy w życiu nie dobył miecza, chyba że miał go podać swemu ojcu.

– Corneliusie! Chodź tutaj, nie wytrzymam tego dłużej. Corneliusie, słyszysz mnie?

Juliana dobiega odgłos stóp szurających po trawie i piskliwy zmęczony głos.

– Oczywiście, że was słyszę, pani. Nawet umarli was słyszą.

– Przynieś mi wachlarz i sole trzeźwiące, jest zbyt ciepło i z jakiegoś powodu zaczynam niedomagać.

– Służę, pani – odpowiada mężczyzna. Julian przykuca za żywopłotem i próbuje rozsunąć gęste gałęzie, by spojrzeć na kobiety. Młodszy głos ma w sobie coś, co przyprawia go o drżenie. Ale to na pewno tylko wyobraźnia.

– Uspokoiłaś się, kwiatuszku?

– Tak, matko. Z pełnym spokojem nie poślubię lorda Falka. Najpierw sprzedam swoje ciało na Turnbull Street.

Matka ze świstem wciąga powietrze.

Dziewczyna mówi dalej z napięciem w głosie.

– Zapomnijmy o sprzedawaniu. Oddam moje ciało wszystkim mężczyznom, także świniopasowi lorda Falka, jeśli to powstrzyma tego okropnego człowieka przed poślubieniem mnie. Oddam moje ciało pierwszemu mężczyźnie, który przejdzie naszą drogą. Widzicie, jak poważnie to traktuję. Och, pani matko, nie mdlejcie. To nie średniowiecze.

– Kochanie... – Głos matki drży. – Musisz wyjść za mąż, zanim nowy król obejmie tron. Wiesz, jak trudna jest nasza sytuacja finansowa. W innym przypadku dziesięcina koronacyjna nas zrujnuje.

– Nie będzie żadnego ślubu. Są sposoby, by mu zapobiec.

– Na Pismo przenajświętsze! Jakie sposoby?

– Śmierć Falka. A jeśli to nie zadziała, moja.

– Corneliusie! – krzyczy matka. – Sole! Posłuchaj mnie, moje najdroższe kochanie. Mając osiemnaście lat, jesteś już niemal za stara na małżeństwo. W twoim wieku miałam już trójkę dzieci. I widzisz, co się stało z twoją przyjaciółką Beatrice. Była taką świetną partią. Ale teraz ma dwadzieścia lat i żaden mężczyzna nie chce pojąć jej za żonę. A twój najlepszy czas na rodzenie dzieci powoli mija. – Z jakiegoś powodu zapada gęsta cisza, ale po chwili matka szybko mówi dalej. Jakże Julian żałuje, że nic nie widzi. – Lord Falk domaga się męskiego potomka. – Matka zniża głos do zaniepokojonego syczenia. – Wiesz bardzo dobrze, co może się przydarzyć i co się przydarza damom dworu, które nie mogą powić męskiego potomka. Co zrobisz, jeśli jesteś już za stara, by urodzić mu dzieci? Lepiej zaczynaj od razu, moja kochana. Nie ma czasu do stracenia...

Ktoś kopie Juliana w żebra. Julian traci równowagę i przewraca się.

Wysoki, chudy, szpakowaty mężczyzna stoi nad nim jak Lurch z *Rodziny Addamsów*.

– Kim jesteście, panie? Przedstawcie się! – Mężczyzna ma zaciętą twarz, marszczy brwi.

Julian gramoli się na nogi i jąka się. Nie przygotował odpowiedzi na to najprostsze z pytań. Rzeczywiście, kim jest?

– Jesteście włóczęgą? – Mężczyzna obrzuca spojrzeniem czarny ubiór Juliana. – Obcokrajowcem? Pochodzicie z Niderlandów?

Julian kręci głową.

– Rząd pozwala, by po drogach włóczyli się szaleni żebracy – wyjaśnia wysoki mężczyzna – ale nie sprawni mężczyźni. Do której grupy należycie?

Takie postawienie sprawy krzyżuje Julianowi szyki.

– Z całym szacunkiem – zaczyna – jestem sprawnym mężczyzną, ale się nie włóczę. Słyszałem, że szukacie służby...

– Chcecie się nająć jako ogrodnik? Czemu wcześniej nie mówiliście? – Lurch kiwa na Juliana, by ruszył za nim. – Widziałem, jak przyglądacie się naszym żywopłotom. Czy zniszczyły je wciornastki?

– Spryskanie krzewów wodą powinno spłukać szkodniki – odpowiada Julian, wlokąc się za mężczyzną. Nie jest gotowy, by stanąć przed kobietami.

Mężczyzna prowadzi go do przerwy w żywopłocie. Na drewnianej ławce obok nieprzyciętej i żółknącej leszczyny siedzą dwie damy, matka i córka.

Szpakowata matka w żałobie wygląda na atrakcyjną niegdyś

kobietę, która postarzała się zbyt wcześnie. Jej głowę zdobi czarne nakrycie przypominające wymyślny kapelusz pszczelarza. Pod przezroczystym czarnym welonem jej pomalowana na biało twarz zwrócona w stronę córki jest jednocześnie rozdrażniona i pełna uwielbienia.

Córka urwała w pół zdania, rozzłoszczona, że przerwano jej wybuch. Ma na sobie długą haftowaną jedwabną suknię z białym koronkowym kołnierzem wykrochmalonym tak sztywno, że wygląda jak umieszczony pod brodą talerz. Twarz ma również pomalowaną na biało. Zaczesane do góry kręcone ciemne włosy częściowo kryją się pod trzema nakryciami: czepkiem, na którym spoczywa następny czepek, a na wierzchu kaptur. Włosy i ich nakrycia zdobią pióra, perły i kolorowe koraliki. Czerwone usta drżą, a ciemne oczy – przed chwilą skupione na matce i lśniące, jakby ich sfrustrowana właścicielka miała wybuchnąć płaczem – zwracają się teraz na Lurcha i Juliana.

– Proszę mi wybaczyć, że przerywam, lady Mary – mówi donośnie Lurch. – Ale pani matka musi to wiedzieć: przybył człowiek, szukający posady ogrodnika.

– Mężczyzna, pani matko! – wykrzykuje dziewczyna. – Mężczyzna właśnie przebył drogę do naszego domu!

– Cii, słoneczko!

Julian rozgląda się za czymś, czego mógłby się przytrzymać. Boi się, że nie będzie w stanie ustać na nogach.

To niemożliwe.

Nie może być.

Ale jest.

To ona.

Devi miał rację. Julian rozpoznałby ją wszędzie. Wpatruje się w jej twarz z niedowierzaniem. Nieświadomie wyciąga do niej rękę. Ona jest mirażem zrodzonym z rozpaczy. Zbyt długo żył nawiedzany przez ducha jej zgaszonego życia.

– Wielki Boże – mówi Lurch. – Wy płaczecie?

Po twarzy Juliana płyną łzy. Ociera policzek.

– Coś mi wpadło do oka. – Odwraca wzrok, patrzy na swoje stopy, na twarz matki, na podejrzliwe oczy Lurcha, na wszystko, byle nie na nią. To nie może być prawda.

A może?

– Nie dosłyszałam waszego nazwiska – mówi starsza kobieta, podnosząc się z ławki.

– Julian Cruz, pani. – To, co mówi, musi brzmieć dla nich prawie normalnie, bo nie reagują na jego akcent.

– Co za dziwne nazwisko – stwierdza wysoki mężczyzna.

– Nie martw się, Corneliusie, to nie jest istota pozaziemska, to cudzoziemiec! – Matka wyraźnie się odpręża. – Posłuchaj jego angielszczyzny. Na pewno pochodzi z Walii. Tam mówią w bardzo osobliwy sposób. Jestem lady Aurora Collins, to pan Cornelius Grysley, nasz zarządca. A to moja córka, lady Mary.

Czy powiedziała, że zarządca nazywa się Grizzly? To chyba jeszcze lepiej niż Lurch. Nie podnosząc głowy, Julian skłania się w kierunku obu kobiet. Żałuje, że nie ma kapelusza, by mógł go zdjąć, ani że nie wie, jak ucałować dłoń damy. Tego w Simi Valley nie uczono.

– Pochodzę z nieznanego lasu – mówi, wspominając jedyne miejsce w Walii, o którym coś słyszał. Może sobie tylko wyobrazić, jak prezentuje się jego czarna kurtka z goretexu, spodnie bojówki i nieprzemakalne uggsy. Nie ma odwagi spojrzeć dziewczynie w oczy.

– Gdzie się podział wasz kapelusz? – pyta matka.

Zanim Julian ma czas odpowiedzieć, wtrąca się Grizzly.

– Nie wiem, jak jest w Walii, ale w Londynie prawo nakazuje mężczyznom powyżej szóstego roku życia pokazywać się publicznie wyłącznie w kapeluszu, nawet w niedzielę, chyba że jest szlachcicem. Czy dziś jest niedziela, a może nie macie jeszcze sześciu lat? Bo na pewno nie jesteście szlachcicem.

Julian nie wie, czy dziś jest niedziela.

– Jest ogrodnikiem, Corneliusie – mówi matka, jakby to wszystko tłumaczyło. – Ale jeśli rzeczywiście jesteście ogrodnikiem, to gdzie wasze ubranie? Ogrodnicy zazwyczaj noszą spódnice, niskie buty i pludry. I kapelusze.

– Zajmuję się wieloma rzeczami, nie tylko ogrodnictwem, pani – odpowiada Julian niepewnym głosem. – A kapelusz zgubiłem tam, w dali.

Matka wstaje, cała ożywiona.

– Wieloma rzeczami? Co za szczęście, Corneliusie! Tego właśnie potrzebujemy. Moja córka wychodzi za mąż…

– Nie. Zdecydowanie nie wychodzi! – wtrąca się córka.

– Nie zwracajcie uwagi na lady Mary – mówi Aurora. – Wychodzi za mąż, a nam ogromnie potrzebna jest pomoc w pilnych domowych pracach związanych z przygotowaniami do ślubu.

– Niech ten biedak rusza w swoją drogę, matko – mówi Mary. – Marnujecie jego czas. Chyba że chcecie go zatrudnić do tej innej rzeczy, którą omawiałyśmy...

– Mary! Wybaczcie mojej córce. – Lady Collins rzuca mu zaniepokojony uśmiech, jakby się bała, że zmieni zdanie i odejdzie. – Słyszałam, że na kontynencie hodują kwiaty specjalnie na śluby. Czy robią to też w Walii? Niektórzy handlarze z Holandii przywożą swoje kwiaty i sprzedają je na naszych targach. Żonkile. Orchidee. Co o tym myślicie?

– Możemy spróbować, pani. Kiedy ślub? – Julian liczy, że usłyszy datę.

– Nigdy – rzuca Mary.

– Pod koniec czerwca – wyjaśnia lady Collins, rzucając córce kątem oka pełne złości spojrzenie. – Jakie jeszcze inne usługi oferujecie? Mary, cicho! – Aurora wrzeszczy na córkę, zanim ta zdąży się odezwać.

Mary kręci parasolką z okrutną kpiną.

– Potraficie kopać w ziemi? – pyta gderliwy Cornelius.

Julian nigdy w życiu nie trzymał w rękach łopaty.

– A co potrzeba wykopać? – Ależ jest ambitny.

– Głębszą fosę wokół domu. Dunham wam pokaże.

– Kim jest Dunham?

– Kloacznym.

Julian nie ma odwagi zapytać, czym się zajmuje.

– Nie padało od miesiąca – dodaje Cornelius – i nasza fosa wyschła. Nie wyrośnie tu żaden wasz kwiat. Ziemia jest twarda jak skała.

– Przecież to nadal Anglia – mruczy Julian i dodaje głośno: – To żaden problem. Odwrócę bieg strumienia.

– Och, odwróci bieg strumienia, cudownie! – wykrzykuje Aurora. – Słyszałeś, Corneliusie?

– Tak, pani. Jeszcze jeden człowiek pełen obietnic, których nie dotrzyma.

– Tak czy siak, zasadzę w ziemi kwiaty, lady Collins – mówi Julian.

Kobieta podchodzi do niego z wdzięcznością.

– Uciekł też nasz świecarz.

Cornelius: Woda jest ważniejsza, pani.

Aurora: Cii, ślub nie może się odbyć bez świec.

Cornelius: Ani bez wody, pani.

Aurora: Mistrzu Cruz, okropnie brakuje nam świec. Potraficie nam też z tym pomóc?

– Oczywiście.

Aurora się rozpromienia. Zniża głos i mówi:

– Cornelius przez dwadzieścia lat był kamerdynerem mojego męża, ale teraz, kiedy John nie żyje, odmawia wykonywania jakichkolwiek prac.

– Słyszę was, pani – odpowiada Cornelius.

– Wiem. Powiedziałam to ze względu na ciebie. – Aurora uśmiecha się do Juliana, jakby byli starymi przyjaciółmi. – Kiedy możecie zacząć? Powiedzcie proszę, że od razu.

– Wcześniej, pani.

W końcu Julian pozwala sobie rzucić szczere spojrzenie na dziewczynę na ławce. Jest dorodna, siedzi otulona miękkim materiałem, miejscami mocno przylegającym do ciała, dłonie splotła na podołku i widać wyraźnie, że świat mocno ją irytuje. Jej pomalowana twarz jest pełniejsza niż w czasie, gdy ją znał, a sylwetka niższa i bardziej okrągła. Przez skupione na nim płonące brązowe oczy niczym przez zamglone okno Julian dostrzega przyciśniętą do szyby duszę dziewczyny, którą kochał. Josephine, jego usta bezgłośnie wypowiadają jej prawdziwe imię, nawet jeśli ta prawda jest kłamstwem. Josephine, to ty.

– Znacie moją córkę, mistrzu Cruz? – pyta Aurora, marszcząc brwi.

Opamiętaj się, Julianie, albo obedrą cię ze skóry.

– Wybaczcie, pani – wyjaśnia. – Lady Mary jest bardzo podobna do kogoś, kogo kiedyś znałem.

– Mogę zaświadczyć, matko – mówi Mary – że nigdy wcześniej nie widziałam tego włóczęgi.

– Mary! – W ich stronę podąża wysoka, krzepka kobieta. – Ile razy ci mówiłam, żebyś nigdy nie zwracała się tym tonem do nikogo, ani do pani matki, a już na pewno nie do naszych gości.

– Tak, ciociu Edno.

Zdecydowana kobieta staje przed Julianem.

– Jestem lady Edna Emmet, siostra lady Aurory – przedstawia się. – I guwernantka Mary. – Jest ubrana cała na czarno z wyjątkiem białego kołnierza pasującego do jej białych włosów i twarzy. Brwi i oczy są czarne jak jej suknia. Odwraca się do podopiecznej. – Lady Mary, kiedy zachowujesz się niewłaściwie, świadczy to o mnie, że niewłaściwie cię uczyłam, i o matce, że niewłaściwie cię wychowała, i o tym wspaniałym i szlachetnym domu. Czy tak chcesz postępować?

– Nie. – Dziewczyna wstaje, skarcona, lecz nadal zbuntowana. Jej biała parasolka spada na ziemię. Julian instynktownie pochyla się, by ją podnieść. Mary też. Ich głowy ocierają się o siebie. Jej materialna część, otulona czepkami czaszka, styka się z materialną częścią jego, rozbitą niegdyś czaszką. Niegrzecznym ruchem wyrywa mu parasolkę z rąk.

– Lady Mary! – grzmi Edna.

– Och, tere-fere... Mogę się oddalić, pani matko, ciociu Edno? Bardzo wam dziękuję. – Nie czekając na pozwolenie, młoda kobieta odwraca się na pięcie i z szelestem sukni wpada jak burza do domu.

Zaczekaj!, chce krzyknąć Julian. Nie odchodź. Przez chwilę nienawidzi Edny za to, że ją przepędziła.

Pozostali stoją pod leszczyną w niezręcznej ciszy. Wyściółka w uggsach Juliana jest wilgotna i szorstka. Po odejściu Mary poziom adrenaliny spada i z Juliana uchodzi powietrze jak z przekłutego balonu. Chwieje się na nogach.

Edna przygląda się jego ubraniu.

– Co to za metalowy zygzak na obu połach waszej kurtki? – pyta.

Cholera. Czemu rozpiął kurtkę? Było mu za ciepło. Nadal jest. Kiedy wynaleziono zamki błyskawiczne?

– To nazywa się zamek – odpowiada. – Kupiec z Italii przywiózł kilka takich kurtek z regionu w Alpach, gdzie wypasają kozy. – Rozciąga usta w nadskakującym grymasie.

– Jaki kupiec? – pyta Edna. – I dokąd przywiózł, do Walii?

– Sprzedawał egzotyczne towary – odpowiada Julian. – Piękne dywany, sosnowe drewno, materiały z koziej sierści. Wybrałem kurtkę, bo inne rzeczy nie były mi potrzebne. Nazywał się Bernard Bondymer.

Przypływa ze swoimi towarami do Blackfriars dwa razy do roku. Jeśli panie zechcą, mogę je zabrać do doków, gdy przypłynie następny raz, ufam, że w sierpniu. – Czekając na wizytę u Weavera w Peckham, Julian przerzucił leżącą na stoliku książkę o historii handlu w średniowiecznej Anglii. Niesamowite. Okazało się, że ten szarlatan jednak na coś się przydał.

Jego nowe znajome patrzą na niego niepewnie. Edna jest podejrzliwa i nie daje się udobruchać. Odwraca się do siostry.

– Czemu pozwalasz tej dziewczynie tak się do siebie odnosić?

– Już dobrze, Edno... nie... nie w obecności...

– Czemu nie słuchasz moich rad? Ignoruj ją. To minie. Jak wszystkie głupstwa. Występować na scenie. Kobiety nie mogą występować na scenie! Ta dziewczyna wbiła sobie do głowy niestosowne pomysły zrodzone z tej skromnej edukacji, jaką otrzymała.

Julian obojętnie przygląda się władczej twarzy Edny.

– Mówiłam ci, Auroro – ciągnie siostra – nie powinnyśmy były w ogóle zabierać jej do Fortune, jak nalegałaś.

– Nie widziałam w tym nic złego – mówi Aurora, wspierając się na ramieniu Corneliusa. – Skąd mogłam wiedzieć, że przyjdzie jej do głowy coś tak niedorzecznego? Sztuka, którą oglądałyśmy, była lekka i niewinna. – Zwraca się do Juliana. – Nosiła tytuł *Ślepy żebrak*. Słyszeliście o niej, mistrzu Cruz?

– Słyszeliście? – powtarza Edna. – Opowiada o oszuście, który udaje, że jest księciem, by uwieść niewinną królową, a kiedy trafia na wygnanie do Aleksandrii, tam też zwodzi całe zastępy kobiet. – Rzuca mu pełne złości spojrzenie.

Julian spogląda na nią z pełnym spokojem.

– Ale na koniec ślepy żebrak zostaje królem Egiptu, prawda?

– Tak, ale tylko dzięki temu, że uwiódł niewinne kobiety!

Ruszają w stronę domu.

– Mary zawsze była upartym dzieckiem, pani, proszę nie zwracać na nią uwagi – mówi Cornelius. – Jest podobna do ojca.

– Sir John był szlachetnym człowiekiem – mówi Edna. – To dziecko jest stale nadąsane i egoistyczne. Chcesz wiedzieć, jak ją powstrzymać, Auroro? Powiedz jej, że nie może mieć tego, czego chce, ot co. – Edna mówi jak kapral prowadzący musztrę.

– Łatwo powiedzieć, siostro, ale tylko ona mi została.

– No to możesz obwiniać wyłącznie samą siebie.

Czy Julian może powiedzieć Ednie, żeby się zamknęła, czy zachowa się bardzo niegrzeczne?

Aurora poklepuje go po ramieniu, jakby czytała mu w myślach.

– Mistrzu Cruz, wybaczcie, że wplątałam was w rodzinną sprzeczkę. Czy Grysley może was zaprowadzić do waszego pokoju? Corneliusie, niech Krea zrobi mu coś do jedzenia. I pokaż mu świecarnię. Aha, i przygotuj mu wóz, żeby mógł jutro pojechać na targ w Borough. Potraficie powozić?

– Oczywiście, pani. – Julian nawet nie mrugnie okiem.

– Dziękuję, że zapewniliście mi dodatkową robotę – syczy zarządca do Juliana. – Bo ostatnio bardzo się leniłem.

– Rzeczywiście leniłeś się, Corneliusie – potwierdza Aurora. – Ale twoja gnuśność przypomniała mi… Jak się miewa Cedric?

– Nie jest z nim lepiej.

Aurora cmoka.

– Wielka szkoda. Mam nadzieję, że dacie radę poprowadzić konia przez Londyn, mistrzu Cruz.

– Oczywiście.

– Cedric jest naszym stajennym – wyjaśnia. – To on zawiózłby was na targ, ale ma okropną wysypkę na oczach. Sączy się z niej ropa. Obawiamy się, że jest bliski śmierci. Nie wiecie przypadkiem czegoś o ropie?

– Niewiele, pani.

– Jesteśmy blisko stajni, może zajrzymy do tego biedaka?

Jedno spojrzenie i Julian już wie, co dolega Cedricowi. Mózg stajennego zdaje się wypływać przez podbite krwią gałki oczne. Cedric leży na słomie w pustym boksie i jęczy. Julian nie zbliża się na wypadek (na wypadek!), gdyby zarażał. Myślał, że być może uda mu się ulżyć Cedricowi jakimś roztworem soli, ale na tę chorobę nie ma lekarstwa poza modlitwą.

– Co to jest waszym zdaniem? – pyta Aurora.

– Nie mam pewności, pani.

– Parę dni temu był tu cyrulik i wyrwał Cedricowi dwa zęby – wyjaśnia Aurora – ale to nie pomogło.

– To nie pomogło?

– Nic a nic. Chcielibyście spróbować jego uryny, by postawić dokładniejszą diagnozę?

– Ja... och... nie, to nie będzie konieczne – odpowiada Julian.

– Jesteście pewni? Nasz doktor jest dobry, ale zbyt kosztowny – tłumaczy Aurora. – Taniej jest zastąpić Cedrica innym stajennym niż wynajmować najlepszego medyka. Często próbuje urynę chorych, by zdiagnozować chorobę.

– Najwyraźniej jest o wiele dokładniejszym medykiem niż ja.

Cedric wciąż jęczy.

Julian wyjaśnia lady Collins, że może spróbować pewnej kuracji. Może ugotować w wodzie zwyczajne liście z dodatkiem miodu, a gdy wywar wystygnie, przemyć nią oczy Cedrica. W roślinach znajduje się kwas borny, który może pomóc w niektórych przypadkach wysypki na oczach. Miód przydaje się do wielu rzeczy, także do dezynfekcji ran.

Cornelius i Edna prychają i wzdragają się, lecz Cedric kiwa energicznie głową. Spróbuj, spróbuj, szepcze. Aurora nakazuje Corneliusowi zebrać na taczki liście z pobliskich krzewów laurowych.

Edna szepcze coś do lady Collins, która przygląda się Julianowi i marszczy brwi.

– Moja siostra poczyniła słuszną uwagę – mówi z podejrzliwością w głosie. – Gdzie macie rzeczy? Nie mogliście przybyć tu aż z Walii bez żadnego bagażu.

Julian musi szybko myśleć.

– Miałem ze sobą dwie duże skrzynie – mówi – ale, uwierzycie panie, w ostatniej gospodzie, w której się zatrzymałem, pozbawił mnie ich wędrowny sprzedawca wiktuałów, który zobaczył, jak składam głowę na stole, i szybko zajął się moim dobytkiem.

– Powiedzcie, proszę, jak nazywała się ta piekielna gospoda? – dopytuje się Edna. – Bo to straszliwy brak gościnności.

– Star Tavern – odpowiada Julian. To jedyny pub w zachodnim Londynie, jaki zna. – To gościnne miejsce, ale wypełnione po brzegi podejrzanymi typami. Podsłuchałem nawet, jak kilku klientów planuje coś, co zakrawało na wielki napad na pociąg – mówi Julian, by się zabawić. Wielki napad na pociąg rzeczywiście zaplanowano w Star Tavern, co pokazano na filmie pod tym samym tytułem.

– Wielki napad na co?

– Na ciąg powozów – poprawia się szybko Julian. Musi przestać żartować albo wpakuje się w niezłe tarapaty. – Ale byłem trochę podchmielony i mogłem się przesłyszeć.

– Biedaczyna! – mówi Aurora. – Corneliusie, niech Gregory pomoże panu Cruzowi wybrać coś do ubrania z rzeczy po zmarłych. Nie ociągajmy się, proszę zdjąć to, co macie na sobie i włożyć pludry. Wszyscy poczujemy się lepiej, gdy będziecie mieli na sobie pludry. Och, Corneliusie, niech Gremaine przyniesie świeżą wodę ze studni. Gremaine nosi dla nas wodę. Ale powiedz mu, żeby najpierw wypłukał wiadro, w końcu mistrz Cruz jest naszym gościem. – Aurora chichocze. – Czasami Gremaine całymi tygodniami zapomina wypłukać wiadro.

38

Świecarnia

Wewnątrz dobrze urządzonego domu, z kamiennymi podłogami i grubymi ścianami pokrytymi boazerią i wielkim kobiercami, Julian nie spotyka Mary. Przedstawiają mu Gregory'ego, garderobianego, i jego żonę Catrain, która jest szwaczką, pokojówką i damą do towarzystwa lady Mary.

– Jesteś też swatką? – Julian uśmiecha się.

Stojącemu w pobliżu Corneliusowi, który ma coś, co nazywa się ujemnym poczuciem humoru, nie podoba się pytanie Juliana.

– Catrain ma kilka posad w gospodarstwie – rzuca przez zaciśnięte zęby – bo nasza pokojówka i dama do towarzystwa niedawno zmarły. Nasz ochmistrz też. Dlatego Farfelee, nasz kucharz, nie ma produktów. Czy to też was bawi? Nie przypominam sobie, żeby lady Collins najęła was jako nadwornego błazna.

Gdyby był tu Devi, wyjaśniłby Corneliusowi, dlaczego Julian nie jest zabawny. Mógłby też powiedzieć Julianowi, kim jest ochmistrz.

Wąski pokój, który Cornelius przydziela Julianowi, znajduje się przy kuchni. Obok, w maślarni, wokół długiego roboczego stołu stoi kilka kadzi ze śmierdzącym tłuszczem. Gremaine bez przerwy się trzęsie, co nie wydaje się najlepszą cechą u człowieka, którego zadaniem jest nosić wodę. Przyglądając mu się, Julian się zastanawia, czy tak postrzegali go ludzie w jego poprzednim życiu. Podejrzewa, że Gremaine nie posłuchał nakazu lady Collins i nie wypłukał wiadra.

W pokoju na górze wypełnionym stosami poskładanych ubrań Gregory pozwala Julianowi wybrać sobie kilka rzeczy. Gregory to powolny mężczyzna z niewiarygodnym zarostem jak u rosyjskiego mnicha. (O, tak. W tym starym nowym świecie mężczyźni noszą gęsty zarost. Wszyscy z wyjątkiem Juliana. Nic dziwnego, że jest traktowany nieufnie, ze swoimi zamkami błyskawicznymi i gładko ogoloną twarzą!).

– Odzienie w tym pokoju należało do zmarłych członków naszego gospodarstwa – wyjaśnia Gregory. Nie ma w tym nic zabawnego, zwłaszcza po tym, jak Devi opowiedział Julianowi, że ubrania noszą w sobie duchy zmarłych. Gregory znajduje dla Juliana spodnie, pludry, drapiącą tunikę, którą nazywa spódnicą, szorstką białą koszulę, czarny wysoki kapelusz i podarte czarne rękawice. Jedyną przyzwoitą rzeczą, jaką mu pokazuje, jest krótka jedwabna peleryna. Z dumą oferuje ją Julianowi. Peleryna uszyta jest z różowego płótna i ma czerwoną atłasową podszewkę. Jest haftowana złotą i srebrną nicią, ma chwosty i jedwabne frędzle. Julian nie wie, co robić. Jeśli jej nie przyjmie, śmiertelnie obrazi Gregory'ego, a jeśli przyjmie, będzie musiał ją nosić.

Przyjmuje.

– Czyż to nie wielkie szczęście? – mówi Gregory, podając mu pelerynę. – Dziękujmy dobremu Panu za zmarłych.

Kilka minut później, odziany w drapiący, lecz o wiele bardziej stosowny strój, wyczerpany Julian siada na ławie przy kuchennym stole, a Farfelee, potężny kucharz, nakazuje Krei, drobniutkiej pomywaczce, by przyniosła mu domowy chleb i kiełbasę z cebulą. Krea szepce Julianowi, że sama piecze chleb, bo piekarz umarł.

– Dziękujmy dobremu Panu za zmarłych – mówi Julian, parodiując Gregory'ego.

– Och, dziękuję za nich Bogu codziennie rano i wieczorem – odpowiada Krea. – Żałuję tylko, że nie ma ich więcej.

Julian tłumi śmiech.

– Krea – mówi, obrzucając dziewczynę spojrzeniem od stóp do głów. – Czy to się rymuje z Medea?

– Nie wiem, co to takiego, panie.

– Medea, grecka czarodziejka, która mści się na niewiernym kochanku, mordując własne dzieci?

– O, to z pewnością brzmi jak parę osób, które znam. – Krea jest malutka, brzydka i krucha jak ptaszek. Twarz ma poznaczoną bliznami po ospie. Razem z chlebem przynosi mu chyba dwulitrowy dzban piwa. Julian pije łapczywie. Dzięki Bogu, piwo nie jest mocne.

– Możesz mi podać widelec? – mówi Julian, wskazując kiełbasę. Dziewczyna dała mu cynową łyżkę.

– Nie wiem, co to takiego.

– Nie wiesz, co to widelec? To czym jecie mięso?

– Łyżką.

Julian przygląda się kiełbasie i bierze do ręki łyżkę. Kiełbasa sucha jak podeszwa, a do tego bardzo słona.

– Przybysze z obcych krajów budzą u wszystkich niepokój – mówi Krea, gdy Cornelius wychodzi na chwilę. – Dlatego pan Cornelius tak się zachowuje. Nigdy nie wiadomo, kto zawlecze zarazę albo nas obrabuje.

– Niewiele wiem o rabowaniu – mówi Julian – ale jeśli chodzi o zarazę, to jej przyczyn należy szukać w środku, a nie na zewnątrz. – Kiedy dziewczyna patrzy na niego tępo, zmienia temat. Nadal nie wiedzą, co wywołuje zarazę? – Kreo – zaczyna – macie tu bardzo dużo służby, która zajmuje się tylko dwiema kobietami.

– Mieliśmy więcej, ale pomarli. W zeszłym roku spadła na nas zaraza, bardzo ciężka. Kilkoro ocalało. Córka pani – mówi Krea tonem osoby, która podaje w wątpliwość dobór ofiar. – I niezamężna siostra pani, lady Edna. – Jej ton nieznacznie pocieplał. – I bezużyteczny Gremaine. Jest bratankiem pani i dlatego nie pozwala mi go udusić poduszką. Ofiarowałam się, ale nasza pani jest dobra i się nie zgodziła.

Julian dochodzi do wniosku, że niezły numer z tej Krei, i w tej chwili powraca Cornelius.

– Skończyliście jeść i mleć ozorem? Muszę wam pokazać świecarnię, zanim będę się musiał zająć waszymi końmi.

W pomieszczeniu z kadziami z tłuszczem Julianowi robi się niedobrze; niewielka ilość jedzenia i galon piwa podchodzą mu do gardła.

– Co się dzieje? – pyta zarządca.

Julian oddycha przez usta.

– Co to za smród?

– Nie wiem, o co wam chodzi. Nie czuję nic nieprzystojnego.

– Co jest w tych kadziach?

– To łój – wyjaśnia Cornelius – z którego będziecie robić świece. – Przygląda się Julianowi uważnie. – Jako świecarz, wiecie, jak się robi świece?

– Oczywiście. – Julian przesiewa pamięć w poszukiwaniu wszystkiego, co wie o świecach. – Ale zwykle robię je z wosku pszczelego.

– Pochodzicie z części Walii, w której nie stosują się do prawa? – pyta Cornelius. – Bo całą produkcję i sprzedaż wosku w Londynie kontroluje gildia w imieniu Kościoła i Korony.

– To istnieje gildia wytwarzająca świece? – Julianowi wydaje się, że jest zabawny.

– Dokładnie tak jest. – Cornelius z trudem ukrywa pogardę. – Kompania Świec Woskowych ustanowiona królewskim dekretem przed dwustu laty. To dla was jako świecarza nowość?

Julian nie może dalej rozmawiać, bo zbiera mu się na wymioty. Wiadra z tłuszczem i odpadkami mięsa śmierdzą straszliwie. Jak zdychające zwierzę.

– Ile świec nam potrzeba, Grizzly? – pyta Julian, gdy Krea wnosi następne wiadro z nie do końca stężałym tłuszczem. Wiadro jest ciężkie, lecz dziewczyna niesie je i stawia bez większego trudu. Pomimo swojej drobnej postury Krea jest silna. Pod wieloma względami przypomina owada.

– Tysiąc – odpowiada Cornelius. – Różnej grubości i wysokości, by pasowały do naszych lichtarzy.

Julian wzdryga się. Utknie w tym śmierdzącym pomieszczeniu na wieczność, a tam, w blasku słońca, ubiorą lady Mary w suknię ślubną i wplotą jej we włosy żonkile z Holandii.

– Nie można po prostu kupić świec? – pyta Julian. Jutro może nimi załadować cały wóz.

– Macie pojęcie, ile kosztują? – odpowiada Cornelius. – Lady Collins musi zapłacić za wesele. Mamy dla was siedem kadzi łoju, a wy, świecarz, macie z niego zrobić świece. I wybaczcie mi, po co bylibyście nam potrzebni, gdyby można było kupić świece?

Czemu wszyscy stale pytają, po co byłby im potrzebny? Graham tam, Cornelius tutaj. Julian ma już tego po dziurki w nosie.

– Ale, Grizzly, jeśli robimy świece z łoju, czemu nie możemy zrobić trochę z wosku?

– Chcecie, żebyśmy wszyscy wisieli na szubienicy? – pyta zarządca. – A nawet gdyby to był dobry pomysł, nie mamy pszczół, bo nie mamy kwiatów. To skąd weźmiecie ten wosk? – Cornelius cmoka z pogardą. – Och, i jeszcze jedno – dodaje. – Nie wiem, jak się sprawy mają w nieznanym lesie, ale tutaj, w Clerkenwell, jeśli ukradniecie coś, co warte jest więcej niż pięć pensów, zawiśniecie na szubienicy. Newgate znajduje się półtora kilometra stąd w linii prostej. Znacie więzienie Newgate, prawda? – Odwraca się, by odejść. – Macie dużo roboty, człowieku do wszystkiego. Lepiej się do niej zabierzcie.

39

Medea

– Kreo, z czego składa się ta obrzydliwa breja? – Stoją z Julianem ramię w ramię i wpatrują się w wiadra.

– Odchody krów, odchody owiec i świń – odpowiada Krea. – Tłuszcz z potraw, które gotujemy z Farfelee. Wiadra stoją tu od tygodni, a tłuszcz czeka, by przerobić go na łój.

– Czy ostatni świecarz umarł z obrzydzenia? – pyta Julian.

– Nie, panie.

Nie ma wyboru, musi wyznać, że nic nie wie o robieniu świec, i błagać pomywaczkę o pomoc.

– Możesz mnie nauczyć łowić ryby?

Krea kręci głową.

– Nie potrafię łowić ryb, panie.

– Proszę, mów mi Julian. Chodzi mi o to, że możesz mi pokazać, jak robić łój?

– Oczywiście. Ale dlaczego powiedzieliście „ryby", skoro chodziło wam o łój?

Julian notuje w pamięci, by od tej pory wyrażać się dosłownie.

– Nie mamy na to czasu. Ślub jest za... to znaczy, ile dokładnie mamy czasu do ślubu? – Gdyby tylko znał datę śmierci królowej Elżbiety I.

– Niecałe dwa księżyce. Siedem niedziel. – Krea uśmiecha się, jakby była bardzo z siebie zadowolona. – Tak wszystko mierzę –

wyjaśnia. – Dniami odpoczynku. Mam ich siedem, zanim lady Mary wyjdzie za mąż i odejdzie z tego domu.

Julian mruży oczy.

– Chcesz, żeby odeszła?

– Nie, panie. Liczę tylko niedziele do jej odejścia. Wszystko przychodzi do tych, którzy czekają.

– To prawda. Ale... lady Mary nie wygląda na zadowoloną z powodu zbliżającego się ślubu.

– Lady Mary – zaczyna Krea – nigdy nie jest z niczego zadowolona. No, nie mamy czasu na pogawędki. Czeka nas praca.

Wyciągają dwa wiadra na boczne podwórko przy kuchni i rozpalają węgle. Krea mówi, że łatwiej jest gotować tłuszcz na ledwo żarzących się węglach. Julian nie rozumie. Czy nie jest już ugotowany?

– W tłuszczu pływają kawałki mięsa – wyjaśnia Krea – chrząstki i kości. Nie robimy świec z mięsa, prawda?

O, więc nie jest całkiem pozbawiona poczucia humoru. Podobna do gnoma rzuca ten kąśliwy komentarz, wpatrując się w swoje buty.

– Chyba nie – odpowiada Julian. – Kreo, spójrz na mnie.

Drobniutka dziewczyna podnosi wzrok. Przypomina spłoszonego ptaka, jest zabiedzona, brzydka, z ospowatą twarzą, ale za jasnoszarymi oczami czai się ogień i rozum.

I jeszcze coś, czego Julian nie potrafi dokładnie określić.

Coś nieprzyjemnego.

– Nie jestem lady Edną – mówi. – Możesz na mnie patrzeć, kiedy rozmawiamy.

Surowa twarz Krei łagodnieje.

– Przetopmy ten tłuszcz przed zachodem słońca. Muszę się spieszyć. Na jutro muszę upiec pandemain.

Julian kiwa głową. Nie zapyta, co to takiego.

– Biały chleb dla państwa – wyjaśnia Krea.

– Nie pytałem.

– Ale wyglądaliście, jakbyście nie wiedzieli.

Krea wylewa odrobinę tłuszczu na węgle, dorzuca trochę podpałki i przynosi z kuchni zapalony knot, podczas gdy Julian stoi i patrzy. Kiedy wynaleziono zapałki? Boże, jak to możliwe, że można nie wiedzieć tylu rzeczy.

– Krea, jak to zapaliłaś?

Patrzy na niego, jakby miał nie po kolei w głowie.

– Od ognia w kuchni.

– A jeśli ogień w kuchni zgaśnie?

– Wszyscy mamy pilnować, by w domu zawsze gdzieś płonął ogień. A gdy zgaśnie, jest jeszcze ta stara metoda. Krzemień i stal. Ale zdarzyło się to tylko raz przez te dwanaście lat, gdy tu służę.

Zna Mary od czasu, gdy miała sześć lat.

– Krzemień?

– Coś jak kawałek kwarcu.

Julian wzdryga się na dźwięk słowa „kwarc". Oczywiście. Pierwsi ludzie odkryli ogień, uderzając w kwarc, najbardziej powszechny minerał na ziemi, mający zdolność przewodzenia elektryczności. Ogień przeobraził ludzkość, stworzył cywilizację, umożliwił rozwój życia. A pierwsza iskra pochodziła z kwarcu, który Julian trzyma na dłoni, kiedy rozpala słońce, by miłość stała się możliwa. Teraz drży.

Krea pokazuje mu, jak mieszać tłuszcz w wiadrach i w miarę potrzeby dorzucać węgla.

– To się nazywa wytapianie – mówi. Kiedy tłuszcz oddzieli się od części stałych, Julian musi go przelać do czystego garnka przez metalową kratkę wyłożoną szmatką.

– Potem wlewam czysty łój do słoika na przetwory, wsuwam knot, czekam, aż stężeje i gotowe?

Krea marszczy brwi.

– Nie wiem co to słoik na przetwory. Ale knot trzeba zapleść, żeby był mocniejszy. Pan Grysley potrzebuje też wąskich świec. Jeśli zrobicie tylko świece w słoju, oberwiecie za nieposłuszeństwo.

– Nie mogę zrobić wąskich świec. Łój nie zastygnie na tyle, by utrzymały kształt.

– Oczywiście, że nie, panie – mówi, jakby był imbecylem. – Do łoju trzeba dodać potaż.

Potaż?

– Skąd go wezmę?

– Można go kupić na targu, ale pani wolałaby, żebyście sami go zrobili.

– Mam zrobić potaż? – Czy ten gnom żartuje?

– To nic trudnego. Proszę wykorzystać liście, które zebraliście na oczy Cedrica, rośliny i kwiaty. Spalić je na popiół.

– Okej. To nie wydaje się trudne.

– Potem trzeba wyługować popiół. To też nic trudnego. Ale zabiera trochę czasu. Ale co innego macie do roboty?

– Nic – mówi Julian, wyobrażając sobie Mary siedzącą gdzieś w domu. – Jak mam wyługować popiół, rozcieńczam go wodą?

– Tak. – Krea wygląda na zadowoloną, że Julian wreszcie coś wie.

– Na górę wypływa masa, której potrzebujemy. Resztę się wyrzuca. Nie będzie tego dużo, ale zawsze. Kiedy zmiesza się potaż z wytopionym łojem, łój stwardnieje. Oczywiście dopiero wtedy zacznie się prawdziwa praca. Bo za każdym razem, gdy zanurzycie spleciony knot w łoju, musicie poczekać aż łój stwardnieje, zanim znów będzie można go zanurzyć. Pewnie będziecie musieli go zanurzać i czekać z sześć razy, zanim zrobicie wąską świecę.

– A ile Grizzly kazał mi zrobić? – Julian ma nadzieję, że się przesłyszał.

– Tysiąc.

Katastrofa. Czemu dał lady Collins do zrozumienia, że potrafi robić świece?

Krea musiała to wyczytać z jego twarzy, bo mówi:

– Cierpliwość to cnota, mistrzu Julianie. Musicie się jej nauczyć. – Zostawia go na podwórku, gdzie Julian ponuro miesza tłuszcz drewnianą łyżką. Chyba jest wykończony, bo nie może się skupić. Zwija dłoń w pięść i patrzy przez nią jak przez lunetę. To życiowa podpowiedź. Zmusza wzrok, by skupił się na jednym dużym kawałku chrząstki, i kiedy podnosi głowę z pięścią nadal uniesioną do oka, dostrzega lady Mary stojącą przy węglach. Zniecierpliwiona stuka obcasem w twardą ziemię.

40

Lady Mary

Jest tak zaskoczony, że upuszcza łyżkę do wiadra z tłuszczem.

– Nieźle – mówi Mary.

– Lady Mary – jąka się Julian. Gdzie się podziała jego pokerowa mina?

– Nie zwracaj się do mnie – nakazuje cichym głosem. – I nie patrz na mnie. Mam tylko minutę. To prawda, że jutro rano wybierasz się na drugi brzeg rzeki? Na targ w Borough w Southwark?

– Tak.

– To nie było pytanie!

– Pani…

– Nie odzywaj się do mnie, ty impertynencki pacanie! Jutro rano zabierzesz mnie z sobą. Słyszysz?

– Trudno cię nie słyszeć.

– Nie odzywaj się do mnie! – Ale zniża głos. To niezwykłe, jak dźwięk jej głosu unosi mu włosy na karku, przebiega dreszczem po całym ciele. To bez wątpienia jej głos, lekko zdyszany i chrapliwy, choć słowa, które nim wypowiada są takie zrzędliwe. Brzmi jak na scenie podczas przedstawienia *Wynalazku miłości*, brytyjsko, lecz kłótliwie. – Słyszałam, jak Cornelius i ciotka Edna rozmawiali o tobie. Uważają, że jesteś oszustem. Jeśli mnie nie zabierzesz, powiem pani matce, że mają rację. Powiem też, że musiałeś pytać Kręgo, jak się robi świece.

Julian milczy i obserwuje ją z obojętną twarzą.

Mary podwaja wysiłki.

– Powiem jej, że jesteś katolikiem! Wiesz, co robimy z oszustami i katolikami? – Owija niewidzialną pętlę wokół szyi i podciąga ją w górę. Julian nie może oderwać od niej wzroku. Jest taka piękna, nawet jeśli zachowuje się paskudnie. – Wrzucą cię do jamy z niedźwiedziem.

Twarz Juliana pozostaje nieprzenikniona.

Mary próbuje grać ostrzej.

– Powiem pani matce, że przyglądałeś mi się w ogrodzie, bezczelnie i pożądliwie, za co czeka cię łamanie kołem i szubienica. Plebejusz i włóczęga przyglądający się pożądliwie szlachetnej damie, mającej niebawem wyjść za mąż.

Julian, który stał z przechyloną głową i zmuszał się, by nie mrugać, żeby móc dalej na nią patrzeć, prostuje się. Z każdym wypowiadanym słowem, Mary staje się coraz bardziej pobudzona i ponętna. To nowa, nieznajoma Josephine, która jeszcze nie nauczyła się uśmiechać. Jak nowo narodzona dusza. Julian nie może się powstrzymać. Uśmiecha się.

– Nie musisz mi grozić – mówi. – Wystarczy, że poprosisz. – I to nawet niezbyt uprzejmie.

Mary zawstydza się tylko nieznacznie.

– Niech powóz będzie gotowy jutro o świcie. Nikomu ani słowa. Rozumiesz?

– Tak. Ale nie będę miał powozu, tylko wóz.

– Poproś o powóz!

– Żeby jechać na targ? Mam wrzucić palety do kwiatów i worki z ziemniakami do waszego rodzinnego powozu?

– Nie kłóć się ze mną! Nie wiem, co to są palety ani ziemniaki, o których mówisz tak zuchwale. Nie obchodzi mnie, jak to zrobisz, po prostu zrób.

– Czy mogę zapytać, dokąd się wybierasz?

– Nie możesz – odpowiada. Odwraca się, pokazując mu tył głowy.

– Planujesz wziąć udział w przesłuchaniu do trupy Lorda Szambelana? – Teatr Globe stoi w Southwark, niedaleko targu.

Mary rusza w stronę domu.

– Zaczekaj! – woła za nią Julian. Mary zatrzymuje się przy drzwiach. Brzeg jej sukni zakurzył się na podwórku, a loki wysunęły się spod przytrzymujących je szpilek z kamieniami szlachetnymi. Julian robi kilka kroków w jej stronę. Ona spogląda na niego z taką złością, że prawdopodobnie nie dostrzega, że się na nią gapi. Chce jej dotknąć. Chce położyć drżącą dłoń na jej ciepłej skórze, by uwierzyć, że jest prawdziwa.

– Wybacz moją zuchwałość, ale… Pomalujesz twarz na biało?

Mary przykłada do policzka dłoń w rękawicce.

– Farbę, która nakładasz na twarz, robią z octu i sproszkowanego ołowiu – mówi Julian.

– Wiem, z czego ją robią – odpowiada Mary. – I nie wspominaj o tym. Nie wolno ci dostrzegać ani mojej twarzy, ani tego, co na niej noszę.

– Proszę, nie używaj tej farby. Ołów to trucizna. W dawnych czasach… – Zmienia front. – Chodzi o to, że kobiety od tego umierają.

– Phi!

Co jeszcze może zrobić, żeby mówiła dalej, żeby ją przy sobie zatrzymać?

– Twoja matka ma rację co do jednego. Kobiety nie mogą występować na scenie.

Zbywa go machnięciem ręki.

– Sio, natrętna podsłuchująca mucho – mówi. – Pilnuj swojego łoju. Może będziesz dalej udawał, że potrafisz robić to, co robisz, a ja będę robić to, co potrafię. Pod koniec dnia zobaczymy, które z nas rzucą niedźwiedziom na pożarcie.

Czemu w ogóle muszą kogoś rzucać? Mary wchodzi do środka, zanim Julian ma czas odpowiedzieć. Ale mówi jeszcze jedno zdanie.

– Nie proś Corneliusa o powóz – woła. – Kiedy naprawdę czegoś potrzebujesz, poproś panią matkę.

*

Słońce zachodzi i dom pogrąża się w ciemności. W kuchni płonie ogień, a węgielki w małym ognisku w świecarni niemal wygasły. Na niebie gwiazdy skryły się za chmurami, księżyc jest w nowiu. Gałęziami drzew targają powiewy wiatru. Jak powiedział Devi, ziemia kręci się w porządku nowego świata. Miał rację. Na miniaturowy pokój Juliana składa się wąskie łóżko, szafka, mały stół. Nie ma w nim świecy. Jest za to okno skrzydłowe z zepsutą zasuwką. Szyby ze szprosami kołyszą się na wietrze. Julian wtyka w zasuwkę kawałek gałązki, który znalazł w kuchni, i kładzie się na łóżku. Ma dużo poduszek, ale twardych jak kwarc. Wełniany koc jest szorstki, a prześcieradło przypomina papier ścierny. Zupełnie jak u pani Pallaver. Ale u pani Pallaver nie było Josephine, chyba że w jego snach, i nigdy nie zderzał się z nią głową, próbując podnieść parasolkę.

A twarde łóżko tam przygotowało go na twarde łóżko tutaj.

Julian leży na wznak, w rozpiętym ubraniu, z rękami skrzyżowanymi na piersi, i wpatruje się w sufit, wędrując przez krainę cudów.

Josephine żyje!

I jest jej więcej.

Jeszcze nie jest gotowa.

I dlatego on też nie jest gotowy.

Jego zegary zatrzymały się, a wszystkie doczesne dobra się rozsypały; był stosem kamieni, a jednak tchnięto w niego nowe życie, bo ona też jest pełna życia.

Dziękuję. O Boże, dziękuję.

Oddzielono ją od niego, rozproszono i rozrzucono. A jednak znalazł ją po Drugiej Stronie i zwrócił się do niej po imieniu. Nie imieniem rozpaczy, Josephine, lecz imieniem prawdy. Mary to Mia. Julian czuje ulgę, że nie jest mu już zimno, nie musi wskakiwać do wody ani pełzać po ciemnej jaskini, jest gotowy być wszędzie, byle z nią, nawet w miejscu, gdzie musi oddychać przez usta, by nie czuć zza drzwi smrodu wytapianego łoju, nawet w miejscu, gdzie szykuje się na ślub z innym. Zanim zaśnie, ledwo zdąży wypowiedzieć jej imię. Mary! Mary… Mary…

41

Kupiec z Italii

Następny ranek szykuje dwie niespodzianki. Pierwsza: leje deszcz. A ponieważ leje, wyprawę z Mary na drugi brzeg Tamizy należy odłożyć.

Druga: Cedric czuje się lepiej. Żyje. Otwiera zaschnięte powieki, spod których nie sączy się już ropa, siada na słomie i przyzywa Juliana. Julian początkowo nie ma o niczym pojęcia. Spędza poranek w świecarni, mieszając czysty łój w wiadrze, a tłuszcz chlapie mu na tunikę i twarz. Ocierając brodę rękawem, odwraca się i widzi lady Collins stojącą w drzwiach.

– Mistrzu Julianie, zrobiliście dla naszej rodziny zdumiewającą rzecz – oświadcza. Julian zaprzecza. To wszystko dzięki kwasowi bornemu i odrobinie miodu. Zadowolony, że coś, czego nauczył się z książek i od *abueli*, rozwiązało prawdziwy problem, idzie do stajni, by obejrzeć rozczulonego i wdzięcznego stajennego. Żałuje, że nie może powiedzieć Deviemu, że to, co wie o roślinach, nie jest całkiem bezużyteczne. Dzięki temu może nie zetną mu głowy.

W jednej chwili wszystko zmienia się na lepsze. Gregory rozkłada przed Julianem nową garderobę z płótna i jedwabiu. Dostaje spodnie, które nie drapią, zamszowe pludry i skórzane kamizelki, koszule z bielonego płótna z bufiastymi rękawami i sutymi białymi kołnierzami, miękkie skórzane pasy, cudowne filcowe kapelusze, długą czarną pelerynę, wełniane rajtuzy i wsuwane skórzane buty. Zdumiewające, jak niewielka zmiana ubrań na lepsze zmienia jego status nie tylko w ocenie domowników, ale i w jego własnych oczach.

Gremaine przynosi mu naprawdę czystą wodę, a Krea gotuje ją, gdy tylko Julian ją o to poprosi. Dunham od kloaki oferuje pomoc przy wyrobie świec. Dunham czyści latryny. Ma ziemistą twarz, wielki nos, okrągłe, zbyt blisko osadzone oczy, tłuste włosy z krzywo przyciętą grzywką opadającą na czoło i nieproporcjonalne ciało: wąskie ramiona i duży brzuch. O każdej porze dnia i nocy śmierdzi gorzej niż psiarnia, której nie czyszczono od tygodni.

Aurora zaprasza Juliana do wielkiej sali, przedstawia go zniedołężniałemu wujowi Henry'emu i ciotce Angmar i sadza u swego boku przy ogromnym stole. Julian zasiada do kolacji w wygodnym fotelu, jednym z dwóch stojących w sali. Pozostali zajmują miejsca na ławach i stołkach. Aurora osobiście nalewa mu puchar czerwonego wina. Zaczyna nazywać go Julianem. Podają mu jagnięcinę, wołowinę i wieprzowinę z groszkiem i chlebem i miodowe ciasto na deser. Jego łyżka nie jest już zrobiona z cyny, lecz z polerowanego srebra. Aurora mówi, że przyniósł rodzinie szczęście, ponieważ nie padało tak od marca. Kiedy już to słyszał, że przyniósł komuś szczęście? Od Mary, kiedy była jeszcze Josephine. Spogląda teraz na Mary. Siedzi na drugim końcu dębowego stołu i nie zwraca na niego uwagi.

Co powiedział dżin z lampy Aladyna? Nie można nikogo zmusić, żeby się w tobie zakochał. A wcale nie jest łatwo stać się tak uroczym, by dziewczyna się w tobie zakochała. Mary, Cornelius i Edna stworzyli trójcę wrogości, która przepełnia każde wypowiadane do niego słowo. Ale jeśli chciał, by pokochała go matka Mary – osiągnął swój cel! Dolewając im wina, Aurora zasypuje go rodzinnymi opowieściami, zaczynając od najdrobniejszych szczegółów śmierci najbliższych. Teraz sama prowadzi gospodarstwo, robi wszystko, co kiedyś robił sir John.

– Ale obojętne, jak ciężko pracuję, nadal towarzyszy mi okropne przeczucie, że nie uda mi się odpędzić śmierci sprzed naszych drzwi.

Na dźwięk tych słów, Julianem rozgrzanym winem wstrząsa zimny dreszcz.

– Myjcie ręce, pani – radzi. – W ten sposób zadbacie o zdrowie. – Wodę noszą w brudnych wiadrach. – Dodawajcie odrobinę octu do wody, by zdezynfekować dłonie.

Aurora przyznaje, że myje ręce.

– Codziennie rano.

– Musicie myć je częściej, pani. Rzeczy, których dotykają Gremaine i Dunham, nie mogą się zbliżać do ludzkich ust. – Aurora słucha, jakby był księdzem wygłaszającym kazanie (z winem w pakiecie). Gdy uzdrowił Cedrica, zupełnie ją zawojował.

Julian sugeruje inne sposoby, by uchronić się przed zarazkami. Kiedy Dunham wyczyści latryny, nie wolno mu snuć się po domu.

– Nie pozwoliłaby droga pani wędrować świni po komnatach, prawda? – mówi Julian. – Proszę pomyśleć o Dunhamie jako o czymś brudniejszym od świni. Proszę mu kazać wymoczyć się w wodzie z octem, zanim wejdzie do komnaty pani lub córki.

Aurora śmieje się, jakby żartował.

Julian widzi w occie łatwo dostępny, pierwszorzędny środek dezynfekujący. Instruuje ją – „i jej najbliższych" – by piła codziennie odrobinę octu rozcieńczonego wodą, by oczyścić się od wewnątrz. Mówi jej, by korzystała z octu, by zmiękczyć skórę i dezynfekować skaleczenia. Słucha go z rozdziawionymi ustami. Nareszcie ktoś docenia zamiłowanie Juliana do octu!

– I proszę nie używać tej białej farby do twarzy – mówi – mimo że ma w sobie ocet. Zawiera też ołów, a ołów prowadzi do choroby. Po jakimś czasie zabija.

– Po jakimś czasie wszystko zabija – mówi Aurora.

Julian przechodzi od ołowiu do lorda Falka. Jakby chciał powiedzieć: Skoro już mowa o truciznach, droga pani...

– Uczucia Mary nie mają znaczenia – mówi matka, wskazując na herb rodziny wiszący nad kominkiem. – Musimy zachować honor przodków. Rodzina potrzebuje męskiego potomka. – Wyjaśnia, że rodzina Collinsów posiadała kiedyś połowę Clerkenwell i pomogła zbudować wszystkie katolickie klasztory, w tym Najświętszej Marii Panny (więc jednak kiedyś tak się nazywał!), zanim zostały rozwiązane, a wszystkie dziesięciny przejęte przez Koronę. – Mój mąż dał naszej najmłodszej córce imię na cześć tego wspaniałego klasztoru – dodaje Aurora ze smutkiem.

– Clerkenwell to porządne miasto – mówi Julian. – Zbudowano je bardzo solidnie. Przetrwa wieki. Kościoły też. Podobnie jak parki, targi i teatry. Będzie się rozrastać i kwitnąć. Proszę się nie martwić.

– Skąd wiesz?

– Mam takie przeczucie – odpowiada Julian, poklepując się po piersi w miejscu, gdzie na rzemyku wisi kryształ.

Aurora ociera oczy.

– Ojciec mojego męża był wielkim szlachcicem na dworze – mówi. – Walczył dla Henryka Ósmego, a jego ojciec dla Henryka Siódmego. Mój mąż i jego przodkowie byli częścią rycerstwa. A teraz nie mam synów, by mogli walczyć dla nowego króla. Nasz herb rdzewieje. Wiem, że moja córka nie chce poślubić lorda Falka. Ale rozumiesz, czemu musi to zrobić? Musimy mieć dziedzica. W innym przypadku po naszej rodzinie nie pozostanie nic.

Co Julian może na to powiedzieć? Ona nie może poślubić innego.

– Wydaje się zdecydowana tego nie robić – mówi.

– Tak, jest uparta jak muły w naszej stajni. – Aurora nalewa im wina i zniża głos. – Zawsze była upartym dzieckiem. Musiała dostać, co tylko chciała. – Rozgląda się, by sprawdzić, czy ktoś słucha, po czym mówi dalej. – Wyznam ci to jako zaufanemu przyjacielowi. Kilka lat temu flirtowała nawet z kupcem z Italii, który przepływał przez Londyn i wpadł jej w oko. Nie bądź taki wstrząśnięty. Powiedziała mi, że chce go poślubić! – Lekko wstawiona Aurora przemawia zażenowanym szeptem. – Wyobraź sobie taki dyshonor!

– Dyshonor związany z poślubieniem Włocha? – pyta Julian z lekkim uśmiechem. – Czy kupca?

– Żartujesz, ale mógł wybuchnąć straszliwy skandal. – Aurora zwierza mu się z najgłębszych sekretów. – Mary miała szesnaście lat. Powiedziała, że jest zakochana. Ba! Nie rozumiała, że jest szlachcianką, a on chłopem? Wyjaśniłam jej, że decyzje, które podejmuje mając szesnaście lat, tylko wydają się bez znaczenia. W rzeczywistości wpłyną na nią i na rodzinę na zawsze.

– Co się stało z Włochem?

Matka wzdycha w kielich z winem.

– Okazał się niewierny, jak wielu Włochów. W przeciwieństwie do Clerkenwell – uśmiecha się – Mary i Massimo nie przetrwali. Popłynął do domu. Mary przeszła ciężkie chwile, zachorowała... na kobiece przypadłości. – Aurora kaszle i nie mówi nic więcej. – Zaaranżowałyśmy to małżeństwo z matką lorda Falka, by pomóc wyrwać ją z melancholii. Choć Mary myśli inaczej, pasują do siebie. Włoch nie miał niczego poza wyglądem. Powiedziałam jej, że najlepiej trzymać się z dala od Włochów i ich uwodzicielskich sztuczek.

– Zgadzam się z panią w zupełności – mówi Julian, a nocą w łóżku modli się, by jutro przestało padać i mógł zabrać Mary do Londynu. Nie ma konkretnego planu, ale musi znaleźć sposób, by się do niej zbliżyć, zanim ślub z innym będzie nadciągał coraz szybciej. Devi miał rację. Powiedział: „Możesz mieć do czynienia z innym Fario Rimą". No, przynajmniej tym razem Julian zna prawdę od samego początku. Zajmie się lordem Falkiem. W znamienitym mieście, jakim jest Clerkenwell w 1603 roku, Julian ma przed sobą tylko jedną drogę, a jej imię brzmi Mary. Dokądkolwiek będzie prowadzić, on podąży jej śladem.

42

Fynnesbyrie Fields Forever

Leje przez pięć dni z rzędu. Z jednej strony nie ma potrzeby zawracać biegu strumienia. Z drugiej Julian odchodzi od zmysłów. Nikt nie może wyjść z domu. Rodzina nie jest nawet w stanie pojechać w niedzielę do kościoła, pierwszy raz od siedmiu lat. Kopyta koni i koła powozu grzęzną w błocie na Collins Lane.

Julian zajmuje ręce pracą, a jego dusza chodzi po ścianach.

Razem z Krebą wytaczają na trawnik puste beczki, by zebrać deszczówkę, a potem pełne wtaczają do maślarni. Gotują rośliny, ługują je, dodają potaż do czystego tłuszczu, napełniają grube szklane słoiki łojem i wsadzają knoty. Krea uczy go, jak spleść knot, by był grubszy i mocniejszy, i jak zanurzyć go w łoju. Nie może go jednak nauczyć czekać, by łój stężał. Julian musi sam nauczyć się cierpliwości. Pokazuje mu, jak robić zacier do piwa. Trwa to całą wieczność, jak robienie świec, i podobnie jak świece, piwo znika w dwa dni, więc proces trzeba zaczynać od nowa.

Nikt nie pije wody, jakby wiedzieli, że to ścieki. Piją piwo na śniadanie, obiad i kolację. Ashton byłby zachwycony. Biedny Ashton. Julian ma nadzieję, że Devi powiedział przyjacielowi, co się z nim stało. Czasami trudno uwierzyć, że tamtego życia już nie ma. Stara się o tym nie myśleć.

Nie może znaleźć ani jednej minuty sam na sam z Mary. Za dnia, kiedy pracuje z Krebą albo siedzi z Cedrikiem w stajni, Mary przesiaduje przy oknie w rogu wielkiej sali i czyta, zawsze w obecności jednego lub dwóch członków rodziny. Czasami Julian słyszy, jak śpiewa albo odgrywa dla nich fragmenty sztuk. Wieczorami, gdy Julian i Aurora zabawiają się rozmową lub grą w karty, Mary siedzi sama przy ogniu lub w bibliotece obok.

Edna odmawia udziału we frywolnych grach Juliana i Aurory, gdyż jest przeciwna kartom tylko trochę mniej niż Julianowi.

– Poprawcie mnie, jeśli się mylę – mówi do Juliana – ale edukacja w Walii jest dość marna, prawda? A w zasadzie w ogóle nie istnieje.

Nic dziwnego, że Edna jest taka podejrzliwa. Za każdym razem, gdy Julian otwiera usta, mówi coś nie tak. Krótki cytat z *Króla Leara* spotyka się ze zdziwieniem. „Dałeś mi życie, chowałeś, kochałeś, ja w zamian spełniam swoje obowiązki"*. Chyba jeszcze nie napisano *Króla Leara*. Jego beztroska obrona Shakespeare'a jako geniusza *sui generis*, który pomógł napisać Biblię Króla Jakuba, spotyka się z taką samą, pełną zakłopotania reakcją. Jakub, pierwszy król o tym imieniu, nie został jeszcze koronowany.

– O jaką Biblię Króla Jakuba może wam chodzić, mistrzu Julianie? – pyta Edna.

Bezpieczne nie są nawet napoje. Kilka dni temu zapytał, czy jest może herbata, a Edna zdziwiła się: „herbata?"

Brytyjczycy nie mieli herbaty w 1603 roku? Koniec świata.

Julian boi się powiedzieć cokolwiek, by nie zdradziły go źle dobrane słowa. Krea powiedziała mu, jak traktuje się czarownice i szaleńców w elżbietańskim Londynie.

– Tako samo, panie. Jedne i drugich palą na stosie.

Lady Collins często opowiada o prześladowaniach księży katolickich w poreformacyjnej Anglii. Za ukrywanie katolickiego księdza można trafić na szubienicę, wyjaśnia Julianowi. Edna, chociaż nie bierze udziału w tej rozmowie, wtrąca:

– A jaka kara grozi za ukrywanie zwykłego katolika?

– Katolicy też płoną na stosie – wyjaśnia Krea Julianowi.

Poprawka do stosu: płoną na nim czarownice, szaleńcy i katolicy.

W mrocznej, wykładanej boazerią bibliotece z dumą wystawiono

---

* Przekład Stanisława Barańczaka.

książki w ozdobnych złoconych oprawach. To nie Book Soup. Okładki, jak i same książki, są dziełami sztuki. Wszystkie kolorowe, cudownie ilustrowane, pieczołowicie drukowane, przypominają cenne klejnoty. Juliana nieustannie zachwyca ich misterne piękno.

Pewnego wieczoru po kolacji i winie Julian idzie za Mary do biblioteki i stając obok niej, udaje, że ogląda książki. Niewidomy wuj Henry siedzi przy oknie z żoną Angmar u boku, a Edna koło kominka, blisko Juliana i Mary, podsłuchując. Mary wybrała kilka tomów i przyciska je do stanika sukni. Suknia ma sztywno wykrochmalony koronkowy kołnierz, który wygląda jak białe frisbee wokół jej szyi. Ręce schowane są pod podwójnymi rękawami, talia mocno zasznurowana, a rozpięta na stelażu z kości wieloryba suknia jest tak szeroka, że Julian nie może nawet marzyć, by dotknąć Mary. Może jednak patrzeć na jej znudzoną i poirytowaną twarz, przejrzystą cerę, pięknie ułożone loki, ozdobione perłami i czepkiem ze złotymi frędzlami. Za jej wielkimi brązowymi oczami, które starają się zachować opanowanie, płonie całe życie.

Chciał wydobyć sonet z pyłu?

Oto przed nim stoi.

Julian pyta ją obojętnym tonem, co czyta. („To na przesłuchanie o pierwszej. Nie, to na wpół do piątej"). Wciska mu w ręce wszystkie trzy tomy. Niebieski oprawiony w aksamit egzemplarz *Godzinek*. Kunsztownie wytłaczane i ilustrowane *Opowieści kanterberyjskie*. I *Sztukę i umiejętność, jak dobrze umrzeć*.

– Czemu w ogóle czytasz taką książkę? – pyta o ostatnią, marszcząc brwi. Nie oddaje jej tomu.

– A czemu pani matka odmawia nade mną ostatnie namaszczenie za każdym razem, gdy wychodzę z domu? – pyta Mary, szukając innych książek na półce, podczas gdy Julian nadal trzyma tamte trzy. Dziewczyna wzdycha teatralnie. – Bo śmierć zawsze czai się w pobliżu. Jest w każdym garnku z zupą, każdym grzybie, każdym końskim kopycie. Prawda, ciociu Edno?

– Zgadza się, dziecko – odpowiada podsłuchująca Edna. – Teraz wybierz książki i oddal się. Już pora kłaść się spać. Catrain czeka, by cię wykąpać.

Na dźwięk słowa „wykąpać" Julian i Mary wymieniają cień spojrzenia, a przed oczami Juliana staje wizja „kąpieli" i „Mary".

– Śmierć jest częścią życia – ciągnie dziewczyna. – W zeszłym tygodniu nasz piekarz zapadł na potną chorobę między obiadem a kolacją. Nad ranem już nie żył.

Julian mruga.

– Co to jest potna choroba?

– To choroba, podczas której się pocisz – wyjaśnia Mary, jakby przemawiała do wioskowego głupka.

Upuszcza książki, które jej podał i czeka, by je podniósł i znów jej podał. Jego ręka ociera się o jej jedwabną rękawiczkę, pod którą niczym ziejący ogniem smok czai się prawdziwa dziewczyna. „Zmarli żyją tak długo, jak trwa pamięć o nich".

– Odrzuć śmierć – szepce Julian. – To moja rada.

– Dziękuję za waszą bezcenną radę, mistrzu Julianie – odpowiada Mary. – Nie wiem, co bym bez niej poczęła.

Pierwszy raz jej złoty głos wypowiedział jego imię. Julianie. Zgoda, jej słowa są wzgardliwe, lecz wydobyła jego imię z płuc, z oddechu, który wznosi się i opada wokół jej serca.

– Już pora, Mary – przypomina Edna. – Życz dobrej nocy.

– Zasypujecie panią matkę tyloma opowieściami o occie i porostach – mówi Mary. – Powiedzcie mi, dobry panie, czy wiecie, kiedy przestanie padać?

A więc nadal chce jechać do Londynu! Julianowi serce podskakuje w piersi. Przeklęty deszcz.

– Sądząc po dzisiejszym zachodzie słońca, możliwe, że jutro – odpowiada. – Choć obawiam się, że ziemia będzie nadal zbyt grząska, bym mógł wziąć wóz. – Koła zapadną się w błocie. Boleśnie się o tym przekonał. Próbował przez dwa ostatnie poranki. Potem przez całe godziny wykopywali z Cedrikiem wóz. Nie będzie żadnych podróży, dopóki droga nie wyschnie.

– To wasza sprawka – syczy Mary i zanim Julian zdążył zaprotestować, dodaje – Pani matka powtarza, że deszcz spadł dzięki wam, a nie uchodzi spierać się z własną matką. – Wymaszerowuje z sali z pełną wyższości pogardą.

A jeśli ma rację? Jeśli nie przestanie padać do dnia jej ślubu? Czy przebył całą tę drogę, by stać się mężczyzną, który nawet nie weźmie udziału w wyścigu?

Jedynym powodem, dla którego Julian znosi ten deszcz w miarę dobrze, jest obecność Cedrica. Zaprzyjaźnił się z wdzięcznym i pełnym szacunku stajennym, który cieszy się z jego towarzystwa i wykorzystuje brzydką pogodę, by nauczyć go wszystkiego, co wie o koniach. Cedric nie jest Krą. Uczy go z wielką cierpliwością i życzliwie.

W stajni, podczas padającego deszczu, Cedric pokazuje Julianowi, jak radzić sobie z końmi i wozem. Nigdy nie pyta, dlaczego Julian tego nie wie. Cedric po prostu cieszy się, że żyje. Pokazuje, jak spętać konia, jak poprowadzić go do wody i jak zrobić papkę z marchwi, by go nakarmić. Uczy, jak wskakiwać na ławeczkę woźnicy, jak zatrzymać konia, spowolnić, co zrobić, by ruszył. Wyjaśnia, jak osiodłać i objuczyć osła. Po tych wszystkich naukach Juliana nadal niewiele obchodzą konie, osły czy wozy, ale bardzo lubi Cedrica.

Choć deszcz przestał padać, aleja prowadząca do dworu pozostaje nieprzejezdna. Czekając, by grunt wysechł, z pomocą Cedrica Julian zakłada Alastorowi uprząż i prowadzi wielkiego muła na pobliski targ w Smythe Field. Rodzina potrzebuje jedzenia, a Julian sadzonek. Ziemia nareszcie jest miękka i sadzonki dobrze się przyjmą. Kobieta, która powinna być jego żoną, lecz jest zaręczona z innym, mieszka obok pustego ogrodu, gdzie kwiaty jeszcze się nie ukorzeniły.

Trzymając Alastora za uzdę i ciągnąc go przez grząską ziemię, w roboczych butach oblepionych błotem aż po kostki, Julian zmierza przez Fynnesbyrie Field, gdzie pomimo niedawnej ulewy kobiety rozkładają pranie na mokrej trawie, by wyschło na słońcu. Mali chłopcy taplają się w kałużach z psami, nosiciele wody kołyszą nosidłami na ramionach, kilkunastu mężczyzn ćwiczy strzelanie z łuku.

Rozkładanie prania na mokrej trawie bawi Juliana, lecz strzały przelatujące bezładnie w powietrzu już nie. Gdzie lądują? To akurat zdaje się nie niepokoić nikogo, nawet gdy strzała wbija się w ziemię metr od kobiety niosącej dziecko.

Na targu w Smythe Field sprzedają kapustę, buraki, pory i cebule, sprzedają dziki czosnek i mydlnicę lekarską do kąpieli. Nie mają za to ziemniaków. Nikt nawet o nich nie słyszał. (Jak to możliwe?). Julian kupuje inne rzeczy, by ochronić Mary.

Lawendę, by odstraszyć mole podczas nadchodzącego lata, przymiotno przeciwko kleszczom i komarom i aksamitki, by wygładzić zniszczone ręce, choć jest przekonany, że ta nowa Mary nigdy w życiu nie splamiła się żadną pracą. Julian nie kupuje niczego tylko ze względu na wartości estetyczne. Wszystko ma dwa cele. Jeśli jest ładne, tym lepiej. Poza medycznymi właściwościami nagietek jest wytrzymałą rośliną i miło na niego patrzeć. Ale priorytetem Juliana jest ochrona przed chorobami. Pakuje w juki nagietek lekarski i cynamon, wysuszone goździki i kwiaty krwawnika, ziarno na piwo i jabłka na ocet.

Zadowolony z zakupów, złości się na Alastora. Z ciężkim ładunkiem muł wlecze się, a w pewnej chwili staje i za nic nie chce ruszyć dalej. Julian musi się zatrzymać i czekać, aż bestia nabierze ochoty na dalszą drogę. Otulając dłonią kryształ na szyi, Julian przygląda się łące, biegającym dzieciom, parom spacerującym pod rękę, kłócącym się matkom i córkom, dwóm przyjaciołom współzawodniczącym w strzelaniu z łuku. Na nich patrzy wyjątkowo długo. Ashtonowi nic nie będzie. Wróci do L.A. Da sobie radę.

Pole jest spokojne. Jego akurat nie ma w przyszłości, zastąpiły je ulice i budynki, lecz można znaleźć coś podobnego. Julian zna to z doświadczenia, bo dorastał z pięcioma braćmi w małym domu z lasem zamiast podwórka i matką siedzącą w domu, gdy dzieci były małe.

Powoli wraca z zakupami. Nie wie, jak się to wszystko ułoży. Co się stanie z nim i z nią? Może tu z nią zamieszkać, wie o tym, czuje to. Będzie z nią mieszkał wszędzie. Pytanie brzmi: Jak ona nauczy się mieszkać tutaj z nim?

43

Chłopiec i przewoźnik

Następnego ranka przed świtem ktoś puka do zakratowanego okna Juliana. To Mary, choć w zamglonym niebieskim świetle Julian ledwie ją rozpoznaje. Jest ubrana w długą brązową tunikę z czarnym pasem i czarną pelerynę. Nie widzi jej włosów; na głowie ma męską czapkę, na którą narzuciła duży kaptur. Twarzy nie pomalowała białą farbą. W dłoniach trzyma duży wiklinowy kosz z ubraniem i jedzeniem.

– Która godzina? – Tak się cieszy, że ją widzi.

– Coś ci się stało w głowę? – pyta Mary. – Nie możesz sam spojrzeć w niebo? Słońce jeszcze nie wstało. Czemu nie jesteś gotowy?

– Jestem. Co zrobiłaś z włosami?

– Nie pytaj mnie o nic, nie oceniaj mojego wyglądu. Pospiesz się, zanim ktoś mnie zauważy. Spotkamy się przy stajniach. Załatwiłeś powóz? Muszę schować mój kosz.

– Mamy zakryty wóz…

Odchodzi rozzłoszczona, nie czekając, aż dokończy. Na zewnątrz jest ponuro i wilgotno, ale przynajmniej nie pada. Cedric wstał wcześniej, zaprzągł Brunona do wozu i położył się z powrotem. Julian ostrożnie prowadzi konia wąską alejką, idzie obok niego, trzymając lejce, jak uczył go Cedric. W męskiej pelerynie i kapturze Mary wygląda jak chłopiec. Chłopiec o delikatnej twarzy.

Delikatna jest tylko jej twarz.

– Czemu idziesz piechotą? – pyta. – Czemu nie wsiądziesz i nie zaczniesz powozić? Będziesz prowadził konia jak muła przez całą drogę do Londynu? No to dotrzemy tam za dwa tygodnie. W takim tempie spóźnimy się na moje wesele, więc być może twój plan jest rozsądny, choć diabelski. Spójrz na swoje buty, są brudne, nigdy nie wyschną, nie możesz nigdzie wejść w takich okropnych butach, chyba że do sklepu z ziemią. Tam mnie zabierasz? Do sklepu z ziemią?

Przez wszystkie te dni Julian marzył, by usłyszeć głos Mary. No to słyszy. Idzie dalej w milczeniu, licząc, że St. John's Lane jest bardziej sucha i będzie mógł usiąść obok niej, nawet w brudnych butach.

St. John's Lane rzeczywiście trochę podeschła. Julian siada obok Mary. Jednak ona dalej marudzi. Julian nie może zrobić nic, by ją zadowolić. Jej delikatne rysy wyostrza nieustanny strumień skarg płynący z uroczych ust.

Nie podobało się jej, że szedł tak wolno, a teraz nie podoba się, że tak wolno powozi, ale kiedy Julian popędza konia, też nie jest zadowolona. Gniewa ją, że nie potrafi omijać dziur i wóz podskakuje, a jej przewraca się w żołądku. W pewnej chwili czapka wypada jej z rąk i Julian musi zeskoczyć z wozu i podnieść ją z kałuży. Karci go za mokrą czapkę, za błoto, do którego wpadła, i za to, że tak długo ją podnosił.

– Spokojnie – rzuca z przekąsem. – Przecież nigdzie się nie spieszę. Julian milczy.

– To wszystko twoja sprawka. Deszcz, błoto. Mam nadzieję, że jesteś zadowolony.

Julian nie jest niezadowolony. Chce z nią rozmawiać. Chce jej powiedzieć, jak bliscy mogą się sobie wydać obcy ludzie, jakby znało się ich od zawsze; chce opowiedzieć o muzyce przeznaczenia, o gwiezdnej mgle, przez którą ona tak jasno świeci. Ale z nią nie da się rozmawiać. Julian z trudem skupia się na tym, by koń nie ruszył galopem i nie zabił ich obojga, nie może więc reagować na jej wyrzuty. W gruncie rzeczy ona nie oczekuje odpowiedzi, tylko od czasu do czasu rzuca: „Słuchasz mnie w ogóle?", na co Julian odpowiada: „Oczywiście, lady Mary, proszę mówić dalej. Mówiłaś, że koń jest tysiąc razy odważniejszy ode mnie".

I wcale się nie myli. Tak jak Mary jest nowicjuszką w swojej duszy, tak Julian jest nowicjuszem w obchodzeniu się z końmi. Tak jak ona przeżywa nowe wcielenie, tak on odkrywa nowy świat, w którym są konie, a nie volva. Albo ściąga lejce za mocno, albo za bardzo je poluźnia. Zupełnie jakby uczył się jeździć z dźwignią zmiany biegów w godzinie szczytu – z żywym, ważącym pół tony zwierzęciem, z siedzącą obok złośnicą. Nie potrafi zmusić konia, by utrzymywał stałe tempo. Przez to rozmowa kuleje.

– Jaką sztukę wystawia trupa Lorda Szambelana... Bruno! Wio!

– Jesteś nie tylko ślepy, ale i głuchy? – pyta Mary. – Nie chcę z tobą rozmawiać. Muszę ćwiczyć rolę, a nie mogę otworzyć foliału, bo powozisz tak, że zbiera mi się na wymioty. Spójrz tam... – Wskazuje koński łeb. – Jedna z klapek na oczach spadła. Dlatego jest taki niespokojny. Widzi wóz.

– Co powinienem zrobić?

– Co powinieneś zrobić? To ja jestem woźnicą? Rolnikiem? Nie mam pojęcia. Rób, co chcesz. Podejrzewam, że musisz zeskoczyć i to naprawić.

Julian naprawia klapkę, ale teraz koń biegnie bardzo szybko.

– Prr! – woła Julian. – Prr, koniu. Bruno, spokojnie, malutka.

– Czy według ciebie Bruno to imię dla klaczy?

Julian chce położyć dłoń na jej ramieniu, by ją przytrzymać. Przez jego powożenie zaraz się przewróci.

– Świetnie sobie radzisz z koniem – rzuca Mary. – Na pewno jesteś rycerzem. Gdzie twój herb? I miecz?

Ma rację, ale jest wredna.

Jadą tak przez długą bolesną chwilę, lecz gdzieś na Goswell Road Julianowi w końcu udaje się zmusić konia do stępa. I dobrze, bo Goswell Road jest najgorsza. Nikt nie odważyłby się nazwać jej drogą. To jedna wielka dziura za drugą. Wóz podskakuje na wybojach, tak jak kuleje rozmowa z kapryśną pięknością u boku Juliana.

Kiedy udało mu się zapanować nad koniem, Mary też się opanowała. Lubi mówić o sobie. Opowiada mu, że ma nadzieję dostać rolę Katarzyny w *Poskromieniu złośnicy*. Kilka lat temu brała udział w przesłuchaniu do *Wieczoru Trzech Króli*. Wystawiano go w Fortune niedaleko Fynnesbyrie Field. Julian wie, gdzie to jest, przechodził tamtędy z Alastorem. To niedaleko dworu Collinsów. Spotkał nawet Philipa Henslowa, wybuchowego mężczyznę, który prowadzi ten teatr.

– Och! – wykrzykuje Mary. – „Niech mnie na śmierć ugotują w melancholii"*. Tak, byłam bardzo dobra. Udało mi się przebrać za chłopca i dostać rolę Wioli, lecz niestety matka przyłapała mnie, kiedy wymykałam się z domu z włoskim handlarzem korzeniami. – Wzdycha teatralnie. – Woził mnie do teatru. Był taki uroczy. Nie taki jak ty. Massimo był uprzejmy...

– A ja nie jestem?

– W najmniejszym stopniu. Był przystojny.

– A ja nie jestem?

Mary nie odzywa się.

– Ale kiedy mnie przyłapano, że z nim jeżdżę...

– Jak ze mną?

– To nie było nic takiego, uwierz mi. Matka podejrzewała najgorsze.

Julian słyszał już tę historię od Aurory, ale z innej perspektywy, z punktu widzenia matki. Jego uwagę odwraca okropny stan drogi do Cripplegate, jednej z głównych bram prowadzących przez mur z czasów rzymskich do Londynu. To jeden wielki rów pełen błota i nieczystości. Jest przekonany, że gdyby do niego wpadł, utonąłby. Naprawdę chce przytrzymać Mary, siedzi za blisko brzegu ławeczki.

– Jesteś pewna, że twoja matka nie martwiła się innymi rzeczami?

– No tak – odpowiada lekko Mary. – Poradziła mi, żebym trzymała diabelską furtkę zamkniętą, zanim stanie się coś strasznego.

– Hmm... diabelską furtkę?

– Nie będę o tym dalej rozmawiać. I może powinieneś mniej skupiać się na mnie, nie wydaje się, żebyś wiedział, dokąd jedziesz.

– Wiem, dokąd jadę. – I wiem, że jadę z tobą. – Nie skupiam się na tobie, pani. To znaczy, chyba że chcesz, żebym to robił. Próbuję znaleźć inny wjazd do miasta, by ominąć ten brud. Ale nie martw się, niebawem znajdziemy się przy Cripplegate. Może się gdzieś zatrzymamy i zjemy lunch?

– Co?

– To znaczy obiad. – Julian nigdy się nie przyzwyczai, że lunch nazywają obiadem.

---

* William Shakespeare, *Wieczór Trzech Króli*, przekład Leona Ulricha.

– Nie mamy czasu na obiad – odpowiada Mary. – Muszę być na drugim brzegu rzeki przed dwunastą trzydzieści.

– Mamy mnóstwo czasu. – Julian w zamyśleniu spogląda w niebo, jakby mógł na nim odczytać starożytne zwoje. Wyjechali z domu o wschodzie słońca, która może być teraz godzina?

– Zaraz skręcisz w Turnbull Street – mówi Mary. – Nazywasz to omijaniem brudu? To dzielnica burdeli, gdzie stoją domy rozpusty.

– Dziękuję. Wiem, co to dzielnica burdeli.

– O, na pewno.

– Lady Edna mnie oświeciła.

– Rzeczywiście lubi rozwodzić się na ten temat.

– I to z najdrobniejszymi szczegółami.

Mary prawie chichocze.

– Ale nie wyjawiła ci wszystkich – mówi, próbując zachować powagę – bo chwilę temu nie wiedziałeś, co to takiego diabelska furtka.

– Wiedziałem. Byłem tylko uprzejmy, jak sobie życzyłaś. Opowiadaj dalej tę fascynującą historię. Co powiedziałaś, gdy matka kazała ci trzymać zamkniętą… hmm… furtkę?

– Powiedziałam: Za późno, pani matko.

– Powinnaś przestać z niej żartować. Wiesz, że bierze wszystko dosłownie.

Dziewczyna milczy przez chwilę.

– Wtedy matka postanowiła wydać mnie za mąż, żeby mnie ocalić. Ale oczywiście nie za Massima. – Wzdycha. – Jest tyle rzeczy, których matka nie rozumie.

– Myślę, że problem twojej matki polega na tym, że rozumie je zbyt dobrze.

– Nie wie, do czego wyrywa się moje serce. Na pewno nie do lorda Falka.

– Do Włocha?

Mary wzrusza ramionami.

– Był zabawny. Jak sztuka. Rozrywka. Ale nie chcę być jakąś głupią damą, która umiera powolną śmiercią w zatęchłym domu. – Przyciska dłonie do piersi i unosi twarz ku niebu. – Chcę stać na scenie, na otwartym powietrzu, w amfiteatrze! Chcę słyszeć, jak ludzie na galerii

bija brawo, a ci na miejscach stojących śmieją się, płaczą i krzyczą
z zachwytu!

– Ale nie będą zachwycać się tobą, lady Mary – mówi Julian. –
Będą oklaskiwać rolę, którą dla nich grasz. Nie chcesz, by kochano
cię za to, że jesteś młodą kobietą?

– Nie wypowiadaj się o miłości tak arogancko. I nie, chcę, by mnie
kochano za to, że jestem kobietą, którą udaję, że jestem.
Rzeczywiście, Josephine, rzeczywiście.

– Czyli jaką? Dziewczynę grającą chłopca grającego kobietę?

– No właśnie!

Julian ściąga lejce, spowalnia konia i odwraca się, by spojrzeć na
twarz Mary o perłowej cerze, na pełne czerwone, zdecydowanie nie-
męskie usta, białą szyję wyłaniającą się z luźnego kołnierza męskiej
peleryny.

– Nigdy nie będziesz wyglądać jak chłopiec – mówi cicho. – Nie
zwiedziesz żadnego mężczyzny.

– Głupek z ciebie, skoro tak uważasz – protestuje Mary. Zrzuca
z głowy kaptur i pokazuje z dumą ciemne ostrzyżone na krótko włosy. Julian wciąga ze świstem powietrze. Mary jest zachwycona jego
reakcją. – Tak, mistrzu Julianie, dama to udawanie. Codziennie noszę
perukę, by zwieść świat. Zwiodłam ciebie, panią matkę, Ednę, wszystkich. To prawdziwa ja. Dziewczyna z włosami chłopca. – Uśmiecha
się ze złośliwą satysfakcją. – Przestań się gapić i jedź. Czas ucieka.

– Czy matka wie, że nie masz włosów?

– Wysil się i nie bądź stale głupkiem. Oczywiście, że nie. Wie tylko Catrain, bo pomaga mi się kąpać.

Julian jedzie dalej, a myśli kłębią mu się w głowie.

– Katarzyna to wielkie zobowiązanie, lady Mary. Jak wytłuma-
czysz matce swoją nieobecność przez cały dzień? Aby stawić się
w Globe na czas, musiałabyś przebywać poza domem przez sześć
dni w tygodniu. Będziesz wracać przez most nocą, sama? A może
znajdziesz przewoźnika? To nie jest bezpieczne dla damy, nawet dla
damy przebranej za chłopca. – Julian marzy na głos. To on będzie ją
zabierał do teatru, to on nigdy nie opuści jej boku.

– Chyba nie muszę ci się tłumaczyć, walijski króliku, cudzoziemski pomywaczu. A ponieważ zdecydowanie nie potrafisz robić dwóch rzeczy naraz, przestań gadać i jedź.

Julian jedzie, a Mary mówi dalej. Kiedy mijają strażnika przy Cripplegate i wjeżdżają do północnej części Londynu, Mary oświadcza, że jeśli zostanie członkiem trupy, ucieknie z domu.

– Taki masz plan? Uciec do Globe? Rodzina od razu cię znajdzie. Zabierze do domu siłą, jeśli będzie trzeba. Zawiadomi Mistrza Dworskich Rozrywek, że jeden z członków trupy nie jest mężczyzną, a Richard Burbage cię wyrzuci.

– To w Walii słyszano o Richardzie Burbage'u? – pyta Mary. – Myślałam, że Walijczycy nie potrafią czytać.

Richard Burbage, chce jej powiedzieć Julian, jest jednym z największych i najbardziej ukochanych aktorów w historii angielskiego teatru. Po jego śmierci opłakiwano go bardziej niż królową. Jest pochowany w Shoreditch, w kościele St. Leonard's, niedaleko knajpki Deviego. Przechodząc tamtędy, Julian czytał krótką biografię Burbage'a na tablicy. Na jego zaginionym kamieniu nagrobnym były wyryte słowa: WYCHODZI BURBAGE.

– Wiesz, czym jest ucieczka? – pyta Julian. – Trzeba wymknąć się wczesnym rankiem, zanim pozostali się obudzą, i jechać do miejsca, gdzie nie będą mogli nas odnaleźć. Musimy zmienić imię. Znaleźć inną scenę. – Odwraca się do niej. – Znaleźć inne życie.

Mary wpatruje się w jego twarz. Juliana nie obchodzi, że na pewno widzi zamęt w jego oczach. Niech go ogląda.

– Zmienić imię na jakie? – pyta Mary, marszcząc brwi. Drży lekko, marząc o takiej możliwości.

– Na jakie zechcesz. – Julian chce przycisnąć do piersi czerwony beret. – Może Josephine?

– Josephine Collins?

– Czemu nie?

Siedzą zawieszeni w czasie.

Julian strzela lejcami i ruszają przez Cheapside. W obrębie miejskich murów drogi są nieco lepsze, bo wiele z nich wybrukowano, lecz są też węższe. Julian dostrzega stojącą na wzgórzu ogromną czerwoną katedrę bez wieży.

– Co to za kościół? – pyta. Czy się zupełnie zgubił? Powinni być w okolicy Aldersgate Street. Zwykle ma taką dobrą orientację. Myślał, że znajdują się w centrum otoczonego murami miasta, ale nie rozpoznaje ogromnego kwadratowego kościoła.

Mary znów zaczyna się irytować.

– Nie wiesz co to za kościół? St. Paul's.

Ten ciemny budynek, który rozciąga się na kilka przecznic, to katedra Świętego Pawła? Julian zatrzymuje konia. Dojechali do Ludgate Hill? Niemożliwe.

– A gdzie jest kopuła? I wieża?

– Jaka kopuła? – pyta Mary. – Wieżę czterdzieści lat temu zniszczył piorun. Protestanci i katolicy zgodnie dostrzegli w tym dowód, że Bóg nie pochwala ich niegodziwości, więc królowa nakazała, by kościół pozostał w takim stanie aż do czasu, gdy się opamiętamy.

– Jak idzie?

– Powoli.

Kościół sam w sobie jest miastem.

– Czy wewnątrz znajduje się galeria? – pyta Julian, nie mogąc się nadziwić ogromnej czerwonej budowli. – W nawie była kiedyś galeria zwana Dróżką Pawła.

– Nadal tam jest. Dla plotkujących żebraków. Brzmi znajomo?

– I można wyjść na dach. Przywiążmy konia i chodźmy. Spojrzymy na miasto z góry. Widok musi być zdumiewający.

– Pomieszało ci się w głowie? Przecież nie jestem gołębiem.

Julian jest mocno podekscytowany.

– No chodźmy. Rozprostujemy nogi, pójdziemy na Paternoster Row. Kochasz książki, prawda? W dawnych czasach na Paternoster mieściło się najwięcej księgarni i wydawnictw na świecie.

– W jakich dawnych czasach?

Julian nie pamięta złotego okresu drukarzy na Paternoster Row, Thomasa Nelsona, T. Hamiltona. Wszystkie dni, przeszłe i przyszłe, zlały się w jeden nieprzebyty las. Tak się dzieje, gdy wieczna uroda utraconej dziewczyny jest jednocześnie balsamem i raną.

Mary nie chce z nim iść, lecz łaskawie zgadza na krótką przerwę na posilenie się. Przywiązują konia na rogu przy Ludgate, wyjmują biały chleb i piwo z jej kosza, kupują marchew i wiadro wody dla konia i przysiadają z tyłu krytego wozu. Julian myśli z rozbawieniem, że siedzą prawie jak z tyłu samochodu, i łapczywie żuje chleb. Biały chleb dla bogaczy wypiekany w formie bułek, które mieszczą się w dłoni damy. Piecze się go z białej, dobrze przesianej mąki. Krea piecze *panis Domini*, lecz sama go nie jada. Służba ma swój własny, gorszy „gospodarski bochenek", suche resztki pańskiego zmieszane z nieprzesianą mąką, żołędziami i grochem.

Gdyby Julian i Mary chcieli porozmawiać, musieliby do siebie krzyczeć. Londyn jest straszliwie głośny. A na ulicach okropnie śmierdzi. Julian nie jest przyzwyczajony ani do smrodu, ani do hałasu. Ulice w obrębie murów tworzą prawdziwy labirynt; wzdłuż nich stoją wysokie domy w stylu Tudorów, których drugie piętra wiszą nad brukiem, jakby cały budynek miał się przewrócić. Tłumy brudnych, zaaferowanych ludzi rozpychają się wozami, ciągną osły, dźwigają nosidła i beczki krętymi uliczkami wyłożonymi popękanymi kamieniami. Mężczyźni spacerują z fajkami w zębach.

– Święte zioło – nazywa to Mary. – Przywieziono je z Nowego Świata. Czy w Walii słyszeli o Amerykach?

– Tak – odpowiada Julian.

– Tytoń z Ameryki jest dobry dla zdrowia. Przynajmniej tak twierdzi ciotka Edna.

Julian powstrzymuje się od komentarza.

Po posiłku długo jadą nad rzekę, choć to tylko kilometr. Panuje zbyt duży ruch pieszych i zwierząt. Przed ich wozem dzieci ganiają gołębie. Na rogu ulic Farringdon i Thames doszło do bójki, w której bierze udział kilkunastu kupców i jeden handlarz ryb. Zamieszanie wstrzymuje ruch we wszystkich kierunkach na dobre pół godziny.

Tamiza nie wygląda znajomo. Julian z trudem ją rozpoznaje. Jest dwa razy szersza niż rzeka, którą zapamiętał, ma wartki nurt. Aby dostać się do teatru Globe, mogą przejechać wozem przez most Londyński albo przywiązać konia w Blackfrairs i wynająć przewoźnika. Julian przyznaje, że jest ciekawy mostu w jego obecnym wcieleniu. Mieszkają na nim ludzie w wysokich, ściśniętych domach stojących wzdłuż obramowań mostu. Czy wóz da radę się przecisnąć? Julian wolałby nie ryzykować. Mają do przejechania prawie dwa kilometry i mało czasu. Mimo wszystko dobrze byłoby się przekonać.

Zostawiają Brunona niedaleko nabrzeża i ostrożnie schodzą po błotnistej skarpie na brzeg. Rzeka Fleet jest szeroka i wartka, gdy wpada do Tamizy przy Blackfriars. Przeprawa nie wygląda na łatwą. Brzegi rzeki są napuchłe od wilgoci. Czy na Tamizie są przypływy? Wszystko martwi Juliana, każda decyzja jest niepewna. Boi się dokonać niewłaściwego wyboru.

Niewysoki przewoźnik z chęcią przystaje, by zabrać ich na drugi brzeg, choć pobiera dodatkową opłatę, twierdząc, że podczas wysokiej fali prąd jest silny i przeprawa zajmie ponad godzinę. Żartem mówi, że dobrze, że nie zdecydowali się na przeprawę poprzedniego dnia, bo Londyn przypominał dom wariatów.

– Nowy król przybył ze Szkocji z całym dworem i wjechał do miasta przy Temple Bar – wyjaśnia. – To było okropne, całe to zamieszanie, hałas, tłumy.

Kiedy Julian podaje Mary rękę, by pomóc jej wsiąść do łodzi, przewoźnik przeklina i rzuca w błoto półszylingową monetę. Krzyczy na Juliana, żeby nie ważył się wsiąść do jego łodzi, żeby zabierał swoje pieniądze i odszedł. Zdumiony Julian cofa się i zaniepokojony spogląda na Mary. Coś się dzieje, choć nie ma zielonego pojęcia co. Ale dla niej to niebezpieczne. Czuje to.

– Idziemy – mówi, próbując pociągnąć ją za sobą.

– Nie! – Mary wyrywa rękę. – Zapłaciliśmy za przeprawę, to popłyniemy.

– Tam są wasze pieniądze! – krzyczy przewoźnik. – W błocie, gdzie jest wasze miejsce, wy przeklęci sodomici, pederaści! To, co wyprawiacie, jest karane śmiercią. Nie przewiozę takich jak wy przez rzekę. Śmierć jest za dobra dla wam podobnych. Odejdźcie ode mnie i od mojej łodzi, zanim dźgnę was nożem. Jesteście jak stado świń, będziecie się smażyć w piekle. Zasługujecie na strzałę w serce, a nie na przeprawę!

– O co ci chodzi, staruszku? – pyta Mary, niczego nie rozumiejąc.

Mężczyzna podnosi wiosło, rusza w jej stronę i bierze zamach. Julian staje między nimi – jakby podanie ręki fałszywemu chłopcu nie było dość poważnym występkiem przeciwko etykiecie. Teraz wszystko jeszcze pogorszył, broniąc honoru młodzieńca. Odrzuca głowę i pióro wiosła uderza go w ramię. Przed oczami stają mu gwiazdy. Ale zanim przewoźnik zdąży zamachnąć się po raz drugi, Julian chwyta wiosło i wyrywa je mężczyźnie z rąk.

– Już dobrze – mówi uspokajającym tonem, jakby mężczyzna był dzikim psem. – Uspokój się. Nie ma potrzeby…

Mężczyzna wpada w szał. Chwyta drugie wiosło i bierze zamach. Julian blokuje cios wyrwanym mu wcześniej wiosłem. Fechtują tak kilka razy, wymierzając sobie kilka niecelnych pchnięć.

– Odłóż to – woła Julian i próbuje wytrącić mężczyźnie wiosło z rąk. – W porządku, pójdziemy gdzie indziej.

– Nie, musimy się przeprawić! – krzyczy stojąca za nim Mary. – Wszystko ci się pomieszało! Nie jestem mężczyzną. Widzisz? Jestem szlachetną damą.

Odrzuca kaptur, ukazując przystrzyżone krótko włosy, pozbawioną makijażu jasną twarz bez zarostu. Rozwścieczony przewoźnik zaprzestaje prób, by rozbić Julianowi czaszkę i gapi się na nią w najwyższym zdumieniu. Julian kręci głową. Jak udało jej się pogorszyć i tak złą sytuację? Mary nie może zrobić niczego, by udowodnić, że nie jest mężczyzną, chyba że błyśnie piersiami i da się uwięzić za obrazę moralności. Sytuacja staje się beznadziejna.

Słuszny gniew dodał przewoźnikowi sił i mężczyzna bierze kolejny zamach. Julian blokuje cios i uderza go końcówką wiosła w splot słoneczny. Mężczyzna traci równowagę, chwieje się i pada plecami w błoto. Julian staje nad nim, przyciskając wiosło do jego szyi.

– Przestaniesz – mówi – czy mam cię pobić do nieprzytomności?

– Pobij go, pobij! – krzyczy Mary.

– Słyszałeś, co powiedziała dama.

– Nie krzywdź mnie! – jęczy mężczyzna.

– O, teraz nie jesteś już tak odważny, gdy nie masz wiosła w rękach – mówi Mary, ciskając upuszczone przez przewoźnika wiosło do rzeki. Julian wrzuca swoje. Unoszą się na płytkiej wodzie, a mężczyzna przeklinając i wrzeszcząc, biegnie za nimi. Bez wioseł jego łódź jest bezużyteczna.

– Zabieramy się stąd, szybko – rzuca Julian, nie ważąc się ująć Mary za łokieć, by pomóc jej wejść na stromy brzeg. Mężczyźni dotykający się publicznie mogą trafić na szubienicę.

Mary nie chce ustąpić.

– Nie. Przeprawimy się. – Jest równie uparta jak przewoźnik.

– Ale nie z nim.

– Nie ma tu nikogo innego. Może ty masz łódź?

– Mary – zaczyna Julian, zbliżając się do niej, by mocniej zaakcentować powagę ich położenia. – Słyszałaś, co powiedział? Myśli, że jesteś mężczyzną. Musisz teraz ponieść konsekwencje męskiego przebrania. Nie przemyślałaś tego do końca, prawda? Ten człowiek w wodzie zacznie zaraz przyzywać pomocy i niebawem kilkanaście wioseł będzie nas walić po głowach. A potem przybędzie posterunkowy. Jesteś gotowa tłumaczyć wszystko policji?

– To twoja wina! – krzyczy, uderzając go w pierś. – Czemu musiałeś mnie dotykać?

– Nie dotknąłem cię, podałem ci tylko rękę.

– Jakoś mężczyznom jej nie podajesz.

– Nie jesteś mężczyzną, to tyle na ten temat – odpowiada Julian. – Za chwilę oboje wylądujemy w Newgate. Może więc wrócimy do tej kłótni, gdy będziemy stąd odjeżdżać?

– Nigdzie nie jadę – rzuca Mary przez zęby – chyba że do Globe.

– Nie dzisiaj.

– Tak, dzisiaj! – krzyczy piskliwie.

– Nie brzmisz teraz jak chłopiec – mówi Julian. – Raczej jak nadąsane dziecko, któremu trzeba dać klapsa i posłać je do łóżka.

Mary wymierza mu policzek i zaczyna wspinać się na brzeg; błoto oblepia jej rajtuzy aż po kolana. Przeklina pod nosem.

– Nigdy więcej się do mnie nie odzywaj – mówi. – Ani przy koniu, ani nigdzie indziej. Nienawidzę cię. Kiedy tylko wrócimy do domu, powiem o wszystkim matce. Ja wpakuję się w niewielkie kłopoty, ale ty wylądujesz na szubienicy. Jesteś nikczemnym człowiekiem.

Julian pospiesznie rusza za nią, szczęśliwy, że uniknęła ciosu wiosłem, i zadowolony, że nie będzie musiała udowadniać londyńskiej policji swojej prawdziwej płci.

Przy wozie nadal się spierają, ale z trudem słyszą się nawzajem. Wielka rozkrzyczana rodzina obok nich prowadzi potężną świnię na Thames Street. Sklepikarze, piekarze, sprzedawcy owoców, handlarze ryb krzyczą z całych sił w czarnych od sadzy płucach, woźnice pokrzykują na konie, psy szczekają, a Bruno wydaje z siebie chrapliwe rżenie, jakby miał ochotę skopać ich zadnimi nogami.

Julian ma dość.

– Przestań – mówi głośno, by go usłyszała, i szarpie ją za rękę, by odsunąć od końskiego zadu i uchronić przed kopnięciem w zęby.

Mary wyrywa rękę.

– Nie waż się mnie dotykać!

– Mam już dość tych kłótni – oświadcza Julian. – Chcesz jechać do Globe? Dobra, zawiozę cię. – Pokazuje palcem wybijające godzinę dzwony katedry Świętego Pawła. Zdyszani liczą jedenaście powolnych uderzeń. – Jest jedenasta. Mamy dość czasu, by dotrzeć do mostu Londyńskiego, przejechać go i jeszcze przebyć ponad kilometr do teatru? Jeśli uważasz, że tak, to ruszamy.

– Mamy! – Krzyżuje ręce na piersi.

– No to jedziemy.

Sama wspina się na ławeczkę, Julian chwyta lejce i ruszają. W milczeniu przebywają Fish Street. Poirytowany i zestresowany Julian dopiero w połowie mostu uświadamia sobie, że przez niego jedzie. Wysokie domy i sklepy są tak ściśnięte, że nie widać zza nich rzeki. No proszę, jest na moście Londyńskim. Na początku siedemnastego wieku! I jest zbyt zajęty kłótnią ze swoją Afrodytą, by podnieść wzrok. Wielka szkoda.

Most to nie tylko przeprawa przez rzekę, ale i stłoczone miasteczko. Śmierdzi tu starym serem, potem, rybami i końskim łajnem. Przeprawa na południowy brzeg zajmuje sporo czasu. Ruch jest utrudniony. Piesi, powozy, wozy i objuczone muły muszą się przeciskać między domami. Dzwony biją południe, a oni nadal są na moście.

– Piechotą byłoby szybciej – rzuca Mary przez zęby.

– Jeśli sobie życzysz – odpowiada Julian przez zęby.

Kiedy wreszcie znajdują się pod groteskowymi odciętymi głowami przy Great Stone Gate na południowym krańcu mostu, dzwony biją pierwszą. Żaden z londyńczyków się nie gapi, więc Julian też tego nie robi i zachowuje spokój, jakby tuzin głów z otwartymi wytrzeszczonymi oczami nie robiło na nim najmniejszego wrażenia.

Przed nimi rozciąga się targ Borough, czerwone i żółte kwiaty lśnią kusząco pod zielonymi markizami, lecz oni skręcają w Clink Street, zaułek więzień i pomalowanych na biało burdeli. Nie jest to okolica stosowna dla damy. Mężczyzna też nie ma tu czego szukać. Toksyczne opary unoszące się z farbiarni na Maiden Lane są duszące.

Kiedy spoceni i zmęczeni zatrzymują się przed okrągłym teatrem Globe, jest prawie druga po południu.

I nie do wiary – Globe jest zamknięty!

(Nie do wiary, Nicole Kidman miała dublerkę!).

Okrągły wspaniały teatr wznosi się dostojnie na brzegu dzikiej rzeki, na mulistym terenie, otoczony przez błotniste stawy, mokradła i burdele przy Bankside. Dom rozpusty Cardinal's Cap wznosi się po drugiej stronie ulicy, obok niedźwiedziego cyrku. Za teatrem płynie wezbrana Tamiza, upstrzona barkami i szalupami. Na drugim brzegu rozciąga się Londyn. Choć Globe zbudowano ze zwykłej plecionki pokrytej gliną, pomalowano go na srebrnoszaro, by wyglądał jak przeniesiony z rzymskiego forum, a kiedy pada na niego popołudniowe słońce, lśni jak klejnot.

Cichy klejnot. Nie ma przesłuchań, przedstawień, innych ludzi, nikt nie sprzedaje kiełbasek ani orzechów włoskich jak na Throgmorton Street. Drewniane drzwi są zamknięte. Wypisany kredą na tablicy na drzwiach napis głosi, że Globe jest nieczynny – jak każdy teatr w Anglii – z powodu dwunastodniowej żałoby po pogrzebie królowej. Obok wisi wykaz trzech sztuk, które trupa Lorda Szambelana zagra, kiedy teatr wznowi działalność. *Sir Thomas More, Sen nocy letniej* i *Wszystko dobre, co się kończy dobrze.* Trzy przedstawienia dziennie? Julian jest pod wrażeniem. Kiedy Mary stoi oniemiała, on liczy dni. W końcu wie dokładnie, jaka jest data. Królową pochowano dwudziestego ósmego kwietnia. Globe zostanie otwarty jedenastego maja. Dziś jest ósmy.

Miałby ochotę przywiązać konia i poszwendać się wokół teatru (przecież to Globe!), ale nie ma czasu na zachwyty, bo Mary wybucha płaczem.

– No już, już – uspokaja ją, nie dotykając jej. – Możemy wrócić, kiedy otworzą. Może uda nam się zostać i obejrzeć *Wszystko dobre, co się kończy dobrze.* Co ty na to? „Choć los przepaścią bratnie dusze dzieli, w jedno ognisko miłość je zestrzeli". Przyjedziemy wcześniej. Wybierzemy inną drogę do miasta. Tylko następnym razem ubierz się jak dziewczyna. Przepłyniemy rzekę promem przy Temple.

– Łodzią – krzyczy Mary, wycierając nos w chusteczkę. – Walij-czyku... nawet nie wiesz, jak to się nazywa.

– Ale potrafię liczyć minuty. Szybko, jedźmy na targ w Borough. Pewnie wykupili już wszystkie kwiaty.

– Wolałabym smażyć się w piekle, niż ci pomóc – oświadcza Mary jak prawdziwa Persefona. – Wolałabym wyjść za lorda Falka, niż ci pomóc.

Serce mu zamiera. Zachowuje jednak obojętną twarz.

– Czy prosiłem o pomoc? – mówi, wskakując na wóz i ujmując lejce. – Siedź tylko spokojnie i się nie odzywaj. To wystarczy.

*

– Żałuję, że nie jestem mężczyzną – mówi Mary, patrząc, jak Julian ładuje zakupy na wóz: ser, wędzone mięso, ocet, mydlnicę lekarską, ług, kwiaty. – Jesteś wolny, a przecież jesteś niczym. Możesz sobie chodzić, gdzie chcesz i kiedy chcesz, i nikt nie powie ci ani słowa. Ale ja! – Prycha. – Na dodatek dziś rano włożyłam męskie ubranie w pięć minut. Pludry, rajtuzy, luźna koszula, kurtka, peleryna. A przebranie się na twoim idiotycznym wozie w moje suknie, zanim matka mnie zobaczy, zajmie mi godzinę. Mam halki, półhalki, spódnice, fartuchy, gorsety, bluzki, peleryny i trzy warstwy czepków. Jestem jak sroka. Po trochu wszystkiego. A Globe jest zamknięty. Wszystko jest okropne!

– Uważam, że nie jest to twoja najlepsza rola, lady Mary – odpo-wiada Julian z miłością, lecz bez współczucia. Ociera czoło. – Chcesz być jednym z aktorów trupy Lorda Szambelana? To zachowuj się jak oni. Przestań się mazać. Rób, co musisz. Bądź uprzejma. Zacznij od tego. Przekonaj się, jak sobie poradzisz.

– Nienawidzę cię.

– Stale mi to powtarzasz. Jak możesz być aktorem, jak możesz za-mienić się w innego człowieka, jeśli widzisz tylko siebie?

– Niestety, nie widzę tylko siebie – odpowiada Mary, prawie pry-chając. – Widzę ciebie.

– Myślisz, że tylko ty cierpisz?

– Jestem przekonana, że ty nie cierpisz wystarczająco.

– Jesteś ślepa na innych ludzi, Mary. – Julian słyszy, jak Devi mówi te słowa o Josephine z L.A., i stara się nie zwiesić głowy.

352

– Żałuję, że teraz nie jestem ślepa i głucha.

– Podnieś wzrok – mówi Julian. – Gdzie tylko spojrzysz, ludzie zmagają się z cierpieniem. Idź do pubu Black Friar przy Queen Victoria Street. Starzy mężczyźni w pomiętych ubraniach siedzą w ogródku nad pustymi od dawna kuflami piwa, z przepełnionymi bólem sercami, nie chcą wyjść, obserwują świat, próbują odnaleźć najlepszą wersję siebie. Ty też powinnaś się postarać ją znaleźć.

Mary patrzy na niego z furią i niepokojem.

– Zamknij się, ty szalony walijski chamie. Kim, w imię wszystkiego co święte, jest królowa Wiktoria?

Julian jest wykończony. Dlaczego tak trudno mu powozić, mówić to, co trzeba, połączyć się z nią ponownie w tym starym nowym świecie? Ramię boli go po uderzeniu wiosłem.

Resztę drogi przebywają w milczeniu. Mary zostawia go i wdrapuje się na zakryty tył wozu. Kiedy mijają kościół St. Giles-without-Cripplegate, tuż za murem z czasów rzymskich, Julian podnosi klapę, by zajrzeć do Mary. Przebrała się już w zwykłe ubranie. Ma na sobie suknię i szarą damską pelerynę, peruka na głowie jest lekko przekrzywiona i przypięta szpilkami do czepka. Mary leży w półśnie skulona na boku na drewnianej podłodze wozu, otoczona zakupionymi przez Juliana fioletowymi wrzoścami i białym złotogłowiem.

44

Josephine i latająca machina

Mary nie rozmawia z Julianem przez następne kilka dni, które mijają mu na robieniu świec, przygotowywaniu zacieru na piwo i sadzeniu kwiatów. Nie rozmawia z Julianem, ale nie wspomina też matce o ich przygodach ani o paskudnym charakterze Juliana, jak groziła. Jej milczenie cieszy go i dodaje mu otuchy. Jeśli naprawdę chciałaby mu zaszkodzić, zrobiłaby to jednym słowem.

Rankiem w dniu otwarcia teatru Julian słyszy stukanie do okna. Już wstał, niespokojny, że Mary się nie zjawi. Ale przyszła, w peruce i białym czepku. Dziś wygląda jak dama, choć ma na sobie czarną męską pelerynę.

– Znów zaspałaś, księżniczko? – mówi Mary. – Pospiesz się. Bo dziś nie ma odwrotu. Nie obchodzi mnie, czy czeka cię szubienica. Prawdę mówiąc, uznałabym to za urocze.

Choć go obraża, Julian nie posiada się ze szczęścia.

Tym razem wybiera inną drogę do Londynu, by ominąć dziury i tłok za murami. Zamiast jechać Farringdon przez ścisk przy Cripplegate, skręca w prawo w Clerkenwell i rusza na zachód wiejską drogą, która przechodzi w Theobalds Street. Skupia się na drugim kościele St. Giles, tym bardziej znanym, na szczycie wzgórza w Holborn. Nie może zaprzeczyć, że wolałby jechać z nią powozem. Jest zbyt urocza, by siedzieć obok niego na twardej ławeczce.

Jadą powoli wiejską drogą. Julian nadal walczy z koniem.

– Usiądź bliżej mnie, lady Mary – mówi. – Albo na następnej dziurze spadniesz na ulicę.

– Wolałabym być stratowana przez konia niż siedzieć bliżej ciebie – rzuca Mary radośnie.

Julian przegrał. Nie potrafi zacząć flirtować nawet przypadkiem. Jak udało mu się oczarować ją w Book Soup, czy jakąkolwiek inną dziewczynę w przeszłości? Jak udało mu się uprawiać seks? Excalibur, też coś. Nie potrafi nawet zapanować nad koniem!

– Jak na kogoś, kto podobno przybył z jakiegoś lasu w Walii – zaczyna Mary – wydajesz się bardzo dobrze obeznany z bramami w Londynie i wiejskimi drogami. Wiesz nawet, jak dojechać do Globe okrężną drogą. Jak to możliwe?

– Mieszkałem tu jakiś czas temu – odpowiada Julian. – Zgubiłem coś i długo chodziłem po ulicach, próbując to znaleźć.

– Udało się?

– Tak. – Nie patrzy na nią, ponaglając konia. Nie wiem jak, ale jakoś znalazłem.

Wokół nich jest niewielu ludzi, głównie nosiciele wody i dojarki. Holborn to wiejska droga, nie ma przy niej sklepów, budynków, pomników, muzeów, placyków. Za nimi wschodzi słońce, oświetlając rozłożyste łąki. Jest ciepło, jak to w maju. Wzdłuż pól rosną kampanule i dąbrówki, wrzośce przykrywają trawę jasnofioletowymi kwiatami. Drzewka wiśniowe obsypane są białymi kwiatami, a wiązówka błotna rośnie wysoko w trawie. W oddali Julian dostrzega wysoką elegancką białą wieżę kościoła St. Giles, ukrytego za murami katolickiego klasztoru i szpitala dla trędowatych. Klasztor został zamknięty, ale szpital nadal działa. Powietrze jest tak ostre, że Juliana boli nos i oczy zachodzą mu łzami.

Zanim skręca na południe, by zjechać do Londynu, zatrzymuje konia u zbiegu St. Giles High Street i Drury Lane. Widok zapiera mu dech w piersiach. Ma nadzieję, że Mary też.

Nie ma Shaftesbury Avenue, Charing Cross, Seven Dials, Covent Garden, St. Martin-in-the-Fields ani Long Acre. Nie istnieją. Nie ma nic oprócz polnej drogi, która wije się przez łąki do bramy przy Temple Bar w pobliżu lśniącej rzeki.

Otaczają ich tylko gałązki złotogłowu. Każda roślina, na którą pada ich wzrok, jest fioletowa, biała albo zielona. W położonej pod nimi dolinie, jak okiem sięgnąć, rozciąga się ledwo przebudzony Londyn. Cheapside i Strand łączą stare miasto z wieżami Parlamentu i opactwa Westminster. W samym mieście imponująca czerwienią cegły katedra Świętego Pawła wznosi się na swoim własnym wzgórzu w labiryncie setki jasnych kościelnych wież powbijanych pomiędzy domy. Dzwonią wszystkie dzwony.

Julian czeka, by Mary go ponagliła, ale ona milczy. Julianowi brakuje słów, jej też. Siedzą obok siebie, oślepieni słońcem i wpatrują się w rozciągające się pod nimi miasto. Koń spokojnie skubie trawę.

– Wiedziałaś – zaczyna cicho Julian – że dawno temu w St. Giles mieli najświeższe powietrze w mieście? – Używa złego czasu, ale niewiele go to obchodzi.

– O nie, to kościół St. Giles-in-the-Fields? – wykrzykuje Mary, wracając do swojej dawnej siebie. – Lord Falk mieszka tu niedaleko. Natychmiast zabierz mnie z tego obrzydliwego miejsca. Czemu pojechałeś właśnie tędy? A jeśli zobaczy nas on albo jego ludzie? Mogłeś wszystko zniszczyć. Jeśli lord Burbage mnie wybierze, musisz mi obiecać, że od tej pory będziesz jeździć ze mną zwykłą drogą.

Julian potrząsa lejcami i koń rusza.

– Dobrze, lady Mary. Od tej pory będę jeździł zwykłą drogą.

Mary rumieni się. Jadą powoli Drury Lane.

– Wiedziałeś, że Święty Giles jest patronem trędowatych? – pyta Mary.

Wiedział.

– Trędowatych i kalek.

– Przy kościele St. Giles jest kolonia trędowatych. – Jej głos wznosi się i opada na słowie „trędowatych". – Matka mówi, że nie powinnam się ich bać. Ciekawe, jak można zostać trędowatym?

– Najpierw trzeba sobie powiedzieć: kiedy dorosnę, chcę być trędowaty.

– Co?

– Żartuję. To przez brak higieny. Dobrze, że jesteś ostrożna. Na trąd niestety nie ma żadnego lekarstwa.

– Ależ skąd – obrusza się Mary. – Co ty wygadujesz? Trędowatych może uzdrowić Chrystus.

– O ile mi wiadomo, Chrystus nie krąży po Holborn w poszukiwaniu trędowatych do uzdrowienia.

– Uważali, że po Palestynie też nie krążył – odpowiada Mary. – Zdumiewasz mnie, Julianie. Wprawiasz w zakłopotanie.

– Czemu? – Julian uśmiecha się. – Niepokoi cię mój brak wiary?

– Chyba tak – odpowiada Mary, nie rozumiejąc jego uśmiechu i nie uśmiechając się w odpowiedzi.

Szczekają psy. Dzwonią kościelne dzwony.

Przy Temple przywiązują konia i wóz i wynajmują łódź, która ma ich przewieźć przez wezbraną Tamizę. Przeprawiają się bez żadnych problemów. Mary pozwala, by pomógł jej wsiąść do łodzi i opiera się na jego wyciągniętej ręce. Nikt nie bije ich wiosłami, bo dziś on jest dżentelmenem, a ona damą.

Tego późnego ranka w lśniącym szarym Globe jest rojno jak w ulu. Handlarze sprzedają kiełbaski i kandyzowane jabłka, a w środku wielopiętrowego teatru mężczyźni stoją w pyle pod otwartym niebem i czekają na swoją kolej podczas przesłuchań. Ponieważ zostawili wóz na północnym brzegu, Mary musi się wśliznąć do pobliskiego zaułka, by przebrać się w rajtuzy i tunikę i zdjąć perukę, a Julian stoi na straży.

Szybko orientuje się, że Mary nie jest jedyną kobietą, która w Globe udaje, że jest mężczyzną. Kilkanaście innych kręci się na dole, czekając na przesłuchanie, z jasną cerą i długimi rzęsami. Ci „mężczyźni" mają na sobie obszerne peleryny i długie tuniki, by ukryć pod nimi piersi, biodra i smukłe szyje. Czy naprawdę sądzą, że mężczyźni się nie zorientują? Zdecydowanie nie mają pojęcia o mężczyznach.

Mary szykuje się do wejścia na scenę, powtarzając bezgłośnie monolog Katarzyny.

– Przestań się gapić – mówi. – Chcesz, żeby ktoś znów przyłożył ci wiosłem?

– Świetnie sobie radzisz. Ale zwolnij. Czemu mówisz tak szybko?

– Na scenie wszyscy tak mówią – wyjaśnia Mary. – Oglądałeś kiedyś przedstawienie?

Julian spogląda na nią sceptycznie.

– Kiedy tam wejdziesz, zachowuj się, jakbyś już dostała tę rolę.

– Słucham?

– Wyobraź sobie, że to nie jest przesłuchanie, ale próba. Na tym polega cała sztuczka.

– Och, nagle wiesz to i owo.

– Jestem Tym-Który-Wie-Wszystko. – Julian się uśmiecha.

– Nikt nie lubi wszystkowiedzących – odpowiada Mary.

Całkiem nieźle sobie radzi z wypowiadanym szybko monologiem. „Nie dość mnie dręczyć, jeszcze szydzi ze mnie. Czyliż on ze mną ożenił się na to, żeby mnie głodzić?"*. Brzmi to jak: Niedośćmniedręczyćjeszczeszydzizemnie.

Rozczochranemu szpakowatemu mężczyźnie, którego Julian uznaje za Burbage'a, nie przeszkadza tempo, w jakim Mary wypowiada swoją kwestię. Prosi ją, by powiedziała coś innego, może coś z Bianki? Mary nie zna jej kwestii. Julian w milczeniu dodaje jej otuchy z dołu. Producent podaje jej foliał z nową kwestią, którą czyta najpierw po cichu, potem głośno. Radzi sobie nieźle. Kwestia jest odpowiednia, ale jej wydźwięk nie przypada Julianowi do gustu. „Wierzaj mi siostro, że mi jeszcze dotąd żaden mężczyzna taki nie wpadł w oko, co bym go w sercu przeniosła nad innych". Mary gna przez tekst, jakby jeszcze nie ujrzała żadnego mężczyzny, którego by w sercu przeniosła nad innych.

Mimo to Burbage nie odsyła jej.

Mary wraca do Juliana i w podcieniach czekają w milczeniu na decyzję. Julian żałuje, że jest tak późno i nie mogą obejrzeć następnego przedstawienia. I jeszcze jednego. Przecież jest w Globe! Ale powrót do domu zajmie im kilka godzin. Może kiedyś będą mogli tu wrócić. Może…

Mary nie dostaje roli Katarzyny. Ale o dziwo, proponują jej rolę Bianki. Kiedy Julian rozgląda się dookoła, uświadamia sobie, że większość kobiecych ról – Katarzyny, Bianki, wdowy, do której zaleca się Hortensjusz, i karczmarki – przypada kobietom przebranym za mężczyzn, a role Petrycego, Hortensjusza, Lucencjusza i krawca – przypadają prawdziwym mężczyznom. Zupełnie jakby wszyscy doskonale zdawali sobie sprawę z maskarady i nie mieli z tym żadnego problemu. Pytanie brzmi, czy lady Collins nie będzie miała żadnego problemu, kiedy odkryje, co knuje jej mająca niebawem wyjść za mąż córka?

---

* Przekład Józefa Paszkowskiego.

Burbage zaprasza biorących udział w przesłuchaniu, by zostali na premierę sztuki *Wszystko dobre, co się kończy dobrze*, która ma się odbyć o drugiej po południu.

– Na pewno się wam spodoba – grzmi ze sceny. – Jeszcze nigdy jej nie wystawialiśmy.

Mary odwraca głowę. Julian przyłapuje jej spojrzenie.

– Słyszałeś?

– Co? Niestety nie możemy zostać. Żałuję. Idziemy.

– Nie o to mi chodzi. – Jej ton jest szelmowski. – Mistrz Burbage właśnie ogłosił, że ta sztuka nigdy dotąd nie była wystawiana.

– Słyszałem. Może innym razem. – Ujmuje ją za łokieć. Wreszcie ma okazję, by jej dotknąć.

– Oczywiście. Ale czemu mielibyśmy ją oglądać? Powiedziałeś, że już ją widziałeś. Kilka dni temu recytowałeś mi jej fragment. „W jedno ognisko miłość je zestrzeli". Pamiętasz?

Julian szybko wyprowadza ją z teatru.

– Zwracasz tak wielką uwagę na to, co mówię, lady Mary?

– Recytowałeś te słowa tak wolno – rzuca Mary – że nie mogłam nie zwrócić.

Nic nie jest bezpieczne!

W drodze do domu uradowana Mary paple bez przerwy, ale Julian wyczuwa w głosie dziewczyny niepokój związany z praktyczną stroną jej przyszłości w Globe. Próbuje zwrócić jej myśli w inną stronę.

W Fortune, blisko twojego domu, wystawiają *Dwóch panów z Werony*, mówi. Kiedy Mary kończy prychać, on nadal stara się przykuć jej uwagę. Fortune jest równie ogromna i piękna jak Globe. No, może nie całkiem, ale Mary nie musi o tym wiedzieć. Potrafi to jakoś sprzedać. Może nawet bardziej, mówi. Widział ten teatr na własne oczy. Ma niesamowitą maszynerię, której nie ma nawet Globe, i urządzenie do efektów specjalnych, dzięki któremu anioły i zjawy mogą latać.

– Nic mnie nie obchodzą anioły i latające maszyny – odpowiada Mary.

– Wiesz, kogo mogłyby obchodzić? Josephine. Josephine i jej latająca machina. – Julian uśmiecha się. – „Leć, Josephine, w mojej latającej machinie – śpiewa. – Wyżej, wyżej, gdzie płonie księżyc".

Mary pozostaje niewzruszona.

– Nie wiem, czemu to zasługuje na uśmiech.

Julian nie odpuszcza. Philip Henslowe, który kieruje teatrem Fortune, jest starym przyjacielem (to znaczy nowym znajomym), a do teatru można dojść z domu spacerem. Choć Mary nie przestaje szydzić, Julian mówi jej, że *Dwaj panowie* to sztuka idealna dla niej, bo opowiada o dziewczynie, która przebiera się za chłopca.

Ma kiepskie opinie, nie ustępuje Mary. Wielu inteligentnych ludzi „spoza Walii" uważa ją za najgorszą sztukę Barda.

Spierają się przyjaźnie. Wcale nie jest straszna, utrzymuje Julian. Może jest niedojrzała, ale to komedia. Jest zabawna. Rozśmiesza ludzi. Publiczność ją kocha. Lanca i jego pies Krab rzucają publiczność na kolana.

– Nie chciałabyś, by dzięki twojej grze ludzie śmiali się do łez, lady Mary?

– O czym jest ta głupia sztuka? – pyta marudnie Mary.

– O dwóch najlepszych przyjaciołach – wyjaśnia Julian. – O Ashtonie i Julianie. – Uśmiecha się. – To znaczy o Walentynie i Proteuszu. – Walentyn chce jechać do Mediolanu i prosi Proteusza, żeby jechał z nim, ale Proteusz jest zakochany w Julii i odmawia. Kiedy i tak jest zmuszony pojechać, przysięgają sobie z Julią wieczną miłość. Oczywiście w Mediolanie Proteusz natychmiast zakochuje się w innej dziewczynie. Tymczasem Julia przebiera się za chłopca o imieniu Sebastian i jedzie do Mediolanu, by odzyskać ukochanego. – Mogłabyś się starać o rolę Julii – mówi. – Jest wprost dla ciebie. Ale i tak matka musiałaby się zgodzić. Może mógłbym ci w tym pomóc. To nie będzie łatwe. Ale łatwiejsze niż w Globe.

Na zewnątrz Mary pozostaje nieprzekonana.

– Wydaje ci się, że jesteś taki mądry – mówi. – Ale jestem mądrzejsza od ciebie. Nie potrzebuję twojej pomocy. Sama coś wymyślę. Zobaczysz.

*

Julian śpi jak zabity i budzi się o świcie. Od razu idzie zajrzeć do sadzonek. W nocy padał deszcz i ziemia jest mokra. Dzięki jego staraniom Mary będzie miała piękne kwiaty na ślub.

Popołudnie spędza na mieszaniu czystego łoju z potażem i zanurzaniu w nim splecionych sznurków. Zanurza, czeka, żeby łój stężał, zanurza, czeka. Ta mrówcza praca zabiera mu całe popołudnie. Siedzi ukryty w świecarni, skupiony na monotonnym zadaniu. Ale bez jego wysiłków pod koniec czerwca nie będzie dość światła na ślub jego ukochanej z innym mężczyzną. Czarny humor. Prawy bok boli go od zanurzania raz po raz powiększającej się świecy do łoju, w górę i w dół, w górę i w dół.

Podnosi wzrok i widzi Aurorę. Stoi w drzwiach, wykręcając palce. Podchodząc, nakłania go, by nie przerywał pracy.

– Wiem, że jesteście bardzo zajęci, mistrzu Julianie – mówi – ale potrzebuję waszej pomocy w delikatnej sprawie. Mam nadzieję, że nie przeszkadza wam, że moja prośba jest osobistej natury.

Zadowolony, że może dać wytchnienie zmęczonym rękom, Julian ściera z dłoni ciepły tłuszcz i wychodzą, by przejść się po ogrodzie, gdzie Krea nie może ich usłyszeć.

Aurora powraca do opowieści o Mary i Massimie. Julian mówi jej, żeby się nie martwiła, bo Mary nie pragnęła samego Massima, lecz tego, co jej ofiarowywał – wolności. Lady Collins wygląda na szczerze zdumioną, jakby nie wiedziała, co Julian ma na myśli, mówiąc „wolność".

– Kilka tygodni po wyjeździe tego człowieka, poczuła się bardzo źle. Nie wstawała z łóżka. O mało jej nie straciliśmy!

– Proszę, nie mówcie nic więcej, pani. – Julian zwalnia i ogląda się na dom, pragnąc, by Krea im przerwała. Nie chce tego słuchać.

– Oczywiście macie rację, nie powinnam wam tego mówić. Pragnę tylko zaznaczyć, że nie chcę jej zabierać kolejnej rzeczy. Pod koniec przyszłego miesiąca musi poślubić lorda Falka. – Informuje Juliana, że wczoraj Mary przyznała się do kłamstwa. Nie odwiedzała swojej przyjaciółki Beatrice, jak powiedziała matce. – Razem z Beatrice wymknęły się do Londynu, żeby Mary mogła się stawić na przesłuchaniu w Globe! Obcięła włosy, Julianie! Cudowne, wspaniałe włosy! Dostałam waporów, kiedy mi pokazała. To obrzydliwe, po prostu obrzydliwe. Zapytałam, co powie lord Falk, gdy w noc poślubną zobaczy, że jego żona wygląda jak chłopiec?

– I co ona na to?

– Jest impertynencka i sprawia same kłopoty. Zapytała, czy lord Falk nie woli przypadkiem małych chłopców. – Wbrew sobie Aurora chichocze cicho. – Czasami potrafi być taka niegodziwa. Ale jej włosy nie są w najmniejszym stopniu zabawne. Ani przyjęcie do trupy w Globe. Powiedziałam jej, że to, co proponuje, jest niemożliwe. Odparła, że niemożliwe to nie być częścią trupy aktorów. – Matka wyciera nos. – Powiedziała mi, żebym porozmawiała z wami. Od przyjazdu tutaj pomogliście mi w wielu sprawach, więc może udzielicie mi rady także i w tej. Może nawet znajdziecie rozwiązanie. Ma rację. Jesteście bardzo mądrzy, mistrzu Julianie.

– Jak mały Yoda.

– Jak co?

– Nieważne.

– Kiedy zobaczę Beatrice następny raz, skręcę jej kark. Nie ma za grosz rozsądku, jak wszystkie stare panny.

Julian kiwa głową z udanym zrozumieniem.

– Powiedzcie mi, co robić. Wymyślcie coś, żeby nie musiała występować na scenie.

– Nie wiem, co by to mogło być – odpowiada Julian. – Scena jest jej życiem.

– Nie może jeździć do Londynu, do tej kolonii trędowatych! Tam szaleje zaraza i pożary. Z miasta wyrzucają poczerniałe szkielety. Czy może robić coś innego? Pomyślcie! Cokolwiek?

Julian powstrzymuje pełen niedowierzania gwizd. No proszę. Niezła jest ta Mary.

– Prawdę mówiąc – zaczyna, odchrząknąwszy – wiedziała pani, że w teatrze Fortune szukają nowych członków trupy Admirała do przedstawienia *Dwóch panów z Werony*? Jest tam idealna rola dla lady Mary. Philip Henslowe obsadza sztukę teraz, premiera ma się odbyć w czerwcu. Wiem, że Mary ma wyjść za mąż pod koniec czerwca…

– Nie ma wyjść. Wyjdzie.

– Tak. Zakładam, że lord Falk nie może się o tym dowiedzieć?

– Nigdy!

– To proszę jej powiedzieć, że wyrazi pani zgodę pod pewnym warunkiem. Może dołączyć do trupy, ale tuż przed ślubem musi zrezygnować z roli. I jeśli pani zechce – dodaje – mogę ją zawozić do Fortune. Mogę na nią czekać, pilnować jej. Kwiaty ładnie rosną, mogę pracować w ogrodzie i świecarni rankami, a podczas jej prób jeździć do Smythe Field po produkty. Tam niedaleko jest rzeźnik i przyzwoity aptekarz. I tak się składa, że znam sir Philipa. Mógłbym szepnąć słówko za pani córką. W zeszłym tygodniu pomogłem mu pozbyć się paskudnej kurzajki z twarzy dzięki wywarowi z brodaczki. Jest mi bardzo zobowiązany.

Aurora obejmuje Juliana, oczy zachodzą jej łzami.

– Och, Julianie! To wspaniały plan. Sam Bóg nam was zesłał. Zaraz pójdę i porozmawiam z Mary. Mam nadzieję, że się zgodzi.

– Tak – odpowiada Julian z kamienną twarzą. – Jej zgoda to klucz do powodzenia.

Aurora biegnie do domu, mijając stojącą nieruchomo Kreę, która obserwuje Juliana jak przestraszona sowa. Krea nie wie, co knuli, ale zdaje sobie sprawę, że coś było na rzeczy.

– Biedna pani – mówi. – Wszystkie smutki biorą początek w połogu. Córka pani dobrze pojęła tę lekcję. Wielka szkoda, że pani tego nie zrobiła.

– Co ty wygadujesz? Córka niczego nie pojęła – odpowiada Julian, a uśmiech znika z jego twarzy. – A lady Aurora nie widzi tego tak jak ty.

– Ale zobaczy. Na pewno.

45

Sebastian

Nocą Julian budzi się ze snu tak wyrazistego, że czuje ból w lędźwiach. Śni, że Mary leży na nim, a on przesuwa dłońmi po jej nagim ciele. Budzi się, otwiera oczy, ale na zewnątrz jest ciemno choć oko wykol i nie świeci księżyc. Zupełnie jak w jaskini. Przez uchylone okno wpada lekki wietrzyk. Zostawił je otwarte?

Czuje na sobie jakiś ciężar. Miękka dłoń dotyka jego twarzy. Julian wypuszcza powietrze.

Cii, szepcze Mary. Krea często śpi w kuchni.

To jednak nie sen? Julian próbuje wyciągnąć rękę, by dotknąć jej twarzy, ale nie może się ruszyć. Mary przyciska jego ręce kolanami do łóżka.

Nareszcie rośnie ci broda. Czemu byłeś gładko ogolony, gdy się u nas zjawiłeś? W Walii nie wiedzą, że im dłuższą brodę ma mężczyzna, tym bardziej jest jurny? Pieści jego twarz od czoła po szczękę.

Mary?

Spodziewałeś się kogoś innego? Może Krei?

Julian próbuje poruszyć rękami. Co ty wyprawiasz?

Nie wiesz?

Gładzi dłońmi jego pierś pod koszulą, bawi się kryształem. Jej miękkie wargi szczypią go w usta, zarośnięty policzek, zamknięte oczy. Odrzuciła szorstkie przykrycie. Teraz Juliana okrywa krynolina i jedwabne halki. Wyswobadza ręce, sięga, by jej dotknąć – i jęczy.

Mary jest naga od pasa w górę. Cii, mówi, mocując się z jego koszulą. Zniża głowę do jego głowy. Całuje go w usta. Jak Julian ma pozostać cicho? Zdejmę koszulę, szepcze, i zdziera ją z siebie. Obejmuje jej plecy, przyciska jej piersi do swojej nagiej piersi, zapiera mu dech, wydaje z siebie dźwięk gdzieś pomiędzy agonią a ekstazą. Jesteś mirażem, szepce, czy moją utraconą i prawdziwą dziewczyną?

Cii, szepce Mary.

Ucisza ją, ujmując w dłonie jej pełne piersi. Pierwszy raz od jej śmierci dotyka kobiety.

Moja ukochana, odnalazłem cię.

Dziękuję, że pomogłeś mi z matką, mówi Mary. Dałeś mi to, czego pragnę, i sprawiłeś, że wygląda, jakby matka sama na to wpadła. Teraz nalega, żebym poszła na przesłuchanie do Fortune, niemal mi nakazuje! Jeszcze wczoraj uważała, że śmierć jest lepsza od moich występów na scenie, a teraz nie mam robić nic innego. Ty to sprawiłeś, Julianie. Nie wiem jak. Pociera piersiami i twardniejącymi sutkami o jego pierś.

Mary, szepcze urywanie Julian.

Nie wypowiadaj mojego imienia.

Mary.

Co, nie chcesz tego?

Jego milczenie jest odpowiedzią.

Nie słyszę cię, Julianie.

Mary. Głos mu się łamie.

Całują się długo, ona wsuwa mu ręce pod szyję, on obejmuje ją ramionami. Julian mocuje się z wykrochmaloną halką, koszulą, próbuje znaleźć jej nagie biodra. Ich oddechy stają się urywane, ciała ogarnia gorączka.

Co ty wyprawiasz?

A co czujesz?

Jakbyś mieszała w wielkim kotle kłopotów.

To właśnie robię.

Ona jest wybawieniem, miękkim i ciepłym. Może podczas wspólnej jazdy, gdy siedzi na twardej ławeczce wozu na widoku publicznym, jest ostra i nieprzyjemna, ale tutaj w ciemności jest rozpalonym ciałem w jego dłoniach. Jej kontury może są inne od tych, które zapamiętał, obojczyki i włosy krótsze, biodra i uda bardziej okrągłe, piersi cięższe, ale pełne usta całują go tak samo, może nawet bardziej dziko; jęczy też tak samo, choć może trochę łagodniej i teraz to on błaga ją, by była ciszej. Przyciska piersi do jego twarzy, dusząc go. Ocierają się o siebie rytmicznymi ruchami, ale Julian wie, jak to skończy – na pewno nie na ocieraniu.

Kilka dni temu obserwowałam, jak myjesz się w rzece, mówi Mary. Widziałeś mnie?

Nie. Ledwo ją słyszy. Chyba powinno być na odwrót, mówi. To ja powinienem podglądać, jak kąpiesz się nago.

Jestem damą, nie włóczęgą. Biorę gorące kąpiele, nie myję się naga w zimnych rzekach.

Aha. Z zamkniętymi oczami Julian wyobraża sobie, co trzyma w dłoniach. Dotykam, więc jestem. Czuję, więc jestem. Kocham, więc jestem.

Byłeś taki szczupły, taki przystojny. Twoje ramiona i ręce były takie silne. Wszystko w tobie było silne.

Oddech Juliana staje się płytszy, ręce bardziej natarczywe. Jej ciało wije się na nim, on trzyma w dłoniach jej piersi, sutki w ustach. Jak większość mężczyzn Julian jest wzrokowcem i lubi widzieć swoje kobiety, a zwłaszcza tę kobietę, lecz tej nocy ciemność jest jak czwarty wymiar. Widzi ją całą, zuchwałą i szybką. Zapomniał o jaskini i mrocznych wróżbach. Wykąpał się w Rzece Źródeł, a jej wody uzdrowiły go. Na jej cześć zapuścił włosy, nosił łachmany i czerwone atłasowe kurtki, jego smutek i samotność rozwiały się, ona przebiła to wszystko jak balon, jak kula ognia w jego bladej nocy.

To nieprawda, że miłość wraca najsilniej tylko do załamanych.

Choć może tak jest.

Nie sądziłem, że jeszcze kiedyś cię przytulę, szepcze Julian łamiącym się głosem, w ostatniej chwili powstrzymując się, by nie dodać: Josephine.

Nie ufa sobie. Jeśli przytuli ją mocniej, może ją udusić. A jednak nie tuli jej dość mocno. Musi znaleźć się w przestrzeni, która nie ma granic. Ale Mary jeszcze tam nie ma. Jak mogłaby być? Przybyła do niego tylko na tę chwilę, a on jest z nią związany przez czterysta lat pustych łóżek. Raz jeszcze nie mogą odnaleźć równowagi.

Jak daleko mnie zabierasz, Mary?, szepcze Julian. Bo nie mam przed sobą długiej drogi. Żałuję, że nie mogę cię zabrać aż do końca, Julianie, gdzie chcesz się znaleźć i gdzie ja chcę być, ale nie mogę, mówi Mary. Nie możemy posunąć się tak daleko, przepraszam.

To nieodpowiednia pora miesiąca? Nie dbam o to.

Odsuwa się od niego w czarnej jak studnia nocy.

Czemu to mówisz? Jej ciało sztywnieje.

Julian przyciąga ją do siebie, skóra przy skórze, oddech przy oddechu. Nie dbam o nic.

Jesteś jak wszyscy mężczyźni. Ale ja dbam o pewne rzeczy, mówi Mary. Nie możemy zrobić tego, co chcesz, bo mogą się wydarzyć złe rzeczy, a one nie mogą się przydarzyć mnie. Wypuszcza powietrze, jak ptak ze złamanymi skrzydłami. Nie mogą mi się przydarzyć jeszcze raz.

Julian, choć rozpalony, z bólem przyjmuje jej słowa.

Trzyma jej dłonie w swoich. Będę ostrożny. Obiecuję.

Tak mówią wszyscy mężczyźni.

Pożądanie stygnie.

Wszyscy mężczyźni mówili ci to, Mary?

W odpowiedzi słyszy pełen furii szelest. Rozsznurowany gorset i szerokie spódnice zsuwają się z jego ciała. Znów jest lekki, lecz cięższy niż kiedykolwiek. Okno otwiera się z trzaskiem. Zaczekaj, błaga Julian, lecz wszystko zniknęło w czarnej nocy, sen, dziewczyna, hałas, oddech, pożądanie, pociecha.

Pozostaje tylko miłość.

*

Następnego ranka, przy szczerej aprobacie Aurory, Julian każe Cedricowi zaprząc konia do powozu i zabiera Mary do Fortune. Mają do przebycia tylko dwa kilometry, ale Mary nie chce iść piechotą, bo przecież nie jest plebejuszką. Oświadcza to po jeździe z tyłu wozu z owocami jak śliwka albo brzoskwinia. Jest opryskliwa wobec Juliana, nie patrzy na niego. Wyjeżdżają wcześnie, zanim Edna zdąży zarzucić ich dociekliwymi pytaniami. Nie śpią tylko Cedric, który nigdy się nie odzywa, Dunham, który jest zbyt zajęty noszeniem wiader z brudami, i milcząca Krea, która patrzy, jak odjeżdżają.

Julian siedzi na koźle z lejcami w dłoniach. Mary zajęła miejsce w środku w pelerynie narzuconej na męskie ubranie i w peruce. Przestali być równi sobie. Teraz on jest jej woźnicą.

– Mary – mówi Julian, gdy zbliżają się do Fynnesbyrie Field.

– Nie chcę z tobą rozmawiać.

– Nie chcesz ze mną rozmawiać po zeszłej nocy?

– Po tym, co powiedziałeś? Tak. Bądź cicho. Uważaj na drogę. Próbuję uczyć się roli. – Przysuwa foliał do twarzy, gdy powóz podskakuje na dziurach. – „Biedny Proteusz, Proteusz spragniony najdroższej Julii", recytuje.

Ma wziąć udział w przesłuchaniu do roli Julii. W peruce z długimi włosami wygląda bardzo pięknie. Zdejmuje ją, kiedy ma przeczytać kwestie chłopięcego Sebastiana. W krótkich włosach wygląda jeszcze piękniej. Zanim opuszczą teatr, dostaje rolę. Henslow osobiście obwieszcza przyjęcie jej do trupy Lorda Admirała, ściskając dłoń Juliana. Próby potrwają dwa tygodnie. Do ślubu będzie mogła grać prawie przez cztery, podobnie jak w *Raju w parku*. Tylko że tym razem nie chodzi o ten ślub.

W drodze do domu Julian próbuje z nią rozmawiać, ale ona go ucisza. Jednak ciemną nocą znów do niego przychodzi.

– Denerwujesz mnie tak bardzo tymi swoimi słowami – mówi, gdy przedostała się już przez okno i znów leży na nim.

– Przepraszam. – Obejmuje ją ramionami. – To, co powiedziałaś, zmartwiło mnie.

– Nie wiem czemu. Powinno? Czy byłam ci niewierna? Byłeś moim narzeczonym?

– Tak – szepcze Julian. – Jestem twoim narzeczonym. Czujesz, jak cię przytulam? Jakbyś była moja. Jakbym był twój.

– Czemu w ogóle chcesz mnie dotykać, jeśli uważasz, że jestem splamiona?

– Nie uważam, że jesteś splamiona. – Zsuwa jej luźną suknię na brzuch. – Tak bardzo chciałbym cię zobaczyć – mówi, trzymając w dłoniach jej ciało. – Czuję, że jesteś taka piękna.

– Widujesz mnie za dnia. Jestem piękna.

Całuje jej szyję, chucha w przestrzeń pomiędzy jej piersiami, jakby chciał ją ożywić. Usadawia się na twardym łóżku, opiera poduszki o ścianę, a ona siada na nim okrakiem i zaczyna się ocierać. Julian chce ją położyć, znaleźć się na niej. Brakuje mu tchu i jest natrętny. W klasztornym łóżku w pokoiku przy kuchni ona uderza mu do głowy jak mocny koktajl. Przebudziła jego ciało. Wzięła w posiadanie jego duszę. Trzyma ją w swoich nieostrożnych dłoniach, które na scenie Henslowa machnięciem sugerują złe traktowanie, gdy jej usta wypowiadają słowa: „Bo muszę uniknąć natarczywości różnych lubieżników".

Chcesz, żebym cię dotknął?, szepce Julian.

Dotykasz mnie. Pieścisz mnie od stop do głów od chwili, gdy weszłam przez okno.

Tak. Chodzi mi o to... chcesz, żebym cię dotknął tak, żebyś mogła wzbić się w niebo?

Nie wiem. Mówisz poważnie? A może jak zawsze tylko bawisz się słowami?

Mówię poważnie.

Jak możesz sprawić, że wzbiję się w niebo?

Połóż się, pokażę ci.

Tak, ale... nie chcę, żebyś robił tamtą rzecz, tamtą ziemską...

Tamta ziemska jest najbardziej wysublimowanym lotem z możliwych, ale w porządku. Zejdź ze mnie i połóż się. Połóż się na wznak i rozsuń nogi.

Krzywi się i wycofuje.

Nie zrobię niczego, czego nie będziesz chciała, mówi Julian z żalem. Ale połóż się. Zrobię inne rzeczy. Będziemy mieli szczęście bez konsekwencji. Samo wypowiedzenie tych słów boli. Bo on w to nie wierzy. Oszukuje ją, nawet teraz. Bo wie zbyt dobrze, co następuje po szczęściu bez konsekwencji.

Konsekwencje.

Bo chcesz więcej.

Mary kładzie się na wąskim łóżku. On kładzie się na boku obok niej, całuje ją i chętnymi palcami daje jej szczęście w mroku nocy, nie widząc jej, a jednak widząc tylko ją, z szeroko otwartymi oczami, z szeroko otwartym sercem, daje jej szczęście raz po raz, reagując na jej wyginające się w łuk ciało, na zaciśnięte dłonie, leci sam pijany na skrzydłach jej zdumionych, pełnych ekspresji jęków.

Masz magiczny dywan.

Musisz się tylko nauczyć na nim latać.

Och, nauczył się.

Następnej nocy też.

I jeszcze następnej.

Aż w końcu, nieponaglana przez niego, Mary mówi, Julianie... chcesz, żebym cię dotknęła?

Boże, tak.

Kładzie się na łóżku, a ona wsuwa się między niego a ścianę. Chwyta go miękką dłonią. Okrzyk szczęścia wyrywa się najpierw z jej ust, potem z jego. Lubię to uczucie. Tak, Mary, ja też. Jest taki gładki, taki twardy. Przykro mi, że nie mogę ci dać tamtej rzeczy.

Nie przepraszaj, gdy trzymasz mnie w dłoniach. Ale niech to trwa, Mary. Nie chcę, żeby się skończyło. Rób to wolniej, bardziej miękko, spokojniej. Tak, dokładnie tak.

Daje mu szczęście, które trwa bardzo długo.

Następnego ranka Julian zawozi ją do Fortune i czeka na nią ponad trzy godziny w pyle pod sceną, skąd obserwuje próbę. Fortune jest pięknym teatrem, godnym rywalem Globe. Tłumy przychodzą oglądać nawet próby, bo jedynym bardziej popularnym od teatru wydarzeniem są w Londynie egzekucje. „Nigdy nie pokazujcie kabli", to aksjomat w Hollywood. Ale tutaj, w teatrze w 1603 roku, wszyscy mogą oglądać, jak powstają efekty specjalne: latająca maszyneria, ostentacyjny *deux ex machina*, ogień i dym, świńska krew dla wyrażenia pasji i zemsty stoi gotowa w wiadrach z prawej strony sceny, zapadnia przypomina zejście do piekieł. A tuż nad nią, na środku sceny, gdzie wszyscy mogą ją zobaczyć, stoi jego jedyna i niepowtarzalna Mary, dusza przystrojona w bogaty kostium.

Scena jest dla wszystkiego pod słońcem, dla całej ludzkości, dla całego życia.

A nocą znów przychodzi do niego, przynosząc mu radość zręcznymi dłońmi i dotykiem piersi.

Zaczynają wychodzić z domu wcześniej, porzucają powóz i konia jak plebejusze, idą do Fortune spacerem, by dłużej przebywać razem. Mary mówi matce, że Julian pomaga jej uczyć się roli i potrzebują spaceru, by ją powtarzać. Aurora nie wie, jak dziękować Julianowi za pomoc okazywaną Mary.

Na sielankowym Fynnesbyrie Field, z dala od śmigających strzał i chłopców ganiających gołębie, siedzą na trawie, jedzą biały chleb i popijają go piwem. Julian przepowiada z nią rolę. Kłócą się co do interpretacji.

„Ona śni o tym, który ją porzucił", recytuje Mary.

„Ty marzysz o tej, która tobą gardzi", odpowiada Julian.

Ona odparowuje: „I chwal ją, schlebiaj, ile język zdoła".

Potrafię schlebiać kobiecie językiem, mówi Julian. Gdyby mi tylko na to pozwoliła.

Julianie!

Potrafię zdobyć kobietę także innymi rzeczami, gdyby mi tylko na to pozwoliła.

Julianie!

„Jakiż blask blaskiem, gdy nie widzę Mary", szepcze Julian,

„Mogę już tylko marzyć, że jest przy mnie, karmić się cieniem realnej postaci", odpowiada ona. Ich głowy stykają się.

Jest ciepły czerwcowy dzień, wszystko kwitnie. Zbierają na łące fioletowe dzikie storczyki i powoli wracają pomiędzy wiejskimi domami i farmami. Kampanule i wiązówki błotne rozpościerają się na wszystkich polach.

Bez względu na pogodę plebejusze i szlachta przybywają na codzienną rozrywkę. Aktorzy mówią tak szybko, jakby bali się spóźnić na egzekucję o czwartej po południu, ale Julian nie mylił się co do *Dwóch panów*. Warto czasem zmoknąć, by usłyszeć śmiech, z jakim publiczność reaguje na rolę Mary, a jej uśmiech, z którym kłania się przesadnie na koniec spektaklu, wart jest wszystkiego.

Co noc wchodzi do niego przez okno i razem uczą się widzieć w ciemności.

46

Konsekwencje szczęścia

Łóżko, które dzielą, jest wąskie i twarde. Julian nie jest drobnej postury, Mary też nie. Zajmują całą dostępną przestrzeń. Materac z końskiego włosia ugina się pod ich ciałami

Nie chcę tego dalej tak robić, mówi Mary, szukając go w ciemności, chwytając go, uwalniając z okowów życia nowego i starego.

Czego chcesz, Mary?

Czego ty chcesz?

Chcę tylko ciebie.

Dobrze, że Julian wreszcie usłyszał odpowiedź na swoje najbardziej palące pytanie.

Chce powiedzieć jej inne słowa, które ma na końcu języka. Nie możesz poślubić lorda Falka. Nie możesz urodzić mu dzieci. Ale wie, że nie może oświadczyć się Mary, dopóki nie będzie mógł jej utrzymać. Nigdy nie może poczuć, że przez niego marnuje czas. Musi zrealizować plan, bo dni i noce mijają w radości i strachu.

W odpowiedzi na jego przeciągające się milczenie Mary mówi, powieszę się, jeśli skończę jako żona lorda Falka.

Nie mów tak. Julian odwraca głowę do ściany. Proszę. Nawet w żartach.

Czy to brzmi, jakbym żartowała? Czemu zawsze mówisz „nie", Julianie? Do mnie, do Corneliusa. Jedyną osobą, której mówisz „tak", jest Krea. Prosi cię o coś, a ty zawsze spieszysz z pomocą. Ale czemu twoim pierwszym słowem do reszty z nas jest ostrożne „n-nie"? Nie możesz choć raz powiedzieć „tak"? Powiedz: Tak, Mary, nie możesz wyjść za innego i nie możesz urodzić mu dzieci.

Tak, Mary, szepcze bezgłośnie Julian. Nie możesz wyjść za innego. Nie możesz urodzić mu dzieci.

Kiedy zamienią jego twardy jak kamień materac na jej miękkie łoże? Każdy cudowny dzień, który spędzają razem, przybliża ich do straszliwego dnia jej ślubu.

Julian coraz bardziej gorączkowo obmyśla plan ucieczki. Jedzie do doków nad Tamizą obok mostu Londyńskiego i rozmawia z marynarzami. Kiedy przybywają statki handlowe? Dokąd potem płyną? Czy może zapłacić za podróż dla dwóch osób? Ile to kosztuje? Oszczędza każdego szylinga wypłacanego mu przez Aurorę. Jeszcze kilka miesięcy i zbierze dość, by mogli wyjechać z Londynu. Ale nie ma kilku miesięcy. Ma kilka tygodni. Potrzebuje innego rozwiązania kryzysu, przed którym stoją.

Nie mogą o tym rozmawiać, nawet lekko, nawet hipotetycznie. To zbyt prawdziwe. Odsuwają się od niemożliwego i rozmawiają o tym, o czym mogą. Ukrywają się za panami i damami z Werony. Ukrywają się za Kreą.

– Jesteś w bardzo poufałych stosunkach z Kreą – mówi Mary.

Julian zaprzecza. Nie w poufałych. Ma u niej dług. Wiele go nauczyła. Dzięki niej nabył nowych umiejętności. Może znaleźć pracę gdzie indziej. Niebawem opowie Mary o swoim planie. Ukryją się na południowym brzegu rzeki, dopóki on nie zarobi dość pieniędzy, by mogli popłynąć za morze.

– Krea jest z chłopów, Julianie, pamiętaj o tym – mówi Mary. – Oni kierują się innymi zasadami niż szlachta, kupcy, czy nawet plebejusze jak ty. Kiedy Krea była mała, do chaty, w której mieszkali w samym środku Londynu, weszła świnia i porwała jej malutką siostrzyczkę. Moim zdaniem to zdarzenie sprawiło, że Krea naśladuje świnię w swoich kontaktach z ludźmi. Potrafi być złośliwa.

– „Mała we wzroście, wielka jest w zawzięciu"* – recytuje Julian. –

---

* William Shakespeare, *Sen nocy letniej*, przekład Stanisława Koźmiana.

Zgadzam się, Krea potrafi być twarda, ale mnie była zawsze bardzo pomocna.

– Tuczy cię – odpowiada Mary. – Niedługo zaprowadzi cię do jatki. – Rzeźnicy upodobali sobie jedną z ulic w Clerkenwell.

– To ona jest świnią według ciebie czy ja?

Mary parska śmiechem.

– Oboje.

Choć czerwcowe dni są coraz dłuższe, ich czas powoli się kurczy. Mary zaprasza w końcu Juliana, by wspiął się po treliażu do jej sypialni, kiedy wszyscy pójdą spać. Ale tej nocy Krea długo kręci się po kuchni, sprząta, piecze chleb i suszy ziarno na zacier w ciepłym piecu. W końcu Julian zasypia, zanim zdąży się wspiąć do okna Mary.

W ostatnich tygodniach zauważył, że Krea traktuje go chłodniej. Nie rozumie, czemu tak się dzieje, i nie chce rozumieć. Ziarna podejrzenia, które zasiała w nim Mary, zaczynają kiełkować. Drobniutka pomywaczka zachowuje się, jakby nie była już przyjazna. Nie chce mu pomóc przy gotowaniu potażu, nie chce splatać z nim knotów do świec. Twierdzi, że ma za dużo pracy. Kiedyś pomagała mu z radością. Ale to minęło.

Następnego wieczoru, gdy Julian wymyka się z pokoju, wpada na Dunhama, który leży rozciągnięty na ziemi pod oknem Mary, paląc cygaro i popijając piwo. Kiedy Julian pyta go, czemu nie leży w łóżku, Dunham odpowiada, że sypia właśnie tutaj.

– A czemu wy nie jesteście w łóżku, mistrzu Julianie?

– Śpisz na zewnątrz niedaleko latryny?

– Tu śpię – powtarza Dunham, wypuszczając dym. Julian zmuszony jest wrócić do pokoju, wejść przez własne okno jak złodziej i słuchać, jak Krea zeskrobuje łój z kamiennej podłogi.

Mary nie może uwierzyć, że Dunham sypia pod jej otwartym oknem. Najwyraźniej nikt inny nie może w to uwierzyć, bo kiedy pyta o to matkę, która pyta Corneliusa, wszyscy są zdumieni, że Dunham sypia na zewnątrz. Ale jednocześnie wszyscy są zaskoczeni, że lady Mary przejmuje się, gdzie sypia Dunham. Cornelius nie posiada się ze zdumienia, że w ogóle zna jego imię. Mary i Julian rezygnują z planów, a Dunham nadal snuje się pod jej oknami.

Pomimo ich gorączkowych pieszczot – dwójka nastoletnich ko-

chanków na tylnym siedzeniu samochodu podążająca w stronę rozkoszy – nadal nie byli razem, a kiedy potrzebują siebie najbardziej
i czują, że czas ucieka, mają coraz więcej trudności, by w ogóle się
spotkać, nawet w łóżku Juliana. Krea nie kładzie się spać do późnych
godzin, kręci się albo po kuchni, albo po świecarni, nosząc łój tam
i z powrotem.

Jej nieustanne czuwanie jest tak frustrujące, że Julian postanawia
porozmawiać z Aurorą. Ku jego zaskoczeniu matka broni Krei! Krea
czyni przygotowania do ślubu, mówi, bo wie, ile trzeba uwarzyć piwa,
ile zrobić świec i mięsa uwędzić. Julian nie ma pojęcia, co się dzieje
w tym postawionym na głowie świecie, w którym lady Collins bierze
stronę pomywaczki, a nie jego.

Próbuje porozmawiać z Kreą.

– Kiedyś byliśmy przyjaciółmi, mistrzu Julianie – mówi drobniutka jak ptaszek kobieta – a teraz paplacie o mnie z panią, bo uważacie,
że za ciężko pracuję? – Aurora powiedziała Krei o prośbie Juliana?
No, no.

– Nie paplę. Martwię się. Za ciężko pracujesz.

– Czemu was to obchodzi?

– Bo tłuczesz się garnkami, rozlewasz tłuszcz, przeklinasz, sprzą-
tasz po ciemku. Ja też ciężko pracuję, a przez ciebie nie mogę zasnąć.

– Jesteście pewni, że przeze mnie, mistrzu Julianie?

Patrzy na nią, mrużąc oczy. Krea odpowiada podobnym spojrzeniem.

– Co chcesz przez to powiedzieć?

– Zadałam tylko pytanie.

– Jestem pewny, że to przez ciebie.

Następnego dnia na polu Julian mówi do Mary:

– Krea wie o nas.

– Jest przygłupia, nic nie wie.

– Może i jest przygłupia. Ale jest na tyle bystra, by wiedzieć, co się
dzieje pod jej nosem.

– Chcesz powiedzieć, że jest bystrzejsza od matki?

– Twoja matka też wie. Tylko udaje, że nie. – Może to tłumaczy
chłodniejsze zachowanie Aurory w stosunku do niego.

Jak co dnia mijają dom przy Golding Lane, lecz dziś na drewnianej ramie nad wejściem widnieje narysowany niezgrabnie krzyż ociekający krwią, a na drzwiach napis: „Panie, zmiłuj się nad nami".

Mary przechodzi szybko ze wzrokiem wbitym w ziemię.

– Co się tam stało? – Julian ogląda się.

– Katastrofa. – Ujmuje go za ramię. – Unikaj tego domu jak zarazy. – Pod dębami zatrzymuje go i przyciąga do siebie. – Julianie – zaczyna – Dunham nie będzie za mnie decydował, jak mam żyć podczas ostatnich dni wolności.

– To nie są twoje ostatnie dni wolności. – Julianowi ściska się serce.

– Czyściciel kloaki będzie decydował za ciebie? Krea? Przyjdź do mnie dziś w nocy. Bez względu na wszystko. Po kolacji powiem matce, że wezmę kąpiel wcześniej, by przygotować się na jutro.

– A co jest jutro?

– Julianie, nie zwracałeś uwagi?

– Nie zwracam uwagi na nic poza tobą. – I poza kopcem termitów, który buduje krok po kroku, pens po pensie na ich wspólną przyszłość. – Co wydarzy się jutro?

– Lord Falk przyjeżdża z wizytą.

– Co? Nie! Dlaczego?

– To tradycja. Pan młody przyjeżdża dwa tygodnie przed ślubem, by się upewnić, że wszystko jest w porządku w domu kobiety, którą ma poślubić.

Julian przygasa. Dlatego cała służba biega jak szalona, czyści srebra i naciera olejem podłogi.

– Matka jest tym przejęta od tygodni. Jak mogłeś niczego nie zauważyć?

Zauważył jak najbardziej. Tylko nie chciał przyjąć do wiadomości.

– W końcu będziesz miał przyjemność go poznać. Będziesz mógł mi powiedzieć, czy twoim zdaniem powinnam za niego wyjść.

– Nie muszę go poznawać – odpowiada Julian – by wiedzieć, że nie powinnaś.

Całuje go.

– Dziś wieczorem. Będę na ciebie czekać w moim łożu. Chcesz mnie? To przyjdź i weź. – Po tych słowach z trudem udaje jej się oderwać od niego, na otwartej przestrzeni, na Fynnesbyrie Fields, pod lipami.

Co prawda nic nie mogłoby powstrzymać Juliana przed pojawieniem się w łóżku Mary, ale wieczorem ma szczęście, bo Krea albo padła z nóg, albo ma pod dostatkiem sfermentowanego zacieru. W każdym razie znika. Zwykle śpi w dalekim kącie kuchni, ale Julian nigdzie jej nie widzi. Zamiast wychodzić na zewnątrz, gdzie w błocie pod treliażem czai się śmierdzący Dunham, skrada się ukradkiem przez posiadłość, idzie schodami dla służby na piętro, przemyka ciemnym korytarzem i po omacku szuka drogi do sypialni Mary. To siódme drzwi na prawo.

Wchodzi bez pukania. Mary leży w ogromnym łożu z baldachimem. Jest ciemno, nie pali się nawet świeca. Tylko księżyc za oknem, prawie w pełni, rzuca do środka srebrny promień, oświetla karafkę z winem, Mary pod baldachimem, bez peruki, nagą, miękką narzutę odsuniętą na bok.

Tutaj, nareszcie, czekają ich konsekwencje szczęścia.

Spełnienie.

Zdejmiesz wisiorek?

Nie, nigdy go nie zdejmuję.

Czemu przyniosłeś ze sobą beret? Chcesz, żebym go włożyła?

Tak. I nic innego.

Ale kiedy go wkłada, beret wydaje się czarny jak krew w ciemnościach. Mary opada na łoże bez uśmiechu, kiedy widzi oczy Juliana bez dna. Zanim ją dotyka, zdejmuje z jej głowy beret.

Przebiega palcami po zarysie jej ciała. Pięcioma zmysłami udowadnia sobie, że jest prawdziwa i żyje. Może jej dotknąć: jego namiętne dłonie pieszczą jej plecy, zaokrąglone biodra, pełne uda. Słyszy ją: dyszą oboje, jej jęczące ciało rozciąga się na jego ciele. Czuje ją: jej łokcie ściskają mu głowę jak w imadle, ciężar jej ciała, gdy porusza się na nim w górę i w dół, tam i z powrotem, jakby wiosłowała. Czuje jej zapach: woda różana i lawenda, wiązówka błotna i koniczyna. Smakuje ją: wargami scałowuje sól z jej szyi, piersi, serca, miękkiego brzucha. Anioł stróż ukazuje mu żywą wodę w delcie życia.

Ma wiele do zaoferowania, wiele do podarowania. Jego miłość jest miękka i twarda jak diament. Z otwartymi ustami obserwuje jej reakcję na siebie. Obawia się gwałtownych protestów.

Ale nie nadchodzą. Nawet nie teraz, kiedy ulga, pożądanie i miłość wypełniają jego całe ciało. Odwraca ją na plecy. Przytrzymuje nadgarstki nad głową. Owija się wokół niego, gdy on opuszcza się na nią, ofiarowując się jej jak dar złota i mirry. Za późno uzmysławia sobie, że mirra to niewłaściwe słowo. Mirrę dają Jezusowi, by przygotować go do pogrzebu. To wspomnienie, w najbardziej żywej z chwil, denerwuje Juliana, denerwuje na tyle, że nie może skończyć. Zmienia taktykę, zwalnia, by ją całować, dać jej szansę na złapanie oddechu.

Przyjdź nocy, przyjdź, przyjdź dniu zamieniony w noc.

– Julianie – szepce Mary – kim ty jesteś? Skąd przybyłeś?

– Czemu pytasz?

– Bo boję się dnia, kiedy tam wrócisz, a ja zostanę tu smutna i samotna bez ciebie.

– Nie opuszczę cię. Nigdy. – Walczy ze sobą: zapytać czy nie? – Czy Massimo cię opuścił? Złamał ci serce?

– Trochę. – Wzrusza ramionami. – Zachowywał się, jakby mnie pragnął, ale chciał mieć tylko to, co widział. Nic więcej. Byłam wściekła. – Obejmuje go ramionami. – Ale dzięki niemu poznałam dreszczyk sceny. A potem, ot tak, wszystko się skończyło. On, scena, wszystko. A co gorsza, zostawił mi po sobie bardzo niechcianą pamiątkę. – Wydaje z siebie zduszony jęk rozpaczy. – Nie zaprzeczam, byłam załamana. Zrobiłam wywar z roślin, modliłam się. Potem pojawiła się krew. Poczułam wielką ulgę. Byłam taka wdzięczna, że to się nie stanie. Nawet nie miałam wyrzutów sumienia, że czuję tak wielką wdzięczność. Zupełnie jakby dobry Pan wysłuchał moich modlitw. Matka powiedziała, że Pan nie wysłuchuje modlitw, gdy chcesz pozbyć się życia, które w tobie rośnie. To kto ich wysłuchuje? Modliłam się tak żarliwie. I ktoś musiał to zrobić. – Julian milczy, a ona zawiesza głos. – Wiesz, ile kobiet umiera w połogu? Nie chciałam być jedną z nich. Chciałam żyć, żyć! Chciałam nosić piękne suknie, stać na scenie z wyciągniętymi ramionami, składać jeden ukłon po drugim. Nie chciałam być matką.

Julian chowa twarz w zagłębieniu jej szyi. Słucha jej słów z bólem.

– Niczego nie pragnę mniej – ciągnie Mary. – Wolałabym, żeby mnie ukamienowano trzy razy niż raz urodzić dziecko. Ale dość już o tym. Co było, minęło. – Rozkłada ramiona. – Chodź tutaj.

Julian kocha ją, aż Mary zupełnie opada z sił. Julianie, szepcze. Zniszczysz mnie. Będę krzyczeć, jęczeć i wszyscy mnie usłyszą, wszyscy, nie tylko Dunham, ale nawet Camberwellsowie w sąsiednim dworze.

Przyciska do siebie jej drżące ciało.

Połknąłeś mnie, pokonałeś.

Kto to mówi, Julian? Mary?

Gaszą swoje pragnienie w srebrnym blasku księżyca. Nie zmrużyli oka. Niebawem Julian będzie musiał odejść. Ale to przyszłość. W teraźniejszości Mary zaczyna mówić.

– Dlaczego przyszedłeś do mnie? Jestem twoją zabawką? Od pierwszej chwili, kiedy mnie ujrzałeś, nie mogłeś oderwać ode mnie wzroku. Dlaczego? Jestem taka głupia! Myślałam, że będę mogła rządzić tobą, manipulować. Ale nie można rządzić czymś, czego się nie rozumie. Czy od zawsze wiedziałeś, że jeśli dam ci choć cień szansy, zyskasz nade mną taką władzę?

– Mary – szepce Julian – jesteś najjaśniejszą z gwiazd na moim niebie.

– Czemu, Julianie, czemu?

Pieści ją.

– Jeśli kiedykolwiek wypowiem do ciebie słowa, które nie zabrzmią jak słowa miłości, to zrobię to dlatego, by prawdziwe życie dorównało moim marzeniem o tobie. Tylko tego zawsze pragnąłem. Rozumiesz? Obiecaj mi, że mi wybaczysz. Wybaczysz mi, jeśli wypowiem na głos okrutne słowa, których nie będę chciał wypowiedzieć?

– Na przykład jakie?

– Słowa pełne gniewu czy nawet nienawiści – wyjaśnia Julian. – Czasami słowa mogą poruszyć w ludzkiej duszy rzeczy, których nie można cofnąć.

– Chcesz, żebym ci wybaczyła coś, czego jeszcze nie zrobiłeś?

– Kto wie, co może się wydarzyć. Nie znamy przyszłości. Proszę, obiecaj, że zapamiętasz tę noc, gdybyśmy mieli się kiedyś pokłócić, i wybaczysz mi.

– I ty podobnie: wybaczysz mi? – krzyczy Mary. – Muszę wyjść za lorda Falka, Julianie. Och! Pomimo całej mojej brawury, to prawda. Ja tylko miotam się z furią przeciwko niesprawiedliwości losu. To tylko ja na próżno walczę o to, by mieć władzę nad moim jedynym krótkim życiem. Ale matka ma rację. Wiem, o co toczy się gra. Kochałam mojego ojca. I kocham matkę. Nie mogę zrobić niczego.

– Możesz zrobić mnóstwo rzeczy. Powiedziałaś, że nigdy za niego nie wyjdziesz.

– A jednak muszę.

– Nie musisz. Jest inny sposób. – Ujmuje jej twarz w dłonie. – Chodź ze mną. – Kciukiem ociera jej łzy. – Chodź ze mną.

– Dokąd?

– Daleko stąd. Możemy żyć dalej w ukryciu. Gdzieś możemy zbudować dla nas życie.

– Czy na całym świecie jest takie miejsce? – pyta Mary, zamykając oczy.

– Jest – odpowiada Julian. – Mary! Ukryjemy się na drugim brzegu rzeki. Muszę zarobić jeszcze parę szylingów i popłyniemy Tamizą do kanału, a potem wokół Francji i Hiszpanii. Popłyniemy do Włoch, za Alpy, gdzie jest ciepło i morze jest zielone. Pobierzemy się, będziemy sprzedawać wino albo uprawiać winogrona, znajdziemy dla ciebie nową scenę, żebyś mogła grać.

Mary przykłada palec do jego ust.

– Zamilcz.

Całuje jej dłoń, jakby była księżniczką.

– Nie mogę okryć mojej rodziny hańbą.

– Ślub ze mną to nie hańba.

– Jestem szlachetnie urodzona.

– A co to w ogóle znaczy?

Mary wyrywa rękę.

– Nie lekceważ tego. Tylko dlatego, że tego nie rozumiesz. Ja nie rozumiem, co to znaczy pracować jak ty, oszczędzać każdego pensa, nie mieć własnego domu, być wędrowcem. Nie posiadać konia, nie potrafić na nim jeździć. Nie rozumiem tego, ale nie lekceważę.

Siadają na jej łożu z baldachimem. Niektóre rozmowy są zbyt trudne, by prowadzić je, leżąc nago twarzą w twarz.

– Posłuchaj – zaczyna Julian – gdybym dla ciebie mógł się zamienić w księcia albo królewicza, myślisz, że bym tego nie zrobił?

Natychmiast. – Dla ciebie stałem się ogrodnikiem i świecarzem. – Ale nie mogę wspiąć się wyżej.

– Racja. Tylko ja mogę się zniżyć.

– Życie ze mną to nie zniżanie. – Słysząc jej słowa, Julian marszczy brwi. Musi ją przekonać, a nie mówić z desperacją.

– Jakkolwiek to nazwiesz, nie zachowam mojej dotychczasowej pozycji. I na pewno nie znajdę się wyżej. – Mary kręci głową. – W tym kraju mamy prawa normujące zachowanie. Czy Walijczycy wiedzą, co to takiego? To oznacza, że nie można nosić pewnych materiałów, na przykład jedwabiu albo futer, jeśli nie jest się szlachetnie urodzonym posiadaczem ziemskim. Gdybym zrezygnowała z mojej pozycji, musiałabym nosić szorstką wełnę... i, Boże broń, bawełnę! A w niedzielę nie mogłabym się pokazać w welonie z koronki.

– Włochy to serce renesansu – tłumaczy Julian. – Tam nikogo nie będą obchodzić twoje tytuły ani koronki.

– Chcesz, żebyśmy razem doili kozy?

– Jeśli będzie trzeba. Albo grali na pianinie.

– Na czym?

Julian wzdycha.

Mary – nieprzekonana i nieporuszona – patrzy, jak Julian szuka gorączkowo nowych myśli i słów. Nie kupuje tego, co on chce jej sprzedać.

– Wolisz wyjść za lorda Falka niż za mnie?

– Nie powiedziałam, że wolę. Muszę to przemyśleć.

– Czas na myślenie powoli się kończy. Ślub odbędzie się za dwa tygodnie.

– Myślisz, że nie wiem tego lepiej od ciebie?

Mary próbuje zyskać jedynie trochę czasu, dopóki Julian nie zniknie z jej łoża. On patrzy na jej spierzchnięte usta, słodką twarz, na wpółprzymknięte oczy. Gdyby tylko mógł wyznać, co musiał poświęcić, by kupić trochę czasu. Wszystko.

– Dla ciebie to takie łatwe – mówi Mary, podnosząc głos. – Nie musisz rezygnować z niczego, by być ze mną! – Czytała mu w myślach, ale pojęła wszystko na opak.

Julian składa dłonie. Bierze głębokie oddechy, by odliczyć pięćdziesiąt dziewięć sekund niemożliwej nieskończoności.

– Wiem, że trudno ci w to uwierzyć, Mary – zaczyna – bo z pozoru wygląda, jakbym nie miał niczego. Ale nie mam niczego. – Zbiera się w sobie, by głos mu nie zadrżał ani się nie załamał. – Bo zrezygnowałem ze wszystkiego, żeby cię odnaleźć.

– Co to znaczy „odnaleźć"?

– Być z tobą. Zrezygnowałem z rodziny, domu, pracy, przyjaciół, rzeczy, przyszłości. Mojej własnej przyszłości. Zrezygnowałem ze swojego życia, by być z tobą.

Mary przesuwa się na łożu i wtula w niego. Przepraszam, ukochany. Nie podejmujmy teraz niemożliwych decyzji. Potrzebuję, by wrócił mój Julian, potrzebuję jego lekkich i dzikich pieszczot. Nie marnujmy bezcennych sekund na jałowe słowa i puste łzy.

Nie są jałowe i nie są puste, mówi Julian.

W słodkim lepkim powietrzu jest tyle smutku, kiedy kocha się z nią jeszcze raz.

Czy jestem twarzą, dla której wypłynęło tysiąc okrętów, jęczy ona.

Nie. Jesteś twarzą, dla której wypłynął tylko jeden.

Leżą ze złączonymi ustami i splecionymi kończynami. Skóra pali ich od tarcia ciała o ciało. Mam tylko moją duszę. Czy kiedykolwiek mi ją oddasz, Mary, szepcze Julian. Czy kiedykolwiek ją odzyskam?

Zamyka oczy i następną rzeczą, jaka do niego dociera, jest Mary potrząsająca go za ramię.

– Oszalałeś? Słońce wschodzi. Nie możesz tu spać! Wyjdź, zanim oboje stracimy głowy.

Nagi przytula się do niej ostatni raz, całuje miękkie miejsce między jej piersiami.

Już prawie świta; w domu zaczyna się ruch. Trzymając się ściany, Julian zbiega po schodach i wybiega na zewnątrz. Rusza w stronę uzdrawiającej rzeki – by oczyścić głowę i umyć ciało w wilgotnym chłodzie poranka.

Kiedy w drodze do swojego pokoju przechodzi przez trawnik, widzi wysoką dziwną postać zmierzającą wąską aleją prowadzącą do dworu Collinsów.

Jest za wcześnie na gości. Mężczyzna nie jedzie powozem ani konno. Idzie piechotą, a jego ciało od stóp do głów okrywają czarne szaty, nosi wysokie buty. Ma na szyi mocno zawiązany szal i skórzane rękawice. Julian nie widzi jego twarzy, bo skrywa się pod czarnym kapturem i upiorną czarną maską z długim białym dziobem. Mężczyzna wygląda jak chodzący ptak. Jest przerażający. W piersi Juliana zaczyna tykać niepokój. Wyciąga ze stajni ledwo rozbudzonego Cedrica.

– Kto to jest?

– Medyk – odpowiada Cedric, pocierając oczy.

– Po co ta okropna maska?

– Żeby powstrzymać śmierć. Jest wypełniona olejem z bergamotki. Medyk zlewa się octem i przed wejściem do domu żuje anielskie ziele. Ktoś w domu musi zarażać.

To niemożliwe, myśli Julian, biegnąc do dworu. Zeszłej nocy przy kolacji wszyscy czuli się dobrze. Nie może się wypowiadać za nikogo innego, ale wie, że nocą płonęli z Mary żywym ogniem. Zamaskowany mężczyzna budzi w nim straszliwe przeczucie.

I okazuje się, że to pomyłka. Kiedy otwierają się drzwi, a lady Collins i Cornelius biegną, domagając się wyjaśnień, okazuje się, żc medyk skręcił w złą aleję. Trudno się temu dziwić. Aleje nie są oznaczone. To pewnie ci biedni Camberwellsowie, których dwór stoi o pole i żywopłot dalej.

Medyk wychodzi, ale zamieszanie w domu nie cichnie. Nie tylko Julian dopatruje się w wizycie medyka złego znaku. Lady Collins, przesądna do granic, nakazuje, by ściągnięto pościel z łóżek i wygotowano. Catrain i Krea mają umyć sypialnię Mary octem i gorącą wodą, umyć jej włosy ługiem i wyszorować ciało mydłem.

– Gdzieś tam – mówi lady Collins, a Julian jeszcze nie widział jej tak poruszonej – czai się zaraza! – Pani domu zebrała wszystkich w wielkiej sali. – Tam czyha na nas zaogniający się wrzód smutku i śmierci. Musimy chronić to, co zostało w tym domu, ze wszystkich sił. Nie mam męża, straciłam pięcioro z sześciorga dzieci, moja jedyna córka straciła ojca. Nie zostało nam wielu służących. W jednej chwili kostucha może przeciąć nić naszego żywota. Kiedy ujrzeliśmy tego mężczyznę, nikt z nas się nie zdziwił. Powiedzieliśmy: Kto następny? Tak, pomylił się, ale nic nie dzieje się przypadkiem. To straszliwy omen. Mistrzu Julianie, nie życzę sobie, żebyście jeździli do Londynu aż do ślubu Mary. Możecie kupić wszystko w Smythe Field. Londyn to łoże śmierci. Jastrzębie, które krążą nam nad głowami, żywiące się padliną i odpadkami, są zdrowsze niż masy chodzące ulicami Londynu. – Lady Collins zniża głos do pełnego rozpaczy syku. – Zapomnieliśmy, że przyszło nam żyć w środku epidemii. Przypomniał nam o tym zbłąkany medyk. Do zimy sytuacja się nie poprawi. Musimy przygotować się na najgorsze. – Aurora drży z niepokoju. – Wypuszczeni z więzień skazańcy, pełni chorób, wędrują po drogach i proszą o schronienie w każdym domu, który zgodzi się ich przyjąć. Musimy ich odpędzać. Morowe powietrze zagraża nam wszystkim.

– Powietrze wcale nie jest morowe, pani matko – mówi Mary beztrosko. – Jest pełne życia! Róże w ogrodzie Juliana nie ozdobią naszych grobów, rosną na ślub. – Rozpromieniona spogląda na niego przez salę.

Julian skłania głowę, ale nie ma odwagi się odezwać. Nie potrafi grać tak dobrze jak ona.

Aurora w ponurym milczeniu przygląda się Julianowi i córce.

– Wystarczy – rzuca cicho do Mary. – Słyszałaś, co powiedziałam. Pilnuj się. Idź się szykować. Twój narzeczony przyjeżdża.

*

Lord Falk jest odrażającym człowiekiem. Przybywa późnym popołudniem w ciągniętym przez cztery konie powozie, za którym podąża kawalkada jeźdźców. Większość szlachetnie urodzonych podróżuje konno. Ale nie on. Przywozi ze sobą kamerdynera, lokaja, kucharza (który od razu pozbywa się Farfelee) i wóz wypełniony mięsem i winem. Rozkazuje Cedricowi, by wyczyścił koniom kopyta, oczywiście pod nadzorem jego ludzi. Rozkazuje Corneliusowi, by zaprowadził jego ludzi do pokoi i przyniósł im najczystszą wodę z najgłębszej studni, oczywiście pod nadzorem jego ludzi. Przywozi w darze dla matki narzeczonej piękny zestaw srebrnych sztućców z Italii, a potem bez końca opowiada, ile kosztował.

Jest ubrany z przesadą, zbyt głośny, przytłaczający. Ma na sobie brązową aksamitną tunikę z nabijanym złotymi ćwiekami szerokim skórzanym pasem. Z jego ramion spływa futro, choć jest czerwiec. Całuje dłoń Aurory, jakby wyświadczał jej przysługę. Prawie nie zwraca uwagi na Ednę, a Juliana nie zaszczyca nawet spojrzeniem. Trzeba mu jednak oddać, że staje się nieco mniej pompatyczny, gdy ze schodów schodzi Mary, która wygląda zjawiskowo w szerokiej koronkowej sukni w kolorze szampana. Stroju dopełniają różowe jedwabne rękawiczki i złoty czepek. Jej loki przybrane są kwiatami i perłami. Cera jest zaróżowiona i promieniejąca, ciemne oczy lśnią, usta są pełne i czerwone, nad obcisłym haftowanym stanikiem rysują się piersi.

Na jej widok nawet lord Falk spada na chwilę ze swojego piedestału. Julian, który nareszcie ma okazję, by włożyć ekstrawagancką różowo-szkarłatną pelerynę od Gregory'ego, stoi z tyłu sali z resztą służby i patrzy, jak lord Falk ślini się nad okrytą jedwabną rękawiczką dłonią Mary. To nie jest jęcząca naga dziewczyna z króciutkimi włosami, której ciało Julian tak namiętnie kochał zeszłej nocy. Zamieniła się w nobliwą księżniczkę zmuszoną siedzieć obok mężczyzny w futrze i aksamitach, zmuszoną słuchać, jak rozwodzi się nad przyjemnością oglądania niedźwiedzia przykutego łańcuchem do słupa i rozszarpywanego przez psy.

– Szczucie niedźwiedzia to o wiele przyjemniejsza rozrywka niż te głupie sztuki, na które kiedyś ciągnęła mnie lady Mary. Prawda, moja droga?

Gdyby na świecie istniała sprawiedliwość, dopadłaby go Czarna Śmierć. Falkowi udaje się być jednocześnie pompatycznym i głupim. Może i jest dobrze urodzony, ale na pewno źle wychowany. Jest pretensjonalny i fałszywy. Julian nie wie, czy ten człowiek stara się za bardzo, czy też zawsze się tak zachowuje. Cieszy go, że względna atrakcyjność Falka nie spotyka się z uznaniem. Mary najwyraźniej nie może go znieść. Falk pozostaje ślepy na jej prawdziwe uczucia, jak zresztą na inne rzeczy.

Pod wieloma względami przypomina Julianowi Nigela. Kiedy Aurora radzi, by korzystać z mądrych uzdrowicielek w przypadku lżejszych chorób, bo są tańsze od medyków, lord Falk mówi: „I rzadsze" i rechocze z własnego żartu.

Falk żali się na brak miękkich płóciennych ściereczek, gdy musi skorzystać z wychodka, i demonstruje swoją fascynację wszystkim, co wiąże się z wydalaniem, opowiadając nudną historię człowieka o nazwisku John Harrington, który kilka lat wcześniej, w 1596 roku, wynalazł spłukiwaną toaletę. Woda czerpana do niej z cysterny spływała potem do podziemnej kloaki. Choć królowej Elżbiecie przelotnie spodobała się ta zabawka, Harrington zbankrutował, bo nie potrafił nikogo przekonać do swojego śmiesznego pomysłu.

– Po co to komu? – mówi Falk. – Spłukiwana toaleta! Co za bzdura. Co może być lepszego od dziury w ziemi, prawda, ukochana?

Julian milczy. Woli nie omawiać tego typu kwestii przy damach, choć w tym świecie wszyscy – szlachcice i plebejusze, kobiety i mężczyźni – rozmawiają o przeróżnych sprawach uznawanych w czasach Juliana za tematy tabu.

Lady Collins postanawia zapomnieć o niedawnym chłodzie w stosunkach z Julianem i zaprasza go, by zniszczył lorda Falka, choćby tylko słowami.

– Mistrzu Julianie – zaczyna, kiwając na niego, by usiadł obok niej – jaka jest wasza opinia na ten delikatny temat? Milordzie, poznał pan naszego Juliana? To dobry przyjaciel rodziny. Drobny właściciel ziemski z Walii, który jest ekspertem w wielu sprawach.

– Choć nie zna się na wielu innych – wtrąca Edna.

– Na przykład na koniach i świecach – dodaje Cornelius.

Lord Falk przygląda się krytycznie Julianowi.

– Kiedy nieznajomy zbyt szybko wspina się w hierarchii obcego domu – mówi Falk – często oznacza to, że nie zna swego miejsca. To opinia Arystotelesa, nie moja – szydzi. – No, słuchamy, ekspercie. Co powiecie o latrynie z dziurą w ziemi?

– Mam tylko jedno pytanie, milordzie – mówi Julian. – Gdzie znikają odchody z dziury w ziemi?

– Kogo to obchodzi? Są w ziemi!

– Ale ziemia jest porowata.

– Kto tak twierdzi?

– My. Przemawiają za nas nasze czyny. Twierdzimy tak, kiedy sadzimy, podlewamy, nawozimy i uprawiamy.

– Nie robię nic takiego. Przejdź do sedna.

– Zamiast sedna mam pytanie. Powtórzę je. Gdzie znikają odchody z dziury w ziemi?

– Jakie to ma znaczenie?

– Bo zatruwają wody gruntowe – odpowiada Julian. – Zatruwają studnie, z których czerpiecie wodę, którą myjecie twarze i ręce, i której używacie do gotowania. To przez nie szerzą się śmiertelne choroby.

– Bzdura. Jakie choroby?

– Dyfteryt, dyzenteria, tasiemce, tyfus, żółtaczka i cholera – odpowiada spokojnie Julian.

W wielkiej sali zapada grobowa cisza. Słychać tylko trzask ognia na kominku.

– Czemu się ze mną spierasz, prostaku? – grzmi lord Falk, przebiegając wzrokiem po zakłopotanych twarzach zebranych.

– Bo uważam, że nie macie racji, milordzie.

– W każdym razie to nieistotne – odpowiada Falk. – Nie ma żadnej obrony przed chorobami, o których wspomniałeś.

– Jednym ze sposobów jest spłukiwana toaleta z cysterną, milordzie. – Julian wypowiada słowo „milordzie" z wyraźną pogardą.

– Ty naiwny Walijczyku. Nikogo nie obchodzą te błahe choroby. Najgroźniejsza jest dżuma, a przed nią cysterna nie obroni. Nikt nie wie, co ją wywołuje. To może być wszystko. Morowe powietrze. Koty i psy. Niemyci trędowaci. Włóczący się Walijczycy.

– Ukąszenia pcheł, które żerują na zakażonych szczurach – dodaje Julian.

Lor Falk wybucha gromkim śmiechem.

– To absurd! Pchły nie gryzą ludzi. A szczury nie są zakażone. – Marszcząc brwi, rozpiera się na dębowym krześle, najbardziej zaszczytnym w całej sali. To na nim zasiadał wielki lord Collins, kiedy wracał do domu i zdejmował zbroję po walce w imieniu Korony.

– Szczury padają pierwsze – wyjaśnia Julian, żałując, że nie jest szlachcicem, nie ma miecza i nie potrafi nim walczyć. Lord Falk jest nie do zniesienia. – Stąd wiemy, że nadciąga zaraza. Zdychają szczury.

Lord Falk spluwa.

– Gdzie słyszałeś takie bzdury?

– Pewnie w Walii – wtrąca Edna, a Cornelius skwapliwie przytakuje.

Lord Falk, Edna i Cornelius wybuchają śmiechem.

– Oczywiście! Posłuchaj, chłopcze – zaczyna Falk. – Może przestaniesz gadać i każesz Krei przynieść mi wina z piwniczki. Chyba że sam chciałbyś się pofatygować. Moja najdroższa Mary, bardzo przepraszam, że musiałaś wysłuchiwać takich bredni. Mam nadzieję, że nie czujesz się urażona.

– W najmniejszym stopniu, milordzie – odpowiada Mary z błyskiem w oku. – Mistrz Julian może mieć rację co do dżumy. Powiedział nam, że dymienice, które puchną i krwawią pod skórą, to ostatni objaw, a nie pierwszy, jak wszyscy myśleliśmy. Kiedy zauważy się dymienice na ciele, jest już za późno.

– Słuchałem cię uważnie, pani! – wykrzykuje lord Falk. – Poszukam dymienic na twoim ciele. – Uśmiecha się szeroko i cmoka językiem. – Już niebawem poszukam na twoim ciele najróżniejszych rzeczy, także cnoty. – Rży jak koń, kiwając na Juliana, by się pospieszył. – Sio, ekspercie od dymienic… przynieś mi wina.

W kuchni Krea nie odpowiada, gdy Julian przekazuje jej życzenie Falka, nie podnosi nawet oczu.

– Wszystko w porządku, Krea?

– Tak, mistrzu Julianie – odpowiada ze wzrokiem wbitym w buty. – Nie mam czasu na pogawędki. Lord musi dostać wino.

Nikogo nie dziwi, że Julian nie jest zaproszony na kolację z rodziną. Zjadają z Farfelee zwykły chleb i popijają go starym sfermentowanym piwem. Siedzą obok siebie, przygnębieni, w milczeniu. Nigdzie nie widać Krei. Od tygodni wszędzie było jej pełno, ale teraz, kiedy Julian chce z kimś porozmawiać, zaginęła w akcji. W kuchni płonie tylko ogień. Gospodarstwo Collinsów oszczędza wszystkie świece na zbliżającą się ucztę weselną.

W czerwcowe noce zmrok zapada coraz później. Dziś wieczorem przypada letnie przesilenie. Po kolacji jest nadal jasno, gdy Mary wchodzi do świecarni.

– Chcielibyśmy poczytać poezję – zwraca się do Juliana, unosząc suknie nad zatłuszczoną podłogą. – Matka prosi o cztery świece.

Podaje jej świece bez słowa. Mary przesuwa palcami w rękawiczce po jego dłoni. Szturcha go lekko, by na nią spojrzał.

– Teraz widzisz? – szepcze, spoglądając mu w twarz.

– Widziałem już wcześniej.

W kuchni za Mary pojawia się Krea. Julian patrzy, jak przykuca i zaczyna szorować próg.

– Daj nam chwilę, Krea – mówi Mary, nie oglądając się.

– Próg jest brudny, pani.

– Nie ucieknie. Ale ty zmykaj.

Krea ani drgnie. Mary odwraca się i robi krok w jej stronę.

– Idź, Krea. Wyszoruj piec dla Farfelee, przynieś więcej wina dla lorda Falka.

– Ale próg jest brudny teraz.

– Idź, Krea! – Mary stoi groźnie nad nieposłuszną służącą nadal skuloną na ziemi. Krea wycofuje się tyłem, nie podnosząc wzroku znad podłogi.

Mary odwraca się do Juliana.

– A nie mówiłam? Pogardza mną bezgranicznie.

Julian stoi w milczeniu. Oczy lśnią mu miłością. Jej matka popełnia błąd, składając swoje ostatnie dziecko w ofierze na ołtarzu bezbożnych.

– Ta propozycja, którą złożyłeś mi wczoraj… Mówiłeś poważnie? – pyta Mary drżącym głosem.

Serce skacze mu w piersi.

– Wiesz, że tak.

– Pojadę z tobą. – Mary mówi cicho. Julian musi wytężać słuch, choć stoi tuż przy niej. Ich palce splatają się na świecach. – Mówiłeś o górach?

– Mówiłem o morzu. Ale pojedziemy tam, gdzie jest wszystko.

– Będziemy musieli wyjechać niebawem.

– Może dziś wieczorem? Za wcześnie?

Chichocze.

– Musimy zaczekać, aż on wyjedzie. Ale wymkniemy się zaraz następnego dnia przed świtem. Przygotuj się. Spakuj rzeczy.

– Już jestem gotowy. Nie mam żadnych rzeczy – odpowiada Julian. – Mam tylko ciebie.

– Nie mam pieniędzy, Julianie, ale mam klejnoty. Mnóstwo. Złote pierścionki i perły. Chyba są coś warte?

– Fortunę. – Chce ją przytulić.

– Jeśli je sprzedamy, nie będziemy musieli ukrywać się w Londynie. Będziemy mogli popłynąć od razu.

– To dobry pomysł. Handlarze złotem przy Cheapside chętnie uwolnią twoje dłonie od pierścieni.

– Mary! – W kuchni rozlega się głos Aurory. – Gdzie są te przeklęte świece? Nie możemy odczytać słów z pergaminu.

– Uczcie się wierszy na pamięć, matko, jak ja – odpowiada Mary. – Świece nie będą wam potrzebne.

– Nie bądź zuchwała, Mary. Chodź, twój pan czeka.

– On nie jest moim panem – szepcze Mary do Juliana, przesyłając mu pocałunek w powietrzu. – Postaram się wymknąć, żeby zobaczyć się z tobą w nocy.

– Dobrze, ukochana.

– Mary!

– Idę, pani matko!

*

Kiedy we dworze zapada cisza, Julian leży nagi w łóżku i czeka na nią. Ściska w dłoniach jej beret, bawi się wisiorkiem. Wyciąga rękę, by pieścić w powietrzu zarys niewidzialnej dziewczyny, tak bliskiej, że czuje w dłoniach jej okrągłe biodra.

Czeka bardzo długo, aż w końcu zasypia.

I znów śni o Josephine.

Siedzi przy znajomym stoliku pod złotą markizą i patrzy, jak ona idzie w jego stronę, z uśmiechem na twarzy, w czerwonym berecie na głowie, trzyma w dłoni różową parasolkę, sukienka faluje. Julian marszczy brwi we śnie i w rzeczywistości i ściska beret. To sprzeczność, której nie rozumie. Jak jeden beret może być w dwóch miejscach naraz, na jej głowie i w jego dłoniach? Josephine, szepce bezgłośnie, czemu tu jesteś? Mary i ja uciekamy.

Pierwszy raz Josephine przemawia do niego we śnie, ale Julian nie słyszy, co mówi, bo jedzący lunch tłum zachowuje się obrzydliwie głośno. Ostry męski głos coś krzyczy, inny przemawia błagalnie. Julian nie zwraca uwagi na błagania, bo próbuje odczytać słowa Josephine z ruchu jej warg. Na Boga, zamknij się!, chce wrzasnąć na krzyczącego mężczyznę.

– To nieprawda!

– Jeśli tak, to co tu robisz?

– Ona mnie nienawidzi, zawsze mnie nienawidziła, to zatruło jej duszę, okłamuje cię!

– Myślisz, że wierzę w obrzydliwe słowa pomywaczki? Kazałem

ją obić za jej zuchwalstwo. Dla mnie jest gorsza od świni. Tu nie chodzi o nią!

We śnie Julian czuje ucisk na piersi, jakby ktoś kładł tam betonową płytę.

– Próbowałam dostać się do kuchni. Byłam głodna!

– Jak mogłaś to zrobić, jak mogłaś!

– To nie to, co myślisz, proszę… przestań…

– Okryłaś hańbą dom Falków…

O mój Boże. To nie sen. Julian otwiera oczy. Wciąż leży na wznak. Na zewnątrz jest ciemno, za przesuwającymi się szybko chmurami księżyc tylko migocze. Wieje ostry wiatr. Nacisk na pierś prawie go miażdży.

– Wybacz mi, mój panie. Popełniłam błąd młodości. Nikt nie musi się dowiedzieć.

– Jeśli wiedziała Krea, to znaczy, że wiedzą wszyscy. Zrobiłaś ze mnie rogacza!

Julian próbuje zerwać się z łóżka. Podbiegnie do okna, wyskoczy, zabije Falka gołymi rękami. Musi skorzystać z okazji.

Szafka przy łóżku przewraca się.

Julian robi jeden krok i pada na podłogę.

– Przysięgam, panie, nikt nie wie!

Julian słyszy szelest.

– Aha! – wrzeszczy lord Falk. – Miała rację, to peruka! Co ty narobiłaś, ty bezczelna ladacznico. – Rozlega się odgłos policzka, walki.

Julian próbuje wstać, ale nie może.

Coś osobliwego dzieje się z jego ciałem. Zupełnie jakby zasypiało. Nie jakaś jego część, ale całe, od stóp, które nie chcą go utrzymać, po usta, które nie mogą krzyczeć. Jego ciało ogarnia paraliż, nerwy, żyły i mięśnie zamieniają się w milion ostrych igieł.

– Puść mnie, panie, puść!

Julian podpełza do okna, opierając się na słabnących łokciach, kolanach. Próbuje krzyczeć, ale nie może wydobyć z siebie żadnego dźwięku.

– Nie tylko ubierasz się jak mężczyzna, by występować na scenie jak ulicznica, ale gziłaś się z chłopem, który obraża mnie, gościa w domu twojej matki.

– Sam jesteś przeklętym chłopem!

Samą siłą woli, ogarnięty napędzanym adrenaliną przerażeniem Julian podciąga się na parapet i głową otwiera okno. Już za moment wróci mu krążenie, już za sekundę.

Ale nie wraca.

Dzieje się coś przedziwnego. Jego ciało słabnie, ból miliona igieł staje się bardziej przeszywający. Choć Mary i Falk walczą brutalnie pod jego otwartym oknem, ich głosy są przytłumione, jakby Julian tracił słuch. Ledwo co widzi.

– Julianie! – krzyczy Mary. – Pomóż mi!

Idę, Mary! Ale nie idzie.

Słyszy groźne warczenie Falka i zduszone krzyki Mary. Czy oni zachowują się ciszej, czy też zawodzą go zmysły, jeden po drugim? Mary dławi się, jakby się dusiła. To niemożliwe! Ale Julian nie może oddychać, nie może mówić, walczyć. Zupełnie jakby sam się dusił. Przeraża go, że ona umrze, jeśli do niej nie dotrze. Problem polega na tym, że on też umiera.

– Julianie…

– Zniszczyłaś mnie! – wrzeszczy Falk. – Wystawiłaś na pośmiewisko. Oto błazen, którego żona za dnia udaje, że jest mężczyzną, a nocą gzi się z innym!

Mary, już idę. Nadludzkim wysiłkiem nagi Julian przeczołguje się przez okno i zwala się na ziemię. Beret wypada z jego osłabionych palców.

Igły, które kłują jego ciało od środka, stają się rozpalone. Rażą go prądem i palą. Sięga po jej beret. Błyskawica oświetla podwórko. Julian widzi, jak Mary osuwa się bez życia po ścianie i pada na ziemię. Jej dłonie zsuwają się z dłoni Falka zaciśniętych na jej gardle.

Nie!, chce krzyknąć. Otwiera usta w niemym krzyku. Prąd w jego ciele jest zabójczy. Julian smaży się od środka.

Lord Falk odwraca się do niego i dobywa miecza.

– Tu jesteś – mówi, rzucając się w jego kierunku.

Julian chce wstać, walczyć, zabić go, bo wie, że musi, wie, że kiedyś mógł. Ale Falk, dwór, ogród, Mary powoli się rozpływają.

Mary… szepcze z ostatnim oddechem, wyciąga do niej rękę z beretem, gdy uniesiony miecz Falka lśni srebrem nad jego głową jak błyskawica i przecina powietrze. Mary…

47

Płaszcz

Julian otworzył oczy. Ręce uniósł nad głowę w obronnym geście i wciąż ściskał w palcach czerwony beret. Ale nie stał nad nim lord Falk. Julian leżał na podłodze i patrzył na zdezorientowaną twarz Sweeneya, strażnika przy teleskopie Transit Circle. Zdumiało go, że w ogóle jest w stanie otworzyć oczy. Myślał, że nie żyje.

Najwyraźniej wrócił mu też słuch. Bo bez żadnych trudności słyszał wrzeszczącego Sweeneya.

– Co ty wyprawiasz? Czemu płaczesz? Słodki Jezu, czemu jesteś goły? Tu obowiązują przepisy, zamkną cię za obnażanie się w miejscu publicznym! Wstawaj. Jesteś jakimś artystą od performance'u? Przychodzą tu od czasu do czasu, zachowują się jak wariaci. To nie jest zabawne, stary. Kiedy zapuściłeś brodę? Hej, co się dzieje? Przestań się trząść!

Julian nie mógł wydusić słowa. Nie podnosił się z podłogi, czując, że jego ciało i każda kość zostały zmiażdżone przez walec. Był w agonii.

Sweeney wyjął trencz ze stojącej obok szafki i narzucił go na Juliana.

– To mój płaszcz. Okryj się – syknął korpulentny strażnik. – Wstawaj i wynoś się stąd. Chcesz, żebym stracił pracę? Przychodzą tu szkolne wycieczki!

Julian poszukał kryształu na szyi, zacisnął pięść na czerwonym berecie. Nie był w stanie się podnieść. I nie chciał. Zamknął oczy.

– Ciebie aresztują – powiedział Sweeney – ale czemu ja mam stracić pracę, bo lubisz wyskakiwać z majtek? To Królewskie Obserwatorium. Historyczna budowla wzniesiona przez królów. Okaż trochę szacunku. Idź się wygłupiać gdzieś indziej. Na co czekasz? Nie pomogę ci wstać, mam chore plecy. No już, wstawaj, zanim wezwę policję. Zabieraj mój płaszcz i zjeżdżaj. Wstawaj!

Julian przytrzymał się barierki i w końcu udało mu się podnieść. Ledwie zapiął płaszcz, gdy przy teleskopie stanęła rodzina złożona z dziadków z wnukami. Mały urwis wcisnął się obok Juliana i próbował odczytać słowa wypisane na tabliczce nad otwartymi drzwiami. POŁUDNIK ZEROWY. Julian stał z opuszczoną głową, dopóki sobie nie poszli. Co się dzieje z jego ciałem? Czuł, jakby nie miał wcale kości.

Sweeney wrócił do swojej tyrady.

– Jak planujesz zapłacić mi za płaszcz? Nie stać mnie, żeby dawać płaszcz każdemu czubkowi, który tu przychodzi. Co się z tobą dzieje? Żeby tak się schlać? Jest południe. Zapisz mi swoje nazwisko i adres. Masz mi przesłać gotówkę za płaszcz. Kosztował mnie siedemdziesiąt funtów, kupiłem go u Marksa i Spencera. – Sweeney wpatrywał się w twarz Juliana. – Na miłość boską, stary. Jesteś blady jak ściana. Tylko nie zemdlej, nie będę mógł cię podnieść. I nie porzygaj się, bo na pewno cię aresztują. Obnażanie się, włóczęgostwo, wandalizm w historycznym budynku. Ładny początek dnia podarowanego przez Boga. Cholera jasna, wynoś się stąd. Idź do toalety. Co się z tobą stało? W jednej sekundzie stałeś tu ubrany, a w następnej leżałeś na podłodze goły i zarośnięty. To nie jest zabawne, stary. Nic a nic.

– Zniknąłem?

– O, mówi! Nie zniknąłeś. Zamrugałem, a ty leżałeś na podłodze. – Strażnik patrzył na niego podejrzliwie. – A co, próbowałeś… zniknąć?

Julian nie mógł złapać tchu.

– Możesz mi pożyczyć dwadzieścia funtów? – zapytał w końcu. – Przysięgam, że oddam.

– Zabierasz mi płaszcz, a teraz chcesz też pieniądze?

– Obiecuję, że oddam, za dzień lub dwa, ale… proszę.

Julian zwymiotował w łazience.

Sweeney znalazł go na podłodze w jednej z kabin.

– W moim płaszczu? – zagrzmiał. – Tak się zachowujesz w cudzym ubraniu?

Bez pomocy strażnika Julianowi nie udałoby się zejść ze wzgórza. Sweeney poprowadził go tylną ścieżką do miejsca, gdzie przyjeżdżali dostawcy, a potem przez Królewskie Ogrody do Crooms Hill. Zawołał taksówkę, wcisnął go do środka. Podróż na Great Eastern Road kosztowała czterdzieści funtów. Sweeney przeklinał długo i siarczyście, zanim wręczył taksówkarzowi kolejny banknot.

Julian nie pamiętał, jak dotarł do Quatrang. Wysiadł z taksówki i chwiejnym krokiem wszedł do środka, gdzie na jego widok oniemiały Devi obsługujący innego klienta upuścił miskę z zupą pho. Julian, z długimi włosami i zarośnięty, gdy zaledwie wczoraj był gładko ogolony, stał w trenczu ekshibicjonisty, z wyrazem szaleństwa i rozpaczy na twarzy.

– Wróciłeś? – zapytał wstrząśnięty Devi. Szczęka mu opadła.

Julian upadł i stracił przytomność.

48

Skutki uboczne porażenia prądem

Jak mogłeś mi to zrobić, powiedział Julian do Deviego tego wieczoru i nocy, która po nim nastąpiła. Myślałem, że miałeś wszystko naprawić. Myślałem, że miałeś mi pomóc. Zanim cię poznałem, zaczynałem czuć się lepiej...

Devi odchrząknął ze współczuciem, ale sceptycznie.

Czułem się lepiej. Zaczynałem sobie radzić.

Devi odchrząknął jeszcze raz.

Zobacz, co ze mną zrobiłeś. Wcześniej miałem niezaleczoną ranę, ale teraz otworzyła się na nowo. Bo to się znów wydarzyło. Masz pojęcie, jakie to uczucie?

Devi skrył się w kącie i Julian mógł niemal przysiąc, że słyszy, jak płacze.

A może ten zduszony dźwięk dobywał się z gardła Juliana?

Jak mogłeś mi nie powiedzieć, że ona znów umrze?

Skąd mogłem wiedzieć, odparł Devi.

Nie wierzę ci. Nie wierzę, że nikt stamtąd nie wrócił i ci nie powiedział.

Devi odezwał się dopiero po dłuższej chwili. Jeśli ktoś rzeczywiście wrócił, nie zjawił się u mnie.

Tylko szaleniec przyszedłby do ciebie, odparł Julian. Wariat. Musiałem być strasznie zdesperowany. Wykorzystałeś moją słabość.

Dałem ci nadzieję.

Jak mogłeś mnie tam wysłać, skoro nie wiedziałeś, że to się uda?

– Ale Julianie – powiedział Devi. – Udało się.

Julian odpowiedział mu wyzywającym spojrzeniem, a potem zamknął oczy.

– Masz szczęście, że nikt nie wrócił. Bo ktoś na pewno już by cię zabił.

– Tak jak ty chcesz mnie zabić?

– Tak.

– Coś jest nie tak z twoim ciałem, Julianie.

Julian leżał nagi na stole na tyłach.

– To najmniejszy problem.

Sądząc z wyrazu twarzy Deviego, było inaczej.

Wysmarowany maścią, z ręcznikiem narzuconym na lędźwie, Julian tracił i odzyskiwał świadomość, a kilkadziesiąt uzdrawiających igieł przeszywało jego ciało. Devi umył go gąbką zmoczoną w tygrysiej wodzie, przytrzymywał szklankę z gorącą wodą ze sproszkowanymi kośćmi tygrysa przy jego ustach. Wokół unosiła się woń kadzidła, płonęły świece. W malutkim pomieszczeniu było ciepło i cicho, powietrze było ciężkie od smutku, od niespełnionych pragnień.

Julian opowiedział Deviemu, co się wydarzyło, a potem leżał bez ruchu. Siedzący na niskim stołku w rogu kucharz wykręcał się jak niemy epileptyk.

– Co, tygrys odgryzł ci język? – zapytał Julian z wyrazem potępienia w szarych oczach. – Złożyłeś ślub milczenia akurat wtedy, gdy musisz wszystko wyjaśnić?

– Może to ty powinieneś mi wszystko wyjaśnić.

Julian wpatrywał się w sufit.

– Jesteś taki zblazowany. Dla ciebie to wszystko jest częścią większej całości. Jesteś obojętny na moje cierpienie.

– Przestań mnie dręczyć. Doskonale wiem, czym jest smutek w sercu życia.

– Ale nie smutek w sercu mojego życia. – Zapadła krótka cisza. – Myślisz, że innym się udało, tylko ja zawiodłem?

– Jak zwykle widzisz wszystko na odwrót – powiedział Devi. – Tobie udało się tam, gdzie inni zawiedli. Mogli umrzeć w jaskini. Albo nie pokonać Czarnego Kanionu. Nie potrafili przepłynąć rzeki.

Nadziali się na przeszkody, odnieśli rany. Utonęli. Nigdy nie dotarli do celu. A po drugiej stronie tysiąc różnych rzeczy mogło pójść nie tak. O ile wiem, nikt nie przeżył podróży powrotnej. – Devi dotknął palcami ciała Juliana, jakby nie mógł uwierzyć, że leżący przed nim mężczyzna jest prawdziwy, ten mężczyzna, którego wysłał w otchłań, z której nie ma powrotu. – Nie wiem, jak tego dokonałeś. To niewiarygodne. Jak poczęcie. Tysiąc rzeczy mogło i powinno pójść nie tak.

– Albo – zaczął Julian – jedna rzecz mogła się udać. Ona mogła przeżyć.

– Ależ ona żyje, Julianie – szepnął Devi z kąta głosem pełnym tęsknoty.

– Nie wykąpałem się w moczu ani w winie. Nie skąpałem się w krwi baranka. Nie zostałem uświęcony ani ochrzczony. Nie złożono mnie w ofierze. Nie byłem... – Urwał. – To nie wystarczyło.

Julian opowiadał dalej, roztrząsał każde słowo, każdą podjętą decyzję.

– Jak mogłeś mnie tam wysłać bez odpowiedniego przygotowania? Powinienem był zabrać trzy źródła światła, trzy! Miałem jedno. Przy pierwszym zetknięciu z wodą światło zgasło. Mój gówniany zegarek nie działał. Stanął na dwunastej. Było mi zimno, przemokłem, nie mogłem się wspinać, nie mogłem się niczego przytrzymać, buty, których nie powinienem był wkładać, były stale wilgotne, kurtka za gruba, ale nie mogłem jej zostawić, bo miałem w kieszeni beret. Devi! Mój Boże. Nie wiedziałem, ile czasu upłynęło.

– Jak my wszyscy – odparł Devi. – A jednak wiemy. – Zawiesił głos. – Czy to by w czymś pomogło?

– Nie wiedziałem, że mam szukać zła w Falku, w Krei.

– A gdybyś wiedział?

Dunham też mógł być groźny. Albo przewoźnik. Niebezpieczeństwo czaiło się wszędzie. Zaraza, kurz i wiosła. Skąd Julian miał wiedzieć, że ma uważać, by unikać nagłej śmierci? Podniósł rękę, żeby zasłonić oczy, by Devi nie zobaczył wyrazu rozpaczy na jego twarzy – i ukłuł się w policzek igłą wbitą w przedramię.

Devi poprawił ją metodycznie i starł krew z policzka Juliana.

– Wiesz, co by pomogło? Lampka czołówka. Wysłałeś mnie do jaskini bez światła. Nie powiedziałeś mi, że będę musiał przeskoczyć czarną przepaść. Wiesz chociaż, ile wynosi rekord świata w skoku w dal? – Julian pomyślał, że zadał retoryczne pytanie.

– Dziewięć metrów – odparł od razu Devi.

Julian zmarszczył brwi – z powodu bezczelności Deviego czy jego gotowej odpowiedzi?

– Coś tam jednak wiesz. Skąd? Bo sam tam byłeś, przeskoczyłeś przepaść? A jednak jesteś tutaj, więc wróciłeś. Wiedziałeś, że to możliwe!

– Nie. Mnie przydarzyło się coś innego.

– Co?

– Coś innego i nie chcę o tym rozmawiać.

– Skoro wiedziałeś, dlaczego mi nie powiedziałeś?

– Czego?

Julian jęknął.

– Że będę musiał tak daleko skoczyć.

– Co byś zrobił, gdybyś wiedział?

– Mógłbym sprawdzić, czy dam radę.

– No to teraz już wiesz – odparł Devi.

– I co mi z tego?

– Dowiedziałeś się, jak daleko potrafisz skoczyć.

– Nie dość daleko.

– Dalej niż ktokolwiek, kogo znam.

– Nie dość daleko.

*

W końcu Julian musiał włożyć płaszcz Sweeneya i zamówić taksówkę do domu. Devi dał mu pieniądze. Julian zmuszał się, by nie wyglądać przez okno na Old Street, Goswell Road, na ulice, którymi tak niedawno szedł z nią, sekundę temu, wieczność temu. Na wpół leżał na tylnym siedzeniu, czekając, by skręcili przy kościele St. John's. Hermit Street był zadbana i pozbawiona drzew, wznosiły się wzdłuż niej dobrze utrzymane domy z czerwonej cegły z czarnymi drzwiami, jak zawsze. Wszystko było na swoim miejscu. Tylko on tu nie pasował.

– Gdzieś ty się podziewał, kochanie? – powiedziała pani Pallaver, otwierając z uśmiechem drzwi. – Znów zapomniałeś klucza? Tak długo cię nie było. – Poklepała go po ramieniu, gdy przekuśtykał obok niej, a potem przyjrzała mu się niepewnie. – Kiedy zapuściłeś taką brodę? I co się stało z twoimi pięknymi włosami? Nigdy nie były tak rozczochrane. Ale najważniejsze, że wróciłeś, mój drogi.

– Wróciłem. – Zaczął wchodzić na schody, przytrzymując się poręczy.

– Nadal planujesz się wyprowadzić? – zapytała. – Bo mam chętnego na pokój.

– Tak, proszę pani.

– Wszystko w porządku, kochanie? Napijesz się może herbaty?

– Tak, bardzo proszę. – Wzruszyła go jej troska.

Pokój wyglądał tak, jak go zostawił. Podarł pożegnalny liścik do Ashtona, który zostawił na komodzie. Usiadł na łóżku, a potem zwinął się w kłębek smutku, przyciskając beret do piersi.

Spędził tyle cennych godzin w ciemnej świecarni z wiadrami łoju zamiast z nią. Przeżył cud. Wydawało mu się, że ma mnóstwo czasu. A przed sobą same możliwości. Godzinami wlókł się z mułem na targ i z targu, wpatrując się w teatr Fortune; grzęznął w błocie, siodłał, powoził, pakował, ładował, rozładowywał, rozpakowywał. Sadził jej weselne kwiaty. Toczył tam i z powrotem beczki z wodą, puste, pełne, puste. A potem zasypiał wyczerpany, kolejny dzień zaczynał się i kończył taki sam jak poprzedni, z wyjątkiem tych kilku minut, gdy ona była z nim. Szli przez Fynnesbyrie Field. Śmiał się z Lancy i Kraba. Kiedy była Sebastianem, zdzierała z głowy perukę i rzucała nią w niego, a on chwytał ją i przyciskał do serca. Z radością brodzili w rzece Fleet, ostrożnie, by nie pośliznąć się na omszałych kamieniach.

Sweeney powiedział mu, że między chwilą, gdy Julian stał ubrany i gładko ogolony, a chwilą, gdy leżał nagi i brodaty nie było żadnej przerwy. Czas stanął w miejscu w południe na południku zerowym, a jednak minął w życiu jej duszy, w życiu jego duszy.

Ona żyła. A Julian żył z nią.

To była przeszłość? Czy przyszłość?

To wydarzyło się w innym kraju. Czas i przestrzeń są współrzędnymi materialnego świata. Miejsce, w którym Julian był z nią, nie miało materialnego wymiaru. Po prostu było.

*

Wrócił do pracy – na jeden dzień. Wydawało mu się, że siedzi tam dłużej niż w jaskini. Kiedy wybiła czwarta, poszedł do działu personalnego i poprosił o urlop. Obiecał, że kiedy wróci, będzie jak nowy. Musieli pomyśleć, że wybiera się na odwyk, bo Eleanor podpisała jego papiery z wielkim entuzjazmem.

Julian zepsuł się i trzeba go było naprawić. Devi nie potrafił uleczyć rany, jaką odniosło jego ciało. Julian musiał przyznać z niechęcią, że potrzebuje prawdziwego lekarza. Poszedł do ambulatorium Narodowej Służby Zdrowia. Kiedy tam nie mogli mu pomóc – bo nie potrafili znaleźć przyczyny jego dolegliwości – poszedł do szpitala St. Bart's.

W izbie przyjęć oświadczył, że coś się dzieje z jego sercem. To zwróciło ich uwagę. Zrobili mu podstawowe badania i niczego nie znaleźli.

Możliwe, że poraził mnie piorun, powiedział.

Potraktowali to poważnie. Przyjęli go na oddział, zrobili więcej badań, zadawali pytania. Problem polegał na tym, że aby dotrzeć do prawdy, trzeba wiedzieć, jakie badania przeprowadzić i jakie pytania zadać, a oni nie wiedzieli. Na przykład:

Dlaczego pan sądzi, że poraził pana piorun?

Bo wydaje mi się, że poraził mnie prąd.

Dlaczego pan tak uważa?

Bo czuję w ciele zakłócenia elektromagnetyczne.

Czuje je pan teraz?

Tak.

Zbadali go. Na pańskiej skórze nie ma śladu figur Lichtenberga, powiedzieli. Tak nazywamy ślady oparzeń, przypominają czarno-białe kwiaty. To pierwszy objaw, dzięki któremu określamy skalę uszkodzeń. Im więcej kwiatów, tym mocniejsze porażenie. Pan nie ma żadnych. Ma pan za to popękane naczynia włosowate wokół dłoni i stóp. Mógł pan doznać jakiegoś krwotoku wewnętrznego, którego objawy ustąpiły samoistnie. Upadł pan?

Nie upadłem. Mówiłem, co się stało.

Ale czy na pewno poraził pana piorun? Powiedział pan, że wydaje się panu, że tak było. Nie wiedziałby pan, gdyby to rzeczywiście się wydarzyło?

Nie pamiętam. Mogło mi wylecieć z pamięci. Coś jest nie tak. Naprawcie to. Zmieniam mieszkanie. Muszę wrócić do pracy. Po prostu naprawcie.

Zrobili mu EKG, próbę wysiłkową. Jego serce było w porządku, nie doszukali się żadnych uszkodzeń tkanek, co często następuje po porażeniu prądem. Kiedy to domniemane porażenie nastąpiło?, pytali. W Londynie pogoda była dobra, nie przechodziły żadne burze. W świetle naszej opinii medycznej, nie został pan bezpośrednio porażony przez piorun. W takim wypadku ciało uległoby zwęgleniu.

– Być może uległo – odparł Julian, spoglądając przez okno na czarne i czerwone dachy, zieleniejące czubki drzew. – A potem się odbudowało, lecz nie w stu procentach jak należy.

Julian pożałował swoich słów, bo procesja lekarzy wróciła nie tylko z jego dokumentacją medyczną grubą na pięć centymetrów, lecz również w towarzystwie doktorów Fentona i Weavera. Wymieniono notatki, omówiono je i zbadano. Lekarze odbywali konsylia przy jego łóżku. Nagle wszystko sprowadziło się do dziewczyny.

I tak powinno być.

Wszystko sprowadzało się do dziewczyny.

Julianie, dlaczego uważasz, że poraził cię piorun?, zapytał doktor Weaver z udaną troską.

Zrzędliwy, lecz dobroduszny Fenton był naprawdę zatroskany.

Julianie, czy to kolejna z twoich sztuczek, żebym przepisał ci klonopin? Słyszałem już tyle wymówek, ale muszę przyznać, że to jedna z najlepszych.

Czy proszę o klonopin? Czemu, czemu, czemu.

Silne ciepło prądu elektrycznego niszczy płuca, powiedzieli. Rozszerza zgromadzone w nich powietrze. Czasami pęcherzyki płucne pękają. Nie dostrzegamy takich objawów w twojej piersi.

A co widzicie w mojej piersi?, zapytał Julian. Moje serce? Duszę? Zróbcie badania, powiedzcie, co znajdziecie.

Widzimy człowieka, który ma halucynacje, powiedział Weaver.

Julian zażądał, żeby odsunięto Weavera od jego przypadku. Miał prawo do innego lekarza. Weaver wszystko pogarszał. Julian kazał wezwać dyrektora szpitala. Był podłączony do aparatu mierzącego ciśnienie i wskazania potwierdziły jego zarzuty. Kiedy tylko Weaver się odzywał, ciśnienie i tętno Juliana szybowały w górę. Weaver przestał pojawiać się podczas obchodu. Julianowi przyznano słuszność i poczuł się lepiej, gniew przywrócił mu siły.

Starszy i nieudolny Fenton został.

Może cierpisz z powodu amnezji? Który mamy rok? Dzień?

Julian nie wiedział, jaki jest dzień.

Czemu sądzisz, że poraził cię piorun?

Bo czuję, że nie mam siły w kościach. Czuję, że w środku coś się złamało. Nie bardzo. Tylko trochę. Kiedyś byłem bokserem. Znam się na tym.

Fenton parsknął śmiechem. Myślał, że Julian żartuje. Potem odzyskał powagę, lecz pozostał sceptyczny. Gdzie czujesz, że coś się trochę złamało?

Wszędzie, odparł Julian.

Mówisz, jakbyś był zdezorientowany, powiedział Fenton. Czy często dostawałeś ciosy w głowę, gdy byłeś bokserem?

W końcu coś znaleźli. Julian miał pęknięty bębenek w uchu! To było ekscytujące. Tłumaczyło zawroty głowy, potykanie się. Lekarze przejęli się, zrobili więcej prześwietleń i znaleźli minimalne pęknięcia w trzeszczkach, kościach łączących stopę z palcami. Dlatego tak bardzo go bolało, gdy chodził. Przypomniał sobie, że Cedric opowiadał mu, że koniom często się to przydarza i wtedy trzeba je zabić. Julian nie czuł się wystarczająco wdzięczny, że nie jest koniem.

Zameldował się w domu opieki w Hampstead Heath, by dojść do zdrowia. Była to placówka dla starszych osób ze złamaniami bioder i po wylewach, którzy potrzebowali całodobowej opieki. Zatrudniała psychologa, pomagającego chorym zaadaptować się do trwałych ograniczeń fizycznych. Julian był najmłodszym pacjentem w historii placówki. Psycholog, życzliwy młodzian o nazwisku Kenyon Reece po dwóch latach zawodowego szkolenia, zdiagnozował u niego fibromialgię! – głównie psychosomatyczne zaburzenie centralnego systemu nerwowego.

Julian spał po piętnaście godzin na dobę, siedział bez ruchu w ogrodzie.

Po dwóch tygodniach, gdy jego ciało prawie się wyleczyło, wypisano go, lecz wcale nie czuł się lepiej.

*

Powinien zebrać się w sobie. Niebawem miał przyjechać Ashton. Julian będzie musiał udawać, że wrócił do życia. Choć pusty w środku jak skorupa, szukał nowych rozrywek dla przyjaciela. Ashton chciał zamieszkać w Notting Hill? No to będzie miał Notting Hill. Julian mógł zrobić przynajmniej tyle; w końcu przyjaciel przeprowadzał się dla niego z innego kontynentu. Razem z Devim wyruszyli na poszukiwania i znaleźli obszerne, świeżo odnowione mieszkanie z dwiema sypialniami i dwiema łazienkami na drugim piętrze eleganckiej białej kamienicy. Mieszkanie miało wielki salon połączony z kuchnią i balkon wychodzący na ulicę jak z *My Fair Lady* i znajdowało się trzy przecznice od Portobello Road. Przed domem rosła nawet palma, by przypominać Ashtonowi o L.A.

Julianowi wrócił apetyt. Jadł, jakby nie miał nic w ustach od ośmiuset lat – czterysta tam i czterysta z powrotem. Pochłaniał sałatkę z kurczakiem Deviego, wołowinę po koreańsku z sosem sojowym i czosnkiem, ryż kokosowy, zupę pho. Jadł i jadł.

– Gdybym z nią został, szczerze, nie wiem, jak bym przeżył.

– Jak długo tam byłeś? Parę lat?

– Czemu lat? – Po lunchu Julian znów leżał na stole do akupunktury, z ciałem wysmarowanym balsamem i przeszytym igłami, otoczony wonią kadzidła. Devi nucił, śpiewał, modlił się.

– Wyglądasz starzej.

– Nie jestem starszy. To nie były nawet dwa miesiące.

Wargi Deviego zaczęły drgać.

– No co? Czemu tak na mnie patrzysz?

– Nie patrzę na ciebie.

– Gapisz się na mnie tym swoim złym okiem. Co jest?

– Nic – odparł Devi. – Czasami denerwujesz się, gdy mówię ci rzeczy, których nie chcesz usłyszeć.

– Dobra, nic nie mów.

– Czemu zapytałeś, skoro nie chcesz, żebym ci powiedział?

– No to powiedz.

– Myślałem tylko – odparł Devi, kojącym ruchem kładąc dłoń na piersi Juliana – jak bardzo stała jest miłość, którą w sobie nosimy, i jak ulotny jest czas, który z nią mamy.

– Jak zawsze nie pomagasz. – Julian wrócił do swojego wywodu. – Nigdy nie słyszeli o *Królu Learze*. Ani o *Biblii Króla Jakuba*. Nie wiedzieli, co wywołuje zarazę. Kobiety malowały twarz ołowiem. I mój Boże, jak oni się ubierali! Kołnierze mieli wykrochmalone jak talerze wokół szyi. Nikt nie miał guzików, wszystko wiązali wstążkami i sznurkami, aż tu nagle pojawiłem się ja w kurtce z zamkami błyskawicznymi. Za same zamki mogli mnie spalić na stosie. Byłem śmieszny. Robili świece z tłuszczu zwierzęcego, masz pojęcie, jakie to obrzydliwe? W życiu nie zaznam niczego bardziej obrzydliwego.

– Słynne ostatnie słowa – rzucił Devi.

– Budziłem tylko podejrzenia. Nie wiedziałem, kto jest królem, jaka królowa panowała. Nie wiedziałem, jaki jest dzień.

– Wciąż nie wiesz.

– Nie mieli ziemniaków, herbaty ani kukurydzy. Wszystko mówiłem nie tak. I powinienem był zabrać ze sobą plecak.

– Pomógłby ci?

– Na pewno by nie zaszkodził. Powinieneś był mnie ostrzec, Devi. Najdłuższy skok w dal to dziewięć metrów? Jestem przekonany, że mój był dłuższy. Nie wiem, jak mi się to udało. Właściwie powinienem już nie żyć. Nie powiedziałeś mi, co mnie czeka. Nie byłem przygotowany. Nie miałem dość czasu. – Julian zamknął oczy.

– Dość czasu na co? – zapytał Devi ojcowskim tonem.

Tym razem Julian wyrwał igłę, zanim zasłonił twarz ugiętą ręką. Wściekał się na idiotyczne znośne rzeczy, bo nie mógł się wściekać na te nie do zniesienia.

Och, Mary.

Nie ocalił jej. Myślał, że musi tylko powstrzymać ją przed strasznym małżeństwem, a cała reszta się ułoży. Ale się nie ułożyła. Nic innego się nie liczyło, nic, co mogłoby cokolwiek zmienić.

Użalał się dalej.

– Jakie mam pojęcie o skoku w dal? Czy wiem, jak należy do niego podejść, jak ważne są dwa ostatnie kroki, jak się właściwie odbić, co robić z ciałem w powietrzu, jak wylądować? Zraniłem się w łydkę o kamień, ale mogłem się zranić w serce, nabijając się na jakiś pręt, bo skakałem w ciemność, leciałem w ciemność i lądowałem w ciemność. Uprawiałem sprint w ciemności. Powinieneś był mi kazać zabrać ze sobą tyczkę. Czy jestem Carlem Lewisem? Albo Jesse'em Owensem?

– Zrobiłeś to czy nie?

– Dopisało mi głupie szczęście. Próbowałem biec jak najszybciej, myśląc jak idiota, że prędkość przy odbiciu przeniesie mnie przez odległość nie do pokonania.

– Prędkość przy odbiciu jest najważniejszym elementem skoku – odparł Devi.

– Ja nie skoczyłem – szepnął Julian. – Leciałem.

W porządku, nie zabrał lampki czołówki, ale znów trzymał Josephine w ramionach. Zajrzał w nieśmiertelność, naprawił straszliwe zło, które się wydarzyło w L.A. Dostał odpowiedź na swoją wiarę. Czemu czuł, że to nie wystarczy? Teraz nic nie można było już zrobić, ale pogrążony w depresji, chwilami ogarnięty manią, wypełniony po brzegi zarówno żarliwością, jak i smutkiem Julian czuł, że gdyby tylko miał ze sobą trzy źródła światła, jak powinien, gdyby podjął inne decyzje, minimalnie zmodyfikował swoje wybory, wszystko to mogłoby się złożyć na inne przeznaczenie dla Mary. I tym samym inne przeznaczenie dla niego.

49

Dama albo tygrys

Julian czekał na Ashtona w hali przylotów na lotnisku Heathrow. Ashton był opalony, jasnowłosy, szczęśliwy. Ciągnął za sobą walizkę na kółkach i worek.

– Jules, przyjechałeś na lotnisko! – wykrzyknął z pełnym zachwytu uśmiechem. – Próbujesz udowodnić, że nie zwariowałeś?

– Może tak, a może pokazać, że, jak to się nazywa na całym świecie, jestem przyjacielem, ale nieważne. – Julian odpowiedział mu uśmiechem.

– Na jedno wychodzi. Jedziemy metrem? Dobra, ruszamy. Umieram z głodu. – Skierowali się w stronę ruchomego chodnika. – Co porabiałeś?

– No wiesz – odparł Julian, wzruszając ramionami. – To i owo.

– Co u diabła masz na twarzy?

Julian nie zgolił bujnej brody, która teraz – poskręcana i falująca – sięgała mu do połowy szyi. Pogładził się po niej. – Podoba ci się?

– W Londynie znów racjonują żyletki jak podczas wojny? Krem do golenia też? Nożyczki? Nie, pasuje ci. Idealnie. Słyszałeś o środku odstraszającym owady? To ty masz środek odstraszający laski.

Gdyby tylko. Julian nie miał pojęcia dlaczego, ale dziewczynom z jakiegoś powodu podobała się ta szalona broda. Niemal codziennie obce kobiety nawiązywały z nim rozmowę w metrze i na ulicy. Może wyglądał, jakby potrzebował ratunku, a one były kołem ratunkowym. Julian przyjrzał się bagażowi Ashtona.

– To wszystko, co przywiozłeś, by zamieszkać w obcym kraju? Dwie torby?

– A czego mi więcej trzeba? Garnitur, kilka par dżinsów, szczoteczka do zębów i worek pełen kondomów.

Julian pokręcił głową. Przyjaciel był niereformowalny.

– Żartuję – odparł Ashton. – Przysięgam uroczyście, że nie mam przy sobie ani jednej prezerwatywy.

– Jesteś wiecznym pesymistą.

– Okej, może jedną. – Ashton uśmiechnął się od ucha do ucha. – Ale przywiozłem ją dla ciebie. Miałem nadzieję, że twoja okropna passa z kobietami skończy się wraz z moim przyjazdem, ale sądząc po wyrazie twojej twarzy, nawet jedna prezerwatywa jest przejawem zbytniego optymizmu. I dlaczego podpisałeś umowę wynajmu na rok, zamiast przedłużać ją co miesiąc? Myślisz, że za rok nadal będziemy w Londynie? Nic z tych rzeczy. Nie ze mną, kochany. Przywiozłem tylko dwie sztuki bagażu.

– Mieszkanie można było wynająć tylko na dłuższy czas. – Ashton miał rację. Nie było powodu, by pozostawać w Londynie przez cały rok. Julian musiał tylko dojść ze sobą do ładu, a to będzie łatwiejsze, gdy ma przy sobie Ashtona, potem ich czas się skończy, zacznie się inne życie i wszystko być może ułoży się lepiej. – Zaczekaj, aż je zobaczysz – dodał, starając się, by zabrzmiało to radośnie. – Nie będziesz chciał wyjechać.

Ashtonowi rzeczywiście spodobało się ich nowe lokum.

– Cudownie je urządziłeś, Jules! – W każdej sypialni leżał dmuchany materac i pościel od Marksa i Spencera. W szafce w kuchni stały dwie szklanki i dwa kieliszki do wódki, a w lodówce dwanaście puszek heinekena i butelka wódki Grey Goose. Zapasy w spiżarni ograniczały się do pudełka płatków kukurydzianych i puszki herbatników Pims z malinami, których Ashton raz spróbował i bardzo mu smakowały.

Udając, że węszy, Ashton obszedł mieszkanie, obejmując Juliana ręką za szyję. Kiwał głową ze szczerą aprobatą i tulił do piersi ciasteczka i wódkę.

– Och, ciociu Em! – wykrzykiwał raz po raz. – Jak dobrze być w domu!

Umeblowali mieszkanie razem. Pomalowali ściany na męskie kolory, ciemnoniebieski, ciemnoszary i ciemnozielony. Dla żartu łazienki pomalowali na dziewczyński róż.

– Kiedy przyjadą dziewczyny, będą się czuły jak w domu – oświadczył Ashton. – To znaczy, oczywiście przyjedzie tylko Riley.

– Oczywiście.

– I kiedy mówię, że przyjedzie, mam na myśli odwiedziny, a nie...

– Oczywiścic.

– Choć nadal mam te prezerwatywę, Jules. Czeka na ciebie. Guma wypala mi dziurę w portfelu. Chcesz ją?

– Dzięki, stary. Zatrzymaj ją dla mnie.

– Dla ciebie wszystko, kolego.

Kupili prawdziwe łóżka i reflektory. Ashton kupił dla siebie wielkie łoże, ponieważ zajął większą sypialnię, alc kiedy zobaczył, żc Julian przymierza się do zakupu pojedynczego łóżka, zbuntował się.

– Przysięgam na wszystko, co święte – zaczął – że pobiję cię na śmierć tutaj, w sklepie. Nie jesteś mnichem, nie siedzisz w więzieniu, nie jesteś w college'u, nie jesteś dupkiem.

Julian ustąpił i kupił wielkie łoże, ale w pokoju przysunął je do ściany. Przez wiele tygodni, gdy brał prysznic, Ashton wpadał do jego sypialni i wysuwał łoże na środek.

Kupili duży telewizor i dwie duże skórzane kanapy, jedną dla Juliana, drugą dla Ashtona. Zapełnili lodówkę – piwcm – i przybili na niebieskich ścianach oprawione w ramki plakaty filmowe, wynajęli sprzątaczkę, dowiedzieli się wiclu rzcczy o Notting Hill, kupili abonament do Electric Cinema Theatre. Wstawali co rano i razem jechali Central Line do pracy.

– Jak ci się podoba w Notting Hill, brachu? – pytał Julian, gdy co rano spędzali godzinę stłoczeni w metrze.

– Masz rację, powinniśmy byli obaj zamieszkać w twoim pokoju na strychu przy Hermit Street – odpowiadał Ashton. – Bo stamtąd zawsze docierałeś do pracy na czas.

Kiedy Ashton sprowadził się do Londynu, życie Juliana zmieniło się na lepsze. Nie chciał się do tego przyznać, ale zmieniło się znacząco.

Julian dziwił się i nie dziwił, jak gładko wpadli z Ashtonem w znajomą rutynę, jak dobrze było znów mieszkać z przyjacielem, codziennie razem pracować, zastanawiać się nad najlepszymi przebojami Dire Straits: *Brothers In Arms*, *Love Over Gold* i najsmutniejszymi piosenkami Toma Waitsa: bez wątpienia *Time*, a zaraz po niej *The Part You Throw Away*; zamawiać jedzenie na wynos, chodzić do lokalnego pubu, przy piwie i czymś do jedzenia omawiać plany na weekend, kłócić się, który album Kanye Westa jest lepszy: *College Dropout* czy *808s and Heartbreak*.

Julian bardzo tęsknił za Ashtonem i nawet o tym nie wiedział.

Jak dobrze było nie być samotnym.

Ashton nigdy nie pomijał Juliana, więc zaprosił go na rajd po pubach z Nigelem, Sheridan i Rogerem. Julian próbował przypomnieć przyjacielowi, że skoro jego ojciec pracuje już tylko na pół etatu, to on jest teraz szefem w Nextel i nie powinien zbytnio spoufalać się z podwładnymi. Julian często odmawiał. Za dużo pili. Nie potrafił dotrzymać im kroku i nie chciał mieć kaca. A przede wszystkim nadal nie mógł znieść Nigela. Umieszczono go na ziemi jako niezaprzeczalny dowód, że nie wszystko w naturze na swój cel.

Czasami podczas weekendów umawiali się z Anne i Malcolmem z redakcji, a kiedy z wizytą przyjeżdżała Riley, Julian czuł się jak piąte koło u wozu. Kilka razy więc wpadała dziewczyna z Camden z kolczykiem w nosie, żeby zaokrąglić liczbę zebranych do sześciu, prawie jak na proszonej kolacji, choć Julian nie chciał myśleć o Callie jako o swojej partnerce. Poznał ją, kiedy razem z Ashtonem w sobotni ranek myszkowali na targu przy Portobello Road. Callie sprzedawała historyczne mapy za szalone pieniądze. Powiedziała Julianowi, że jest adiustatorką i szuka pracy. Poprosił Ashtona, by ją zatrudnił, i w ramach podziękowania dała mu drogie mapy za darmo.

*

Pewnej nocy, gdy księżyc był w nowiu, Julian znów śnił o Josephine.

Szła w jego stronę, machając do niego ręką, kręcąc parasolką, w berecie na głowie, z uśmiechem na ustach i miłością na twarzy. Kiedy się obudził, długo siedział na łóżku i patrzył przed siebie, bez ruchu, niemal nie oddychając. Próbował schwytać nici słów Deviego i wzór snu i połączyć je razem, by utkać delikatną tkaninę, którą mógłby się okryć, pocieszyć.

Czy patrzył na wszystko nie tak?

Mary nie umarła.

Żyła!

Wciąż żyła.

Nie ocalił jej tym razem, zgoda, ale jeśli Devi miał rację i jej dusza była nowa, czy nie oznaczało to, że wciąż gdzieś tam jest?

Czy to nie oznaczało, że gdzieś tam jest... i czeka na niego?

– Co? – zdziwił się Devi, gdy Julian wyraził swoje przypuszczenia w kiepsko skonstruowanym, zduszonym monologu. – Gdzie na ciebie czeka?

– W przyszłości. Śniłem o niej. Czemu znów miałbym o niej śnić?

– Nie wiem. I co z tego?

– Ona nie ma przyszłości. Tak mówiłeś. To oznacza, że śnię o niej w mojej przyszłości.

– Albo tylko śnisz.

– Dzięki, doktorze Weaver. – Julian raz jeszcze spróbował niezręcznie wyrazić to, czego wyrazić się nie dało. Miał dziewięć miesięcy do wiosennej równonocy w marcu. Umowa najmu obowiązuje do kwietnia. Julian zrobi wszystko co w jego mocy. Przygotuje się. Dojdzie do siebie, będzie lepszy.

– A dokąd się wybierasz? – zapytał Devi. Prawie wybuchnął śmiechem, gdy dostrzegł wyraz powagi na twarzy Juliana. – Ty nie żartujesz. Och, nie. Nie możesz znów tam iść.

– Dlaczego nie?

– Dlatego. Wiesz dlaczego.

– Nie wiem. Powiedz mi.

– Bo niebo jest niebieskie. A trawa zielona. Dlatego.

– Bo uważasz, że to niczego nie zmieni?

– Tak. – Devi przemawiał jak do dziecka. – To jeden z powodów. Bo to niczego nie zmieni. Poza tym to o mało cię nie zabiło.

– Ale nie zabiło.

– Straszliwie wyniszczyło twoje ciało.

– Moje ciało nic mnie nie obchodzi.

– A powinno – odparł Devi. – Jest jedyne, jakie masz. I musi ci wystarczyć na długo, do końca życia. Inaczej wyglądasz, inaczej chodzisz. Ta wyprawa postarzyła cię o dziesięć lat. Przeżyłeś to raz, choć nie wiem jak, ale drugi raz nie przeżyjesz, Humpty Dumpty.

– Nic mi nie jest – powiedział Julian. – Jestem jak nowy. Znów zacząłem trenować boks.

– Dlaczego?

– Nie wiem. Żeby nabrać sił, poprawić kondycję. Poza tym, bądźmy szczerzy, moje ciało wyniszczył przymusowy powrót. Teraz muszę tylko zadbać o to, żeby nie wrócić.

– Jak planujesz to zrobić?

– Nie wracając.

– Proszę, proszę, powiedz, że nie mówisz poważnie. – Devi był wstrząśnięty i zaniepokojony.

– Uspokój się. – Julian się wycofał. Chwilę później spróbował jeszcze raz. – A gdybym mówił?

– Julianie… po co w ogóle chciałbyś to zrobić?

– Bo jej nie ocaliłem.

– Nie udałeś się tam, żeby ją ocalić. Pamiętasz, co ci powiedziałem przy naszym pierwszym spotkaniu? To nie było znowu tak dawno temu. Miałem nadzieję, że słuchasz uważnie.

– Mówiłeś tyle różnych rzeczy. Nie mogę pamiętać wszystkich. Wiesz, czego nie powiedziałeś? Weź latarkę, kamizelkę ratunkową, bosak.

– Wiesz, co powiedziałem? Że twoim największym złudzeniem jest przekonanie, że masz kontrolę nad tym, czy inny człowiek żyje, czy umiera.

– Tak. Masz rację. Zapomniałem o tym. Za bardzo starałem się zapamiętać, że moim drugim największym złudzeniem jest myśl, że ona jest śmiertelna.

– Dobrze by ci zrobiło, gdybyś dokładnie przypomniał sobie wszystkie moje słowa.

– Pamiętam je – odparł Julian. – Mówiłeś, że nie możesz jej znaleźć w świecie ducha, bo jej dusza zaginęła. Powiedziałeś, że skończył się jej czas. Tak właśnie się teraz czuję, Devi, bardziej niż kiedykolwiek. Że nasz czas się wyczerpał. Kiedy umarła, najważniejsze dzieło mojego życia, to znaczy jej życia, nie skończyło się. –

Odetchnął. – Myślę, że poradziłbym sobie lepiej, gdybym dostał drugą szansę.

– Drogi chłopcze, uwierz mi, jeśli to właśnie usłyszałeś, to wszystko ci się poplątało.

– Powiedziałeś, że mam wolną wolę. Czy to kolejne kłamstwo? Mam czy nie mam?

Devi ujął dłonie Juliana i spojrzał mu prosto w oczy.

– Posłuchaj mnie bardzo uważnie – powiedział. – Kiedy nazywasz to wolną wolą, przemawia przez ciebie duma. Więcej pokory, Julianie! Schyl głowę. Pomyśl o swoim wielkim osiągnięciu. Nie tylko ze względu na siebie, ale także na mnie. Naprawdę dokonałeś rzeczy niemożliwej. Dzięki niej zyskałeś odpowiedź na swoją wiarę. Dopuściłeś mnie do tej tajemnicy i za to bardzo ci dziękuję. To jest twój wieczny dar: znać prawdę i móc o niej zaświadczyć. Prosiłeś o jedną rzecz. A otrzymałeś dwie. Otrzymałeś dowód, że umrzesz. A co ważniejsze – ciągnął Devi – otrzymałeś dowód, że będziesz żył wiecznie. Czy to nie wystarczy? To jest wszystkim. A teraz, błagam cię, nie kuś sił ciemności. Nie wdawaj się z nimi w walkę. Nie wygrasz. Zgarnij łupy, które dostałeś, zabieraj swoje zabawki i zmykaj.

Jakie siły ciemności, chciał zapytać Julian. Ale wiedział. Siły zdrady i zemsty. Siły śmierci, choroby i rozpaczy.

Devi mruknął pod nosem coś w obcym języku.

– Nie każ mi żałować, że ci pomogłem – powiedział. – Mając wiarę za przewodnika, możesz zacząć nowe życie. Twój najbliższy przyjaciel przyjechał do Londynu dla ciebie. Zrezygnował ze swojego życia, żeby ci pomóc! Jeśli to nie jest oznaka jego oddania, to już nie wiem, co nią jest. Czy jego przyjaźń nic nie znaczy? Wreszcie odstawiłeś klonopin i przeżyłeś, by o tym opowiedzieć. Masz dobrą pracę, znalazłeś ładne mieszkanie. Jesteś młody i wolny. Jesteś całkiem przystojny, a będziesz bardziej, gdy zgolisz to coś na twarzy. – Devi zmarszczył nos. – Kobiety, które spotykasz, mogą być nawet bardziej łaskawe w ocenianiu ciebie. Masz przed sobą całe życie. Możesz zostać w Londynie, tym niezrównanym mieście, albo wrócić do Kalifornii. Teraz masz przed sobą same możliwości. Masz przed sobą przyszłość. To niezwykłe, znaleźć się w takim miejscu. I przy okazji, nie ma za co.

Julian siedział na stołku, przygryzając wargę, i przyglądał się Deviemu w równej mierze odważny i przestraszony, zdecydowany i niepewny.

Devi puścił jego dłonie i czekał z wyrazem twarzy, który można opisać jedynie jako przygnębienie.

– Pytałem cię o przyjaciela.

– Bo co? On nie ma z tym nic wspólnego.

– Nie?

– Nie!

– Tylko ci się wydaje, że odpowiedź brzmi „nic". – Patrzyli na siebie czujnie. – A jeśli brzmi „wszystko"?

– Devi, pomóż mi to rozwikłać – powiedział Julian. – Coś przede mną ukrywasz. Czemu nie miałbym tam pójść jeszcze raz? Mów prawdę. Powiedziałeś, że ona żyła więcej niż raz. To oznacza, że mam jeszcze jedną szansę. Tym razem może być wszędzie. Wszystko będzie łatwiejsze. Co może być gorszego od życia nad ściekiem bez elektryczności i bieżącej wody?

– Słynne ostatnie słowa – powiedział Devi. – Biedny głupiec, który myśli, że dzwon bije dla niego, i cieszy się.

– Kto to powiedział?

– Ja. Teraz.

– Bez względu na wszystko, będę przygotowany – ciągnął Julian z pewnością w głosie. – Będę trenował, żeby wzmocnić ciało, bo wiem, że muszę jej bronić. Może nawet będzie mnie pamiętać. – Uśmiechnął się.

– Bo ćwiczyłeś, żeby być silnym? A może dlatego, że teraz wiesz to i owo?

– Nie szydź ze mnie.

– Teraz wiesz tylko niektóre rzeczy. – Devi wyglądał na zasmuconego. – A Ashton?

– Wyświadczę mu przysługę. Nawet mu się tu podoba, ale jego prawdziwe życie jest w L.A. Tam ma swój sklep, dziewczynę, wszystkich pozostałych przyjaciół. Gdyby nie ja, nigdy by tu nie przyjechał.

– To prawda. Ale wiesz na pewno, gdzie jest prawdziwe życie Ashtona?

– Dla niego Londyn to tylko preludium. To nie jest prawdziwe. Ani dla niego, ani dla mnie. Nasze miejsce jest gdzie indziej. Ashtona jest w L.A.

– A twoje?

– Z nią – odparł Julian. – Gdzieś tam leży obcy kraj, który nazywa się przeszłość, i ona tam nadal żyje. Żyje! Widziałem ją na własne oczy, Devi, dzięki tobie, i nie mogę tego wymazać.

Devi jęknął.

– Żałuję, że w ogóle otworzyłem moją wielką gębę. Żałuję, że moja matka z tobą rozmawiała. Dałem ci Transit Circle, żebyś ocalił życie, a nie zniszczył.

– Jak mogę nie spróbować jeszcze raz? – wykrzyknął Julian. – Chcesz powiedzieć, że nie zrobiłbyś tego, gdybyś mógł? – Był mocno poirytowany uporem Deviego i jego mieszanymi uczuciami. Konfliktem dotyczącym mądrości wyborów Juliana, który malował się na twarzy Deviego. A wraz z nim ciekawość i podniecenie, niepokój i strach, coś dla Juliana i coś dla Deviego; wszystko to można było wyczytać z twarzy Wietnamczyka, który przez całe życie ukrywał uczucia przed innymi.

– Więc przyszłość pełna nadziei i obietnic, którą przed tobą odmalowałem, nic dla ciebie nie znaczy? – zapytał Devi. Kiedy Julian nie odpowiadał, szaman wyjawił swoje niewzruszone przekonanic. – W tym, co rozważasz, kryje się wielkie niebezpieczeństwo. Śmiertelne.

Julian zaczął się wahać.

– Próbujesz mnie tylko przestraszyć.

Devi milczał.

– Na miłość boską!

– Nie widzę go – odparł Devi. – Tylko czuję.

– Co czujesz?

– Ciężar, magnetyczną blokadę na kompasie mojej intuicji. Czuję wielkie cierpienie wokół ciebie, przy korzeniu, drzewie i na wszystkich jego gałęziach. Nie tylko dla ciebie. Dla wszystkich twoich bliskich.

– To szaleństwo. Mam wysłuchać twoich przeczuć, zanim podejmę decyzję?

Devi zachował swoje przemyślenia dla siebie.

– Naprawdę chcesz mi powiedzieć, że muszę wybierać pomiędzy przyjacielem a dziewczyną, bo dręczy cię jakiś niejasny niepokój?

– Czy to taki trudny wybór? – zapytał Devi. – Twoja dziewczyna odeszła, a przyjaciel jest tutaj. I masz swoje życie. Wygląda na to, że wybór jest oczywisty.

Ale ona nie odeszła! O to w tym wszystkim chodziło. Nie odeszła. Była tam. Zadowolony z siebie Julian wziął głęboki oddech, jak adwokat, który ma zaraz zniszczyć oponenta, jak bokser, który dostrzegł słaby punkt przeciwnika i szykuje się do ostatecznego ciosu.

– Devi, to nie ma sensu. Powiedziałeś przed chwilą, że nie mam kontroli nad tym, czy ktoś przeżyje, czy nie. A teraz twierdzisz, że moje czyny, które nie mają nic wspólnego z Ashtonem, wpłyną na to, co się z nim stanie.

– Och, to twoje urocze myślenie, że możesz kontrolować wszystko – odparł Devi. – A nie potrafisz nawet zapanować nad sobą.

– Nie możesz stać po obu stronach, Devi. Musisz jedną wybrać.

– To nie ja chcę stać po obu stronach, ty uparty ośle.

– W porządku. Ale jeśli mogę stać się narzędziem zniszczenia – zapytał Julian – czemu nie mogę stać się narzędziem wybawienia?

– Możesz albo nie możesz – odparł Devi. – To fałszywy wybór. Możesz być jednym bez drugiego. Możesz być oboma naraz. Możesz nie być żadnym. Nie o to pytam. Czy pomyślałeś o najgorszym scenariuszu? O tym, z czym możesz i bez czego nie możesz żyć, o tym, co możesz i czego nie możesz znieść?

– Jasne, że nie. Nie jestem takim pesymistą jak ty. Nie jestem fatalistą.

Devi domagał się odpowiedzi.

– Co jesteś gotów stracić, by zyskać kolejną szansę, żeby ją ocalić?

Julian już nie był taki zadowolony z siebie. Nie odważył się powiedzieć „wszystko".

– Nic więcej – odparł.

– Tak, ponieważ tak wygląda życie. Aby mieć to, co chcesz, żyć jak chcesz, zwykle nie musisz niczego poświęcać. Poza tym powiedziałem „w najgorszym scenariuszu". Nie chodziło mi o jednorożce dosiadające motyli.

– Nie chcę już dłużej z tobą rozmawiać. Do widzenia.

– Do zobaczenia w przyszłą środę – odparł Devi.

Julian wrócił do pracy. Był skorupą, w której szalała burza.

*

Kilka dni później w sobotni poranek Ashton przyłapał Juliana, jak wpatrywał się w toaletę. Drzwi były uchylone i mieli wybrać się na targ, a jednak Julian tkwił jak w transie w różowej łazience.

– Hmm… Jules?

– Czy toaleta nie jest niezwykła? – powiedział Julian. – Wiedziałeś, że połowa świata nadal załatwia się pod gołym niebem?

– Wiesz, co mawiają. Praktyka czyni mistrza. – Ashton uśmiechnął się szeroko. – Ale nie wiedziałem o tym i, co ważniejsze, nie chciałem wiedzieć.

– W dawnych czasach – ciągnął Julian – w zamkach, w których mieszkali wielmoże, były komórki z kamiennymi siedziskami, z których nieczystości spływały do fosy otaczającej zamek. Kloaczny czyścił ją codziennie. Nigdy nie mył rąk i chodził po zamku, zarażając wszystkich, do których się zbliżył. Nic dziwnego, że tyle ludzi umierało przed ukończeniem osiemnastu lat.

– Co u diabła? Mnóstwo ludzi żyło dłużej – odparł Ashton, magister historii. – Ósmy Henryk. Pierwsza Elżbieta. Drugi Karol. Królowa Wiktoria.

– Chodźmy – odparł Julian, przeciskając się obok przyjaciela. – Zanim zwiną targ. – Nigdy nie mógł poprosić Ashtona o radę w tej sprawie, nawet hipotetycznie, a już na pewno nie mógł mu powiedzieć prawdy. – Chcesz zjeść w Granger, jeśli kolejka nie będzie za długa? – W porze brunchu Granger była najbardziej obleganą knajpą w zachodnim Londynie.

W Granger przy naleśnikach z ricottą Ashton przyłapał Juliana, który wpatrywał się w niego intensywnie.

– Jules, czemu gapisz się na mnie tak, jak godzinę temu gapiłeś się na toaletę?

Julian zamrugał i odwrócił wzrok.

– Jak, Ash?

– Jakbyś z jednej strony cieszył się, że jestem lśniący i nowy, a z drugiej się wstydził, że zaraz mnie zabrudzisz. – Ashton parsknął śmiechem.

Julian też zmusił się do śmiechu.

Przed wyjściem na drinka wybrali się do Electric Cinema w Notting Hill, by obejrzeć film dokumentalny o brytyjskim odkrywcy Robercie Falconie Scotcie i jego nieudanej wyprawie na biegun południowy, który w 1912 roku miał zdobyć dla Wielkiej Brytanii. Nieudanej w każdym znaczeniu tego słowa. Scott i jego czterej towarzysze dotarli na biegun trzydzieści cztery dni za późno. Norweg Roald Amundsen stanął tam jako pierwszy. („Ci cholerni Wikingowie!", obruszył się Ashton). Załamani Brytyjczycy wędrowali z powrotem do statku tysiąc pięćset kilometrów przez zawieje, gdy temperatura spadała do pięćdziesięciu stopni poniżej zera, by zamarznąć na śmierć kilka kilometrów od wybrzeża. Niektórych ciał nigdy nie odnaleziono.

– Wiedziałem, że spodoba ci się ten film – powiedział Ashton, gdy wychodzili z kina. – Przemawia do ciebie, prawda? Uwielbiasz wybierać malownicze trasy i docierać tam, gdzie nie powinieneś się znaleźć.

– Wylądowałem na Antrobus Street, a nie na Antarktydzie!

Autorem cytatu, który Julian zapamiętał na długo, był Charles Bukowski, który powiedział, że najważniejsze nie jest to, czy ci się udało, czy poniosłeś porażkę. „Najważniejsze jest to, jak przeszedłeś przez ogień".

Bzdura, pomyślał Julian. Najważniejsze jest to, czy odniosłeś sukces, czy zawiodłeś w jednym podstawowym imperatywie swojego życia.

A Robert Falcon Scott zawiódł.

*

Jaki był podstawowy imperatyw życia Juliana? I co był gotów poświęcić, by go szukać?

Wszystkie filmy dokumentalne, wszystkie puby, wszystkie gwiazdy nad Londynem, sufity w jego mieszkaniu i chodniki pod stopami, wszystkie niewłaściwe kawiarnie z metalowymi stolikami i złotymi markizami nie mogły pomóc Julianowi przejść przez przyszłość, której nie znał i nie mógł poznać, której nie widział i nie mógł dostrzec.

Co powinien zrobić?

Nie mógł ścierpieć tej myśli, ale obawiał się, że Devi ma rację. Wydawało się, że lepiej będzie zostawić wszystko w spokoju, pogodzić się z losem, ruszyć do przodu, nie wychylać się, odbudować to, co miał.

Z pewnością było to łatwiejsze.

Czyżby?

Julian nie czuł, że jest mu łatwiej. Wręcz przeciwnie, czuł się przytłoczony.

Kiedy nie wiesz, co robić, jak można zdecydować, którą ścieżką ruszyć, gdy przyszłość pozostaje nieznana? Czy to właściwy wybór?

Julian wiedział, jak się podejmuje takie decyzje. To była jedna z jego najmniej popularnych życiowych podpowiedzi. „Rzecz, której nie chcesz zrobić, niemal zawsze jest właściwym wyborem". Tak podejmuje się decyzje, nie mając innych przekonujących dowodów. Robi się rzecz, której się nie chce robić. Najpierw trenujesz czy idziesz na drinka? Najpierw jesz czy idziesz pobiegać? Wylegujesz się w łóżku czy wstajesz i zabierasz się do pracy? Zostajesz na miejscu czy uciekasz? Robisz rzecz niemożliwą i przelatujesz przez czarną dziurę w poszukiwaniu zaginionych czy zostajesz i układasz sobie życie na nowo? Twoim przeznaczeniem jest przetrwać czy zginąć?

Nawet tutaj nic nie było jasne. Choć z pozoru pozostanie wydawało się łatwym wyborem, było też wyborem najtrudniejszym.

Bo Julian nie chciał zostać.

Wszystko wydawało się takie delikatne, wszelkie jego wykluczające się opcje wisiały nad nim na jedwabistych nitkach pajęczyny.

Przypomniał sobie o długu, jaki zaciągnął u Sweeneya, wrócił do Greenwich, zapłacił mu dwieście funtów za płaszcz, przeprosił. Reakcja Sweeneya go zdumiała. Strażnik z trudem go sobie przypomniał. Pamiętał nagiego mężczyznę leżącego na środku sali z teleskopem, ale zapomniał, że dał mu płaszcz. Myślał, że gdzieś się zawieruszył.

– Tak się dzieje, gdy jest się w moim wieku – powiedział. – Pamięć zaczyna szwankować. Nie bierz tego do siebie.

Wziął pieniądze od Juliana, bo kto by nie wziął, i uścisnął mu dłoń, ale potem bez większego zainteresowania patrzył, jak Julian stoi przy teleskopie, unosząc do nieba kryształ, równie obojętny jak stary strażnik.

– Proszę koniecznie tu wrócić – powiedział Sweeney, udając się na przerwę.

Nie wrócę, chciał powiedzieć Julian. Już nigdy mnie nie zobaczysz. Ale nie mógł tego powiedzieć. Nie mógł, bo tak nie myślał. Stale pytał Deviego, co ten by zrobił na jego miejscu.

Devi nie odpowiadał całymi tygodniami. Jego czarne oczy spoczywały na Julianie, bezdenne, zwodniczo spokojne, krytyczne, błagalne.

– Nie jestem środkiem twojego nowego życia – powiedział w końcu. – Ty nim jesteś. Pytanie, przed którym stoisz, jest pytaniem, na które każdy z nas musi odpowiedzieć sam. Ty, ja, Ashton, Josephine. Każdy z nas jest strażnikiem własnej duszy. Z czego jesteś gotów zrezygnować, by żyć tak, jak chcesz? Co jesteś gotów stracić, by to osiągnąć? I co, jeśli ci się nie uda? Bo o to też toczy się gra. To także jedna z twoich opcji. Że poświęcisz wszystko i nie zyskasz niczego. Potrafisz z tym żyć?

Devi czekał przez długą chwilę, gdy Julian zbierał myśli.

– Czemu miałbym niczego nie zyskać – zapytał, słabnąc na duchu. – To tylko jedna mało prawdopodobna możliwość. Jedna spośród wielu.

– Pytam cię tylko o tę jedną, choć może się okazać mało prawdopodobna – odparł Devi.

– Nie sądzisz, że może istnieć przeznaczenie poza przeznaczeniem – powiedział Julian, nie odpowiadając na pytanie.

– Już ci to pokazałem. Jeśli istnieje inne przeznaczenie, nie znam go. Czy pomogłoby ci, gdybym odpowiedział na twoje pytanie? W porządku. Powiem ci. Nigdy bym tam nie wrócił. – Devi odwrócił wzrok. – Nigdy.

Kiedy Ashton w niedzielne poranki odsypiał kaca, Julian wracał do Greenwich i stawał jak przed ołtarzem przy czarnym niemym teleskopie wskazującym nieskończony południk. Pragnął, by Devi coś zrozumiał. Nie tylko Devi. Także Ashton, Riley, Nigel i Callie. To, o czym mówił Devi, nie miało znaczenia. Londyn, Los Angeles. Wygodne łóżko, w którym sypiał, zakrapiane brunche, spacery po Portobello, kawa, którą uwielbiał i bez której nie mógł funkcjonować, piękna nowa piosenka, najnowsza książka, kinowy hit. Bez niej to nie miało żadnego znaczenia. Wiedział, że w końcu poczuje się lepiej. Ale po tym, co się z nią stało, życie już nigdy nie będzie znaczyło tego, co kiedyś.

Devi nie zareagował na to najlepiej.

– Karą dla ponurych jest tonięcie w mętnych wodach po kres wieczności – powiedział. – Tego chcesz?

Julian nie chciał. Nie był ponury. Nie tonął. Chciał tylko odzyskać swoje życie. Nie odwracać się od niej, nie przyjmować ciosów, nie dać się pochłonąć, nie ukrywać się, nie zostawać z tyłu, lecz zacząć na nowo. Nie czuć się taki samotny. Kiedy się w niej zakochał, zmieniło się wszystko, co znał.

Zadaj sobie jedno jedyne pytanie, na które warto odpowiedzieć, mówił Devi. Jesteś gotowy zaryzykować wszystko, by nie zyskać niczego?

Julian nie wiedział, czy jest gotowy. Ale też trudno było określić dokładnie, co straci.

– Wszystko, co masz, wszystko, co kochasz, i wszystko, co znasz – odparł Devi z mroczną pewnością.

Co Julian mógł na to powiedzieć? Ziemia usuwała mu się spod nóg.

Jakiś cichy głos nieśmiało próbował wydostać się z jego gardła. Czy nie ma innego wyjścia? Czy nie mógł stracić wszystkiego – i zyskać wszystko? Czy to nie jest możliwe?

Kiedy się poznali, byli kochankami przez chwilę. Nie rozmawiali dużo o przyszłości ani przeszłości, o sprawach doniosłych i przyziemnych. Weszli do Edenu, gdzie nierzeczywiste stało się rzeczywistością, a ich małe życie w L.A. było tylko snem. Kto miał czas na gadaninę, gdy tak zajmowało ich życie. Ona była radosna i beztroska, choć wiele rzeczy ją przerażało. Ocean, gwałtowny wiatr Santa Ana, ruch uliczny, gangi, twarde narkotyki, głośny hałas, materiały wybuchowe. Nie martw się, mówił jej, niczym dzielny rycerz, przy mnie jesteś bezpieczna.

Pewnego dnia, gdy ocean był spokojny, wniósł ją do wody i drżąc, kołysali się na fali przypływu. Obejmowała go rękami za szyję. Nawet teraz czuł jej chłodne szczupłe ciało przytulone do niego w wodach Pacyfiku na plaży w Zuma. Z tobą jest lepiej, powiedziała. Z tobą wszystko jest lepsze. To prawda, pomyślał, ale powiedział tylko:

Musimy iść. Dante i Beatrycze czekają na ciebie na scenie w Greek. Nie każ mi tam iść, odparła. Nie chcę wracać. Chcę zostać z tobą tutaj, w oceanie. Proszę. Nie chcę wracać.

Ale wrócili.

Juliana nawiedzała jej twarz. Przyszła do niego na kilka dni, raz w L.A. i raz w Clerkenwell, dawno temu, i odeszła, zabierając jego życie. Liczył na wiele więcej. Miał nadzieję na miłość. Nie chciał poznać tylko znaczenia rozpaczy. Czy poczuje się zdradzona i opuszczona przez niego, gdy miał trwać na posterunku? Czy w ogóle ją to obejdzie? Czy już go zapomniała, tego, który ją opłakiwał zaraz po śmierci, opłakiwał do tej pory, który nadal ją kochał?

Ludzkie serce Juliana było w konflikcie z samym sobą, rozedrgane. Josephine... Mia... Mary...

Stał nie przed wyborem: dama czy tygrys. Dama i tygrys ukryli się za drzwiami numer dwa. Za drzwiami numer jeden nie było nic.

Stał na południku długo po tym, gdy minęło południe, z wyciągniętą ręką, niemym kryształem, w cofającym się szybko słońcu. Święta dziewczyna zapytała: Będziesz mnie pamiętał? Czy będziesz pamiętał, jak kiedyś mnie kochałeś, czy o tym też zapomnisz, jak zapomniałeś o innych radościach w życiu? Jak mógł ją zostawić? W niej zamknęły się dusze proroków i świętych i wszystkich zgładzonych na ziemi. W jej duszy było zamknięte jego serce. To przy jej boku musi zakończyć swoje życie. Julian wiedział o tym. Czuł to. Był żołnierzem, a ona była jego ojczyzną.

Głupiec myśli, że dzwon bije dla niego. Nie ma powrotu od śmierci, powiedział mędrzec.

A głupiec odparł: A jeśli jest?

Od Autorki

Pozwoliłam sobie na pewną dowolność w kwestiach matematyki, długości geograficznej, geografii, różnych dyscyplin nauki, kalendarza i języka angielskiego.

Bez wątpienia pojawią się też niezamierzone drobne błędy w faktach. Proszę, potraktujcie to wszystko pobłażliwie.

Obstaję za to twardo przy fantastycznych aspektach opowieści. Po pierwsze, istnieje coś takiego jak łowienie tygrysów. Po drugie, odlotowe tosty są bezwstydnie pyszne. A miłość – jeśli człowiek odpowiednio się z nią obchodzi – potrafi dokonać niezwykłych rzeczy.

Prawdziwe przedmioty
z wyobrażonych miejsc

Ashton stał z założonymi rękami, z jasnymi włosami wymykającymi się spod czapeczki baseballowej i z niedowierzaniem w błękitnych oczach przyglądał się, jak Josephine namawia Zakiyyah, by wybrała się na lot z Piotrusiem Panem. Julian, Josephine, Ashton i Zakiyyah przyjechali do Disneylandu, choć ta ostatnia dwójka ostro przeciwko temu protestowała.

– Z, będziesz zachwycona. Polecisz nad Londynem z Piotrusiem Panem magicznym statkiem piratów do Nibylandii. No chodź, kolejka robi się coraz dłuższa.

– To udawany lot? – zapytała Zakiyyah.

– Nie – odparł Ashton. – Prawdziwy. Londyn też jest prawdziwy. I magiczny statek piratów. Nibylandia też jest zdecydowanie prawdziwa.

Zakiyyah przewróciła oczami. Prawie pokazała Ashtonowi środkowy palec.

– To jest szybkie? Kręci się? Jest ciemno? Nie chcę, żeby zakręciło mi się w głowie. Nie lubię się bać i nie chcę, żeby mnie popychano.

– Chciałabyś znaleźć się gdzieś indziej? – zapytał Ashton.

– Nie, chcę się tylko dobrze bawić.

– A magiczny lot z Piotrusiem Panem nad Londynem to nie jest zabawa? – zapytał Ashton i dodał na stronie do Juliana. – Nie mogę uwierzyć, że Riley się zgodziła, żebym tu z wami przyjechał. Będę ją musiał zabrać na Jamajkę, żeby to jej wynagrodzić.

– Będziesz musiał sporo wynagrodzić nam wszystkim, zwłaszcza po tym przedstawieniu, jakie odegrałeś na lunchu w zeszłym tygodniu – odparł Julian. – Więc się zamknij i pogódź się z tym.

– To podsumowuje całe moje życie – rzucił Ashton.

– Czy z kimś takim w ogóle można się dobrze bawić? – powiedziała Zakiyyah do Josephine. – On się bawi, nabijając się ze mnie.

– Wcale się nie nabija, Z. Tylko się droczy.

– Nie droczy się!

– Cii. Doprowadzasz wszystkich do szału – szepnęła Josephine, a potem dodała głośniej. – Dla Z to nowość. Nigdy nie była w Disneylandzie.

– Jak można nigdy nie być w Disneylandzie? – szepnął Ashton do Juliana.

– Nieprawda! – wykrzyknęła Zakiyyah. – Byłam raz z kuzynami.

– Siedzenie na ławce, kiedy inne dzieci jeżdżą na karuzelach, nie oznacza, że było się w Disneylandzie, Z.

Zakiyyah zacmokała.

– Można się gdzieś powoli przejechać kolejką?

– Co powiesz na It's a Small World? – Ashton zwrócił się do Zakiyyah, lecz patrzył na Juliana oczami wielkimi jak spodki. – To powolna przejażdżka łódką.

– Chyba może być. Jeśli łódka nie płynie po prawdziwej wodzie. Płynie?

– Nie – odparł Ashton. – Płynie po sztucznej.

– Czy to miałaś na myśli, mówiąc, że się ze mną droczy? – powiedziała Zakiyyah to Josephine. – Na pewno nie szydzi?

– Jasne, Z. To świat śmiechu, świat łez. Chodźmy na It's a Small World.

Kiedy zapadł zmrok, a z parku zniknęły maluchy i tłum się przerzedził, przekonali Zakiyyah, by wybrała się na Space Mountain. Prawie się zgodziła, ale wzdrygnęła się, kiedy zobaczyła czteroosobowy wagonik. Josephine miała usiąść przed Julianem między jego nogami, co oznaczało, że Zakiyyah będzie musiała usiąść przed Ashtonem.

– Możemy usiąść inaczej?

– Jak? – zapytał Ashton spokojnym głosem.

– Dziewczęta razem i chłopcy razem.

– Jules, kochanie, co ty na to? – zapytał Ashton głosem wyższym o dwie oktawy. – Chciałbyś mi usiąść między nogami, skarbie, czy tym razem ja mam usiąść między twoimi?

– Z, daj spokój – odparła Josephine. – Nie rób takiej miny. On ma rację. To tylko jedna przejażdżka. Będziesz zachwycona. Tylko…

– Skoro nie chcesz usiąść przede mną – Ashton radośnie zwrócił się do Zakiyyah – to może ja siądę przed tobą?

– Chcesz siedzieć między moimi rozłożonymi nogami? – W pełnym niedowierzania tonie Zakiyyah nie było nic radosnego.

– Sugeruję tylko pewne rozwiązania. Staram się być pomocny.

– Poza innymi względami, nie będę nic widziała – powiedziała Z. – Jesteś za wysoki. Będziesz mi zasłaniał widok przez cały czas.

Gdy mieli wsiadać, Ashton wpadł na Juliana.

– Stary – syknął – nie powiedziałeś jej, że Space Mountain to czarna dziura, w której nic nie widać?

– Nie powiedzieliśmy jej nawet, że to kolejka górska – odparł Julian. – Chcesz, żeby pojechała, czy nie?

– Naprawdę muszę odpowiadać?

Wsiedli. Ashton i Julian jako pierwsi, dziewczęta usadowiły się przed nimi. Zakiyyah próbowała przesunąć się jak najbardziej do przodu, ale ławeczka była wąska i krótka. Jej biodra wpasowały się między rozsunięte nogi Ashtona.

– Możesz rozłożyć nogi szerzej? – zapytała.

– Powiedział biskup do barmanki – rzucił Ashton.

– Josephine! Przyjaciel twojego przyjaciela rzuca niestosowne uwagi pod moim adresem.

– Tak. Nazywają się żarty – odparł Ashton.

– To na pewno nie są żarty, bo żarty są zabawne. Ludzie się z nich śmieją. Słyszałeś, żeby ktoś się śmiał?

Zakiyyah siedziała sztywno, trzymając torebkę na podołku.

Ashton pokręcił głową, westchnął.

– Może położysz torebkę na podłodze i chwycisz się blokady.

– Tak jest mi bardzo dobrze, dziękuję. Nie przysuwaj się za bardzo.

– Nie martw się.

Ruszyli.

Zakiyyah odrzuciło do tyłu – na pierś Ashtona. Jej biodra zaklinowały się między jego nogami. Torebka spadła na podłogę. Zakiyyah chwyciła blokadę i krzyczała przez dwie minuty w czarnej jak jaskinia kopule.

Kiedy jazda dobiegła końca, Julian pomógł wysiąść roztrzęsionej Zakiyyah. Josephine już wyskoczyła z wagonika i klaskała.

– Z! Jak było? Byłaś zachwycona?

– Czy mogę być zachwycona, gdy coś mnie przeraża?

Podczas jazdy zrobiono im zdjęcie: Zakiyyah z szeroko otwartymi ustami, wielkimi oczami, pozostała trójka roześmiana i rozbawiona. Dali jej zdjęcie jako pamiątkę po pierwszej jeździe Space Mountain, prawdziwy przedmiot z wyobrażonego miejsca.

– Może następnym razem spróbujemy Piotrusia Pana – powiedział Ashton, gdy wychodzili.

– Kto powiedział, że będzie następny raz – odparła Zakiyyah.

– Dzięki, że to sprawiłeś – szepnęła Josephine do Juliana, przytulając się do jego ramienia na parkingu. – Wiem, że na to nie wygląda, ale naprawdę dobrze się bawiła. Ale wiesz, co nie pomogło? Twój Ashton udający błazna. Nie musisz tak bardzo się starać, kiedy wyglądasz jak rycerz. Próbuje być zabawny jak ty?

– Uwierz mi, on jest błaznem i rycerzem bez żadnej pomocy z mojej strony – odparł Julian.

Josephine pocałowała go, nie gubiąc kroku.

– Za dzisiaj zarobiłeś punkty bonusowe – powiedziała. – Poczekaj, aż wrócimy do domu.

Kiedy ona szła przez Otchłań pośród okrutnych heretyków i wiosłowała po rzece Styks w *Raju w parku*, Julian jeździł po L.A., szukając nowych miejsc, w których mogłaby się w nim zakochać, takich jak Disneyland. Nowych miejsc, w których mógłby dotykać jej ciała. Spacerowali po Beverly i kupowali sztuczną biżuterię, siedzieli w Montage i z nostalgią wspominali stary hotel Bel Age z widokiem na wzgórza. Unosił kieliszek w toaście w Viper Room, gdzie nie tak dawno umarł ktoś młody i piękny. Ktoś młody i piękny zawsze umierał w L.A. A kiedy wiał wiatr od strony Laurel Canyon, leżała w jego łóżku zanurzona w jego miłości i marzyła o koralodrzewach i eukaliptusach kamaldulskich, a Julian nie marzył o niczym, bo wszystko już miał.

Ale to było wtedy.

Spis treści